Dr. van Rijckevorsel

Brieven Uit Insulinde

Dr. van Rijckevorsel

Brieven Uit Insulinde

ISBN/EAN: 9783337418427

Printed in Europe, USA, Canada, Australia, Japan

Cover: Foto ©Andreas Hilbeck / pixelio.de

More available books at **www.hansebooks.com**

BRIEVEN

UIT

INSULINDE

DOOR

D^R. VAN RIJCKEVORSEL

'S GRAVENHAGE

MARTINUS NIJHOFF

1878

Aarzelend geef ik gehoor aan den wensch van enkele vrienden, om mijne brieven, uit Indië geschreven, openbaar te maken. Met een eng begrensd wetenschappelijk doel in onzen Archipel werkzaam, dacht ik niet, dat dezen voor anderen dan vrienden eenige waarde konden hebben. Mijn doel zal dan ook bereikt zijn, als ik mocht hebben medegeholpen, om in Nederland de liefde tot de schoone bezittingen daar ginds te onderhouden, mocht het zijn, aan te wakkeren.

Ik heb dan ook noch getracht, een aaneengeschakeld reisverhaal te geven, noch eene beschrijving van Indië, maar alleen de voornaamste indrukken weer te geven, zooals ze, dag voor dag, in mijne brieven werden neergelegd.

Ongaarne laat ik alles weg, wat op het Noorden van Sumatra betrekking heeft. Ook Atjeh en Padang met zijne schoone Bovenlanden heb ik bereisd, maar, om persoonlijke redenen, schijnt het mij toe, dat de brieven uit die periode in geen geval den druk verdienen. Mocht het overige Indië doen zien, zooals ik het gezien heb, dan zal de uitgave mij niet berouwen.

v. R.

ROTTERDAM, 1878.

I.

TERNATE. . . . . . . blz. 1

II.

BENKOELEN EN PALEMBANG » 25

III.

VORSTENLANDEN . . . . » 69

IV.

KLEINE SOENDA-EILANDEN EN TIMOR . . » 103

V.

BORNEO . . . . » 176

VI.

GOLF VAN TOMINI . . . . blz. 219

VII.

VAN BATAVIA NAAR SEMARANG . . . . . » 259

VIII.

WESTKUST VAN CELEBES . . . . » 351

IX.

RESIDENTIE AMBOINA . . . . » 368

TERNATE.

Op Ternate geweldige soesah; de nieuwe Resident was met mij aan boord, dus kon mij noch de vorige, die met dezelfde boot vertrekken zou, noch de nieuwe heel veel helpen. Maar de hulp ontbreekt in Indië nooit, en zoo hielp mij ook de resident, hoewel hij eigenlijk geen resident meer was.

Rond geloopen, bezoeken gebracht, bestellingen gedaan voor keuken en kelder, mij half dood gedraafd; 't resultaat was dat ik eergisteren, ongeveer middernacht, in eene prauw kroop, in gezelschap van eenen ambtenaar, een recht goedig man, die mij van Ternate uit, medegegeven is, om mij bij den Sultan hier bij te staan.

Maar de prauw! de vervoermiddelen worden al fraaier en fraaier. Stel u voor een dikbuikig, spoelvormig, bijna plat-booms vaartuig, zonder inhouten van louter dikke planken vervaardigd. Midden op staat een huisje, geheel van bamboe en palmblâren; over het voor- en achtergedeelte zijn een twintigtal roeiers verdeeld. En zoo waagt men zich op zee niet alleen, maar men vergaat niet eens altijd, zooals ik het genoegen had te ondervinden.

Tot de genoegens behoort b. v. ook, dat u een groote tjidjak (hagedis) op uw neus valt, en dat de roeiers, al zijn het Mohammedanen, bijna rieken als Ambonsche Christenen; en dan de muziek! Stel u voor een trechtervormige houten

1

trommel, ¾ meter lang, aan de achterzijde open, aan de
voorzijde met leêr bekleed, bijna als eene Javaansche trom,
slechts langer. Daarop wordt zonder ophouden geslagen,
twaalf, achttien uren achtereen, zoolang als er geroeid
wordt, en roeien houden die kerels ongeloofelijk lang uit;
er wordt steeds maar één toon geslagen, bijna altijd met
gelijke intervallen, om het uur eens afgewisseld door een
dubbelen slag; zoo zit er een muziekant voor den ingang
van het huisje, een op het dak; bij dag en bij nacht bear-
beiden ze die trommelvliespijnigende instrumenten, om de
maat aan te geven aan de roeiers, die dag en nacht doorroeien. En als dan de roeiers zelven vroolijk zijn of ze willen
u bedanken voor pas geschonken arak of voor tabak (dit
zijn de fooien), dan zingen ze, en o! dat zingen, dat is
nog erger dan de trommel. Ook al zoo goed als één toon
of liever geen toon, want het harde is er het mooie van,
dus overschreeuwen ze zich zoo, dat alleen de verbeelding
u een begrip kan geven van de krijschende geluiden, die
voor zang worden opgedischt. Men zou de hulp moeten
inroepen van eene vischvrouw, die op een Decemberdag
van des morgens zes tot des avonds zes heeft staan kijven,
of van een scharesliep van zestig jaar, vóór hij zijn eersten
borrel binnen heeft, om in Holland iets dergelijks voor den
dag te brengen, of eene ongesmeerde stoommachine. Gelukkig brullen de lui niet altijd door.

En dit schijnt nog een vrij verheven vermaak te zijn, ten
minste de kommandant is meestal nog een prins, die dat
werk doet voor dertig cents daags, en de rest in muzikaal
genot. Trouwens prinsen zijn er op Ternate zeer veel, wat
de Islam wel verklaren kan; de vuilstmogelijke kerels doen
u soms van eerbied verstommen door de koelbloedige verklaring dat zij prins zijn. Zelven zijn ze even overtuigd als
de Polen, dat men om mensch te wezen minstens prins
moet zijn; het overige van wat wij geneigd zouden zijn menschen te noemen bestaat voor Zr. Ms. vasallen op Ternate niet.

Ik zou de prauw van den resident wel eens op reis willen zien. Als ik twintig roeiers krijg, zal het niemand verwonderen dat de resident er zestig heeft; hoeveel muziek zullen die wel maken? Al die prauwen en menschen is de Sultan van Ternate bij kontrakt verplicht te leveren.

Trots de muziek reis ik liever zóó dan per kruisboot, als men ten minste geene tegenspoeden heeft, en die hadden we niet. De afwisseling is grooter, hoewel men midden op den dag al even weinig zien kan, daar om de warmte alles dicht blijft; men kan de zijwanden juist hoog genoeg opslaan, om van de eilanden die men voorbijvaart niets te zien.

En dat het een schoone reis moet zijn, kan de kaart u reeds toonen. Halmaheira is dat grappige eiland, de miniatuur kopie van Celebes, dat zijne vier armen oostwaarts uitstrekt, alsof Nieuw-Guinea de onbekende schoone ware, die het aan zijn moerassigen boezem wenscht te drukken. Het is tusschen de Sultans van Ternate en Tidore verdeeld, en de natuur heeft er zooveel kleine eilanden rond gelegd om die beiden voor kibbelen te behoeden. Want wie vindt, dat hij te weinig heeft, neemt er maar wat van deze kleine dingen bij, die toch niemand hebben wil, zelfs het Nederlandsch Gouvernement niet. Als gij nu bedenkt, dat elk van die eilanden en klippen (want er zijn er veel van enkele meters oppervlakte), dat elk daarvan groen is, geheel begroeid, want hier is de plantengroei sterk genoeg, dan is het duidelijk, dat de reis er veel van heeft alsof men op den vijver van een grooten tuin roeit. Maar men moet er zich vulkanen bij denken, want die zijn er heel wat. De baas is die van Tidore. In het zuiden van dat eiland verrijst die trotsche berg, als op een draaibank afgedraaid, steil en ontoegankelijk ten hemel. Die van Ternate schijnt er klein bij en aan dien van Banda denkt men niet meer. En zoo brutaal, zoo rechtlijnig, de type van een vulkaan. Het volgende eiland, Motir, is ook een vulkaan, en dan Makkian, doch dit laatste met

een grooten ingevallen krater, zoodat het er als een holle
reuzckies uitziet. Deze eilanden nu liggen meestal in een
rechte lijn van zuid naar noord, evenwijdig met de westkust van Halmaheira. Ternate is het noordelijkste, Batjan,
het doel mijner reis, het zuidelijkste van dezen keten, tusschen de schakels waarvan zich onze reisroute heenslingerde.

Te vier ure 's nachts van Ternate vertrokken, waren we
des namiddags op Makkian, dineerden daar, — we hadden
natuurlijk een geheel huishouden ingepakt —, vertrokken
weder na middernacht, doch deden den volgenden dag weinig
door tegenstroom en wind. Even thee gekookt op Miskien,
gegeten op Kaiowa en weder des nachts weg.

Op Klein-Tawalli, in een heerlijk inhammetje, in koren-
blauw water, door hooge boomen beschaduwd en deels door
sierlijk geteekende rotsen omringd, even gezwommen, terwijl
de jongens thee zetten, en dan weér weg. Dicht bij den ingang der straat, tusschen Batjan en Groot-Tawalli, gegeten,
tegen het vallen van den avond weg, en zoo bracht ons een
goede stroom en krachtig roeien, reeds bij het aanbreken
van den dag op Batjan, zoodat ik heden reeds een gedeelte
van mijne waarnemingen ga doen. Dus eene recht voorspoedige reis.

Mij bevalt dit gedeelte van de Molukken veel beter dan
de meer beroemde groepen van Banda en Ambon; is het
mijn eigene stemming? Misschien voor een gedeelte, maar
toch schijnt mij deze Archipel veel meer verschil van vormen
op te leveren; en het groen op de eilanden is weer zoo weelderig, en de bodem van de zee nog weelderiger, vooral kleuriger, want de kleuren der koralen, der kwallen, der visschen en schelpen zijn even schitterend als veelvuldig.

Ik wilde u wel eens een der visschen laten zien, met
vermiljoenroode strepen op donker groenen grond, of een
kreeft met onmogelijk lange voelers, zooals mij eens eene
vriendelijke dame ter bezichtiging zond, en die lichtblauw
was, en donkergroen, en rosé, en rood, en bruin, en alles

even helder en rein van kleur. Geen lori is schitterender, en toch zijn die hier zoo grillig en zoo verschillend van tint,`met kleurverbindingen, zooals slechts een Engelsche die kan verzinnen, en toch is de lor▶dan mooi gekleed en de Engelsche niet.

16 Mei.

Gisteren eerst een bezoek gebracht aan het fort, een ding . . . . . ja van de soort als die, waarop ik in mijne jeugd bombardementen met erwten hield. Geheel met aarde opgevuld en midden in een moeras gelegen, gelijkt het op een grooten schanskorf, waar bovenop een sergeant en een korporaal met een handvol inlandsche soldaten het N.-I. leger vertegenwoordigen. Vroeger lag het fort aan zee; thans is het er vijf minuten van verwijderd. Daarna bezoek aan een Chinees, die de notabelen van de plaats en tevens den groothandel vertegenwoordigt. Deze trachtte ons te vergiftigen met portwijn van zeer twijfelachtigen oorsprong; het smaakte ten minste alleen naar slechten cognac.

Als een waardig slot aan den avond, een bezoek aan den Sultan zelven, heel familiaar met ons drieën aan een klein tafeltje, thee, koekjes, een goud vest, en een gemeen grijnen jasje er over heen. Die twee laatsten niet op tafel, maar om 's mans magere buste, waaronder een klein rijstbuikje zit. Verder een gezellig praatje; alle onderscheid in acht genomen, was het als een bezoek bij Hollandsche burgerluidjes van weinig opvoeding. Voor morgen is ons tegenbezoek beloofd.

17 Mei.

Z. H. is bij ons geweest tegelijk met den Chinees, die alweder met eene christen dame, een zoogenaamd Europeesche leeft, die te trotsch is, om met hem te huwen. Zonderlinge trots, om liever de huishoudster dan de wettige vrouw van een Chinees te zijn. Maar een christen vrouw kan toch niet met een Chinees trouwen! Het begon reeds grappig. Terwijl de klok in het fort drie kwartier vóór was, schijnt die van den Chinees, die den sultan zou gaan halen, evenveel achter geweest te zijn, ten minste we hebben ten slotte onze gasten laten halen, niet door de kindermeid, maar door den jongen, en schaterende van het lachen, kwamen ze een uur te laat. Het komieke van de zaak was, dat later op den avond, het fort in eens een vol uur achter was, maar het tragische er van was, dat we een boozen toeleg hadden om Z. H. dronken te maken, en dus met onze schamele middelen punch hadden bereid van sina'sappelen, van geleende suiker, van allergemeensten arak enz. enz., maar lekker natuurlijk. Dat brouwsel nu was niet meer warm, maar koud, doch miste toch zijne uitwerking niet; reeds bij het tweede glas lachte Z. H. tranen, om de sterke stukken, die ik hem verhaalde of liet verhalen, als het mijn Maleisch te boven ging, en waarvan minstens de helft half waar was. Ik had de perfidie gehad, mijn jongen order te geven, om mijzelven half water in te schenken, want ik geloof niet, dat mijn haarpijn het genot van den sultan zou verhoogd hebben. En de man had bepaald heel veel pret, en ik hoorde alweer een en ander.

Zonderling, dat zoovele Mohammedanen het gebod om geen sterken drank te drinken, zoo stelselmatig overtreden, en dát in een land, waar het klimaat zoo weinig tot drinken aanspoort; en dat ze daarentegen, b. v. al wat uit blikken komt, niet of slechts met groot wantrouwen eten, uit vrees dat er een weinig varkensvet bij mocht zijn. Op Java schijnt het alleen aan de grooten te zijn, dat de westersche beschaving, de zucht tot drinken gegeven heeft. Zoodra men echter op de reis naar de Molukken, hetzij Timor, hetzij N. Celebes bereikt heeft, en dus met de Alfoeren kennis maakt, vindt men op het register der volkszonden den drank in plaats van den opium. En daarvan

dragen wij in deze streken de schuld niet; het misbruik
is zoo algemeen verspreid, en ze weten zoo goed bedwel-
mende dranken te trekken uit palmboomen, dat het zeker
ouder is dan ons bestuur. Hier wordt de drank bereid uit
den Arengpalm, die hier dan ook, naar den naam van het
vocht, Sagoweerboom heet; de vrucht wordt afgesneden, en
het vocht, dat uit den vruchtsteel druipt, en dat ook de bekende bruine Javaansche suiker levert, laat men hier liever
door gisting tot een vrij bedwelmenden drank worden, die
niet lekker smaakt. Op Java wordt hiertoe ook wel, de
klapper (kokosnoot) gebruikt; op de kleine Sunda-eilanden,
de vrucht van den Lontarpalm. In een lager stadium van
gisting, is het een zoetachtig, niet onaangenaam, vocht, dat
niemand kwaad doet.

Voor zoover ik oordeelen kan, zijn de gevolgen van den
gevloekten opium, in het tropisch klimaat zoo nadeelig
niet voor lichaam en geest, als die van den drank,
en ik geloof ook, dat het misbruik van opium op Java,
op verre na niet zoo algemeen verspreid is als hier dat
van den drank.

Wij zijn vrij goed gelogeerd in een huis, dat aan een
der heeren van Renesse van Duivenbode behoort, die hier
een tijd lang land ontgonnen heeft, doch nu weder op
Ternate woont. Gij kunt u echter geen flauw denkbeeld
vormen, van de vuilheid van een huis, dat zoo aan inlanders is overgelaten! het is onschatbaar vuil. Maar het is
toch recht aangenaam, dat we onder dak zijn, en nog
eenige geriefelijkheden vinden, als lampen, stoelen, keukengereedschap enz. Toch kwam mij het strijdlied van de
Bonner huzaren soms levendig te binnen:

> Sie werden wieder munter,
> Sie werden wieder munter,
> Und beissen so sehr!

Gij begrijpt zeker klaar wie de » Sie" waren. En er waren
betrekkelijk groote » Sie" bij, want, viel mij aan boord

een krokodil op het hoofd, hier werd ik eens wakker geschud, doordien er een muis heel kalm op mijn linker voet zat. Altijd nog beter, dan een vergiftige slang in bed, zooals mij te Tegal gebeurde. Ik zal dus dit verblijf, niettegenstaande de vorstelijke omgeving, toch zonder al te groote smart verlaten, ten minste ik zal die vermoedelijk wel te boven komen.

19 Mei.

Gisteren avond hadden we de gewapende macht hier, aan wie ook niet alle dagen een gezellig praatje, onder het genot van een glas wijn te beurt valt. De stumpers hadden niet eens meer cigaren, en wij konden er hun maar heel weinig achterlaten. Maar wij hebben hun lever wat laten schudden, zoodat ze, hoop ik, weder krachten opgedaan hebben, om de maanden te doorleven, die er verloopen zullen, tot dat er weer eens iemand komt.

20 Mei.

Heden avond nemen wij den terugtocht aan, met de meest gunstige beloften van goeden wind. Gisteren hadden wij nog tot afscheid, Sultan en Chinees te dineeren, op zijn Hollandsch, natuurlijk uit blik. Ik geloof dat Z. H. het maar matig lekker vond, daar hij bovendien tandeloos is, en te veel arak en opium gebruikt om honger te hebben; en onze kok is ook geen groot kunstenaar. Maar dat komt er niet op aan, dat de vorst deed, als of het hem smaakte, was voldoende. Van zes glaasjes wijn, kon de goede man al niet meer rechtop staan, en om mijne oudste aardigheden rolde hij van het lachen, zoodat hij nog al goed te amuseeren is, vooral omdat hij alle anekdoten stokstijf gelooft, en ik verzeker u, dat zij krachtig waren. Ze zullen echter, door een ander in het Maleisch vertaald, wel wat verwaterd tot hem gekomen zijn: hij lachte dan ook wel eens, eer de ui eigenlijk gekomen was.

Gij ziet dat we hier aardig de peentjes opgeschept hebben, en dat ik mij in dezen uithoek volstrekt niet verveelde.

Onder de notabelen behoort hier nog de goeroe (inlandsch
schoolmeester en cathechiseermeester), die ook, als er geen
dominé komt, wat slechts eens in het jaar gebeurt, eene
soort godsdienstoefening houdt. De man steelt de materialen
voor de kerk, en de planken voor de doodkisten, en is
vrij Mohammedaansch in zijne opvatting van het huwelijk.
Dan nog een hoofd van de Christenen, die boven en beneden zich steelt, dat het een grap is om aan te hooren.

TERNATE, 24 Mei.

Van de reis naar Batjan terug, en de terugreis was even
voorspoedig als de heenreis, het was dezelfde weg, waarvan ik u dus niets nieuws kan verhalen, maar ik moet u
toch eens binnenleiden in ons bivouak op Motir. Een zeer
smal strookje strand, waartegen onze prauw was opgetrokken, en daarachter kreupelhout; een eind verder eenige
andere prauwen, waarvan de bewoners op het strand vuurtjes
maakten. Wij maakten ook een vuurtje om eten te koken;
al onze potjes en pannetjes lagen zoo maar op het strand;
wij gingen water zoeken, en hout zoeken, dat ik n. b. het
eerste vond; ik ben dus al mooi op weg, een Indiaansche
speurhond (zie Gustave Aimard) te worden. Een kip vermoord, en aan het koken. Iets, wat op een tafel geleek,
werd aan het strand opgebouwd, met een pisangblad tot
tafellaken, naast het vuur waarop de potjes stonden te
pruttelen. Een eind verder de andere vuren, waar rondom
bruine ruggen glinsterden, en waarop een groote visch gedroogd werd, die onze bruine lui juist waren machtig geworden, en waarvan wij de kuit als entremets gebruikten.
Als achtergrond van het tafereel, een scherpe vulkaan,
daarachter de blauwe kust van Halmaheira, en daarachter
de opkomende maan, die zelve scheen te lachen, om het

grappige tooneel, dat wel eenigszins verschilde van een gezellige Hollandsche eetkamer.

En zoo is een genotvolle toer weder achter den rug.
Welk een schoone eilandengroep! en wat is het te betreuren, dat wij door verwaarloozing een lastpost van de
Molukken hebben laten worden. Want deze prachtige
eilanden, die voor de oude O. I. Compagnie een goudmijn
waren, kosten thans slechts geld en het is uitsluitend
Banda, dat ten minste aan particulieren winsten afwerpt,
terwijl ook dat aan de regeering nog geld kost. En het
kon beter zijn. Wel geloof ik niet, dat we er ooit weer
een rijke bron van inkomsten zullen vinden, maar anders
moet het worden.

Ik geloof niet dat de Molukken, in hunne geheele uitgebreidheid, zoo vruchtbaar zijn als andere tropische gewesten, hoewel bepaalde produkten er welig tieren; de geheele Residentie Timor is vrij onvruchtbaar. De groote klip
is overal: gebrek aan bevolking Maar ook daaraan doet,
getuige Java, een goed bestuur, en een redelijk oeconomiesch
stelsel veel goed, hoewel Sumatra daar is, om te bewijzen
dat dit niet altijd snel gaat. Anderen hebben genoeg aan-
getoond, hoe het monopoliestelsel der Compagnie de Molukken ontvolkt heeft, hoe het de toekomst heeft opgegeten,
door overal eene enkele soort van kultuur te laten bestaan
zonder eenigen vooruitgang, en bij uitsluiting van andere,
die in later tijd misschien beter waren geweest, door den
heiligen sleur en het steunen op de regeering in te voeren,
en later toen alles meer en meer achteruitging, er de handen
van aftetrekken. De toch niet werkzame inlander heeft
zeker den arbeid niet leeren liefhebben door den dwang-
arbeid der Compagnie, die voor hem zelven wel de minste
vruchten afwierp.

Maar rust daarom thans de verplichting niet zooveel
te zwaarder op ons, om deze streken weder uit hun
verval op te heffen? En ik houd mij overtuigd dat dit

zonder nadeel voor de schatkist zou kunnen geschieden. Hier zou eens een regeerings-kommissaris moeten heengezonden worden, om alles van Makasser af te reorganiseeren. Men is in Holland, en zelfs te Batavia, veel te bang voor het spooksel, dat uitbreiding van direkt bestuur heet. Men is met den feitelijken toestand niet g e n o e g bekend, en weet niet hoe vaak de zoogenaamde vorsten slechts nog een soort schaduwbeelden zijn, wezens die slechts nog de bevelen van den resident volgen, doch een oneindige macht overhouden, om hunne eigene onderdanen te knevelen en te mishandelen. En komt dit niet op onze rekening, dáár waar het onder de oogen van een resident gebeurt, die altijd uit angst voor het spooksel, er weinig of niets aan doen kan? Zeer zeker zou ik niet gaarne direkt gezag uitoefenen in streken, waar wij nog niet mede in aanraking zijn. Maar op zoovele plaatsen bestaat het direkt bestuur feitelijk, alleen de regeering noemt het niet zoo en laat daardoor de deur open voor de gruwelijkste misbruiken.

Geloof niet dat ik overdrijf. Wilt gij een enkel staaltje hier uit de buurt? De oostersche theorie, dat alles aan den vorst behoort, wordt hier nog zoo streng opgevat, dat, als de vuilste prins van een inlander maar iets redelijks ziet, hetzij boom, akker of vrouw, hij het zich eenvoudig toeeigent. Op Ternate zelf zullen ze wel voorzichtig zijn, maar op Halmaheira gebeurt het ruimschoots en toch heeten wij ook daar gezag uit te oefenen.

En weet gij wat van de arme onteigenden wordt? Dat worden zeeroovers. Geen zeeroover in deze streken, die niet liever een ander bestaan zal hebben, dan zijn ellendig leven in kleine prauwtjes. De werklieden van den Heer van Renesse op Batjan waren voor een groot gedeelte gewezen zeeroovers, en toen de plantage te niet ging, zijn ze uit gebrek weer zeeroovers geworden. Moeten wij ons niet wel eens schamen, als onze oorlogschepen heldenfeiten verrichten tegen zeeroovers?

Verwar intusschen deze lui niet met meer gevaarlijke zeeroovers uit andere streken, waarmede wij voor het oogenblik niets te maken hebben.

Weet gij wat niet vele jaren geleden op Makkian gebeurde? De inwoners kwamen tegen den sultan van Ternate in verzet, doch zonden tot den resident om te zeggen, dat zij niet tegen de regeering in opstand waren maar slechts tegen den sultan. Dat zij weigerden zware belastingen op te brengen, waarvan de grootste helft in verkeerde handen kwam, zonder den sultan te bereiken, maar dat zij die gaarne zouden opbrengen, indien zij maar een Hollandsch bestuur mochten hebben. En wat deed de regeering? Zij zond er een oorlogschip heen, er werd geschoten en gebrand en Makkian behoort nog aan den Sultan.

Op datzelfde eiland Makkian heb ik zelf kunnen zien hoe zwaar de belastingen zijn, die in natura worden opgebracht, heb ik ondervonden, dat men mij de levensmiddelen die ik noodig had, bijna niet durfde verkoopen, omdat een feest bij den sultan ophanden was. Daar dat eiland de groote voorraadschuur van Ternate is, kunt gij begrijpen hoe zulk eene belasting de welvaart tegenhoudt. Ook in persoonlijke diensten brengen ze waarlijk niet weinig op. Ik zal nooit eene opmerking vergeten, die mij de Gouverneur Bakkers van Makassar maakte, en die is waarlijk als autoriteit niet gering te schatten. « De lui brengen veel belasting op, maar « quasi vrijwillig in den vorm van eerbewijzen, en zij heb- « ben geene wegen. Naar mijne ondervinding nu kan men « een volk hier onderworpen noemen, maar ook dan eerst on- « derworpen, als men goede wegen maakt en de inlanders « geregeld belasting in geld opbrengen. » Doen ze dat laatste eens, dan zien ze spoedig genoeg, dat het minder drukkend is, maar het is natuurlijk eerst daar mogelijk, waar eenig vertier is en met geld gehandeld wordt, wat nog lang niet overal in Indië het geval is. En in deze Residentie nu geloof ik, dat het zeer mogelijk is.

Doch dit alles zal wel steeds onder de vrome wenschen blijven behooren, onder het heerlijke stelsel waarnaar wij hier geregeerd worden. Hier op het Residentiekantoor moet nog liggen een schrijven van de regeering, het bevel inhoudende « om niet aan te komen met hervormingsplannen, « die niet onmiddelijk voordeel zullen afwerpen, en vooral « niets te vragen wat geld zou kosten»; ten minste een bevel in dien geest. Daar er nu wel moeielijk eene hervorming zal uit te denken zijn, die niet gedurende den eersten tijd geld kost, is daardoor Ternate veroordeeld steeds te blijven achteruitgaan. Moeten wij ons niet schamen over deze natuurlijke gevolgen van onze methode van regeeren — of van niet regeeren? Een klein winkelier zou in zijne eigene zaken zulk een politiek nog dom vinden. Aan een vorigen resident van Timor werd iets dergelijks eens door een hooggeplaatst ambtenaar gezegd, hoewel niet geschreven. En tot zulke enormiteiten wordt de Indische regeering gedwongen, daar men het in Holland verstandig vindt, zelfs voor Java tot zulke uitgaven toe te weigeren, die een gewoon sterveling voor zijn huis doet als « dagelijksch onderhoud.» Dat deze uitdrukking niet overdreven is, kunnen op Ambon en Ternate de sporen van de vroegere wegen getuigen, overal de bestaande wegen, waaraan bruggen ontbreken, zoovele verdwenen havens, zoovele werken, die halverwege zijn blijven steken. Doch wat haal ik bewijzen aan voor iets, dat geen bewijs behoeft.

De drie sultans zouden goedschiks of kwaadschiks afgeschaft, en gepensioneerd moeten worden, wat slechts een pennestreek kost, en volgens de kontrakten ons recht is. De belastingen, in geld geconverteerd, zouden de inlanders minder drukken, en naar mijne vaste overtuiging èn de pensioenen van de sultans, èn een Hollandsch bestuur, ruimschoots kunnen betalen. En al deden zij dit ook al eens niet, zou het toch niet onze plicht zijn?

Er is m. i. geen middenweg; zoolang wij kunnen, moeten

wij ons met landen, die ons geen belang inboezemen, in
het geheel niet bemoeien, maar hebben we het eens gedaan, dan zullen we wel steeds, in ons belang, en in dat
van den inlander, ten slotte tot direkt bestuur moeten
komen. Want juist op de vorsten werkt de aanraking
met ons ontzenuwend en demoraliseerend.

Ik geloof, dat dezelfde maatregel ook op Timor zou moeten toegepast worden, doch alleen op die vorsten, die in
onmiddelijke nabijheid van de hoofdplaats zijn.

Van de residentie Amboina verwacht ik niet heelveel
goeds, doch de perkeniers op Banda, door het Gouvernement zoo bevoordeeld, moesten heelwat meer belasting
opbrengen.

Doch ik dwaal te ver van Ternate af, en eindig dus
voor heden.

28 Mei.

Geloof niet dat ik mij op Ternate verveel, omdat ik er
zoo weinig van vertel. Het regende steeds, en een Indische
plaats met regen levert heel weinig vermakelijks op. Voor
de reis naar Batjan, had ik wat mooi de schoone dagen
uitgezocht; den dag na mijne te huis komst, regende het,
en het regent nog. Heden morgen zag ik echter weer
eens het heerlijk panorama van de baai, waarop altijd
kleine en groote prauwen den voorgrond levendig houden,
terwijl van het midden af tot links, en ver achter mij de lage,
doch niet eentoonige, kust van Halmaheira een nevelig
blauwen achtergrond vormt, en rechts de indrukwekkende
vulkaan van Tidore achter de heuvelen aan zijn voet, als
een reus tusschen dwergen trotsch alleen staat. En draait
ge u om, dan staat meestal de vulkaan van Ternate zelf
te rooken als een fabrieksschoorsteen, of zelfs nog wel
erger! Verschrikkelijk niet waar? En dan staan twee schokken van aardbeving ook heel lief in het landschap. Ik heb
daar echter niets van gevoeld, hoewel ik niet sliep.

Die vulkaan is toch zoo heel onschuldig niet, nog in
1855 had er een uitbarsting plaats, waarvan de asch nog op
Bandà de zon verduisterde, de aardbeving was zoo goed,
dat onder anderen het residentiehuis instortte. Sedert zijn
hier alle huizen van hout, of van nog lichter materiaal,
en met atap (palmbladeren) gedekt. En in deze groep zijn
vele vulkanen, die niet beter te vertrouwen zijn.

29 Mei.

Verbeeld u, de vorsten en prinsen, laten zich hier in
een rijtuig bij groote gelegenheden door menschen trekken.
Men zegt mij, dat dat is, omdat de koetsier anders hooger
dan zijzelven zou komen te zitten, en dat ook daarom de
keizer van Solo een Europeaan tot koetsier heeft; van dien
kan het er door. Zoo vertelt men te Batavia, dat de
koning van Siam, bij zijn bezoek aldaar, volstrekt op den
bok van het rijtuig wou gaan zitten, en het moeite kostte,
hem in het rijtuig te doen plaats nemen. Ik ben er niet
bij geweest. Heden zag ik een gezantschap op die wijze
naar den resident trekken, maar aangenaam schijnen de
Hoogheden het niet te vinden, om zoo een half uur lang
voetje voor voetje te vorderen, ten minste ik zag ze te
voet terugkeeren, met het rijtuig er achter.

Voor den resident is zulk een bezoek ook geen onver-
deeld genot. Bij elk bezoek of tegenbezoek toch, moet hij
den sultan, of de sultan hem, op den grond voor het huis
gaan ontvangen, en dan omhelzen ze elkander en kussen
elkander op beide wangen. Zóó luidt het voorschrift, maar
ik zou liefst dat vuile volkje niet omhelzen. Voor den resident is het echter een staaltje van huiselijk geluk, want
hij noemt den sultan van Ternate zijn oudsten zoon, dien
van Tidore den tweeden, en de sultan van Batjan is zijn
jongste telg. Eene gemakkelijke manier om in de familie te
komen, maar voor een ongehuwd resident wel wat compro-
mitteerend. De inlanders meten namelijk alle verhoudingen

volgens graden van verwantschap af, en zoo wordt de
Gouverneur-Generaal aller grootpapa. . . . .

. . . .

. . . .

TERNATE, 25 Juni.

Opeens weer op Ternate terug, wat voor mij wel geene
verrassing is, maar voor u zeker wel na dien zwerftocht.

Hoewel we maar matig weder hadden en weinig zonneschijn, was het een mooie reis van Ceram hier heen, ditmaal achter Batjan om, door straat Patiëntie. Vooral het
laatste gedeelte der straat is schoon, waar een eilandenketen
met den kermisnaam van Lalarie-eilanden de straat bijna sluit
en de vaart moeielijk genoeg maakt. Deze eilanden waren zeer
schilderachtig verlicht, enkele smaragdgroen, helder afste-
kend bij de anderen, die juist in de schaduw lagen van
zwarte wolken, die niet te vergeefs dreigden, want gisteren
in den vroegen morgen hadden we een allerliefst stormpje,
zoodat we zelfs een zeetje overkregen, wat in deze besloten
vaarwaters voor een stoomschip al eene zeldzaamheid is.

LOLOBATO, 29 Juni.

Ik wilde wel eens, dat gij mij hier kondt zien zitten schrijven, maar eerst dient gij te weten, waar de plaats ligt, waar
we gebivouakeerd zijn. Dit is het ware woord, want we
zijn de eenige bewoners van de plaats, die ik u waarlijk
wel eens zou willen laten zien; maar daar de beschrijving
er van nog niet aan de orde is, zeg ik nog maar alleen, dat
het oord op Halmaheira ligt.

Van Ternate lang niet zonder moeite vertrokken, want,
toen al mijn goed na lang dralen eindelijk het huis uit was,
en ik omtrent zeven uur in den morgen in de prauw stapte,
berichtte men mij, dat er vijf man aan het roeierspersoneel
ontbraken. Al de episoden van mijnen strijd met de traag-
heid der inlanders en de nonchalance van het sultansbestuur

zal ik u maar niet verhalen, en u maar even getuige doen zijn van het afgrijzen van den van schrik verstijfden stoet van dienaren van den resident, toen ik het waagde, in het profond négligé, waarin men natuurlijk zulk een reis doet, aan den vriendelijken man mijn nood te gaan klagen. Genoeg, dat ik te negen uur nog niets zag; het hoofd was weer weg om die vijf lui te zoeken en kwam zelf niet terug; ik werd boos en gaf kort en goed order om te vertrekken, zette zelf de schuit af en gelukkig gehoorzaamden de lui, zeker onder den indruk van mijne gedecideerde orders, voorafgegaan door mijn bezoek bij den resident.

Nog geen uur was ik in zee toen reeds een kleine prauw mij achterop kwam, waarin de ontbrekende roeiers zaten, die zeker het hunne er nog wel van zullen krijgen of het reeds hebben. Het was goed dat zij nog kwamen, want de zee was recht onstuimig. wat tusschen de eilanden, in een vaartuig zonder kiel, minder aangenaam is. Ik was eenigszins uit mijn humeur en mijn jongen keek erg flauw, deze is weer van den zeezieken kant zooals n°. 1.

Maar aan alles komt een einde, en hieraan nogal spoedig. Ongeveer drie uur drukte ik reeds de hand van mijn vriend Hendrik, u van de reis naar Batjan bekend. Het tooneel dier ontmoeting, de standplaats van Hendrik, die geheel alleen het Nederlandsch gezag op Halmaheira vertegenwoordigt, heet Dodinga en ligt aan een inham bijna tegenover Ternate.

De avond werd aan eten gewijd, waaraan ik natuurlijk overdag niet veel gedacht had, en aan bespreking van de reis; de nacht aan een geduchten slaap op het fort, waar het huis van den braven Hendrik staat. Ik zeg met voordacht: op het fort, want, even als te Batjan, is dit mikroskopisch klein, maar geheel met aarde aangevuld en de woningen staan er boven op, schouder aan schouder, voor zoover ze niet bezweken zijn onder het onderhoud, dat natuurlijk bestaat in toekijken, hoelang een gebouwtje wel kan staan zonder in te vallen.

In zulk een weelderig verblijf dan, natuurlijk zeer doorluchtig, sliep ik onovertreffelijk, maar werd toch dikwijls
genoeg wakker, om te hooren hoe de regen nederplaste, wat
van den weg een modderpoel moest maken. En die weg is
ver van eene chaussée; hij voert over het smalste, deels
moerassige gedeelte van Halmaheira, zeer smal, want aan
beide zijden gaat de zee nog dieper land inwaarts, dan de
kaarten aangeven, vooral aan de oostzijde, waar het water
ten slotte slechts eenige meters breed is. De weg is slechts
een open gekapte goot, een paar voet breed, deels door
bosch, deels door alang-alang (eene zeer hooge grassoort),
zonder eenig nivellement of plaveisel. Gij kunt denken hoe
vlug het gaat, na een zwaren regen, die gelukkig opgehouden had, daarlangs al ons goed en ons zelven te dragen,
want natuurlijk moest alles weder mede, huisraad en levensmiddelen. En weder kwamen de mannen uren te laat aanzetten, ten deele omdat de geheele bevolking van Dodinga
zelf niet voldoende bleek om alles te dragen! Dit kan u een
begrip geven van de belangrijkheid der plaats.

De weg door het bosch is eigenlijk een laan van ananassen;
aan beide zijden staan ze in een onafgebroken reeks
dicht opeen gedrongen. Men krijgt er dan ook twaalf voor
een dubbeltje. Bij zonneschijn is zeker het gezicht op de
zee zeer mooi, een nauwe tunnel door het dichte bosch,
steil afdalend, waardoor heen men op de spiegelgladde
blauwe zee de prauwen ziet, die men straks bestijgen zal.

30 Juni.

De prauw was nog akeliger dan vroegeren; we moesten
zelfs al spoedig weer aanleggen om steenen als ballast in
te nemen, zóó schommelde het ding. Intusschen kregen we
tegen den avond goeden wind; in minder dan 24 uren waren
wij te Lolobato, waar ik zoo kort mogelijk hoop te blijven.
De vaart was lief, steeds twee van de wanhopig uitgestrekte
armen van Halmaheira rechts en links in het gezicht, die

door twee landtongen, met een eiland er tusschen, zoo
dicht ﹍tot elkander naderen, dat men op een meer schijnt
te varen, door sierlijke heuvelen omzoomd. Eerst hier op
de plaats krijgt men iets van de opene zee te zien. Op het
land is overal zwaar bosch en het moet schoone houtsoorten
opleveren, doch is, helaas! bijna onbevolkt.

En nu ons verblijf. Een huis of vier zonder eenige bewoners maken de kampong uit, die toch deftig op de kaart
staat. Slechts nu en dan schijnen er zich visschers neer
te zetten, om na eenigen tijd weer elders heen te trekken.
Gelukkig dat de huizen nog zoowat staan en wij er één,
met den afbraak der anderen, ongeveer bewoonbaar konden
maken. Als de hemel maar geen regen zendt, want ons dak
is van twijfelachtig allooi. Stel u voor iets, dat — en dit is
een geluk — een paar voet boven den grond verheven is,
van latten, bamboe en bladeren in elkaar gegooid. Het is
zoo wat vijf voet hoog, behalve het dak, zoodat we telkens
ons hoofd stooten, en ik zoodanig den rug leer krommen,
dat ik weldra waardig zal zijn een eerste plaats in te nemen
aan het hof van welken sultan ook. In die ruimte, slechts
zoo groot als een kleine kamer, met twee gaten, die deuren
voorstellen, hebben wij elk in een hoekje onze mat gespreid.
Gelukkig hebben we twee stoelen en een tafel medegenomen
en twee ongelukkige lampjes, die echter ruim licht geven.
Bij zulke gelegenheden bewondert men de redzaamheid der
inlanders. Na de beschrijving van het huis kunt gij denken
hoe gebrekkig de keuken was. Ik was op den gelukkigen
inval gekomen niet alleen den jongen van Hendrik medete-
nemen, maar ook diens vrouw, die heel wat beter kookt
dan hij, zoodat, met blikjes, vruchten en het noodige voor
de rijsttafel, ons eten zeer goed is en we op dat punt
geen gebrek lijden. De lui zijn verbazend handig om bijna
zonder hulpmiddelen rond te komen. Alles wordt op een
open vuur klaargemaakt, als waschkom bracht men ons
een groote schelp; in een half uur was een stevige voet

onder de tafel gemaakt, waarvan we slechts het blad mede-
namen, en het dak hersteld, even als een afdak, waaronder ik
mijne waarnemingen doe. Onze garderobe hangt over een
touw; het volk ligt in de andere hutten; mevrouw in de keuken, en met lofwaardige galanterie is die het beste voorzien.

Een ramp is het water, waarvan wij slechts op tien minuten
afstands een weinig vonden, en dat nog vrij troebel. De zee is
zoo vuil, en zoo vol kaailui, dat we niet durven zwemmen.

Ook vergiste ik mij, toen ik zeide, dat de huizen onbewoond zijn; des nachts bemerken we maar al te zeer, dat
ze bevolkt zijn; al zijn de bewoners klein, toch vieren
ze groote gastmalen op onze ongelukkige lichamen. De
derde ramp is dat beweging onmogelijk is. Het strandje
is maar een honderd pas lang, en dan door rotsen versperd, en het bosch zou reeds van zelf ondoordringbaar
zijn, al hadden niet de laatste bewoners, nog kenteekenen
achtergelaten, dat er voor herten en wilde zwijnen strik-
ken gespannen zijn, die ook voor menschen levensgevaar
aanbieden. We mogen dus de verleidelijke poging niet
wagen, om ons in het woud een weg te breken. Zal het
u verwonderen, als ik hier slechts het hoogstnoodig aantal
waarnemingen doe?

1 Juli.

Gisteren hebben we een feest gegeven. De kosten waren
niet groot, een glas arak per hoofd, en verstrekking van
de muziekinstrumenten, die aan Hendrik toebehooren. Die
zelfde helsche trommels vermeerderd met een grooten gong.
En toch is die metalen klank nog een aangenaam geluid,
bij het doffe doordringende gebrom van de trommels vergeleken. De kunstenaars toonden om strijd hunne vaardigheid; dus een leven als een jeneverbruiloft, of nog veel erger,
want zingen deden ze ook, en de beste zanger is altijd hij,
die het hardst schreeuwt Veel succes had de verroeste
stem van den burgemeester van Dodinga, die ons natuurlijk het eeregeleide gegeven heeft. Heden avond eene

herhaling, en waarschijnlijk met versterkt orkest, want er zijn twee prauwen met hoofden en gevolg van naburige plaatsen aangekomen, om ons te begroeten; de een om een standje te krijgen, omdat wij in zijn kampong afgezet zijn, de ander om met een flesch arak beloond te worden.

Er wordt natuurlijk bij gedanst, woeste krijgsdansen, waarvan, geloof ik, de schrik u om het hart zou slaan. Denk u maar eens, in het flikkerend licht van een paar walmende vuren, zulk een bijna naakt individu, van top tot teen gewapend, dat de meest wilde en barokke sprongen maakt, en met zijn lans zwaaiende een verwoeden aanval op de lucht maakt. Tot slot vliegt zijn lans op u af, en vlak voor uwe voeten diep den grond in. En reeds staat een ander gereed, om het nog mooier te doen. Men moet zich waarlijk nu en dan herinneren, dat er geen gevaar bij is. Natuurlijk gelooven ze nog, dat wij het mooi vinden, en worden dan hoe langer zoo onzinniger. Welk een onderscheid met de danseressen van Solo, die ten minste hoogst gracieus zijn, al zijn hare dansen, ons ook nog zoo vreemd. Gij hebt wel gelijk; sedert ik van Java ben afgestapt, kom ik hoe langer zoo meer onder de wilden. Ik begin zoo iets te bemerken van het aangroeien van een staart . . . . ik hoop dat die op Java weer zal afslijten.

TERNATE, 4 Juli.

Eer ik naar Menado vertrek nog een paar woorden. Den tweeden gingen we zoo spoedig mogelijk scheep, nadat mijn werk en de rijsttafel afgeloopen waren, en hadden van Lolobato tot aan de landengte een zeer voorspoedige reis. Weder deden we het in juist vier en twintig uren en hielden slechts des ochtends even op om te baden en thee te drinken. Want vierentwintig uren of langer doorroeien is voor een Ternataan niets; dan rusten ze slechts een paar maal een half uurtje. Ditmaal hadden zij echter meer rust, daar wij gedurende den nacht konden zeilen, wat met hunne hoogst primitieve vaartuigen slechts dan mogelijk is, wanneer de wind ongeveer vlak van achteren komt.

Ons goed werd dadelijk naar den anderen oever gedragen; wij aten nog boven op het fort in het kaartehuis, en gingen met de duisternis weder in de prauw die ons hierheen terugbracht. Dit ging echter niet zonder moeite; het was een stormnacht; wind en stroom dreven ons onwederstaanbaar voort naar Tidore, en wij waren wel ietwat beangst. Toch kwamen we nog voor den morgen op Ternate, waar reeds bij het eerste daglicht een stoomschip zichtbaar werd, dat op de reede lag, en waarmede ik straks naar Menado zal vertrekken.

Slechts met eenigen weerzin, neem ik afscheid van het schoone eiland, waar ik zulk een vriendelijke hulp vond, en dat mij zooveel schoons opleverde. . . . .
. . . .
. . . .

31 December A. b. v. h. Ss.: Vice President Prins.

En zoo ben ik waarlijk nog eens op Ternate geweest. Ik bleef er echter niet, zoo als half en half mijn plan was, maar genoot er toch nog een vroolijken, ofschoon vermoeienden, dag. Ik vond de oude kennissen weer, mijnen gastheer, en de anderen, doch niet den resident, die naar N. Guinea gestuurd is. Niet voor zijn genoegen, maar om zekere ingewikkelde rechten van eigendom van den Sultan van Tidore uit te maken, — eigendom die slechts bestaat, zoolang er een Hollandsch oorlogschip in de buurt is. Gedurende mijne afwezigheid heeft de resident ook Batjan bezocht. Hij deed de reis in 36 uur! Wel een bewijs voor wat een kontroleur op Java bedoelde, dien ik eens tot zijn resident hoorde zeggen: « U weet wel, dat voor den resi- « dent de paarden altijd wat harder loopen.»

De herinnering aan mij was er nog niet uitgewischt, tot verdriet van den resident, denk ik, die van den Sultan al mijne anekdoten moest aanhooren. Arme man, die al die overoude aardigheden uit de derde hand in het Maleisch moest slikken! Ze zullen wel zoo dun geworden zijn als hôtelsoep op Zondag.

De kapitein van de boot, mijn medepassagier, die op Ternate zou achter blijven, en ik zelf, we werden medegesleurd naar het landgoed van den Heer Jungmichel, dat op de helling van den berg ligt. Op den middag bijna onder de linie, op de helling van een steilen vulkaan, eene wandeling te maken, is wel wat kras, maar ik kan het genoegen hebben u te melden, dat ik er levend afkwam. En wij werden schitterend beloond voor onze moeite, want, boven gekomen, genoot ik het heerlijke uitzicht op de baai, die ik nu, zeker wel voor het laatst, maar dan ook beter dan ooit, gezien heb, ingesloten door de hooge boomen van de laan, die naar het landgoed voert. En bijna geheel Ternate vond ik hier bijeen; de dames hadden gezorgd voor een uitmuntende rijsttafel, die na den tocht goed smaakte. Vroolijk wandelden wij terug; ik bracht den avond nog bij de oude kennissen door, en in den ochtendstond riep ik aan het nog slapende Ternate het laatste vaarwel toe.

Het schijnt wel voor goed te zijn ingeslapen, zoo mummieachtig is het. Een staaltje van het gedrochtelijke sultansbestuur moet ik u toch nog verhalen.

Er heeft een uitbarsting van den vulkaan plaats, of er gebeurt een andere ramp. Dan wordt uit een gewelf, waarvan alleen Z. H. zelf den sleutel heeft, een sybillijnsch boek voor den dag gehaald, waarin men opspoort, wat de oorzaak van de beroering is. Die is zoo wat altijd, dat er een groote zonde gepleegd is, en dan wordt er een zondebok uitgekozen, de een of andere prins, dien men wel kwijt wil zijn, en van wien men dan opeens ontdekt, dat hij zeer zedeloos leeft; er wordt een prauw afgezonden, met den prins er in, in de richting van Halmaheira en . . . . . de diepe zee vertelt hare geheimen

niet, maar de prins wordt nooit wedergezien. Nog in deze
eeuw heeft een resident zeer veel moeite gehad de vol-
trekking van een dergelijk vonnis te verhinderen. Naar
men mij zeide, was de man veroordeeld, om in den krater
van den vulkaan geworpen te worden.

Maar het zou ook eenige duizenden 's jaars kosten, om
in de residentie een redelijk bestuur te vestigen en die
zouden in de eerste jaren misschien niet teruggevonden
worden. Die reden is natuurlijk voor den kruidenier, die
Holland heet, reeds voldoende, om de wankelende tronen
te schragen van schijnvorsten, wien geen andere macht
overbleef, dan die, om hunne eigene onderdanen uit te
zuigen en siri te kauwen uit zilveren schalen, die hun het
Gouvernement schenkt; en wier verlamde arm juist nog zwaar
genoeg weegt, om allen vooruitgang te onderdrukken. Maar
een geregeld bestuur zou ook eenige duizenden 's jaars kosten!

En plichten tegenover een veroverd land, heeft men
natuurlijk slechts, tot dat de beurs er mede gemoeid is.

Over siri sprekende moet ik u toch ook nog een lieve
gewoonte uit deze streek verhalen.

Oude menschen, die de harde noot, met andere ingrediënten in een versch blad gewikkeld, niet meer kunnen kauwen, stampen die gewoonlijk eerst in een klein kokertje
fijn. Hier echter vindt men het eene vriendelijkheid en
een eerbewijs, dat een ander die eerst fijnkauwt, en ze
dan aan den patiënt geeft om verder te kauwen. Heerlijk
vindt ge niet? Onze tandeloozen thuis moeten wel jaloersch zijn.

Doch Menado is in het gezicht en zoo neem ik van Ternate voor goed afscheid.

NASCHRIFT.

Er is mij een gerucht ter oore gekomen, als of men op
verbetering der toestanden alhier bedacht is. Ik wil niets
meer zeggen, maar laten we hopen.

· BENKOELEN en PALEMBANG.

Eindelijk is dan deze toer begonnen, waarvoor de voorbereidende maatregelen mij zoolang hebben beziggehouden. Na zoovele jaren alleen gereisd te hebben, heb ik eindelijk voor een paar maanden een aangenamen reisgezel opgedaan. Om verschillende redenen kan ik juist in deze streken mijne waarnemingen niet alleen doen. Ik heb den meest welwillenden steun bij de regeering gevonden, die mij op eene hoogst vrijgevige wijze een zeer geschikt ambtenaar toevoegde. Het is de heer Ukena, dien ik reeds vroeger leerde kennen, en met wien ik zeker ben van een aangename reis. Zijn standplaats is te Telok-Betong, de hoofdplaats der Lampongs, en daar de stoomboot, waar ik mede kwam, die plaats aandoet, heb ik hem onderweg opgevischt en zijn wij te zamen hier gekomen.

Op de boot heerschte veel zeeziekte, meer dan door het weinige schommelen gewettigd werd. Ik geloof, dat de een het den ander afzag, ten minste de banken op het dek lagen bezaaid met lijken, en de tafel was rondom bezet met ledige plaatsen en slechts hier en daar zat iemand te eten. Trouwens de westkust van Sumatra ligt geheel open voor den Indischen oceaan, en er is dus meest altijd eene onaangename deining, die voor patiënten aan zeeziekte erger is dan een flinke golfslag. Er waren een half dozijn dames aan boord en vele officieren voor Atjeh en Padang bestemd, zoodat, toen de ziekte begon af te nemen, het een recht vroolijk gezelschap was. De reis duurde echter slechts drie dagen.

Benkoelen heeft misschien wel de allerslechtste reede van Ned. Indië, zoodat de booten er vaak kalm voorbij varen en passagiers en goederen naar Padang medenemen. Er bestond ook ditmaal, wegens het slechte weder, groote kans op die onaangename eventualiteit, maar gelukkig was de zee ten slotte kalm toen wij aankwamen en goed en wel stapten wij aan wal. Ook mijne paarden, die met een andere boot waren gegaan, kwamen den volgenden morgen, zonder gebroken beenen aan, en gingen dadelijk in het gras rollen en eten, om hunne gezondheid te bewijzen. Van die paarden weet ge nog niets. Op eene vraag om inlichtingen kreeg ik, vriendelijk genoeg, van den resident het volgende ietwat ironische telegram: «neem bedden mede, eetwaren, « wijn, waterfilters, kookgereedschappen, paarden en zadels; «verder niets noodig.» Zoo moest ik gedurende de vier dagen, die ik na den ontvangst van het telegram nog te Batavia en Buitenzorg over had, heel wat inkoopen doen, en dat terwijl de laatstgenoemde plaats in rep en roer was wegens de wedrennen. Maar ook hier weder vond ik de meest krachtige hulp, en, door de tusschenkomst van een inlandsch hoofd, was ik weldra eigenaar van drie paarden, die er nog al goed uitzien. Mijn jongen wist een paardeknecht op te duiken, die den dichterlijken naam voert van Sajoran, wat groente beteekent. Deze werd onmiddelijk met de paarden naar Batavia geëxpediëerd en aan boord bezorgd, terwijl ik voor de provisiekamer ging zorgen.

De rossen logeeren thans bij den resident en wij in het hôtel. Dit laatste is tevens sociëteit, zoodat wij spoedig met het geheele publiek hadden kennis gemaakt. Wij hebben het er overigens vrij goed. Het schijnt mij toe dat er op de plaats minder kibbelarijen zijn dan op eene kleine Indische plaats de gewoonte is. En toch zijn de gewone elementen van tweedracht voorhanden; er is militair en civiel gezag, er is een predikant en er schijnen vele dames te zijn; ten minste ik zie onbehoorlijk veel kinderen. Voor het overige is het een niet onaardig plaatsje, geestig gekenschetst door een reiziger, die er het volgende van zegt: « Benkoelen is een klein plaatsje met groote huizen, waar « kleine menschen groote titels dragen. » Wat het laatste aangaat, de resident is officieel slechts assistent-resident, de secretaris slechts kommies, de predikant slechts hulpprediker. Maar het besef schijnt zoo levendig te zijn, dat Benkoelen eigenlijk eene residentie moest wezen, terwijl het, uit zuinigheid, maar steeds afdeeling blijft, dat het publiek de regeering vooruit loopt, en er in de spreektaal alle waardigheden eener residentie aan toekent.

Het landschap is eene lange strook gronds, die vroeger aan de Engelschen behoorde, tusschen de zee en het Barisangebergte gelegen. Dezen hadden er groote verwachtingen van en dachten er de hoofdplaats te hebben van een toekomstig uitgestrekt gebied op Sumatra. Zij hebben er eenen gouverneur, eenen generaal, eene jongejuffrouwekostschool en wat niet al gehad. Doch toen de reede begon te verzanden, vervloog die hoop in rook, en toen wij in de eerste helft dezer eeuw onze bezittingen op het schiereiland Malakka inruilden tegen Natal en Benkoelen op Sumatra, was Benkoelen reeds ongeveer wat het nu is, een lastpost. Door ons werd gedwongen peperkultuur ingevoerd, die voor de regeering, wel berekend, geen schoone resultaten had, en voor de bevolking nog minder. De inlanders hebben den naam hier buitengewoon lui te zijn, en de gehate peperkultuur heeft dit zeker niet verbeterd, zoodat het tegenwoordig een vrij ongelukkig landje is, waaraan men zich weinig laat gelegen liggen.

Uit den Engelschen tijd stammen nog de vele groote huizen, die voor weinig geld te krijgen zijn, en die over eene groote oppervlakte verstrooid liggen, daar er reeds velen zijn afgebroken, zoodat de plaats een vervallen uiterlijk heeft. Het wemelt hier ook nog van eenigszins bruine Europeanen, die zich verbeelden dat zij Engelsch spreken, en die voor bijzonder feestelijke begrafenissen nog eene soort van Engelsch rituaal hebben overgehouden, dat niemand meer kan uitspreken. Het fort is bijzonder groot en flink gebouwd en steekt gunstig af bij ons lapwerk van palissaden en aardhopen. Ook het residentiehuis, de oude kostschool, met verbazend dikke muren, is een mooi doch somber gebouw.

Van de overgave moet ik u nog eene bijzonderheid verhalen. Er was bepaald dat alles van weerszijden zou overgegeven worden, zooals het daar lag, met roerende goederen, kas en alles. Toen nu met veel plechtigheid te Benkoelen de kas ontsloten werd, was er een batig saldo in van niet met al. Onze regeering vond het eenigszins vreemd, dat de Engelschen zoo toevallig juist alles verteerd zouden hebben; er werd onderhandeld, maar zonder goeden uitslag. De gewezen kashouder leefde nog vele jaren op grooten voet te Calcutta. Waar of de kas gebleven was?

Gisteren brachten wij de gansche plaats in opschudding. Gij moet weten dat bijna geen klokken op den duur tegen het klimaat bestand zijn en men gebruikt dan ook vrij algemeen het hulpmiddel der kleine kinderen, wier horloges op den vinger gedresseerd zijn. Er worden nu en dan, zoowat op goed geluk af, heele en halve uren op een klok geslagen, hetzij bij den resident, hetzij in het fort. Met mijne chronometers heb ik reeds zeer dikwijls de lieden terecht geholpen. Hier nu vonden wij dat de klok in het fort niet minder dan 29 minuten achterliep. Gisteren werd dit veranderd, en toen wij nu in den namiddag sociëteit hielden, stuurde de eene mevrouw voor, de andere na, een jongen om aan haren heer en meester te zeggen, dat het eten koud werd en één voegde er zelfs hoogst naïf bij, dat het nachtschot nog maar niet wilde vallen. (Op de hoofdplaatsen in Indië wordt altijd te vijf ure des morgens en te acht ure des avonds een kanonschot gelost, natuurlijk ook meestal op de gis.) Ik vrees dat dien avond al de inwoners hunne soep koud gegeten hebben, met een zuur gezicht als toespijs. Want de dames hebben natuurlijk gedacht, dat het een samenzwering was met die vreemde stoethaspels, om het sociëteits-uur te rekken.

Wij zijn geweldig aan het pakken, want alles werd te Batavia gepakt in kisten, veel grooter dan de koelies hier gewend zijn te dragen. Zij nemen namelijk niet gaarne zooals de Javaantjes doen, een kist met drie of vier man op, maar ieder draagt zijn eigen vrachtje, en liefst niet te zwaar, in een mandje dat op het hoofd rust, maar tevens tegen den rug drukt en om het lijf wordt vastgebonden. Met mijn groote kist met instrumenten voorspelt men mij genoeg moeielijkheden.

TABA-PENANDJONG, 28 September.

De reis is Woensdag den 27n aanvaard, nadat wij in het waarlijk gezellige Benkoelen nog eenige aangename dagen gesleten hadden. Mijne verzameling wapens heb ik ook weder met eenige stukken verrijkt, onder anderen met enkele lansen van Engano, welk merkwaardig eiland ik, tot mijnen spijt, niet zal kunnen bezoeken.

De afreize kostte groote moeite. Het heeft steeds heel wat voeten in de aard, om de bagage zóó onder de koelies te verdeelen, dat men er niet een half dozijntje te veel krijgt. Ditmaal kostte het mij een paar uren en heel wat vermoeienis, want de eersten hadden maar spoedig de lichtste vrachten opgepakt en waren er van door gegaan. In galop ging ik hun achterop en zond ze terug, maar de eersten waren reeds bijna een paal (Eng. mijl) ver, zoodat de lange dagreis zich vermoeiend instelde. Het kostte mij ook heel wat kibbelen, want de lui wilden liefst niet meer dragen; één verzekerde mij zelfs dat hij geen karbouw was, welke verzekering, bij zijn dom uiterlijk, niet geheel overbodig was. Omstreeks acht uur kwamen wij eindelijk op weg. De heer Ukena en ik met onze drie bedienden op de drie paarden (de jongens hebben er te zamen een), en veertig man met goederen beladen. Het heeft wel iets van een karavaan. De paarden zijn werkelijk nogal goed, hoewel er niet veel draf uit te halen is. Dat van de heeren jongens is nog het beste, maar te jong om voor ons te dienen. En zoo trekken wij naast elkander voort, gezellig pratend, en als het regent in dit regenland bij uitnemendheid, dan worden we nat en dragen het aan de zon op, om ons weer te drogen. Van den langen weg hierheen (26 paal) maakten wij twee etappen. In een kampong dejeuneerden wij met medegenomen eetwaren en namen eenige uren rust, terwijl de rossen goed gras vonden om nieuwe krachten op te doen, en toen togen we weder voort onder een malschen regen, die echter spoedig voor een schoonen avond plaats maakte. Dit belette echter niet, dat wij in een zeer gehavend toilet hier aankwamen, vooral omdat mijn paard er groot bezwaar in vond eene rivier te doorwaden, zoodat ik moest afstijgen en zelf vooruit wandelen, om het dier tot betere gedachten te brengen. Zoodoende haalde ik wel iets meer dan natte voeten.

Het eerste gedeelte van den weg is leelijk en voert door vrij vlak land, dat hier en daar bebouwd is. Langzamerhand nadert men echter het Barisan-gebergte, aan den voet waarvan Taba-Penandjong ligt. Het uitzicht wordt beter en is op enkele punten zelfs schoon. Er is meer hoog bosch, en daar waar men, niet ver van hier, een breeden bergstroom diep onder zich in de vallei ziet slingeren en schuimen tusschen duistere boomen in, is het een landschap zooals er meer zijn, maar dat ook altijd even schoon is. Wij kwamen door redelijk veel kampongs, en deze zijn meestal zeer net. De huizen staan aan weerszijden van den weg op rechte lijnen, met een gemeenschappelijk, goed schoon

gehouden voorplein, dat meest op een renperk gelijkt.
Ik kan u niet aanraden al de kleine plaatsjes, waar ik
zal ophouden, op de kaart te zoeken. Ik zal echter trachten
u de hoofdrichting van onze reis duidelijk te maken. Deze
is vooreerst, in een tamelijk rechte lijn, van Benkoelen naar
Palembang, doch na Tebing-Tinggi (zoowat een derde van
den weg) met eene bocht noordwaarts. Voor het tegenwoordige is de richting van Benkoelen uit tamelijk recht-
hoekig op het zeestrand en op het Barisan-gebergte. Taba-
Penandjong zult gij misschien niet op de kaart vinden, maar
wel Rindoewatti, dat er digt bij ligt. Morgen hopen wij
het gebergte over en Palembang binnen te trekken.

KEPAHIANG (spr. u. Kepajang), 1 October.

De eerste plaats in de residentie Palembang is bereikt,
en bijna reeds weder verlaten. Dat is jammer, want we zijn
hier in een aangenaam oord, alleen wat al te koud, en we
hebben het recht gezellig bij den kontroleur, dien ik reeds
van vroeger kende.

KEBAN-AGONG, 3 October.

Het was te Kepahiang zoo gezellig, dat het schrijven er
geheel bij inschoot. Ik heb dus twee dagreizen te vermelden,
die, wat natuur aangaat, gelukkig geheel bij elkander behooren. Het centraal gebergte is hier niet zeer hoog, maar
het is toch nog een flinke klim, en hoewel het bosch nog
al vernield is, is er genoeg overgebleven, vooral op de wes-
telijke helling, waar men telkens een prachtig uitzicht achterwaarts heeft op de smalle landstrook, die Benkoelen vormt,
met de zee als nevelachtigen horizont. Verscheidene bergen,
groot en klein, staan op zich zelven, los van de groote
keten, en daaronder zijn er, die, trots de alles afrondende
boschbekleeding, nog zeer grillige vormen overhouden. Waar
het uitzicht beperkt wordt door een van dezen of door eenen
van die reuzeboomen, die alleen een heuvel voorstellen,

hadden wij zoo menige schilderij van groote schoonheid, dat de tocht een waar genot was. Het afdalen aan deze zijde is minder verrassend, maar het bosch op enkele plaatsen nog dichter dan aan de andere zijde, hoewel er meer kale plekken voorkomen. Weinig kultuur; hier en daar enkele ladangs (droge rijstvelden). Men ziet dan ook weinig menschen, maar zooveel te meer apen. Het oorverdoovend concert, dat wij op het hoogste punt van den weg genoten, deed ons betreuren, dat die grappige snaken hier niet zoo mak zijn als op Billiton, waar zij kalm over den weg loopen en u brutaal aankijken. Hier zagen wij er geen een, maar zelfs hunne muziek doet u vaak lachen. Zeer hooge en scherpe toonen, door allen te gelijk in snelle opeenvolging uitgestooten, die echter, van verschillende punten komend, een zeer verschillenden klank krijgen. Maar het komieke is de bas. Bij elken troep is steeds een enkele oude heer, die stil blijft zitten en met den deftigen glimlach van een welwillenden grijsaard de bokkesprongen van het jonge volkje gadeslaat. Deze geeft, met langere, doch steeds gelijke tusschenpoozen, zeer diepe toonen van zich, die u doen denken aan den cantus-firmus der oude kerkmuziek. Eene enkele maal sterft het gezang eens uit, maar fluks begint er ergens weer een, en, alsof het een canon ware, vallen beurtelings allen weder in, en het concert begint op nieuw. Het aardigste is echter altijd de moeders met hare jongen te zien rondscharrelen, hoewel ik dit hier nog niet te zien kreeg, maar wel op andere reizen. De jongen klemmen zich aan hunne moeder vast, borst aan borst, en de zoo bevrachte dame vliegt even vlug als de anderen tusschen de boomtakken door, heen en weder. Het kind wordt eens even voorzichtig neergezet, en krijgt dan een lesje in het loopen of klimmen, maar straks pakt de bezorgde moeder het weder op en in een oogwenk zijn zij te zamen weder op een anderen boom.

Wij hadden echter niet over eenzaamheid te klagen; eerst deed ons de kontroleur van Taba-Penandjong uitgeleide, die tevens den weg wilde inspecteeren, en een paar paal nadat wij van dien gullen gastheer hadden afscheid genomen, ontmoetten wij dien van Kepahiang, die met ons naar zijn huis terugkeerde. Van Kepahiang tot hier vergezelde ons de pasirah van Keban-Agong. Dezen titel hebben in de residentie Palembang de inlandsche hoofden van eene marga of onderafdeeling. Deze twee etappen waren zeer klein en de reis is op die wijze een ware pleiziertocht. Overmorgen wacht ons echter meer vermoeienis.

Kepahiang heeft, om de bergstreken in ontzag te houden, een garnizoen, met een 1sten luitenant tot kommandant. Wij hadden dus een komplete whisttafel, zoodat die anderhalve dag, met werken, wandelen, spelen, ons veel te spoedig voorbij gingen. Alleen hadden wij het hier al te koud. Des avonds was het een zoo scherpe en vochtige koude, dat wij warmen grog dronken en toch zaten te hibberen. Aan die koude heeft echter de plaats nog al welvaart te danken, daar er veel aardappelen en Europeesche groenten geteeld worden, die aan beide zijden van het gebergte grooten aftrek vinden.

Hier op de plaats zijn wij in eene vrij goede pasangrahan ingekwartierd. Dat is een huis, hetzij door het gouvernement, hetzij door de bevolking gebouwd en onderhouden, en voor doortrekkende reizigers bestemd. In deze residentie bestaat bovendien de uitstekende inrichting, dat de inlandsche opzieners der wegen in deze pasangrahans tegen kleine vergoeding voor hôtelhouder spelen. Men vindt er alleen het hoogst noodzakelijke huisraad; de kookkunst van Ali doet dus weder dienst. De jongen kookt zeer goed, en hij vindt zichzelven niet weinig voornaam als de oudste onzer drie bedienden; over de anderen matigt hij zich dan ook tamelijk veel gezag aan. De derde bediende, dien ik op Benkoelen opdeed, is een moordenaar. Een zeer kalm, ijverig individu, aan wien wij dus den naam gegeven hebben van den braven moordenaar. Op een enkelen moord

3

wordt trouwens bij Indische bedienden volstrekt niet gelet,
indien ten minste, zooals in negen gevallen van de tien plaats
heeft, slechts ijverzucht daarvan de reden geweest is. Ik
kan u dan ook verzekeren, dat men hier zeer gerust slaapt
met een moordenaar in huis, en ik heb huisgezinnen gekend, waar de kinderen eene moordenaarster tot baboe
hadden.

TALANG-PADANG, 6 October.

Een stevige dagreis achter den rug, maar niet zonder
moeite. De dragers waren zoo lui, dat de laatste vrachtjes
eerst na middernacht hier aankwamen. De weg is niet
leelijk, maar meer valt er dan ook niet van te zeggen,
vooral daar eerst de nevel, later de duisternis ons een paar
vergezichten weg kaapten, die wij hadden moeten hebben.
Kort vóór wij hier kwamen was ik bovendien niet erg op
mijn gemak, want het was reeds donker, en de zenuwachtigheid der paarden bewees duidelijk de nabijheid van
tijgers, die er in overvloed zijn.

Vroeg in den morgen passeerden wij een gedeelte van
den weg, dat de olifanten zich voor hunne huiselijke bezigheden hebben uitgekozen. Niet te miskennen, want die
lieden schijnen een duidelijk besef te hebben, dat de weg
opgehoogd moet worden en deponeeren er dus heuveltjes
op, die voor dat doel lang niet te versmaden zijn. Gedurende
een paar uur afstands was de weg er mede bezaaid en zagen
wij rechts en links de tunnels, die deze dommekrachten in
het bosch breken. Kalm loopen zij door, en storen zich aan
niets; alles gaat eenvoudig onder den voet; vrij dikke
boomen worden als met een zaag afgesneden en de olifanten
wandelen door het bosch, even als wij door een grasveld.
Men verzekert mij, dat voor menschen de jongelui het ge-
vaarlijkst zijn, die zich amuseeren met zware takken als
speelgoed te gebruiken en die, als echte kinderen, wanneer
ze er genoeg van hebben, ver weg te slingeren. Voor het

overige moeten alleen de ouden van dagen gevaarlijk zijn; zij worden door de kudde uitgestooten, zwerven alleen rond en worden dan boosaardig.

De bevolking is een flink groot ras, doch zonder schoone gelaatstrekken. Volstrekt niet schuw, spreken de meesten u onderweg even aan, en de eerste vraag is onveranderlijk: «waar kom je van daan?» zooals trouwens zoowat in geheel Indië de gewoonte is. Het is ongeveer de vertaling van ons «hoe vaar je?» en antwoord wordt er evenmin op gewacht als bij ons. Hier echter wel, en hier heeft die vraag ook nog eene beteekenis. Bijna op het geheele eiland Sumatra heerscht een oude wet, dat een geheele kampong aansprakelijk is en vergoeding moet geven voor alle wandaden, die in het gebied der kampong gebeuren. Natuurlijk heeft ons bestuur er zich wel voor gewacht deze collectieve aansprakelijkheid af te schaffen, hoewel dit, helaas, in den jongsten tijd op Sumatra's westkust gebeurd is. Maar zooals het hier nog is, heeft elk lid der bevolking er persoonlijk belang bij, te weten, wie en wat vreemdelingen zijn, daar hij mede aansprakelijk is voor al wat de vreemdelingen doen en voor alles wat hun wedervaart. Van daar dat elke inlander op den weg een praatje zoekt aan te knoopen, wat niet ongezellig is, ofschoon de inleiding daartoe wel wat eentoonig klinkt en ons Europeanen in het begin een weinig onbescheiden voorkomt. Dit nuttige beginsel wordt zoo streng toegepast, dat, toen kortgeleden aan den kommandant te Kepahiang een sabel ontstolen was door een vreemdeling, die verdwenen was, de inwoners, zonder eenig pruttelen, het verlies goed maakten. De kommandant en de kontroleur moesten natuurlijk als inwoners der kampong medebetalen.

Onderweg hebben wij eenen opzichter van den waterstaat opgepikt, die op den eenzamen weg een brug bouwt. Wij namen hem mede, zoodat wij hier weder kunnen whisten, hoewel de man ongeloofelijk slecht speelt en dus wint. De kontroleur Leroux, die hier thuis behoort, is juist overgeplaatst, en zoo zijn wij ook hier in de pasangrahan gehuisvest, die zeer goed is, hoewel op denzelfden voet als de anderen, zoodat Ali weder voor kok dient.

TEBING-TINGGI, 9 October.

De reis hierheen was recht prettig. Wel begonnen wij die onder eene vervaarlijke regenbui, maar weldra klaarde het weder op, en na een uur of wat waren wij droog, doch helaas weder wankleurig. De paardjes liepen uitstekend, en de weg was prachtig, op het laatste gedeelte na. Wel daalt het gebergte af tot de afmetingen van heuvels, maar het pad slingert naast een breede, snelvlietende rivier, die dàn vlak naast u, dàn diep onder u, in schoon getrokken bochten, dàn in éénen arm, dàn in twee, nu eens kalm en rustig, straks weder bruischend, borrelend, brekend en schuimend het middelpunt vormt van het groene landschap, dat somwijlen heerlijke boschpartijen oplevert.

De wegen zijn hier over het algemeen uitnemend, waaraan men den resident Pruijs van der Hoeven herkent. Ook met de dragers ging het ditmaal goed, en zoo kwamen wij vroolijk en wel tot aan eene brug, die een paar paal van hier ligt, waar wij met vreugde twee Europeanen zagen staan. De een was de kontroleur, dien wij gedacht hadden te Talang-Padang te zullen ontmoeten, en de andere de zoon van den assistent-resident. Zoo ingehaald te worden is in de wildernis een genot, onbekend aan gelukkigen, die elk uur van hun leven kunnen spreken, als zij er lust in hebben. Na ons met klapperwater wat verfrischt te hebben, draafden we vroolijk door tot hier, waar wij vuil en wel aankwamen. Ik denk hier vier dagen te vertoeven, voornamelijk om de wasch, maar ook om menschen en dieren wat rust te geven. Met den kontroleur Leroux zijn wij in de pasangrahan gelogeerd, doch eten dagelijks bij den assistent-resident, die geen groot huis heeft, en met zieken sukkelt. De vriendelijke man maakt ons het verblijf hier recht aangenaam.

Den avond van onze aankomst was er in de sociëteit een partij, die tot half vier duurde, en waarop ik waarlijk nog aan eene quadrille moest mededoen. Het is in Indië een zeer gewoon verschijnsel, dat de heeren gaan zitten kaartspelen op bals, terwijl de dames te vergeefs op dansers wachten. Hier op de plaats nu heeft men, om geen enkel genot te derven, uitgevonden, om eerst gezamenlijk te spelen, daarna eerst te dansen. Dat dit zeer bevorderlijk is voor nachtbraken, is licht te begrijpen. Met de reis van den morgen achter den rug, kunt gij wel denken dat ik heden vermoeid ben, vooral, als gij er nog eene aardbeving bij telt, die mij van nacht wakker schudde, waarop ik natuurlijk, trots de lust tot slapen, niet zoo onmiddelijk insliep. Heden morgen hadden wij ook een kleinen aschregen, zoodat een der vulkanen in de buurt een weinig aan het werk schijnt te zijn.

10 October.

Er is hier op de plaats nog al een talrijk publiek, wat voornamelijk aan het groote garnizoen te danken is.

De bovenlanden van Palembang toch zijn eerst sedert korten tijd in ons bezit, en verscheidene oorlogen, die wij daarvoor te voeren hadden, liggen nog versch in het geheugen. Daarom ligt die groote bezetting op Tebing-Tinggi, dat ongeveer in het middelpunt der bergstreken ligt En toch schijnt het mij toe, naar het weinige dat ik zag, en het vele dat ik hoorde, dat deze nog zoo kort onderworpen bevolkingen zich zeer goed onder ons bestuur bevinden. De inlanders hebben hier vroeger te veel onder hunne eigene vorsten te lijden gehad, om niet de waarde te beseffen van een bestuur, dat altijd heel wat beter is dan het oude. Ik geloof niet, dat velen mij de bewering zullen tegenspreken, dat, overal in Indië, de bevolking dáár het rustigst, en het meest aan ons gehecht is, waar wij de inlandsche vorsten verjaagd, en het bestuur geheel in handen genomen hebben. Het schoonste argument voor deze stelling leveren wel de beide residentiën op Borneo, die beiden wel gezegd kunnen worden eerst uit deze eeuw te dagteekenen. In de Zuider- en Ooster-afdeeling, waar wij de vorsten hebben afgeschaft, is de bevolking rustig, met ons bestuur ingenomen, en ons gezag breidt zich waarlijk ten goede der inlanders, zonder eenige moeite, meer en meer in de binnenlanden uit. En vooruitgang in welvaart is aldaar, zij het ook langzaam, niet te miskennen. Op de Westkust daarentegen hebben wij de vorsten overal in stand gehouden en wij zitten er, vreemd aan de, vaak half vijandige, bevolking, die in ons natuurlijk slechts den steun ziet van vorsten, die hen slecht regeeren. Vooruitgang is hier weinig op te merken; maar ik moet erkennen, dat de elementen daarvoor, ook den politieken toestand niet medegerekend, niet zoovelen zijn, als in de andere residentie. Ik mag natuurlijk de redenen niet beoordeelen, die tot dat verschil van toestand geleid hebben, maar daarom wel betreuren, dat men Pontianak zoo anders heeft moeten organiseeren dan Bandjermasin.

In den geheelen Archipel heb ik hetzelfde gezien, namelijk dat, natuurlijk behoudens eenige uitzonderingen, die streken over het algemeen het best onderworpen zijn en in den gunstigsten toestand verkeeren, waar wij het bestuur geheel in handen hebben genomen en niet de poppekast vertoonen, waarin de inlandsche vorsten de marionetten zijn. Op Java zou het niet moeielijk vallen sterke bewijzen voor mijn gevoelen te vinden. Ik geloof dat de tijd ook daar weldra aanbreken zal, om de zeer doorschijnend gewordene fictie te laten varen, dat wij Java door de inlandsche hoofden regeeren. Meer en meer wordt dit eene onwaarheid, die de inlanders volkomen doorzien en die voor hen niet weldadig is. Voor de oude Compagnie was het scheppen van dezen

toestand een meesterstuk. Voor een handelslichaam als zij
was, moest die methode, vooral toen de inlander nog niet
aan ons gewend was, de beste vruchten afwerpen. Maar in
den tegenwoordigen tijd houd ik het ontzaglijk kostbare
raderwerk voor eene inrichting, bestemd om langzamerhand
te vervallen en die wij het best doen evenmin angstvallig
in stand te houden als gewelddadig af te breken. Ik herhaal
wat ik u reeds meermalen schreef, wij moeten trachten onze
bezittingen zoo weinig mogelijk uit te breiden, doch dat, wat
wij hebben, krachtig regeeren en zelven regeeren. Gij begrijpt, dat ik nooit zou wenschen, meer dan het algemeene
bestuur in handen te nemen; de menigte van lagere ambtenaren moeten natuurlijk inlanders blijven, al was het alleen
omdat de geheele bevolking van Nederland het aantal personen niet zou leveren om de plaatsen te vullen. Maar wij
zouden ook, door ons te veel in het lagere gedeelte van
het bestuur te mengen, te veel in de inlandsche huishouding
treden, wat natuurlijk vreemde overheerschers evenmin
kunnen als moeten doen. Mijne opmerking heeft alleen die
strekking, dat ik in elke landstreek het algemeen bestuur
en het hoogste gezag uitsluitend en direkt in onze handen
zou willen zien, zonder een gekroonde stroopop als tusschenpersoon.

Doch ik ben te ver van Sumatra afgedwaald en wil u dus
nog iets hier uit de buurt verhalen, dat koren op mijn
molen is. In een der distrikten van Palembang, die ik tot
nu toe passeerde, zijn, op verzoek der bevolking, de hoogste
inlandsche hoofden voorloopig afgeschaft, zoodat de kontroleur daar zelf het geheele bestuur in handen heeft. Het
gaat er uitstekend. Ik mag hier ook niet onvermeld laten,
dat op vele plaatsen de kontroleur, uitsluitend op verzoek
der bevolking, toezicht heeft op zaken, waarmede alleen de
bevolking te maken heeft. Zoo staan hier en daar kassen,
die de bevolking voor sommige doeleinden bijeenbrengt, bij
den kontroleur in bewaring, niet bij de inlandsche hoofden,

die over het algemeen door de inlanders veel minder ver-
trouwd worden.

KOEBOER, 14 October.

De gezellige rustdagen te Tebing-Tinggi zijn weder voorbij
en wij, sedert gisteren, weder een dagreize verder. Het
glanspunt van ons verblijf was de verkoop onzer paarden.
Verbeeld u, dat ik in der haast een publieke verkooping
heb gehouden; hoewel men mij verzekert, dat de betaalde
prijzen niet hoog waren, heb ik op de drie paarden en de
twee zadels zooveel verdiend, dat de geheele reis mij, in
dat opzicht, al heel weinig kost. Mijn eigen zadel heb ik gehouden, en stelde bovendien de voorwaarde, dat ik de
paarden nog in huur heb voor de reis tot aan Moeara-Bliti,
van waar wij den tocht te water voortzetten. Mijn eigen
strijdros is echter gekocht door onzen vriend den kontroleur
Leroux, die denzelfden weg uitmoet, zoodat hij mij dankbaar is, dat ik het paard zoover voor hem breng. Onze bagage
is langzamerhand bijna geheel in karren overgegaan; alleen
de chronometers worden nog gedragen. Onze karavaan is
daardoor veel minder indrukwekkend geworden. Gelukkig
hadden wij gisteren geen al te grooten afstand af te leggen,
daar de warmte buitengewoon was, en wij steeds te vergeefs zochten naar de dichte schaduw, die men ons beloofd
had. Integendeel was er veel minder hoog bosch dan gedurende de vorige dagen, geene rivier, geene voorbijgangers,
zelfs geene apen, en de weg werd dus alleen opgeluisterd door
onze eigen vroolijkheid, waaraan, als naar gewoonte, niets
ontbrak. Die vroolijkheid bereikte haar toppunt, terwijl wij halverwege waren afgestegen om wat uit te rusten. De paarden, die
wij vastgebonden hadden, vermaakten zich met in het gras te
rollen, en daar lag op eens het paard van den heer Ukena
op zijn rug in de nauwe greppel, en gaf ons door zijne
lijdzaamheid duidelijk te verstaan, dat alle pogingen zijner-
zijds om op te staan vruchteloos waren. Wij trokken uit

alle macht aan het stomme dier, en wij moesten bij ons ongeluk toch geweldig lachen, toen ik aan den kop trok, en de heer Ukena aan den staart; maar niets baatte, en het brave beest deed niets dan ons angstig aankijken. Hulp kwam niet opdagen, en wij waren wanhopig genoeg, toen eindelijk een krachtige poging, waarbij het paard zelf op het goede oogenblik medewerkte, het weer op de been bracht. Om verdere ongevallen te vermijden, stegen we liefst maar weer op en reden lachende voort.

Gedurende deze en de volgende etappe, is de richting van onze reis naar het Noordwesten, ongeveer evenwijdig aan het centraalgebergte.

Wij wonen hier weder in een volkomen leeg huis, maar er ligt toch een groote kampong aan de overzijde der rivier, die men eerst dicht bij deze plaats bereikt. Wij hebben dus al het noodige, en doen zelfs eenige inkoopen voor de rivierreis, die wij in het vooruitzicht hebben. Het is lastig om aan kippen te komen. In Europa geniet de haan alleen achting als vader van de kip, en als grootvader van de eieren, maar in Indië, vooral hier en op Bali, is de kip zeer geminacht en wordt alleen als moeder van den haan beschouwd. En de hanen worden niet verkocht, want die vechten, en hanegevechten zijn, als het bestuur die maar wil toelaten, het grootste genoegen van den inlander. Duizende guldens gaan daarbij in weddenschappen om, en zoo gaat het verdiende geld verloren, voor zoover het niet wordt uitgegeven aan opium, die hier, zonderling genoeg, in enkele distrikten in het geheel niet gebruikt wordt, en in anderen er vlak naast in groote hoeveelheden. Voor de hanen hebben de inlanders hier zooveel zorg, dat zij de dieren aan niemand anders toevertrouwen en zelfs op reis medenemen, zoodat men de lieden, die aan den weg gaan werken, tegenkomt met hun haan onder den arm.

Op de KLINGI-RIVIER, 19 October.

Reeds zijn wij Moeara-Bliti voorbij, en hebben van onze
paarden afscheid genomen. Maar, behalve de waarnemingen,
viel er met den eenzamen kontroleur zooveel te whisten,
dat het schrijven er bij inschoot. Veel merkwaardigs valt
er trouwens niet te vermelden. Op Koeboer kwam den
tweeden dag de kontroleur Leroux, die steeds onderweg is
naar zijn nieuwe standplaats, ons gezelschap houden. Ali
in groote wanhoop, want, toen de man kwam, was de
bagage reeds weggezonden, en onze majordomus vond
het diner niet voldoende. Er werd echter wat bijgelapt, en
we leden geen honger. Den zestienden reden wij gezamenlijk naar Moeara-Bliti, waar wij reeds vóór den middag aankwamen. Onzen gastheer de kontroleur van Assen, hadden
wij reeds te Tebing-Tinggi leeren kennen, waar hij eenige
dagen heeft doorgebracht. Ongelukkig vertrok Leroux reeds
den volgenden morgen. Ik voeg hier dadelijk bij, dat de
kontroleur van Assen juist stroomafwaarts eene inspectie-
reis wil doen, en van onzen tocht gebruik maakt, om daarbij gezelschap te hebben, wat ons natuurlijk hoogst aangenaam is.

Het laatste gedeelte van den landweg was niet mooi,
maar het uitzicht uit de kontroleurswoning, onder het
loofdak van een schoonen Waringinboom door, vergoedde
veel. Moeara heet de plaats, waar eene rivier in een andere
valt; hier is het de Bliti die in de Klingi uitmondt, en
waaraan de plaats haren naam ontleent. Zoo ziet men dan
hier drie rivierarmen, breed en statig, vloeien tusschen
vrij hooge oevers, die zeer rijk begroeid zijn, terwijl aan
de overzijde een roodgekleurde weg naar boven slingert,
en, druk begaan als die is, levendigheid aan het tooneel bij-
zet. Langs dezen weg zagen wij onze bagagekarren vertrekken, om huiswaarts te keeren. Jammer dat deze waarlijk
bekoorlijke plek zoo ongezond is, en dat de kontroleur er

al weder alleen zit, als een banneling. Zoo dicht bij Tebing-
'Tinggi is zijn standplaats evenwel nog lang niet de ergste.
Zoo lang er in Indië nog ambtenaren zijn, die somtijds in
zes maanden niets van de buitenwereld vernemen, hebben
de kontroleurs in de binnenlanden van Sumatra, nog geen
reden van klagen.

Op verzoek van onzen gastheer kwamen er eenmaal
eenige jongejuffrouwen voor ons dansen. Dit schijnt op het
geheele eiland Sumatra sterk in zwang te zijn. Als de resident op eene plaats komt, wordt er gedanst, en bij elke
mogelijke feestelijke gelegenheid doen de meisjes het van
zelf of kost het weinig moeite er haar toe over te halen.
Naar men mij zegt, is het karakter van die dansen in de
verschillende streken nog al verschillend. Meestal zijn
het uitsluitend de ongehuwde meisjes van de plaats;
somtijds echter komen er dansers bij. Hier waren het
eerst vier dames, die in het vierkant gingen staan en vrij
sierlijke bewegingen uitvoerden, een weinig levendiger dan
dat, wat men gewoonlijk op Java ziet. Eenige malen werden
de plaatsen gewisseld, en in het geheel had het meer van
te zamen dansen, dan wat ik tot nu toe zag. Een figuur,
waarbij de meisjes waaiers. gebruikten, beviel mij zeer
goed. Bij het laatste figuur kwamen een paar jonge mannen te pas, doch het had er veel van alsof dezen zich
schaamden, ten minste het ging niet con amore. Ik moet
ook zeggen, dat wij zelven niet in de ware stemming waren
om te bewonderen. De danseressen overdag te zien, niet
bijzonder fraai gekleed, van eene hooge voorgalerij uit, zoodat men bijna op haar hoofden ziet, is niet het ware.
Maar ik twijfel er niet aan, of ik zal in deze residentie
nog wel iets beters te zien krijgen.

En nu moet ik u eene geheel andere manier van reizen
verhalen. Ik dacht, dat ik reeds, behalve kameelen en olifanten alle vervoermiddelen had uitgeput, maar had daarbij de
vlotschippers op den Rijn vergeten. Daarom zit ik nu zelf

op een vlot. Stel u voor een drijvend huisje van bamboe.
Een heel aardig voorgalerijtje, waar juist plaats is voor
eene tafel en drie stoelen, en daarachter twee kamertjes,
elk met nog een klein kabinetje, waarvan het eene ons als
badkamer dient. De inrichting daarvan is natuurlijk hoogst
eenvoudig; een gat in den vloer, dat is alles. Rondom het
geheel nog een smal voetpad, waarop de roeiers zich bewegen. Ziedaar een vlot. Achteraan komt nog een jong
vlotje, geheel op het model van het onze. Dit is het rijk
van Ali. Een keuken en eene provisiekamer, beiden vrij
ruim, dienen daar tevens tot verblijf voor de bedienden.
Ali kan dus niet klagen dat ik hem niet de vrije hand laat;
hij is geheel baas op zijn eigen vlot en beloont mij daarvoor door ons zeer goede maaltijden te bezorgen. Gij ziet,
dat mijn lot ver van ondragelijk is. Kalm en snel zakken
wij de rivier af, en zoo denk ik tot Palembang toe voort
te gaan. Ik heb zes roeiers aangenomen, die voornamelijk
dienen om het vlot te sturen; voor de twee eerste dagen
hadden wij er vier meer, daar het op de snelstroomende
Klingirivier niet gemakkelijk is, het vlot vrij te houden van
den oever en van de rotsen en boomstammen, die het
vaarwater onveilig maken; want een schipbreuk met zulk
een primitief vaartuig zou noodlottig zijn. Het eenige gevaarlijke punt hebben wij echter reeds achter den rug. Ook
heb ik eene sampang (uitgeholden boomstam) gehuurd, die
zoowat dienst doet als adviesjacht, om kabels naar den wal
te brengen, als wij zullen stil liggen, en om boodschappen
te doen. Onze roeiers zullen daarmede later naar hunne
woonplaats teruggaan.

De rivier is schoon, niet al te breed, en de oevers zijn
begroeid met zwaar geboomte of met sierlijke bamboeboschjes.
Dit laatste groeit hier in overvloed, en, met zijne elegante
vormen en sierlijk nederhangende takken, is dit voor mij
nog steeds een der fraaiste planten, die de weelderige
flora van Indië aanbiedt. Met mooi weder stelt zich dus

de reis aangenaam in, en ik stel mij voor straks mijne twee reisgezellen met een flesch champagne te verrassen, om den eersten dag te vlot te vieren en tevens den eersten dag van de tweede maand onzer reis.

21 October.

Ons eerste station, Mandic-Auwer, hebben we achter ons gelaten, en weder zijn we bezig de rivier af te zakken. Onze kontroleur heeft ons voor enkele uren verlaten. Hij heeft zijn eigene sloep en inspecteert daarmede de aan de rivier gelegen kampongs, waar hij volkstelling moet houden of verkiezingen van hoofden bijwonen. De bevolking heeft hier overal zeer veel aandeel in het bestuur, maar alles is zoo geregeld, dat de Europeesche ambtenaren overal bij moeten zijn, en, voor zoover ik bemerken kan, komen zij hierin waarlijk niet te kort. Zoo reist dan de heer van Assen onafhankelijk van ons in zijne eigene bidar (groote roeisloep), maar is des avonds altijd bij ons, want de whist-partij mag natuurlijk niet verzuimd worden, en hij schijnt ook de kookkunst van Ali zoozeer te waardeeren, dat hij niet gaarne de maaltijden misloopt. Onze provisiekamer is goed voorzien, en wij verzuimen niet nu en dan wat nieuws te verzinnen om de kip af te wisselen. Zoo werd het vlot eens zoo snel doenlijk gestopt, omdat wij aan den oever een karbouw zagen slachten, en heden hebben wij groote verwachtingen van een fazant, die ik voor drie kwartjes ben machtig geworden. Een dieretuin in Europa zou er heel wat meer voor gegeven hebben, want, ofschoon een wijfje, was het een pracht-exemplaar. Sumatra wemelt van de schoonste fazanten. Gij hebt toch wel eens afbeeldingen gezien van den grooten argus-fazant, met zijn staart van een meter lengte en over lichaam en staart bezaaid met honderden zilveren oogen op donkergrijzen grond? Dit is de grootste en zeker wel de schoonste soort, maar zeer moeielijk te vervoeren, aangezien het dier in zulke dichte bosschen leeft, dat hij geen daglicht kan verdragen en al zeer spoedig sterft. Ik heb een paar exemplaren levend gezien. Verder hebben wij een geit gekocht, die gemest wordt voor de dagen, die komen zullen. Ik zie u den neus optrekken en hoor u zeggen: « Wie eet geiten ! »; dan moet ik u antwoorden, dat, om de eeuwigdurende kip af te wisselen, alles welkom is, en wat zullen de gemzen, die gij in Zwitserland soms gegeten hebt, misschien wel eens geweest zijn ? Ondertusschen doet de heer Ukena, om onze tafel van visch te voorzien, krachtige pogingen, die tot nu toe met geen beteren uitslag bekroond werden, dan dat eens zijn lijn brak.

Ik heb eene hoogst onaangename bijzonderheid van de reis te vermelden. Dit zijn de aga's, op Java meroetoe's geheeten, die ons van af Moeara-Bliti vervolgen en pijnigen. Het zijn zwermen van kleine vliegjes, alsof men een peperbus in de lucht uitschudt. Zien kan men ze nauwelijks, maar zij weten overal doorheen te kruipen en steken nog heel wat erger dan gewone muskieten, zoodat wij er uitzien als poklijders en reeds aan alle zijden opengekrabbeld zijn, zooals ik mij voorstel dat indertijd Job er heeft uitgezien. Ander lastig vee ontbreekt ook niet, en op het land krioelt het van tijgers en slangen, waarvoor wij echter op ons vlot veilig zijn. Zoodra het donker is hooren wij in alle richtingen het gepiep der tijgers. Een anderen naam kan men niet geven aan hun kinderachtig geluid, dat bijna volmaakt gelijkt op dat der herten. Gisteren vonden wij aan wal twee pas gedoode slangen; de eene was zeer mooi, blauwgrijs met zilveren buik, kop en staart scharlaken rood. Zoowat vier voet lang, had zelfs het doode dier nog iets ijzingwekkends.

SEKAJOE, 29 October.

Ik heb lang gezwegen, maar de hoogst aangename reis bood weinig aan wat vermelding waard is, en de tijd werd grootendeels met observeeren en kaartspelen doorgebracht. De kontroleur van Assen is tot hiertoe met ons medegegaan en zal gelijktijdig met ons vertrekken, doch, helaas! in omgekeerde richting. Wij zullen een aangenaam reisgezel aan hem verliezen. Hier vonden wij den kontroleur Leroux terug, die natuurlijk lang voor ons hier is aangeland. Hij is nog niet geheel ingericht, zoodat wij aan boord slapen, maar bij hem eten, terwijl wij elkander met mondbehoeften bijspringen. Aardappelen hebben wij echter geen van beiden meer, zoodat wij ons vernuft scherpen om surrogaten te vinden. Eigenlijk reizen wij dus reeds eenige weken met ons vieren. En laat ik ons hondje niet vergeten, een leelijk vriendelijk dier, dat wij van een onzer karrevoerders kochten, omdat het zich zoo aan ons aansloot. Naar de rivier, waarop wij thans drijven, is het Moesi gedoopt, want de Klingi heeft ons reeds in de grootere Moesi gebracht. Ons hondje blaft niet en heeft ook verder geen ondeugden. De heer Ukena wil het bij zich houden, wat ik natuurlijk niet doen kan. Al zou de reis dit gedoogen, ik geloof dat Ali, hoe getrouw hij mij anders ook is, mij zou verlaten, als ik een hond wilde medenemen. Hij heeft in groote mate het echt Mohammedaansche vooroordeel der meeste inlanders tegen honden. Het is waarlijk zonderling dat bij de slechte behandeling, die die arme dieren in Indië ondergaan, zij toch zoo verbazend talrijk zijn. Maar zij zijn dan ook zoo mager, dat zij meest op jakhalzen gelijken, en zoo gewend aan mishandeling, dat men hen meestal slechts behoeft aan te zien om hen jankend te doen wegloopen.

Wij zijn van plan hier eenen rustdag te houden, daar wij een weinig vermoeid zijn. Van Moeara-Bliti af, hebben wij beiden dagelijks in den voor- en namiddag geobserveerd. Zoodra wij beiden na afloop der waarnemingen aan boord zijn, wordt het vlot los gemaakt, en zoo zijn wij reeds des avonds of den volgenden morgen vroeg aan het eerstvolgende station. Daar ik echter op deze reis geheel vrij ben in de keuze der plaatsen, kan ik alles geheel naar de behoefte der reis inrichten. Ik zal u al de kleine plaatsjes met barbaarsche namen, die wij aandeden, maar niet opnoemen. Het eenige bijzondere van de reis, daar het landschap steeds minder fraai wordt, naarmate wij in de benedenlanden afzakken, was in een der kampongs een tweede danspartij, die mij veel beter beviel dan de eerste. Helaas begon het reeds donker te worden, zoodat wij er het volle genot alweder niet van hadden. Maar de jonge meisjes, waarvan er hier ruim een twintigtal op eene rechte lijn zaten, zagen er niet kwaad uit en waren fraai gekleed. Hier zag ik voor het eerst de kostbare gouden weefsels, waardoor Palembang beroemd is, werkelijk dragen. Enkele danseressen hadden er twee of drie aan, en zij weten zich in die zware stoffen zeer sierlijk te drapeeren. Voor het Europeesche oog hebben zij echter te veel goud aan, want behalve de gouden kleedingstoffen hebben zij gouden sieraden aan het hoofd, op de borst en aan de armen, zooveel armbanden -- gladde gouden ringen — als zij maar bezitten. Er was er een, die den arm slechts met zeer veel krachtsinspanning langzaam naar de hoogte kon brengen, zoo zwaar was die beladen, bijna tot aan den elleboog. Daar de bewegingen hierdoor belemmerd worden, en de jonge dames slechts één voor één dansen, terwijl de anderen op den grond zitten, is het schouwspel wel wat vervelend, maar voor mij was het voornaamste de kleederdracht, die ik hier voor 't eerst in al hare pracht zag en die zeer afwijkt van alles, wat ik nog gezien heb. Bij zulk eene gelegenheid verschijnen al de ongehuwde vrouwen uit de kampong, maar zij, die niet kostbaar gekleed, of geene goede danseressen zijn, blijven gewoonlijk zitten.

Deze en andere feestelijkheden hebben plaats in de balébalé, een open schuur, die volkomen de rol van stadhuis vervult. Door de bevolking gebouwd en onderhouden, dient de balé-balé voor verkiezingen en vergaderingen en voor alles wat de geheele kampong aangaat. Ook worden er reizigers gehuisvest, die dan tevens onder toezicht zijn, wat natuurlijk een vereischte is bij het vroeger verklaarde beginsel der collectieve aansprakelijkheid.

Overigens behooren tot de amusementen van de reis des nachts het onophoudelijk piepen van de tijgers, en overdag de voortdurende bezoeken der verschillende burgemeesters, die ons gewoonlijk tot aan de volgende doesoen (dit is de Sumatraansche naam voor kampong of dorp) begeleiden. Meestal was dit niet zeer ver, want de vele kampongs zijn het eenige ornement van de Moesi, die veel breeder dan de Klingi is, en daardoor, maar ook door de vele bebouwde gedeelten, leelijk. Wij zien zeer vele kapok-plantages, want deze residentie voert veel kapok (inlandsch katoen) uit.

De aga's hebben gelukkig opgehouden ons te vervolgen, doch slechts om plaats te maken voor de eerste muskieten, die ons verwelkomen in de benedenlanden, nu onze arme voeten reeds vol wonden zitten. Van de muskieten zullen wij nog meer genieten, want eerst over een dag of acht denk ik Palembang te bereiken, en ik hoor dat het benedengedeelte der rivier zeer rijk is aan die lieve dieren.

Onze geit heeft zoo goed gesmaakt, dat wij er hier weder eene gekocht hebben, ditmaal een jong dier, dat zoodanig om zijne moeder schreeuwt, dat ik het spoedig denk te slachten, uit medelijden natuurlijk. Mijn strijdros heb ik hier in zeer goeden toestand terug gezien, en de kontroleur Leroux maakt er veel gebruik van.

DONATJALO, 31 October.

Deze plaats is ons niet gunstig. Gisteren regende het hard en heden schijnt het te willen doorregenen, zoodat wij beiden onze waarnemingen moesten staken. Gisteren avond gaf ik te Sekajoe op mijn vlot een afscheidsdiner aan de twee kontroleurs. want wij reizen thans weder met ons beiden. Ali had zich zelven overtroffen, en gezellig zaten wij in onze kleine ruimte. Juist te middernacht werden de touwen losgemaakt; wij zakten weder de rivier af, terwijl de eene kontroleur eenzaam naar huis ging en de ander zijn bidar besteeg, om zijne eigene woestijn weder op te zoeken. Het spijt mij zeer, die twee vaarwel gezegd te hebben, en onze verdere reis zal wel iets minder vroolijk zijn.

1 November.

Te Donatjalo bleef de zon halstarrig achter regenwolken, zoodat ik een gedeelte der werkzaamheden heb moeten opgeven. Ik vrees dat het feit, dat ik de zon niet kon laten schijnen, wel eenige afbreuk heeft gedaan aan mijn prestige, want de lui zijn hier innig overtuigd van mijne bovenaardsche macht, en gevoelen dan ook voor mij een mengsel van achting en angst. In Benkoelen en in de bergstreken van Palembang had ik den titel van aardbeving-resident; hier daarentegen is de algemeene opinie, dat ik met mijne instrumenten de toekomst voorspel. Ik begrijp niet, welk nut zij zich daarvan voorstellen, daar ik toch niets van de toekomst verhaal. Een der hoofden vroeg aan den kontroleur van Assen, of het nu werkelijk waar was, dat op mijn bezoek eene aardbeving zou volgen, want dan wilde hij nog spoedig een feestmaal geven om het gevaar af te wenden. Zonderling bijgeloof! Ik zoo machtig, dat ik aardbevingen bezorg en dan hij toch nog in staat om die te beletten. Als iemand vraagt, wat toch eigenlijk het ding is waarmede ik werk, dan antwoordt de brave moordenaar, die mij tegenwoordig altijd helpt, terwijl Ali met het huishouden bezig is, met het leukste gezicht van de wereld: «ada kekker!» (het is een kijker!), en is dan hoogst verwaand op zijne hoogere wetenschap; het woord «kekker» verklaart immers alles. En die dat gehoord hebben, gaan dan met ernstige gezichten heen. Het kan geen kwaad, die geweldige reputatie te hebben, en onder ons geeft het nog al eens stof tot vroolijkheid. Maar het heeft ook zijne lastige zijde ; de lieden komen voor allerlei mogelijke en onmogelijke kwalen geneesmiddelen vragen, die ik steeds met een ernstig gelegenheidsgezicht uitreik. Als er b. v. een komt met pijn in den rug, klaarblijkelijk ongeneselijk, dan krijgt hij wat brandewijn met zeep, waarbij, met veel hokus-pokus, uit een klein fleschje, eene homoeopathische hoeveelheid van het een of ander geneesmiddel gevoegd wordt, onverschillig welk. Ik ben volstrekt niet bang, of de man zal zich wel gedurende eenige dagen verbeelden dat hij beter is, en als hij weder erger wordt, dit slechts daaraan toeschrijven, dat de flesch ledig is. Ik ben vast overtuigd, dat een echte doctor veel minder geloof zou vinden dan een echte toovenaar als ik.

In de Lampongs had ik denzelfden titel als op Java : inspekteur van de zon, soms ook van de sterren. Oorspronkelijk hebben de inlanders dezen naam gegeven aan den heer Oudemans en ik heb dien geërfd, omdat zij zien dat ik ook zoo een en ander observeer. Maar geloof niet, dat mijn macht daarom minder groot was dan hier. Eens verhaalde mij eene dame, dat de baboe haar gevraagd had, of die mijnheer nu werkelijk met God in correspondentie stond, want dat moest wel, indien zijn ambt was om de zon in orde te brengen. Ik heb namelijk juist een paar jaren getroffen, waarin de moesons niet zulk een geregeld verloop hadden als gewoonlijk, en daarom wordt dikwijls beweerd, dat ik gekomen ben om daarop orde te stellen. In elk geval kunt gij zeker zijn, dat hier te lande de eerstvolgende aardbeving aan mij zal worden toegeschreven.

Dat men mij den titel van resident geeft, is eene bijzonderheid van Palembang. In elken tak van bestuur noemt men hier den hoogsten persoon resident. Zoo is er een telegraaf-resident, een wegen-resident, en van nu af aan ook een aardbeving-resident. Maar, wie dat al te letterlijk opvat, kan kwalijk te land komen, zooals een inspekteur der telegraaflijnen ondervond. Deze had op reis de gewoonte zijn pet met het distinctief zijner betrekking voor zich uit te laten dragen, en zoo verkeerde op eene plaats het hoofd in de meening, dat de werkelijke resident in aantocht was. De dienstijverige man bracht spoedig zijn woning in gereedheid, en zoo vond onze inspekteur in de voorgalerij een gedekte tafel, met allerlei lekkernijen. Hongerig van de reis, viel hij dadelijk aan, maar het hoofd zat intusschen te praten met zijne bedienden, en ontdekte wie de reiziger was. Hij ging dadelijk naar de tafel, nam het tafelkleed bij de vier punten, en haalde alles voor den neus van den hongerige weg, met de betuiging, dat dit alleen voor den « residen betoel » (ware resident) was.

PALEMBANG, 6 November.

Heden morgen vroeg ter hoofdplaats aangekomen, waar wij, helaas! den resident niet aantroffen, die op reis is naar Djambi. Wij kunnen dus ook niet bij den resident logeeren, die ons geïnviteerd had, en daar het hôtel zeer ver verwijderd is van de plaats, waar wij onze waarnemingen willen doen, zijn wij kalm op ons vlot blijven wonen. Wij gaan echter in het hôtel eten, en hebben daartoe reeds een equipage gehuurd, d. w. z. een bidar, want alles beweegt zich hier over de rivier, en de straten zijn bijzaak. Vindt gij dit niet een geestige manier, om in een stad aankomende, zijn eigen huis mede te brengen? Het zal hier echter niemand vreemd toeschijnen, want een groot gedeelte der huizen staat op vlotten; ook enkele Europeesche woningen, doch die worden tegenwoordig meer en meer op het land gebouwd. Een enkele maal is het wel gebeurd, dat zulk een vlot in den nacht los raakt, en de rivier afdrijft. De inwoners worden dan hulpeloos wakker, midden in de wildernis, en er moet van Palembang hulp gezonden worden om het huis, dat anders wel eens naar zee zou kunnen afdrijven, weder op zijn plaats te brengen

De stad Palembang is eindeloos groot, en ziet er niet onvriendelijk uit. Vooral de vele Chineesche woningen met hunne bonte kleuren maken de plaats vroolijk. Het residentie-huis, dat over een grooten tuin het uitzicht op de breede rivier heeft, is een schoon en hoog steenen gebouw. Dicht daarbij ligt het fort, een geweldige steenmassa, die aan de vroegere sultans tot verblijf verstrekte; een weinig achter-waarts ligt de groote moskee, die de schoonste van Indië heet te zijn. Het hôtel heet in de wandeling: de « vroolijke garnaal, » omdat het hoofdvoedsel daar uit garnalen bestaat, en, zeker om de analogie, wordt de sociëteit het « sardijntje » genoemd. Nu ik toch aan de gebouwen ben, wil ik ook iets verhalen, dat kort geleden in het fort gebeurde. Op een der bastions stond de schildwacht zoo stevig te slapen, dat hij naar beneden tuimelde, en met geweer en al in de gracht te land kwam, zoodat men den stumpert des morgens bibberend voor de poort vond staan. Gij kunt op de kaart wel reeds zien hoe groot Palembang zijn moet, indien ge ten minste een kaart uit de eerste helft dezer eeuw hebt. Daar zult gij de uitmonding van de Ogan-rivier tamelijk ver be-westen de plaats vinden, terwijl deze thans midden in de stad ligt. Ik vrees echter, dat deze waarlijk opmerkelijke aanwas wel eenigzins ten koste der omliggende landstreken tot stand komt, want, eer wij Palembang bereikten, zagen wij gedu-rende zeer langen tijd geen enkele kampong. Nu is wel de moerassige streek, vol muskieten en kaailui, niet aan-lokkelijk, maar vroeger moeten er toch enkele plaatsjes geweest zijn.

De groote vooruitgang van Palembang kan echter, bij een goed bestuur, geheel verklaard worden door de groote welvaart. De inlanders zijn zeer arbeidzaam en spaarzaam, waardoor zij gunstig boven anderen uitmunten, en er zijn hier van oudsher zeer vele Chineezen, die op de hoofdplaats hunne eigene handwerken hebben ingevoerd, meer dan op eenige andere plaats van Indië. Zoo zijn de lakwerken van

Palembang niet te versmaden, en ik heb werkelijk stukken
gezien, die de echt Chineesche produkten op zijde streven.
Daar de plaats bovendien dicht bij de kust, en met hare
schoone waterwegen naar het binnenland, gunstig gelegen
is voor den handel, is deze ook zeer bloeiend, maar wordt,
helaas! grootendeels op Singapore gedreven. Er zijn ook
stoombooten, die van Singapore hierheen komen. Het is
recht aangenaam een zoo welvarende Indische plaats te
zien. Vele huizen getuigen zelfs van eenige weelde, en de
beweging op de rivier en op de talrijke kreeken, die als
nevenstraten dienst doen, is reusachtig. Eene wandeling
naar het marktplein vermindert dien indruk van welvaart
volstrekt niet. Daar zijn uit de opbrengst der pasargelden
(marktgeld) ruime steenen loodsen gebouwd, die goed
schoon gehouden worden, en van de pasar een overdekte markt
maken, die mijne eigene vaderstad en vele harer zusteren
in Europa aan Palembang mogen benijden. Men zou denken
dat Haussman hier een bezoek gebracht heeft. Aan de pasar
toch grenst een blok Chineesche woningen, geheel van
steen opgetrokken, op de plaats, waar kort geleden nog
een ellendige modderpoel met oude houten huisjes moet
geweest zijn. Alles werd onteigend, een flinke kaaimuur
gemaakt en al de kosten werden ruimschoots gedekt door
den verkoop van den zoo verbeterden grond.

8 November.

De zon schijnt hier alleen door te komen, als wij die
niet noodig hebben, en hult zich des morgens in dichte
nevelen. Onze arbeid gaat hier dus niet zonder moeielijkheden, maar dezen ochtend had ik toch een gunstigen
zonnestraal.

Gisteren is de resident te huis gekomen, en wij zijn
thans bij hem gelogeerd, zoodat wij voor het eerst, sedert
Moeara-Bliti, in bedden liggen, en ik kan niet eens zeggen,
dat ik het veel aangenamer vind dan mijn matje. Dat is

zeer ondankbaar, vooral voor de familie van den resident die het ons recht gezellig maakt, maar ik kan het niet helpen. . . . .

. . . .

BATOE-RADJA , 15 November.

Ik schreef u reeds dat de Ogan-rivier, die uit het zuiden komt, nog in Palembang zelf zich met de groote, rivier vereenigt. De Ogan nu hebben wij gedurende de laatste dagen opgevaren tot dicht bij de bergen waar zij ontspringt, en zijn niet zoo heel ver van de Lampongs verwijderd, waar eene vroegere reis mij heenvoerde. Deze rivierreis was niet erg aangenaam en van schrijven kon niets inkomen. Wij gingen met een stoombootje, waarvan wij, na onze vlotreis, natuurlijk groote verwachtingen hadden, maar werden zoo teleurgesteld, dat wij onmiddelijk bij aankomst om een roeiboot vroegen voor den terugtocht, omdat wij die voor zekerder, aangenamer en vlugger houden. Ik wil hier echter dadelijk bijvoegen, dat het ongelukkige ding slechts een coup d'essai geweest is, en als bewijs dat het vervoer met kleine stoomscheepjes op de rivieren mogelijk is, mag deze poging schitterend geslaagd heeten. Juist terwijl wij op de hoofdplaats waren, zijn de rijkstransporten op nieuw aanbesteed, en weldra zullen er betere scheepjes in de vaart zijn, naar ik meen drie. Ook ben ik den resident zeer dankbaar voor de welwillende verstrekking van dit vervoermiddel, want dat het mij niet beviel is waarlijk niet zijne schuld. Het is een bijzonder klein stoomsloepje, dat aanligt dàn om eten te koken, dàn om brandstof in te nemen, dàn weder om de machine te reinigen; het kan weinig bagage innemen, zoodat wij een sampang op sleeptouw namen, waardoor het sturen weder zeer slecht gaat; het schudt op eene helsche wijze, en in een zeer moeielijke houding gezeten, worden wij langzamerhand in schoorsteenvegers hervormd, door den rook uit het lage schoor-

steentje. Om kort te gaan, het is een lief bootje voor
kleine pleiziertochtjes, maar voor een reis als deze bevalt
het ons minder.

Voor het overige was de reis niet onaardig. Wel is het
schoonste gedeelte van de Ogan eerst hooger op, in de
bergstreken, die wij niet zullen bereiken, maar ook hier
is de rivier schoon te noemen. Zij is veel smaller dan de
Moesi en reeds daardoor beter, en steeds langs beide oevers
beplant, voornamelijk met vruchtboomen. Bovendien is deze
streek zwaar bevolkt, en de nijvere inlanders zijn hier bepaald rijk. Zoo zagen wij dan ook zeer vele groote kampongs, die ruim en net gebouwd zijn, met groote huizen,
waarvan verscheidene zeer smaakvol versierd zijn. Ik denk
u later wel eens de beschrijving te geven van een Palembangsch huis.

Wij zijn hier gelogeerd bij den kontroleur, waar wij het
recht goed hebben, en denken van hier weder naar Palembang af te zakken en op de terugreis onze waarnemingen te
doen.

DOEREN, 18 November.

Zooals ik u reeds zeide, reizen we nu weder per roeiboot, wat stroomafwaarts vlug genoeg gaat, zoodat wij ook
thans weder den overtocht telkens op een achtermiddag
doen. Den eenen dag observeeren wij op een plaats en
den volgenden dag op een andere. De kontroleur heeft
ons tot hiertoe vergezeld, en was misschien nog verder
medegereisd, wanneer hem niet den avond onzer aankomst
alhier een spoedbrief had ingehaald, die zijne overplaatsing
inhield. Dit is de zevende maal in drie jaar. Zeide ik
vroeger te veel over het overplaatsen van ambtenaren? Op
de buitenbezittingen ligt de schuld hiervan voornamelijk
aan Atjeh. Daar zijn reeds een tiental kontroleurs werkzaam, zonder dat het kader van de kontroleurs op de buitenbezittingen is uitgebreid, en daardoor zijn er in de

meeste residentiën te weinig, en kunnen de residenten slechts met moeite in den dienst voorzien. Verscheidene afdeelingen hebben reeds langen tijd geen eigen kontroleurs meer gehad.

Tot nu toe schreef ik u niet veel over de bevolking. Ik heb hiermede opzettelijk gewacht, totdat ik er een en ander van gehoord en gezien had, en zelfs nu zou ik nog niet gaarne een catalogus leveren van al hunne deugden en ondeugden. Wel kan ik reeds zeggen, dat het onderscheid in karakter met de Javanen zeer groot is, hoewel hier de beschaving van Javaanschen oorsprong is, en, naar ik meen, de bevolking zelve ook grootendeels. Voornamelijk springt in het oog de meerdere zucht naar vrijheid en de groote mate van zelfbestuur, die zich wel vooral zullen ontwikkeld hebben sedert wij in 1824 den sultan weg-joegen. Op elke plaats en in elk distrikt worden de hoofden door de bevolking zelve gekozen en door den resident slechts bevestigd. Voor de kamponghoofden is dit gebruik in Indië algemeen, maar hier worden ook hoogere inlandsche amb-tenaren, die elders door ons benoemd worden, door het alge-meen stemrecht gekozen. Deze hoofden nu worden niet weinig op de vingers gekeken door hunne ondergeschikten, die niet nalaten hen aan te klagen, wanneer daartoe reden is, en in sommige streken hebben de hoofden bijna slechts de macht over om den wil der bevolking uit te voeren, die duidelijk genoeg wordt te kennen gegeven, terwijl de regeering deze ambtenaren vaak niet zonder moeite staande houdt. De gemeenschappelijke belangen weten de inlanders zeer goed te beoordeelen en te behartigen; daarvoor getui-gen de openbare kassen en de raadhuizen, waarvan ik reeds vroeger melding maakte, en de somwijlen stormach-tige vergaderingen, die ik nu en dan bijwoonde. Het is aardig zulk een gezonden republikeinschen geest juist te vinden in een gewest, dat vijftig jaar geleden nog door eenen lang niet zachtzinnigen despoot geregeerd werd, en waar

wij sedert het opperbestuur krachtiger in handen hebben
genomen dan in menig ander gedeelte van Indië.

Natuurlijk hebben de inlanders ook de schaduwzijden
hunner deugden. Zijn zij ijverig en spaarzaam, zij zijn ook
inhalig; zijn zij flink en onafhankelijk, zij zijn ook moeielijk
te behandelen en soms vrij onbeschoft. Van de slaafschheid
der Javaantjes is hier geen sprake; de Palembangers zijn zeer
goed te regeeren, maar willen overtuigd zijn, dat, hetgeen
men van hen verlangt, verstandig is; men moet met hen
redeneeren en met hen rekening houden. Er werd mij een
aardig staaltje hiervan verhaald, dat ik hier inlasschen wil,
ofschoon het in een geheel ander gedeelte van Sumatra te
huis behoort, waar echter het karakter der bevolking in
menig opzicht hetzelfde schijnt te zijn. De militaire gezaghebber dan wilde iets nieuws invoeren en maakte dat aan
de bevolking bekend. Hij vond tegenspraak, bleef op zijn stuk
staan, en het einde was, dat een oud hoofd hem zeide: «Wij
zijn overtuigd dat gij gelijk hebt, want gij hebt kanonnen.»

Ik hoop er in geslaagd te zijn u hetzelfde gunstige denkbeeld van de inwoners dezer residentie te geven, dat ik
zelf van hen heb opgevat, en mogt dit nog niet het geval
zijn, dan voeg ik er bij, dat de Palembangers weinig siri
gebruiken. Dit alleen zou genoeg zijn, om hun vele ondeugden te vergeven, want voor ons Europeanen is die
gewoonte rechtaf walgelijk.

Vooral in deze afdeeling zijn de inlanders rijk. Vat dit
gerust letterlijk op; bijna allen hebben een zeker kapitaal,
dat vaak verscheidene duizenden guldens bedraagt. Dit is
niet uit de lucht gegrepen, want het blijkt herhaaldelijk bij
erfenissen en bij hunne processen; want hun vrij ontwikkeld rechtsgevoel openbaart zich maar al te vaak in een
liefhebberij voor procedeeren en pleiten. Nog gisteren werd
mij een staaltje verhaald van een inlander, die tien à twaalf
gulden opofferde om in een zaak van één gulden gelijk te
krijgen.

Kan het u verwonderen, dat, met zulk een karakter en bij zulk een rijkdom, de inlanders bijzonder weinig gesteld zijn op de heerediensten, die in deze residentie trouwens al sterk verminderd zijn en bijna teruggebracht tot het hoogst noodzakelijke? Zij worden echter steeds in geld omgezet, en zoo betalen de inlanders niet weinig belasting en doen dat gewillig; men verzekert mij zelfs, dat met de toenemende belastingen de welvaart gelijken tred houdt. Men moet hier wel tot de overtuiging komen, dat het streven moet zijn om de heerediensten overal langzamerhand zooveel mogelijk af te schaffen, doch nooit zonder dat daarvoor belastingen in geld in de plaats treden. En ik ben er verre van af te beweren, dat dit overal zoo maar voetstoots te doen is. Vooral met zulke zaken, die diep ingrijpen in de inlandsche huishouding en zoo sterk in verband staan met het karakter en met den graad van beschaving der inlanders, moet men behoedzaam zijn en vooral niet uit de verte beslissen. Gij zult u het gezegde nog wel herinneren, dat ik vroeger eens van den gouverneur Bakkers aanhaalde, omtrent het opbrengen van belasting in geld; ik geloof nog steeds dat hij groot gelijk had. Het einddoel van ons streven moet steeds zijn de verplichtingen der bevolking zooveel mogelijk in geld om te zetten, daar dit altijd voor haar minder drukkend moet zijn, en toch voor ons meer moet opbrengen. Maar het druischt zoodanig in tegen de oude wijze van belasting heffen onder alle vorige regeeringen, dat het eene gevaarlijke zaak is, die, onbedachtzaam uitgevoerd, allerlei onheilen na zich kan slepen en ons gezag bepaald kan verzwakken. Maar wordt hierin steeds te werk gegaan met beleid en voorzichtigheid, dan kan dezelfde maatregel niet anders dan heilzaam werken; niet alleen om de reeds opgegevene redenen, maar ook omdat elke stap in Westersche richting, waarvan de inlanders zelven tot het besef komen, dat het een verbetering van hunnen toestand is, den band tusschen hen en ons moet toehalen en ons prestige vergrooten. Meer dan bij eenige andere kwestie moet men zich dus hierbij hoeden voor het stellen van algemeene regels en uitsluitend te rade gaan met de plaatselijke gesteldheid en op het oordeel der plaatselijke autoriteiten afgaan. Dit punt is werkelijk teederder dan men, geloof ik, in Holland wel beseft; in elk deel van Indië kan men, door iets te veel of te weinig, groot kwaad doen. In menig distrikt zou men gerust kunnen uitvoeren, wat in een aangrenzend gedeelte vooralsnog volstrekt niet gewenscht is. Maar allerminst is dit onderwerp geschikt, om van uit de verte geregeld te worden. Ik wil echter nog eens drukken op mijne overtuiging, dat men in den regel nooit verplichtingen moet opheffen, wanneer men niet een belasting in geld, al is die ook zeer gering, in de plaats kan stellen. Slechts enkele verplichtingen, die bepaald voor de bevolking onbillijk en al te zwaar zijn, kunnen hierop eene uitzondering maken, of zulke, waarvan het onmogelijk is, dat de bevolking zelve er eenig nut van inziet.

Ik ben vrij ver afgedwaald van den rijkdom der inlanders in deze residentie, en ik wilde, naar aanleiding daarvan, mijne vroegere belofte vervullen, om u een Palembangsch huis te beschrijven. Grooter of kleiner, zijn ongeveer allen in denzelfden geest ingericht. Steeds op palen gebouwd, zijn de huizen van goed hout, zorgvuldig bewerkt en vaak met zeer veel smaak gebeeldhouwd. De meesten zijn met pannen gedekt, en velen geheel met koperen bouten in elkander gezet. De voorgalerij dient tot zitkamer, de achtergalerij tot verblijf van de vrouwen. Deze laatste is geheel gesloten, de voorgalerij echter aan de voorzijde slechts gesloten met een keurig bewerkt houten traliewerk, dat overdag kan worden weggenomen of geopend. Het middelste en grootste gedeelte van het huis, dat eene trede hooger ligt dan de voorgalerij, heeft met deze, voor een gedeelte, geheel vrije gemeenschap. Aan de eene zijde echter, somtijds ook aan beide zijden, zijn er een paar kamertjes afgeschoten,

die wederom eene trede hooger liggen en die bestemd zijn
voor het hoofd van het gezin en ook voor gasten van eenigen
rang. In de voorgalerij slapen de ongehuwden, de bedienden
van het huisgezin en van de gasten; de opene ruimte in de
middelste afdeeling van het huis staat vol met huisraad,
met de kostbaarheden, en daar liggen ook de koopwaren.
Niet alleen is de vloer van de kamer hooger al naar den
rang des bewoners, maar ook is de kamer, voor het hoofd
des gezins bestemd, aan de buitenzijde het meest van beeldhouwwerk voorzien. Dit is vaak zeer smaakvol, altijd zeer
karakteristiek en zeer goed opgevat. In vele huizen is dit
snijwerk verguld en geschilderd, en vindt men ook beeldhouwwerk aan andere deelen van den bouw, voornamelijk
aan den voorgevel, maar dit is steeds, èn in uitvoering, èn
in kleur, ondergeschikt aan de bewerking van die eene
kamer, zoodat iedereen onmiddelijk de geheele bedoeling
van den bouwmeester begrijpt. Zou men van al onze huizen
hetzelfde kunnen zeggen? Rondom het geheele huis is nog
een afdak, dat, bij al zijne voordeelen, het nadeel heeft,
dat het binnenshuis vrij donker is.

19 November.

Wij hebben weder eens zien dansen, en merkten weder
enkele verschillen op met hetgeen wij vroeger zagen. Wel
blijven steeds de danseressen stijf op hunne plaats staan,
en doen niet meer dan even op de teenen wippen en een
weinig de vingers bewegen, terwijl het lichaam zoo stil
mogelijk blijft. Veel karakter kan ik dan ook nu nog aan
deze dansen niet toekennen, maar de kleeding der meisjes
verschilt in menig opzicht van die der bovenlanden. Men
kan dit verschil echter in één woord te samen vatten: nog
meer goud. Het zou smaakvol kunnen zijn, maar zelfs Oostersche weelde wordt hier overdreven. Van de gouden weefsels, die werkelijk onvergelijkelijk schoon zijn, behoef ik
niet meer te spreken, maar hier zijn sommige danseressen

er letterlijk mede behangen, zonder dat zij genoeg smaak hebben om die met een enkel eenvoudiger stuk af te wisselen.

Op het hoofd dragen de rijksten eene soort kroon, die in hoofdzaak bestaat uit een band met hoog opstaande punten van goud of zilver, steeds zeer fraai gedreven. Dat staat niet kwaad, maar velen bederven het weder door eene rij omgebogen punten, die horizontaal uitsteken en de hoofden op een stekelvarken doen gelijken. En boven alles uit steken nog tallooze ijzerdraadjes, waaraan kleine ruitvormige gouden plaatjes hangen, die flikkeren en rinkelen, en boven het hoofd een wuivend woud van edele metalen maken. Om den hals hangt een snoer van kralen, waaraan, onder elkander, vier of vijf gouden platen hangen, van een horizontaal uitgerekten hartvorm, die de geheele borst bedekken en als het ware een gouden pantser vormen. In de armbanden zag ik het meeste plaatselijk verschil. Op de eene plaats zijn die dun en glad, op de andere zwaar en gedreven, op eene enkele plaats waren ze allen van zilver, doch bijzonder sierlijk bewerkt.

De voornaamste bijzonderheid echter, die men, naar ik meen, alleen in deze streek vindt, zijn de klauwen waarmede de danseressen hunne vingers misvormen. Het zijn ware klauwen ongeveer als tijgernagels, doch wel van vingerlengte, met de punten naar boven gericht en die op al de vingers geschoven worden als een vingerhoed. Zij zijn meestal van goud, zelden van zilver, en maken natuurlijk de bewegingen alweder logger, terwijl zij de meestal fraai gevormde handen, die echter, hoewel klein, meer breed dan slank zijn, bepaald ontsieren. Kunt ge u voorstellen, hoe karakteristiek leelijk zulk een vergulde dame er uitziet met hare ontelbare aanhangsels? Zij hebben dan ook heel wat tijd noodig om zich aan te kleeden, en de mama's moeten gedurende het dansen wel eens te hulp schieten, om een of ander weder in orde te brengen, wat mij wel eens deed denken aan de reparatie-kamer op onze eigene bals. Ik heb eens eene jonge dame gezien, wie de slendang van de schouders gleed en die hare met goud behangen armen niet zelve kon oplichten om het ding weder om te slaan.

Laat het u niet verwonderen, dat ik in de residentie Palembang zoo vaak over dansen spreek, want hier en in Benkoelen is het dansen een hoofdzaak. Tevens is het eene goede gelegenheid om menige kleine opmerking te maken en vele vragen te doen, naar aanleiding van wat men te zien krijgt. De lieden hebben er zelven zooveel vermaak in, dat zij zich bij die gelegenheden het meest ongekunsteld voordoen en vaak bijna schijnen te vergeten, dat er Europeanen bij zijn. Het is ook wel iets waard om al de jonge meisjes van eene plaats eens in hunne beste kleeding bij elkander te zien; jammer dat men er bij de slechte verlichting meestal zoo weinig aan heeft.

TANDJONG-RADJA, 23 November.

Tusschen Doeren en hier hebben wij nog een station genomen Moeara-Koeang, waar wij twee dagen vertoefden. Niet omdat het er zoo vermakelijk was, want het is niet een der beste kampongs aan deze rivier, en wij logeerden er in een open wachthuisje, dat geheel vrijen doortocht verleende aan regen, wind en muskieten. En de reis daarheen was ook minder aangenaam, want, daar de tocht vrij lang was, moesten wij aan boord eten, en in een roeiboot, al is die ook groot, gaat het koken zoo heel goed niet, zoodat Ali wanhopig was over den maaltijd, die hij dacht dat hem oneer aandeed. Onze vroolijkheid werd er niet door gestoord en bij het licht van onze schommelende hanglamp speelden wij de partij piket, waarop wij tegenwoordig gereduceerd zijn, en de kleine ongelukjes brachten ons niet tot wanhoop. Aan ongelukjes toch ontbrak het ons niet; zoo is b. v. ons lampeglas gebroken, waardoor het licht zoo zonderling op en neer gaat, dat wij het ongeveer elk

kwartier eens uit moeten doen, om de lamp te laten af-
koelen en ons dan behelpen met een kaars, die, recht
aartsvaderlijk, in een flesch staat, en daartegen protesteert
door ons nu en dan in den schoot te vallen.

Verder genoten wij weder enkele van die lieve kleine
aga's, zoodat er des nachts van slapen geen sprake was,
en als ik dit al eens gedaan had, zoude ik wel weder gewekt zijn door de regendruppels, die het dak van ons
schuitje juist boven mijn hoofd beliefde door te laten. Erg
nat kon mij dit trouwens niet meer maken, want toen wij
vóór den nacht in een kampong aan wal wilden stappen,
kantelde een der balken, waarop wij moesten overstappen,
zoodat ik een zeer ongewenscht bad nam. Ge ziet, wanneer de dagen al eens weinig merkwaardigs aanbieden,
dan valt er van de nachten soms nog een en ander te verhalen, al kan ik die in de benedenlanden ook niet zoo
romantisch met tijgers en olifanten stoffeeren als in de
bovenlanden.

Midden in den nacht kwamen wij te Moeara-Koeang aan
en ook hier ter plaatse stapten wij eerst te middernacht
aan wal. Daar onze gastheer, de kontroleur, reeds naar bed
was en wij hem niet wilden wekken, bleven wij op ons
vaartuig. Maar wij strekten toch eerst, na de lange reis,
de beenen eens uit en zaten een poosje in den maneschijn,
elk op een der pilaren van het hek, met de lantaarn tusschen ons, uit vrees voor slangen. Een Europeaan, die ons
gezien had, zou ons zeker met onze witte kleeding hebben
aangezien voor de standbeelden van den Nacht en van de
Stilte; maar een der politie-oppassers van den kontroleur,
die van eene meer prozaïsche natuur schijnt te zijn, zag
ons meer bepaald aan voor boosdoeners en struikroovers
en wilde ons beduiden, dat wij daar niets te maken hadden.
Hierin had de man eigenlijk geen ongelijk, maar wij traden
natuurlijk op met al de waardigheid, die aan een Europeaan
bij maanlicht en in nachtbroek en kabaai gekleed, ten

dienste staat, zoodat de man, geheel overbluft, den terugtocht aannam, en wij het overige gedeelte van den nacht
slapende konden doorbrengen, voor zoover de muskieten
ons dit veroorloofden.

En hiermede waren onze zonderlinge slaapkamers nog
niet ten einde, want onze gastheer had al de sleutels van
zijn huis in Palembang achtergelaten, zoodat wij de volgende dagen met ons drieën kampeerden in de open achtergalerij, die ons tevens tot salon en eetkamer verstrekte.
De kontroleur is juist dezer dagen bezig met het houden
van rapat. Dit is op Sumatra de vergadering van de hoofden
der bevolking in de afdeeling. Daar wordt zoowat alles beslist, rechtskwesties en administratieve aangelegenheden,
geheel volgens hunne eigene wetten, die zooveel mogelijk
in stand worden gehouden, en waarin men alleen eenige
regelmaat en eenheid zoekt te brengen. In de residentie
Palembang is de kontroleur voorzitter van den rapat, doch
heeft geene stem; zoodoende beslist de bevolking werkelijk
geheel en al in hare eigene aangelegenheden, hoewel een
verstandige kontroleur natuurlijk grooten invloed heeft, en
altijd zorgen kan, dat er geen onrecht gepleegd wordt,
waartoe de hoofden nog wel eens geneigd zouden zijn.
Na hetgeen wat ik u over de Palembangers schreef, zult
gij wel begrijpen dat de leden dezer vergadering niet altijd
even gedwee zijn, en er bij de kontroleurs werkelijk groote
handigheid vereischt wordt, om deze lieden goed te leiden.
Maar hun eigen gezond verstand helpt hun werkelijk meestal
aan de beste oplossing. Met het meeste genoegen woonde
ik hier de vergaderingen bij, voor zoover ik er tijd toe
had. Eerstens leerde ik er den rijkdom der inlanders eerst
recht kennen. Zoo werd er b. v. eene erfeniszaak behandeld
tusschen eene weduwe en hare stiefdochter; beiden waren
zeer eenvoudig als gewone vrouwen uit het volk gekleed,
maar toch liep het proces over zesduizend gulden. Ik behoef u niet te zeggen, dat dit onder inlanders een zeer

groote som is. Er waren nog andere zaken, die over vrij
aanzienlijke sommen liepen; bij de eene kwam een kris
te berde van vrij groote waarde. Ik deed moeite om die te
koopen, maar, ofschoon de man zijn proces verloren had,
scheen hij volstrekt geen geld noodig te hebben; hij wilde
ten minste het stuk niet afstaan.

Ook zag ik een staaltje van het ontzag, dat onze ambtenaren hier genieten. Een inlander had sedert geruimen tijd
eene verplichting niet willen nakomen, die een der hoofden
hem had opgelegd, en, naar het schijnt niet wederrechtelijk.
Deze man nu verklaarde, dood eenvoudig, dat hij het voor
den kontroleur wel wilde doen, maar voor het inlandsche
hoofd niet.

Ook de naam van de plaats Tandjong-Radja (hoek van
den koning) zal u merkwaardig voorkomen, als ik u zeg,
dat de plaats eerst onder ons bestuur ontstaan is. Maar
algemeen worden de kontroleurs in Palembang door de bevolking radja genoemd. Nergens in Indië is in de opvatting
der inlanders het Hollandsch bestuur zoo volkomen in de
plaats getreden van het oude. Noemen zij de kontroleurs
radja, de resident beschouwen ze als sultan. Deze heeft
dan ook al de prerogatieven van de oude sultans; zijn bidar
is wit met goud afgezet, en heeft groenzijden gordijnen;
de assistent-resident heeft andere kleuren, de kontroleurs
weder andere, alles volgens den ouden hadat, en gewone
partikulieren hebben in het geheel geen gordijntjes. Het
zonderlingste is wel, dat de resident, op die wijze, ook het
erkende hoofd van den Mohammedaanschen godsdienst is, en
als zoodanig staat ook de beroemde moskee onder zijn toezicht en erkennen al de priesters zijn gezag. En toch voert
de hoogste priester geen minderen titel dan dien van pangeran. En hierbij valt nog eene merkwaardigheid te vermelden, die een bewijs te meer is voor den vrijheidszin
der Palembangers. Van oudsher zijn zij goede Mohammedanen, maar zij hebben nooit den sultan van Turkije voor

hun opperheer willen erkennen, zooals de meeste Mohammedaansche staten in Indië doen, al is het dan ook geheel theore-
tisch. In Palembang is altijd door de inlanders hun eigen sultan
als eenige gezaghebbende in godsdienstzaken beschouwd,
en diens gezag is op den resident overgegaan. Natuurlijk
is dit, voor eene handige regeering, een steun, die niet genoeg gewaardeerd kan worden. Maar men moet niet dat
gezag van den resident zelf gaan afbreken, zooals onlangs
uit Batavia eens het voorstel kwam, om aan den resident
zijne bidar te ontnemen. Het heerlijke doel, dat men daarmede bereikt zou hebben, is de besparing van misschien
wel duizend gulden, maar men scheen niet te beseffen, dat
die sloep als teeken van de vorstelijke waardigheid niet
kan gemist worden. Want in Oostersche landen leggen zulke
uiterlijkheden een gewicht in de schaal, zooals men in
Europa nauwelijks kan begrijpen.

PALEMBANG, 26 November.

Ook deze reis is weder afgeloopen, en weldra zal ik tot
mijn grooten spijt mijn aangenamen reisgezel vaarwel moeten
zeggen, want over een paar dagen zullen wij met dezelfde
stoomboot vertrekken, ik naar Muntok, hij naar Batavia. De
reis van Tandjong-Radja hierheen bood volstrekt niets merkwaardigs aan. Wij volgden een anderen rivierarm dan vroeger
met het stoombootje, en zagen niets dan lage moerassige
oevers met struikgewas, muskieten, kaailui en een fellen
zonneschijn. De resident is weder op reis, zoodat wij thans
in de « Garnaal » gelogeerd zijn, waar het overvol is en
belachelijk warm. Wij hebben veel te cijferen, en daar ook
Ali bepaald vermoeid is, denk ik op Muntok eenige rustdagen te nemen. Het is zonderling dat inlanders, vooral van
Java, in hun eigen klimaat de vermoeienissen van het reizen
niet half zoo goed doorstaan, als Europeanen. Hunne slechte
voeding, daar zij zeer weinig dierlijk voedsel gebruiken, en
de dunne kleeding, die hen te gevoelig maakt voor de ver-

anderlijke weersgesteldheid, zullen daarvan wel de oorzaak zijn. Ik heb dan ook reeds geleerd, mijne bedienden nogal te ontzien, vooral Ali, dien ik niet gaarne zoude missen. Hij is zóó uitstekend afgericht, dat ik geen beteren amanuensis zou kunnen vinden. Op elk oogenblik weet hij altijd juist met welk instrumentje hij moet komen aandragen, zoodat hij mij de waarnemingen bijzonder gemakkelijk maakt. Hij is waarlijk zeer intelligent. De beide andere jongens zullen met den heer Ukena naar Batavia gaan, en vandaar hunne haardsteden opzoeken. Ik ben blijde het weer met één bediende te kunnen doen, want het is hier een vaste regel: hoe meer bedienden, hoe slechter bediening. Ongehuwde heeren, die éénen jongen hebben, zijn meestal het beste af.

Intusschen zijn onze vlotten publiek verkocht. Wel maakte ik er geen winst op, zooals indertijd op mijne paarden, maar ik ben ze kwijt en dat is de hoofdzaak.

Wij hebben nog de graven der oude sultans bezocht, waarvan niet veel te zeggen valt, maar het was een aangenaam toertje op de rivier, waarbij wij een vrij groot gedeelte zagen van deze eindelooze stad, een paar fraaie huizen bezochten en ten slotte een bezoek brachten aan de Chineesche wijk, waar wij eenige schoone produkten zagen van de industrie der Palembangsche langstaarten.

Mijn volgenden brief zult gij dus uit Muntok ontvangen.

VORSTENLANDEN.

Ik ben thans op reis in het gevolg van Z. E. den generaal van Swieten. Deze ging Dinsdag 17 dezer met den resident en bijhebbend gezelschap naar Ambarawa en Willem I, dat is naar de militaire kolonie van Java. Want wij zijn zoo slim, onze voornaamste militaire stellingen midden in het eiland te hebben, waar dan een vriendelijke vijand beleefd verzocht wordt, zich te komen laten doodschieten. Dan kan het fort, dat in de vlakte ligt, door alle omliggende hoogten gedomineerd, het misschien wel een half uur uithouden. Die fraaie inrichting ligt aan een zijtak van den spoorweg Samarang-Vorstenlanden; toen we dus gisteren, Donderdag, op het kruispunt kwamen, troffen wij er het gezelschap aan, dat den vorigen avond een bal bijgewoond had, bij gelegenheid van den verjaardag der Koningin. Wij hadden ook, ter eere van H. M. wat laat opgezeten, want in Samarang was ook een bal geweest, waar bruin en blank zich liefelijk dooreen slingerde. Het was ons dus niet onaangenaam, dat we de heeren juist bezig vonden met het drinken van selterswater. Er werden handen gegeven, en we spoorden verder.

De weg gaat door een recht leelijke landstreek, vlak, deels dor, deels vruchtbaar; ik wil dus niet beweren, dat niemand van ons de te korte nachtrust even aanvulde. Gedurende het laatste eind haalden wij onze rokken uit de koffertjes te voorschijn, want aan het station Solo werden we reeds plechtstatig ontvangen. Kanonschoten, bruine prinsen, volksliederen, resident en assistent-resident, handdrukken, Chineesche hoofden, niets ontbrak er aan.

Vóór dat ik verder ga moet ik u met een enkel woord den ingewikkelden toestand van de Vorstenlanden trachten duidelijk te maken. Er is hier een keizer, de beroemde Soesoehoenan van Solo, vasal van den Koning der Nederlanden. Dat heer heeft eigenlijk nog zijn oude onbegrensde macht over de uitgestrekte landen, die zijn meer dan vorstelijk eigendom zijñ. Het gezag nu oefent hij zoowat onder voogdijschap van ons bestuur uit. We hebben hier dan ook eenen resident, en sedert korten tijd, ook de gewone assistent-residenten, en het verder raderwerk van bestuur. De resident geeft zoo nu en dan eens goeden raad aan den keizer, en deze vindt dien raad altijd uitstekend, want des noods is hij in een ommezien gebannen en door een zoon of een neefje vervangen. Doch hem geheel af te schaffen, zou toch nog bezwaarlijk zijn, want zijne macht is werkelijk nog zeer groot, voor zoover die ons niet aangaat, maar vooral is het zijn groote prestige onder de Javanen dat ons in den weg zit. En er zijn nog wel andere redenen, die ik nu maar niet zal opsommen, misschien wel meer dan ik zelf nog begrijp. Zijne landen zijn meest voor langen tijd aan Europeanen verhuurd, en op die manier zou hij een zeer groot inkomen hebben, wanneer hij niet, zooals alle inlanders, de gelden bij voorbaat opnam en opmaakte. Zooals het is steekt hij steeds diep in schulden.

Het rijk van den sultan van Djokjo is indertijd aan den keizer van Solo afgenomen, om dien een mededinger te bezorgen. Met drie of vier andere residentiën handelden wij nog royaler, d. w. z. wij hebben ze zelf genomen. De grootste complicatie is prins Mangko-Negoro, die ook te Solo resideert. Even als de sultan van keizerlijken bloede, heeft ook hij een afgescheurd stuk van het rijk, dat hem zoowat anderhalf millioen inkomen geeft. Hij is een onafhankelijk vorst, van lageren rang dan de soesoehoenan, maar in dezelfde verhouding tot het gouvernement. Ik behoef u zeker niet te zeggen, dat men in de Vorstenlanden handige residenten noodig heeft. Mangko-Negoro nu, een Europeaan in zijn hart, exploiteert zelf voor een gedeelte zijne bezittingen, heeft uitstekende suikerfabrieken en andere ondernemingen, is daardoor verbazend rijk, en de eenige dier vorsten, die niet door zijne schulden aan den leiband der regeering behoeft te loopen. De keizer, die ons liefheeft als het paard de zweep, is veel te trotsch, om zelf suikerfabrikant te zijn, en steekt liever in schulden.

DJOKJOKARTA, 23 Juni.

Reeds bijna is de zegetocht door de Vorstenlanden afgeloopen, en ik heb nog geen minuut gevonden, om dezen brief voort te zetten. Steeds in den rok, steeds de eene of andere partij of tocht, altijd met den onvermoeibaren generaal.

Den dag van aankomst te Solo, na de groote ontvangst aan het station, kwam de ontvangst bij den resident aan huis, en na het eten, hooge bezoeken. Eerst naar den keizer, ontvangen met een Wilhelmus en met allerlei geur, Javaantjes in hofkostuum, dat is naakt tot aan het middel, Javaantjes in uniform, want de prinsen hebben ongeveer allen eene rang in het Hollandsche leger — titulair — en natuurlijk duizenden vrouwen en kinderen. Duizenden is niet te veel gezegd, want de Kraton van den keizer is eene ommuurde plaats, zoo groot als een Europeesche stad van middelbare grootte, waarin behalve de dalem (paleis) van den keizer zelf, tallooze woningen zijn voor de prinsen en hunne huisgezinnen en voor al de hofdienaren tot de laagsten toe. De bevolking van den Kraton wordt op tienduizend zielen geschat. Dat is nog eens een vorstelijk paleis! Maar tevens is deze groote bevolking een der grootste redenen waarom men tegenwoordig de vorsten niet zou kunnen mediatiseeren. Dat zou duizenden ontevreden leêgloopers, steeds gereed tot onruststoken, over Java verspreiden. Want tot werken zou een prins zich nooit verlagen!

Eerst gingen wij drie of vier poorten door; er zijn er zeven achter elkander, doch ik geloof niet dat wij ze allen doorgingen; het was maar een huiselijk bezoek. Door een deputatie ontvangen, werden wij in de pendoppo geleid, met heel wat staatsie. Zulk eene pendoppo is eigenlijk een dak op palen, met meer of minder pracht en meer of minder Europeesch ingericht, bij den keizer niet bijzonder merkwaardig. Bij inlandsche hoofden staat de pendoppo steeds geheel op zichzelve voor het huis en is de groote salon; de Europeanen dringen meestal niet verder door. Wanneer in de Europeesche huizen de achtergalerij ver naar achteren uitgebouwd en open is, wordt zij ook gewoonlijk bestempeld met dien naam, die zelfs ook wel aan eene gesloten zaal gegeven wordt.

De stoelen staan in een vierhoek geschaard, langs drie zijden er van, in het midden der rij eene kanapé. Langzaam, statig treden we door de opengelaten zijde van den vierhoek binnen, worden voorgesteld, gaan zitten, op den kanapé, keizer en generaal, daarnaast de beide residenten van Solo en van Semarang, en dan in afdalende reeks het mindere volkje, prinsen en Europeanen. Er wordt niets gezegd, thee gepresenteerd — dit laatste is «de rigueur» en mag niet geweigerd worden. Er wordt wederom niets gezegd, hoogstens een paar woorden gefluisterd, er worden eenige wijnen gepresenteerd, en men zwijgt voort gedurende zestig minuten, en vertrekt met hetzelfde ceremonieel waarmede men gekomen is. Interessant vervelend. Intusschen is er genoeg op te merken. B. v. de slimheid, waarmede men, terwijl ieder Europeaan op Java inlandsche bedienden heeft, den keizer aan het verstand heeft weten te brengen dat Europeesche bedienden veel gekleeder staan.

Deze Europeesche bedienden hebben zeker uitmuntend gepast in het stelsel van bespieding der O. I. Compagnie;
tegenwoordig zijn ze reeds van vader op zoon in den Kraton
geboren, en men zou hen, op de kleur hunner huid af, ook
niet juist meer voor Europeanen aanzien. De kommandant
der keizerlijke lijfwacht is ook altijd een officier van het
Ned. Ind. leger. Die arme man moet bij alles tegenwoordig
zijn, en slijt dan ook bijna zijn leven in den Kraton. Langer dan twee jaar laat men hem dan ook gewoonlijk niet
in die allervervelendste betrekking.

Naar ik meen, behoort tot zijn departement onder anderen
ook de klok in den Kraton; want er moet altijd goed voor
gezorgd worden, dat die vijf minuten voorgaat, anders
mocht eens een andere klok voor die van den keizer slaan,
en dat zou toch al te erg wezen! Persoonlijk wordt de
keizer anders door dikke oude vrouwen bediend, die over
den grond kruipend tot hem naderen. Voor hem moet
iedere inlander van hoe hoogen rang ook op den grond
zitten en zich daarop slechts kruipend voortbewegen. Slechts
wie recht heeft op eene Hollandsche uniform, mag op een stoel
zitten. Dit is ook eene reden voor de Javanen, behalve hunne
ijdelheid, waarom de rangen in het leger zoo gewild zijn.

De keizer zelf loopt steeds buitensporig langzaam, en bij
zulke gelegenheden gearmd met den resident, ditmaal zelfs
met den resident en den generaal. Natuurlijk hebben wij
hem onmiddelijk den naam gegeven van « den zieken man. »
De assistent-resident moet daarbij den kroonprins den arm
geven. De kroonprins nu is vier of vijf jaar oud, de assistent-
resident toevallig zes voet lang. Ge kunt u de grappige uitwerking wel voorstellen en begrijpt zeker volkomen, waarom
de assistent-resident in de wandeling de kindermeid heet.

Bij elke gelegenheid worden eerst de keizer, residenten
en de generaal afzonderlijk bediend; hun servies is van goud.
De bedienden, die den keizer bediend hebben, zijn natuurlijk voor ons te voornaam; zij blijven als standbeelden

staan en op een tweede teeken komen er anderen, die ons bedienen uit zilveren schalen.

Op den kanapé wordt ongeveer alle vijf minuten een enkel woord gezegd; is het een vraag, dan wordt er na vijf minuten geantwoord, zoo kort en zoo zacht mogelijk, alsof er een lijk boven aarde staat; ondertusschen bewerkt de keizer nu en dan een versche siripruim. Wij minderen zwijgen alleen en pruimen niet. De siri is intusschen voor den generaal het minst aangenaam, want de groote kwispeldoor staat tusschen den keizer en hem in.

Bij het heengaan worden rang en stand natuurlijk goed in acht genomen; lager dan een overste geen handjes geven meer; wij ongetitelden krijgen slechts de flauwst mogelijke buiging; voor generaal en resident staat de keizer op den grond, voor de volgenden op de eerste trede en zoo verder; toen de beurt aan ons kwam, stond hij boven.

Van den keizer togen wij naar Mangko-Negoro. Met dezelfde ceremoniën heerscht hier toch een geheel andere toon; er is veel meer gulheid, en Mangko-Negoro wordt door ons, Europeanen, ook niet zóó onderdanig behandeld als de keizer, hij krijgt b. v. geen arm. De pendoppo is Europeesch ingericht, maar onbeschrijfelijk groot; bij eene latere gelegenheid heb ik de lampen eens geteld en telde 700, zegge zeven honderd, petroleumlampen in die eene zaal. En toch is het er volstrekt niet al te licht, niettegenstaande de witmarmeren vloer en de lichtblauwe kleur van het plafond. Dit laatste is zeer smaakvol beschilderd, naar men mij zegt geheel volgens de plannen van den pangeran (prins) zelven. Het geheel met zijne hooge zuilen maakt een zeer schoonen indruk.

Na de onvermijdelijke slappe thee, stelde Mangko-Negoro zelf voor, dat we den kring zouden breken, en wat rond kijken. De merkwaardige man heeft werkelijk wel eenige aardige dingen, hoewel die lui toch altijd van sommige zaken weinig begrip hebben. Zoo staan er b. v. naast schoone beelden, ook weer twee recht bonte olifanten van het gemeenste aardewerk, en hangt naast goede portretten, een onmogelijke prent.

Dit bezoek was lang niet zoo vervelend als dat bij den keizer, maar nog minder vervelend was den volgenden morgen het uitstapje naar eene nieuwe suikerfabriek van Mangko-Negoro, waarvan ik den barbaarschen naam vergeten heb. Wij reden er heen in vijf rijtuigen met zes of vier paarden bespannen, alles van den prins, en waar wij een groote rivier moesten overtrekken, stond aan de overzijde een tweede stel. Ditmaal niet gerokt, liepen we vrij door de fabriek rond, konden met ieder een praatje maken, terwijl twee Europesche ingenieurs zich alle moeite gaven, om ons alles uit te leggen. De pangeran blijkt trouwens zelf zeer goed op de hoogte te zijn; spektroskoop, alles is voorhanden. Een glas champagne wacht ons op het platform tusschen de groote cylinders in, waarin de suiker de laatste bewerking ondergaat. Al dit genoegen moeten wij op de terugreis met eene zware regenbui boeten. Een flinke zoon van Mangko-Negoro zat in ons rijtuig, een van de twee die met den generaal te Atjeh waren, een aardig mensch, maar met wien ik helaas weinig kon spreken.

Groot diner bij den resident, daarna contra-bezoek van den keizer met ongeveer dezelfde etiquette als ons bezoek bij hem, alleen het lokaal is veranderd. Aan het diner had ook Mangko-Negoro deelgenomen, doch hij vertrok onmiddelijk na den afloop, want bij de bestaande verhoudingen is hij er volstrekt niet op gesteld den hooghartigen keizer te ontmoeten, wien hij een doorn in het oog is.

Eerst hadden wij gehoord dat de keizer ons niet zou inviteeren, maar toen Mangko-Negoro zooveel deed (wij waren er voor den volgenden morgen en avond geïnviteerd), kwam op eens eene uitnoodiging van den jaloerschen soesoehoenan, wat werkelijk eene groote bijzonderheid is. Mangko-Negoro af. Te zeven ure in den morgen aantreden bij den resident. De keizer was niet zoo royaal geweest ons rijtuigen aan te bieden; de resident Lammers had er voor ons nogmaals een gevraagd van Mangko-Negoro. Wij reden omstreeks een uur ver naar het keizerlijk buitenverblijf Langenardhio. Ik weet niet of ik goed spel. Dit optrekje, door Javaantjes gebouwd, verdient een tempel van slechten smaak genoemd te worden; het ruwe houtwerk is geel geverfd (geel is op Java de vorstelijke kleur), een troonhemel van geel en groen gaas, alsof die van versleten baljaponnen gemaakt ware, schilderwerk even bont als leelijk, op gelen grond, en met randjes van rood, wit en groen. Bovendien was het reeds vroeg in den morgen snikheet. Eerst de onvermijdelijke hoefijzerzitterij met thee en zwijgen. Daarna, o wonder! mochten we ook daar rondloopen, doch statig, achter den ondersteunden keizer aan, en eigenlijk had deze niet gemeend dat zoo maar allen zouden medegaan. Achter in het huis werden we aan zijne moeder voorgesteld, die er vrij slordig uitzag, en kregen we een paar dozijn van zijne dochtertjes te zien, allen bezaaid met diamanten; jeugd en en ouderdom; wat daartusschen in ligt werd ons niet vertoond. Terug naar de pendoppo, en weer gingen we in het vierkant zitten, om vier danseressen te bewonderen.

Er waren twee muziekkorpsen; het eene speelde inlandsche, het andere Europeesche muziek, maar, helaas! wel eens beiden te gelijk. Bij het dansen behoort natuurlijk alleen inlandsche muziek, en er wordt voortdurend bij gezongen, om den dans begrijpelijk te maken. Zulke dansen toch zijn altijd dramatisch; men zeide mij, dat, hetgeen wij hier zagen, een stuk oude Javaansche geschiedenis voorstelde, doch zeer oud kan het moeielijk geweest zijn, want de dames hadden pistolen in de hand, waarmede zij elkander beurtelings doodschoten. Zang en dans completeeren elkander. De zang kwam vrij schor uit het reusachtige lichaam van eene halfnaakte oude dame te voorschijn, die voor het orkest was neergehurkt. De danseressen zijn jong en twee er van vol-

strekt niet leelijk. Zij zijn keurig gekleed, hoewel natuurlijk
ver van eenvoudig. Een corsage van licht blauw fluweel
met zilver, verder het bovenlijf en de armen slechts met
enkele gouden sieraden getooid. Onder het corsage komt
een fijne sarong en hangen een paar slendangs af, waarmede ze sierlijk weten te werken. (De sarong is het gewone
kleed der inlandsche vrouw, zoowat analoog aan onzen
vrouwerok, doch eng en glad aansluitend; de slendang is
een smalle lange doek, die op allerlei wijzen omgeslagen
en gebruikt wordt). Om het hoofd hebben ze een hoogst
elegant gouden kapsel, hoofdzakelijk bestaande uit twee
groote vleugels ter weerszijden; het geheel maakt een hoogst
bevalligen indruk. Ze staan in een vierkant, en bewegen
zich slechts langzaam voort of in het geheel niet. Van onze
vlugge dansen heeft de Javaan geen begrip, hij vindt ze
dwaas en leelijk; hun dansen bestaat in bewegingen en
wendingen van het geheele lichaam; vooral spelen handen
en armen eene groote rol. Wordt dit door gewone danseressen op straat vertoont, dan is het in de oogen van den
Europeaan leelijk en vaak walgelijk, daar het meestal een
hoogst zinnelijk karakter krijgt. Maar de fijn gedrilde danseressen van den keizer voeren hunne slangachtige contorsies
zoo sierlijk, zoo rhythmisch uit, ze doen het zoo volmaakt
gelijk, dat men het werkelijk met genoegen ziet. Want de
schoonheid van deze dansen ligt geheel in het rhythmische
en symmetrische, dat natuurlijk slechts bij een hoogst beschaafde uitvoering er van, tot zijn volle recht komt. Maar
het kost den armen meisjes dan ook moeite genoeg; naar
ik hoor is de voornaamste bezigheid van den tegenwoordigen keizer het drillen zijner danseressen, waarbij hij
vlijtig gebruik maakt van de zweep.

Wat wij zagen waren de srimpi's, anderen heeten bedojo's,
dezen zijn meen ik, zeven, negen of elf in aantal. Srimpi's
heeft alleen de keizer; elke regent mag bedojo's hebben,
als hij het maar betalen kan, doch ik meen dat alleen de

keizer er elf mag hebben. Want de etiquette daalt bij de
Javanen tot in de allerkleinste bijzonderheden af.

Ook bij deze voorstellingen moet steeds een plechtstatig
stilzwijgen in acht genomen worden.

Daarna mochten we de speeltafels in bezit nemen en werd
de vorstelijke atmosfeer minder drukkend. Doch zelfs, terwijl
wij speelden, dansten er een paar dochtertjes van Z. H.,
waarop echter niet veel acht werd geslagen. We hadden er
genoeg van en het begon ook mooi warm te worden. Omstreeks een ure was het dejeuner, dat zoowat half Europeesch
was. Om u te doen zien, hoeveel begrip de lui van een
Europeeschen maaltijd hebben, wil ik u de volgorde eens opgeven, waarin wij gespijzigd werden. Eerst soep (rauwe groenten met water), dan rijst met toebehooren, daarna beefsteak, tot
zoover is alles in orde. Maar daarna kreeg ik achtereenvolgens
een chinaasappel, kreeften met mayonnaise, verschillende
zoete spijzen, een vleeschpasteitje, taart, en weer vruchten.
Zonder toast kon het natuurlijk niet afloopen; uit naam van
den soesoehoenan dronk de resident op Z. Exc. Daarna, dit
is een groot eerbewijs, zong een der pangerans ter eere van
den generaal een der duizend en zooveel coupletten van
een oud Javaansch lied, en op een teeken van Z. H., stem-
den allen met het lied in. Na hem zong er een ander, doch
ten slotte — een hoogst zeldzaam gunstbetoon — zong
Z. H. zelf met zijne schorre stem twee der coupletten.
Het was moeielijk om ernstig te blijven; verbeeld u
eens een Europeesch vorst op het dessert een solo zingende,
door dik en door dun, schor, valsch en stooterig, voor bui-
tenlandsche gasten en voor zijne eigen lakeien! Maar we
waren allen diep doordrongen van de eer die den generaal
werd aangedaan, en waarvan wel ietwat op ons afstraalde.
Wij waardeerden als zoodanig den leelijken zang en keken
plechtig. We waren echter hoogst dankbaar, dat de resident
er zich handig wist af te maken toen de keizer voorstelde
dat ook de Europeanen eens wat zouden zingen.

Na het dejeuner moesten we nog eenen dans slikken van kinderen, en ik geloof dat allen dankbaar waren toen we eindelijk weg mochten gaan. We waren eerst te vier ure te huis en konden den rok uittrekken waarmede wij te acht ure reeds weder op een bal bij Mangko-Negoro verschenen.

Dit bal in de groote pendoppo was schitterend, maar niet geanimeerd; er waren weinig dames en er werd weinig gedanst. De dag was dan ook al te vermoeiend. Mangko-Negoro gaat zelf rond tusschen zijne gasten en onderhoudt zich recht minzaam met hen, hij deed zelfs eene poging om met mij te spreken, maar moest dat spoedig opgeven: mijn Maleisch is nog niet vlot genoeg. Op een paar tafels lagen plaatwerken ter bezichtiging, en in een anderen hoek stond het rijk voorziene buffet.

Den morgen na het bal vertrokken wij hierheen. Natuurlijk ontbrak noch een plechtig uitgeleide te Solo, noch de plechtige ontvangst te Djokjo.

24 Juni.

Over een paar uur nemen wij den terugtocht aan naar Semarang, want men schijnt te vinden dat het met het klimaat overeenkomt den trein midden op den dag te laten loopen. Intusschen hebben we daardoor geen dienst en maak ik van dien tijd gebruik om u de dagen van Djokjo te beschrijven.

In 1867 heeft Djokjokarta door eene aardbeving zwaar geleden. Het noodigste is natuurlijk reeds opgebouwd, wat aan de stad een nieuw, vroolijk uiterlijk geeft, maar al wat niet bepaald in den weg stond', is maar blijven staan, zoodat tusschen de nieuwe huizen in, omgevallen en half omgevallen muren, vooral die van den kraton, alles ontsieren.

Dit is trouwens eene eigenaardige zaak. De alles beheerschende hadat (gewoonte, recht, etiquette, wet, dit alles is in dat eene woord hadat begrepen), brengt mede, dat eene vorstelijke woning nooit hersteld wordt; er mogen ten minste slechts de hoogst noodzakelijke reparatiën plaats hebben. Alle honderd jaar echter wordt de kraton afgebroken en op eene andere plaats nieuw gebouwd. Te Solo had dit kort geleden moeten plaats hebben, maar de regeering had er, om de groote kosten, die het voor ons en voor den keizer medebrengt, geen lust in en maakte er zich af. Men beduidde den keizer dat dan ook het fort en de residentie, om in de buurt van den Kraton te blijven, op kosten des keizers moesten verplaatst worden, en dat was toch Z. H. te kras. Doch door die schoone gewoonte liggen te Djokjo de muren van den Kraton in puin en moeten in dien toestand blijven. De woning zelve is ook in hoogst treurigen toestand.

Djokjokarta is anders eene aardige plaats, doch op dit oogenblik zijn er 155 van de inwoners te Semarang, om in een proces van malversatie te getuigen. Zooveel personen kan geene Indische plaats missen, zonder dat het gezelschap er duf onder wordt. In zekeren zin is het nu zoo kwaad nog niet, want bij de aardbeving is ook het residentiehuis bijna geheel ingestort. Men behoeft niet lang in Indië te zijn, om te begrijpen dat een gouvernements-gebouw niet in zeven jaar klaar kan zijn. En al is nu ook de resident voor het oogenblik geholpen in een oud bijgebouw, dat een weinig verbouwd is, de groote officieele partijen kan hij niet geven, nauwelijks kan hij receptie houden. Maar daarvoor krijgt hij dan ook binnenkort een huis van reusachtige afmetingen. Alleen de pendoppo is twee en zestig meters lang. Daarin moeten dan ook diners van omstreeks driehonderd personen gegeven worden.

Die officieele diners die hier viermaal, te Solo naar ik meen slechts eens in het jaar plaats hebben, moeten meer grappig zijn dan aangenaam. Niets is van zilver of ook maar van eenige waarde, want dat zou de een of andere hongerige prins ligt tot goeden prijs verklaren; de inhoud van menigen schotel verdwijnt onder tafel, waar een volgeling hem aanneemt, om voor den dag van morgen te dienen. Als de prinsen zoo doen, kunt gij begrijpen, hoe aangenaam voor den gastheer de honderden van volgelingen zijn, die nog bovendien mede gebracht worden.

In het kleine huis nu, waarin de resident thans woont, dineerden wij Zondag recht aangenaam in klein gezelschap, wat eene aangename afwisseling is tusschen al die vorstelijke bezoeken. Want voor het eten reeds hadden wij een plechtig bezoek bij den sultan afgestoken. De oude man is van harte Europeesch gezind, een flinke figuur en aangenaam mensch, doch ik heb in den grond liever den trotschen soesoehoenan, die ons de tanden toont, doch steeds binnen de grenzen der strengste etiquette. Die man streelt de hand niet, die hem vast omklemt, de sultan wel. Voor wie met hem moet omgaan echter is de keizer een ongemakkelijk zeeschip, de sultan een gezellig wezen.

De sultan ontving ons met een paar zijner echtgenooten, en om het nog huiselijker te maken, kregen wij jongeren al spoedig verlof, om onder geleide van een der prinsen wat rond te kijken. De sultan zeide zooiets wat hierop neer kwam: «Wij zijn aan onzen rang verplicht de zestig «minuten deftig uit te zitten, maar het jongere volk zal «wel liever wat rond kijken.» De generaal zeide mij dan ook later dat hij ons wel een weinig benijd had.

Gij begrijpt, dat er in een Mohammedaansch paleis veel is, wat niet vertoond wordt, maar één ding zagen wij, dat waarlijk luisterrijk is. De pendoppo is klein, maar volkomen Javaansch, oud en karakteristiek. Op gebeeldhouwde houten pilaren rust het schuine dak, waarvan alle balken aan de binnenzijde bloot zijn. Al dezen zijn zeer smaakvol, hier en daar gesneden, en dat vergulde lofwerk steekt schitterend af tegen de donkere kleur van het oude ongeverfde hout. Het middelste gedeelte is echter vlak, in zes caissons afgedeeld. Dezen zijn van elkander afgescheiden door sterk geprofileerde balken, die trapsgewijze naar boven toe breeder worden, zoodat de caissons zeer diep komen te liggen. Rondom het geheel is een breede vlakke rand en dan nog een profiel van zware balken, dat het geheele plafond omlijst. Dat alles is geheel met rijk snijwerk bedekt, bloemen, arabesken, dieren, alles verguld op een fond van rood en blauw, dat echter slechts even doorschemert. Zelfs in een Europeesche zaal zou het eenvoudig vorstelijk staan. Maar gij kunt u voorstellen welke prachtige werking het hier maakt, tusschen al dat donkere hout in. Ik heb reeds meer zulk beeldhouwwerk gezien, maar de hadat brengt al weer mede, dat de pracht geëvenredigd zij aan den rang des bewoners. Slechts een vorst mag zich al dat verguldsel veroorloven.

We zagen ook nog enkele andere zaken van geenerlei belang, maar de wandeling door den Kraton was eene aangename afwisseling van het zwijgen en theedrinken.

Maandag morgen naar den kroonprins, een zeer net mensch, die ons ook niet in de pendoppo ontving, maar recht huiselijk in de voorgalerij van zijn woonhuis, en dat wel met zijne vrouw (slechts eene), eene prachtige Javaansche, en met vijf dochters, waarvan drie volwassen! Welk een weg heeft de Mohammedaansche Javaan reeds in Westersche richting afgelegd, die zoo zijne dames vertoont. De kroonprinses trouwens is bij eene Europeesche familie opgevoed. Zij is eene dochter van den beruchten Sentot of wel Ali-Bassa, een neef van den opstandeling Diepo-Negoro, die na afloop van den Java-oorlog naar Benkoelen gebannen werd en aldaar stierf. Zij was eerst gehuwd met den onafhankelijken pangeran, Pakoe-Alam, want ook Djokjo bezit er zoo een, tegenhanger van Mangko-Negoro te Solo, maar eene veel minder beteekenende persoonlijkheid. Het is zelfs eene vrij misselijke figuur. De prinses dan ook, die zoo schoon en zoo welopgevoed is, dat zij, vóór zij haren bruinen doch vorstelijken echtgenoot bereikte, reeds twee huwelijksaanzoeken van Europeanen

moet gehad hebben, liep reeds na drie dagen weg en
vluchtte naar den kroonprins. Of dit nu juist een staaltje
van hare fijne opvoeding was, willen we in het midden
laten, maar op Java weet men wel raad op zulk een geval.
De kroonprins nam haar zelf tot echtgenoot, en stelde
Pakoe-Alam tevreden met zijne zuster. Zoo waren toch
beiden voorzien. En Pakoe-Alam zal wel tevreden geweest
zijn, want de vrouwen van het Djokjosche hof zijn allen
schoon; het is een prachtig ras.

De prinses had boven haar lichtbruine sarong een kleed
van violet met goud doorwerkt; de jonge prinsesjes droegen
allen groen satijn met goud. Het was een liefelijke aan-
blik, die schoone vrouwen met diamanten in hare zwarte
haren, en met oogen.... ik wil niet verder gaan, want
de vergelijking tusschen oogen en diamanten is al te afge-
zaagd, maar schitterend waren die zwarte kijkers. De ratoe
(alle dames van zeer hoogen vorstelijken rang worden ratoe,
koningin, betiteld, met de zonderlinge bijvoeging van toewan,
zoodat men eigenlijk Mijnheer de Koningin zegt) neemt
zeer vrijmoedig deel aan het gesprek. De prins, die juist
naast mij zat, spreekt wat Hollandsch en weldra staan wij
op en gaat het in optocht, de generaal gearmd met Mevrouw,
en vijf andere gelukkigen, waaronder ook ik, met eene
der lieve prinsesjes aan den arm door het geheele paleis.
We zagen tot de badkamers toe, en de vogeltjes en den
steenen olifant, die water spuwt, en andere volstrekt niet
merkwaardige merkwaardigheden, maar het was een groot
bewijs van vertrouwen en ontzag, dat ik natuurlijk weder
alleen te danken had aan het gezelschap, waarin ik reisde.

Van daar naar Pakoe-Alam. Een man, goedig genoeg,
maar die in zijne hooge positie niet past en er zich niet
thuis in gevoelt; hij wil toeschietelijk zijn en doet dat
links. Hij toonde ons ook eenige oude dames, maar op een
wijze, die er het huiselijke juist afnam, want gedurende
eenige oogenblikken hadden wij hier het geheele groot

ceremonieel van Djokjo te verduren. Of het op Soerakarta evenzoo is, weet ik niet. Door eene deputatie in de pendoppo ontvangen, kwamen wij eerst in de voorgalerij, in de allerhoogste tegenwoordigheid. Er werd niets gezegd, zelfs de presentatie had nog niet plaats; we gingen dadelijk dat huis door, uit de achtergalerij weer naar buiten, en kwamen aan het vrouwehuis dat er achter staat. Daarin dringt men natuurlijk niet door, maar de gemelde oude dames traden ons tegemoet. Het waren geloof ik een paar vrouwen en de moeder van den prins. De eigen moeder toch van den regeerenden vorst staat aan Oostersche hoven in hoog aanzien. Maar hoe denkt gij wel, dat dat bezoek plaats had? Op de bovenste trede, dus op den marmeren vloer van de galerij lagen enkele fluweelen kussens, waarop Z. H., Z. Exc., de drie dames en de beide residenten plaats nemen. Wij anderen mochten in eerbiedige houding tegenover hen op de lagere treden blijven staan. Dat daarbij volstrekt niets gezegd wordt, behoef ik u zeker niet meer te zeggen. Wij hadden genoeg moeite om den noodigen ernst te bewaren, gelukkig duurt het slechts eenige plechtige minuten; dan nemen we weder van de dames afscheid, wandelen terug naar de voorgalerij, worden daar eindelijk voorgesteld, en gaan in den onvermijdelijken hoefijzervorm zitten. Thee, een weinig rondloopen in de onmiddelijke nabijheid, een merkwaardig boek bekijken, een paar wapens, een vuil staatsie-bed, een Oranje-vaandel, en dan goddank naar huis.

Des avonds groot diner bij den resident, maar daar wegens de kleine ruimte het personeel verdeeld moet worden, ben ik er ditmaal niet bij. Daarna receptie. Een overgroot aantal bruine vorsten en blanke niet-vorsten worden in de kleine ruimte te zamen geperst, en toch weet men er nog te dansen. Want dansen zoude men in Indië niet gaarne achterwege laten, wanneer de gelegenheid er zich toe voordoet. Ik voor mij vind het in deze gewesten zwaarder werk, dan men van een vrij man verlangen mag. Met een paar kennissen zie ik de kans schoon om een speeltafeltje te bemachtigen, maar ik zat dan ook ruggelings tegen den sultan aan, en wel zoo dicht, dat ik mij niet durfde verroeren, uit vrees van Z. H. een ribbestoot te geven. En zoo bleef ik vrij lang zitten, want de sultan wilde den generaal, en de generaal den sultan de eer laten van het eerst op te staan, en zoodoende werd het ongeloofelijk laat. Mij viel een van des sultans volgelingen het meest op, die vlak naast mij op den grond gehurkt zat. Met naar boven uitgestrekten voorarm droeg hij op de vlakke hand, die boven den schouder achterwaarts gericht was, de siridoos van den sultan. Een uur of zes zat de man onbewegelijk in die houding; hij sliep, maar in de hand was geene beweging te bespeuren. Natuurlijk is er altijd heel wat gevolg bij, een volgeling b. v. moet den gouden pajong (zonnescherm) van den sultan vasthouden. Dit instrument moet altijd bij zulk een bezoek geopend in de zaal tegenwoordig zijn, dat van den onafhankelijken prins ook, maar gesloten.

Gisteren ochtend bezoek aan de keizerlijke graven op Pasar-Gedeh. Verscheidene vierspannen, een wacht te paard, voorrijders met vlaggetjes en lansen, een schilderachtige stoet van bontgetooide inlandsche hoofden op kleine rosjes, ongetemd, dwarrelen rondom onze rijtuigen; waar wij een diep ravijn met een vrij breede rivier door moeten, vliegt dat alles wanordelijk in vollen ren, de helling af en op, — kunt ge u de schitterende fantasia voorstellen? Ziet gij de bonte schakeering en de aardige groepen? Dit gezicht alleen zou de toer waard geweest zijn.

Aan den ingang der heilige plaats worden we door eene priesterbende ontvangen, die ons en corps rondgeleidt; we zien de witte schildpadden, die even heilig in hun steenen vijvertje rondploeteren, als de zilveren visschen in een andere kom en die zich hoogst heilig, ongewijde broodkruimels laten welgevallen; we wandelen tusschen de graven en dringen zelfs in de huisjes door, waar de allerhoogste lui begraven zijn, en die anders gesloten blijven. Alle Javaansche graven zijn ongeveer gelijk, een laag steenen voetstuk ongeveer zes voet lang en twee voet breed, met aan het hoofd- en voeteneinde een platten rechtopstaanden steen. Alleen zijn ze natuurlijk meer of minder fraai bewerkt, en staan de graven der sultans onder eene soort ledekanten met wit katoen behangen. Dit wordt wel eens vernieuwd, doch het oude mag nooit weggenomen worden, De vuilheid is hier dus alweer aanmerkelijk.

Deze begraafplaats heeft door de aardbeving van '67 geweldig geleden, waarvan de sporen nog duidelijk zichtbaar zijn. Tot voor korten tijd werden ook de keizers van Solo hier begraven. Djokjokarta toch is eigenlijk de aloude zetel van het rijk van Mataram, voordat wij het aan flarden scheurden, om het alleen zaligmakende beginsel van concurrentie ook hier toe te passen. Toen verhuisde de keizer naar Soerakarta, maar de arme man, die zoo lang hij leeft zijn rijk niet verlaten mag, moet na zijnen dood, nog hierheen gebracht worden. Is het geen bittere ironie dat hij dan eerst een deel van zijn rijk mag bezoeken, dat hem slechts door onze welwillende tusschenkomst is afgenomen? In de laatste jaren hebben keizer en sultan zich een nieuw graf gebouwd te Emigiri, dicht bij de gemeenschappelijke grens. Dit zag ik niet, maar het moet zeer schoon zijn.

Dicht bij de begraafplaats te Pasar-Gedch bezagen we ook nog onder vier heerlijke waringinboomen een merkwaardigen steen. Het is een zwart marmeren zerk, waarop een sfeer gebeiteld is, en daaromheen in een tiental Europeesche en Indische talen, de volzin: «Zoo gaat de wereld». Die steen moet reeds door de eerste Hollanders, die hier kwamen, op die plaats gevonden zijn. Hoe is die er gekomen? Er is een legende van een schipbreukeling, die bij den toenmaligen inlandschen vorst eerst slaaf, dan zoowat hofnar en ten slotte, dank zijner scherpzinnigheid, alvermogend minister zou geweest zijn. Doch er zijn nog vele andere legenden, en het inlandsche bijgeloof heeft hier natuurlijk zoozeer vrij spel, dat de waarheid wel nooit te vinden zal zijn. Voor den toeschouwer zijn de vier trotsche boomen, die nooit een zonnestraal tot den ouden steen doorlaten, wel het schoonste van dit heerlijk plekje midden in het bosch, en noode verlieten wij de koele schaduw. Men moet een waringin gezien hebben, om te beseffen wat tropische plantengroei is. Dat uitgestrekte gewelf van louter fijne bladeren, dicht ineen geweven, zou u toeschijnen aan een geheel bosch toe te behooren, want vaak wordt het door honderden stammen gesteund, en is toch slechts een enkele boom. Overal hangen van de takken luchtwortels naar beneden, die weder den bodem opzoeken en tot ware stammen verdikken, zoodat een enkele van die reusachtige takken dikwijls op een dozijn of meer stammen rust. Men vindt zelfs vele oude boomen, waarvan de oorspronkelijke stam reeds verdwenen is, en waarvan niets meer over is dan een doolhof van takken, allen op hunne vele steunsels rustende, en naar een denkbeeldig middelpunt gericht, waar voor lange jaren eenmaal de hoofdstam bestond. De schoonste waringin, dien ik nog zag, is wel die in den hertekamp van het paleis te Buitenzorg. Het is een heuvel van groen, dien ik op een paar honderd meters middellijn schat. En toch is het maar één boom.

Is het te verwonderen dat juist de waringin de heilige boom is? Door de Hindoesche overheerschers hierheen gebracht, is hij nog steeds, ten spijt van den Islam, in groote vereering. Zinnebeeld van macht en van eeuwigheid zal hij nooit voor het huis van een vorst ontbreken, en ook onze Hollandsche ambtenaren hebben er altijd voor hunne huizen staan, waaraan ze trouwens door hun dicht gebladerte en hun steeds verder groeiende wortels, genoeg schaduw aanbrengen. Geen Javaan zal ooit een waringinboom omhouwen.

Een aardig voorbeeld daarvan kan ik u van Ambarawa verhalen. Daar moest er een vallen, die al te veel kwaad deed aan het huis van den assistent-resident. Deze kon echter voor geen loon, hoe hoog ook, daartoe werklieden vinden, en gelastte eindelijk gevangenen om den arbeid te verrichten. Deze moesten wel, maar bij elken slag, dien zij den heiligen boom toebrachten, drukten zij hem eerst op het hart dat de assistent het gelast had.

Deze heiligheid deelde de waringin vroeger met den Kambodjaboom. Deze kleine boom is soms geheel kaal, draagt dan weder bladeren en prijkt op een anderen tijd met niets dan geurige bloemen, zuiver wit met een geel hart. Oorspronkelijk slechts voor vorstegraven bestemd, staat die tegenwoordig boven alle Javaansche graven en is dus zoowat tot treurwilg afgedaald.

Toch heeft zelfs aan den edelen waringin de wansmaak der vorige eeuw zich vergrepen. Het plein voor den kraton te Djokjokarta is in het rond bezet met waringins, die steeds zorgvuldig als parasols geschoren worden. Lodewijk XIV zou trotsch mogen zijn op den invloed, dien hij nog thans hier heeft, want natuurlijk behooren deze geschoren boomen reeds even als alles, wat ouder is dan gisteren, tot de Javaansche geloofsartikelen. Er zijn hier, nog meer dan bij ons, eindeloos veel ingewortelde gebruiken waarvan men denken zou dat het eeuwig welzijn der lieden afhangt, en die toch geene andere reden van bestaan meer hebben, dan dat ze oud zijn. Waarom mag b. v. op datzelfde voorplein geen grashalmpje staan, terwijl overal elders de pleinen met gras begroeid zijn?

Doch genoeg voor heden, want wij moeten naar den trein, om van tien tot vijf uur te sporen. Warmte, stof, slaap, vuil. . . . .

SAMARANG, 29 Juni.

De zeven uur lange reis hierheen was vervelend, behalve

een intermezzo te Solo, waar wij door Mangko-Negoro zelf met muziek werden ontvangen, doch gelukkig zonder eenig cermoniecl. In het stationsgebouw stond een keurig ontbijt aangericht, dat maar eene fout had, dat het namelijk met al de onvermijdelijke plichtplegingen, met afscheid nemen, met «een enkel woord spreken», in eenentwintig minuten naar binnen geslagen moest worden. Behoef ik u te beschrijven hoe warm we het daarna hadden, hoe de hoofdpersonen in een waggon alleen werden gelaten en geen drukke conversatie schijnen gevoerd te hebben? In onzen waggon was het ook vrij slaperig gesteld, maar gestikt zijn wij gelukkig niet . . . .

. . . .

DJOKJOKARTA, 12 Juli.

Na het vorige bezoek met al de feestelijkheden, na de heerlijke reis door Kadoe met zijn tempels, komt mij Djokjo ditmaal vrij duf voor, wat natuurlijk aan mij ligt, want de resident en anderen zijn even vriendelijk, en maken het mij zoo gezellig mogelijk. Doch ditmaal geef ik mij geheel aan de waarnemingen over en heb dus weinig vrijen tijd. Of ben ik reeds zoo aan den omgang met vorsten gewend, dat ik het zonder hen niet meer stellen kan? Of ben ik nog onder den indruk van de zwijgende beelden in de tempels van Mendoet en Borobodor?

Het hôtel alleen zou genoeg zijn om het beste humeur te bederven. De vorige maal bracht ik er weinig meer dan de nachten door, maar nu ondervind ik dubbel, hoe het zeker na dat van Bandong wel het slechtste is, dat ik heb leeren kennen, en dat zegt veel, want de meesten zijn slecht. Het eten is naar, de kamers ellendig, zonder ramen, zonder kast, zoodat Amat elk oogenblik in de koffers moet duiken. Dat noemt hij met recht soesah.

SOLO, 17 Juli.

Ik zal maar beginnen met een klein ongeval te vermelden,

met name, dat de postpaarden voor twee dagen besproken zijn, en ik dus eerst Zondag vertrekken kan. Ik doe dus maar weer eenige waarnemingen, wat geen verlies is voor de Solosche bevolking, bruin en blank, want daar ik mijne tent vlak aan den weg opsloeg, is er altijd een groote bende toeschouwers. Gelukkig zijn er nog niet zooals te Cheribon bruine autoriteiten gekomen, om zich te laten photografeeren.

Uit Djokjokarta vertrok ik zonder rijtuig of jongen, zonder bagage, haast met de noorderzon. Ik had op weg hierheen weer tempels te bezoeken. Door vriendelijke tusschenkomst van den stationschef, kon ik het op zeer aangename wijze doen; een werktrein die eenige minuten na den personentrein afreed, zette mij midden op den weg, tusschen twee stations af, met een jong mensch tot geleider, die opzichter aan den weg is.

Eerst een tempel, alweder verwoest door aardbeving en door Hollandsch wandalisme, want wij hebben ons aan heel wat tempelroof schuldig gemaakt. En toch was het 't schoonste wat ik dien dag te zien kreeg; de beelden zijn weg, maar het schoone lofwerk is tamelijk ongeschonden, en in enkele nissen staan toch nog beelden, die niet weg te nemen waren, omdat zij in den muur zelven en relief bewerkt zijn. Een anderen tempel schijnt het lot getroffen te hebben van verwoest te worden zonder afgewerkt te zijn geweest: aan twee zijden vond ik het beeldhouwwerk slechts aangevangen. De tempel heeft twee verdiepingen, ten minste de ornementeering duidt er twee aan. Hij is daardoor leelijk gedrukt, maar er zijn veel beelden aan, zeker indertijd door een groot kunstenaar gemaakt, want er is een meer dan gewone dosis leven in, niet de onveranderlijke steenen glimlach. Eindelijk — het zonnetje begon warm te worden — zes tempels te Prambanan, weder als de zes oogen van een dobbelsteen geplaatst, doch door aardbevingen, vooral door die van '67, zoodanig verwoest, dat het vormelooze steenhoopen zijn, waaraan hier en daar slechts te zien is, waar ongeveer een muur gestaan heeft, of een hoek geweest is. Eenige beelden heeft men gered; een staat er nog in zijn huisje, en ontvangt met den meest onverschilligen glimlach de offeranden, die de Mohammedanen hem nog steeds brengen, niettegenstaande zijn Boedhaschap lang uit de mode en hij zelf op non-activiteit is. In hun hart zijn de Javanen steeds Boedhisten gebleven.

Op één punt waren die oude lui al even beschaafd als wij. Zij waren namelijk ook niet bang aan hunne heiligdommen, uien, zelfs hoogst onzedelijke aardigheden als ornement aan te brengen, zoo van dat soort als in vele kerken even achter de ruggen der dames om, aan de heeren vertoond worden. De meeste stukken van deze soort moeten verzameld zijn in een lusthuis van den sultan, dat hier dichtbij ligt, maar waarin het ons niet gelukte door te dringen.

Weer aan de spoorbaan gekomen, werden we door twee kereltjes op een rolwagentje naar het naaste station gereden. Na een half uur wachtens kwam de trein aanzetten met mijn reiswagen er op, de heer Amat in diepe rust daarin, hoog in de lucht, en spoedig daarna was ik hier te Solo.

De vorige maal maakte ik genoeg kennissen om hier geen vreemdeling te zijn. Ik bracht dan ook een aangenamen avond op de sociëteit door. De Zaterdagavond op de sociëteit is misschien de meest ingewortelde gewoonte in N. Indië, en lang niet onaardig. Het zou niet kwaad zijn indien onze regeerders, wat stabiliteit aangaat, daaraan eens een lesje namen. Maar dan zou ook de vermakelijke warboel ophouden, die nu op de sociëteiten nog de meest dankbare stof voor de conversatie oplevert.

Vroeger kwam de keizer ook dikwijls des Zaterdags in de sociëteit en speelde dan eene allerdeftigste partij biljart. Eens echter vertoefde tijdelijk hier ter plaatse een hooggeplaatst militair, die, pas aangekomen, op de sociëteit aan den keizer werd voorgesteld; hij werd tot de biljartpartij uitgenoodigd. Onze kolonel, die een eerste biljartspeler was, had weldra het spel in handen, stopte alle ballen links en rechts en speelde maar door. De resident in de hevigste ontzetting, want hij had geen gelegenheid gehad om aan den nieuwen speler mede te deelen, dat de keizer moest winnen. De man moet toch in alles de eerste zijn, en wat zoude zijn gevolg wel denken, als hij eens een partij biljart verloor? De resident loopt rond het biljart, maar de kolonel is alweer aan de andere zijde en heeft alweer een paar ballen gestopt, geen enkele wenk komt aan het goede adres terecht, niets helpt en in een ommezien is de keizerlijke speler dood. Z. H. bedankte hoogst minzaam voor het aangename partijtje, maar heeft sedert nooit weer biljart gespeeld.

Hoe men het moet aanleggen om bij hazardspelen iemand te laten winnen, begrijp ik niet, en toch moet dat hier gebeuren. Bij groote gelegenheden is de resident verplicht met den keizer, ik weet niet welk hazardspel te spelen; de keizer moet winnen en de regeering vergoedt dan ook tot een zeker bedrag de speelschulden van den resident.

Zondag dus vertrek ik naar Madioen en verdwijn dan weer in de binnenlanden . . . .
. . . .

SOERAKARTA, 10 April.

Zoo ben ik, na twee jaren zwerven, weder in de Vorstenlanden, doch ditmaal slechts voor weinige dagen. Gisteren middag aangekomen, trok ik dadelijk naar mijnen vriendelijken gastheer van Samarang, die in dien tusschentijd als resident hierheen verplaatst is. Van de oude kennissen zijn er ook nog velen, want op plaatsen zooals hier, waar vele partikulieren wonen, is het publiek niet zoo veranderlijk als elders. Op de meeste plaatsen van Indië zou ik, na twee jaren, niet één van de vorige bewoners hebben teruggеvonden. Hier leg ik den vinger op een der wonde plekken van ons bestuur. Er wordt steeds met de ambtenaren vangballetje gespeeld op eene wijze die hoogst vermakelijk is, behalve voor henzelven. Zeer dikwijls gebeurt het, dat ambtenaren, vooral van de lagere rangen, slechts enkele weken op eene standplaats blijven, en er zijn er genoeg, die u kunnen verhalen van een half dozijn overplaatsingen in een jaar. Ik zou iemand kunnen noemen, die vijf nieuwe bestemmingen kreeg voor hij nog gelegenheid gehad had, om zijne standplaats te verlaten en aan de eerste overplaatsing gevolg te geven. Elke mailboot toch bracht er hem eene nieuwe. En de plaats, waar hij ten slotte heenging, moest hij na een paar weken weder verlaten. Ik behoef wel niet uit te leggen, hoe nadeelig dit stelsel op de ambtenaarsbeurzen werkt. Volgens een Indisch spreekwoord staan drie overplaatsingen gelijk met eens afbranden. Alleen die weinigen varen er soms goed bij, die de kustgrepen verstaan en willen toepassen, om goede vendutiën te houden. Zou soms ook hieruit alleen de ongedurigheid en de reislust te verklaren zijn van hen, die uit Indië terugkeeren?

Maar op den gang van zaken werkt dit stelsel dubbel nadeelig, ten eerste door den ijver der ambtenaren uit te dooven, ten andere door de vastheid van bestuur, die hier zoozeer noodig is, onmogelijk te maken. De inlandsche hoofden weten niet waaraan zich te houden; zoodra zij beginnen in te zien, in welke richting de besturende ambtenaar werkzaam is en het goede daarvan opmerken, komt er een ander met meestal geheel verschillende inzichten,

Ook hierin bedriegt de zuinigheid de wijsheid, want eene reden van al dat scharrelen is, dat er in vele takken van bestuur geen voldoend personeel is, en ik geloof dat bij slot van rekening al dat overplaatsen meer geld kost dan een kleine uitbreiding van het kader doen zou. Want het schijnt vaak, alsof men de lui liefst zoo ver mogelijk weg stuurt, en bij de prijzen der vervoermiddelen, die ik u wel

eens gemeld heb, kunt gij licht begrijpen hoeveel aan het
bestuur de reis van een gehuwd persoon met kinderen en
bedienden, b. v. van Sumatra naar de Molukken, wel kosten moet.

Doch ik ben wel een weinig van Solo afgedwaald en ik
verhaal u dus liever hoe ik heden morgen twee gezanten
van den soesoehoenan zag komen, die heel statig aan den
resident kwamen mededeelen, dat Z. H. zich heden niet
aan het volk zal vertoonen, en dat er geen tournooi zal
zijn. Juist diezelfde boodschap ontvangt de resident sedert
eene eeuw of langer elken Maandag en Vrijdag, en doet
dat elken Maandag en Vrijdag met een deftig gezicht, en
geeft deftig hetzelfde antwoord. Aan zulke onzinnigheden
moeten de ambtenaren hier hunnen tijd besteden. En u
moet die gezanten zien loopen. Zij hebben van ouds het
recht midden op den weg te gaan, zoodat alles, rijtuigen
en voetgangers, voor hen moet uitwijken. Zij loopen dan
ook voetje voor voetje; altijd schichtig rechts en links
ziende, of zij ook wel juist het midden van den weg hebben. Het kostuum is natuurlijk voor al zulke gelegenheden
haarklein voorgeschreven, het haar moet op een bepaalde
wijze gedragen worden, namelijk met een klein varkens-
staartje, het hoofddeksel is van een bepaalde kleur enz.

Ook heb ik u nog niet vermeld op welke omslachtige
wijze de keizer zijn middagmaal ontvangt. Verbeeld u, dat
wordt bij den resident klaargemaakt! Vele jaren geleden
was namelijk een der keizers bevreesd dat men hem in
den kraton wilde vergiftigen, en verzocht den resident hem
eten te willen sturen. En toen deze hem later eens zeide,
dat het gevaar nu geweken was, en hij dus met die voe-
dering wenschte te eindigen, antwoordde de soesoehoenan,
dat hij het nog al lekker vond, en er wel mede wilde
voortgaan, doch genegen was, den resident daarvoor eene
groote uitgestrektheid gronds voor groentetuinen af te staan.
En zoo heeft de resident van Solo steeds een heerlijk bui-

tengoed in het gebergte, en de keizer krijgt dagelijks zijn middageten uit het residentie-huis. Natuurlijk gaat ook dit niet zonder staatsie; elken dag ziet men door de straten van Solo het groote presenteerblad dragen, natuurlijk met gele zijde toegedekt, en met een gouden pajong er boven uitgespannen. En het schijnt niet eens eene bloote formaliteit te zijn, want de tegenwoordige soesoehoenan heeft eens op hoogst plechtige wijze aan den resident medegedeeld, dat de kok naar zijn smaak te veel zout in het eten deed. Want slechts met zulke beuzelarijen mag de keizer zelf zich bezig houden; regeeren komt met zijne hooge waardigheid niet overeen, daarvoor is de rijksbestierder.

Een niet onaardig bewijs hiervoor verhaalde mij de resident. Er was eens een groote hongersnood te Solo. De resident dacht het beste te doen, er den keizer zelven eens over te spreken, en bracht dien een bezoek. Na de noodzakelijke langwijlige praatjes en plichtplegingen bracht hij den hongersnood op het tapijt en deelde den keizer mede, dat diens onderdanen in de straten van Solo van honger omkwamen. De keizer antwoordde zoowat niets dan och, en begon te klagen, dat hij door te veel zorgen gekweld werd, om aan zulk eene kleinigheid te denken. De resident begon er nogmaals over, en ontving toen ten antwoord dat hij daarover dan maar met den rijksbestierder moest spreken, want dat de keizer wel andere beslommeringen had. Toen begreep natuurlijk de resident, dat hij eens naar die zorgen moest vragen, waarbij een hongersnood maar eene nietigheid was. Daarop begon dan ook de keizer te jammeren, dat voor een feest dat hij van plan was te geven, zekere gamelan (inlandsch orkest) in den weg stond. Nu had pangeram A. wel aangeraden die gamelam naar den Oosthoek te verhuizen, maar pangeran B. meende dat dit met den hadat streed. Pangeran C. vond dat men het ding wel naar den Westhoek kon brengen, want daar had het vroeger ook gestaan, voordat de vorige keizer het naar de tegenwoordige plaats verhuisde. «Maar nu vraag ik u, «resident, daar zou de gamelam immers nog meer in den «weg staan, en wat moet ik nu toch doen?»

De resident zal wel niet weder over den hongersnood gesproken hebben.

Toch moet men die in ons oog zoo verachtelijke kerels niet al te hard vallen. Zij zijn van jongs af aan opgebracht in de overtuiging, dat hunne onderdanen alleen tot hun genoegen geschapen zijn, en worden in eenzame grootheid opgevoed door lieden, die als slaven voor hen kruipen. Men behoeft den tegenwoordigen kroonprins op zijn achtste jaar slechts te zien, hoe hij de tucht onder zijne zusjes uitoefent, te zien hoe slaafsch men zijne bevelen en grillen inwilligt, om duidelijk te beseffen hoe ook hij voor de toekomst zulk een ellendeling belooft te worden.

En Atjeh heeft ons nog voor jaren den weg afgesneden om dit nest uit te roeien. Wij zijn veel te veel verzwakt.

Allen zijn ze echter zoo erg niet; ik geloof dat de sultan van Djokjo zijne gedachten nog wel een enkel oogenblik voor een hongersnood zou hebben over gehad.

En weet ge wat in zulke gevallen rijksbestierders dan doen? In het begin dezer eeuw gedurende eene hevige epidemie bracht de toenmalige resident van Solo den rijksbestierder onder het oog, dat het niet volstrekt noodig was, dat de walgelijke zieken hunne ellende in de straten der hoofdstad ten toon spreidden. En wat deed de gedienstige man? Hij maakte bekend, dat de behoeftige zieken aan den oever der rivier prauwen zouden vinden om naar de overzijde te gaan, waar men hun voedsel zoude geven. In het midden der rivier zonken de prauwen, en de rijksbestierder kon triomfantelijk aan den resident mededeelen, dat er geen bedelaars meer in Solo rondliepen. Laat ons hopen dat men zoo iets tegenwoordig toch zou weten te beletten. De lui zijn er echter nog goed genoeg toe, zooals de oude rijksbestierder van Djokjo, een gewezen volgeling en bloedverwant van Diepo-Negoro, die nog heden ten dage soms met wellust verhaalt, hoe hij in de dagen van den Java-oorlog de Hollandsche gevangenen in het rijstblok liet stampen, en er dan lachend bijvoegt, dat hij niet wist dat menschen zoo konden schreeuwen. De man heeft den Nederlandschen Leeuw.

11 April.

Ik wil mijn laatsten brief uit Soerakarta op meer vermakelijke wijze eindigen, en u dus mededeelen hoe, naar men mij verhaalde, een brief van den Gouverneur-Generaal naar den keizer gebracht wordt.

Dan gaat er een gezantschap naar den resident en zegt, dat de keizer goed geslapen heeft en hoe de resident geslapen heeft, en of er niet soms een brief voor den keizer is. En de resident antwoordt, dat hij den keizer bedankt en zelf ook goed geslapen heeft, en dat er juist een brief is aangekomen en of de keizer dien om tien uur zou willen laten halen. Hoe kan die goede man zoo juist raden!

Te tien ure komt in groote staatsie de oude koets uit de dagen der Compagnie aanzetten, met den kommandant van de keizerlijke lijfwacht er in. De resident is in groot tenue, in groot tenue is ook de assistent-resident; plechtstatig geeft de resident aan dezen laatste den brief over op een zilveren blad onder een geel satijnen doek, en onder den gouden pajong wordt de brief naar het rijtuig gedragen, waarin de assistent-resident en de kommandant der lijfwacht over elkander plaats nemen. De resident geeft twee halve fleschjes portwijn mede, en statig gaat de oude rammelkast, steeds door den gouden pajong beschaduwd, naar den kraton. Zoude het in het rijtuig soms niet wezen: «Deux «augures ne peuvent se voir sans rire?»

In den kraton zijn inmiddels alle prinsen en grooten tesamen gestroomd. De brief wordt binnen gedragen en nederig ontvangt dien de keizer, die den brief kust en aan den rijks-

7

bestierder overgeeft, die hem onmiddelijk hardop voorleest.
De keizer bedankt den assistent-resident voor zijne moeite
en verzoekt hem den inhoud aan den resident te willen
mededeelen. Inmiddels zijn de twee fleschjes portwijn ont-
kurkt en worden daarna door het geheele gezelschap uitge-
dronken. Wat de oorsprong van die wijnproeverij moge zijn,
weet ik niet.

DJOKJOKARTA, 12 April.

Gisteren hierheen gespoord. Een warm ridje na den middag
en zonder middagdutje. Ik ben alleraangenaamst gelogeerd
bij den resident in het prachtige paleis, dat bij mijn vorig
bezoek nog in aanbouw was. Wel had ik toen reeds gezien
dat het een schoon huis was, maar thans, met smaak en
met weelde gemeubeld, is het werkelijk grootsch, al zijn de
muren ook even koud en wit als elders. Zooals uit den aard
der zaak met vele gebruiken en gewoonten Indië meestal een
halve eeuw ten achteren is met de veranderingen, welke de
mode daarin ten onzent aanbrengt, leeft men er nog steeds
in de overtuiging, dat een wit gekalkte grafkelder het schoonste is wat men van een gegeven ruimte kan maken. Wel
kan men wegens de vochtigheid niet veel anders hebben
dan gepleisterde muren, maar die zouden toch niet altijd
zoo koud wit behoeven te zijn. Hier valt nog eene overwinning op de Hollandsche zindelijkheid te behalen, die in het
moederland gelukkig reeds behaald is.

Voor zoover de witte muren dan toelaten, is het residentiehuis met zeer veel smaak gemeubeld, vooral enkele kleinere
kamers en de groote troonzaal, die de meubels uit een geheel Hollandsch huis wel zou kunnen bevatten zonder overvol te zijn. Aan het eene uiteinde staat de troon. Een hemel
van blauw en goud met geel zijden gordijnen en daaronder
een paar treden hoog, op een bont Deventersch tapijt, de
troon, die natuurlijk door een kanapé voorgesteld wordt,
aangezien sultan en resident er steeds te samen op moeten

figureeren. Geheel voor feesten ingericht, is het huis daarvoor wel zoo goed als de paleizen van den Gouverneur-Generaal te Batavia en te Buitenzorg. Er hangen 180 lampen, waarbij ik zeer vele lustres met zes en vier lampen slechts voor één tel, en de resident heeft dan ook twee lampejongens. Er zijn ongeveer 60 tafels in huis en ongeveer 400 stoelen; meer cijfers zal ik u maar sparen; het is genoeg om u te doen begrijpen in welk een waarlijk vorstelijk verblijf ik mij hier bevind. Zelfs valt het mijn jongen op, die mij aanraadt, hier maar een paar maanden te blijven. De zestig meters lange eetzaal, die achteraan het huis is uitgebouwd, gelijkt wel wat op eene hooischuur, maar maakt toch indruk door de geweldige grootte. Daar moeten dan ook die gastmalen gegeven worden van 300 man, waarvan ik u vroeger reeds terloops sprak. Die hebben plaats gedurende de vastenmaand der Mohammedanen, om de lui met een goed diner schadeloos te stellen voor een maand van ontbering, want de vasten is eene der weinige voorschriften van den Islam, waaraan de Javanen strikt gehoorzamen, ofschoon anders hunne Mohammedaansche rechtzinnigheid niet zeer groot is. Zelfs hunne priesters hebben er zelden eenig besef van, hoe dun het Mohammedaansche vernis is, dat over hun aloude Boedhisme ligt uitgespreid. En toch is het zoo gemakkelijk de bevolking in naam van den Islam tot fanatisme op te zweepen. Deze twee feiten bewijzen trouwens gelijkelijk een geringen graad van ontwikkeling en zouden wij in Europa nog wel zoo heel veel hooger staan? Hoe gemakkelijk trouwens sommige meer ontwikkelden het met den godsdienst opnemen, bewijst de oude regent van Soemedang, die de Zweedsche lucifers zulk eene heerlijke uitvinding vindt. In den vastentijd toch mogen de geloovigen zoolang de zon boven den horizont is, evenmin rooken als eten of drinken. En wanneer nu de oude man in vroeger tijden eens lust gevoelde om te zondigen, moest hij het laten uit schaamte voor zijn jongen, die dan de tali-api (Indische lont van touw, zacht hout of dergelijken vervaardigd en den ganschen dag brandend gehouden) moest aanreiken. Tegenwoordig heeft hij zelf zijn doosje lucifers in den zak, en kan nu en dan tersluiks eens een haaltje doen. Ook heeft hij in die dagen wel eens hoofdpijn, d. w. z. hij kruipt achter de gordijnen en in het geheim brengt de een of andere vertrouwde hem dan wat te eten.

Die geheele vasten heeft echter meer van een vreugde-dan van een boete-maand. De inlander voert zoo weinig mogelijk uit, omdat hij zegt door de weinige voeding te veel verzwakt te zijn, slaapt dus den halven dag, en zoodra als de zon onder is, begint de pret; eten, drinken, leven maken, alles doen ze dan op eene wijze, die voor ons Europeanen, die liever den nacht gebruiken om te slapen, soms vrij onaangenaam is. Er wordt dan juist lekkerder gegeten dan in gewone tijden.

Gisteren avond was juist hier aan huis de gewone speel-partij, die bij de inwoners der plaats rondgaat, de vorsten niet uitgezonderd. De sultan en Pakoe-Alam waren dan ook tegenwoordig, met den onvermijdelijken nasleep van prinsen, die er potsierlijk uitzagen. Er is zeker een slimme kleedermaker hier geweest; ze hadden allen bruine, blauwe of groene fantasie-jasjes aan, wat in Indië, waar men slechts wit en zwart ziet, toch al zoo ongewoon is en des avonds al bijzonder dol staat. En dan hunne bruine tronies en een uitgebreid systeem van horologie-kettingen, innig ploertig; ik werd onweerstaanbaar herinnerd aan de eerste uitgaven van gehumaniseerde Japanners, en aan onzen vroegeren zwarten knecht, als hij des Zondags zijne heer-lijke garderobe ten toon spreidde. Gij bemerkt dat het zeer huiselijk was, en er was dan ook geene andere etiquette dan de gouden pajong en enkele volgelingen, maar hoege-naamd geen ceremonieel. Te Djokjo is men op dit punt al wat wijs geworden, zooals ik reeds vroeger schreef. Te Soerakarta bestaat zulk een speelklub in het geheel niet, en zooveel zeer wenschelijke toenadering zou ook, bij de daar heerschende verhoudingen, niet mogelijk zijn.

Ik speelde ook whist; wij hadden slechts een Hoogheid aan ons tafeltje, die gelukkig in uniform stak en er gewoon genoeg uitzag, om mijn lachspieren in rust te laten. Hij speelde verbazend gelukkig en zeer goed, wat inlanders trouwens zeer dikwijls doen.

Bij zulke gelegenheden wordt alleen de voorgalerij gebruikt en die is, helaas! voor dit huis veel te smal. Men heeft die niet breeder kunnen maken, omdat er twee waringin-boomen in den weg staan. Men schijnt juist hier het volksgeloof niet te hebben willen trotseeren. Het gebouw ligt zeer mooi aan het eene einde van eene geheele laan van waringins, aan het andere uiteinde waarvan het ouderwetsche fort ligt. Aan beide zijden van het erf liggen voor het huis twee groote steenen vijvers, die den grootschen indruk van het geheel niet weinig verhoogen.

Tegelijk met mij logeert hier de heer R. met zijne vrouw. Hoogst aangename menschen, die voor eenige maanden Holland verlaten hebben om eene reis over Java te doen, en dit even genotrijk vinden als ik. Waarom wordt dit goede voorbeeld toch niet meer gevolgd? Waarom stellen de Hollanders zoo weinig belang in hunne heerlijke Indische bezittingen? Als de velen, die jaarlijks tijd en geld over hebben om langs den Rijn of te Parijs te slenteren, eenmaal in hun leven het prachtige Java bezochten, zoude er in Holland minder lauwheid zijn omtrent deze streken. En deze streken zijn het toch uitsluitend, die ons nog een bescheiden rang doen innemen onder de Europeesche staten. Het is werkelijk bedroevend zoo weinig belangstelling, als men over het algemeen in het moederland voor Indië over heeft. En heb ik toch niet gelijk, als ik zeg dat onze grootste belangen in Indië geconcentreerd zijn?

Heden morgen bezocht ik het zoogenaamde waterkasteel; het is eigenlijk een bouwval, die men slechts over glibberige dijkjes met levensgevaar bereikt. Tusschen groote vijvers in gelegen, die zich gedeeltelijk ook tot in het gebouw hebben uitgestrekt, moet dit lustslot der sultans, ofschoon van vrij jonge dagteekening, eenmaal een type geweest zijn van de Indische bouwkunst, die ook na de Hindoesche overheersching op Java in eere bleef. Het is echter meer groot dan schoon, en doet onder voor het juweel van Indischen rococostijl, dat het waterkasteel te Cheribon oplevert, waarvan ik u vroeger een beschrijving gaf. Maar naast de vele oude tempels, verdienen de weinige overblijfselen van ongewijden Indischen bouwtrant, die men op Java vindt, dubbele aandacht.

Morgen ga ik weer naar Semarang terug, en neem dan voorgoed afscheid van de Vorstenlanden.

KLEINE SOENDA EILANDEN
en TIMOR.

Aan den voet van GOENOENG SENDANO, 6 October.

Reeds sedert 24 uren lig ik voor anker aan het uiterste
hoekje van Java met den wind juist in de verkeerde richting, en dat wel een echten storm. Mijn vaartuig is de
recherche-kotter van Probolinggo, die mij welwillend is afge-
gestaan. Het geheele schip zou wel in uwe eetkamer kunnen varen en het kajuitje is niet zoo groot als uw badkamer, maar veel lager van verdieping. Behalve, dat ik de
eenige Europeaan aan boord ben, waardoor de conversatie
zeer beperkt is, is het dek zoo zonnig en de ruimte beneden zoo klein, dat ik de drie dagen, die wij noodig gehad
hebben om hierheen te komen, liggende doorbracht. Natuurlijk geraakt door dat gebrek aan beweging de maag in
de war; men heeft geen honger en is bepaald meer koffer
dan mensch. De heer Amat bedient mij steeds getrouw,
als hij niet zeeziek is, maar varende is hij altijd in een
toestand van halve bewusteloosheid en nog minder benijdens-
waardig dan zijn baas, die niet aan zeeziekte doet. Des
nachts liggen wij meestal allen op het dek. Gij kunt u dus
voorstellen hoe ik daar lig te midden mijner Javaantjes,
waaronder ook wel een enkele Madoerees zal schuilen. Als
die maar zoo vriendelijk is geen amok te maken, terwijl
ik aan boord ben.

Niettegenstaande alle booze voorspellingen van geen wind

enz. zijn wij uit Soemenep nog voor den ochtend vertrokken. Eerst hadden wij te laveeren, maar voor zonsondergang ankerden wij reeds onder Java's wal dicht bij Paneroekan, wat ongeveer de laatste bewoonde plaats aan de Noordkust is. En sedert ben ik niet veel verder gekomen. Eergisteren midden in den nacht werd het anker gelicht, om van den landwind gebruik te maken, maar al kruisende zijn wij niet verder gekomen dan onze tegenwoordige ligplaats. Gij zult den berg Sendano op de kaart vinden op den uitersten noordoosthoek van Java. Ik geloof, dat een brutaal zeiler de poging zou wagen om verder te gaan, maar de wind is zoo pal tegen en zoo sterk, dat er toch veel kans zou zijn, om aan de andere zijde van de landtong, die ons beschermt, in onzachte aanraking met de kust te komen.

> " Geduld is zulk een schoone zaak,
> " enz. "
>
> Hieronymus.

Weet gij wat ook vroolijk is? — Als men het smoorheet heeft en de zee ziet er zoo recht verleidelijk uit, en ge vraagt dan, of er niet gezwommen kan worden, en daar wordt met afgrijzen op geantwoord, dat de zee vol haaien is! En als ge dan uit baloorigheid maar eens aan wal gaat en ge wordt gewaarschuwd niet tever te gaan, want dat het land vol tijgers zit. Dan raapt ge aan het gloeiende strand maar wat schelpjes op, en gaat, om afwisseling van verveling te hebben, maar weer aan boord.

Zie zoo! voor heden hebt gij lang genoeg van mijne ergernis mede genoten, wie weet hoeveel dagen ik u daarin nog laat deelen.

BOELELENG (eiland BALI), 9 October.

De reis is medegevallen. Den 7den bleven wij den ganschen dag liggen, maar gelukkig heb ik een kreek met zoet water ontdekt, waarin ik niet alleen heb kunnen baden, maar zelfs flink kon zwemmen. De Javaantjes zijn toch juist kinderen. Zoo waren wij niet aan land, of er werd telkens een vuurtje gestookt; er werden zelfs vele vuurtjes gestookt, zoodat een paar van de schoonste boomen van de kust verbrand zijn. Ik geloof, dat niettegenstaande het daglicht, de vrees voor tijgers hierbij in het spel was, want de kreek, waarin ik zwom, bleek des avonds ook door andere levende wezens daartoe gebruikt te worden, vooral door tijgers, waarvan de sporen overal zichtbaar zijn. Ik word dan ook geen oogenblik alleen gelaten, maar steeds zijn twee van de matroosjes twee pas achter mij.

Eindelijk eergisteren onder zeil en dat wel met veel heviger wind dan den vorigen dag, toen mijn bruine kommandant weigerde te zeilen. Misschien was dit wel om den Vrijdag, want het vooroordeel is onder de Javanen even sterk als bij onze zeelieden, dat de Vrijdag een noodlottige dag is om uit te zeilen. En dat bleek die ook te zijn, want nauwelijks waren wij op reis, of de wind ging geheel liggen, zoodat ik, steeds met Bali in het gezicht, zelfs reeds dicht bij Boeleleng, nog ongeveer 18 uren te kruisen had eer ik gisteren omstreeks den middag aan wal stapte. En ik was er niet ondankbaar voor, dat dit eindelijk gebeurde. Want eergisterenochtend hadden wij eene recht onstuimige zee gehad, ten minste de golven sloegen heel aardig over het schuitje heen. Toch bleef ik boven, want het was een prachtig gezicht. Zoolang de zon laag stond was boven elke uiteenspattende golf een regenboogje, even te zien, weg, dan links weer een, een eind vooruit weer een ander en het schuitje sneed er zoo lekker door, dat, al moest ik mij ook op het hellende dek vasthouden, zelfs de jongen maar half zeeziek was en gedurende eenige oogenblikken teekenen van leven gaf.

Bali heeft voor mij al den glans van het nieuwe en ik ben nog steeds in de eerste verwondering; wat ik hoor en zie is nog alles vreemd. Java begon natuurlijk voor mij al wat oudbakken te worden. Allereerst had ik gisteren gelegenheid een weinig over prestige na te denken. Bali kostte ons in deze eeuw vijf bloedige expeditiën, waarvan de uitkomst is, dat wij van de zeven rijkjes, waaruit het eiland bestaat, er twee tamelijk wel in onze macht hebben. De Hollandsche macht wordt er vertegenwoordigd door een assistent-resident, een kontroleur, een klerk, een half dozijn andere Europeanen en nog een paar te Djembrana, dat een goed eind van hier ligt. Hoegenaamd geen militairen, geen fort, geen schip. Daar stap ik aan wal met één bediende, die evenmin als ik een enkel woord van de landtaal verstaat, en die even als alle inwoners van Java min of meer bevreesd is voor Balineezen. Het verwondert mij zelfs, dat hij zoo gewillig mede is gegaan. Er was niemand tot wien ik mij wenden kon, maar in een kwartier was er een paard voor mij, waren er koelies voor het goed en binnen het uur zat ik kalm bij den assistent-resident, wiens woning een paar paal van het strand verwijderd is. Mijn gastheer is de heer Valck, die sprekend op mij gelijkt, waaraan ik reeds lang voor onze kennismaking verschillende grappige ontmoetingen te danken had. Maar er zijn ook verschillende personen, die het een van ons beiden kwalijk nemen, dat de andere hen niet gegroet had, om de eenvoudige reden, dat die andere hen niet kende. Ook heb ik daaraan reeds den zoen te danken gehad van een allerliefst klein meisje, waarvan ik den naam nooit te weten ben gekomen.

10 October.

De Balineezen zijn een geheel ander volkje dan de Javanen, kennelijk een ander ras. Zij hebben opener gezichten, zij zijn veel slanker van bouw en nog viezer. Niettegenstaande ze nog al wat kleedingstukken dragen en die wel degelijk met groote zorg omdoen en plooien, zijn zij toch bijna naakt, zoo schorten zij alles op. Het onderste kleedingstuk is een lap zoo klein mogelijk, meestal van gebloemd Europeesch katoen. Dit wordt nooit uitgedaan en slechts verwisseld als het verrot is. Daar over heen gaat de sarong, die veel langer en smaller is dan de Javaansche en die heel anders gedragen wordt. Eens om de heupen geslagen, zoodat de beenen geheel bloot blijven, blijft een der uiteinden los hangen. Dit sleept bij deftige gelegenheden over den grond, gewoonlijk wordt het echter tusschen de beenen doorgehaald en van achter vastgestoken. Het derde stuk is een vierkante lap, die meer als mantel wordt omgeslagen, doch onder de armen, en die niet wordt vastgemaakt, maar slechts in de hand gehouden. Daar de twee laatste stukken op deze welvarende plaats zeer dikwijls van zijde zijn en vaak met goud en zilver doorwerkt of beplakt, kunt gij begrijpen, hoe schilderachtig en hoe barbaarsch zoo iemand er uit ziet.

De taal klinkt geheel anders, dan wat ik tot nu toe hoorde. De Balineezen spreken sterk zingend en het komt mij telkens voor, alsof ik in de verte Hollandsch hoor spreken; genoeg om u te zeggen, hoeveel harder het Balineesch is dan het schoone Javaansch, of het ietwat flaauwe Soenda-neesch. Er zijn hier weinig Mohammedanen, en nog minder Christenen, want in een jaar of zes hebben de twee hier gevestigde zendelingen éénen Balinees bekeerd. Die moet nog al duur geweest zijn! De godsdienst is nog Brachmaansch, hoewel een weinig verbasterd; er zijn vier kasten, waar tusschen de muur bijna even ondoordringbaar schijnt te zijn als in Bengalen. Het verschil in godsdienst zal wel oorzaak zijn, dat hier veel meer kunstzin is overgebleven dan op Java, waar hij door den Islam gedood is. Alles is geornementeerd in den traditioneel Indischen stijl. De wapens zijn bijzonder sierlijk; natuurlijk zal ik trachten er wat machtig te worden.

Gisteren heb ik een verbrandingsfeest bijgewoond — van dooden namelijk. Roep nu maar niet uit, dat de Balineezen ons vooruit zijn door zoo verstandig te zijn, hunne dooden te verbranden. Zij verbranden die een langen tijd, ja jaren na den dood, terwijl het lijk, wanneer alles geheel in de

puntjes gaat, in het woonhuis bewaard wordt, en liefst nog
alle dagen wordt afgewasschen. Houd dus maar bij het verder
lezen uwen neus dicht. Ik behoefde dit gelukkig maar matig
te doen, want de lui van gisteren waren al vier jaren dood
en dus tot een hoopje beentjes gereduceerd. Als de botjes
in het geheel niet meer te vinden zijn — want de meesten
worden wel begraven en niet in huis bewaard — wordt er
een poppetje gemaakt, dat dan voor den overledene fungeert;
soms is het niet veel meer dan eene karikatuur op een klein
plankje geteekend. Dit is wel zoo frisch als de botjes zelven,
maar voor het heil van de persoon natuurlijk lang niet zoo
afdoende en dus niet zoo gewild.

Daar bij zulk eene verbranding zeer veel omhaal gemaakt
wordt, komt die zeer duur te staan en wordt er gewoonlijk
gewacht tot dat er meer leden van eene familie dood zijn;
dan gaat het in eene moeite door. Het heeft ook veel van
een verkooping, waar goederen mogen bijgebracht worden,
want uit alle hoeken van de dessa komen kerels met lijken
of met bovengemelde portretten aanloopen. Dit zijn dan
minder rijke familiën, die van de gelegenheid gebruik maken
om ook hunne dooden op een even fatsoenlijke als goedkoope
wijze definitief uit de wereld te helpen.

Er wordt eene groote katafalk gemaakt, eene soort toren
van drie of vier verdiepingen. Deze rust op een groot raam
van bamboe dat door een honderdtal inlanders gedragen
wordt. Het geheel is op allerlei wijzen versierd, volstrekt
niet smakeloos, maar geweldig barbaarsch. Het meest opvallend zijn groote teekeningen op wit katoen, die mijne
kuische pen weigert te beschrijven, maar allergekst geteekend, alles gedrochten en duiveltjes, die mij smakelijk
hebben doen lachen. Onze ijdelheid krijgt daarbij een geduchten knak, want de duivel is altijd wit — even als op
Java trouwens. Daarom doen de tallooze duiveltjes, waarmede de inlanders altijd aangehaald zijn ons geen kwaad;
wij zijn van dezelfde familie.

Boven in dit meubel, de Wada, gaan de lijken; hier zijn het gelukkig slechts afbeeldingen, terwijl de echte beentjes reeds vooruit naar de verbrandingsplaats gebracht zijn. Naast de gefingeerde lijken klauteren een paar kerels naar boven met geopende pajongs (parasols). Dit moet wel hoog noodig zijn voor de afbeeldingen van lieden, die, toen ze nog op aarde wandelden, hunne bruine huid zoo zorgvuldig niet beschermden. Er wordt met geweren geschoten en ont- zaglijk veel kabaal gemaakt, en voorwaarts gaat de stoet, eene eindelooze menschenmassa in stofwolken gehuld. Voorop een twintigtal mannen met eenigszins afwijkende kleeding en met witte hoofddoeken (wit is rouw). Gewapend met staatsielansen, waaraan pluimen van pauwevêeren hangen, openen zij, steeds dansend met halsbrekende contorsiën den trein. Daarna komt het wandelend orkest, dat ook al leven aanbrengt; dan de Wada, voorafgegaan en gevolgd door honderden belangstellenden. De meesten dragen het een of ander, dat mede geofferd zal worden: wijwater, om de lijken te wasschen en allerlei symbolische zaken, die natuurlijk in zotheden ontaard zijn, waarvan de beteekenis wel reeds lang zal vergeten zijn. Alles bijeengenomen maakt het vol- strekt niet den indruk van een treurige plechtigheid, maar wel van een groote jool. Maar al die vreemde gezichten en vreemde kleederdrachten maken er iets van, waar zoowel ik als mijn jongen met opengespalkte oogen naar stonden te kijken.

Eer de stoet de dessa verlaat wordt met het gevaarte, dat nu en dan onmiskenbare neiging tot omvallen toont, rondgedraaid en gesold, of alles dol en dronken is. Dit beteekent, dat de overledene geen lust heeft om zijn kam- pong te verlaten en daartoe gedwongen moet worden, wat eindelijk met heel wat geschreeuw en getier schijnt te gelukken, ten minste het gaat weer vooruit en naar het kerkhof. Daar is dan een priester, of iemand, die daarvoor speelt, om de lijken in ontvangst te nemen. Eerst wordt er een liedje gezongen, dat, naar men mij zegt, hoegenaamd geene betrekking op dood of godsdienst heeft, maar beter past bij de teekeningen op de katafalk. Daarna brengt ieder zijn potje met wijwater, waarin als visitekaartje een lontar-blad steekt met den naam van den gever. De overledene dient toch te weten, wie van de vrienden hem al zoo gewasschen hebben. Het water wordt over de botjes uitge-stort en het bakje op den grond geworpen en gebroken; deze plechtigheid duurt zeer lang. Eindelijk wordt met een paar takkebossen alles verbrand inclusive de Wada. Veel te weinig brandstof en toch blijft er slechts een weinig asch over, naar ik vrees, omdat, zooals ik 's avonds nog zien kon, de talrijke honden de beentjes gaan opkluiven. Lekker gebraad! Maar dat is om het even, de verbrande is nu verzekerd, dat zijne ziel niet in een of ander onrein dier zal verhuizen. Wel een bewijs, dat de ziel niet in de beenderen zit, want anders zou ik, na het feestmaal der honden, voor niets instaan.

Den volgenden dag wordt met veel omslag de asch ver-zameld — ik vrees alleen houtasch — en in een vaas naar het zeestrand gebracht. Daarna bekommert er zich niemand meer om. Ik heb heden mijn middagdutje maar niet weder verzuimd, om ook dit te zien. Het zou zonder priester gebeuren, geheel en familie, omdat het een slechte dag is. Daarvan heb ik voor mij niets bemerkt.

Gij ziet, dat deze reiniging door vuur en door water niets gemeen heeft met Siemens'oven voor beschaafde lijken.

11 October.

Terwijl de assistent-resident eene niet al te naakte prinses ontvangt, wil ik mijnen Zondag gebruiken om dezen brief te eindigen, want morgen wordt de stoomboot verwacht, die hier het maandelijksche leven komt brengen. Dat de prinses nog al toonbaar is, ligt daaraan, dat onder de hoogere standen op Bali de Javaansche invloed, vooral wat de kleeding betreft, nog vrij groot is. In overouden tijd toch is Bali veroverd en beschaafd door de Javanen, die thans voor de Balineezen zooveel vrees koesteren. Met die verovering kwam hier ook het Brachmanisme, dat hier heeft stand gehouden, terwijl het op Java achtereenvolgens, eerst door het Boedhisme, later door den Islam werd vervangen. Men zegt mij dan ook, dat men voor vele˙ verouderde Javaansche instellingen en gebruiken de verklaring hier op Bali kan vinden, even als men in de Balineesche hoftaal vele oude Javaansche woorden zuiverder terug vindt dan op Java. Eene merkwaardige bijzonderheid van die verovering door het Brachmanisme doet prachtig uitkomen, hoe inschikkelijk de godsdiensten zijn, als het in hunne kraam te pas komt. Men vond natuurlijk op Bali een hoogeren stand, die, niet tot eene Indische kaste behoorende, onder het uitschot had moeten geteld worden. Maar het was zaak dien te vriend te houden en men had ook ambtenaren noodig, die de overheerschers niet allen konden leveren. Men maakte er eenvoudig eene vierde kaste van, de Prabali, die in Indië niet bestaat, doch hier als eene echte kaste beschouwd wordt.

De echt-Indische kasten voeren hier de namen van Ida voor de eerste- of priesterkaste, Satria voor de tweede- of krijgsmanskaste, Goesti voor de derde, terwijl de overige inlanders met geen titel aangesproken worden, tenzij zij een ambtstitel bezitten. Dit wil volstrekt niet zeggen, dat de eerste kaste geheel uit priesters bestaat, evenmin als de tweede uit krijgslieden. Het zijn verouderde afscheidingen, waar echter niemand overheen kan klimmen, maar toch komt een priester nooit uit eene lagere kaste. De vorsten moeten uit de tweede kaste zijn, doch die is op Bali bijna uitgestorven, zoodat alleen de vorst van Klonkong nog orthodox is terwijl de overigen thans uit de derde kaste zijn. Hij wordt dan ook door allen als de hoogste vorst beschouwd, hoewel alleen in theorie; geen der anderen ziet er kwaad in, om hem in wereldsche zaken zooveel mogelijk te benadeelen, zoodat hij juist een der minst machtige vorsten op Bali is. Doch tegelijker tijd roepen diezelfde vorsten wel degelijk voor sommige godsdienstige verrichtingen zijne hulp in, en bewijzen hem dan de noodige eer. Hij is dus eene soort van officieële leugen, een Mikado. Het spijt mij, dat ik den tijd niet zal hebben zijn rijk te bezoeken, dat het beschaafdste gedeelte van Bali moet zijn.

Wat overigens de vrouwen aangaat, bestaat de echt Balineesche kleeding voor fatsoenlijke vrouwen alleen uit een sarong; zelfs de jonge meisjes hebben het bovenlijf geheel naakt. Die eene kabaai draagt, wenscht niet als fatsoenlijk beschouwd te worden. Maar fatsoen is zeer betrekkelijk: de dames, aan wie men in Europa niet de meeste achting toedraagt, zijn hier allen juist vrouwen van den vorst. Hier kan namelijk niet alleen de man zijne vrouw wegsturen, maar het is ook aan de vrouw geoorloofd van haren man weg te loopen, ten minste in de lagere kasten. Dan is zij echter verplicht bijzit van den vorst te worden. Ook behooren aan hem de weduwen en vrouwelijke weezen. Daar men nu moeielijk van die brave vorsten verlangen kan, zoo vele dames als zijne echtgenooten te beschouwen, kan men haar ook niet kwalijk nemen, dat zij in haar eigen onderhoud op hare eigene wijze voorzien. Die vrouwen dan dragen gaarne eene kabaai, liefst van zijde en van niet al te dichte stof.

Ik heb ook Zondag gehouden, de tent niet opgeslagen en den bliksem niet geïnspekteerd. Want de heer Valck, die niet op het juiste oogenblik het Maleisch voor magneet wist te vinden, heeft mij maar tot inspekteur van den bliksem benoemd. Hierbij behoort eene geschiedenis. Een der Balineesche hoofden is eenigen tijd geleden op Banjoewangi geweest en iemand gaf zich alle moeite, om hem de werking uit te leggen van den bliksemafleider op het kruidhuis. De uitlegger wist zich niet beter in het Maleisch uit te drukken, dan door te zeggen, dat de bliksem langs het ijzer ging en dan stierf. De man kwam thuis en verklaarde, dat de uitlegging hem wel wat verdacht voorkwam, want hij had goed gekeken en toch het lijk niet zien liggen. De brave Balineezen denken nu zeker, dat ik met mijne kleine instrumentjes niet anders doe dan bliksems doodslaan.

Met den assistent-resident heb ik een toertje te paard gedaan, naar het beroemde Djagaraga, waar het bloedige slottafereel van den Balineeschen oorlog afgespeeld is. Zelfs de heer Amat verzocht mede te mogen gaan, ik denk uit edele nieuwsgierigheid, om, nu hij toch op dit schrikverwekkend eiland is, zooveel mogelijk te profiteeren, meer dan om zijn baas niet alleen in gevaar te laten. Onze weg voerde ons eenige palen oostwaarts door dichtbevolkte en zwaar beplante streken, al zijn er genoeg wildernissen van cactus, om te doen zien, dat er ook slechte grond op Bali is. Dat leelijke goed, dat uit gedoornde handen zonder vingers bestaat, wordt thuis ook al met veel zorg in potten en potjes gekweekt; hier staat het in dichte, fantastische drommen, waar ik niet gaarne doorheen zou breken. De huizen zijn allen omgeven door muren van ongebakken steenen met modder tot cement. Deze muren wateren weg, vallen in en zien er vuil genoeg uit, maar die vuile muren zullen even als de cactussen wel het hunne bijgebracht hebben, tot het bloedbad, dat Bali ons meer dan eens gekost heeft.

Onderweg hebben wij een beroemden tempel bezocht. Wat men op Java alleen als bouwvallen kan zien, wordt hier nog heden ten dage gebouwd, maar de kunst is zichtbaar achteruit gegaan. De meeste tempels zijn vrij onaanzienlijk; het ornement is steeds zeer sierlijk, oneindig meer grotesk dan op Java en ook zuiver van bewerking. Het gewone stelsel van versiering, waarbij vooral van de hoeken wordt gebruik gemaakt en van die eigenaardige constructie in kleine horizontale lagen, waarvan elke een eigen profiel heeft. Verder vervaarlijke gedrochten, waarvan sommigen verbazend grappig zijn. Het is jammer, dat ook hiervoor

8

een steen gebruikt wordt, die zeer sterk verweert. Er worden dan ook telkens nieuwe tempels gebouwd. Verder worden in de muren gewone theeschoteltjes geïncrusteerd, wat zeker wel niet oud Brachmaansch is, evenmin als een sodawaterflesch, die ik boven op eene poort zag staan als »couronnement de l'édifice», om met Napoleon te spreken. Merkwaardige invloed van de beschaving.

Wij wandelden nog wat op den pasar rond, dronken palmwijn en reden onder het genot eener buitengewone warmte naar huis, waar een speenvarken op ons stond te wachten, geheel door een Balinees toebereid en dat keurig smaakte. De Balineezen mogen namelijk, juist andersom als de Mohamedanen, geene runderen maar wel varkens eten, zoodat die laatsten hier goed onderhouden worden en bijzonder smakelijk zijn.

12 October.

De boot ligt op de reede om dezen mede te nemen; ik voeg hier dus alleen nog bij, dat wij nog wel zijn, niettegenstaande de buitensporigheden op het punt van het speenvarken; het lieve dier deed mij alleen wat zwaar droomen. Ik heb zoo even van dit blaadje de helft weggesneden met de punt eener lans, die aan den laatste der Balineesche opstandelingen het leven gekost heeft; het is dus een bloedige brief.

16 October.

Van hier zal mijne prauwreis zich uitstrekken tot Lombok. Bij deze reis kunnen zich meer bezwaren voordoen dan bij de vorigen. Er is daar geen Europeesch bestuur, maar een vorst, die slechts onze bondgenoot is, niet onze vasal en met wien juist in den laatsten tijd eenige verwikkelingen zijn ontstaan. Voor een eenzaam reiziger, die van het Maleisch nog niet bovenmate veel en van de andere Indische talen niets weet, is dat vooruitzicht niet schitterend. Nu is tegenwoordig op Boeleleng gevestigd de heer van der Tuuk, eene bekende autoriteit op het gebied van Indische talen

en die met alle soorten van inlanders omgaat als met huisdieren. Deze heeft aangeboden om de reis met mij mede
te maken. In zijn gezelschap en gewapend met een gelen
brief van den resident van Banjoe-wangi, die reeds hierheen onderweg is, verwacht ik geene moeielijkheden. Ook
neemt de heer van der Tuuk een Brachmaan mede, zoodat
wij op reis ook onze devotie zullen kunnen doen.

Nog steeds schijnt het mij, dat de Balineezen Hollandsch
spreken; gisteren hoorde ik «en wat motte de ouwe dan»,
hoewel het natuurlijk heel iets anders was. Ook heden heb
ik bepaalde woorden verstaan. Ook door hunne vroolijkheid
zijn de Balineezen zeer verschillend van de Javanen. Ik geloof
dat zij altijd lachen en pret maken; ook wordt de gamelam
hier heel anders bespeeld dan op Java, veel luchtiger.
En er is gelegenheid genoeg om dit te hooren, want bij
de rijke inwoners van Boeleleng is er altijd ergens feest,
waartoe de dooden wel het meeste aanleiding geven. Heden
morgen ging eene jonge dame wijwater halen om haren
overleden papa te wasschen. Hiervoor scheen het noodzakelijk
te zijn, dat voor haar uit een geheel gamelam-orkest ging,
dat een helsch leven maakte, onder den naam van muziek.
Voor en achter haar liepen eenige jonge lieden, met versierde bamboestokken en zelve droeg zij op haar hoofd het
potje, voor het kostbare vocht bestemd. Dit vat was lang
niet onsmaakvol versierd o. a. met spiegeltjes van het soort,
dat men bij ons voor drie stuivers koopt met papieren
randjes van blaauw en goud. Zeker niet het minst merkwaardig waren twee Europeesche parapluies, die op lange
stokken vastgebonden, hoog boven haar hoofd uit werden
gedragen en die bij al dat barbaarsche een lief effekt maakten.

18 October.

Gisteren was hier in de voorgalerij groote bijeenkomst
van de voornaamste hoofden. Sedert de radja van Boeleleng
gebannen is (hij zit op Padang) is het bestuur opgedragen

aan de vier hoofden, die onder hem den hoogsten rang hadden en dezen vergaderen op gezette tijden met den assistent-
resident. Eerst heb ik wat door de glazen deur gegluurd,
doch later heb ik er deftig bij gezeten, alsof ik bij het binnenlandsch bestuur behoorde en volop Maleisch verstond.
Een twintigtal heeren met veel lappen aan, maar toch boven
en onder naakt. De drie voornaamsten op stoelen (een van
de vier was ziek), de overigen op den grond. Deze laatsten
zijn zeker wel het meest op hun gemak, want de drie hoofdpersonen zitten op hunne stoelen heen en weer te schuiven,
als iemand, die voor het eerst op een Engelsch zadel rijdt.
Midden in den kring staan twee kannen water; die brengen
zij zelven mede, verder eene schaal met eene zeer smaakvolle pyramide van bloemen en eene andere met een wij-
watervat onder een deksel van fraai gevlochten stroo. Het
wijwater schijnt hier bij alle mogelijke gelegenheden onvermijdelijk te zijn. Twee van de hoofden zijn, zooals men mij
zegt, uit de eerste kaste, maar ik kan niet opmerken, dat
zij anders dan de anderen behandeld worden, wel dat zij
eenigszins anders spreken. De eer, die hun bewezen wordt,
ligt dan ook hoofdzakelijk in de andere taal, die men tot hen
spreekt. Even als op Java en bij de meeste andere Oosterlingen, verandert die geheel al naar men met een gelijke in
rang spreekt, of met iemand die boven of beneden u staat.
Maar hoeveel meer vrijmoedigheid dan men bij de Javaansche
hoofden vindt! Allen spreken uit eigen beweging, spreken
vrij onder elkander, of tot den assistent-resident, ieder heeft
eene eigene opinie en zegt die ook vrij uit. De opinie van
een Javaan krijgt men nooit te hooren; men moet die leeren
uitvinden.

Het meeste belang boezemde mij de secretaris in, die,
met een mesje de notulen op een lontarblad schreef. Ik
begreep niet met welk doel hij allerlei kleine bewegingen
maakte, die hem steeds nader bij een der stoelzitters bracht;
op eens had de man al mijne attentie verbeurd, toen ik zag,

dat al die taktiek alleen gebruikt was om onbemerkt een half uitgerookte sigaar naar zich toe te kunnen werken, die een ander had weggeworpen. De meesten toch rooken met zeer weinig smaak; zij kauwen daarvoor te veel siri. Ik benijd echter den secretaris zijn eindje niet, want er zijn hier nog al veel inlanders met huidziekten behept.

Na afloop van de zitting gaat het wijwatersbakje rond, ieder doopt daar eene Kambodja-bloem in en besprenkelt zich de borst, enkelen raken ook het voorhoofd aan. Daarna wordt de bloem beleefd aan den buurman gereikt. Ten slotte gaat de bloemen-pyramide rond, die geheel uit kleine ruikertjes blijkt te bestaan, waarvan ieder er een neemt, om het in tasch of gordel mede te nemen. Hadden wij voor het wij-water bedankt, deze geurige gave werd niet afgeslagen en de schoone bloemen parfumeeren nu nog mijne kamer. Bij het heengaan geven de drie groote lui ons een hand, de anderen brengen de linkerhand aan het voorhoofd, de rechter aan den linkerarm zeggen « tabé » en rukken in. Even als bij een damesbrief kwam het merkwaardigste van de vergadering eerst in het post-scriptum. Een der hoofden keerde even om, om nog terloops iets te vragen, maar de assistent-resident zeide mij later, dat dit iets juist het voornaamste punt van de agenda betrof en dat hij het reeds staande de vergadering verwacht had. Gij ziet hieruit tevens, hoe kalm men met inlanders moet omgaan. Wanneer de assistent-resident niet rustig had afgewacht maar zelf op de zaak in kwestie had aangedrongen dan ware die misschien niet ten einde gekomen; nu was die in twee woorden afgedaan en konden wij het speenvarken onder handen nemen.

Al weder een speenvarken, hoor ik u zeggen, maar dat is op Bali schering en inslag; geen enkele plechtige gelegenheid is zonder speenvarken kompleet; een gesloten vredes-traktaat wordt slechts daardoor van kracht. Na de verga-dering nu is het de gewoonte, dat de assistent-resident en de kontroleur elk een kwart van het plechtige speenvarken

krijgen. De kontroleur kwam met zijn achterbout dejeu-
neeren; de assistent-resident krijgt natuurlijk een voorbout.
Zoo is de vermakelijke afloop van eene Tweede-kamerzitting
op Boeleleng, wel zoo vroolijk als op het Binnenhof en
vooral ruim zoo kort.

AMPENAN, 23 October.

Wij zitten goed en wel op Lombok, na nog den 18ᵉⁿ in den
namiddag van Boeleleng vertrokken te zijn. De recherche-
kotter, die mij van Probolinggo naar Bali bracht, was een
paleis vergeleken met de kruisboot, die de resident de goedheid had mij voor deze reis af te staan. De achtersteven
is scherp uitgebouwd, waardoor de ruimte op het dek zeer
klein wordt; het kajuitje is half zoo groot als dat van het
vorige vaartuig. Daar moesten wij met ons allen in huizen,
de heer van der Tuuk, mijn persoon, de edele Brachmaan,
een manneke van tachtig jaar, de tolk van den resident,
die den officieëlen brief aan den radja van Lombok moest
overbrengen, benevens een Arabier Aboe-Bekr, die op het
laatste oogenblik verlof vroeg om mede te gaan, daar hij
op Lombok zaken had. Als ik aan ons dus maar eens den
naam van Christenen geef, waren er ten minste drie godsdiensten vertegenwoordigd en onder het zeevolk zullen nog
wel andere heidenen geweest zijn. Wij hadden matrozen
van Madoera, van Timor en zelfs een Sumatraan, zoodat
het een ware olla-prodrida van talen en volkeren was. Met
al onze bagage hadden wij natuurlijk juist ruimte om te
liggen; van rechtop staan of zitten was geen sprake en in
hoeveel bochten zich onze inlanders moesten kronkelen waag
ik niet te beschrijven. Op het dek was het te zonnig, zoodat wij daar slechts den nacht doorbrachten. Zonder matras
of hoofdkussen lag ik in mijn shawl gewikkeld op de planken; — schud thuis mijn bed maar eens op, dat zal misschien hier aan mijne gekraakte ribben goed doen. Hier
aan wal liggen wij trouwens niet anders, zoodat ik een

matje gekocht heb, om ten minste even veel weelde te genieten als mijn jongen.

Gelukkig was de reis zeer voorspoedig. Daar er in dezen
tijd veel slecht weer te wachten is, had men ons voorspeld,
dat de reis wel veertien dagen kon duren, want straat
Lombok is geen gemakkelijk vaarwater. Toch kwamen wij
reeds den vierden dag hier aan, na een dag aan wal te
hebben gesleten, omdat er geen wind was. Dit was in eene
kampong, die reeds behoort tot Karang-Assam, het gedeelte
van Bali, dat aan den vorst van Lombok toebehoort en wij
waren dus reeds in het land, dat ons als vijandig was afgeschilderd. Wij hadden het er echter zeer goed. Eerst een
bad in eene kreek — een weinig hooger op baadden de
koeien en ander tam vee, geen tijgers zooals aan den voet
van den Goenoeng Sendano. Verder brachten wij den dag
in eene Chineesche woning door, kochten een mager kipje
en wat vruchten en dineerden heel wat smakelijker dan aan
boord, hoewel ik gedurende het eten eenige van die lieve
diertjes ontdekte, die zoo sterk gelijken op miniatuurkrabben.
Aan boord hadt gij ons moeten zien eten op den kleinen
achtersteven. Al het eten op den grond, de heer van der
Tuuk op een vouwstoeltje, de Arabier op zijn hurken, de
Brachmaan met verlof wegens zeeziekte afwezig en ik zelf
staande in de hut met mijn hoofd juist boven het dek uit;
zoo verslonden wij ons karig maal, te kariger, naarmate
het schip meer beweging maakte en onze bedienden meer
beweging in hunne bruine ingewanden gevoelden. Is zulk
een tafereel wel niet wat ellende waard?

In de kampong, waar wij stilhielden, zagen wij in den
Balineeschen tempel een godsdienstige plechtigheid. Er
werden offeranden heengedragen, eetwaren, bloemen, vruchten, hetzij echt, hetzij in kunstig vlechtwerk nagebootst,
terwijl de lui zoo fraai mogelijk uitgedoscht waren. Binnen
de omheining van den tempel danste de helft van het publiek
als bezeten rond, allen achter elkander, eerst de mannen,

dan de vrouwen, de oudsten voorop. Anderen zaten op den grond en werden door den priester ijverig met wijwater besprenkeld. Dit was eigenlijk de eenige godsdienstige handeling, die ik kon bemerken. Toen de geloovigen naar huis trokken, namen zij de offeranden weer mede om die zelven op te eten. De goden hebben den geur gehad. Goedkoope wijze van offeren! Zou daarvan ook nog een overblijfsel zijn, dat onze dames pepermuntjes en eau-de-cologne voor eigen gebruik meê naar de kerk nemen?

Jammer, dat wij van de werkelijk schoone kust van Bali weinig zagen, omdat de zon ons het verblijf op dek belette. Des avonds genoten wij des te meer, want het was juist omstreeks volle maan, zoodat het donkerblauwe water geheel verzilverd scheen, terwijl de kust als het ware geïllumineerd was door kleine boschbranden, die de inwoners aansteken om rijstvelden aan te leggen. De oever vertoont eerst een streep van klapperboomen, waarin menige dessa half verscholen is, daar achter een lagen bergrug, dieper landwaarts in bergen van zeer verschillende hoogte. Op den Noord-Oosthoek ligt een zeer hooge vulkaan, de Goenoeng Agoeng, een regelmatige kegel, dien wij ook van hier uit duidelijk zien.

Lombok is even zwaar bevolkt en even welvarend als Bali, niettegenstaande de hevige oorlogen en omwentelingen, die beide eilanden geteisterd hebben. Lombok is weder Mohammedaansch, doch de vorst en de hofgrooten zijn Brachmanen. Er is hier zooveel gebeurd, dat ik zeker niet alles goed zal overbrengen. Karang-Assam op Bali is eigenlijk het oude patrimonium van dit vorstenhuis, dat Lombok veroverde. Toen nu de vader van den tegenwoordigen vorst ons in de oorlogen op Bali getrouw had bijgestaan, werd Karang-Assam, dat inmiddels aan een anderen tak van de familie gekomen was en dat tegenover ons gestaan had, bij Lombok gevoegd, waarvan de vorst zich dan ook steeds niet anders dan koning van Karang-Assam noemt. Degeen

die thans regeert, schijnt wijs en handig te zijn, een zeldzaam voorbeeld van een Oostersch vorst, die zijn land
goed regeert, getuige de uitgebreide handel en welvaart en
het schoone uitzien van de havenplaats Ampenan.

Ook deze vorst moet zeer Hollandschgezind zijn; het is
te betreuren, dat onhandigheid van Hollandsche zijde in den
laatsten tijd een gespannen toestand in het leven geroepen
heeft, waaraan men echter onzerzijds te veel waarde hecht.
Naar de ontvangen berichten waren wij echter van een
vriendelijke ontvangst lang niet verzekerd, maar de houding van de bevolking en de eerste boodschap van Z. M.
hebben ons reeds volkomen gerust gesteld. Wij wandelen
even*gerust rond als op Java en mijne werkzaamheden heb
ik reeds aangevangen. Voor morgen staat een bezoek aan
den vorst op het programma.

De bevolking kan op den duur zelfs wel eens lastig worden van vertrouwelijkheid; er zijn altijd eenige kijkers in
de buurt, zelfs in ons verblijf. Dit laatste is eene groote
veranda en een klein houten hokje op de eerste verdieping
van een gebouw, dat beneden tot winkeltjes is ingericht.
De vorst onderhoudt deze inrichting voor vreemden van
eenig aanzien. Hier doen wij, even als aan boord, ons
eigen huishouden; de jongens zijn op dit oogenblik met de
wasch bezig. Een half dozijn knapen staan aan mijn elleboog om mijn schrijven te bewonderen; zij doen echter
niets meer dan ik zelf, die achter den afgezant van den
koning ging staan, om te zien, hoe verbazend vlug deze
onze namen en ons reisdoel met zijn mesje schreef.

Ook hier ben ik reeds getuige geweest van eene godsdienstige plechtigheid. De goden moesten voor hunne gezondheid eene wandeling doen. Stel u geen gouden af-
godsbeelden voor. Ook op dit punt zijn de Balineezen vrij
praktisch. Op draagbaren worden ledige kastjes rondge-
voerd, waarin men vooronderstelt, dat de goden aanwezig
zijn. Allerliefste reductie van de alomtegenwoordigheid in

den geest. Voor de kunstenaars is die voorstelling niet moeielijk. Telkens nu moeten die goden zonder lichaam uit wandelen gaan, ik denk wel, omdat de Balineezen veel van feesten houden en de godsdienst daarvoor zulk een goed voorwendsel is Die kastjes dan worden door eene processie afgehaald met vliegende vaandels en met heel wat verbruik van wijwater. De wandeling gaat in eene rechte lijn naar het zeestrand, daar worden de heiligheden te luchten gezet, na eenigen tijd weder afgehaald en met even veel geur naar huis getransporteerd. Altijd naar zee, is dat niet karakteristiek voor een godsdienst, die over zee is ingevoerd?

24 October. •

Heden morgen het bezoek aan den vorst. Reeds te acht ure te paard gestegen moesten wij weldra tot de overtuiging komen, dat het onmogelijk zou zijn, ook maar redelijk toonbaar in de hooge tegenwoordigheid aan te komen. De rivier, die wij moesten doorwaden, was gezwollen en daar het zwaar geregend heeft — begin van den west-moesson — was de weg, die anders zeer goed is, eene soort beek, waarvan ons het slijk om de ooren spatte. Hoewel hier het land nog geheel vlak is, is het niet leelijk, sterk begroeid en beplant en door eene talrijke en welvarende bevolking bewoond. Ter weerszijden van den weg staan krachtige boomen en de kampongs worden afgewisseld door geheele bosschen van klappers en andere vruchtboomen, waartusschen het bamboe met zijne sierlijke pluimen wuift. Men ziet dan ook naast de leemen huizen der Balineezen evenveel woningen van bamboe in Javaanschen trant. Want hoewel de Mohammedanen, die het gros der bevolking uitmaken, en de Brachmanen uit de hofkringen verschillende kampongs bewonen, schijnt de afscheiding niet zeer sterk te zijn en staan de verschillende huizen vaak vreedzaam naast elkander.

Na een half uur rijdens bereikten wij eene soort van

hôtel, dat Z. M. er op nahoudt om gasten van nog fijner soort te huisvesten, dan die, waarvoor het huis te Ampenan bestemd is. Men heeft ook herhaaldelijk aan ons voorgesteld om het meer deftige hôtel te betrekken, waarbij wel een weinig achterdocht in het spel geweest zal zijn, daar wij op Ampenan niet zoo dicht bij den vorst zijn. Om verschillende redenen blijven wij beiden echter liever hier. Het andere verblijf dan, waar wij gisteren aanlandden, bestaat uit twee afzonderlijke gebouwtjes, elk met een voorgalerijtje en elk bijna geheel gevuld door twee bedsteden, waar tusschen slechts een nauw gangetje overblijft, dat van de voordeur naar de achterdeur voert. Het eene, dat eigenlijk voor den resident van Banjoewangi bestemd is, ligt iets hooger dan het andere en is meer versierd, zoodat ik alleen dit behoef te beschrijven. De bedden zijn omhangen met ongeloofelijk vuile fraaiigheden van allerlei geweven stof; het bad, dat achter het huisje ligt, is niet onaardig versierd, maar het heerlijkste is de voorgalerij. Daar hangen twee vergane Chineesche schilderijtjes, die Europeesche stoombooten hebben voorgesteld, en daar omheen niet minder dan eenenvijftig spiegeltjes. Daarvan zijn er vier een paar decimeters groot, de overigen zijn allen van het kleine kindersoort, zoo groot als de palm eener hand met randjes van schotsch papier of weder blauw met goud. Is die voorgevel niet vorstelijk versierd? Wij hadden ruim tijd dat alles op te nemen, terwijl wij zelven door de blikken der talrijke menigte verslonden worden. Want het duurde een paar uren eer Z. M. ons liet afhalen, om hem in zijn paleis te bezoeken. Men zegt ons, dat dit nog niet eens zijne eigenlijke woning is en het schijnt hem voornamelijk te dienen om gasten te ontvangen; misschien is het ook wel de woning van eene zijner vrouwen. Het komt ons voor, dat men ons het ware niet zeggen wil.

De ontvangst was recht huiselijk; de vorst was eenvoudig gekleed en de versierselen, die hij droeg, waren ook al van het gemeenste Europeesche soort. Hij schijnt te vinden, dat kleine glazen knoopjes en een halsketen van gewone kraaltjes, het fraaiste is, wat bij een fluweelen buis kan gedragen worden. De voorgalerij is op dezelfde wijze versierd als die van het logeergebouwtje, maar met meer smaak en niet zoo vuil. Behalve wij zelven zaten slechts drie personen op stoelen, de vorst, iemand, dien wij voor den troonsopvolger hielden en een priester, die, als uit de hoogste kaste zijnde, « le droit de tabouret » heeft. Daarbij zaten er nog heel wat hovelingen op den grond en eene onafzienbare menschenmassa op het voorplein. Allen hadden klaarblijkelijk hunne beste kleederen aan en er was prachtig volk onder. De vorst zelf maakt lang niet den indruk, dien wij verwacht hadden: hij stottert en ziet er eer slaperig dan verstandig uit; de troonsopvolger ziet bepaald dom. Wij werden allervriendelijkst ontvangen en de radja was bepaald aangenaam verrast, toen de heer van der Tuuk op eens het Maleisch liet varen en hem in het Hoog-Balineesch aansprak. Ook het geschenk, dat de heer van der Tuuk had medegebracht, een achterlaadgeweer, scheen hem aangenaam te zijn. Na een kort onderhoud werden ons eenige ververschingen voorgezet in diepe schalen van massief gedreven goud en zilver. Dit was het eenige kostbare, wat wij zagen, maar het waren dan ook bepaald kunststukken, die een klein vermogen waard zijn. Het gesprek bestond voornamelijk uit pauzen, zoodat wij niet ondankbaar waren, na een uurtje te kunnen vertrekken. De ververschingen werden ons in het logeergebouwtje nog eenmaal voorgezet, wat niet onaangenaam was, want de heerlijke vruchten verdienden meer dan eene kortstondige kennismaking. Ik heb in Indië zulke vruchten nog niet gezien; alles is hier grooter van stuk en fijner van smaak dan zelfs op ons vruchtbaar Java. Ik meen niet ver van de waarheid te zijn, wanneer ik Bali en Lombok de twee schoonste eilanden van onzen Archipel noem en met hun dichte en nijvere bevolking moesten wij er misschien meer werk van maken.

Merkwaardig genoeg heet de plaats, waar Z. M. ons ont-ving, Mataram (de aloude naam van het keizerrijk Solo). De plaats, waar wij moesten wachten, heet Bogor (de in-landsche naam van Buitenzorg). Ik denk wel, dat hier eenige ironie in het spel is. De eigenlijke residentie heet Tjakra-Negara. Alles Javaansch. Het eiland zelf heeft niet minder dan drie namen, de inlanders zelven noemen het Sassak, de Maleische naam is Selapara en hoe de Javanen aan den naam van Lombok gekomen zijn, dien wij van hen overnamen, is onbegrijpelijk, want dit is slechts de naam van eene kleine kampong in het binnenland.

Op de terugreis zag ik een hanegevecht Dat is hier het grootste genoegen, en ik geloof, dat een Balinees en een Sassakker meer waarde hechten aan hunne vechthanen dan aan hunne vrouwen. Het ware zelfs te wenschen, dat zij hun eigene personen zoo goed verzorgden en zoo vaak waschten als hunne hanen, die prachtig onderhouden wor-den. De sporen zijn ruim twee vingerbreedten lang en voor het gevecht wordt er een mesje aan bevestigd van scherpe bamboe of van staal. De inlanders zitten in een cirkel, streelen en liefkoozen hun haantjes, moedigen die aan, schreeuwen, tieren, verwedden al hun geld en meer dan dat — het windt hen op, meer dan eenig spel den Europeaan doet. Juist toen ik aankwam was een der beide strijders gevlucht, doch werd weder gevangen: de laatste proef moest het arme dier nog doorstaan. De beide hanen werden te zamen onder een korf gezet en de zwakste kreeg den genadestoot. Geheel dood was het dier niet. Er zijn werkelijk prachtdieren onder die hanen, waarvoor dan ook ongeloofelijke prijzen besteed worden. Even als andere hazard-spelen zijn de hanegevechten door onze vaderlijke regeering aan de inlanders in de gouvernementslanden verboden.

Niet ver van huis maakte mijn paard eene buiging zoo diep, zoo diep, dat ik in eens voor hem stond en zijn blik zeide mij duidelijk « ik heb er volmaakt genoeg van ». Ik bleef dan ook maar te voet en gaf aan den mageren stakker een zweepslag, waarop hij op een sukkeldrafje een zijpad insloeg, dat zeker naar zijn verblijf leidde. Het minst aangename oogenblik van de reis was zeker wel dat, toen ons midden in de rivier heel kalm de opmerking gemaakt werd, dat die vol kaailui is.

Het slot van den dag was een bezoek bij een voornaam Arabier, waar onze reisgenoot Aboe-Bekr zijn intrek genomen heeft. In geheel inlandsch kostuum zaten wij, op den grond gehurkt, tusschen louter Arabieren thee te drinken, bij het licht van een walmend lampje. Ook hier hooren wij den vorst roemen. Zijne vrijzinnigheid is zoo groot, dat hij, een Brachmaan, te Mekka voor zijn Mohammedaansche onderdanen een huis heeft. Men zegt ons echter van andere zijde, dat de vrouw, die op het oogenblik het meest macht over hem heeft, tot groote ergernis van zijne omgeving, eene Mohammedaansche is, en dat dit hem zoo gunstig voor den Islam stemt. Ook belet zijne vrijzinnigheid niet, dat de oude Brachmaansche wet nog steeds streng uitgevoerd wordt, volgens welke eene vrouw, die wat al te intiem wordt met een man uit eene lagere kaste, verdronken wordt. Aan Mijnheer valt hetzelfde lot te beurt, doch die wordt eerst een uurtje in de cactussen gerold, waarna het zeewater wel eene aangename prikkeling moet te weeg brengen. Het schijnt ons bijna, alsof het meer de deugd van dezen vorst is, om aan de zaken hun loop te laten, dan om krachtig in te grijpen.

28 October.

De vorst is zeer beleefd. Dagelijks komt een zijner hovelingen ons een bezoek brengen, om te vragen, of wij wel eten hebben en of wij niet bestolen worden en dagelijks krijgen wij een stapel van de heerlijkste vruchten ten geschenke, waarbij reeds een paar soorten geweest zijn, die ik nog niet kende. Gisteren bezocht ons zelfs uit naam van den vorst een oom van deze. De eer was zeker groot, maar ik had er weinig aan, daar de oude heer geen Maleisch spreekt en vrij suf schijnt te zijn; hij ziet er uit, alsof hij meer van opium houdt, dan voor zijne constitutie geschikt is. Die bezoeken zijn echter den heer van der Tuuk, die de taal van het land wenscht te bestudeeren, zeer welkom. Het is trouwens altijd in ons verblijf stampvol van inlanders, die ons komen aangapen onder voorwendsel van een bezoek aan ons of aan iemand uit ons gevolg, of om een of ander te verkoopen. Mijn reisgezel schaft zich zooveel mogelijk boeken aan; ik tracht eenige exemplaren machtig te worden van de prachtige wapens, die hier gesmeed worden, en beiden koopen wij wel eens de eene of andere lokale aardigheid. Het is hiervoor juist de goede tijd. Wij zijn namelijk in de Poasa of vastenmaand. Dit is natuurlijk een tijd van pret maken, vooral de laatste dagen. De inlanders hebben dus geld noodig en zijn bereid om bijna alles te verkoopen, soms tegen lage prijzen. Daar het handelen in Indië echter niet gaan kan, zonder een gruwelijk loven en bieden, dat soms verschillende dagen aanhoudt, is hier, zoo als ik reeds zeide, voortdurend een grooter gezelschap dan mij lief is. Zelfs eten doen wij voor een even groot publiek, als Lodewijk XIV, volgens de bekende prent. Dat al die lui siri kauwen, bevordert de netheid niet; het stofgrijze lokaal wordt daardoor ten deele rood geverfd. Ook zijn onze bezoekers gewoonlijk nog al vrijpostig; zij komen overal aan en gaan zonder uitnoodiging op onze stoelen zitten, zoodat ik reeds eenmaal er een heb moeten opjagen, om zelf te kunnen plaats nemen. Er is in onze woning dus meer gezelligheid dan reinheid te vinden.

Tot de allergezelligste zaken behoort zeker mijn morgenbad. Ik kon daarvoor geene andere gelegenheid vinden dan een put, die achter ons huis ligt; daar zoudt gij mij elken morgen kunnen vinden met achter elken boom en in elk hoekje een toeschouwer verscholen; enkele jongens, maar meestal vrouwen, die natuurlijk het meest verlangend zijn, om te weten, hoe zulk een vreemdsoortig dier er toch wel uitziet. Heel vleiend zal het oordeel wel niet altijd zijn, getuige, wat een der residenten van Banjoewangi wedervoer. Op een inspektiereis door Bali stond deze eens met den assistent-resident te praten en hoorde toen hoe een hoofd aan een ander influisterde: «het zijn toch juist apen». En dat van ons, die ons wel eens verbeelden, dat de inlanders juist op apen gelijken! Residenten zijn wel eens ijdel; ik denk, dat deze het wel niet meer geweest zal zijn.

De groote beleefdheid van den vorst valt ons bijzonder mede, want hij staat niet als beleefd bekend en schijnt dit ook tegenover ambtenaren niet te zijn. Wij hebben ons dan ook beiden zorgvuldig overal voor particulieren uitgegeven. Ik kan overigens Z. M. geen ongelijk geven, want de vorsten, die ons binnenhalen, hebben gewoonlijk spoedig genoeg reden om daarover berouw te gevoelen.

Heden namiddag hebben wij onze wandeling wat verder dan gewoonlijk uitgestrekt. Het is een prachtig land. Langen tijd zaten wij stil op een heerlijk plekje. Op den voorgrond was een open vlakte, met braakliggende rijstvelden, waarover de blik heengleed naar den achtergrond van sierlijk geteekende bergen, die reeds de matte kleur van den avond hadden en scherp afstaken tegen het licht van den hemel. Links van ons ging de zon onder in een zee van goud, waarin dunne violette wolkjes dreven; daar over heen schoten weder breede bundels van de laatste zonnestralen, een verwarden achtergrond van kleur en van licht, half verscholen achter eene fijn uitgesneden boomgroep. Boven eenig laag gewas stak een enkele hooge boom uit, een van die ontzaglijke boomen, wild en woest gegroeid en waaraan, goddank! geen tuinder gewerkt heeft. Zeer vertrouwelijk kwamen de voorbijgangers naast ons zitten, om een praatje te maken. Die vertrouwelijkheid wordt mij bepaald al te groot, vooral wanneer een vies oud heer, wanhopige pogingen doet, om mijn lorgnet op zijn breeden neus te zetten. Dit was de eerste tooneelspeler van Z. M.

Tot onzen omgang behoort voornamelijk, behalve een Chinees en een Maleier, die zoo wat havenmeester is, een jong mensch met een schoon en beschaafd uiterlijk, dat alle dagen op nieuw onze bewondering wekt door met een nieuw pakje voor den dag te komen. De groote deugd van dezen Abdoel-Rachman is echter, dat hij zeer intelligent is en ik geloof wel, dat het door hem is, dat de heer van der Tuuk voornamelijk achter de taal komt. Deze laatste wekt de algemeene verbazing op door de vaardigheid, waarmede hij nu reeds het Sassaksch begint te spreken — vergeet niet, dat deze taal met Balineesch verwant is, anders zou het u al te ongeloofelijk voorkomen; zooals het is, sta ik zelf bijna even verbaasd als de inlanders. Ik ben natuurlijk met mijn instrumentjes niet minder merkwaardig en onze Chinees luchtte reeds een paar malen zijne ongeveinsde bewondering. Hij vindt het namelijk erg jammer, dat twee lui, die zoo knap zijn, geen rijst willen koopen, want daar zijn zulke goede zaken mede te maken.

Dit is de derde maal binnen weinige weken, dat ik een karakteristiek staaltje zie van de wijze, waarop de Chineezen alles tot geldswaarde terugbrengen. Toen ik den resident van Soerabaja een afscheidsbezoek bracht, zat daar ook een Chinees, terloops gezegd met twee prachtige vrouwen, zijne vrouw en zijne zuster. Bij de presentatie gaf de resident zich alle moeite, om den Chinees uit te leggen, waaruit mijne werkzaamheden bestaan en verhaalde hem ook, dat ik dit uit eigen liefhebberij doe. Dit vond de man klaarblijkelijk niet pluis; hij zat eenige oogenblikken na te denken. Op eens schitterden zijn oogen: «dan schrijft Mijnheer thuis zeker een dik boek en krijgt daarvoor heel veel geld». Dat had de resident voor zijne moeite. Den volgenden dag bracht ik een pak waarnemingen bij een bankier, om die in zijne brandkast te bewaren. De bankier gaf het onverzegelde en met weinig zorg gesloten pakket vrij onverschillig aan den Chineeschen kassier. Deze toonde duidelijk, dat zoo iets het verblijf in de brandkast niet waardig was en vroeg op een toon, waarin evenveel verontwaardiging als achterdocht lag, welken naam hij er op zou zetten. De bankier, met mij in gesprek, zeide losweg : « geen naam, het heeft geene waarde». De Chinees zei niets, maar ik wilde, dat gij den blik kondet zien, waarmede hij ons aanstaarde. Daarin was duidelijk te lezen : « zijt gijlieden krankzinnig, of houdt gij er mij voor ? »

Moet ik u, na deze drie verhalen, de Chineezen nog verder beschrijven? Behoef ik u te verklaren, dat het overal de rijkste lieden zijn en hoe het den Europeanen te Singapore even goed als bij ons moeielijk valt, tegenover de langstaarten zich in den handel te handhaven? Maar verwondert het u ook niet te hooren, dat op de meeste groote kantoren juist de kassier een Chinees is, terwijl de zonen van het Hemelsche rijk toch anders niet als strikt eerlijk bekend staan. Het is volkomen waar, dat zij zich vooral weten te verrijken in bedrijven, die wij niet onder de loffelijksten tellen, en dat men in den kleinhandel verbazend moet oppassen, om niet door hen vergauwd te worden. Maar er zijn weder andere zaken, waarin men hen beter vertrouwen kan dan enkele Europeanen. Want de Chinezen hebben een heiligen angst voor het wetboek en weten verbazend goed op den witten rand daarvan te blijven zonder met de artikelen kennis te maken. In groote zaken kan men hun dus tamelijk wel vertrouwen schenken. Zelden ziet men Chinezen onder de gestraften en men heeft mij verhaald, dat het geval nog niet voorgekomen is, dat een Chinees de aan hem vertrouwde kas benaderd heeft.

30 October.

Lombok heeft weder afgedaan; morgen gaan wij aan boord.

Ik beklaag onze jongens, want het stormt alle dagen en de branding is zeer sterk. Gisteren hebben wij de rivier eens doorwaad en zijn de smalle landtong overgestoken, die hier de rivier van de zee scheidt. Het was werkelijk de reis waard, om de branding te zien; eenmaal konden wij zelfs niet spoedig genoeg uit den weg komen en kregen gratis een bad.

De vorst blijft steeds even beleefd. Verbeeld u, heden hebben wij eene gansche koe ten geschenke gekregen. Jammer, dat het dier niet vroeger kwam. Ons menu toch was hier op Ampenan voor mijn smaak wat al te visschig, en nu zijn wij verplicht, het vorstelijke geschenk in allerijl te laten slachten en het vleesch aan boord mede te nemen, waar de matroosjes er wel het meeste van zullen genieten. Wij hebben den tolk gestuurd, om onzen dank over te brengen en voor ons afscheid te nemen. Natuurlijk hadden wij weinig lust het bezoek te herhalen, maar ik vrees toch wel, dat wij niet beleefd genoeg geweest zijn.

A. b. van de kruisboot, 3 November.

Als ik u vertel, dat ik weder in het gezicht van Goenoeng Sendano ben, dan kunt gij eenige brieven terug slaan om dien berg op Java's Oosthoek terug te vinden en zult gij zien, dat ik den steven weer naar Java heb gewend. Van de laatste lichtstralen maak ik gebruik, om u den terugtocht te beschrijven. Onze laatste dag op Lombok was tragisch, want die kostte een menscheleven, ten minste een dieveleven. De tolk, dat onnutte, vervelende ornement van onze hofhouding, had zich door een oplichter, die waardig was Europeaan te zijn, een kris van eenige waarde laten ontfutselen. Het feit was des te erger, omdat de dief gebruik gemaakt had van den naam van een vorstelijk persoon en omdat hierdoor de gastvrijheid geschonden was, en dat nog wel in een huis, dat aan den radja toebehoort. De vorst wist den dief te laten oppakken, wat misschien op Java niet zoo spoedig zou gebeurd zijn. De kris werd teruggegeven en de jeugdige boosdoener gekrist. De dief schijnt een Hollandsch onderdaan geweest te zijn en kort voor ons vertrek hadden wij een allertreurigst tooneel, toen de vader van den gestrafte bij ons zijn beklag kwam doen. Wij konden niets aan de zaak veranderen, maar vernamen ook, dat het vonnis volmaakt wettig was. Het was toch reeds 's mans derde diefstal en die wordt volgens de Balineesche wet, ook onder ons gezag, met den dood gestraft. Zouden de Balineezen wel zoo geheel ongelijk hebben, dat iemand, die driemaal gestolen heeft, onverbeterlijk is en dus liever moet worden afgemaakt? Als onze tolk er bij gekrist was, zou de wereld weinig verloren hebben.

Wij moesten reeds des morgens vroeg aan boord gaan, omdat de zeewind, die over dag doorkomt, de branding te hevig maakt, wat vooral voor mijne instrumenten gevaarlijk had kunnen zijn. En eerst des nachts ongeveer te twee ure konden wij onder zeil gaan. Al dien tijd lagen wij op ons anker te rijden. Aangenaam tijdverdrijf en dat in het gezicht van Ampenan, waar wij zulke aangename dagen hadden doorgebracht, en onder het genot van een zware regenbui, die eenige onbevoegden in onze kajuit bracht. Zeker waren zij onbevoegd er te liggen snurken, en ik beweer ook niet, dat onze lankmoedigheid zoover ging, hen nu en dan niet daaraan te herinneren. Ook gebeurde het, dat de edele Brachmaan op zijn gezicht getrapt werd. Waar een gezicht al niet liggen kan!

De reis was gunstig: een dag sleten wij in ons gloeiende kistje en den volgenden bracht een gunstige windstoot ons plotseling tegen den middag te Boeleleng. Of ik ook aan mijn vriendelijken gastheer in eenen avond veel vertellen moest en of ik ook pedant begin te worden op mijne reis, die niet velen gedaan hebben. Wasch tellen, inpakken, mondbehoeften inslaan, veel te weinig slapen, ziedaar den avond genoeg gevuld. Wat was dat grappig wederom eens in een echt bed te slapen. Heden morgen vroeg weder aan boord, wat de heer Amat wel wat vlug vond. Deze begint gelukkig tegen de zee bestand te worden; hij bedient mij ten minste weder, al ziet hij op zijne bruine manier soms wat bleek.

4 November.

Onder het genot van een kopje thee en van eene kwaadaardige windstilte lig ik bijna op dezelfde plaats, waar ik, naar Bali heen zeilende, anderhalven dag de meest uitgezochte verveling genoot, afgewisseld door een bad in de tijgerbadkuip. Getrouw aan het systeem, u ook in de verveling te doen deelen, voeg ik hier met eene slechte pen nog wat bij, dat, hoop ik, leesbaar zal zijn. Gelukkig roeien de matroosjes nu en dan een eindje, wat zij ook best doen kunnen, want de rijst en de koe van Zijne Sassaksche Majesteit maken, dat zij er recht gezond uitzien, twee inzonderheid, die bepaald mollig geworden zijn. Ook van mijne provisiën brijzelen zij genoeg, om er voordeelig uit te zien. Bij het roeien wordt gezongen. Mijne equipage heeft slechts twee dreunen, waarop een paar duizend coupletten gezongen worden. Een zingt voor, een jeugdige grappemaker, een soort recitatief van een regel en dan een refrein, waarbij allen invallen: e - e - a - e of wel e - e - ta - la - ro; belangrijker is het niet. Op elken vierden regel volgt een langer refrein, waarvan de inhoud even veelzeggend is. Het geheel is nog iets taaier dan Malbroek.

Gisteren heb ik voor het eerst een kaaiheer gezien, maar zoo ver af, dat er haast even veel geloof toe noodig was als om de gemzen te zien, die elke Zwitsersche gids u altijd verzekert, dat gij zien moet. Aardiger zijn de bruinvisschen, waarvan er ook op dit oogenblik eenigen rondom mijn vaartuig spartelen. Groote, kinderachtige visschen, die bepaald schijnen te denken, dat zij alleen voor hun eigen pleizier in de wereld zijn en die bij zonsondergang soms allergekst buitelen en duikelen. Tot afwisseling soms een vliegende visch. Heden morgen werd een dier gevangen van twee voet lengte, zoodat de matroosjes morgen alweer dikker zullen zijn.

7 November.

De weinige wind, die er is, is steeds juist tegen. Reeds drie dagen heb ik bij Goenong-Sendano doorgebracht zonder verder te komen dan van den Oostelijken voet naar den Westelijken. Gelukkig is de belangrijke rol, die deze berg in mijne brieven speelt, niet zoo tragisch als zijn rol in de geschiedenis, want aan de landzijde van dezen reus ligt het bosch van Soember-Waroe, waar een onzer bloedigste veldslagen geleverd is. Heden nacht bracht mij een flinke windstoot tot in het gezicht van Paneroekan, waar ik denk aan land te gaan, en ging toen liggen, zoodat ik evenals Mozes het Beloofde land voor mij zie, zonder het te mogen betreden.

7 November des avonds.

Op den middag ben ik toch nog aan wal gestapt. Ik had nog eenige vrees, dat ik niet eens zou mogen landen, omdat officieel op Bali de cholera heerscht, zoodat ik eigenlijk aan de quarantaine had moeten gelooven. Doch mijn bruine gezagvoerder begreep, dat het hijschen van de gele vlag alleen voldoende was en gaf mij verlof aan wal te gaan. De man dacht zeker, dat die gele vlag eene toovermacht bezat en ik begreep natuurlijk aan zijne orders gevolg te moeten geven . . . . ,
. . . .
. . . .

In de baai van Bima a. b. van het ss.
Gouverneur-Generaal Mijer, 29 December.

Maak u ditmaal op weinig gevat, want deze brief moet, op straffe van twee maanden te wachten, met dezelfde boot doorgaan. De Molukken toch moeten het met één maandelijksche mail voor lief nemen. Ik kan u dus alleen resumeeren, wat aan boord gebeurt en dit lost zich op in whisten, eten, en dan weer eten en whisten. Eergisterenavond laat aan boord gegaan, hadden wij reeds heden morgen een hoogen berg in het gezicht, een voorpost van Soembawa. Een onzer passagiers verzekerde ons, dat het een vulkaan is, want hij zag uit twee kraters rook opstijgen. Maar die rook had heel veel van wolken en zeer spoedig rookten er al zeven kraters, zoodat wij ondeugend genoeg waren, om aan den berg den rang van vulkaan te betwisten, hoewel het er ongetwijfeld een is.

Welk eene heerlijke invaart! Als gij Soembawa op de kaart zoekt, vindt gij eene baai, die zich lang en smal landinwaarts werkt, als een paalworm in een dukdalf. Men ziet nauwelijks den ingang tusschen de schoon begroeide bergen, die hoog schijnen zonder het te zijn, en die door de ochtendzon heerlijk verlicht zijn met zware, hoekige schaduwen, waar enkele boomen, door den regentijd in hun meest frissche groen getooid, uitsteken als groote pluimen of als reusachtigen priëelen. Toch vinden wij eenen ingang, die zich weder achter ons schijnt te sluiten, en kreek op kreek, bocht op bocht, doen zich aan ons oog voor. Alles is groen, lichtgroen is het gras, donkergroen zijn de boomen, door onze kijkers zien wij gansche kudden van de beroemde Soembawa-paarden. Het verschiet wordt gevormd door zoo mistige, zonnige bergen, dat de huisjes van Bima, die wij eindelijk te zien krijgen, met het heldergroene water als voorgrond, recht schilderachtig tegen den donzigen achtergrond afsteken. Hier waait een och zoo klein Hollandsch vlaggetje op een vervallen fort — toch welkom —, ginds duidt de Kambodjaboom eene begraafplaats aan, en zelfs diens bolronde kruin is door den regen met helder groen getooid. De baai van Bima is schoon, al beloven de wijzen der aarde mij nog veel meer van Ambon en van Banda. Hier en daar is de gelijkenis met een Noorsche Fjord onmiskenbaar.

30 December.

Van Soembawa niet veel meer gezien. Wij stoomden tusschen den twijfelachtigen vulkaan en het groote eiland door en passeerden, helaas! des nachts straat Sapi tusschen Flores en Soembawa. Deze moet zeer schoon zijn, maar was er op gesteld mij aan het verstand te brengen, dat men niet alles genieten kan. Nu stoomen wij langs de Zuidkust van Flores, maar blijven er te ver af, om, bij het sterke licht, meer dan omtrekken te zien. Die zijn fraai. Niets dan bergen, zeer afwisselend van hoogte, steeds van den sacramenteelen kegelvorm. Alles ziet er geweldig dor en onvruchtbaar uit. Wij treffen het dan ook, dat wij niettegenstaande den regen-moesson, sedert ons vertrek van Makasser nog geen droppel regen gehad hebben, maar daarentegen eene meer dan gewone warmte. Vooral in de hutten is het des nachts onuitstaanbaar.

TIMOR-KOEPANG, 1 Januari.

Om met a te beginnen wil ik eerst beschrijven, hoe Koepang er van boord af uitziet. Schilderachtig genoeg, maar het schilderachtige is van die soort, die van binnen gezien heel wat te wenschen overlaat. Niets dan rots en steen, spaarzaam begroeid en toch is alles groen; ik geloof, dat in Insulinde zelfs de rotsen groen zijn. Op eene reeks klippen dan liggen de nette, wit gepleisterde huisjes recht zonnig, dicht bij elkander en met eene bepaalde verachting voor de rechte lijn als basis. Rechts wordt de huizereeks afgesloten door de benting, die op een hoogere klip ligt en die eene zeer aardige figuur maakt met hare vlag hoog in de lucht, met hare schietgaten en grijnzende muren, die waarschijnlijk reeds voor een pistoolschot zouden sidderen. Aan den voet van de klip, waarop het fortje ligt, ziet men de monding der rivier, waarin eene menigte inlandsche vaartuigen liggen, die levendigheid aan het tafereel bijzetten.

Ik zal u maar niet verhalen, hoe ik zoo spoedig doenlijk aan wal ging, in hulpvaardige handen viel, doch door een misverstand lang moest wachten, eer ik den resident kon spreken. Bij slot van rekening vond ik in dezen een vriendelijken gastheer, die mij weder eens een kruisboot zal toestaan. Van die weelderige reismethode kan ik maar niet genoeg krijgen, en wacht maar, er is zeer goed vooruitzicht op tegenwind en dus op eenige jammerklachten, als ik zelfs niet te veel uit mijn humeur ben om dezen neer te schrijven, dan wordt een hardnekkig stilzwijgen uw deel. De (*) resident is een goedhartig man, maar wat ruw, een handig autokraat, niet altijd kiesch in zijne middelen. Eene groote menigte kinderen, waarvan eene goedige, bruine, niets zeggende vrouw de moeder is, benevens eindeloos veel honden, katten en apen vullen het huis. Een zoon is reeds totaal mislukt en een paar anderen zijn bezig op Soerabaja te mislukken, wat in Indië, helaas! niet tot de bijzonderheden behoort. De eerste opvoeding is maar al te vaak niet van dien aard, om er later veel van te verwachten. De Europeesche mama is te zwak van lichaam, de Indische mama te zwak van karakter om de kinderen, als er veel zijn, naar behooren op te voeden. De oudste dochter is eene flinke, leelijke, vroolijke meid, die hare spichtigheid van mama en haar kroeshaar van papa heeft en haar leelijke gezicht van beiden. De resident weet alleraardigst om te springen met zijne vrouw, die uit linialen schijnt te zijn samengesteld. Het is eene zeer inlandsche dame, die in huis de waarde heeft van keukenmeid en die naauwelijks toegesproken wordt, zoodat het voor den gast wel eenigszins moeielijk wordt, om haar als vrouw des huizes nog een weinig in eere te houden. Eene van die wezens, die goedige nullen zijn, zoolang het hun belet wordt te intri-

---

(*) Deze familie is van eigen vinding, de familie van den tegenwoordigen resident is in Holland.

geeren en kwaad te brouwen, en die in mijn oog juist dezelfde waarde hebben als het soort van dames, waarmede men in Indië zonder huwelijk leeft. Van de gehuwden is het in alle opzichten te betreuren, dat men er nu eenmaal niet van af kan komen. De liniaal verschijnt alleen aan tafel, en spreekt niets dan Maleisch, waar de beide woorden «meneer» en «mevrouw» kunstig ingeweven worden. Wat men het meeste hoort is: «soeda», wat minstens even veel zeggend is als het «bitte» van de Duitschers, alleen minder beleefd. Ik bewonder den resident, hoe hij in huis nog een schijn van onderdanigheid weet te doen in acht nemen voor zijne vrouw, die hij zelf tamelijk wel als voorwerp behandelt, en hoe hij belet, dat de boel geheel in het honderd loopt. Natuurlijk hebben de bedienden in huis nog al wat te zeggen, wat in Indië een groote ramp is, vooral voor de beurs. De inlandsche bedienden zijn zoo handig, dat men steeds moet oppassen om nummer een te blijven.

Het residentiehuis is goed, maar warm. Ik heb een klein logeergebouw, met een geheel gesloten achterpleintje, waar een heerlijke badkamer is en waar mijn jongen mijne kleederen in elke zonnestraal kan hangen, wanneer de booze west-moesson komt om alles vochtig te maken. Voor het oogenblik is het nog steeds mooi weder, wat eigenlijk niet zoo behoort te zijn.

Beperkt tot eene strook gronds langs de kleine baai van Koepang is ons grondgebied nauwelijks de moeite waard, een resident te bezitten. Het is dan ook nog niet lang geleden, dat Timor nog onder Celebes behoorde, maar om politieke redenen is er een eigen resident geplaatst, die zijn tijd doorbrengt, met orde te houden tusschen inlandsche potentaatjes, waarbij hij echter meer invloed dan eigenlijk gezag heeft.

Zoo even heb ik de nieuwjaarsreceptie bijgewoond en dus ongeveer het geheele publiek bij elkander gezien. Veel bruin en heel veel vorsten. Ik geloof meer dan een half dozijn, maar ze zijn moeielijk te tellen. De meesten zijn namelijk Christenen en rekenen zich dus verplicht met een zwarten rok en toebehooren te verschijnen, waarvan het jongste artikel zeker reeds een kwart eeuw oud is. Zelfs dragen zij als kronen hooge hoeden van een roestbruin, dat eenmaal zwart was. Van de andere zijde zijn hier enkele Europeanen zoo bruin, dat het zeer moeielijk is de koningen der aarde van den laagst geplaatsten Europeaan te onderscheiden. Er was ook een zoon bij van den Sultan van Djokjokarta. Deze arme man is om politieke redenen hierheen verbannen, liefst op verzoek van zijn eigen vader. Die goede oude Sultan! De arme man mag nu op het droge Koepang uit-drogen, omdat zijne moeder kuipte, om de troonsopvolging voor hem te verkrijgen. Had men liever de moeder gebannen, dit zou mij op Djokjo verschillende buigingen bespaard hebben en den Sultan verlost van eene oude tang.

4 Januari.

Het observeeren gaat hier goed; drie dagen achtereen had ik heldere ochtenden, terwijl het tweemaal begon te regenen, juist toen ik klaar was. Maar welk een regen! Daarvoor is geen bijvoegelijk naamwoord, is geene om-schrijving voldoende, zoodat ik maar mijne toevlucht moet nemen tot het welsprekende woord tropisch. En dan de onweders. Dat van heden was niet hevig, maar dat van gisteren, alsof het laatste oordeel was aangebroken; de ware muziek bij eene schilderij van Wiertz. De eene slag was niet uitgebulderd, of de andere was al weder aan het zwellen, een geweld, dat alles deed dreunen en deed gelooven, dat het dak onmiddelijk zou instorten. Dit deed het gelukkig niet, maar het schijnt er toch onder te lijden, want het lekt aan alle kanten. Lekken wordt hier dan ook even koeltjes behandeld als bij ons het stoffen van den vloer. Als het maar niet in bed lekt, is men al zeer tevreden, en doet het dit al, welnu dan wordt het bed wat verschoven.

Bij dat al is het zoo onhebbelijk warm, dat het slapen moeielijk wordt. Ik betwijfel zeer, of dit weder gezond is, maar zelf bemerk ik er niets van. Ik wenschte wel, dat Ketjil (de opvolger van Amat) even gezond was; hij sukkelt met koorts en ik geloof niet, dat eene groote flesch medicijn hem nog geheel genezen heeft.

Zaterdag was het sociëteit-avond. Stel u voor een lokaaltje, eenigszins onzeker in zijne hoofdlijnen, maar dat ook hoegenaamd geene anderen dan die hoofdlijnen heeft, muren van een twijfelachtig wit, een paar balken en enkele pannen. Een speeltafeltje, waaraan wij zitten, en binnen twee Chinezen met den kastelein aan ·het biljart, dat daar even trotsch en treurig huist, als de gepensioneerde majoor op een heel klein dorpje. Er waren eigenlijk spelers genoeg voor twee tafeltjes, maar dit stuitte af op het gebrek aan lampen. Goddank, dat het niet regende, want het dak van het voorgalerijtje, waarin wij zaten, bestaat uit niet aanwezige pannen.

Ik sprak daar van Chinezen. Die zijn hier opvallend talrijker dan de Arabieren. Die laatsten schijnen het niet te kunnen kroppen, daar, waar het godsdienstig prestige hen niet in staat stelt de bevolking in Allah's naam uit te zuigen. Nu de godsdienst er toch bijkomt, zal ik hier maar bijvoegen, dat ik van het Christendom, dat hier tamelijk verspreid is, nog alleen dit gezien heb, dat de inlanders gaarne min of meer Europeesch gekleed gaan, wat hun zeer boefachtig staat, en dat zij soms zeer dronken zijn, wat op Java het uitsluitend voorrecht der Europeanen is en van enkele hoogst beschaafde vorsten. Het Christendom is echter een niet genoeg te waardeeren hefboom voor ons gezag. Het is hetzelfde beginsel van «divide et impera», dat wij overal in praktijk brengen, door op Java de Chineezen te beschermen tegenover den Islam en op Bali daarentegen de Mohamedanen tegenover het Brachmanisme. Ik betwijfel echter, of het wel met dit heerlijke motief is, dat de geloovige

Christenen hier een godsdienst komen aandragen, waarvan zij verzekeren, dat dit nu de ware is. Ik kan den inlanders echter niet kwalijk nemen, dat zij dit niet zoo grif weg aannemen.

Nu ik toch hierover spreek moet ik er bijvoegen, dat de Europeanen in Indië, zooals genoeg bekend is, zelven verre zijn van dien geloofsijver, die aanstekelijk genoeg is, om anderen over te halen. Daarin zijn de dweepende Mohammedanen ons ver vooruit en daaraan alleen geloof ik, dat men moet toeschrijven, dat de Koran in Indië heel wat meer veld wint dan de Bijbel, wat ik zeer betreur uit een politiek oogpunt, uit geen ander. Want ik geloof, dat het Christendom, vooral in zijn protestantschen vorm, voor de inlanders hoogst ongeschikt is. Doch hierover wil ik nu niet uitweiden, maar alleen spreken over de onverschilligheid der meeste Europeanen op dit punt. Het is werkelijk alleen onverschilligheid, die hier heerscht, geen afkeer van het Christendom. Het is dan ook volstrekt niet ongewoon, dat dezelfde lieden, die in Indië, den sleur volgende, niet naar de kerk gingen en ongedoopte kinderen hadden, later in Holland ook weer den sleur volgen en wederom onder den preekstoel zitten. En wie ook deze onverschilligheid moge wraken, onnatuurlijk is zij niet. De geheele natuur met hare eentonigheid, de verslappende warmte en het gebrek aan omgang, waaronder de meeste Europeanen, ten minste gedurende een gedeelte van hun verblijf in Indië, te lijden hebben, wekken op den duur bij de meesten eenige onverschilligheid in alle opzichten. Maar bij den godsdienst is meer in het spel. Het is zoo natuurlijk, dat men in Europa, ja, wel weet, dat er andere godsdiensten bestaan, maar er niets van bemerkt. In de praktijk is men Christen zooals men een jas draagt: het spreekt van zelf. Die eigenlijk geene Christenen zijn, verkondigen dit gewoonlijk niet van de daken. Hoevelen dragen er niet een jas en vinden het toch een leelijk kleedingstuk. Hier is alles anders. Men leeft hier te midden van allerlei rassen en van allerlei godsdiensten, terwijl men vaak jaren lang niet in de gelegenheid is, zijn eigen godsdienst in praktijk te brengen. Maar ook gevoelt men hier zoo duidelijk hoe alle godsdiensten tamelijk wel dezelfde uitwerking hebben, al staat de eene zedelijk op een hooger standpunt dan de andere. Men ziet zoo duidelijk, hoe er overal domme dweepers zijn, sluwe dweepers en gemoedelijke dweepers; hoe er overal een kudde is om in Gods naam geschoren te worden, en priesters om te scheren. Verre van mij, dat ik hiermede alle priesters bedoel; ik heb hier onder alle godsdiensten edele voorgangers gevonden. Maar ook bij allen is er kaf onder het koren. Dit is het juist, wat zich hier zoo onwederstaanbaar aan u opdringt, dat de godsdienst den mensch en zijne natuurlijke neigingen kleedt, maar niet verandert. De menschen vatten den godsdienst op, zooals die hun past, maar passen zich zelven niet in den godsdienst, dien zij a priori voor waar houden. Men vindt hier, even als bij ons, goede en kwade menschen in een kleed gehuld, dat voor den oppervlakkigen beschouwer van hetzelfde maaksel is.

Ik hoop niemand te ergeren, maar het is onmogelijk in de Indische maatschappij te leven zonder naar de verklaring te zoeken van een zeer opvallend verschijnsel, dat men overigens betreuren kan of toejuichen. Maar het is hier zoo zichtbaar, dat de beschaving niet het uitvloeisel is van den godsdienst, maar de graad van beschaving en de omstandigheden den godsdienst determineeren. Daarom draagt men hier zoo lijdelijk een godsdienst, die men eenvoudig heeft, omdat men blank van huid is en daarom ook is diezelfde godsdienst zoo ongeschikt voor de bruinen van huid.

Gisteren avond gaf de resident receptie. Er was maar een stuk te zien, dat tien jaar uit de mode is; het overige was iets nieuwer, behalve de koningen, die even elegant gekleed waren als de vorige maal. De antiquiteit was eene zwart zijden mantille, die volstrekt niet bij het uur van den dag paste, maar het is toch zoo'n kostelijk ding, dat de eigenares er maar niet toe besluiten kan, het niet eens te luchten. Het herinnert mij sterk aan de beroemde mantille van mijne gewezen hospita, die gedurende zes dagen van de week jak en rok droeg. Ik geloof, dat het stel koningen kompleet was; de arme Javaansche prins was er ook. Verder nagenoeg alles, wat wit genoeg is en zelfs enkelen, die een anderen titel moeten hebben dan hunne gelaatskleur. Voor de dames stonden eenige stoelen in een vierkant, dat aan Solo herinnerde en na de thee presideerde de liniaal een spelletje Zwarte-Piet, terwijl de heeren in de voorgalerij ernstig zaten te whisten. Ik zag geen enkelen heer met eene dame spreken. Er is hier dan ook maar één ongehuwd heer voor vele dito dames. Het zou dus minstens even nuttig zijn, hier onder de Europeanen den Islam in te voeren, als onder de inlanders het Christendom.

5 Januari.

Ik heb weer allerlei levensmiddelen gekocht en de jongen is naar den pasar. Ik mag hierbij niet onvermeld laten, dat hier alles bij drietallen verkocht wordt, wat bij kleine zaken nog al tijdroovend is. Men verhaalt mij zelfs, dat het wel eens gebeurt, dat, als een koopman van zes eieren er een breekt, hij hardnekkig weigert de twee die daarbij overschieten te verkoopen, omdat het drietal niet aanwezig is.

Ik heb Ketjil met eene groote deken gelukkig gemaakt, wat hij als een onfeilbaar middel tegen de koorts beschouwt. Het is dan ook moeielijk te begrijpen, hoe iemand, die slechts een weinig katoen aanheeft, buiten slapend, de koorts niet zou krijgen. Het jonge mensch heeft bovendien zijn verlangen te kennen gegeven naar een roode deken, zoodat het een roode geworden is. Hij verbeeldt zich zeker, dat zijne leelijke tronie er ten minste des nachts gunstig bij af zal steken.

In zee, 10 Januari.

Mijn doel is drie punten aan te doen, Larantoeka op den Oosthoek van Flores, Ende aan de Zuidkust en Ngamessi op Soemba. De volgorde is echter aan de wijsheid van den bruinen kommandant overgelaten. In de eerste dagen nu was de wind zoo goed, dat ik reeds lang te Larantoeka had kunnen zijn, maar de djoeragan (kapitein) vond geschikt, om eerst Ende op te zoeken. Natuurlijk sloeg de wind om, toen wij er bijna waren en moest hij er wel toe besluiten, den steven naar Larantoeka te wenden. Om mij te plagen, veranderde het weder onmiddelijk daarop, zoodat ik met windstilte, met een sterken stroom, die meestal tegen is, niettegenstaande al het roeien der matrozen, zeer blijde ben, als ik geen terrein verlies. Zooeven heb ik mij juist overtuigd, dat wij sedert den morgen aanmerkelijk achteruit zijn gegaan. Het ergste is, dat ik zeker ben, dat ik onder de omstandigheden Soemba reeds bereikt zou hebben, als het bruine monster dit goedgevonden had. En als de westmoesson eenmaal goed doorkomt, is dat punt in het geheel niet meer te bereiken. Mijn geduld wordt op eene zware proef gesteld, vooral door de hevige warmte en door het stampen van het schuitje. De kaart zal u toonen, dat tusschen Timor en Soemba een breede passage is, die vrijen toegang verleent aan den golfslag uit den Indischen Oceaan. Daarom is ook de vaart hier niet zoo geheel vrij van gevaren. Veel stof tot vroolijkheid levert het gezelschap ook niet, want het zou moeielijk zijn eene tweede verzameling van even leelijke en domme gezichten te vinden, als mijne equipage oplevert. Zelfs bruinvisschen zie ik hier niet, zoodat ik mij schitterend verveel.

11 Januari.

Nog ongeveer op dezelfde plaats. Wel was er heden nacht wind, maar de ingang van de straat is zeer nauw en als wachters liggen er een paar klippen voor, waarmede niet te gekscheren valt, zoodat de djoeragan er des nachts niet in durft te gaan. Ik begin werkelijk aan het verhaal te gelooven van den engel met het vlammende zwaard. Alleen ziet Flores er lang niet paradijsachtig uit en ik bespeur Eva noch appelboom aan boord, zoodat ik niet inzie, welk kwaad ik bedreven heb, dat die engel zich juist voor mij zooveel soesah moet geven. Intusschen lig ik dicht onder den wal van Solor en geniet een prachtig uitzicht. Veel vulkanen, hoewel zij uitgebrand schijnen te zijn en geheel los van elkander staande, zoodat het maar zuiver toeval schijnt te zijn, dat hier tusschen twee bergen een zeearm, ginds echter weer land is; het is alsof meer gemelde engel de bergen zooeven eerst heeft laten vallen. Alles ziet er vrij dor uit, maar toch is alles groen en de weinige boomen bezorgen eene recht schoone afwisseling, even als de bergen, die hier en daar plotseling als steile wanden uit de zee oprijzen.

LARANTOEKA, 12 Januari.

Eindelijk aangekomen, hoewel langs een gruwelijken omweg, buiten Solor om. Het varen door straat Solor en door straat Adenara was zeer schoon. Nu eens schijnt een hooge berg u den doorgang te versperren, dan weder verliest zich de achtergrond in een blauw verschiet tusschen groene coulissen, of een gouden nevel omhult de bergen juist genoeg om stoute lijnen te doen vermoeden. Een andermaal denkt men op een meer met groene oevers te varen. Jammer, dat niet hier en daar een wit huisje uit het groen kijkt, want de kampongs zijn met hun doffe grijs nauwelijks zichtbaar. Wat zou een rood dak of een spits kerktorentje prachtig afsteken tegen het schitterende blauw en het frissche groen. Maar zoek dat in Indië niet; daarom juist is het gezicht op Koepang van zee uit zulk een aangename verrassing.

Larantoeka hebben wij eerst in 1851 door ruiling van de

Portugeezen gekregen. Het verhaal, dat men mij van die transactie deed, is te grappig, dan dat ik het u niet mede zou deelen, op gevaar af, dat het misschien een weinig opgesmukt is, wat ik niet kan beoordeelen. Tusschen Holland en Portugal was dan sprake van verschillende veranderingen in de grenzen der wederzijdsche bezittingen, die allerzonderlingst dooreen geworpen waren. Van onze zijde werd een resident gezonden en door de Portugeezen een gouverneur, met de speciale opdracht, om de zaak voor te bereiden. En wat deden die heeren? Zij sloten eenvoudig een traktaat volgens hunne inzichten, waarbij zij beiden schenen te vergeten, dat de twee landen zich verheugen in het bezit van eene volksvertegenwoordiging. Toen nu de zaak te Lissabon voorkwam stak er een hevige storm op. Al de lang begraven zeehelden werden uit hunne praalgraven opgedolven, om te protesteeren tegen eenigen afstand van grondgebied, dat door het bloed der vaderen gekocht was. De rest van het vuurwerk kan men zich gemakkelijk voorstellen. De minister doodde echter allen tegenstand door de kloelbloedige verklaring, dat Portugal, dat het meeste grondgebied afstond, ongeveer anderhalve ton toe zou krijgen. Van die som was een gedeelte reeds in Indië afbetaald en noch de kas op Timor, noch die in het moederland was bij machte het voorschot terug te betalen.

Op het Binnenhof werd een ander stokpaardje bereden dan de oude zeehelden. Daar had men ontdekt, dat in het traktaat wel bepaald was, dat Nederland den Roomschen godsdienst, daar waar die bestond, zou beschermen, maar niet, dat de Portugeezen ook op hun nieuw gebied de Protestanten met rust zouden laten. De reden was zeer eenvoudig: er is daar geen enkele Protestant te vinden. Maar het mocht niet baten, het traktaat werd afgestemd en onze regeering kon in Portugal gaan verzoeken om nog een klein artikeltje in dien geest aan het gewichtige stuk toe te voegen.

Zoo kwam dan het traktaat eindelijk tot stand, maar het beste moest nog komen. Bij de overgave bleek, dat beide mogendheden grondgebied hadden afgestaan, dat hun eigendom niet was. Zelfs het protectoraat was in sommige gevallen twijfelachtig en wordt door de inlanders op enkele plaatsen dan ook tot nu toe nog steeds niet erkend, zonder dat óf Portugal óf Nederland het de moeite waard achten die erkenning met geweld te verkrijgen. Het allereerste kwam deze grap aan het licht hier op Larantoeka. Er kwam een Portugeesch en een Hollandsch oorlogsschip voor de plechtige overgave, die wel eenigszins gestoord zal zijn, door de verklaring van den vorst, dat hij nooit Portugeesch was geweest en dus ook weigerde nu aan Holland verkocht te worden. Vrij logisch. Toch schijnt het er nu vrij goed te gaan, waarschijnlijk wel voor een gedeelte, omdat onze regeering hier eene Roomsche missie onderhoudt, wat onder de Portugeezen het geval niet was.

Er zijn hier twee pastoors en twee leekebroeders, terwijl op een ander punt van Flores nog twee pastoors werkzaam zijn. De resident had mij eigenlijk geïntroduceerd bij den civielen gezaghebber. Die wijdsche titel is een vlag, die eene magere lading dekt. Zoo iemand is een ambtenaar van lagen rang, die ergens op een verloren post voor een paar honderd gulden ons gezag vertegenwoordigt, doch zelf van dat gezag slechts een heel klein snippertje heeft. Er zijn er genoeg, die slechts een paar malen 's jaars gemeenschap met de buitenwereld hebben, zoodat die van Larantoeka zeer verheugd mag zijn zooveel Europeanen bij zich te hebben. Hij schijnt een net mensch te zijn, maar daar de man ziek was en de vrouw over een paar dagen een klein gezaghebbertje verwacht, ging ik bij de pastoors belet vragen, waar ik sedert recht aangenaam gelogeerd ben. Zelfs geniet ik mede van eene ongekende weelde, daar er hier zooveel koeien zijn, dat er overvloed van melk en versche boter is, in Indië eene groote zeldzaamheid.

16 Januari.

Mijne waarnemingen zijn hier slecht. Waarschijnlijk ten gevolge van een grooten vulkaan in de nabijheid. Het wil mij niet gelukken dien invloed te neutraliseeren en gij zult dan ook dientengevolge binnen kort van een uitstapje hooren.

Het land is niet zeer vruchtbaar maar zeer schilderachtig. Er is bijna geen water dan de blauwe zee en er komt helaas! maar geen regen. Heden morgen had ik mijne tent opgeslagen op eene plaats, die uitgezocht was voor eene eene villa. De nauwe straat vormt hier eene kleine baai en het land gaat van den oever af naar boven in terrassen, die zich als een amphitheater om de baai krommen. Het laagste gedeelte is dor en steenachtig; op de volgende terrassen staat struikgewas met enkele schoone bloemen en daarboven verheft zich een cirkel van hooge boomen, waarboven de vulkaan uitsteekt, schoon van vorm en geheel begroeid. Aan de overzijde van de straat ligt het eiland Adenara, dat met zijne eveneens geheel begroeide heuvels er liefelijk uitziet.

17 Januari.

Met de kruisboot uit spelevaren geweest naar de overzijde. Op Adenara ligt, juist op den hoek, waar de straat zich weder in de zee van Celebes opent, de kampong Woeri, waar de paters ook eene gemeente hebben. Daar het Zondag is, zou er juist een der heeren godsdienstoefening houden en ik ging mede, om ook daar te observeeren. Gisteren vertrokken, waren wij met den hevigen stroom binnen het uur reeds hier. De straat is prachtig, maar vooral Woeri zelf ligt schoon. De opene zee draagt in de verte een paar kleine eilanden en is bezaaid met prauwen. De oevers zijn geheel met klappers beplant en aan de overzijde ligt links van ons de steile berg van Larantoeka met zijne schoone vormen, dan drie lagere toppen en daar achter in de blauwe verte de hooge berg van Floreshoofd. Wij wandelden even het bosch in en zaten als echte herders een oogenblik op een boomstronk, maar het grootste genoegen hadden wij des avonds, toen wij een paar stoelen naar het zeestrand haalden en onze voeten lieten bekabbelen. Maar dit duurde niet lang, want weldra zagen wij een grooten kaaiman voorbij zwemmen even statig en langzaam als de keizer van Solo, zeer philosophisch, maar zeer onooglijk. Ofschoon het gevaarte wel geen lust toonde om ons te naderen, vonden wij het toch wat ongezellig en krabbelden achteruit. Het grootste genot was echter de maneschijn, wat heerlijk is voor de lange zeereis, die weder staat te beginnen.

Op de terugreis verhaalde mijn medgezel mij, wat er bekend is van den oorsprong van Larantoeka. De bevolking toch is Maleisch, niet Alfoersch; hun zuiver accent en hunne gelaatstrekken duiden dan ook aan, dat zij hier niet te huis behooren, en zelfs zegt men, dat de eerste Portugeezen, die hier kwamen, zeer verwonderd waren eene Portugeesche vlag te zien waaien en Roomsche inlanders te vinden. Van daar dan ook, dat zij later de plaats stilzwijgend als eene bezitting hebben beschouwd. De overlevering, door de inlanders bewaard, zegt, dat zij van het schiereiland Malakka afkomstig zijn. Toen de Hollanders het land op de Portugeezen veroverden, hebben zij zich niet willen onderwerpen, maar in massa hunne prauwen bestegen, en de zee bracht hen hierheen, waar zij een eigen rijkje stichtten. Onmogelijk is het verhaal niet. De vele heidensche gebruiken, die de geestelijken ook nu nog niet kunnen uitroeien, maar die een christelijk vernisje gekregen hebben, pleiten er wel voor, dat het Christendom maar zeer kort direkt op hen gewerkt heeft. Allerlei godsdienstige verrichtingen doen zij zonder de priesters af met een eigen voorganger en in de Portugeesche taal, ofschoon niemand die meer verstaat. Ook wordt met Paschen een groot feestmaal gegeven, dat ook uit heidenschen tijd dagteekent en waaraan de paters deelnemen om de feestvreugde binnen de perken te houden.

Ook daarbij komen vaste toasten voor, eveneens in verbasterd Portugeesch.

Van de school bemerk ik weinig; er wordt heel veel gezongen; Hollandsch leeren de kinderen niet. Zij zijn echter zeer behoorlijk in hun gedrag en toonen veel eerbied voor de paters.

Ik heb ook een bezoek aan den radja gebracht, wat volstrekt niet belangrijk was. Het is een oude, suffe vent, die nog al drinkt en die een bijzit heeft; een lief christelijk voorbeeld van den troon af. Ik geloof dan ook, dat de pastoors hem gaarne verbakken zouden.

TIMOR, DILLI. 25 Januari.

Daar zit ik op eens bij de Portugeezen. Ik zal u eerst verhalen hoe dat komt, want in al die dagen ben ik zoo geschud, dat aan schrijven niet te denken viel. Ende en Soemba heb ik niet mogen bereiken. Reeds in den nacht nadat ik des ochtends Larantoeka verlaten had, waren wij dicht bij Ende, wat ongeloofelijk voorspoedig was. Maar ziet, daar stak een storm uit het Westen op en de djoeragan kwam mij sidderend verlof vragen, om naar Koepang terug te keeren. Diepe wanhoop, maar in zulke omstandigheden moest ik natuurlijk 's mans wil doen. Voort stoven wij, den wind achter in, met het doel der reis achter ons en, naar ik wel begreep, onherroepelijk.

Den volgenden morgen, toen de storm bedaard was maar de golven nog lang niet, waren wij Koepang reeds ver voorbij, nu echter Oostwaarts; aan omkeeren viel niet meer te denken. Eene menigte redenen brachten er mij nu toe, om naar Dilli door te gaan. Ik hoop, dat de resident mij deze verandering niet euvel zal duiden.

Nog vier dagen ben ik bezig geweest om hier te komen, vier onaangename regendagen en vier slapelooze nachten, want ik werd geschud als waanzinnig. Meestal werd mij niet eens eten voorgezet, zoo onmogelijk was én klaar-

maken èn eten; kortom eene reis vol ellende. Een schipbreuk ontbrak er aan, om die te volmaken, en ook daaraan
ben ik ter nauwernood ontsnapt. De gezagvoerder had mij
niet durven zeggen, dat het vaarwater hem onbekend was,
en gelukkig, want anders had ik de reis misschien niet
durven ondernemen. Maar de reede van Dilli is geheel
omringd door een kwaadaardig koraalrif met ééne zeer
nauwe opening. Die wist de man niet te vinden en ik was
slechts eenige passen van het noodlottige rif verwijderd,
toen een der stuurlieden, die eens hier geweest was, door
eene brutale wending ons allen het leven redde.

Ik trok dadelijk naar den gouverneur, hoewel ik nog
moeite had om zoover te komen, want ik vond niemand,
met wien ik spreken kon, zelfs geen Maleisch, zoodat Ketjil
zich nog minder wist te behelpen dan ik.

Welk eene armoede! Aan het strand wordt onder den
naam van Palazzo een bescheiden huis voor den gouverneur
gebouwd, maar ondertusschen woont deze op een prachtig
punt in eene hut, 'waarmede op Java geen kontroleur
tevreden zou zijn. De gouverneur heeft dan ook nog niet
eens het traktement, dat bij ons een kontroleur geniet. Vier
kamertjes, waarvan één tot buffet dient, een salon en twee
galerijen, alles minder hoog dan bij ons eene onderverdie-
ping, en dat in Indië, waar men aan verdiepingen van zes
en zeven meters gewend is. Invallende plafonds uit matten
vervaardigd en vloeren, waarop de matten ontbreken. In
mijn kamer van de twaalf ruiten, die mij zouden toekomen,
twee en een halve, geen drinkwater, een bed van twee·
voet breed in plaats van de heerlijke zesmansbedden van
Java, drie stoelen van drie verschillende soorten, geen
badkamer, geen . . . . ja, wat ontbreekt er al niet

Maar alles wordt ruimschoots opgewogen door de persoonlijkheid van den gouverneur, die gelukkig vrij goed
Fransch spreekt. Het type van een fatsoenlijk man; met
fijne manieren en, naar hetgeen ik tot nu toe bemerken

kan, van een edele, vrijzinnige inborst. Van den eersten dag af aan zijn wij te samen vertrouwelijk en bepalen ons niet tot praatjes over het weder. Het vooruitzicht van bijna drie weken hier te moeten blijven is dus niet al te bar, te meer daar ik achterstand van werk heb. .

Met het verdere publiek kan ik nauwelijks spreken. De rechter spreekt Engelsch, maar hij bevalt mij niet; een priester — een idiote inlander — ratelt onophoudelijk een Fransch, waarvan ik het eerste woord nog verstaan moet. De overigen spreken alleen Portugeesch, behalve in de kampong twee lieden van Hollandsche afkomst, die Maleisch spreken. Ongelukkig spreekt geen der bedienden Maleisch, (het zijn allen Chineezen) zoodat mijn jongen hulpeloos is. Zijne minste behoeften moet hij mij kenbaar maken en dan kan ik het alleen aan den gouverneur zelven vragen. Gelukkig is deze de welwillendheid in persoon. Een heel ander tooneel dan wat ik u tot nu toe schilderde.

26 Januari.

Nood leert bidden. Het baden in een zitbad is niet zeer verfrisschend en Ketjil vond de plaats uit, waar het water gehaald wordt, een helder, koud stroompje, zoowat vijf minuten van hier. Daarheen trek ik dagelijks, een sarong op den arm, een blik van Huntley and Palmer's Reading Biscuits om water te scheppen en moederlief Natuur als getuige van mijne ablutiën. Als Z.Exc. zich dan ergert aan mijne inlandsche gewoonten, moet Z.Exc. het ook maar niet zoo Europeesch armoedig hebben.

Het eten is hier niet kwaad, alleen alle dagen hetzelfde. Steeds hetzelfde aantal van dezelfde schotels. Alles is klaargemaakt met dezelfde saus, waarin een weinig uien en een weinig tomaten, niet genoeg om eenigen geur te geven, zoodat alles denzelfden smaak heeft, het moge van varken, schaap of rund komen. De eenige variatie is dus om ergens nu en dan eens niet van te eten. Eene Hollandsch-Indische gewoonte heerscht hier gelukkig ook, dat men zich weinig om elkander bekommert, zoodat ik volkomen vrij ben in mijne bewegingen. Er is echter niet veel gelegenheid, om van die vrijheid te genieten.

27 Januari.

De invloed ten goede van het Katholicisme is hier al zeer gering, hoewel de lui hier in naam allen Christenen zijn. Ik heb al een en ander zelf kunnen waarnemen en uit de verschillende gesprekken hetzelfde kunnen opmaken. Het Christendom bestaat hier in de oude gebruiken en de oude superstitiën, die slechts een Roomschen naam en een Roomsche kleur hebben aangenomen. In den grond zijn de inlanders nog de oude heidenen, die alleen een geweldigen angst voor den Dood en voor het Daarna hebben. Ook dit is oudheidensch, want men heeft mij gezegd dat het eenige spoor van godsdienst, dat bij de niet-bekeerde Timoreezen te vinden is, in eene zekere vereering voor de afgestorvenen bestaat; van een Opperwezen weten zij niets. De bekeerden zijn dan ook op het laatste oogenblik allen goede Christenen en de priesters verdienen veel geld aan zielmissen. Die zijn er dagelijks en de geheele familie is er bij, terwijl er des Zondags slechts enkelen de mis bezoeken. Er moeten in het binnenland voorbeelden zijn van uitvaarten, die een paar duizend gulden kosten. Of de priesters hier tot de beste individuën van de kolonie behooren, meen ik te mogen betwijfelen. Onze pastoors te Larantoeka staan verre boven dezen. Overigens zijn er naast de paters nog inlanders, die, hoewel zelven gedoopt, nog enkele van de oude heidensche praktijken in gebruik brengen, natuurlijk ook voor geld. Hier te Dilli kan men gerust zeggen, dat de weldaden van het Christendom geweest zijn; de crinoline, zonder welke geene vrouw de kerk zou bezoeken, de jenever en nog meer, waarbij de polygamie eene weldaad mag heeten. Want ofschoon die natuurlijk wettig niet bestaat, is het met de zedelijkheid ten minste niet beter gesteld dan daar, waar het Christendom onbekend is. Zeker hebben onze Hollandsche priesters te Larantoeka het iets verder gebracht, hoewel zij ook de dronkenschap niet kunnen onderdrukken, die helaas! in deze streken een natuurlijke aandrift schijnt te zijn. Men mag dus op dit punt aan het Christendom geen al te zware verwijten doen, maar hierop zou de Islam misschien beter gewerkt hebben, ten minste in Mohamedaansche landen is de dronkenschap uitzondering. Evenzoo geloof ik, dat een godsdienst, die weigert de veelwijverij te erkennen, in de bestaande toestanden onzedelijk is. Het weinige, wat ik tot nu toe van het Christendom in Indië gezien heb, doet er mij toe overhellen het invoeren daarvan een misdaad te noemen; de zachtste uitdrukking, die ik vinden kan, is die van verloren moeite. Maar laat ik hierbij dadelijk opmerken, dat ik de Minahassa nog niet bezocht heb en dat het bekend is, dat Timor en Ambon, waar het Christendom vroeger met geweld werd ingevoerd, niet de gunstigste voorbeelden zijn. Het zou dus volstrekt niet eerlijk wezen het tot nu toe gezegde als een definitief oordeel te geven. Het zijn niets dan eerste indrukken en ik ben het Christendom hier van de verkeerde zijde binnengetreden. Ook moet ik hier bijvoegen, dat het op mij den indruk gemaakt heeft, alsof de Protestantsche inlanders op Koepang niet hooger staan, dan de Roomsche inlanders hier.

Het beschavingswerk is hier verkeerd aangevangen. Lieden, die op zoo lagen trap van beschaving staan als de Timoreezen, kunnen het Christendom niet verdragen; eeuwen van opvoeding zouden daaraan vooraf moeten gaan. Er zijn goede kiemen bij dit volk; openheid van karakter, kunstzin, gastvrijheid, ziedaar eenige trekken, waarop men had kunnen voortbouwen. De school had het eerste moeten zijn, de kerk het laatste. Dan zou zich nog de vraag voordoen, of het Christendom werkelijk de geschikte godsdienstvorm voor tropische landen is. Ik meen dat zeer te mogen betwijfelen.

Niemand zal ontkennen, dat het Christendom voor Europa de weg is geweest tot een hooger zedelijk standpunt, maar moet die weg volstrekt in alle klimaten en bij alle rassen dezelfde zijn? Ik zou allerlei zendelingen wel eens uit den grond van hun hart de vraag willen laten beantwoorden, waardoor zij de beschaving meer bevorderd hebben, door hunne scholen of door hunne kerken. En eene tweede vraag zou zijn, of de scholen niet nog beter zouden gewerkt hebben zonder de kerken. Die vragen zal mij misschien de Minahassa beantwoorden.

30 Januari.

Het leventje hier blijft zoo eentonig mogelijk. Steeds slecht weder met veel wind, zoodat ik slechts op enkele dagen mijne waarnemingen kan doen en van het land nog ongeveer niets gezien heb. De gouverneur doet alleen wandelingen in de voorgalerij, heen en weder, zooals de leeuwen in dierentuinen dat in hunne hokken plegen te doen. Op die wijze legt hij groote afstanden af, maar ik zou liever al die kleine eindjes aan elkander zetten en eens een uitstapje naar het binnenland doen.

Van leeuwen gesproken, het verscheurend gedierte is hier zeer talrijk, de muskieten zijn gelijk het zand der zee, zoodat aderlatingen en bloedzuigers hier zeker onnoodig zijn. Dan eene menigte sprinkhanen, die in eens, men weet niet van waar, op uw neus vallen, of op uw bord, of op uw schrijfpapier, waarin zij dan al licht met hun getande achterlijf eene snede maken. Er zijn vingerlange ondieren bij, mooi groen, maar hatelijke wezens, die u evenmin verlaten als kleefpleister. Dan de schorpioenen, die gelukkig slechts de andere zijde van het huis onveilig maken, dan die, welke ik bewoon. Het zijn leelijke, witte kreeften, een paar duim lang met aan den staart een angel, waarmede zij hoogst pijnlijke wonden slaan. Gisteren had de gouverneur de beleefdheid mij een exemplaar ter bezichtiging te sturen, omdat ik er nog geen gezien had. Er zijn er ook zoo groot als eene hand, zwarten en witten, maar die zijn goedaardiger. Over het algemeen is de angst voor veel van die dieren zeer overdreven. Schorpioenen, duizendpooten, sommige wespen en verreweg de meeste vergiftige slangen kunnen ernstige en pijnlijke wonden maken, waarvan zware koortsen soms het gevolg zijn, maar sterven doet een volwassen mensch er niet aan. Het zal u verwonderen, hierbij ook de slangen opgenoemd te vinden, maar er zijn werkelijk in onze bezittingen naar het schijnt slechts twee of drie soorten van landslangen, waarvan de beet onherroepelijk doodelijk is. Ook zoo een paar waterslangen. Gelukkig komen juist deze soorten niet het meeste voor en zijn die dieren vreesachtig van aard, zoodat zij, met rust gelaten, niet licht zullen bijten. Zoo behoorde b. v. de slang, die te Prigi op mijn hoofd viel, wel degelijk tot een der kwaadaardigste soorten, maar het verschrikte dier deed mij niets en kroop zoo snel mogelijk weg.

Indien ik echter van verscheurend gedierte sprak, moet gij aan niets denken, dat heviger is dan muskieten en schorpioenen. Reeds op Celebes en op Lombok komen geen gevaarlijke dieren meer voor dan eene slangensoort, waarvan het aanwezig zijn niet eens goed geconstateerd schijnt. En verder oostelijk is van vergiftige slangen, van tijgers en diergelijken niets meer te vinden. Om dat te compenseeren worden de menschen en de kaailui wat woester dan op Java.

Verbeeld u eens, ik heb hier eene kleine herstelling aan mijn instrument door een Chineeschen goudsmid laten doen. Daar hier weinig in koper gewerkt wordt, was zilver nog het beste metaal, om geen last van ijzer te hebben. De man was nog al snugger en sprak gelukkig Maleisch.

5 Februari.

Eindelijk met mijne waarnemingen klaar gekomen en gelukkig, want heden stormt het hevig. Natuurlijk waait het in het huis, dat geen ramen, maar heel veel reten en spleten heeft, even hard als daar buiten, zoodat het eene soort van equilibristisch vraagstuk op het gebied der kunst-schrijverij — niet der schoonschrijverij — is om de pen anders dan kabalistische figuren te doen maken, want het dunne papier golft als een kabbelend meer. De kakatoea's en lori's in de achtergalerij maken dan ook een helsch spektakel en denken zeker juist als ik, dat de wind vooral dient om hen te plagen.

Toch geniet ik daardoor een dier stormverlichtingen, die een landschap zoo schoon maken. De bergen zijn helder van omtrek, doch zoo nevelachtig, dat zij als doorschijnend zijn. In den regentijd is dit een gewoon verschijnsel. De voorgrond is niet schoon. Wel groen, maar van dat naargeestige groen van een onvruchtbaar moeras, een hard groen, waaruit hier en daar een armoedige boomgroep opstijgt. Daar boven ziet de verbeelding de koortszwangere dampen zweven. Alleen rechts staat op hooger terrein een schoon boschje, voor de bergketen, die aan die zijde den halven cirkel van vlakken grond insluit, waarop Dilli ligt. Recht voor mij is de zee, waarvan de rechte, zonnige lijn in het midden sierlijk gebroken wordt door het eiland Kambing. De bergketen op het land is zoo grillig afgekapt, dat het aan de glasscherven op een kazernemuur herinnert. Aan de linkerzijde zijn echter de vormen iets matter en de laatste heuvel is eene pudding, regelmatig als een zoutkristal, een ding als de pyramide van Austerlitz bij Zeist, met één enkel boompje op de uiterste punt, als of het geheel in een Chineeschen tuin te huis behoorde.

Welk een ander slag van volk in dezen archipel dan op Java. Ten eerste loopen de heeren der schepping bijna naakt. Anderhalve el katoen van handsbreedte, een jaar of tien geleden wit geweest, is het eenige kleedingstuk van de onvervalschte Timoreezen. Zou daar nog mode in zijn? In de kapsels bestaat dit zeker. Het kroeshaar, dat de Timoreezen meest allen met de afzichtelijke Papoea's gemeen hebben is het grootste, hoewel lang niet altijd voorkomende, punt van onderscheid met bevolkingen van Maleischen oorsprong. Die leelijke wolbaal nu, van ruw, onglanzig haar dragen de heeren op allerlei fantastische manieren. De een draagt het als een lichtkrans om het geheele hoofd, de ander als een chignon boven op het hoofd, in den nek, of aan eene zijde; weer anderen draaien het met rotanbanden vast in elkander en hebben dan een hoorn aan de voorzijde of twee, drie ronde knoppen op den schedel. De Parijsche haarsnijders mochten hier wel eens eene deputatie heenzenden, om nieuwe denkbeelden op te doen. Want doller dan onze dameskapsels is het toch eigenlijk niet. Een houten kam of liever gezegd vork met drie tanden steekt voortdurend in die matras en elk vrij oogenblik gebruiken de heeren om een weinig te kammen. Gij ziet, dat de Timorees een leelijk schepsel is; gewoonlijk zijn de lui, hoewel niet bepaald dik, alles behalve sierlijk gebouwd, want zij hebben veelal een te zwaar bovenlijf. Zij hebben ook het meer blauwachtige bruin der bewoners van Nieuw-Guinea en den dikken, platten neus, die bovendien door de overhangende punt een druipneus wordt. De dames zijn al niet schooner dan de heeren; zelfs de schitterende, doorborende oogen der Javanen heb ik hier niet gezien. De vrouwen hebben, als zij op de hoofdplaats komen, iets meer kleeding aan dan hunne echtgenooten. Ook het karakter verschilt zichtbaar van het Maleische. Het is niet alleen de drank, die de Timoreezen vroolijk maakt. Men hoort hier vaak een vollen schaterlach, men hoort zelfs giegelen als bij ons onder kostschoolmeisjes, terwijl de Javaan hoogstens een glimlach ten beste geeft. Komt dit bij dezen uit hunne beschaving voort, uit de eeuwen van onderdrukking, of is dit de invloed van het Boedhisme? Op wien van Java komt werkt het bepaald weldadig, om eens vrijuit te hooren lachen, want door de stilte op Java wordt men werkelijk op den duur gedrukt.

Toch heb ik mij in de gelaatstrekken vaak vergist. Vele inlanders zijn hier soldaat, enkelen ook ambtenaar en dan geheel als Europeanen gekleed, waardoor ik hen dikwijls voor twijfelachtige blanken heb aangezien. Ik heb mij dus reeds afgevraagd, of het verschil in kleeding niet soms het sterkste punt van onderscheid met anderen uitmaakt. Ik geloof dit echter niet, maar wel, dat ik mij daarin vergis, omdat op de hoofdplaats, gelijk op alle strandplaatsen, het ras niet meer zuiver is. Maleiers, Chineezen en Portugeezen, alles heeft hier tot rasverbetering bijgedragen.

8 Februari.

Nog vermoeid van den prettigen dag van gisteren. Ongeveer te acht ure trok ik uit op het uitmuntende paard van den gouverneur met drie bijna volwassen jongens als gidsen. De een is misvormd door eene gekloofde lip; anders zijn het prachtexemplaren van Indiërs, want dezen zijn Bengaleezen. Zwartachtig bruin, maar zoo schoon gevormd, dat het voor een Europeaan bijna is om te vertwijfelen, als hij ziet, hoe de natuur eigenlijk gemeend had, dat de mensch er uit zou zien. Met hun drieën hadden zij twee geweren, waarmede zij patrijzen schoten, zonder er ooit een te missen. Die dieren zijn hier in massa, zij nestelen zelfs vlak bij het huis. Met het geweer op schouder dwarrelde het drietal om mij heen, vorstelijk gedrapeerd in twee of drie witte (lees aschgrauwe) lappen en met de sierlijke bewegingen van jonge katten, altijd lachend en vol pret. Vooral, toen eens een boomtak mijn hoed afnam, kwam er geen einde aan het gelach om die uitgelezen grap.

De weg ging eerst dwars door de vallei, toen steil den berg op. Om het paard te sparen steeg ik nogal eens af, want de helling is gelijk die van een torentrap en de weg is eene diepe gleuf over puntige steenen, die onverschillig dient voor naakte voeten en voor het water, dat van den berg afkomt. Dan op den bergrug, dan weder naar beneden, dan weer eene steile helling; na ongeveer twee en een half uur was ik boven. Maar niet gemakkelijk. Want, als ik wilde wandelen, gaf ik natuurlijk het paard aan een der drie naaktbeenen over, maar deze begon al ras te huilen en gaf te kennen, dat het paard hem beet. Nommer twee eveneens, zoodat ik het beest maar zelf moest nemen, en het was zwaar werk, want het is een koppig dier, dat dikwijls niet vooruit wou, zoodat het genoegen van een paard te hebben zich daarin oploste, dat ik het moest voorttrekken. Maar dit kon mij het genoegen van den toer niet vergallen. Het was een heldere, zonnige dag, terwijl ik zelf bijna altijd in de schaduw wandelde en een zacht windje de warmte temperde. Het uitzicht werd steeds ruimer en de plantenwereld schooner. Niet dat het bosch ook maar eenigszins met de Javaansche bosschen te vergelijken zou zijn. Op den slechten grond groeien de boomen wijd uiteen zonder slinger- en woekerplanten, om er die ondoordringbare massa's donkergroen van te maken, die op Java hem zoo treffen moet, die aan onze armere natuur in het Noorden gewend is. Integendeel de natuur gelijkt op de berkenbosschen hoog in Noorwegen. Kromme, armoedige boomen met grijsgroene bladeren en witte stammen, dun gezaaid. Dezelfde opmerking geldt hier als in Noorwegen, dat, terwijl één berk tusschen andere boomen zoo schoon staat, een berkenbosch daarentegen het type is van droefgeestigheid. En dat zou een bosch hier ook zijn, wanneer de blik niet meer dan op de treurige boomen op de schoone bloemen viel, die er tusschen staan. Wij zijn toch in het begin van den westmoesson, den waren bloementijd, de lente van Indië. Ik zag verschillende soorten, die mij nog nieuw zijn. Eene sierlijke acacia met gele- en violette bloemen, eene groote witte orchis, een lage slingerplant met klokjes van het heerlijkste donkerblauw, een andere met kleine sterren van hevig vermiljoen, te veel om op te noemen. Denk u nu tusschen al die bloemen nog eene menigte van de bontste vlinders, dan kunt ge u een flauw denkbeeld vormen van eene kleurenpracht, waar onze natuur met hare stoutste pogingen niet nabij komt. Ik zag geen zeer groote vlinders, maar wel schitterende. De meesten waren geel, maar velen blauw, van zulk een echt blauw, helder en donker tegelijk, als de natuur bij ons maar zelden geeft. En dan heirlegers van papegaaien hoog in de lucht, zoo hoog, dat een ongeoefend oog ze moeielijk ziet. Dit zal ook wel komen, doordien de hoofdkleur hier groen is, terwijl de andere kleuren, die schitterend genoeg zijn, voornamelijk aan de binnenzijde der vleugels ten toon gespreid zijn. Het is echter onmogelijk hen niet op te merken, want men wordt half doof van hun gesnap en gesnater. Ik kan u verzekeren, dat ik eens geheel alleen luidkeels om die grappige lui gelachen heb. Het is altijd, of er juist een hevige twist tusschen hen is ontstaan en dat kan ook wel eens waarheid wezen, want daar zij altijd in groote menigte bij elkander zijn, zijn familieschandaaltjes zeer denkbaar. Heb ik al genoeg van de bonte en schoone natuur verhaald, om u te doen begrijpen, hoe ik, al moest ik het paard boegseeren, toch een heerlijk uitstapje maakte?

Het doel der reis was een koffietuin, waar de koffie bijna zoo slecht gecultiveerd wordt als in de Preanger, waar men de boomen vaak onder den naam van paggerkoffiie (paggeronkruid zou beter zijn) tusschen pisang en bamboe een treurig rachitisch bestaan ziet voortslepen. Ook hier moet moederlief natuur alles doen, maar men laat haar ten minste vrij, en plant de koffieboompjes niet als stiefkinderen slechts daar, waar zij andere planten het minste hinderen.

Een paar inlanders, met wie ik even weinig als met mijne gidsen kon spreken, vond ik in een klein huisje, van waar men een schoon uitzicht heeft, maar ik klom nog hooger en vond dan ook nog een beter punt. Niet hoog genoeg om de vallei aan de andere zijde te zien, want mijne gidsen hadden mij in den steek gelaten en alleen durfde ik mij niet ver wagen. Aan deze zijde zag ik echter veel, zag duidelijk, hoe de bergjes, die van het huis uit een vrij goed vertoon maken, niets dan uitloopers zijn van een grootere keten. Toch geloof ik niet, dat het eiland een enkele centrale keten heeft, maar verschillende onregelmatige groepen. Aan het strand is overal eene breede strook vlak land, die er onvruchtbaar uitziet. Ik zag echter meer beken dan ik verwacht had en ik weet niet, of de landbouw niet nog al wat van het eiland zou kunnen maken. Een flinke karreweg van hier naar Koepang zou voor beide bezittingen een weldaad zijn en de inlanders zijn genoeg onder den duim om hieraan te durven denken. Mocht de hemel ons nog maar eens een Daendels zenden!

De eenzame tocht voorbij de woning ging door dik en dun; eerst later vond ik een voetpad. Niettegenstaande het gezelschap der papegaaien was de wildernis toch zoo eenzaam, dat een leelijke Timorees met zijne vrouw, die als naar gewoonte meer op zijne grootmoeder geleek, mij eene aangename ontmoeting waren, al was het eene zwijgende. En toen ik knikte, grijnsde mevrouw zoo vriendelijk, dat ik haar haast niet meer leelijk vond. Op den terugtocht ontmoette ik geheele benden van dit edele ras. Het is namelijk vrij slim overlegd, dat op Dilli des Zondags markt gehouden wordt; daardoor zijn er nog enkelen, die, als zij goede zaken gedaan hebben, tot tijdverdrijf de kerk eens bezoeken.

10 Februari.

Gisteren was ik in de . . . . stad; het woord wil er bijna niet uit, want, wat onder dien naam doorgaat, is zoo armoedig. De gouverneur woont namelijk een klein half uur gaans van het strand. Het gold een bezoek bij een Arabier, bij wien ik iets dacht te koopen. Ik ging er alleen heen en zat weldra thee te drinken met een vijftal Arabieren, die mij, zoo goed zij konden, uithoorden. Echte typen. De een was een oud man, wien men zich bijna niet anders denken kan, dan op çen tapijt neergehurkt en bezig met veel spitsvondige vroomheid den koran uit te leggen; een ander geleek met met zijne groote, zwarte oogen, zijne groote handen en ruw uiterlijk het meest op een roover, die met Allah's naam op de lippen de ongeloovigen uitplundert; een derde met een fijn besneden Joodsch uiterlijk was de echte insinuante handelaar. Ik kocht niets, want de lui waren mij veel te duur.

Daarna met den gouverneur en diens secretaris een rid in de vlakte, die zich nog veel onvruchtbaarder voordeed, dan ik gedacht had; niets dan kalkachtige klei, hier en daar zelfs alleen grint. Toch geloof ik, dat de Javaantjes hier menig plekje zouden vinden, waar de beekjes gebruikt zouden kunnen worden om sawah's aan te leggen. Ook reden wij voorbij de residentie van eene koningin; de vorsten zijn op dit eiland dichter gezaaid dan elders de eerlijke lui, b. v. in Spanje. Wij gingen niet binnen, omdat H. M., naar het zeggen van den gouverneur, altijd in zulk een déshabillé is, dat zij eerst gewaarschuwd moet worden. Een vorst meer of minder komt er dan ook weinig op aan; ik ben op dat punt volkomen geblaseerd.

12 Februari.

Heden heb ik den toer in het gebergte nog eens overgedaan om wat beweging te hebben. Ditmaal vergezelde mij een der Chineesche bedienden van den gouverneur. Deze had het voordeel, dat hij het paard durfde vasthouden, maar het nadeel, dat hij den weg niet wist en bovendien mij niet verstaan kon. Maar ik zou den weg wel vinden, en wij verdwaalden dan ook op eene schitterende wijze. Lang doolden wij rond, tot ik eindelijk een paar dames gewaar werd, die onder luid gegil voor mij op de vlucht gingen. Zeer vleiend! Ik zag echter, dat zij eene woning binnenstoven, waar ik ook maar heen stapte en waarvan de eigenaar mij recht gastvrij naar binnen noodigde. Maar noch ik, noch mijn Chinees kon met de lui spreken. Eerst werd mijn karwats bewonderd en ik zag het oogenblik aankomen, dat deze mij als een spontaan bewijs van hoogachting zou afgevraagd worden. Gelukkig echter kreeg ik het stuk terug, even als mijn hoed, die ook rond gegaan was om bezichtigd te worden. Daarop zeide een der heerén: «tobacco». Ik had alleen sigaren en gaf hun daarvan een paar, waarom zij wel een kwartier moesten lachen, maar zij dampten zoo, dat de sigaren op waren, eer het lachen nog afgeloopen was.

Hier moest de gebarentaal dienst doen; ik strekte eenen arm uit en zeide: «Dilli», waarop met hevige gebaren «ja» werd geantwoord. Daarop strekte ik den anderen arm uit en zeide: «koppi», wat de lui gelukkig begrepen en in «café» verbeterden. Hierop werd mij de weg naar den koffietuin zoo duidelijk aangewezen, dat wij er zonder verdere moeielijkheden kwamen. Zoo heb ik dan geheel alleen een bezoek bij de wilden van Timor gebracht! Ik kan u verzekeren, dat die wilden recht zachtaardig zijn, zoo lang zij niet op koppesnellen uit zijn en dat gebruik is ten minste tot den oorlog beperkt, terwijl het op Borneo nog een dagelijksch tijdverdrijf is.

Van het huisje strekte ik mijne wandeling veel verder uit dan de eerste maal, doolde lang op verschillende bergkammen rond en zag in allerlei valleiën naar beneden. Het binnenland schijnt dichter bosch te dragen dan de kuststreken, maar is toch steeds armoedig bij Java vergeleken. Ook de papegaaien waren er nog, en in menigte, maar vlinders zag ik ditmaal weinig. Alleen zag ik er een, zwart en geel, van buitengewone grootte. Zijne vlucht was zeker een paar decimeters. Ook ontmoette ik weder eenige Timoreezen. Twee, die op een heuveltop zaten, dachten zeker om de wijze, waarop ik rondliep, dat ik naar den weg zocht. Zij riepen mij net zoolang toe, tot ik hen gevonden had, en wezen mij een voetpad, even als de goedigste Tiroler met een vreemdeling zou doen. De terugtocht bood behalve een regenbuitje niets merkwaardigs aan.

Dagelijks kan hier de stoomboot verwacht worden, waarmede ik naar Bima hoop terug te keeren.

In straat SEMAO, 17 Februari.

Den 15^{den} is eindelijk de stoomboot gekomen en verliet ik
Dilli met den steeds zieker wordenden Ketjil. Niet zonder
spijt nam ik afscheid van mijn gastheer, dien ik onder de
uitnemendste menschen rangschik, die ik in Indië heb
leeren kennen. Als Portugal ooit de kolonie Timor weer
uit haar diep verval wil opheffen, kan het niet beter doen
dan er dien man te laten en zijne positie mogelijk te maken.
Bijna twee jaren geleden kwam hij te Dilli, vond er het
huis van den gouverneur afgebrand, het fort bouwvallig,
de kerk in puin, geen hospitaal en niemand had in achttien
maanden traktement ontvangen. Want het moederland heeft
de loffelijke gewoonte Timor financieel eenvoudig aan zich
zelf over te laten. Deed men dit Nederlandsch-Indië ook
maar! En nu is alles afbetaald, er is eene goede steenen
kerk, een zeer goed hospitaal gebouwd, het fort is hersteld
en aan het Palazzo wordt gewerkt, terwijl de welvaart toeneemt. En de man heeft geene andere middelen gebruikt
dan eerlijkheid en verstand. Geen nieuwe lasten zijn opgelegd, maar er is gezorgd, dat er niets aan de vingers
der ambtenaren bleef kleven; er werden personen afgedankt,
die aan de staatsruif aten zonder die te vullen, en de bestaande bronnen van welvaart werden ontwikkeld.

Schitterend voorbeeld van wat één man doen kan, mits
hij goed gekozen zij en mits men hem daarna vrije hand
geve. Want daar Timor toch niets opbrengt, bemoeit Portugal er zich zoo weinig mogelijk mede en als Portugal
maar altijd gouverneurs van dit soort zond, zou Dilli dankbaar mogen zijn voor de behandeling. De opvolger zal
echter wel weer alles bederven en Timor tot zijn staat van
verval terugkeeren.

Met veel regen en nog meer wind was de reis hierheen
niet aangenaam. Vooral treft het slecht, omdat de reede
van Koepang bijzonder gevaarlijk is gedurende den westmoesson en wij dus ver van de hoofdplaats ankerden, tusschen een klein eiland Semao en den vasten wal. Als
wij passagiers moeten opnemen, is dit zeer bezwaarlijk,
want die zullen uren lang bij storm en regen moeten
roeien, of een niet minder moeielijken tocht over land afleggen. Intusschen is het ook voor mij lastig genoeg, daar
ik veel van mijne bagage bij den resident heb achtergelaten. Of ik die, bij de hooge zee, aan boord zal kunnen
krijgen, is twijfelachtig. Gij ziet, dat het reizen in den
westmoesson eigenaardige bezwaren oplevert.

BIMA, 20 Februari.

Gisteren hier aangekomen na een overtocht, die tot het
laatste toe onaangenaam bleef. Niet het minste, omdat ik
mij onwel gevoelde. Kort na mijne aankomst kwam dan
ook eene flinke koorts op — niet te verwonderen na het
moerassige Dilli. Ketjil kan niet eens meer loopen; hij
verzwakt steeds. Een dokter is hier niet, wat ik zeer betreur, want ik vrees, dat zijne ziekte langzamerhand in
dysenterie ontaardt. Gelukkig, dat ik bij zulke recht vriendelijke lieden gelogeerd ben. Met de vrouw van den kontroleur had ik reeds kennis gemaakt op de boot van Makassar
komende, zoodat het gelukkig niet bij geheel vreemden is,
dat ik, zelf ziek, met een zieken bediende kom aanzetten.

Met de koorts een bal bij te wonen, is een bijzonder genoegen, dat ik gisteren mocht smaken. 's Konings verjaardag was de aanleiding. Het geheele publiek was tegenwoordig. Behalve de kontroleur is hier een schoolmeester,
ook gehuwd, en die hier geplaatst is ten behoeve van de
kinderen van enkele inwoners, die als Europeanen te boek
staan. Afstammelingen van Hollanders, die vroeger hier
gevestigd waren en door den achteruitgang der plaats tot

diepe armoede vervallen, worden deze lieden van geslacht tot geslacht bruiner en ellendiger. Maar voor een handwerk zouden zij zich schamen; dat mag geen Europeaan doen, liever de grootste armoede. Als men er zulke lui al eens toe krijgt een of ander werk te doen, dat men hun uit medelijden toesteekt, moet men nog zorgvuldig zich houden, alsof men niet weet, dat zij het zelven doen, of door eene andere armzalige fictie de zaak bemantelen, anders zouden zij het zeker nog weigeren.

Behalve al deze Europeanen verschenen op het bal de beide Hollandsche onderofficieren van de kleine bezetting met hunne dames, een paar Chineezen met d°. en enkele inlanders van eenigen rang. Enkelen van de dames waren niet geheel met hunne geleiders gehuwd, — het was voor het eerst, dat ik zulke echtgenooten in gezelschap zag verschijnen. Het trof mij dan ook zeer, en niet op aangename wijze. Zulke verhoudingen zijn in Indië natuurlijk, en men doet wel die zonder eenige preutschheid als bestaande toestanden aan te nemen. Maar daarvan is de afstand groot tot het ontvangen van die dames in uw huis. Dit schijnt mij eene te groote verwijding van den mantel der liefde toe. Op Bima moet het echter reeds sinds vele jaren zoo geweest zijn en dan wordt het al weer moeielijk iemand voor het hoofd te stooten.

Ik behoefde gelukkig niet veel te spreken, want de minsten der gasten spraken Hollandsch, ofschoon enkelen daarvan zich vrij wel hielden, alsof zij mij verstonden, en ik natuurlijk nooit bemerkte, dat zij dit niet deden. Ook hadden wij een zeer goed souper, wat aan de huisvrouw bij de gebrekkige hulpmiddelen der plaats heel wat hoofdbreken moet gekost hebben. Aardappelen zijn hier namelijk op het oogenblik niet, en brood is er nooit. Laat dit u niet al te zeer verwonderen; op buitenposten is die toestand zeer gewoon en de vrouw des huizes behoeft er zich niet eens over te verontschuldigen. Ik heb al eens een briefje gezien van den

volgenden inhoud : «Wij hebben heden gasten, hebt gij
«ook nog eenige aardappelen over ? Wil ons die dan afstaan
«en kom zelf om die te helpen eten.»

Heden bespeur ik niets van koorts, zoodat ik aan het
werk kan gaan, maar men kan tegenwoordig voor niets
instaan. Bima toch bestaat in den regentijd uit modder en
koorts. Er liggen eenige planken van het huis tot aan de badkamer en het kantoor van den kontroleur en er zijn er ook
gelegd tot aan zeker wachthuisje, waar ik mijne waarnemingen doe. Daar ben ik uitstekend tegen regen beschut
en de kontroleur heeft mij een bediende geleend om mij
behulpzaam te zijn. Verder zetten wij natuurlijk geen voet
buitenshuis en de avondwandeling wordt even als te Dilli
in de voorgalerij gedaan.

26 Februari.

Gisteren heb ik niettegenstaande den modder en de schoone
vooruitzichten op regen een heerlijk ridje in het binnenland
gedaan, terwijl het weder goedgunstiger bleek, dan te verwachten was. De onderwijzer had de goedheid, zich als
tochtgenoot aan te bieden, daar de kontroleur geen tijd
had ; deze had mij echter welwillend zijn strijdros afgestaan.
De weg voerde ons eerst midden door het paleis van den
sultan, dat volmaakt op eene zeer armoedige kampong geleek
en waar niets vorstelijks te ontdekken was. Daarna trokken
wij langs sawah's, die echter, helaas! onbebouwd liggen
en waarop slechts hier en daar een paard of een karbouw
liep te grazen. De sultan heeft zeker de bevolking te veel
in heeredienst opgeroepen, om tijd te geven de rijstvelden
te bewerken. Mocht die veronderstelling de ware zijn, dan
is het toch iets verschrikkelijks, dat één man een geheel
land, misschien om een of andere gril, tot hongersnood
kan doemen. Maar ik wil op veronderstellingen geene jammerklacht opbouwen; onmogelijk is in het Oosten de zaak
niet; als een vorst zijn huis geschilderd wil zien, wat gaan
hem dan de rijstvelden zijner onderdanen aan !

Op dit eerste deel van den tocht waren de moeielijkheden grooter dan de schoonheden, hoewel er menig mooi punt was, maar de modder eischte al onze opmerkzaamheid. Eens werd ik van mijn paard afgetild, eenvoudig omdat dit zoo diep in den weeken grond zakte, dat ik daarop te staan kwam. Van mijn gewicht verlost, werkte het dappere diertje er zich uit en kroop mij tusschen de beenen door. Menige beek moesten wij doorwaden, menigen omweg maken voor al te diepe moerassen.

Doch het schoone tafereel, toen wij eene kleine hoogte bereikt hadden en op eens de baai weer voor ons zagen, woog ruimschoots tegen alle zwarigheden op. Voor wien van de zeezijde komt schijnt de baai bij de hoofdplaats een einde te nemen, daar een schoon gevormd eiland deze daar schijnt te sluiten. Daar achter gaat echter de zee nog dieper landwaarts in. De baai blijft even smal, maar de oevers worden nog veel schooner. Ook de heerlijke zonneschijn, die de dunne nevels verzilverde en over het water eene schitterende lichtmassa uitgoot, werkte mede om het uitzicht, dat ik thans genoot, onuitwischbaar in mijne herinnering te prenten. De mindere vruchtbaarheid van Soembawa werkt mede om juist deze baai na het eeuwige groen van Java tot eene weldadige afwisseling te maken. Het is als of gij jaren lang een groenen bril gedragen hebt en op eens bemerkt, dat uwe oogen zoodanig verbeterd zijn, dat gij dien kunt ter zijde leggen om de natuur eens recht goed te zien. Hier staat een boomgroep, ginds een naakte rots van roodachtigen steen, juist genoeg met varens begroeid om zijne gloeiende kleuren goed te doen uitkomen; links geeft een stukje vlakke kust rust aan den blik, rechts vormen verschillende landtongen achter elkander een gansch anderen voorgrond. Over de prauwtjes, die in den zonneschijn wiegelen, glijdt de blik heen naar de bergen aan de overzijde, die nog juist dicht genoeg bij u zijn, om hunne grillige vormen te doen zien, juist ver genoeg verwijderd, om een rustigen achtergrond te vormen. Bont gekleede inlanders bewogen zich in menigte langs het strand en zetten levendigheid aan het tooneel bij, dat van dat liefelijke, kalme soort was, dat de tropen met hunne vulkanen en hun overweldigenden plantengroei zoo zelden aanbieden. Kortom ik genoot een van die oogenblikken, zooals de reiziger slechts nu en dan ontmoet, glanspunten, waaromheen zich een geheel gedeelte van een reizend leven als om een middelpunt groepeert. Aan zulk een uitzicht heeft men voor maanden genoeg, zelfs in de schoone Indische natuur.

Den terugweg namen wij langs het strand; telkens als wij een heuvel waren omgetrokken, genoten wij een nieuw, geheel veranderd uitzicht, telkens was de volgende landtong eene nieuwe verrassing. Wat bederven de moderne vervoermiddelen toch het reizen! Wie per stoomboot reist, ziet van al die heerlijkheden niets, hij onthoudt alleen, dat het modderige Bima voor hem den indruk van de eerste helft der baai merkbaar verzwakt heeft, zooals bij mij werkelijk het geval was.

Aan boord van het ss. Koningin Sophia,
2 Maart.

Voor de derde maal naar Timor onder weg. Bima heb ik weder aan zijne eenzaamheid overgelaten, in de hoop, dat de bewoners niet heden of morgen in den modder zullen verzinken. Ik heb er vaak gedacht, dat slechts weinig druk noodig zou zijn, mij zelven als een heipaal den grond in te drijven. Ik zou het land wel eens in den drogen tijd terug willen zien, dan is alles er zeker even droog en dor, als het er nu nat en week was. Mijn jongen is aan boord gedragen, hij wilde mij niet verlaten om achter te blijven.

Het gezelschap is vrij talrijk en enkele leden er van kan ik niet met stilzwijgen voorbij gaan. [1]) Allereerst de kapitein,

---

1) Dit geheele gezelschap is van verschillende reizen bij elkander gelezen en behoort evenmin als de later volgende tooneelvoorstelling tot dezen tocht.

een buffel, die zich dwingt om jegens de passagiers nog eenigermate beleefd te zijn, wat hem altijd slecht en dikwijls in het geheel niet gelukt. Voor alles, wat hij moet inhouden, wreekt hij zich op de inlanders, waarvan telkens de een of ander met den stok kennis maakt. Dit alleen zou voldoende zijn om de aangenaamste reis te vergallen, want natuurlijk ranselt de bottelier even hard als zijn baas. Maar het spreekt bovendien van zelf, dat bij zulk een man slechts het grootste uitvaagsel wil dienst nemen, zoodat de bediening uitnemend slecht is. Onder inlandsche bedienden toch staat de kwaliteit in directe verhouding tot de behandeling, die zij ondergaan. Even als in Holland zijn er hier menschen, die altijd goede, en anderen, die altijd slechte bedienden hebben, en even als in Holland ligt dit hoofdzakelijk aan de meesters.

Verder in de eerste plaats een net kontroleurtje, o zoo jong, op wie al de dames driekwart verliefd zijn en die zich zelven in de verliefdheid oefent met eene dame, die, helaas! reeds van een echtgenoot voorzien is. Van het drietal, den man, de vrouw en ons jongske, zijn er meestal twee boven en een beneden, terwijl degeen, die beneden is, altijd pogingen aanwendt, om de plaats in te nemen van dengeen, die boven bij mevrouw is. Somtijds kan men mevrouw ook tusschen de twee heeren zien zitten, waarbij dan de woede van den een in dezelfde mate klimt, als de zaligheid van den andere. Eene andere dame is recht goedig en vriendelijk, maar is dit, helaas! in vrij onverstaanbaar Hollandsch: « ik «naar Fort-de-Kock, acht dagen uit Europa, die voet van «oorlog verschrikkelijk. Officieren in champagne baden, «soeda. Ik acht dagen op Fort-de-Kock, die vijand kom, «mijn guis in brand, kappal datang, kollonel bij mij kom, « wij civiel vrouwen niet wonen in benting, vijand klop aan «deur . . . . enz.» Stel u op die manier een lang verhaal voor, verbazend snel afgerateld, met de meest liefelijke verwisseling van h en g en met den meest willekeurigen klemtoon, dan zult gij volkomen begrijpen, welk eene heldere voorstelling wij van den Padri-oorlog kregen. En toch wekte het levendige verhaal onze belangstelling op, even als dit eene welsprekende redevoering doet, al wordt die uitgesproken in eene taal, die men niet verstaat.

Verder is er aan boord een ondergeschikt ambtenaar van den waterstaat, een van die lieden, die in Indië hunne klasse niet vinden en met wie men omgaat, hoewel zij zelven even als ieder ander gevoelen, dat zij niet « vol » zijn. Zelven te groote heeren om met onderofficieren om te gaan, trachten zij vaak door onbescheidenheid zich het voorkomen te geven, alsof zij zich in andere kringen tehuis gevoelen. Om kort te gaan, lieden die altijd in de samenleving dobberen op de grens van alle coteriën. Ons tegenwoordige exemplaar is zeer gunstig gekozen en zijn gezelschap volkomen waard. Het is jammer, dat in Indië de Europeesche middelstand bijna niet bestaat, behalve in een of twee groote plaatsen. Bovenaan in de samenleving staan de lieden, die door beschaving, rang of vermogen in de eerste kringen verkeeren, onderaan staan soldaten en dergelijken. Daartusschen is eene breede gaping, eene opene zee, waarop enkele individu's als het ware liggen te drijven, zonder den eenen of anderen oever te kunnen bereiken.

Dan is er nog eene talrijke familie aan boord, waarvan een uitgedroogde schoolmeester het hoofd is. Deze heeft een gezicht van perkament, waaraan Indië reeds lang een vuilgele kleur gegeven heeft en waarin de kleurlooze oogen slechts onnutte gaten schijnen te zijn. Zijne vrouw is nog uitgedroogder en nog fletser dan hij, maar ziet er toch bijna nog frisscher uit dan hare vijf welpjes. Het zijn kinderen, maar zoo oud en zoo bloedloos, dat het allen miniatuur-copiën van mama schijnen te zijn en dit model munt niet door schoonheid uit. Daar deze kinderen vrij ondeugend zijn, spijt het mij volstrekt niet, dat dit huishouden bestemd is om op Timor te blijven. Het gezelschap wordt voltallig gemaakt door een officier, die te veel spreekt en die daarom steeds te vinden is naast een assistent-resident, die in het geheel niet spreekt. Of de vrouw van dezen laatste ook een japon bezit, weet ik niet; tot nu toe is zij nog niet anders dan in sarong en kabaai verschenen. Over het algemeen is deze kleederdracht op de Indische stoombooten wel wat al te veel in zwang. Op zich zelf heeft dit niets aanstootelijks, maar alle decorum hangt tesamen, en het wil mij wel eens voorkomen, alsof de toon van het gezelschap er niet onder lijden zou, als de kleeding wat minder los was. Gij kunt begrijpen, dat in dit gezelschap de elementen van eene vroolijke whisttafel niet voorhanden zijn.

Eindelijk heb ik straat Sapi kunnen zien en kunnen bewonderen, want die heeft eene eigenaardige, treurige schoonheid. Aan beide zijden niets dan volmaakt kale rotsen, ruw opeengestapeld, hooge wanden, die er uitzien, alsof zij in de eerstvolgende minuut op u zullen nederstorten. De zee is bezaaid met eilandjes, die even als de vaste wal uit rotsblokken bestaan; nergens een spoor van plantengroei, nergens een levend wezen. Als een schim uit het doodenrijk glijdt de stoomboot over het water. Het is een indrukwekkend, maar droevig gezicht, waarvan gij de oogen niet kunt afwenden; het dringt zich aan u op, maar beklemt u zoodanig, dat gij verheugd zijt, als het schip weder de opene zee instoomt, al vallen er ook oogenblikkelijk offers van zeeziekte, want die opene zee is de Oceaan met zijne deining. Slechts eene koude windvlaag zou er noodig zijn om den reiziger door straat Sapi geheel te doen wanen, dat de Noordpool bereikt is; men ziet eigenlijk verwachtend uit naar een gletscher, want hiervoor schijnt deze kille natuur als kader geschapen te zijn.

Reede van Timor, 5 Maart.

Gisteren hier aangekomen en gelukkig is het weder zoo kalm, dat wij voor de hoofdplaats konden ankeren en den ganschen dag aan wal sleten. Ik heb nogmaals de hand kunnen drukken van mijn vriendelijken gastheer en van de liniaal, en wij hebben het, op Timor zeker niet verwachte, genoegen kunnen smaken van eene tooneelvoorstelling. Tooneelgezelschappen van liefhebbers zijn zeer talrijk in Indië, waar op bijna elke plaats van eenige beteekenis een komediegebouw is, waarvan men het doel nauwelijks begrijpen kan, aangezien er geen troep is. Zeer slecht spelen die liefhebbers gewoonlijk niet, als men in aanmerking neemt, dat de meesten zelven nog nooit in de gelegenheid geweest zijn om behoorlijk te zien acteeren, en dat er gewoonlijk niemand is om hen terecht te helpen. Ook hier werd redelijk goed gespeeld, hoewel een paar acteurs niet rolvast waren en over hunne h's struikelden. Het gezelschap bestond uit drie heeren en twee dames; eene van de laatsten speelde bepaald vrij goed. Een van de heeren was de broeder van den slimmen schoolmeester met wien ik naar Bandjermasin reisde en scheen niet slimmer dan deze. De laatste was de man, die niet verder dan tot drie kon tellen, maar die ongelukkig vier kinderen had, zoodat hij er nu en dan een onbeheerd liet.slingeren, tot groot ongerief van de andere passagiers, die door het bulken van den stumpert uit den slaap werden gehouden. De broeder acteur heeft een onmogelijk gezicht uit negatiën bestaande, want hij heeft geen neus, geen wangen en geen voorhoofd, maar een ontzettenden haarbos, die.het boven allen twijfel verheft, dat hij op Timor te huis behoort. Bij den tweeden acteur schenen alle ledematen aan draadjes te hangen. Hij vertegenwoordigde die soort van Indische Europeanen, wien men altijd zou willen toeroepen: «pas op, breek niet!» en van wie men verwacht, dat zij op een gegeven oogenblik een arm of een been zullen laten liggen, zonder er zelven iets van te bemerken. De in Indië geboren dames zijn dikwijls heel wat compacter en steviger dan de heeren. Bij de Europeanen uit Europa is meestal het tegendeel het geval, want van dezen zien de dames er meestal uit, alsof de muskieten al hun bloed hebben uitgezogen. De avond werd natuurlijk door een dansje besloten, want zonder dat is geen Indisch feest kompleet: «ik zie dans, mijn been trippel onder mijn stoel, ja.»

Over een paar uren wordt de reis voortgezet naar Dilli en van daar naar Banda. . . . .

. . . .

. . . .

BORNEO.

In het paradijs der muskieten!

Na dien uitroep, die noodzakelijk is om aan het tafereel van den aanvang af de lokale kleur bij te zetten, ga ik weder naar Soerabaja, om met de reis hierheen te beginnen. Die was in een woord ellendig, hoewel veel werd goedgemaakt door aangenaam, ofschoon zeeziek gezelschap, en door eenen hoogst wellevenden gezagvoerder, wat op zee verreweg het voornaamste is. Ik kwam zonder moeielijkheden aan boord, wat in Indië steeds der vermelding waard is, vooral op plaatsen als Soerabaja, waar men eerst ongeveer drie kwartier te rijden heeft naar de landingsplaats, terwijl het goed er wordt heen gedragen, en daarna nog een half uurtje te roeien, zoodat eene geheele reeks van rampspoeden tot de mogelijkheden behoort.

Zoodra wij, buiten straat Soerabaja, in open water kwamen, schommelde de boot als bezeten, en was er ononmiddelijk zeeziekte op de vlakte; tot mijne groote verwondering was ik den volgenden dag zelf zeeziek, doch dit zal wel alleen geweest zijn, omdat ik de koorts had. Maak u niet ongerust. Bandjer is, niettegenstaande zijne oude koorts-reputatie, tegenwoordig zeer gezond. De reis was zoo ongunstig, dat wij schuddend en stampend, vierentwintig uren deden over de reis naar Bawean, die ik, nu ruim een jaar geleden, in twaalf uren deed. Wij bleven dan ook zeer ver uit den wal liggen, zoodat ik ditmaal van dit belangwekkende eiland niet veel bemerkte. Ik behoef u zeker niet te zeggen, dat ik geen lust gevoelde, om even aan wal te gaan, als gij u herinnert, hoe ik op de vorige reis midden in den nacht een kwartier door de zee moest waden, om het gastvrije oord te bereiken. De overtocht hierheen ging beter, maar gisteren morgen kwamen wij zoodanig op de zandbank te zitten, die voor de riviermonding ligt, dat wij van den vroegen morgen tot drie uur in den namiddag als vastgemetseld lagen, en daarna konden wij het niet verder brengen dan een klein eind de rivier op, tot bij schans van Tuijl. Den nacht, die daarop volgde, zal ik niet licht vergeten. Ik geef niet veel om muskieten, maar ditmaal was het te erg! Het land is geheel vlak en vooral in dit jaargetijde niets dan een groot moeras, door groote rivieren doorsneden, zoodat muskieten van allerlei landaard er welig tieren. Sommigen zijn, met uitgestrekte pooten, wel twee Ned. duimen lang, maar dat zijn de ergsten niet. Er zijn er kleineren, waarvan de beet niet alleen later hinderlijk, maar reeds op het oogenblik zelf pijnlijk is, zoodat men elke minuut van zijn leven iets venijnigs voelt, en zijnen tijd doorbrengt met beurtelings naar al zijn lichaamsdeelen te grijpen. Zij kruipen overal tusschen en bijten door kousen en kabaai heen, zoodat geen vier-kante duim van uw huid veilig is voor dit bloeddorstige gedierte, dat als een aschregen de lucht vult. Ik heb er blauwen gezien en grijzen en gestreepten, werkelijk zeer mooie diertjes, maar het grappigste is eene soort, die in de wandeling den naam voert van acrobaten; zij zijn namelijk niet tevreden met eene goede kwaliteit van bloed, maar wenschen er ook eene goede kwantiteit van te genieten, en zuigen zich zoo in de huid vast, dat zij op hun hoofd komen te staan, met al hun beenen in de lucht. Men kan ze dan gemakkelijk doodslaan, maar de moord is reeds bij voorbaat bloedig gewroken, en nog een paar dagen daarna wordt

12

uw geweten geholpen door een pijnlijken bult. Dien geheelen nacht schreeuwden de kinderen; nu eens stond deze op, dan weder die; gelijk bij alle groote rampen, was zelfs het decorum op de flesch: toen ik, het hopelooze rollen in mijn bed moede, naar boven wilde gaan, stond ik in eens, uit de hut komende, tegenover mevrouw R., die ook juist naar boven ging. Hiervan was natuurlijk het gevolg een praatje, waarvan ik den inhoud niet behoef mede te deelen. Op het dek vonden wij weder andere wanhopigen; iedereen was dien nacht dan boven, dan beneden, en geslapen heeft niemand. De inlanders zelven liepen stampvoetend het dek op en neder; het was een vreeselijke nacht! Gij zult er om glimlachen, dat muggen alleen zulk eene opschudding kunnen te weeg brengen, maar ik verzeker u, dat het verhaal niet overdreven is. Ik geloof dat voor ieder van ons in dien nacht het leven teveel was. Hier op de plaats schijnt het niet zoo erg te zijn, maar men zegt mij, dat ik het juist nog al goed tref, en het is altijd toch nog veel erger dan te Timor Dilli, dat reeds zulk eene afschuwelijke reputatie heeft. In den regel ben ik niet erg bevreesd voor deze gedrochten, maar hier is het te erg voor iemand, die niet met eene rhinoceroshuid begiftigd is.

Bandjermasin ligt niet aan de hoofdrivier, zoodat wij heden morgen reeds vroeg een zijtak instoomden, de rivier van Martapoera, die prachtig diep is, maar smal en kronkelend, zoodat wij nog drie malen met onzen neus in den modder zaten. De laatste maal zaten wij goed, en het duurde lang eer wij weer vlot waren, en dit gebeurde slechts op een paar minuten afstands van de landingsplaats, die wij reeds in het gezicht hadden. Recht vermakelijk, niet waar?

De landstreek is leelijk, laag, plat, doch met eene weelderige moerasvegetatie. Ik kan het niet beter vergelijken dan bij een nauw Hollandsch vaarwater, waarvan men zich de dijken moet weg denken. Prachtige waterlelies aan den oever, en eene wildernis van nipa. Dit is een lage palm-

soort, die eigenlijk niet leelijk is, maar die geweldig eentonig wordt, omdat de lage moeraslanden aan het zeestrand
er altijd geheel en al mede bedekt zijn, met uitsluiting van
alle andere boomsoorten. De nipa heeft geen stam, en groeit
onveranderlijk tot op dezelfde hoogte van zoo wat vijftien
voet. De donkergroene kleur werkt ook al mede tot de
vreeselijke eentonigheid, die het gemoed somber stemt,
maar nog erger doet dit de gedachte aan koorts en muskieten, die altijd van de nipa onafscheidelijk zijn. Alle drie
zijn moerasplanten.

Bandjer zelf is eene aardige plaats, die mij verbazend
medeviel. Goed opgehoogde wegen, houten huizen, hoog
boven den grond, en dus droog, even als op Java ruim
uiteen gebouwd, en niet zoo dicht bijeen gehurkt als in de
Molukken. De Europeesche bevolking is vrij talrijk, de
inlanders zien er bijzonder welvarend uit, op de rivier
liggen vele schepen, waaronder twee driemasters, en behalve de mailboot drie stoomschepen. Het is dus zeker niet
terecht, dat ik zoo tegen Borneo opzag, en met de vele
hulp, die de resident mij kan en wil verstrekken, zal de
reis misschien erg medevallen. Voor het oogenblik zijn in
elk geval mijne denkbeelden omtrent het geschuwde Borneo
al zeer gewijzigd.

4 Februari.

Ik heb hier hard te werken, want het is een echte regen-
moesson, en die is op Borneo altijd nog erger dan elders;
veel regen en steeds bedekte lucht. Eerst heden heb ik,
na vijf vergeefsche pogingen, eene enkele, zeer slechte,
zonswaarneming kunnen doen. Het is zeer vermoeiend, ook
omdat ik ver te loopen heb, daar het hôtel ongeveer twintig
minuten verwijderd is van het erf van den resident, waar
ik mijne waarnemingen doe. Daar de geheele plaats, strikt
genomen, onder water staat, is het gelukkig, dat de wegen
zoo geweldig opgehoogd zijn. Dit geschiedt met afval van

steenkolen, en daarboven grint. Steenkolen zijn op Borneo
schering en inslag; jammer dat de betere soorten, naar het
schijnt, òf afwezig òf slecht te bereiken zijn. Ik heb ten
minste reeds jammerklachten genoeg gehoord van gezag-
voerders van stoomschepen, die gedwongen werden steenkolen van Borneo te gebruiken.

In ouderwetsche tuinen ziet men vaak midden in een
vijver een zomerhuisje staan, dat langs een smal bruggetje
bereikt wordt, en wel gekopiëerd schijnt naar de Chineesche
theetuinen. Naar dit model zijn de woningen hier op de
plaats gebouwd, want in dezen tijd van het jaar bestaan de
erven of uit moeras, of uit water, en men bereikt de huizen
over een klein dijkje of over een bruggetje. En toch blijf
ik er bij, dat de plaats er vroolijk uitziet. Het hôtel, hoe
klein ook, is uitstekend, hoewel ik vrees, dat een Europeaan
uit Europa er den neus voor zou ophalen.

Behalve hard werken en nu en dan nat geregend worden,
had ik het hier druk met bezoeken, daar ik met verschillende personen te spreken had. En toch maakte ik eigenlijk
weinig kennissen, daar ik nog niet in de sociëteit geweest
ben, wel de eerste plaats van Indië, waar mij dit gebeurt.

6 Februari.

Morgen vroeg op reis. Maar ik moet u toch nog even
mededeelen, dat eindelijk heden de zon eens goed doorkwam,
zoodat ik eene goede waarneming doen kon. Alles was dan
ook bezig; van twee stoomschepen waren de officieren in
mijne nabijheid aan het observeeren om de chronometers
te regelen. Dat was eene waarnemerij! Ali vond zich
dubbel voornaam, want hij schatte zich zelven wel ten
minste even hoog als de Europeesche onderofficieren, die
bij de andere waarnemers behulpzaam waren.

Stelt gij er ook belang in, dat hier heden morgen een
koppesneller is opgehangen? Gelukkig, dat de afschafferij
van de doodstraf nog niet tot Indië is doorgedrongen, want

het is maar wat goed, dat voor die lui geen genade te vinden is. Die afschuwelijke gewoonte van hoofden af te snijden, ook buiten oorlogstijd, en van volmaakt onverschillige personen, zal men bij lieden, die nog zoo onbeschaafd zijn als de Dajaks uit de binnenlanden van Borneo in den eersten tijd wel niet anders te keer kunnen gaan dan met brutaal geweld. Geen jongeling bij die goede lieden kan een meisje vragen, zonder ten minste één afgehouwen hoofd ten huwelijk te brengen. De trouwlustige gaat eenvoudig ergens in hinderlaag liggen, en snijdt het hoofd af van den eerste den beste, man, vrouw of kind. Die hoofden worden dan door de dames netjes in orde gemaakt en boven het haardvuur opgehangen, waar zij blijven, als bewijs voor den moed (?) van den heer des huizes. Zulk een moedige vent moet dan ook maar opgehangen worden, als men hem bij toeval eens betrappen kan. Het is merkwaardig, hoe gemakkelijk dit bloeddorstige gebruik uit de mode geraakt bij die weinigen, die feitelijk onder ons bestuur zijn. Van de gevallenen in den oorlog worden steeds, even als in het geheele oostelijke gedeelte van den archipel, de hoofden als zegeteekenen medegenomen, maar het moorden in koelen bloede weet men ten minste te breidelen.

A. b. van het ss. Dasson, 8 Februari.

Weder ben ik aan boord van een gouvernements-stoomschip, waar ik mij zeer thuis gevoel. Want de Dasson is bijna gelijk aan de Anjer, die mij in de residentie Amboina zoovele goede diensten bewees. Met den kommandant ben ik reeds op zeer gezelligen voet, en, dat hij van observeeren houdt, zal mij goed te stade komen, daar ik zijne hulp wel noodig zal hebben.

Wij liggen stil; hieruit schijnt het varen in de wateren van Borneo te bestaan. Weder is het de bank voor den mond eener rivier, die ons in den weg zit, maar ditmaal liggen wij er voor, niet er op. Wij moeten kalm op hoog

water wachten, wat mij vrij onverschillig is, want de lucht
is toch zoo grauw, en de wolken zijn zoo dik, dat er aan
wal voor mij niets te doen zou zijn. Ik tuur dus maar een
weinig naar den oever; die even plat, leelijk en grauw
is als de rest. Om Borneo in al zijne kleurenpracht te
schilderen, zou men, gedurende den regentijd, met niets
dan Oost-Indischen inkt al heel ver komen.

Het doel van de reis is Sampit. Zoek dit maar niet op
de kaart, want het zal de moeite wel niet waard zijn. Het
ligt aan de derde of vierde rivier westwaarts van Bandjermasin, en, even als de hoofdplaats, eenige uren de rivier op.

Dezen nacht hadden we zeer slecht weder, maar ik bemerkte er niet veel van, want na de muskietenvolle nachten
te Bandjer, sliep ik op zee dubbel goed, door de deining
gewiegd. Een nieuw matje mag hiertoe het zijne hebben
bijgedragen, want het Borneosche vlechtwerk heeft eenen
welverdienden roem. Ik bemerk tot mijne schade, dat de
wind ook nu nog niet heeft opgehouden, want juist vloog
mijn brief weg, en bijna in zee. Daar ik toch geloof, dat
mijn geschrijf heden al even interressant is als het landschap, dat ik voor oogen heb, zal ik maar liever een betere
gelegenheid afwachten om voort te gaan.

11 Februari.

Na twee dagen te Sampit gelegen te hebben, zijn wij
sedert den vroegen morgen weder onder stoom, maar hebben,
wegens 'den hevigen mist, al eens moeten stoppen. Door
een zeer waterachtig zonnetje begunstigd, ging het werk
vrij goed, doch verder bood Sampit niet veel merkwaardigs.
Een assistent-resident (1) met eene mooie vrouw, en twee
afschuwelijk drenzende en pruilende kinderen. Goddank,
dat de overigen te Soerabaja op school zijn. Het systeem

---

(1) Daar Sampit geen assistent-resident heeft, heb ik dit exemplaar ergens anders
vandaan moeten halen.

van opvoeding, dat ik hier in volle glorie zag, is helaas in Indië geene zeldzaamheid. Ten eerste worden de kinderen bijna den ganschen dag overgelaten aan moeder natuur en aan inlanders, die hun leeren te bevelen, in plaats van te gehoorzamen. Zijn ze echter bij de ouders, dan wordt er altijd neen gezegd, waarop ook, want papa en mama gaan, met echt Indische gemakzucht, van het eenige beginsel uit, dat kinderen lastig zijn, en zeggen dus maar neen zonder na te denken. Hierop begint het kind te drenzen, en het neen verandert onmiddelijk in: «nou, doe het dan maar.» Zoo doende leeren de kinderen reeds van de wieg af aan, dat, als zij maar grienen en pruilen, zij altijd hun zin krijgen, hoe dol ook. Dat zulk volkje later meestal een ongedisciplineerd karakter heeft, zal u wel niet verwonderen. De meeste fouten, die men gewoonlijk aan de Indische kinderen ten laste legt, spruiten hieruit voort. Een opwellende lust wordt niet onderdrukt en groeit weldra aan van een dwaze gril tot eene onstuimige begeerte; alle wegen, recht of krom, zijn nu goed om die begeerte te bevredigen, en is het doel bereikt, dan heeft het verkregene ook reeds zijne waarde verloren, want het is nooit meer geweest dan een gril. Valschheid, wispelturigheid, alles wordt veroorzaakt door het gebrek aan maat en aan tucht, waaraan men de kinderen in hunne jeugd niet gewend heeft. Dat uit zulke kinderen niets beteekenende luiaards worden, spreekt wel van zelf, daar zij van hunne jeugd af aan leeren, niets te doen, dan wat hun juist op het oogenblik aangenaam en gemakkelijk voorkomt. Met weinig eerzucht, maar groote neiging tot intrigeeren, ziet men de meesten zich dan ook op lateren leeftijd schikken en voegen in een zeer bescheiden lot, waartegen zij alle dagen van hun leven pruttelen, zonder eene enkele krachtige poging om het te verbeteren. Indien ooit, dan in Indië tegenover dat beklagenswaardige ras, moet men wel tot de overtuiging komen, hoeveel ouders aan hunne kinderen schuldig zijn.

Behalve de assistent-resident zijn te Sampit nog een luitenant en een officier van gezondheid, die zich bezighouden met naar elkanders lever te informeeren. Eene der dames van de plaats is regelrecht van Amsterdam hierheen gekomen. Van Amsterdam naar Borneo, en dan op Borneo nog naar een buitenpost. Men kan het vroolijker treffen, hoewel er altijd nog erger posten dan Sampit zijn.

Ik ben de gelukkige bezitter van een jeugdigen orangoetan, even leelijk als de anderen van zijne familie. Mijn jongen scheen het voor mijne reputatie onvermijdelijk te vinden, dat ik van Borneo een orang-oetan medebracht. Hij zit dan ook den halven dag te spelen met het arme dier, dat dit wel noodig zal hebben om in zijn kleine kistje zijn levenslust te bewaren. Ik hoop hem levend naar Soerabaja te brengen, om hem van daar naar Holland te verzenden.

Het landschap is en blijft volslagen Hollandsch, altijd de palmen uitgezonderd. Eene zeer breede rivier, diep en vuil, met lage oevers, die met kreupelhout dicht begroeid zijn. De grauwe lucht is ook steeds voorhanden, maar evenmin ontbreekt het eigenaardige schoon van een Hollandsch landschap, die pracht van hevige kleuren, welke sommige verlichtingen in het rijk der nevelen kunnen te weeg brengen. Gisteren avond wandelde ik even met den kommandant, en wij betrapten eene ondergaande zon, waarvan het rood en goud, met woeste violette strepen doorsneden, weerkaatst werden in het water van een poel, die, omgeven door een zoom van donkergroen, een van die eenvoudige doch schitterende tafereelen opleverde, waarvoor een Hildebrand of een Hanedoes noodig zijn, die een meesterstuk maken, waar een ander eene roode karikatuur zou leveren.

De muskieten zijn op Sampit ondragelijk, en ik was recht dankbaar, dat mijne goede hospita op Bandjer nog in allerijl een muskietengordijn voor mij wist te maken, waarbinnen ik met dat bloeddorstige volkje den spot drijf.

13 Februari.

Gisteren avond op Bandjer teruggekomen, en reeds weder op reis. De verdere tocht per Dasson bood niets merkwaardigs, dan alleen, dat we weder eenige uren op de bank voor de rivier vertoefden. Toch kwamen wij vóór zonsondergang aan, en onmiddelijk werd de reeds vroeger besproken reis naar Martapoera voor mij in orde gemaakt. Martapoera, de oude residentie van de afgeschafte sultans van Bandjermasin, ligt oostwaarts van de hoofdplaats, aan de zelfde rivier. Ik bevind mij op de Sailoos, een gouvernements stoomscheepje, niet veel grooter dan die vlugge, kleine dingen, die wij te huis op de Maas zien ronddolen, en veel kleiner dan eene stoompakschuit. Heel weinig ruimte dus, maar het is heilig bij eene kruisboot, en er zijn twee Europeanen aan boord, de gezagvoerder (zoo gij wilt veerschipper), en de machinist; juist een pleiziervaartuigje voor eene korte reis als deze (zes uur), laag op het water, zoodat men het uitzicht geniet op de groene oevers, zonder te veel last te hebben van het schelle licht van den hemel. Alleen schudt het scheepje alleronaangenaamst, zoodat gij het aan Feienoord moet wijten, als mijn brief onleesbaar is. Het is zeer grappig, dat de inlanders, die een stoomschip kapal-api noemen (kapal = schip, api = vuur), dit ding nooit anders willen betitelen dan prauw-api. De kommandant is dan natuurlijk woedend, dat zijn schip niet voor vol wordt aangezien, maar straatjongens zijn overal straatjongens, hoewel men die hier eerder rivierjongens moest noemen, want zij slijten hun leven op het water.

Den orang-oetan heb ik in goeden welstand op Bandjer achtergelaten, tot grooten spijt van Ali, die het prettig speelgoed vond, zoodat ik hem al eens gevraagd heb, of het dier al kan spreken — zoo solt hij met Jakob, want gedoopt is het mormel ook al.

Sedert een paar uur ben ik op Bandjer terug, en daar ik morgen weder per Dasson vertrek, wil ik hier nog een en ander bijvoegen, waartoe ik te Martapoera geen tijd had. Ik bracht er twee dagen door, en genoot er den eersten avond reeds eene receptie bij mijnen gastheer, den assistent-resident. Zooals gij weet is dit de meest gewone manier in Indië om gasten te ontvangen. Op een bepaalden avond komen alle vrienden des huizes zonder bijzondere uitnoodiging. In den goeden ouden tijd had elk welgesteld inwoner, op de grootere plaatsen, doorloopend een vasten avond, meestal eens in de maand. Dit is meer en meer in onbruik geraakt, vooral door de steeds toenemende weelde; tegenwoordig worden de recepties vooruit aangekondigd, en zijn van gewone partijen alleen daardoor onderscheiden, dat men niet bepaald geïnviteerd wordt. Het publiek van zulke recepties is natuurlijk zeer verschillend, al naar de grootte der plaats; bij de hooge ambtenaren op de hoofdplaatsen, komen dan gewoonlijk slechts, wat men in Indië de hoogere standen noemen kan, op eene kleine plaats als Martapoera haalt men alles bij elkander, wat geschikt is om eene voorgalerij te vullen. Men vindt er dan ook nog al eens personen bij, die voor de conversatie slechts matige waarde hebben. Eergisteren avond vertoonde dan ook het gezelschap alle mogelijke schakeeringen, van geheel bruin tot geheel blank toe. Onder de inlanders moet ik den regent opmerken, omdat hij Hollandsch spreekt, en een heel aardig, bijzonder klein, vrouwtje heeft, en een ander, die het tot luitenant bracht door zijne heldendaden in den laatsten oorlog. Verder hebben we natuurlijk kaart gespeeld, en zou het mij niet mogelijk vallen, iets merkwaardigs van het feest op te noemen.

De waarnemingen hebben mij belet, veel van de plaats

te zien, die den naam heeft van de beste te zijn in de residentie. In dit geval moet zij verbazend groot zijn, want van de uitgestrektheid der hoofdplaats kreeg ik op deze reis een zeer hoogen dunk, want het duurt zeer lang, eer men die uit het gezicht verloren heeft. Zij bestaat echter slechts uit een of twee rijen huizen op elken rivieroever, en, op die wijze uitgerekt, kan eene plaats vrij lang worden. Ik meen echter, dat als Martapoera al de schoonste, het niet de grootste plaats in de residentie is. Negara moet grooter zijn. De huizen staan steeds op palen; zij zijn ruim en vrij net, en hebben een zonderling kruisvormig grond-vlak. Het dak is zoo samengesteld, dat ik mij aan geene beschrijving waag, maar het geheel heeft wel eenige gelij-kenis met eene kerk in kruisvorm, doch zonder het koor. Bij elk huis behoort een klein bijgebouwtje, dat op een vlot op de rivier staat; dit is meestal van boven open en dient tot allerlei doeleinden. Eene zeer aardige uitwerking doen bij de huizen de kweekbedden voor de rijstvelden. Gij weet, dat de rijst eerst op eene kleine oppervlakte wordt uitgezaaid, daarna wijd uiteen op rijen uitgeplant. De kweekbedden nu, waarop de rijst gezaaid wordt, bestaan hier altijd uit een vlotje, zoodat bij elk huis een vierkant, helder groen eilandje ligt te dobberen. Verder behoort bij elk huis eene geheele bende naakte jongens, die in of naast of onder een klein prauwtje zitten, waarmede zij steeds in het water ploeteren en plassen. De groote pret is natuurlijk, om zoo dicht mogelijk bij het goedige, kleine stoomscheepje te komen, waarvan de golfslag meestal die kleine dingen doet omslaan, wat wel de allergrootste pret is.

Den dag na de receptie, brachten wij een bezoek bij den regent. Het eenige merkwaardige, dat ik daar zag, was een meubel voor een moskee bestemd, en dat zeer sierlijk gebeeldhouwd was.

Op den terugtocht hadden wij zwaren regen, maar ge-lukkig duurt de reis stroomafwaarts niet lang.

17 Februari.

Weder op de Dasson; ditmaal echter niet op zee, maar op de grootste van Borneo's rivieren, de Barito, die hooger-op echter den naam voert van Doeson. Het doel van de reis is, om bij Montalat, een klein plaatsje slechts weinig be-zuiden de linie, bij de hh. Dajaks eenige boeven te gaan oppakken, met het vrome plan om hen later op te han-gen — als men ze eerst heeft. Tot nog toe is mijn eenige reisgezel de militaire kommandant van Marabahan, een post aan de samenvloeiïng van de groote rivier en eene andere, die uit het noordoosten komt. De Doeson zelve vloeit steeds sterk kronkelend bijna zuiver van Noord naar Zuid. Heden avond komt er een inlander bij, de beroemde Soeto-Ono, die eene groote rol gespeeld heeft in vroegere oorlogen. Het moet voor een groot gedeelte aan zijne ge-trouwheid en zijne scherpzinnigheid te danken zijn, dat wij dit gedeelte van Borneo zoo rustig in ons bezit hebben. Hij zal vijftig getrouwe Dajaks medebrengen, en terwijl die brave lui het binnenland ingaan om de kandidaten voor den galg op te sporen, zal ik ruim tijd hebben om mijne waarnemingen te doen. Misschien te veel tijd, ge-lukkig verzekert men mij, dat daar geen muskieten meer zijn. Dat vee maakt ons werkelijk het leven zuur; nog eer de zon geheel onder is, komen zij in dichte drommen aan-zetten, en steken door alles heen. Men is gedwongen on-denkbaar vroeg naar bed te gaan, want een gordijn is het eenige bolwerk. Het eten is getruffeerd met muskieten; zij vliegen in den lepel, dien gij naar uwen mond brengt, en in de sauskom, die rondgegeven wordt, en als de soep maar een weinig te warm opgediend wordt, behoeft men er niet meer aan te denken, die op te eten, want als zij bekoeld is, ligt er een dikke laag muskieten op. En deze specerij heb ik, zelfs in Indië, waar men zooveel zonderlinge zaken eet, nog nooit als smakelijk hooren roemen.

Het uitzicht blijft steeds hetzelfde: eene breede rivier met platte oevers. Het armoedige kreupelhout begint echter in hooger geboomte over te gaan, hoewel men hier nog volstrekt niet van ondoordringbare wouden kan spreken. Een klein uur geleden hadden wij echter een werkelijk schoon punt, waar zich een breede arm van de hoofdrivier afscheidt, zoodat men in drie richtingen, drie geweldige stroomen aan den horizont verdwijnen ziet. Juist was ook de verlichting zeer schoon; de hemel was bewolkt, en slechts hier en daar viel een scherp licht op de groote watervlakte en op de groene oevers.

De orang-oetan was in goeden welstand, toen ik Bandjer verliet, en wandelde vrij op het erf van het hôtel rond, op zijn stokje geleund en des morgens tegen de koude met een manteltje om. Hij is alleen lastig door zijn treurig gehuil, als hij honger heeft, maar verder zeer fatsoenlijk, en ik weet niet, wat mijn jongen met meer vreugde zal terugzien, zijn Jakob of de keukenmeid, met wie hij in allerijl eene liefdesbetrekking heeft aangeknoopt. Ik heb wel eens meer bemerkt, dat hij liefdesbetrekkingen met keukenmeiden niet de onvoordeeligste vindt.

19 Februari.

Reeds twee dagen hebben wij de vijftig Dajaks aan boord. In hunne trekken zie ik niet veel bijzonders; zij zijn niet zoo groot als de Balineezen, niet zoo klein als de Javanen en zeker niet zoo sierlijk gebouwd: gezicht en lichaam heeft iets vierkants, dat aan de Soendaneezen doet denken. Zij zijn noch schoon noch leelijk, en zien er zeer goedig uit. Maar de kleeding is merkwaardig! Zij hebben allen de gewone «tidjakko», het niet te beschrijven reepje kleeding, dat zoo min mogelijk van het lichaam bedekt, en dat hier van bonte geweven stof schijnt te zijn. Ik zie er maar een paar, die eenig bijzonder karakter hebben. Bijna allen hebben een buisje aan, zeer weinigen min of meer broek, zoodat zij het zonderlinge schouwspel opleveren van lieden, die de bovenhelft tamelijk kleeden, doch van onderen spiernaakt zijn. Ook dragen zij hoofddoeken, ofschoon zij nog het geluk hebben heidenen te zijn. Het zijn ook al weder onuitstaanbare gevers van handen, zoodat de handschoenen zwaren dienst doen. Allen zijn komen aanzetten met een koppesneller, de meesten nog met een lans en een of ander kort mes; verder hebben zij nog zwaarden, geweren en blaasroeren, zoodat wij gewapend genoeg zijn. Maar het merkwaardigste stuk is een mandje, rond of plat, maar vrij hoog, soms wel $1\frac{1}{2}$ voet, dat ieder als een randsel op den rug draagt, zoodat zij veel gelijken op marktvrouwen, maar dat hen, op hunne naakte beenen, al meer en meer topzwaar doet schijnen. Het Christendom en de jeneverflesch schijnen nog weinig voortgang onder hen te maken, maar gelukkig de Islam evenmin. Laat u hierdoor in verband met de moskee te Martapoera niet in de war brengen. De oorspronkelijke bewoners van Borneo zijn de Dajaks. Ik mag hier de zonderlinge meening niet verzwijgen, die door sommigen wordt volgehouden, dat dezen van Chineesche afkomst zouden zijn. Ik kan dit volstrekt niet beoordeelen, maar kan alleen zeggen dat de weinige Dajaks, die ik tot nu toe zag in geenen deele op Chineezen gelijken. Zooals op vele eilanden van den archipel het geval is, zijn deze oorspronkelijke bewoners echter overal naar het binnenland teruggedrongen door de strandbevolking. Deze bestaat altijd hoofdzakelijk uit Maleiers, verder uit Javanen, Boegineezen, Arabieren en Chineezen. De groote menigte is Mohammedaansch, terwijl de Dajaks heidenen zijn. De beschaving der strandbewoners heeft veelal een sterk Javaanschen tint. Juist hier is deze strandbevolking zeer diep landinwaarts gedrongen, zoodat de meeste reizigers deze residentie wel zullen verlaten, zonder een enkelen Dajak gezien te hebben. Wanneer ik de Dajaks, de oorspronkelijke bevolking noem, bega ik waarschijnlijk eene fout, want er zijn op Borneo hier en daar nog veel wildere volkstammen, die men naar de verhalen haast niet voor menschen zou houden. Van welke soort moeten wel menschen zijn, die bij de Dajaks vergeleken nog wild zijn? Zij leven in boomen en bijna uitsluitend van rauwe wortels. Zij zijn ook zoo schuw, dat zeer zeldzaam een Europeaan er een gezien heeft. Zij schijnen een overschot te zijn van de bevolking uit vóór-Dajakschen tijd. Zouden dezen verwant zijn met dergelijke stammen op Sumatra, de Loeboe's en de Koeboe's? In elk geval schijnt het, dat men hier met drie verschillende opeenvolgende menschenrassen te doen heeft.

Wij varen steeds de rivier op; des nachts liggen wij stil wegens het vele drijfhout, en wegens de onmogelijke kronkelingen van de rivier, die den grootsten afschuw voor de rechte lijn vertoont. Maar welk eene rivier! op deze wijze varend kan de Dasson, die geen slechte stoomer is, nog drie dagreizen hooger opvaren dan Montalat, waar wij morgen vroeg hopen te komen, en een kleiner stoomschip zou nog verschillende dagreizen verder kunnen gaan. Wij schatten de breedte van de rivier hier nog steeds op minstens achthonderd meters, en ook de diepte is niet gering. Bij Marabahan kan men slechts dicht bij den oever ankergrond vinden. Als gij nu op de kaart naziet, hoeveel dergelijke rivieren Borneo bezit, dan zult gij een vrij groot begrip krijgen van de uitgestrektheid en van den waterrijkdom van dit eiland, waaraan men eerder den naam van vastland zou kunnen geven. Jammer maar, dat het zoo slecht bevolkt is. Gemiddeld zien wij per dag slechts eene kampong, die echter meestal zeer groot is. Na hetgeen ik u van het koppesnellen verhaalde, zal het u niet verwonderen, dat de bevolking zoo dun gezaaid is. Maar bovendien, hebben de lieden steeds zeer weinig kinderen. Soeto-Ono vertelde mij, dat hij er vier had, en op mijne vraag, of dit veel of weinig is, antwoordde hij, dat het bijzonder veel is. Om het verschijnsel te verklaren, zoude ik al te

medisch moeten worden. Soeto-Ono is overigens zijne conversatie wel waard; hij is levendig, verstandig, en zelfs
geestig, en de kommandant van Marabahan, die hem sinds
langen tijd kent, weet hem heel aardig aan het vertellen
te brengen. Verder speelt hij domino, en drinkt bitter, net
als een mensch.

MONTALAT, 21 Februari.

Wij zijn reeds den 19ᵉⁿ des avonds hier aangekomen, en
hoorden dadelijk, dat de boeven eene geheele dagreis dieper
het binnenland inzitten, dan men gedacht had, zoo dat wij
hier wel eene week zullen stil liggen. Dit is voor ons allen
zeer onaangenaam, niet het minst voor den luitenant, die
al die dagen in open prauwtjes zal moeten doorbrengen, of
te voet door de moerassen waden, maar ook voor mij, daar
ik achter de rest van de reis gerust een vraagteeken kan
zetten. Wij hebben steeds stoom op, de batterij is voortdurend geladen, en des avonds worden de enternetten gespannen, zoodat het schip dan veel op eene volière gelijkt.
Al die voorzorgen zijn gerechtvaardigd, omdat wij niet zoo
heel ver van de plek verwijderd zijn, waar, niet vele jaren
geleden, Z. Ms. Stoomschip Onrust door de inlanders werd
afgeloopen, en in den grond geboord. Het ziet er anders
kalm genoeg uit, al zijn wij ook op de rooverjacht. Vroeger
heeft hier ergens eene benting gestaan, maar sedert die
gesloopt is, is Montalat tot twee armoedige huizen ineen-
gekrompen, die wij niet eens kunnen zien, daar zij, aan
eene nevenrivier liggen, dezelfde die de expeditie thans
opvaart. Daar die huizen het eenige plekje grond innemen,
dat eenigermate droog is, doe ik daar ook mijne waarnemingen. Want stel u niet voor, dat op Borneo in den regentijd,
oever ook grond beteekent. Het wil slechts zeggen, dat het
water, van rivier in moeras overgaande, ondiep genoeg is,
om boomen te dulden, die doen denken, dat er vaste
grond is. Indien men nu de stukjes vastland terpen wil

noemen, dan verkrijgt men eene tamelijk goede voorstelling van Holland ten tijde der Romeinen. Men zou deze parallel niet onaardig kunnen uitwerken. Ook hier wordt eene onbeschaafde bevolking door een handje vol meer beschaafde lieden van een ander ras gemakkelijk overheerscht. Maar de gelijkenis is zoo in het oog vallend, dat velen vóór mij wel reeds dezelfde opmerking zullen gemaakt hebben, dus zal ik het thema maar niet verder uitspinnen. Natuurlijk zijn wij aan boord gevangen, en strekt onze middagwandeling zich niet verder uit dan tot aan den grooten mast, en wat het gesprek aangaat, zijn de gezagvoerder en ik reeds tot de grootste flauwheden afgedaald.

Terwijl ik gisteren aan het observeeren was, zag ik de expeditie voorbij varen. Zeven of acht prauwtjes met onzen luitenant, te midden van zijne vijftig Dajaks, volstrekt niet krijgshaftig, niettegenstaande hunnen rijkdom aan wapenen, waarvan ik wel hoop, dat er ten slotte eenige mijne verzameling zullen verrijken. De prauwtjes waren in allerlei kampongs bijeenverzameld en met veel moeite op het dek gebracht. Want die dingen zijn allen van ijzerhout, wat mij vrij onverstandig voorkomt. Wel is dit hout verbazend sterk, maar zoo zwaar, dat de vaartuigen bij het minste ongeval noodzakelijk zinken. Zeer schoon is deze houtsoort niet.

23 Februari.

Ik had mij eergisteren mijn jammerklacht kunnen besparen. De afstand, dien de expeditie had af te leggen, viel zoo zeer mede, dat wij te half vijf de vloot reeds terug zagen. Helaas droeg zij twee dooden en een gewonde, maar ook vier afgehouwen hoofden, waaronder dat van den rooverhoofdman en van zijne vrouw, die nog boosaardiger dan hij moet geweest zijn. Dat van het kind was er ook bij. Dit moet zich, even als de ouders, zoo wanhopig verdedigd hebben, dat men niemand levend in handen kon krijgen, en, nu er eenmaal dooden gevallen waren, bracht het oorlogsgebruik, ook van onze reeds beschaafde Dajaks, mede, dat de hoofden als zegeteekenen werden medegenomen. Het is een akelig gezicht zulk een bloedloos hoofd met half gesloten oogen. De bruine huidkleur krijgt dan iets groenachtigs, dat ijzingwekkend is. Maar ik heb nu toch weder iets gezien, dat men op Borneo eigenlijk wel gezien moet hebben. Men zou anders bijna niet gelooven, dat ik er geweest ben. Men verwacht, dat de andere roovers, die naar alle windstreken gevlucht zijn, nu geen kwaad meer zullen durven doen.

Het was bij slot van rekening nog voor mijn genoegen, dat men heden morgen eenige uren bleef liggen, daar mijne waarnemingen nog niet waren afgeloopen. Thans zijn wij weder onder stoom, en de sterke stroom verdubbelt onze vaart. De Dajaks zijn onmiddelijk in hunne eigene vaartuigen vertrokken, na tot belooning een speech genoten te hebben en een glas arak per hoofd. Soeto-Ono en de gewonde zullen met de stoomboot naar Bandjermasin doorreizen, maar gelukkig zijn de afgehouwen hoofden in het bezit der dapperen gebleven. Het meest dankbaar, dat wij vertrokken zijn, is, naar ik meen, Ali, die Montalat alles behalve aardig vond, en die naar zijnen aap en naar zijne keukenmeid terug verlangt. Het eenige wat hier dan ook schoon is, zijn de zangvogels, en dit genot is in Indië zeldzaam genoeg om gewaardeerd te worden. Hier zijn er verscheidene, die zeer schoon zingen. Vooral hoorde ik ze dezen ochtend, toen de nevel voor een oogenblik optrok, en de zon, in den vorm van een wit ouweltje, eene poging deed om dienst te doen als maan.

MARABAHAN, 27 Februari.

Eergisteren reeds hier aangekomen. Volgens afspraak met den resident, verwachtte ik gisteren avond het kleine stoomscheepje, om mij naar Amoentai te brengen, doch ik wachtte te vergeefs. Ik ben er vrij kalm onder, want met een prauw kan ik in weinige uren te Bandjer zijn, en het kan mij dus hoogstens de reis naar Amoentai doen verliezen. Ik woon in het huis van den kommandant, die zelf doorgegaan is, en slijt den avond met den tweeden der aanwezige luitenants, onder een vroom partijtje whist-a-deux. Altijd in de veronderstelling, dat de muskieten ons niet naar bed jagen, zooals heden wel het geval zal zijn.

Aan boord van de Sailoos, 2 Maart.

Den achtentwintigsten kwam het kleine scheepje nog des avonds zeer laat aanzetten, en wij stoomden nog dien nacht door. Daar het weder helder was, en de gezagvoerder bij ervaring wist, dat de muskieten toch aan zijne bemanning geene nachtrust zouden gunnen, kwamen wij reeds den volgenden avond te Amoentai aan, waar de assistent-resident mij vriendelijk opnam. Het plaatsje is eigenlijk even leelijk als de anderen, maar de drie of vier personen, die er het publiek voorstellen, maakten het daar mij zoo gezellig, dat er niet eens veel van slapen inkwam. Ik kan niet nalaten, als de grootste merkwaardigheid van de plaats te noteeren, dat de sociëteit, waar ik menig uurtje slect, den karakteristieken naam voert van «de Muskiet». Zij is ongeveer zoo groot als mijne kamer te huis. Wij vertrokken gisteren in den namiddag en kwamen des avonds laat weder te Marabahan, waar ik heden morgen nog haastig een paar waarnemingen deed, waarop we onmiddelijk weder onder stoom gingen, in de hoop heden avond op de hoofdplaats terug te zijn.

Marabahan ligt een weinig ten Noorden van Bandjermasin, Amoentai N. Oostwaarts van Marabahan. De rivier, die wij volgen, voert door het meest bevolkte gedeelte van Borneo. Margasari en Negara, waar de terecht beroemde wapens gesmeed worden, zijn beiden kampongs, die zich uren ver langs beide oevers uitstrekken. Maar ook hier is helaas! de muskietenbevolking nog dichter dan elders. Zij hebben niet genoeg aan den nacht, maar oefenen ook over dag hun bloeddorstig bedrijf uit. En toch zegt men mij, dat ik het nog goed tref, want dat het dikwijls nog veel erger is.

Verder zag ik ook op deze reis de bergen van Borneo — in de verte. Ik kan gerust zeggen, dat ik overal halt heb moeten houden, juist daar, waar het landschap schooner begint te worden. Ik heb noch de kolenvelden noch de diamantstreken gezien, en dus veel merkwaardigs gemist, maar met mijnen arbeid is het zeer voorspoedig gegaan.

BANDJERMASIN, 4 Maart.

Eergisteren avond kwamen wij tegelijk met de mailboot aan, die eerst morgen zal vertrekken. Ik heb dus nog tijd gehad om afscheidsvisites te maken en om eene receptie bij den resident bij te wonen, ter eere van een paar personen, die de plaats verlaten. De partij was even als alle anderen: dansen en kaartspelen. De vooruitzichten voor de reis zijn niet rooskleurig: voor twintig slaapplaatsen zijn met inbegrip der kinderen dertig sollicitanten. Het weder is gelukkig zeer kalm; ik weet dus niet hoe de dames het zullen aanleggen om zeeziek te worden, want dit schijnt volstrekt te moeten gebeuren, ook bij het kalmste weder.

. . . .

. . . .

PONTIANAK, 13 Juli.

Van Batavia hierheen eene minder aangename reis; den 7den van Batavia vertrokken; na geweldige drukte kwam ik op een klein schommelend stoomschip met bruinachtige passagiers, die zwaar zeeziek waren. Gelukkig is de kapitein een oude bekende en een hoogstaangenaam mensch. Op het eerste station, Billiton, blijft de boot een klein uur roeiens uit den wal liggen, zoodat ik slechts per brief bij den assistent-resident voor de volgende maand belet kon vragen. Hier, bij Pontianak, blijft men nog veel verder van de plaats liggen, geheel buiten de rivier, zoodat ik ook hier slechts een brief naar den wal stuurde, daar ik met de boot doorging naar Sinkawang, dat, noordelijk van Pontianak, niet ver van het rijk van radja Brooke, ligt. Ook daar moet men anderhalf uur roeien, midden in den nacht, over een modderbank, waarop weinig of soms geen water staat. Daarna door eene smalle rivier, die bij ons den naam van sloot zou dragen. Daar ik zelf had moeten pakken, omdat Ali weder de koorts had, was ik zeer vermoeid. Tot belooning voor al mijne moeite, kwam de zon eerst laat door, veel te laat om mij van dienst te zijn, maar vroeg genoeg om mij te hinderen, want daar Ali aan boord was gebleven, moest ik zonder tent werken.

Den volgenden morgen vroeg weder vertrokken, waren wij des avonds voor de rivier van Pontianak, zonder dat wij een vaartuig ontdekten, om de passagiers af te halen, zoodat wij tot bij middernacht radeloos lagen te schommelen. Want op deze kust staat bijna altijd een zware deining, die uit de Chineesche zee komt, en, als men voor anker ligt, is de beweging altijd nog hinderlijker dan onder stoom. Ondertusschen ontdekte ik met grooten schrik, dat een mijner koffers zoek geraakt en waarschijnlijk achtergebleven is. Wanneer zal ik hem weerom vinden? Ik hoop maar, dat er niet het noodzakelijkste goed in zit. Eigenlijk verwondert het mij wel, dat mij dit ongeval eerst nu gebeurd is, bij de groote verwarring, die steeds aan boord van de volle booten onder het passagiersgoed heerscht. Over het algemeen verbaas ik er mij steeds over, dat in de handen van inlanders, die ons schrift meestal niet kennen, en voor wie onze Hollandsche namen volkomen onbegrijpelijke tooverformules zijn, niet meer in de war geraakt, dan eigenlijk het geval is. In de wasch, bij post en spoorwegen zou dit veel erger kunnen zijn. Maar het geliefkoosde Indische spreekwoord «alles komt terecht» is maar al te waar, en zoo hoop ik ook, dat mettertijd mijn koffer zal terecht komen.

Te middernacht konden we eindelijk in een sloep overgaan, en van de sloep op een klein, ellendig gouvernements-
stoomscheepje; dit alles in volle zee. Eerst te half zes
waren wij hier op de plaats, waar wij nogmaals van sloepen
moesten gebruik maken om aan wal te komen. Men zou
haast niet denken, dat per stoomboot eene zoo barbaarsche
reis mogelijk is. Gisteren werd dan ook ongeveer niets
uitgevoerd; Ali sliep zoowat den ganschen dag, en zijn
baas een niet onaanzienlijk gedeelte daarvan.

Ik logeer bij den resident, die bijna zijn leven op Borneo's Westkust gesleten heeft, en er dan ook volkomen
thuis is. Het spijt mij, dat ik van zijne kennis niet genoeg
zal kunnen profiteeren, want ik zal slechts weinige dagen
hier doorbrengen. Het treft namelijk uitstekend, dat het
hier gestationneerde oorlogsschip juist de rivier opgaat,
terwijl de kommandant bereid is, de reis eenigszins naar
mijne wenschen in te richten. Dit is een geluk, want van
de beide gouvernements-stoomschepen, die hier thuis behooren, ligt het eene sedert gisteren in reparatie en het
andere zit boven Sintang in het zand.

Ik weet niet, of ik u vroeger het verschil reeds verklaard
heb, tusschen de beide soorten van Marine. De Koninklijke
Marine wordt, voor het gemak, van Holland uit bestuurd,
en de kommandant der zeemacht staat dan ook tamelijk
onafhankelijk tegenover den gouverneur-generaal. Velen betreuren dit ten hoogste, en wenschen de vroegere tijden
terug, toen er eene Koloniale Marine bestond. Zeker is het,
dat tegenwoordig eene verhouding in het leven is geroepen,
die van weerszijden takt vereischt, om niet onaangenaam te
worden. Naast de Koninklijke Marine nu staat de Gouvernements-Marine, die slechts een half militair karakter heeft, daar
hare vaartuigen ook de grootste diensten bewijzen als post-
schepen, in den ruimsten zin des woords. Menig resident op de
buitenbezittingen zou zonder die schepen een staatsgevangene
op zijne hoofdplaats zijn. Ik aarzel dan ook niet de Gou-

vernements-Marine een van de nuttigste instellingen van
Indië te noemen, en het zou eene zeer misplaatste zuinigheid zijn, dien tak van dienst in te krimpen, in plaats van
uit te breiden. Nog gedurende lange jaren zal het niet
mogelijk zijn, de Gouvernements-Marine door iets anders te
vervangen. Velen onzer ambtenaren, die ik geneigd zou
zijn om water-residenten te noemen, hebben bepaald een
of meer stoomschepen noodig, die geheel ter hunner beschikking staan. Dit kan de Koninklijke Marine niet, daar de
kommandanten hunne eigene verantwoordelijkheid hebben
en hunne eigene plichten. Het gebeurt, helaas! zelfs wel
eens, dat de drie machten in een gewest, namelijk de resident, de militaire kommandant en de stations-kommandant,
het volstrekt niet eens zijn, tot groot nadeel voor het gezag.

Zoo heb ik eens ergens eene kibbelpartij bijgewoond
tusschen den resident en den gewestelijken kommandant
over eene visite! Zooals helaas! wel meer gebeurt in zulke
kleine kringen, trok ieder op de plaats partij voor de eene
of voor de andere zijde; de kloof werd daardoor nog erger.
Het kwam zoo ver, dat, waar men wist, dat de resident
zou komen, geene officieren verschenen, en waar de militaire kommandant verwacht werd, kwamen geene ambtenaren van het binnenlandsch bestuur. De zaak kwam zelfs
bij den gouverneur-generaal, en het beroemde visiten-besluit
was er het gevolg van, dat regelt wie het eerst een bezoek
moet brengen! De zaak in kwestie was daarmede niet afgeloopen en zelfs vrij talrijke overplaatsingen mochten niet
baten; de nieuwgezondenen namen dadelijk, met het meu-
bilair hunner voorgangers, ook hunne partijzucht over en
de twist bloeide welig voort, grootendeels tusschen lieden,
die er den aanvang niet van hadden bijgewoond. Ik heb
de plaats verlaten en weet dus den afloop niet.

\ Aan boord v. Z. M. stoomschip Onrust, 19 Juli.

Den veertienden van Pontianak vertrokken, waren wij

den zestienden des morgens vroeg te Tajang, waar wij anderhalven dag ten mijnen behoeve stil lagen. Wij varen namelijk de rivier van Pontianak op, die zich steeds slingert om den aequator, waarvan wij nooit ver verwijderd zijn. Gisteren hebben wij een uurtje gestopt te Sanggouw, waar een verloren kontroleur zit, die even in de gelegenheid gesteld is om eens een praatje te maken met iemand anders dan zijne eigene vrouw, welk geluk hem niet dagelijks te beurt valt. Over eenige uren zullen wij te Sekadouw zijn, waar mij weder de gelegenheid tot observeeren zal gegeven worden.

Gemakkelijk is de reis niet. Trof ik op de reizen van Bandjermasin uit te veel water, zoodat het land bijna onbruikbaar was, hier is op dit oogenblik zoo weinig water, dat de rivier bijna onbruikbaar is. Wij hebben dan ook al eens op het zand en eens op een steen gezeten. Gelukkig zijn wij daar dadelijk afgekomen, hoewel niet zonder een lek, dat echter tijdelijk gelapt is. Mocht het water nog meer zakken, dan zou het wel kunnen gebeuren dat ik de terugreis per roeiboot moest doen. Die lage waterstand verschaft mij de gelegenheid om duidelijk te zien, welke kolossale watermassa de Borneosche rivieren afvoeren. De oevers, die hier even goed als bij Bandjer gedurende den regentijd onder water staan, zijn thans dertig voet boven den waterspiegel. Ik heb met een der officieren eens nagerekend hoe groot de hoeveelheid water is, die op die wijze afvloeit. Met den zwaren stroom geeft dit een getal met zooveel nullen, dat men haast geneigd zou zijn kubieke aard-middellijnen te hulp te roepen, zooals in de sterrekunde. Het gebeurt vaak, dat het water in vierentwintig uren een paar meters rijst of daalt.

Maken deze omstandigheden de reis voor de officieren moeielijk, voor mij is die alleraangenaamst. Ik heb een goede hut, wat op oorlogsschepen een zeldzaamheid is. Bij het heerschende gebrek aan officieren van gezondheid, moeten de kleine schepen het vooral ontgelden, en zoo is er ook geen dokter op de Onrust en ik heb met vreugde zijne erfenis aanvaard. Met de hut erfde ik ook den titel, zoodat iedereen aan boord mij dokter noemt. Verder is het aan boord recht gezellig; de etiquette wordt niet al te barbaarsch gehandhaafd, zoodat ik het volstrekt niet betreur, als de lage waterstand de reis een daagje langer laat duren dan voorzien was. Alleen de mist plaagt mij ook hier geweldig, zoodat ik vaak met veel moeite slechts waarnemingen doe van twijfelachtige waarde. Even als te Bandjer komt de zon meestal eerst te negen of tien ure door en vaak in het geheel niet. Alweder een treffend punt van overeenkomst met Holland. Gelukkig is de kommandant bijzonder meegaande en maakt het mij zoo gemakkelijk mogelijk, zoodat ik mij door de gesluierde zon niet laat bedrillen, maar zoo lang kan wachten, tot dat ik een zonnestraal kan opvangen. Op die wijze wordt het gevreesde Borneo nog een der beste gedeelten van mijne reis. Misschien beter dan de Molukken, waarvan ik zooveel verwachtte. De mensch wikt, en de Marine beschikt.

Met de Doeson vergeleken wint deze rivier het verre in schoonheid, hoewel er ook recht vervelende gedeelten zijn. De Kapoeas, die wij opvaren, is niet half zoo breed als de Doeson, zoodat men de oevers met hunne bosschen veel duidelijker ziet en telkens wordt het uitzicht afgewisseld door eene groep van heuvels, die soms wel den naam van bergen verdienen. Enkele punten zijn werkelijk zeer schoon. Wel zijn de kampongs niet dicht gezaaid, maar er zijn er toch verschillende, die er vrij goed uitzien. Sanggouw is een lief plekje. De huizen schilderachtig gegroepeerd, rondom de monding eener nevenrivier, glinsteren bekoorlijk in een toevallig zonneschijntje. Op een hoog punt in het midden der Kampong ligt de witte kontroleurswoning, met de driekleur voor het huis, die hoog boven den groenen achtergrond uitsteekt. Daar hier de geheele bevolking Maleisch is en niet Dajaksch, zijn de kampongs wel kleiner maar ook sierlijker dan langs de Doeson, en toch krijgt men hier den indruk van verval, dáár van opkomst. De regeering heeft dan ook door de vrijhaven van Pontianak op te heffen, om enkele honderden 's jaars te verdienen, aan de opkomst van het gewest den kop ingedrukt. En ik hoor, dat men plan heeft hetzelfde ook voor Makassar te doen, om den weinigen handel die daar nog is naar Singapore te ver- plaatsen. Het klinkt zeer schoon, lage doch overal gelijke rechten te heffen, maar mij komt het voor, dat zelfs de laagste rechten voor den inlandschen handel een onover- komelijke hinderpaal zijn. Dit ligt niet in de kleine sommen, die betaald moeten worden, doch in de onvermijdelijke formaliteiten. De noodige papieren, de besprekingen met Hollandsche ambtenaren, de vrees om tekort gedaan te worden, schrikken den inlander bij zijn wantrouwend en gemakzuchtig karakter af, en er is geen beter middel, om den inlandschen handel naar de Engelsche bezittingen te drijven dan het voortbestaan der invoerrechten. Maar ik ben weer ver afgedwaald van de rivier van Pontianak, en wil dus voor heden eindigen.

NANGA-PINO, 25 Juli.

Den 22sten zijn wij zonder verdere ongevallen te Sintang gekomen, dat de hoofdplaats der binnenlanden kan genoemd worden. Er is een assistent-resident, en een vrij groot gar- nizoen.

De plaats ligt zeer schilderachtig, vooral nu de lage waterstand haar hoog boven de rivier geplaatst heeft. Het huis van den assistent-resident is niet onaardig en heeft eene fraaie ligging, juist over de uitmonding der Melawi- rivier, die ik van Sintang tot hier opvoer.

Sintang is verbazend warm, wat wel voor een gedeelte te wijten zal zijn aan den witten bodem, die de zonnestralen op hinderlijke wijze terugkaatst, en aan het dorre van den omtrek.

Eci gisteren na den middag ben ik van het trotsche oorlogsschip in een bescheiden roeivaartuig overgestapt. Die dingen, die hier bidar heeten, zijn zeer lang en smal; klaarblijkelijk heeft de Sampang, die slechts een uitgeholde boomstam is, er het model voor geleverd. Met tien roeiers gaan zij dan ook, niettegenstaande den fellen stroom, zeer vlug. Ook is het logies, door de groote lengte, nog zoo kwaad niet, en met boeken en een lamp was de reis ver van onaangenaam. De officieren van de Onrust hadden met den assistent-resident van Sintang gewedijverd om mij van allerlei te voorzien. Maar, hoewel ik hier hoor, dat mijne reis zeer voorspoedig was, duurde die toch iets langer, dan men berekend had, en was er hongersnood aan boord. Daarom landden wij even in een Chineesche kampong, waar Ali kip, rijst en eieren kocht, waarvan hij mij op het strand boven een open vuurtje een recht smakelijk maal wist te bereiden. Stel uwe keukenmeid eens voor dezelfde moeielijkheid; ik geloof, dat er dan niet veel te eten zou vallen. Het is toch eigenlijk een grappig denkbeeld voor een eerzaam Rotterdammer, zoo geheel alleen, midden in Borneo, aan onbekende inlanders overgeleverd te zijn. Van de reis zal ik u verder maar niet veel vertellen. Een nieuweling zou zeker veel behagen scheppen in de zwaar begroeide oevers, die redelijk veel kampongs dragen, maar in Indië is van dat merk zoo veel te zien, dat het mij reeds vrij koel laat.

Pino ligt Z. Oostelijk van Sintang, en ik ben alweder een heel eind op weg naar Monṭalat, dat ik van eene geheel andere zijde bereikt heb. Van deze zijde zal dit echter mijn uiterste punt zijn. Ik logeer hier bij den kontroleur, die, hoewel ongetrouwd, zijn huis zoo diep in de binnenlanden keurig heeft weten in te richten.

29 Juli.

Weder aan boord van de Onrust. Van Pino ben ik den zevenentwintigsten des avonds vertrokken. De nacht was ver van vermakelijk, want juist was ik even ingeslapen, toen alles door elkander vloog, omdat wij, zoo als men zeide, op een steen gestooten hadden. Ik was zeer verschrikt, want met ijzerhouten vaartuigen zou bij zoo fellen stroom met een lek niet te spotten vallen. Pas den volgenden morgen, vernam ik, dat het maar een boomstam geweest was, en was het mij vergund over mijn schrik te lachen, maar ik had dien toch gehad en van slapen was niet meer ingekomen. Te vijf ure in den morgen lag ik weder naast de Onrust; bij den zwaren stroom had ik den terugtocht gedaan in het derde gedeelte van den tijd, die voor de heenreis vereischt werd. Des morgens weder geobserveerd, des avonds een amusant partijtje bij den assistent-resident, en heden morgen om half zes reeds vertrokken.

30 Juli.

Heden middag vond ik Ali op eens bezig met inpakken en met het naar boven transporteeren van alles, wat eenige waarde had. De verklaring van die bedrijvigheid was, dat wij weder bij den steen gekomen waren, waar wij de eerste maal op gestooten hadden, en waarop hij zeker dacht, dat wij onvermijdelijk weder moesten stooten. Het vaarwater was trouwens hachelijk en er werd dan ook gestopt, om het te kunnen opnemen. Daarbij gebeurde een klein ongeval, dat den officieren zeer ter harte ging. Het eenig voorwerp, dat aan boord was, afkomstig van de oudere, uitgemoorde en gezonken Onrust, een sloepankertje, bleef daarbij onder een steen zitten, en kon niet weder worden opgehaald. Maar wij stoomden zonder verdere ongelukken door en Ali bracht de bagage weder naar beneden.

PONTIANAK, 8 Augustus.

In vele dagen ben ik niet tot schrijven kunnen komen, want ik heb al weder eene reis achter den rug. Den eersten hier terug gekomen, bracht ik eenen dag bij de familie van den resident door, om reeds den tweeden weder te vertrekken. Ditmaal met het Gouvernements-stoomschip Kapoeas, dat inmiddels van zijne zandbank losgeraakt is. Ik genoot het gezelschap van den gewestelijken kommandant en zijnen adjudant, die het garnizoen gingen inspekteeren te Soekadana, waar ik ook juist heen wilde. Een vroolijke gezagvoerder, een volslagen gemis van etiquette, benevens verschillende partijen whist, maakten de reis recht aangenaam, wat het uitzicht anders wel niet gedaan zou hebben. Want daar alle rivieren, op deze vlakke kust, een eindeloos aantal mondingen hebben, die op zonderlinge wijze dooreen geward zijn, en eene menigte eilanden vormen, gingen wij evenmin over zee, als men tusschen Rotdam en Antwerpen doet, maar kropen tusschen de eilanden door en zagen niets dan modder en wildernissen van nipa. Soekadana is een treurig, armoedig plaatsje, al is het ook de aloude zetel van een vroeger machtig rijk, voor welks vriendschap wij ons moeite genoeg gaven, lang voor dat er een sultan van Pontianak bestond. Tegenwoordig woont de sultan van Soekadana te Landak en is een vorst van papier-maché, zooals al de lui, die het genoegen hebben van met ons op goeden voet te leven. Bovendien is het prestige, dat hij nog hebben kon, reeds lang overgegaan op den meer machtigen sultan van Pontianak. Het woord pontianak beteekent spook; het is de geest van eene in het kraambed overleden vrouw, die des nachts ronddwaalt en door de mannen zeer gevreesd wordt, want aan vrouwen doet hij geen kwaad. Nu was de eerste, die zich tot sultan van Pontianak opwierp, een Arabier van zeer alledaagsche afkomst doch niet alledaagsche sluwheid. Om zich meer aanzien te verschaffen, wist hij den inlanders wijs te maken, dat zijne moeder de geest was, waaraan de plaats haren naam ontleent.

Wist de sultan van Pontianak zich op die wijze eenig aanzien te verschaffen, de eenige glorie, die nog aan den

sultan van Soekadana overbleef, is in den laatsten tijd ver-
duisterd. Het was van oudsher bekend, dat deze een diamant bezat van fabelachtige grootte, die oudtijds in zijn
rijk zou zijn opgedolven. Velen hebben om dien diamant
te zien de reis naar Landak gedaan. Na den vervelenden
tocht op de rivier, moest men dan eene lange serie plichtplegingen slikken, eer men het verzoek kon te voorschijn
brengen om den beroemden diamant te zien. Daarop werd
dan eene oude inlandsche vrouw voor den dag gehaald,
voor wie dan, als zijnde de moeder des sultans, eenige
omhaal noodzakelijk was. Op verzoek haalde zij dan een
pakje vuile lappen te voorschijn, dat aan een touw om
haren verdorden hals hing. Er werd een kwartiertje gesleten met het openen van al de omhulsels, een voor een,
met plechtstatige bedaardheid, en uit het laatste vod van
gele zijde deed zich dan de kostbare steen aan het oog
voor, die werkelijk de moeite der reis waard geweest moet
zijn. Of liever waard geweest zou zijn, indien . . . .
de treurige ontknooping aan den diamant niet al zijnen
roem ontnomen had.

De sultan in geldverlegenheid, zooals die lui altijd zijn,
bood den steen aan de regeering aan, voor eenen zeker
niet te hoogen prijs. Er werd een ambtenaar opzettelijk
naar Batavia gezonden, om het kostbare stuk ter bezichtiging daarheen te brengen. Daar werd die door deskundigen
uitgemaakt voor een bijzonder fraai stuk kwarts. Het waar-
delooze ding werd natuurlijk naar den sultan teruggezonden,
en zal waarschijnlijk wel met minder plechtigheid teruggegaan
zijn dan waarmede het gekomen was. En zoo was de laatste
ster van dit vroeger machtige rijk smadelijk ondergegaan.

Het beweren van sommigen is echter niet geheel on-
waarschijnlijk, dat de sultan, uit wantrouwen, den echten
steen zou hebben achtergehouden, en eene nabootsing gestuurd, in de hoop, dat de regeering er zoude inloopen.

Tegenwoordig bestaat Soekadana uit eene kleine kampong

en een klein fort; een luitenant en een civiel gezaghebber vertegenwoordigen daar het Nederlandsche gezag. Zooals meestal op kleine plaatsen, waar een paar Europeanen zijn, wordt hier de tijd met kibbelen gesleten. Dit is altijd in de Indische maatschappij eene groote ressource.

Die vroolijke plaats nu was zeer moeielijk te bereiken, wat wel het geval schijnt te zijn met alle plaatsen op deze onherbergzame kust. De stoomboot lag weder een half uur roeiens uit den wal, en de kust is zoo vlak, dat men bij laag water de rivier niet in kan roeien, maar ongeveer een kwartier ver, diep door den modder moet waden. Met de wetenschap, dat juist in dien modder aan het zeestrand hoogst gevaarlijke kleine slangen schuilen, is die wandeling verre van aangenaam. Ik logeerde dan ook half aan wal, half aan boord, en had het op beide plaatsen zeer goed. Toch kon ik aan het modderbad des morgens niet ontsnappen. Ik was echter gelukkiger dan de adjudant van den Overste, want ik kon die reis op bloote voeten doen, terwijl hij, die de inspektie officieel ging aankondigen, dat toertje den eersten dag in groot uniform moest doen. Zijn jongen zal nog al een en ander te poetsen gehad hebben. Ik heb den wensch niet in mij voelen opkomen, om het overige mijner levensdagen te Soekadana te slijten, en ook de reis naar Landak heb ik niet ondernomen om de oude dame met haren ontmaskerden diamant te zien.

Op de terugreis gingen wij, wegens het getij, gedeeltelijk over zee, waarover men zich wel berouwd zal hebben, want op de bank voor de rivier van Pontianak hebben wij ook in dit schip een gat gestooten. Gij ziet, dat ik mijne gunsten gelijkelijk over de beide soorten van Marine verdeel. Gisteren in den namiddag zijn wij hier terug gekomen, en ben ik weder in het residentiehuis. Dit is misschien wel het schoonste houten gebouw dat ik in Indië gezien heb, al bevat het huis van den resident van Ternate ook meer vertrekken. Het huis hier is even ruim als hoog van verdieping en prachtig van inrichting. Het heeft dan ook niet minder dan 160.000 gulden gekost.

Het spijt mij dat ik waarschijnlijk Borneo wel zal verlaten zonder een echt Dajaksch huis gezien te hebben, ten minste van nabij. Eigenlijk bestaat eene Dajaksche kampong, zooals men mij zegt, uit een enkel huis, dat echter somtijds eene verbazende lengte heeft. Het is in verschillende afdeelingen gescheiden, maar alles woont er bijeen; voor de verdediging moet deze methode wel goed zijn, maar versierd met guirlandes van menschenhoofden, overvuld met vuile inlanders en met hunne kinderen en andere huisdieren, alles berookt door het opene vuur, zal het inwendige wel niet juist met onze begrippen van comfort strooken.

Ik heb een verhaal gehoord, hoe de jongelieden hunne verloving het liefst des nachts vieren. Midden in den nacht staat er een op, steekt een strootje aan (de inlandsche cigaretten bestaan uit een weinig tabak in een gedroogd palmblad gewikkeld), en zoekt dan in het duister naar het voorwerp zijner liefde. Hij stoot haar aan en biedt haar zwijgend zijn strootje. Verwerpt zij dit, dan zoekt het jonge mensch troosteloos zijne eigene legerstede weder op, rookt zij het echter op, dan is de zaak gezond. Dat de jongeling dan reeds een hoofd moet bezitten, dat wil zeggen het hoofd van een ander, heb ik u reeds gezegd. Ik moet hier alweder vele bijzonderheden weg laten, die al te medisch zijn.

Ik behoef wel niet te zeggen, dat er bij de snelle reizen, die ik op Borneo deed, veel is, wat ik slechts van anderen hoorde en dus misschien niet volkomen juist overbreng. Maar het aansteken van de cigarette brengt mij iets merkwaardigs te binnen, dat ik zelf gezien heb. Herinnert gij u nog, hoe Robinson Crusoë aan vuur kwam? Welnu, dit kunststuk heb ik door een inlander zien doen. Deze nam een droog stukje bamboe, maakte daarin eene kleine holte, die met een weinig afschraapsel van bamboe gevuld werd. In die holte werd dan een klein stokje gezet, en met beide handen snel omgedraaid, in onbegrijpelijke korten tijd was het bamboe-afschrapsel aan het gloeien, en werd verder door blazen de vlam te weeg gebracht. Eene andere wijze van vuur maken, die ik niet zag, moet hier in zwang zijn en is nog veel onbegrijpelijker. In een bamboezen kokertje wordt een zuiger vervaardigd. Onder in het kokertje wordt weder een weinig afschraapsel gelegd, en dan op den zuiger een enkele slag gegeven. De tondel ontbrandt dan in eens, uitsluitend door den luchtdruk. Het is jammer, dat ik dit laatste niet gezien heb, maar verscheidene geloofwaardige personen hebben het mij verhaald.

Zooeven is de resident in zijne staatsiesloep naar den sultan gegaan. Of die beiden het voorschrift zeer aangenaam vinden, meen ik te mogen betwijfelen, maar wekelijks moet er een bezoek gewisseld worden, om de vriendschappelijke betrekkingen te onderhouden. Dit is juist met dezen sultan niet zoo gemakkelijk, want de man is een zeer dweepziek Mohammedaan en schijnt onze bescherming maar half te waardeeren. Er zijn dan ook nogal eens lastige kwestiën tusschen zijne onderdanen en de onzen, vooral door de groote menigte van nietsdoende prinsen, die ook hier het land onveilig maken. Juist op dit oogenblik heeft weder een der prinsen wat kattekwaad uitgevoerd, waarvoor de de resident hem niet straffen kan, en de sultan hem wel niet straffen zal.

SINGKAWANG, 12 Augustus.

De laatste reis op Borneo's Westkust was weder niet gemakkelijk. Met de Kapoeas, waarvan het lek even tijdelijk gestopt is als dat van de Onrust, moesten wij in den morgen vertrekken, om over de bank te komen, om daarna tot middernacht op de mailboot te wachten. Ik had vervelend gezelschap, ten minste aan eene familie. De man zegt niet veel, maar is zeker zoo stil geworden onder den invloed van zijne wederhelft, die den ganschen dag in plat Haagsch

14

bluft en schettert op eene wijze, die wel eens twijfel doet
ontstaan aan hare waarheidsliefde, ten minste, wij hebben
in één uur al eens drie lezingen van dezelfde zaak gehoord.
Verder eenige drenzende kinderen met vuile kleederen en
booze zweren, en voor wie niets heilig is. Als kindermeid
fungeert eene blanke slavin, een kind uit het Djatti-gesticht.
Deze zeer nuttige instelling op Batavia neemt arme, in
Indië geboren, kinderen van Europeanen op, om die op te
voeden en aan een bestaan te helpen. De meisjes worden
veelal in familiën geplaatst, waar zij, helaas! wel eens alleen
dienen om het loon eener baboe uit te sparen, en ik geloof,
dat er weleens bij zijn, die als echte baboes gelukkiger
zouden zijn. Ik behoef u zeker niet te zeggen, dat mijne
boeken plotseling zeer interessant geworden waren.

Des nachts te half drie ben ik hier aan wal gestapt, na
nog langer geroeid te hebben dan de vorige maal. Daar wij
heden avond weder vertrekken, zal ik van hier wel niet
veel merkwaardigs meer te melden hebben. Alleen moet ik
u in mijne vreugde doen deelen over mijn teruggevonden
koffer. Die was bij vergissing hier gelost, en stond kalm bij
den agent op mij te wachten; te Pontianak zullen wij op
de terugreis naar Batavia verschillende passagiers opnemen,
waaraan ik wel niet veel hebben zal, want zelf blijf ik op
Billiton achter, en van de anderen zullen er waarschijnlijk
wel velen zeeziek zijn . . . .
. . . .
. . . .

SERAWAK, 25 December.

Zoo ben ik in eens voor de derde maal op Borneo. Het
wordt u zeker groen en geel voor de oogen, bij eene poging
om mijne zwerftochten op de kaart te volgen. Deze reis is
trouwens zoo overhaast vastgesteld en uitgevoerd, dat het
mijzelven nog niet recht duidelijk is, dat ik hier zit en
niet op Singapore. Vrijdag morgen bepraatte ik nog te

Singapore met den vriendelijken gouverneur, met den havenmeester en met den nooit volprezen Read, onzen Consul,
de verschillende reisgelegenheden, waarbij mij duidelijk blcek,
dat het beste was, om eerst hier heen te gaan, zoodat ik
nog denzelfden namiddag op het kleine stoomscheepje zat,
dat mij hierheen bracht Ongelukkig was het juist de
koortsdag van Ali, zoo dat ik, bij de felle hitte, heel wat
zelf moest doen. Heden heeft hij weer koorts, maar gelukkig
zijn wij reeds kalm in het hôtel, en is er voor hem niets
te doen. Bij mij is de koorts niet teruggekomen.

Welk eene reis! Met al den golfslag uit de Chineesche
zee, die in dit smallere gedeelte des te heviger is, en die
daarenboven geheel van op zijde kwam, terwijl het de
slechtste tijd van het jaar is, schommelden en stampten
wij, om razend te worden. Ali heeft niet op zijne beenen
gestaan, en zijn heldhaftige baas was wel niet bepaald zeeziek maar trok toch den canapé voor boven het dek, en was
in het eten zoo wispelturig als eene bedorven jongejuffrouw
met eene bedorven maag. Stel u bij zulk schommelen dan
ook eens de, toch reeds zoo afschuwelijke, Engelsche tafel
voor, door zeezieke Chineezen toebereid, en tot de afmetingen
herleid van een klein stoomscheepje. De wijn was een on-
drinkbaar vergif, en bij al die genoegens leed ik eene vinnige
koude en genoot steeds de muziek van bonzende deuren,
want de helft daarvan sloot niet. Maar ik wil u niet te lang
met mijne ellenden bezighouden, hoe groot die ook waren;
op de terugreis verwacht ik nog erger, zoodat gij dan wel
de behagelijke bijzonderheden zult vernemen, die ik nu nog
vergeten heb te vermelden. De lieden aan boord waren
vriendelijk en behulpzaam, van den jongensachtigen kapitein
af tot zijn pokdaligen Chineeschen hofmeester toe.

Heden wordt mij niet eens een middagdutje gegund om
mijne krachten te herstellen, want te half vier wenscht de
radja mij te ontvangen. Het is een onmogelijk uur, maar
toch nog niet zoo onverstandig als dat van de Engelschen

te Singapore, die vinden, dat het met het klimaat overeenkomt om hunne bezoeken juist op den middag af te leggen.
Het zal u bekend zijn, dat Serawak de hoofdplaats is van
het rijkje dat in der tijd Sir James Brooke zich door den
sultan van Broenai (hiervan komt door verbastering de
naam Borneo) wist te doen afstaan. Hij wilde den gehaten
Hollanders eens doen zien, hoe men eene Oostersche bezitting tot het grootste voordeel van zich zelven en van de
inlanders bestuurt en ontwikkelt. Deze man, die werkelijk
een edel karakter gehad moet hebben, hoewel niet zonder
eene dosis Don-Quichotterie, is overleden, na het genoegen
gehad te hebben van een tamelijk groot fiasco. Nog bij
zijn leven is het rijkje aangeboden aan Engeland en, naar
men mij verzekert, zelfs aan het gehate Holland, en beide
mogendheden hebben hem met een kluitje in het riet gestuurd. Tegenwoordig regeert hier zijn neef, en ik geloof,
dat de boel niet veel meer dan eene geldbelegging is, die
minder opbrengt en onzekerder is dan andere, maar opgeluisterd door een koningschap op het model van Koning
Aurêle I, den weggeloopen Franschman, die ergens in Z.
Amerika een koninkrijk wist te vervaardigen, dat nog niet
medetelt in de rij der groote mogendheden. Men is nu
zeker bezig de coulissen voor mij op te zetten, want in
de twee of drie dagen, die ik hier zal kunnen doorbrengen,
zal men wel zorgen, dat ik alles in het licht zie, waarin
men het wenscht te vertoonen, indien men mij ten minste
niet geheel en al blinddoekt. Zoo iets is in onze bezittingen
ook wel eens gebeurd.

27 December.

Den eersten morgen van mijn verblijf regende het zoo
onophoudelijk, dat ik er niet aan kon denken te observeeren.
Gelukkig werd, om die zelfde reden, het lossen van de
stoomboot vertraagd, zoodat ik hier eene dag langer zal
kunnen blijven en dus maar hopen wil, dat het morgen

met de waarnemingen even voorspoedig zal gaan als heden. Want ik moet met dezelfde boot vertrekken, op straffe van twee weken hier te blijven, en daarvoor is Borneo niet aanlokkelijk genoeg.

Intusschen ben ik gisteren naar het huis van den radja overgegaan, waar ik het recht goed heb. Er heerscht eene Engelsche statigheid, juist genoeg door Oostersch gemak getemperd, om mij recht aangenaam te zijn. De heer Brooke en zijne vrouw weten hunne waarlijk wel wat belachelijke positie zoo te dragen, dat zij er zelven niet belachelijk door worden. In huis is niets bijzonders, al staat er een wanstaltig torentje bij, waaraan natuurlijk een Engelsch-Gothisch tintje gegeven is, dat bij het overige zeer zonderling afsteekt. Hoewel geheel anders dan de huizen in Nederlandsch-Indië, is het geheel een recht gezellige woning, waarin men zich eenvoudig bij een rijk partikulier gevoelt. De radja is door en door beminnelijk, maar ik betwijfel, of hij het rijk gesticht zou hebben, indien zijn oom het niet voor hem gedaan had; hij schijnt verstand genoeg te hebben, maar ziet er volstrekt niet avontuurlijk of excentriek uit. De ranie of de vorstin, zooals Mevrouw altijd genoemd wordt, is bepaald eene «lady» met verstand en smaak begaafd, die dan ook even goed haar huis elegant weet in te richten, als er den omgang aangenaam te maken. Verder is er in huis een jeugdige secretaris, die mij toeschijnt een half dozijn huiselijke betrekkingen te bekleeden.

Gisteren, den tweeden kerstdag, was er des avonds voor de Chineesche en inlandsche schooljeugd eene voorstelling van den tooverlantaarn, wat niet zeer aardig gedaan werd. Er waren nog andere gasten in vrij gemeene kleeding, die zonderling afstaken bij hen die aan tafel gezeten hadden, en die dus natuurlijk in den zwarten rok staken. Er hadden niet minder gegeten dan een bisschop en twee andere geestelijken. De bisschop was een zalvend priester, die de handen steeds in eene zegenende houding heeft, en die alle

mogelijke heil verwacht voor Borneo en voor Turkije, voor
Noord- en Zuid-Pool, van het Christendom met zijne deugden,
dat hij zich schijnt voor te stellen als eene soort van fetiche,
met de Anglikaansche litanie op een amulet gegrift om
den hals. De tweede geestelijke komt van een afgelegen
buitenpost en draagt daarvan al de kenmerken; van den
derde zou het mij niet verwonderen, als hij met ietwat
kettersche liberaliteit besmet was. Van den radja heb ik reeds
lang bemerkt, dat hij ver van geloovig is, en den godsdienst
waarneemt even als hij bij het eten een zwarten rok aan-
trekt. Het was dan ook recht vermakelijk om bij te wonen,
hoe hij den bisschop in het vaarwater zat. Zijn Hoogeer-
waarde is eigenlijk Bisschop van Laboean, eene mislukte
Engelsche kolonie, die nog noordelijker ligt dan Serawak,
maar daar schijnt hij nagenoeg in het geheel geene zielen
te vinden om te bewaken, en daarom is hij meest altijd
hier. Verder was aan tafel het gewone publiek eener kleine
Indische plaats, verschillende lieden, die waarschijnlijk in
Europa niet tesamen aan tafel zouden zitten. Trek aan
de lui en aan de gesprekken een Hollandsch pakje aan, en
gij hebt Ternate, Palembang, Amboina of Bandjer, al naar
verkiezing. Een begrip dat het koninkrijk belangrijk is heb
ik zeker niet gekregen, maar wel het besef, dat ik bij aangename menschen gelogeerd ben.

Het koningschap van onzen radja is juist weder gruwelijk
miskend. Het schijnt dat de man te koppig is om de erkenning van zijnen titel te vragen, die hem waarschijnlijk,
noch door Holland, noch door Engeland, zou geweigerd
worden. Hij stelt zich zeker voor, dat men hem die onge-
vraagd zal geven. Nu is hij kort geleden met zijne vrouw
naar Engeland geweest, op welke reis hem het gruwelijke
lot trof van al zijne drie kinderen tusschen Singapore en
Londen te zien sterven. Gelukkig zijn er nu weder twee
nieuwe. De koningin van Engeland heeft bij die gelegenheid geweigerd, hem te ontvangen. Dat was eene eerste

miskenning, en kort na zijn terugkomst volgde eene andere van onze zijde. De resident van Pontianak bracht hem een bezoek aan boord van een oorlogsschip. Hij werd keurig ontvangen, en bij zijne afreize gaf ons stoomschip, om bijzonder beleefd te zijn, een saluut. De radja toonde zich daardoor aangenaam verrast, maar zeker heeft iemand uit zijn gevolg zich het genoegen gegund, de schoten te tellen en den radja wijs te maken, dat hij er niet genoeg gehad had. Kort daarna beklaagde zich deze te Batavia; de goede man verbeeldde zich, dat hem een nationaal saluut van eenentwintig schoten toekwam. Het antwoord was, dat men zich werkelijk vergist had, want dat hem geen enkel schot toekwam, daar de gewoonte medebrengt, dat alleen onafhankelijke inlandsche vorsten een saluut ontvangen, en hij, niet erkend zijnde, slechts als vasal kan beschouwd worden van den sultan van Broenai. De zaak is nu weer in orde en de verhouding tusschen Batavia en Serawak zoo lief als ooit.

Ik geloof dat mijn vermoeden niet juist was, en dat men mij de zaken hier niet ander voorstelt dan zij zijn. Ik heb reeds verschillende gesprekken met den Heer Brooke en enkele zijner onderdanen gehad, en geloof dat die zeer oprecht waren. Ik kan dit wel eenigszins beoordeelen, daar natuurlijk de meeste toestanden hier en in onze bezittingen in de nabijheid tamelijk gelijk zijn, en ook omdat ik toevallig reeds vroeger met een paar gewezen ambtenaren van Serawak kennis maakte, die geene enkele reden hadden, om de zaken hier anders voor te stellen dan zij zijn. Na die vele jaren, welke de beide Brookes reeds hier geregeerd hebben, is de slotsom deze, dat hunne Dajaks juist gelijk zijn aan de onzen, en juist gelijk aan wat zij waren, voordat hunne beschaving een aanvang had genomen. Er is voor de Hollanders zelfs iets vleiends in, dat het bestuur hoe langer zoo meer in onzen geest gewijzigd is, en de radja tegenwoordig vrij wel als een Hollandsche resident

regeert. Ik geloof dan ook, dat niettegenstaande de natio-
naliteit, hier ter plaatse de sympathie voor Batavia grooter
is dan die voor Singapore. Zelfs het huiselijke leven is
hier meer op Hollandsche leest geschoeid dan men van
Engelschen verwachten zou. Er wordt vroeg opgestaan, en
dit verlies door een middagdutje aangevuld; er worden
avond-visites gedaan even als bij ons. Al deze nuttige zaken
kent men te Singapore niet, waar men uit vrees van « so
very native-like» te zijn, zich het leven tusschen de keer-
kringen zeer zuur maakt.

Het komt mij ook voor, dat deze bezitting niet heel veel
meer opbrengt dan onze buitenposten. Uit verschillende
gesprekken geloof ik te mogen opmaken, dat de radja van
het kapitaal, dat hij en zijn oom achtereenvolgens in deze
zaak gestoken hebben, bij lang na geen 3% trekt. Men
behoeft waarlijk zulk eene geldbelegging niet op Borneo
te gaan zoeken! Men zegt mij dan ook, dat de radja het
vermogen van drie of vier erftantes, waarvan hij in de
laatste jaren den dood te betreuren heeft gehad, kalmpjes
in Engeland laat staan.

SINGAPORE, 1 Januari.

De terugreis, waarbij wij iets genoten, dat sterk op een
storm geleek, was werkelijk nog erger dan de heenreis,
zoodat ik recht dankbaar ben, weder hier te zijn. Gelukkig
was de laatste ochtend te Serawak zeer helder en bijna
zonder regen, zoodat ik ten slotte over mijne waarnemingen
tevreden ben, en dus met onvermengd genoegen terugdenk
aan de aangename dagen, die ik daar gesleten heb. Den
tweeden avond hadden wij weder eenige gasten ten hove,
den resident en den dokter, zoodat het gesprek een weinig
meer aardsch was dan de vorige maal. De resident is ongeveer wat bij ons op de groote plaatsen de assistent-
resident van politie is. Deze is een aangenaam jongmensch,
bij wien wij den laatsten avond groot diner hadden. Het

geheele publiek van Serawak was tegenwoordig, de eerste en de tweede ban; ik geloof dat wij zeventien waren. Maar er was wel eten voor zeventig. Gelukkig, dat ik niet zoodanig geplaatst was, dat ik, volgens Engelsche wijze, een van de reusachtige stukken vleesch moest voorsnijden, want de dominé, die naast mij zat, had het zoo druk met zijn kalkoen, dat hij zelf zeker veel te weinig gegeten heeft. En hij zag er toch zoo hongerig uit. Mij komt de Javaansche gewoonte, om het voorsnijden aan de bedienden over te laten, wel zoo verstandig voor.

De resident woont ongeveer in het midden der plaats aan de overzijde der rivier, want aan de eene zijde staat alleen de estana, zooals het huis van den radja genoemd wordt. Dit laatste ligt zeer schoon op een heuvel, die geheel als park aangelegd is, en de tuin is natuurlijk, daar wij bij Engelschen zijn, zeer schoon en met veel zorg onderhouden. Het is echter een hopeloos werk om in Indië eenen tuin te willen onderhouden zooals in Europa. De plantengroei is veel te weelderig, en wat bij ons een sierlijk plantje is, wordt hier een woeste heester, terwijl de bladeren zich veelal te sterk ontwikkelen en het groen al te zeer den boventoon voert. De hevige kleuren van enkele Oostersche bloemen vormen daarmede wel scherpe kontrasten, maar leenen zich niet tot de zachte kleurschakeeringen, die in onze natuur zoo liefelijk zijn. De geweldige regens doen ook aan de paden en aan het gras teveel schade. Men ziet ook de meeste planten, die eenige kultuur vereischen, op Java in potten staan. Die groote menigte witgekalkte bloempotten geeft aan de tuinen iets gekunstelds, dat onaangenaam werkt. Ik zou haast zeggen, dat men in Indië wel een park kan maken, maar geen tuin, waarbij ik u dan echter moet verzoeken het woord park in zijne Engelsche beteekenis op te vatten. Door die ligging heeft de radja het genoegen van telkens, als hij uit rijden of uit wandelen wil gaan, eerst de rivier te moeten oversteken,

en zoo kwam ik ook tamelijk bemodderd op het diner van
den resident, want in de duisternis wandelt men op Borneo
niet straffeloos door den regen.

De resident heeft de reis hierheen medegemaakt, waardoor die niet zoo vervelend was als de vorige maal, en
toch hadden wij, gedurende die drie dagen, slechts tweemaal eenen geregelden maaltijd; den overigen tijd slingerde
de schuit te hard om iets te kunnen klaarzetten. Er werd
ons slechts een en ander op een bordje gebracht, dat
echter voor de omstandigheden goed klaargemaakt was.
De jongens stelden twee lijken voor.

Thans hoop ik voor goed van Borneo afscheid genomen
te hebben.

GOLF VAN TOMINI.

De reis van Menado hierheen was voorspoedig, hoewel er vele slachtoffers van zeeziekte vielen, daar het schip rolde als een kegelbal. Het is dezelfde warme stoomboot, waarmede ik vroeger eens de reis van Ambon naar Banda deed, en ik had dezelfde hut als toen, maar kreeg er ditmaal gelukkig geen water in. Ik kon dus mijn bed gebruiken, wat altijd iets voor heeft, al is het een smal reepje bed.

De schoone kust van Celebes was verstopt achter wolken, die ons nu en dan ook regen stuurden; het was guur, winderig, onaangenaam. Alleen gisteren avond, toen wij Gorontalo naderden, helderde het weêr op, en zagen wij de kleine doch schoone baai, door de schuine stralen van de avondzon fraai verlicht met die breed geteekende vlakken van schaduw en van licht, die de grootste factoren van schoonheid in een landschap zijn, en die in Indië slechts voorkomen, wanneer de zon laag bij den horizont staat. Midden op den dag is Indië niet schoon, er is geen schaduw. Is het u nooit opgevallen, dat alle landschapschilders voor tropische streken gebruik maken van ochtend- en avondverlichting? Dit is geene keuze, maar noodzakelijkheid.

De baai van Gorontalo is klaarblijkelijk eene vergissing der natuur geweest, want had zij geweten, dat hier ooit stoomschepen zouden komen, dan had zij den inham zeker

grooter gemaakt. Het is nu niets dan een kom, waarin
de boot moeite genoeg heeft, om zich te behelpen. Men
kan er nauwelijks wenden, en de rotsige oevers zijn zoo
steil, dat slechts zeer weinig vooruit of achteruit het schip
op de steenen te land zou komen. Er loopen dan ook verhalen van kapiteins, die de baai niet binnen durfden gaan,
en een gezagvoerder, die den ingang niet heeft kunnen
vinden, heb ik zelf gekend. Bijna zoo erg als de gezagvoerder van een zeilschip, die zoo knap was, dat hij kort
na de groote aardbeving van Banda, dat eiland in het
geheel niet vond, dat toch door zijn hoogen vulkaan nogal
zichtbaar is, en, na lang zoeken, naar Batavia terugkeerde met het bericht, dat Banda nu door eene aardbeving geheel verdwenen was. En het verhaal vond zooveel
geloof, dat de regeering er een oorlogsschip heenzond, dat
Banda heel rustig vond liggen.

De bergen in den omtrek van Gorontalo zijn zoo abrupt,
zoo afgekapt, als in den Archipel zelden voorkomt. Dit
maakt het landschap des te schooner; zooals wij voor anker
lagen, zagen we aan de eene zijde de zee met hare wit-
gekuifde golven, tusschen twee voorgebergten door, en aan
de andere zijde deed zich, tusschen een ander paar kapen,
de vruchtbare vlakte van Gorontalo aan den blik voor.
Deze laatste kapen naderen aan den voet zeer dicht tot
elkander, en gaan dan steil eenige honderde voeten op-
waarts in rechte lijnen, die boven ombuigen, om in de
zigzag-lijn over te gaan van de bergtoppen, die scherp
tegen de blauwe lucht afsteken. Daarachter vertoont zich
een schoon panorama, eerst nog eene watervlakte, dan een
vlakke oever, met klapperboomen dicht bezet, en als achtergrond de blauwe, doorschijnend blauwe bergen van het
binnenland. Jammer dat men dit zoo schoone punt voor
mij reeds vooruit eenigszins bedorven had, door het mij
als nog schooner voor te stellen dan Bima, dat ook na
Gorontalo in mijne herinnering nog steeds als het juweel

van den Archipel onvergetelijk is. Vergeleek ik de baai van Bima met Noordsche landschappen, hier herinnert het karakter der bergen mij aan Zwitserland. Ligt dat aan de formatie? Waarschijnlijk wel, want hier schijnt het mij, dat alles graniet is, wat zich op de andere eilanden zelden aan de oppervlakte vertoont.

Gorontalo is in weinige jaren van niets tot iets geworden. Sedert de stoombooten er aanleggen, wordt er van allerlei uitgevoerd, en zijn er allerlei kleine industriën ontstaan. Reeds op de boot worden u hoeden, sigarenkokers, fijne matten te koop aangeboden. Men moet de verwachting niet al te hoog spannen, maar de plaats is zeker voor nog meer ontwikkeling vatbaar. De meeste verdienste in deze komt zeker wel toe aan mijn gullen gastheer, den assistent-resident Riedel, die sedert vele jaren ijvert voor de ontwikkeling van zijne afdeeling.

17 Juli.

De reis, die ik van hier uit denk te doen, zal minder aangenaam zijn. Mijn plan is om met de kruisboot, die mij is afgestaan, verschillende onmogelijke plaatsen aan te doen, en ik zal wel eenige weken aan boord verblijf dienen te houden, want men belooft mij niet veel heerlijks van de te bezoeken oorden. Voor de conversatie is het aan boord blijven geen groot verlies, want zelfs Maleisch wordt in die streken weinig gesproken. Ik denk dat het opperbest zal gaan met de bemiddeling van een inlander, die nog eerst mijn gebrekkig Maleisch moet leeren begrijpen om het daarna over te zetten in eene taal, die ook de zijne niet is, want oostelijk van Gorontalo worden weder andere dialekten gesproken dan op de plaats zelve.

Omtrent de genoegens van eene reis per kruisboot heb ik u reeds vroeger op de hoogte gebracht. Ge kunt mij u weder voorstellen in die kleine ruimte van ongeveer zeven voet in elke van hare drie afmetingen, volgepropt met koffers en kisten en allerlei reisbenoodigdheden, zoodat voor den patiënt ongeveer juist de inhoud van een doodkist overblijft. En daar moet men zichzelven nog zeer behendig zijdelings inschuiven, daar de ligplaats, slechts een paar voet hoog, onder het dek is uitgespaard. Mijne matjes hoop ik naar Holland mede te brengen, om u te laten zien hoe weelderig mijn bed is. Maar ik heb mij nu toch een kussen aangeschaft. En bedenk wel, dat men in die kleine ruimte den ganschen dag doorbrengt, want, varende ten minste, kan zelden de zonnetent gespannen worden en is het op dek dus veel te warm. Den nacht daarentegen breng ik vaak op het dek door. Ik heb het ditmaal echter vorstelijk aangelegd; ik heb eenen kok gehuurd en allerlei huisraad en keukengereedschap aangeschaft, en kelder en provisie-kamer zijn nog al wel voorzien. Stel u zulk een reisje eens voor, b. v. langs den Rijn!

Laat het u overigens niet bedroeven, als gij ooit hoort, dat ik hier eene bitter slechte reputatie achterliet. De kok namelijk wilde volstrekt vrouw en kind medenemen, om-dat Mevrouw nog niet leelijk genoeg is, om straffeloos achter te blijven. Ik liet hem echter onder het oog brengen, dat het nog veel gevaarlijker was, haar met mij mede te nemen. Of dat nu werkte, dan wel het aanbod om haar achter te laten in het bezit van vijf gulden extra (voor twee maanden!), dat weet ik niet, maar Mevrouw zal achter blijven, en dat is het wezenlijke.

Ik word door mijnen gastheer en door zijne vrouw op de vriendelijkste wijze voortgeholpen; alles wordt, zonder dat ik er mij mede bemoei, beter voor mij in orde ge-bracht, dan ik het zelf zou kunnen doen. Het is waarlijk alsof Indië sedert eenigen tijd goed wil maken, dat het mij gedurende korten tijd eens minder voor den wind is gegaan.

Om verwarring te voorkomen diene nog het volgende. De geheele groote golf tusschen de beide noordelijkste armen van Celebes in gelegen, heet Golf van Gorontalo of

wel Golf van Tomini; ik zal dus die twee namen ook onverschillig gebruiken, maar spreek ik van de baai van
Gorontalo, dan is dit alleen de kleinere inham, dien de
groote golf voor deze plaats maakt.

18 Juli.

Ik wil u eens verbaasd laten staan over de beschaving
van Gorontalo. Gisteren avond was de koning geïnviteerd
om een partijtje te komen maken. Natuurlijk quadrille,
want dat is, als het duurste, het meest geliefkoosde spel
in Indië. De man speelt niet slechts goed maar fijn, alleen
bedenkt hij zich wel wat lang. Ik hoor dat hij ook andere
spelen speelt, zooals whist en schaak, ook verstaat hij
Hollandsch, hoewel men al die deugden niet zoeken zou
achter het aanschijn van Z. M., die wel bijna niet donkerder
is dan een Europeaan, maar afschuwelijk leelijk, en die er
zelfs dom uitziet, wat wel voor een groot gedeelte komen
zal van zijn onderlip, die hangt van het siri kauwen.

Anders zijn de inlanders hier schoon van slag, vrij groot,
en met niet onregelmatige trekken. De neuzen wijken niet
ver van de onzen af, hoewel het mij toeschijnt, dat de
neiging van dat ding om aan de punt knoestig te worden,
grooter is, dan met onze begrippen van schoonheid strookt.
Die meestal fijngevormde, doch aan het uiteinde eenigzins
overhangende en soms ook dikke neus, zou pleiten voor
verwantschap met de Papoea's van Nieuw-Guinea, maar ik
moet zeggen, dat ik tot nog toe onder de bewoners van
onze bezittingen de schoonste stammen bij de Alfoeren
heb aangetroffen. Zoo heb ik op Halmaheira een plaatsje
aangedaan, waar ik versteld stond over het geslacht van
prachtige reuzen, dat ik daar aantrof, en ook onder de
Alfoersche hulptroepen, die ik op Ceram zag, waren schoone
gezichten. Het is jammer dat de lui hier de leelijke gewoonte hebben van alle plaatsen, die min of meer met
Christendom behept zijn, van zich gaarne met Europeesche

kleeding te misvormen; want deze is voor inlanders afzichtelijk.

Van den radja van Gorontalo sprekende, moet ik u het volgende staaltje van vlugge afdoening van zaken verhalen. Het werd mij medegedeeld door een der vorige residenten van Menado.

In der tijd richtten zeventien koningen, die dicht bij deze plaats woonden en wier zaken niet schitterend stonden, tot de regeering het verzoek, om hun land geheel aan den staat over te mogen doen en zelven tot gesalariëerde ambtenaren gemaakt te worden. Men zou denken dat zulk een aanbod dadelijk werd aangenomen, maar er kwam nooit uitsluitsel.

Een later resident schreef nu eens, dat die zaak reeds vijftien jaren hangende was en hij nog steeds een bevestigend antwoord aanraadde. Er kwam antwoord, dat de resident zich vergistte, want dat het aanbod eerst (dat eerst is goddelijk!) twaalf jaar oud was. Weder antwoord, dat de resident zich werkelijk vergist had, want dat de eerste melding der zaak niet vijftien maar achttien jaar geleden was!

Sedert zijn weder een jaar of zes verloopen, en de regeering heeft geene beschikking genomen. Intusschen zijn de meeste dier vorsten overleden, en hunne opvolgers, wier inkomsten, door de opkomst van Gorontalo wel verbeterd zullen zijn, zijn door dat aanbod hunner voorgangers niet meer gebonden.

19 Juli.

Heden avond bestijg ik mijne kruisboot. Gisteren middag deden we echter nog een schoon uitstapje. Eerst per as tot aan de baai, want, zoover als de vlakte gaat, is de weg zeer goed; alleen is de brug over de rivier, hoewel fonkelnieuw, eenigszins gevaarlijk te passeeren. Daarna deels te paard, deels te voet, de hoogte op, eerst langs het zeestrand, dan landinwaarts, naar een seinpost, die op den hoogsten berg in de nabijheid staat. De weg is alledaagsch, door een

bosch, zooals er meer zijn, maar het uitzicht van boven
af is verrukkelijk. Aan de landzijde de vlakte, een dambord
van klapperboomen en rijstvelden, met hier en daar een
wit huisje er tusschen in, of een stukje van een meer, en
achter dien liefelijken voorgrond, de tweede rij bergen.
Hoewel dezen niet hoog zijn, vormen ze indrukwekkende
massa's, en de dampige lucht bracht er dat sterke achter-
uitwijken in, dat men in bergstreken ziet, wanneer verscheidene berggroepen zeer verschillend verlicht zijn. Het
oog doorliep de geheele gamma van donkergroen tot grijs-
blauw. Aan de andere zijde is het uitzicht nog schooner.
Over de hooge toppen der boomen heen ziet men naar de
grenzelooze zee. Hier opent zich eene diepe vallei, en laat
eene groote watervlakte zich vertoonen, ginds steekt weder
een bergrug vooruit, die met zijne wuivende boomtoppen den
horizont gedeeltelijk verbergt, elders weder is een dal zoo diep,
dat men zelfs het strand ziet, door de witte lijn van de
branding begrensd. Rechts en links komt eindelijk een hoogere
bergrug de schilderij insluiten, die werkelijk schoon is, hoewel ook door dezen toer de herinnering aan Bima nog niet
bij mij is uitgewischt.

Des avonds eene vervelende partij. Er was een jarige op de
plaats, en ik speelde quadrille te zijner eere met drie spelers,
waarvan twee een uur noodig hadden, om tot het besluit
te komen, dat ze moesten passen. Om hun de noodige
kalmte bij die overdenkingen te verschaffen, diende een
Albino-inlander, een van die afschuwelijke wit-en-rood-
wezens, die er wel eens op nagehouden worden zooals
vroeger de dwergen, of wel als een aap of papegaai. Dit
individu heeft de deugd een groote zuiplap te zijn, en
bekoort de lieden door zijn krijschend gezang. Ook ditmaal
heeft hij, gedurende een paar uur, een zelfde lied voor-
gedreund, waarin al de aanwezigen, ook mijn persoontje,
bezongen werden. De melodie bestond uit ééne zeer korte
phrase, die wij dus misschien een paar duizend maal te

slikken kregen, begeleid door de liefelijke tonen eener harmonika. En in zulk een wezen schept zijn eigenaar het grootste behagen, hoewel men dezen anders wel voor een Europeaan zou houden. Hoe aangenaam onder zulke omstandigheden het kaartspelen is, kunt gij licht begrijpen.

A. b. van de Kruisboot, 23 Juli.

Het is reeds de derde dag van de reis, en ik geloof, dat wij reeds vrij dicht zijn bij Tomini, het eerste punt, waar ik waarnemingen denk te doen. Maar, helaas! het is zoo stil, dat ik, zonder eene enkele ramp te vreezen, op mijn twee voet groote tafeltje, een nieuwen brief durf te beginnen, die lang kan aangroeien, eer ik dien aan de post kan overgeven.

Indien gij mijne reis op eene kaart wenscht te volgen, dan is de beste nog, in menig opzicht, eene uit de vorige eeuw van de baai van «Tomine», die onlangs, als ik mij niet vergis, in het Tijdschrift voor taal-, land- en volkekunde van Ned. Indië herdrukt is. Ik zal maar niet uitweiden over het niet eervolle feit, dat onze tegenwoordige kaarten hier en daar minder goed zijn dan die oude, maar op welke kaart ook, zult gij vinden, dat Tomini bijna juist westwaarts van Gorontalo ligt, in den Noord-Westhoek van de groote golf.

De reis was nog niet juist voorspoedig. Dinsdagavond ben ik vertrokken, maar de wind, die gedurende een paar weken vrij sterk uit het Z. O. gewaaid had, zooals het voorschrift in dezen tijd van het jaar is, viel gisteren totaal; nu en dan was er zelfs een flauw koeltje uit het Westen, zoodat we moeite genoeg hadden, om stil op onze plaats te blijven liggen, en we gedurende eenen ganschen dag ongeveer hetzelfde punt op den aardbodem innamen. Ik zal u niet bezighouden met de verwenschingen, waaraan ik nu en dan lucht geef, te meer omdat ik daar nog niet het minste recht toe heb; na Tomini staat mij nog erger te wachten, en ik wil u dus sparen.

Intusschen regent het somtijds hard. Arme matroosjes,

die, behalve het dek, slechts een onbegrijpelijk klein verblijf beneden hebben. Dit heeft mijn braven Ketjil indertijd het leven gekost. Mijn tegenwoordige jongen is gelukkig een stevige klant, de matroosjes moeten er tegen kunnen, en ik geef hun nu en dan ter verwarming een glas arak. Maar ik wilde wel dat gij eens zaagt, hoe verloopen mijn jongen er bij slecht weder uitziet. Eerst een oude, lichtgrijze hoed van mij boven zijn buitengewoon zwart en leelijk gezicht. Dan een oude regenjas, die van jongen op jongen overgaat, en dus ook niet fraai meer is, en die natuurlijk met eenige natte plooien om zijn smalle lichaam golft, en daaronder steken een paar beenen uit, ruig en zwart, en, om zijn broek te sparen, van de kniën af bloot. Gij kunt u voorstellen, hoe haveloos dat individu er dan uitziet.

Het gaat hier natuurlijk recht huiselijk toe; zelfs de tallooze kakkerlakken kennen zich het recht van overpad over mijn gezicht ruimschoots toe. Aan dat eigenaardige genoegen is men niet dadelijk gewend, want, met hunne spillebeenen knijpen en kittelen zij de huid op min aangename wijze. Om tot de gezelligheid bij te dragen heeft het volk steeds eene lijn uithangen, waaraan zich nu en dan een visch verhangt, die dan weldra op het dek zijne laatste spartelingen maakt, en mij daarbij soms in gevaar brengt, zooals gisteren, toen er een op mijn buik te land kwam. Heden morgen zat ik toevallig met de lijn te spelen, toen op eens een sterke ruk mijne hand in onzachte aanraking bracht met de verschansing. «Wat is dat?» antwoord: «Niets» — «Wel iets». Ik verwijder mij ten spoedigste, en een prachtige visch wordt opgehaald, dien ik zoo dom weg gevangen had. Een kerel, anderhalf voet lang, met een buik van zilver, dat aan den rug in hemelsblauw overging en over alles heen groene, roode, en gele strepen. In zee zou ik hem liever niet ontmoeten, want de gladde huid heeft aan buik en rug, dicht bij den staart, zes groote puntige schubben, die er niet liefelijk uitzien. Intusschen is het eene zeer fijne soort, zoodat de equipage er zeker wel drie dagen genot van heeft, bij hun eeuwigdurende rijst. Ze hebben echter, zeer beleefd, een der beste stukjes van mijn visch voor mij laten klaarmaken.

Nu ik toch van kakkerlakken en ander vee spreek, moet ik u kennis doen maken met een spinnekop, zoo groot als eene hand, die het logies met mij deelt. Ik vind het een vrij ongezelligen reisgenoot, maar zal er mij wel voor wachten hem te dooden, want dan zou ik van de kakkerlakken nog veel meer last hebben, die mij nu reeds, in meer dan overdrachtelijken zin, het bloed uit de nagels zuigen. Over den smaak valt niet te oordeelen, maar ik zou liever den maaltijd van mijn spinnekop niet deelen, die op die vieze krabbelaars aast.

De familie Riedel heeft werkelijk best voor mij gezorgd, wat de keuken aangaat; zelfs voor eenige versnaperingen heeft Mevrouw zorg gedragen. Soms zou men in Indië gaan denken, dat men de luî genoegen doet, door hun lastig te vallen. Mijn kok is echter eene wassen neus; de man is te ziek om te werken, en was dit reeds toen hij zich aanbood, en ter sluiks is toch de vrouw medegegaan. Ik heb veel lust hem op eene of andere plaats achter te laten, want het is eene kleine oplichterij.

25 Juli.

Nog steeds dicht bij het doel, en dicht bij de plaats, van waar ik gisteren schreef. Toch zijn wij, steeds tegen den wind in, zooveel gevorderd dat ik hoop heb, dat wij er heden eens komen. Ondertusschen wordt het weder, dat in den aanvang regenachtig was, al mooier en mooier, d. w. z. dat het in mijn kajuitje mooi benauwd wordt. Ik begin hartelijk te verlangen, dat het eerste punt der reis, Tomini, zichtbaar moge worden.

Het land is schoon, maar eentonig, vooral als men er twee dagen lang hetzelfde stuk van ziet. Steeds dicht begroeid,

waarbij de fantasie zich natuurlijk slechts ebbenhout en
dergelijken voorspiegelt, bestaat de kust uit een flinken
bergrug zeer verschillend in hoogte, naar gissing zoo wat
van de hoogte der bergen aan den Rijn. Deze bergen worden
afgewisseld door vruchtbare vlakten, die soms als groote
landtongen in zee uitsteken, en de achtergrond is steeds
een veel hoogere bergrug, die dieper landinwaarts ligt. De
zee is dicht bezaaid met kleine eilandjes, vaak met zeer
kleine. Elk daarvan is een koraalrif, meest zwaar begroeid
en onbewoond. Enkelen, van jongere dagteekening, zijn nog
ledig en wit, en eindeloos veel zijn er, die nog niet boven
den waterspiegel uitsteken. Men kan zich klaar voorstellen,
hoe gemakkelijk zulk een vaarwater zijn moet. Stel u echter
gerust; mijn bruine gezagvoerder munt alweder meer uit
door voorzichtigheid, dan door moed. Ik heb u toch vroeger
al wel eens mede gedeeld, dat de bemanning der kruis-
booten uitsluitend uit inlanders bestaat?

25 Juli 's avonds, op de reede van Tomini.

Ik moet hier nog eenen juichtoon bijvoegen. Omstreeks
twee uur ben ik hier gekomen, maar door kracht van roeien.
Welk een genot, in de heldere sterkstroomende rivier te
baden, na de tantalusstraf, van vier dagen op zee te zijn
bij die warmte, zonder er te mogen inspringen, uit vrees
voor haai of kaaiman! Daarna wat gewandeld; een geschikt
plaatsje uitgezocht voor mijne waarnemingen, en dan eene
flesch portwijn opengetrokken, om mijzelven geluk te wenschen; een blik hutspot opengemaakt, en een schitterenden
avondmaaltijd gedaan, na voor het eerst weder eens wat
beweging genoten te hebben.

27 Juli.

Ik moet aan boord blijven, daar er slechts in het binnenland
huizen zijn. Aan het strand is niets. Heden had ik bezoek
van den radja. Hij was er reeds gisteren geweest, maar ik

deed juist mijn middagdutje, en men vond niet noodig mij voor Z. M. te wekken, wat ook werkelijk dat heer niet waard is. Heden, na den arbeid, kleedde ik mij, ter wille van het prestige, spoedig wat aan, daar ik anders natuurlijk steeds in de kabaai ben. Ik had de twee eenige stoelen, die ik mede nam voor de werkzaamheden, op het strand laten staan, en vond daar dan ook den koning. Maar daar de man niet scheen te begrijpen, waartoe die instrumenten dienden, zat hij er vlak voor op den grond, en zijne zwaar gewapende volgelingen in een cirkel er om heen. Met eene sierlijke handbeweging wees ik hem een stoel aan, waarop de man er eens om heen wandelde, en toen tot het besef kwam, dat die oude stoel een vorstelijk geschenk was, dat ik voor hem had mede gebracht. Ten minste hij nam dien op, en wilde hem aan iemand uit zijn gevolg overgeven. Dien bevoorrechte heb ik natuurlijk, van dit oogenblik af, als minister van binnenlandsche zaken aangezien en geëerd. Mijn eerste stuurman, die als tolk diende, trachtte hem de zaak uit te leggen, en ik maakte er maar een einde aan, door het eerst te gaan zitten. De keizer van Solo had het niet moeten zien, dat ik de etiquette reeds zoo vergeten heb!

Het eerste woord van den vorst was: «waar is de arak?» Waarop ik natuurlijk een kelderflesch van boord liet halen, die ik hem zonder lachen overreikte. Daarna bood ik hem eene sigaar aan, maar hij nam liefst weder den geheelen koker, dien mijn jongen hem zonder veel plichtplegingen weder afnam, om hem een sigaar in de vorstelijke handen te duwen. Toen die, niet zonder moeite, was aangestoken, deed de man een paar haaltjes, en gaf de sigaar aan den minister van binnenlandsche zaken over, zeker om die bij de kroonsieraden te bewaren, maar Z. Exc. rookte kalm verder.

De radja is een zeer oude, zeer vuile vent, met eenige lappen aan en een buisje over zijn naakte bovenlijf. Alles was vijftig jaar geleden misschien niet leelijk, met goud en zilver geborduurd, maar nu zoo vies en zoo kapot, dat ik recht blijde was, dat het toeval eenigen afstand tusschen onze stoelen had gelaten. Ook was ik dankbaar, mijne vaste gewoonte bij die gelegenheden gevolgd te hebben, om handschoenen aan te trekken, want gewasschen heeft de man zich zeker nooit; zijne handen waren rood van de siri.

En met zulk volk gaat de Koning van Nederland kontrakten aan, en de resident moet er heen, om die te sluiten!

De koning was omstuwd door een twintigtal hovelingen, behalve de vele toeschouwers. Het is waarlijk mooi volk, groot, gespierd, elegant van vormen en met fijn besneden gezichten. Ze hebben niet het onderdanige van den Javaan, ook niet in hunne manieren tegenover den vorst, maar zij zien er vrij, open en eerlijk uit. Allen hadden minstens ééne lans, en een lang zwaard. Schede en heft van dit laatste zijn meestal sierlijk gesneden en met dun metaal beplakt; die niet leelijke dingen zijn echter duur genoeg.

Hoe het onderhoud ging, kunt gij begrijpen, als ik u zeg, dat Z. M. geen woord Maleisch spreekt. Mijn tolk en hij spreken te zamen Gorontaleesch, wat voor geen van beiden de aangeborene taal is. Maar ik kom toch tot mijn doel, en krijg het noodige eten voor zoover het te krijgen is. De meest gangbare munt zijn ledige flesschen, waarvan, helaas! mijn voorraad klein is. Want ik was er niet op verdacht, en kan toch mijne volle flesschen niet gaan uitdrinken, alleen om er ledige van te maken.

In den namiddag bracht ik een tegenbezoek, hoewel de radja, waarschijnlijk uit wantrouwen, zich alle moeite had gegeven, om mij daarvan af te houden. Zijn hoofdargument was de ellendige weg, en de armoedige kampong, en daarin had hij geen ongelijk. Maar ik bleef op mijn stuk staan, en zoo stak ik na mijn bad stoutweg het bosch in, een nauw pad volgende, waar wij moesten loopen als de ganzen, en waar het zelfs eenigszins duister was, zoo dicht is het loof van de prachtige boomen. Hier en daar staan de schoonste palmen er tusschen in, want er zijn kleine bebouwde stukken. Natuurlijk slingerde de weg langs verschillende woningen, die in het woud verstrooid zijn, en nu en dan vertoont zich ook een armoedig rijstveld, of eene groep pisang- of klapperboomen. Natuurlijk ziet men ook vele sagoweer-palmen, want wij zijn nog bij de Alfoeren, en de sterke drank is dus in hoog aanzien. En hoog boven onze hoofden vlogen papegaaien in menigte, en kakelden zoo hevig, als of ze mij bestraffen wilden, omdat ik hunne eenzaamheid verstoorde.

Zoo kwam ik ergens aan eene woning, waar ik den ouden smeerpoets zou wachten; zijn paleis is, naar het geen de matrozen mij zeiden, niet veel meer dan een duiventil en ligt nog dieper binnen 's lands. Maar welk eene woning! Denk u een omheining van bamboe, waar binnen verscheidene gebouwen staan. Sommigen, die slechts uit een dak op palen bestaan, zijn niet juist tot woning bestemd. Het grootste huis, eveneens op palen, en ongeveer vijf voet boven den grond verheven, is vrij ruim, maar ook vrij doorluchtig; zelfs de vloer heeft de meeste overeenkomst met een zeef. Het is onmogelijk, het inwendige te beschrijven, wegens de duisternis, want licht treedt alleen door de vele reten naar binnen; men ziet zulk een knekelhuis van heterogene voorwerpen, allen van dezelfde kleur, en zoo wanordelijk, dat men den kop verliest van het rondturen, zonder veel wijzer te worden. Eenige katten en ander vee zochten een goed heenkomen in al dien rommel, waartusschen zich ook een paar dames vertoonden. Reeds voor dat de radja ver-scheen, had ik er verschillende gezien, want zij schijnen er volstrekt niet afkeerig van te zijn, zich te vertoonen. Zij waren nog al netjes opgetuigd, en ik kan verzekeren, dat zij in schoonheid niet voor de mannen onderdoen; er waren verscheidene zeer lieve gezichtjes bij. Vooral eene die mij zeer schalks toelachte. Zou ik hier ook soms een bruin hart veroverd hebben?

Z. M. kwam aanzetten en ik herhaalde de zwijgende audiëntie. Ik had er de voorkeur aangegeven, die in de open lucht
te doen plaats hebben, en zoo zaten we recht schilderachtig
op een matje. Men had echter de fijne beleefdheid gehad,
voor mij eene kist als zitplaats te brengen. De vorst scheen
nu begrepen te hebben, waarvoor menschen stoelen gebruiken.
De flesch arak had zichtbaar vruchten gedragen; ik hoorde
dan ook later, dat die reeds geheel geledigd was. 's Mans
gang was dan ook niet zoo vast als in den morgen, en hij
kon het einde van mijn bezoek niet afwachten, maar was
op eens verdwenen, om met sagoweer zijnen nadorst te
stillen, en zijne dronkenschap te verlengen. Dit exemplaar
is nog heel wat minder dan mijn vriend van Batjan, en
ik zal hem dan ook maar niet te dineeren vragen.

Schreeft gij reeds in een uwer brieven, dat ik, van
Java afstappende, de beschaving vaarwel gezegd heb, nu
kunt gij gerust sterker spreken, en beweren, dat ik mij
onder wilden bevind. Ik ben er echter even kalm onder
alsof ik in uwe huiskamer zat. De lui zijn goed genoeg, ze
zijn maar wat vies.

Ik heb hier enkele wapens opgedaan, en mij geoefend in
het schieten met het blaasroer (sumpitan). Dit eigenaardige
wapen van Celebes en Borneo, is niets anders dan de
erwteblazer onzer schooljongens, maar het is langer, en
men werpt er kleine pijltjes mede, die in den oorlog ver-
giftig gemaakt worden. Gewoonlijk is de buis in hout uit-
geboord, maar hier op Noord-Celebes is die van bamboe. Het
is mij onbegrijpelijk, hoe men daaruit de dwarsschotten zoo
volkomen verwijdert, dat het inwendige glad genoeg wordt.

29 Juli.

Heden middag na volbrachten arbeid vertrokken, doch
helaas! zonder mijne provisiën aangevuld te hebben. De
oude vorst beloofde veel, maar deed niets, en zijne gehoor-
zame onderdanen deden desgelijks, zoodat ik maar vertrok,

hopende op het volgende station, waar, zooals ik hoor, een kampong aan het strand ligt.

Natuurlijk geen wind; echter kwamen we, met het schamele beetje, dat er was, en met zwaar roeien, nogal een eind ver. Ongelukkig durft mijn gezagvoerder des nachts niet te varen, en misschien heeft hij gelijk wegens de vele klippen en riffen, en voor lui, die zonder kaarten of instrumenten varen, is een klip . . . . . een klip. Maar het is om te leeren vloeken, want juist des nachts is er altijd wat wind. Nu, te acht uur, is het echter nog zoo stil, dat ik zit te schrijven op het dek, waarheen ik het kleine tafeltje heb laten overbrengen.

Weet ge waaraan ik dacht, toen ik zoo langzaam dicht aan de kust voorbij dreef? Aan het ballet, dat wij, kort voor mijn vertrek, in de opera zagen, en dat ons eene reis liet doen: een geschilderd doek, dat langzaam voortbewogen wordt. Even zoo, terwijl bijna geene beweging mij verried, dat ik zelf van plaats veranderde, gleed de oever aan mijne blikken voorbij. Eerst nog de uitgestrekte vlakte, waarop Tomini ligt, steeds tot aan den uitersten rand begroeid, en waarvan de bergen slechts den achtergrond vormen; eindelijk de berg, waarachter ik gedurende eenige dagen de zon zag ondergaan en aan welks voet ik thans geankerd ben. Vrij hoog, met vele toppen van zeer onderscheiden vorm, maar van onder tot boven zoo overweelderig begroeid, dat het schijnt alsof het slechts een bosch met verschillende verdiepingen is. Dat geeft aan het geheel iets afgeronds, iets molligs, dat, in de schuine stralen van de avondzon, recht bekoorlijk is. Midden op den dag ziet men niet, maar zweet.

De koksgeschiedenis is nog vrij wel afgeloopen; de vrouw kookt goed en was zeker in de eerste dagen maar zeeziek. Het kind is eene alleraardigste jongen, die beschuit van mij krijgt en daarvoor al zijne tanden laat zien en in elken wang een kuiltje. Het voert den naam van Koddo.

30 Juli.

Hetzelfde liedje. Over dag bijna niet gevorderd, des avonds voor anker. Heden gebeurde dit echter nog zoo vroeg, dat ik mij aan wal liet roeien, niettegenstaande de verzekering, dat de menschen « van de bergen », zooals de vaste uitdrukking is, zeer boos zijn. Met den naam orang-goenong (bergmenschen) worden zoowat overal de minder bekende, en daarom voor woest uitgekreten bewoners der binnenlanden bestempeld. Vaak zijn zij meer schuw dan boosaardig, en te dun gezaaid om veel kwaad te doen. Mijn jongen, die volstrekt niet voor held in de wieg gelegd is, vond het wijs, om achter te blijven. Ik strekte de beenen eens uit en vond ten minste een kleinen troost: spaansche peper. Die zelfs was op, en verbeeld u eens rijst zonder peper! Mijn gevolg van matrozen plukte zulk eene massa, dat ik voor vele dagen genoeg heb, vooral daar het eene kleine soort is, die in het wild het meest aangetroffen en door de inlanders lombok-setan (duivelspeper) genoemd wordt, bij welken naam elke uitleg overbodig is. Bovendien beweert men, dat deze soort ongezond is, zoodat ik er weinig van eet. Ik geloof dat de rivier, waarin ik mijn bad nam, de groote Apimbahoe-rivier is, waarvan de breedte mij bij haar korten loop bijna onbegrijpelijk voorkomt.

Mij dunkt, dat men hier zien kan, dat men een groot land voor zich heeft; de bergen, ofschoon wat ik er van zie juist niet hoog is, zijn massief en op breede schaal aangelegd, met forsche, duidelijk geteekende ribben. Het landschap is over het algemeen totaal verschillend van wat men elders in Indië ziet. De vulkanen ontbreken geheel en al en dus ook de eentonige kegelvorm, wat op zich zelf reeds voldoende zou zijn, om deze streken te kenschetsen. De overeenkomst met Zwitserland vind ik nog steeds opvallend. Mij dunkt, zelfs een leek heeft slechts een blik op het landschap noodig om geloof te slaan aan de uit-

spraak der geologen, dat Celebes (uitgezonderd de Minehasa) van geheel andere formatie dan het overige van den
Archipel is. Het moet namelijk enkele millioenen jaren
ouder zijn. Ook de bosschen hebben hier een bijzonder
karakter. Vele boomsoorten zijn er, die, ofschoon geene
palmen, met een rechten stam hoog, hoog opschieten
en dan eerst een pluimpje groen krijgen. Als gij bedenkt
dat zij daardoor zeer dicht bij elkander staan, en de stammen
met varens en slingerplanten geheel begroeid zijn, dan
kunt gij begrijpen, dat het aanzien van het woud iets plechtigs krijgt, iets dat aan sommige platen van Doré uit Atala
herinnert.

Dit gedeelte schijnt, bij de overige kust vergeleken, goed
bevolkt te zijn. Ik kwam op de wandeling verschillende inlanders tegen, die verre van boos te zijn, met mijn volk een kalm
praatje hielden. Aan den oever echter niet eene woning,
maar op de bergen zijn vele bebouwde lapjes, elk met
een huisje er bij. De eigenaars wonen daar echter niet.
De eenige kultuur toch bestaat in Indië helaas, bijna overal,
waar wij er ons niet mede bemoeien, in het uitroeien van
een gedeelte bosch, waarvoor dan gedurende een of hoogstens twee jaren rijst in de plaats treedt. Daarna laten de
zorgelooze inlanders het terrein weer aan zich zelf over,
er ontstaat eene wildernis, waar zelden weer boomen
groeien, en zoo wordt langzamerhand van een paradijs eene
woestijn gemaakt.

Dit is ook de reden, waarom bij de rijstvelden slechts
tijdelijke verblijven worden opgerigt, terwijl de eigenaars in
hunne kampongs blijven wonen, vaak zeer ver van hun
land verwijderd.

Op zulk een reis is de verveling wel het ergste, en ik
vrees dan ook, dat ik u nog menigmaal zal mededeelen,
dat de kust schoon is. Ligt, dat gij ook iets van de verveling
geniet. Op dat punt zijn de inlanders gelukkig, die voor
verveling onvatbaar zijn, en volkomen tevreden, als ze op

hunne hurken kunnen zitten knipoogen, zonder door hunne gedachten lastig gevallen te worden.

2 Augustus.

Wij naderen het punt van bestemming, dank zij een weinig wind, dat we heden hadden, wel niet uit den goeden hoek, maar toch bruikbaar.

Aan het hier en daar beknabbelde papier, kunt gij zien, dat de kakkerlakken geen mailpapier versmaden. Zonderlinge smaak, maar ik wenschte liever, dat zij dien niet hadden, want nu zult gij nog lang, in den vorm van besnoeide brieven, souvenirs van deze reis krijgen. Vooral plaatsen met vetvlakken zijn van hunne gading, en, dat die er zijn, daarvoor zorgt mijn jongen voldoende. Was mijn eenige lampeglas maar niet gebarsten, dan zou ik gaarne aan lamp en jongen al de vetvlakken vergeven.

Altijd nog liggen we des nachts voor anker, en altijd nog geloof ik, dat dit slechts uit bangheid is. Ik profiteerde er alleen bij, dat ik een paar malen kon baden, dat ik eergisteren wat pisang voor mijzelven opdeed, en heden wat maïs voor mijne kippen. Dezen zijn bijna opgegeten, en het treurig overschot wordt zoo mager als geraamten. Ik weet niet, wie daarbij meer te beklagen, de kippen of mijzelven.

4 Augustus.

Nog steeds is de kust zeer schoon, maar men belooft mij, dat ik morgen het doel van deze reis, Parigi, zal bereiken. Hoog tijd! Om niet te leeren vloeken, zal ik maar niet optellen, hoeveel dagen deze ellendige reis reeds duurde. Gisteren was ik wel gedwongen, een halven dag stil te liggen, om in eene kampong wat proviand op te doen, want twee dagen kon ik het niet meer uithouden. Gelukkig kreeg ik pisang, klappers en enkele kippen. Natuurlijk was toen voor het eerst en voor het laatst de wind goed en sterk.

Heden hebben de matrozen een zeer klein haaitje gevangen en opgegeten, en ik liet mij vangen en opeten door een klein duizendpootje. Het beestje was maar een paar duim lang, maar als de beet van de grooten, die meer dan een voet lang worden, naar evenredigheid pijnlijk is, dan beware mij de hemel daarvoor! Deze deed mij geweldig pijn, doch het duurde gelukkig maar eenige uren. Gij ziet, dat het mij waarlijk niet aan mede-passagiers ontbreekt.

PARIGI, 6 Augustus.

Gisteren middag hier aangekomen en heden morgen eenige goede waarnemingen gedaan, dus in een heel wat betere stemming, dan gedurende dat eindelooze zeilen. Parigi is geen schoon oord; laag, moerassig land, daar de bergen hier sterk achteruit wijken. De plaats ligt ongeveer juist ten Z. van Tomini, in de Z.W. hoek van de golf, zoodat van hieruit dan ook eigenlijk de terugreis begint. Daar ik echter nog verschillende plaatsen denk aan te doen, zal ook die nog van langen duur zijn. De kampong van de werkelijke ingeborenen, schijnt, zooals hier meestal het geval is, meer landinwaarts te liggen; aan het strand is echter eene groote nederzetting van Boegineezen; dezen behooren eigenlijk op Zuid-Celebes te huis, maar, daar zij zich sterk toeleggen op handel en zeevaart, vindt men hen, in een groot gedeelte van den Archipel, in vele kustplaatsen genesteld. De kleinhandel, ook van Chineezen en Arabieren, wordt in deze streken voornamelijk met Boegineesche vaartuigen gedreven.

Eene majesteit zag ik nog niet; ik weet trouwens niet, of er wel een schrijven, aan hem gericht, aan boord is, maar ik word geplaagd door het Boegineesche hoofd, dat mij al te veel beleefde bezoeken brengt, en dan even als zijn gevolg, zeer natuurlijk vindt, alles wat hem aanstaat, eenvoudig ten geschenke te vragen. Eene doos Zweedsche lucifers, wat beschuit enz., zulke kleinigheden, bracht ik gereedelijk aan zijne onbescheidenheid ten offer, maar voor het overige is mijn jongen er al goed op afgericht, om op mijne vraag, of er nog van eene of andere zaak iets voorhanden is, steeds brutaal neen te antwoorden. Ook moet hij de deur van het kajuitje bij zulke bezoeken steeds zorgvuldig gesloten houden, anders zou mijn vriendelijke bezoeker, het artikel, dat niet meer voorhanden is, wel eens juist op tafel kunnen zien liggen. Ik betreur meer en meer, dat men mij te Gorontalo zoo stellig verzekerde, dat ik overal met geld terecht kon, en geene geschenken behoefde mede te nemen, want ook hier kom ik met geld, of in het geheel niet, of schandelijk duur terecht. Ledige flesschen zijn steeds de beste munt, en geschenken, zooals kralen, lucifers, rood katoen, zouden mij zeer goed te pas zijn gekomen. Nu moet ik mij maar getroosten, voor een kip een kwartje te geven, wat u zeker zeer goedkoop voorkomt, maar mij zeer duur, aangezien ik dezelfde kip ook voor een ledige flesch zou kunnen krijgen. Ook is het jammer, dat ik bij mijn jongen de overtuiging niet kan uitroeien, dat de grootste dieren de besten zijn, waardoor ik heel wat oude hanen te slikken krijg. Al die ledige flesschen gebruiken de inlanders, om de klapperolie in te verzamelen die overal een groot handelsartikel is.

Al te beleefd ben ik natuurlijk niet; als mijn Boeginees mij verveelt, draai ik hem, met voorbeeldige wellevendheid, den rug toe, en ga zitten schrijven Ook thans zit hij achter mij. De dames van deze plaats schijnen nog al bang voor mij te zijn, de jongeren ten minste loopen steeds hard weg. Wel zijn de ouderen minder bevreesd om hunne bekoorlijkheid te laten bewonderen, maar daartoe ben ik weder minder bereid. Naar hetgeen ik echter in de haast zien kon, zijn hier enkele fijn besneden gezichten. De huizen zijn aan den wand gewoonlijk maar drie voet hoog, in het midden echter veel hooger, daar het dak eene sterke helling heeft. Zij staan altijd ongeveer tien voet boven den grond, op palen, en in de open ruimte onder de huizen staat het weefgetouw waarop de vrouwen hunne sarongs vervaardigen. Zijn het jonge dames, dan is er meestal een rasterwerk omheen, maar niet zoo dicht, of men kan wel eens naar binnen gluren, en de schoone gluurt dan ook wel even naar buiten. Eene enkele liep gillend weg toen ik in de buurt kwam.

De gewoonte, om de huizen op palen te bouwen, is zeker eens in geheel Indië algemeen geweest, want men vindt die thans nog bijna overal, behalve op Java, waar zij echter ook nog hier en daar voorkomt. Daar kan misschien gebrek aan hout in de benedenlanden of de overheersching der Hindoes, die gewoon zijn op den grond te bouwen, er toe geleid hebben, eene andere bouwwijze aan te nemen. Het is echter eene zeer verstandige manier voor lieden, die gaarne aan het moerassige zeestrand wonen of zelfs boven het water. Zij zijn daardoor eenigszins beveiligd tegen moerasdampen en ook tegen vocht en vele wilde dieren. Het leidt echter tevens tot de mindere aangename gewoonte, om al den afval uit de huizen langs den kortsten weg naar buiten te brengen, dat is door de reten van den vloer heen, zoodat zich langzamerhand onder de woningen zekere heuveltjes vormen, waarin kippen gewoonlijk meer behagen scheppen dan menschen. Dat de huizen daardoor niet welriekend worden, laat zich begrijpen.

7 Augustus.

Heden is de radja beneden geweest en was ik, buiten mijne schuld, verschrikkelijk onbeleefd. Men had er mij niets van gezegd en mijn middagdutje was juist heden nog al lang. De man wachtte eenige uren, en ook na het slaapje kreeg ik pas kennis van het hooge bezoek, terwijl ik in de rivier zat, en toen het bad was afgeloopen, was de man naar huis teruggekeerd. En hij had mij nog al zulke hoognoodige provisiën mede gebracht! Morgen zal ik hem een bezoek brengen, en eene flesch arak zal mijne onbeleefdheid wel weder goedmaken. Het zal eene vermoeiende wandeling zijn, daar, zooals ik hoor, de kampong ruim een uur van het strand verwijderd ligt. Op bloote voeten natuurlijk, want voor schoenen zijn de streepjes modder, door de inlanders paden genoemd, niet gemaakt. Mijn Boegineesche vriend beweert, dat er maar eens in zijn tijd een ambtenaar hier geweest is. Ik kan het onzen ambtenaren niet euvel duiden, dat zij zulke oorden niet met al te veel bezoeken begunstigen.

8 Augustus.

Welk een feestdag! Ik heb Z. M. gezien, en ik heb koe gekocht. Een groot stuk koe, want ik wilde ook de matrozen trakteeren. Te huis zou ik het droge vleesch waarschijnlijk met diepe verachting bejegend hebben, maar, na reeds gedurende drie weken niets dan kip genoten te hebben, was het eene heerlijke afwisseling. Vooral smaakte mij een bord goede soep, dat mijne kokkin er van wist klaar te maken, heel wat beter dan het flauwe aftreksel van kippehalzen, dat mij anders wordt voorgezet. Ik vierde dan ook koe en koning met een waar feestmaal, dat, naar ik hoop, in mijnen voorraad blikjes geen al te groot gat geslagen heeft. Al die heerlijkheid zal ik op de verdere reis wel weer bezuren, want er staat weer een tocht voor de deur, tegen den wind in, en dus weer eene portie verveling en armoede.

De vorst, die over drie kampongs regeert, waarvan de eene wel twaalf huizen telt, was niet al te zeer vertoornd over mijne onbeleefdheid van gisteren, ten minste hij was weder naar de kust afgedaald, wat mij eene onaangename wandeling spaarde. Met de prestige-jas, voor vorstelijke bezoeken bestemd, aan, moest ik een kwartiertje op hem wachten — zeker een kleine wraakoefening — in een huis, naar men mij mededeelt, door de koningin bewoond. Ik kreeg haar niet te zien, maar, indien het eene der dames was, die ik, door de deur van eene afgescheiden kamer, flauw kon onderscheiden, dan was ze waarlijk oud genoeg om zich te durven vertoonen. De koning zelf was even oud en even vuil, maar niet zoo gemeen en verlegen als die van Tomini. Hij is vader van vele zonen, waarvan vele ook al niet meer jong zijn. De etiquette ontbrak natuurlijk niet. Er lagen drie matten; op de middelste was voor mij als eerezetel weder eene kist geplaatst, links zat Z. M. en op dezelfde mat, in eerbiedige houding, mijn vriend, het hoofd der Boegineezen. Rechts zaten, op twee rijen, de vele zonen, en een weinig meer vooruit een oud man, dien ik voor een broeder van den radja aanzag. Verder natuur-lijk een breede kring van volgelingen en daarachter alles, wat maar kon en durfde naar binnen dringen; het huis was stampvol, zelfs de ladder, die als trap dient, dreigde onder de menschenmassa te bezwijken. Binnenshuis was het warm, geurig en donker, zoodat ik de audiëntie niet al te lang rekte. De voornaamste episode was weder de plechtige overgave van mijne flesch arak, waarvan de vorst nu wel reeds dronken zal zijn. Ter eere van mijne Boegi-neezen moet ik hier echter bijvoegen, dat zij van dit ge-schenk niet gediend zijn.

Het is te betreuren, dat men in vroegere tijden dien titel van radja door koning vertaald heeft, want daardoor laten wij ons verleiden, die smeerpoetsen met veel te veel onderscheiding te behandelen. Zoo iemand bezit meestal slechts eene kampong, en de inlanders kennen ook nog verschillende hoogere titels, zoodat de koningstitel voor deze lui wezenlijk te fraai is, en die van burgemeester hun beter zou passen. Na den Soesoehoenan van Solo, dien wij keizer noemen, volgen in rang nog de sultans en ook de titel van panembahan (Madoera en Borneo) is hooger dan die van radja. En die gebrekkige vertaling, door Va-lentijn bestendigd, zit ons nog steeds overal in den weg,

ook op Atjeh, waar wij dagelijks vrede en vriendschap
sluiten met kerels, die hunne onderdanen misschien gemakkelijker bij tien-, dan bij honderdtallen kunnen tellen.

In zee, 13 Augustus.

Uit den langen tijd gedurende welken ik niet schreef,
blijkt reeds voldoende, dat ik geschommeld heb. Behalve
dat de zee onstuimig was, was ook in andere opzichten
het weder onaangenaam, nu eens guur, dan warm, dan
weder regen, zoodat er alleen sprake was van lijdelijke
verveling, niet van schrijven. Bovendien had ik den dag
der afreize van Parigi een weinig koorts, wat niet te verwonderen is bij de moerassen, waarin Tomini en Parigi
liggen. Het was geene hevige koorts, maar toch wil ik het
niemand toewenschen, aan boord van zulk een vaartuig
ook maar onwel te zijn. Dan zijn het heen en weder schudden en de hevige temperatuur dubbel onaangenaam en het
toch reeds zoo onsmakelijke eten krijgt dan dubbele waarde.
Ditmaal kwam de ongesteldheid zeer ongelegen, want er
was juist nog een stuk van de koe over en dit was den
volgenden dag bedorven. Niet dikwijls zal eene koe zoo
diep betreurd ten grave gedaald zijn, en ik at weer kip.

Den negenden ben ik van Parigi vertrokken. De wind
was somtijds nog al voordeelig, wat ook al weder tegen
het recept voor Augustus indruischt. Doch ditmaal was die
onregelmatigheid mij niet onwelkom, want veel vroeger
dan mij beloofd was, heb ik het doel der reis reeds in het
gezicht. Ik heb tot heden toe niet veel anders dan zee
gezien, want de kust gaat van Parigi af met eene sterke
bocht zuidwaarts, terwijl mijn koers naar het oosten is.
Ik wensch namelijk de Togean-eilanden aan te doen, die
ongeveer zuid van Gorontalo, in het midden van de golf,
liggen. Thans heb ik echter een schoon vergezicht, tusschen
Togean en den vasten wal door, die beiden met hooge
bergen bezet zijn, door den morgennevel schoon gekleurd.

Daar diezelfde morgennevel echter juist begint eenige zonnestralen tot mij door te laten, moet ik voor heden weder
eindigen.

Togean, 14 Augustus.

Werkelijk ben ik gisteren nog voor anker gekomen, hoewel eerst in den nacht. Mijne ligplaats is bij een zeer klein
eilandje, Mogo geheeten, waar de twee of drie groote
eilanden van de groep in een boog rondom liggen, ongeveer gelijk een wenkbrauw boven een oog. Het is eene
schoone verzameling van heuvelen, waarvan sommigen
vrij hoog zijn. Allen hebben denzelfden afgeronden mols-
hoopvorm en dezelfde helling. Ik word weder onwederstaanbaar herinnerd aan sommige deelen van Zwitserland,
vooral door een stel tweelingbergen, die eene volmaakte
kopie in miniatuur vormen van de beide Mythen bij
Schwytz. Het is werkelijk eene bedriegelijke nabootsing.

Het merkwaardigste van mijn kleine eiland ben ik op dit
oogenblik zeker zelf, want gij moest mij hier eens aan het
werk zien! Verbeeld u een heerlijk plekje aan het strand,
ongeveer twintig pas lang en niet tien breed, ingesloten
door een rotswand, die zoo begroeid en overgroeid is, dat
ik er in een priëel zit, waar, ook zonder tent, geen enkele
zonnestraal tot mij doordringt. Allerliefst, koel, idyllisch,
maar de zonnestraal, dien ik voor mijne waarnemingen
noodig heb, kan mij, evenmin als de anderen, bereiken;
geen middel om de zon te schieten. Goede raad was duur,
ik pakte snel alles weer in de sloep en zocht een ander
plekje, maar kon er langs den rotsigen oever geen vinden
dan in zee, en zoo heb ik dan ook mijn instrument eenvoudig in zee opgesteld, zeker tot groote verwondering van
de ongeleerde visschen. De sloep behield ik als tafel in de
buurt, alle man was in zee om het noodige vast te houden
en te dragen, onder anderen diende een matroos als tafel
voor den tijdmeter. Slechts de branding was vrij lastig,

die mij zelfs bezocht tot aan de plaats die meer gewend is aan de aanraking van stoel of rustbank, dan van de zoute zee. Dergelijke waarnemingen zullen wel niet dikwijls vertoond worden en ik deed ze dan ook vrij vluchtig. Voor het latere werk ging ik naar mijn priëeltje terug, en in Indië is men spoedig genoeg droog, maar morgen zal ik toch maar een tweede pakje mede nemen.

De plaats heeft de onaangename eigenschap, dat er ongeveer geen eten te krijgen is, en daar de bemanning beweert niet genoeg rijst aan boord te hebben, wil men mij dwingen naar Gorontalo terug te keeren, wat volstrekt niet in mijnen koers ligt. Morgen zal ik trachten den koning te vermurwen, die zoo beleefd niet geweest is mij een bezoek te brengen, maar schamele bedelaars, zooals ik er thans een voorstel, moeten maar niet al te kwalijknemend zijn.

In zee, 16 Augustus.

Togean is reeds weder achter den rug. Nog al tamelijk door het weder begunstigd, liepen de werkzaamheden in de zee en in het romantisch priëel in drie dagen af en ik zag geene enkele reden, om een minuut langer dan noodig was in het armoedige oord te blijven. En toch genoot ik er eene ongekende weelde; toen ik ten hove opging, kwam er een luierstoel voor den dag, dien Z. M. zelf mede hielp, om van den zolder te laten afzakken. Hij zelf ging voor mij op den grond zitten. Dit bezoek, dat met de gewone flesch arak en met de prestige-jas aan, en dan nog met den luierstoel, niet weinig indrukwekkend moet geweest zijn, verschafte mij de gelegenheid, om, voor veel geld, slechte rijst voor de manschappen en drie kippen voor mij zelven te koopen. Pisang was er niet; maïs voor het pluimgedierte, vruchten, groenten, niets was er. Welk een oord! In het paleis werd tevens school gehouden, in een hoek werden sarongs geweven, in een anderen lag een zieke te sterven, en overal lagen verschillende koopwaren. Daarin bleek de vorst zelf handel te drijven, zoodat ik verstandig oordeelde, mij van zijne vriendschap door den aankoop van een paar sarongs te verzekeren. Ditzelfde heb ik ook te Parigi met mijn Boegineeschen vriend gedaan, maar dien kocht ik liefst den sarong van het lijf weg. Mijn radja van gisteren was niet overmatig vuil, — of ben ik misschien reeds zoo aan vuil gewend, dat het mijn smaak niet meer beleedigt? Eigenlijk vermoed ik dat de ongekende wellust, in een gemakkelijken stoel te zitten, mij alles door een rooskleurigen sluier deed aanzien.

Weder moet ik melding maken van een paar schoone dieren. Allereerst van een vischje, drie of vier duim lang, van zulk een intensief blauw, dat het, in den zonneschijn rondzwemmende, tusschen de witte, roode en bruine koralen, een heerlijk juweel geleek. En de koralen zelven, met hunne grillige vertakkingen, hunne bekers, sprieten en bloemkoolen maken den zeebodem vaak even schoon en ten minste kleuriger dan het land met zijn eentonig groen. Ook zag ik wedereens den schoonen blauwen vogel, dien ik vroeger op Timor zag. Ik kan mij niet verbeelden dat in de natuur zelfs de paradijsvogels schooner zouden zijn. Ik heb eenen levenden paradijsvogel op Ternate gezien, maar helaas in eene kooi. Trouwens, zelfs dit is een genot dat aan thuisblijvende Europeanen ontzegd is. Ook onder de vlinders en andere vliegende insekten zag ik weder schoone exemplaren, die mij nieuw waren.

Nu ik eenmaal aan de zoölogie ben, moet ik u ook verhalen, hoe wij zoo even kakkerlakkengericht gehouden hebben. In de kajuit durf ik ze niet dooden, want, door den stank, zijn zij dood nog hinderlijker dan levend, door hun kriebel-krabbel, waaraan men wel gewent. Maar boven op het dek staat eene kist met flesschen, in stroo gepakt, en daarin hadden er zich honderden genesteld. Met bliksemsnelheid werd alles er uit gehaald en de kist in zee uitgeschud. Velen vonden een jammerlijken dood in de zilte baren. Als gij mijne wreedheid al te gruwelijk vindt, bedenk dan als verzachtende omstandigheid eens, hoeveel ik van hen en hunne geloofsgenooten alle dagen te lijden heb.

18 Augustus.

Ditmaal heb ik eene recht voorspoedige reis gehad. Wind, harde wind, zonder dat die onaangenaam hard werd, een tijd lang juist van achteren; om kort te gaan, den zestienden even na den middag van mijn priëel Mogo vertrokken, lieten wij den zeventienden, omstreeks tien uur in den avond, het anker vallen bij Mantawaloe-Keké. Die mooie naam behoort aan een eiland, misschien nog geen. vijf minuten gaans in omtrek, oostelijk van Togean, vrij dicht bij den vasten wal gelegen, maar ver verwijderd van iedere menschelijke woning. Keké (op Zuid-Celebes kéke) beteekent op Celebes: klein, en mijn eiland heeft dat toevoegsel omdat er iets verder een ander ligt, dat. ongeveer de helft grooter is. Waarachtig, zulke dingen hebben met hun beiden wel genoeg aan eenen naam, en dan kan men nog niet begrijpen, hoe het alphabet letters genoeg kan bezitten, om overal namen voor te vinden. In die twee dagen zag ik er wel honderd, meest allen nog kleiner dan de beide Mantawaloe's. En de fabriek van namen zal nooit mogen liquideeren, want, daar allen koraal-eilanden zijn, komt er wel eens eentje bij. Men ziet er dan ook vaak, die juist bezig zijn, om van rif eiland te worden. Zijn die kleine dingen in de Molukken soms vervelend, hier is dit niet het geval, waar ze slechts dienen, om den voorgrond op te vroolijken van de schilderij, waarin de hooge bergen op den vasten wal het meest de aandacht trekken. Java's schoone Zuidkust heb ik niet van zee uit gezien, en zoo is tot nu toe de wal van Celebes het schoonste, wat ik in dit soort zag. Het is niet die vervelende rechte lijn, die zulk een kenmerk is van het Indische landschap, en die, als het ware, de schotel uitmaakt, waarop de hoogere bergen opgedischt zijn. Hier zijn bergen en rotsen van verschillende hoogte zoo door elkander geworpen, dat men er haast geene regelmaat in ziet, en onder het voortvaren, doet zich telkens iets nieuws aan het oog voor. Kapen steken ver in zee uit, en de plekken, waar het bosch afgebrand is, om rijstvelden te maken, geven, met hun lichte groen, eene aangename afwisseling aan het landschap.

Onder de geriefelijkheden van mijn eiland, behoort een fraai zandgrondje, zoodat ik mijne waarnemingen niet in zee behoef te doen; dan vele groote landkrabben, waarop ik eene jacht organiseerde, zoodat ik heden avond het menu hoop af te wisselen met eene soort kreeftesalade. Ook houden de kaailui niet van koraal, dat hun weeke buikje zou openscheuren, zoodat ik veilig een zeebad kan nemen — uit armoede, want zoet water levert een koraaleiland nooit op. En ik ben nog niet Alfoersch genoeg geworden, om bij voorkeur zeewater te drinken. Gelukkig kon ik op Togean den laatsten dag nog eenige klappers koopen, waarvan ik gaarne het vocht drink, en ook de wijnkelder is nog niet uitgeput.

20 Augustus.

Morgen weder van hier. Intusschen kan ik u vergasten, op een fonkelnieuw watertooneel, en zelfs van zoet water. Voor zonsondergang was ik nog even, voor eene waarneming, aan wal gegaan, en werd daar verrast door eene regenbui, waarvoor wijlen Noach zich niet geschaamd zou hebben. De observatie liep goed van stapel, maar ik kwam druipnat te huis, zoodat ik nu als eene oude juffrouw, met een wollen jakje aan, warme thee zit te drinken (jammer dat het geen saliemelk is), terwijl mijne handschoenen op den trekpot liggen uit te dampen, en binnen de petroleumlamp reeds brandt, om de instrumenten te drogen.

Mijn eiland schijnt ook aan vele schildpadden tot kinderkamer te dienen, ten minste de matrozen doen zich tegoed aan de vele eieren. Ik houd niet veel van die dingen,

die er met hunne weeke schaal, en met eiwit, dat niet
hard wordt, maar eene blauwachtige gelei blijft, wel eenigszins walgelijk uitzien. Een paar schalen van schildpadden
vond ik, waarvan zeker vorige bezoekers de bewoners hadden opgegeten, en waarvan de eene twee voet, de andere
bijna een meter middellijn had.

Het weder is zeer onstuimig, maar, daar de wind meestal
uit den goeden hoek waait, geeft mij dit veel hoop voor
de verdere reis. Mijn voorzichtige kommandant heeft noodig
geoordeeld, een tweede anker uit te brengen, zoodat ik
geen angst heb, in den nacht weg te drijven. Mijn vol-
gend station ligt weder aan de andere zijde van de golf,
en niet al te ver van Gorontalo, waar ik zoodoende aardig
omheen zeil. Gij ziet, ik kan nog niet van mijne kakkerlakken scheiden, en van dezen eindeloozen brief ook niet,
tenzij tijdelijk, wanneer, zooals nu, de zon ondergaat.

23 Augustus.

Nu ik weêr zeilende ben, heb ik natuurlijk weder tegenwind, of in het geheel geen. Maar ik wil niet klagen, want
ik ben pas ruim een dag onder zeil. Eergisteren, na afloop
van het werk, even verzeild naar eene kampong Boea-
Lemo geheeten, een weinig oostwaarts van mijn koraaleiland, op het vaste land gelegen. Mijn jongen was daar
ijverig in de weer, kocht kippen, klappers, pisang, peper,
en zelfs een boschje versche groenten. Welk eene lang
vergeten weelde! Met zonsondergang, nadat ik een heerlijk
rivierbad genomen had, lichtten we weder het anker, ditmaal om den oversteek te wagen. Reeds ben ik dicht bij
den noorderwal, en dicht bij Gorontalo, en mijne matroosjes vinden mij zeer wreedaardig, dat ik juist den anderen
kant op wil.

Van zonsondergang gesproken, ik geloof, dat ik waarlijk
al zoover in mijn brief gekomen ben, zonder er een enkelen vuurrooden zonsondergang of zilveren maneschijn in

te laten schijnen, wat anders beter eenen brief vult, dan eene ledige maag. Dit getuigt nog niet van gebrek aan stof, en van schrijven uit verveling, want beiden maan en zon zijn schoon genoeg om in het landschap mede te tellen, en zij vullen wel eens een uurtje, waarin men zich dan maar verbeeldt, dat men zich gloeiend amuseert, omdat de lucht zoo gloeiend is. Doch ik heb nog geen klagen over verveling; in mijne bibliotheek heb ik nog één ongelezen boek, benevens twee, die nog maar eens gelezen zijn.

Zelfs heb ik mijnen brief nog niet kleurig (ik heb niet gezegd geurig, let wel!) gemaakt met eene beschrijving van de kleeding mijner matroosjes, misschien, omdat die boven alle beschrijving is. Zoo gelapt, met de meest mogelijke verachting van alle symmetrie en harmonie, dat er ware harlekijnen onder zijn. Op een broek, die oorspronkelijk van zwart laken en van Europeesch fabrikaat schijnt geweest te zijn, telde ik zoo wat tien soorten lappen, van allerlei kleur en datum, wit, blauw, rood, violet en oranje, zoo dat het moeielijk te zien is, wat lap, wat broek is. Zoo zijn er jasjes ook, zoodat het aan boord waarlijk niet eentonig is — op dat punt.

24 Augustus.

Gisteren flinken wind gehad, en reeds heden morgen zoo vroeg de plaats van bestemming bereikt, dat ik nog een paar waarnemingen doen kon. De plaats heet Tandjong-Flesko. Tandjong beteekent kaap. Zij is op den noordelijksten van de vier armen van Celebes gelegen en is juist het punt, ongeveer halverwege tusschen Gorontalo en Kema, waar zich deze arm noordwaarts ombuigt, en de golf van Tomini zich dus wijder opent. Onze ligplaats is echter door een paar eilanden volkomen tegen alle winden en zeeën beschut.

Ik ben ver verwijderd van alle menschelijke woonplaatsen, maar helaas ook, dank zij de riffen en klippen, verre van

de kust en ver van het eiland, waar ik mijn waarnemingen
doe. En dit laatste is bovendien zeer moeielijk te bereiken,
want het is nog op grooten afstand door koraal omringd.
Wij moeten zoodanig over dit laatste heenschuiven, dat er
wel vrees bestaat, dat ik het rijk op eene roeiboot zal te
staan komen.

Daar er geen menschen in de buurt wonen, is er ook
geen koning om mij te amuseeren, hoewel ik dit à priori
niet zou hebben durven verzekeren. Men vindt toch in
Indië koningen, die over zoo weinig onderdanen regeeren,
dat het mij volstrekt niet verwonderen zou, er eens eenen
te vinden, die er in het geheel geen heeft. Dat de kust
schoon is, heb ik u, meen ik, reeds medegedeeld en verwacht dus maar niet veel nieuws van dezen uithoek. De
beide eilanden, waarover ik tijdelijk regeer, zijn hoewel
klein, vrij hoog en met zeer dicht woud begroeid, maar
zoet water is hier, helaas! weer niet te vinden. Op het
grootste der twee, dat het verste van mij verwijderd is,
doe ik mijne waarnemingen.

25 Augustus.

Heden heb ik eenen ongeluksdag gehad, zooals er weinigen zijn, wanneer men op het tooneel minstens een zelfmoord zou begaan, en in de werkelijkheid misanthroop
wordt, wanhoopskreten slaakt en aan zijn eigen bestaan
twijfelt. Eerst toen ik naar mijn eiland roeide, eene regenbui, wat vóór zonsopgang onaangenaam koud op uwe kabaai
valt, daarna ontdekt, dat een gezellig hoekje, dat ik voor
mijne waarnemingen had uitgezocht, zoo van ijzer overvloeit, dat het onzin geweest zou zijn, daar magnetische
waarnemingen te doen. Een ander plekje gezocht en gevonden, en toen was er weer geen zon, en later kwam ik
toch langzamerhand tot het besluit, dat overal op mijn
schoone eiland de lokale invloeden zoo groot zijn, dat ik
beter deed het werk te staken, wat, na twee dagen arbeid

en een nat pak, een vrij wanhopig besluit is. Ten slotte bracht men mij de aangename boodschap, dat ik het eiland niet kon verlaten, omdat de wind opgestoken en daardoor de golfslag veel te zwaar was. Ik kon dus met de handen in den schoot gaan zitten en mij door eene tweede regenbui, met echte inlanders-kalmte, laten nat regenen. Toen ik ten slotte, boos, hongerig en nat, kon vertrekken, was de wind gaan liggen, maar het water intusschen zoo laag geworden, dat de boot buiten het rif gebracht was en ik een minuut of vijf moest waden. Dit schijnt niets voor wien aan het strand van Scheveningen denkt, doch het geleek veel op eene wandeling over raspen en rechtopstaande breinaalden. De bodem bestaat geheel uit koraal, dat u met alle punten omhoog uitlacht en met uwe bloote voeten den spot drijft. Dit was de genadeslag; ik bleef staan als een pruilend kind. Gelukkig kregen de matroosjes medelijden met mij en kwamen met een stoel aandragen, waarop ik in de sloep getransporteerd werd. Ongelukken genoeg?

Morgen zal ik op het andere eiland eene poging wagen. Als een kleinen troost vond ik heden op mijn eiland eene prachtige orchidee; het is de beroemde «flying devil», die tot nog toe op zeer weinig plaatsen gevonden is. De bloem is zoo groot als de palm eener hand, wit en geel met die grillige vormen en aristokratische kleurschakeeringen, zooals alleen de orchideeën die vertoonen.

26 Augustus.

Tandjong-Flesko is werkelijk een ongeluksplek! Het kleine eiland past mij beter, maar heden regende het van zonsopgang tot lang na den middag, op een bedriegelijk oogenblik na, dat mij naar den wal lokte. Ik deed eene waarneming, maar moest het weder opgeven. Het is wel mijne taak elementen te bepalen, maar niet er mede te kampen en toch doen ze soms, alsof ik hun gezworen vijand ware. Reeds drie dagen ben ik voor niets hier,

en daarvoor is de plaats eigenlijk niet aanlokkelijk genoeg.

28 Augustus.

Weder in zee, en dat wel eindelijk met de hoop, mijne
geliefde kakkerlakken weldra te kunnen verlaten.

Denk niet, dat ik Tandjong-Flesko ten slotte heb lief
gekregen, het bleef mij er slecht gaan. Eerst heden morgen
had ik goed weêr, waarvan ik gebruik maakte om spoedig
het allernoodzakelijkste af te doen, en zoo snel mogelijk te
vertrekken. Gisteren regende het den ganschen dag, zoodat
ik het vaartuig niet verliet, maar het slechte weder was
toch lang niet de meest ernstige reden, die mij tot een
spoedig vertrek noopte. Gisteren waren er namelijk zeeroovers in de buurt. Stel u geene vreeselijkheden voor, acht
of negen prauwtjes, elk met drie of vier man, arme slok-
kers van Halmaheira, die geen ander bestaan hebben, daar
zorgen hunne vorsten voor; en dat hunne vorsten hen
kunnen blijven knevelen, zoodat ze uit broodsgebrek zeeroovers worden, daar zorgt het gouvernement voor. Maar
voor de arme strandbewoners, dun gezaaid als ze zijn, zijn
deze zeeroovers eene erge plaag, als zij de kampongs uit-
rooven en vrouwen en kinderen mede nemen, om als
slaven te verkoopen, hoewel natuurlijk nergens slavehandel
bestaat.

Mijne bemanning, vooral mijn moedige jongen, had,
geloof ik, genoeg lust, om mijn kostbaar persoontje tot
voorwendsel te gebruiken, om aan den haal te gaan. Ik
begreep echter, dat eene kruisboot, die juist dienen moet,
om tegen zeeroovers te waken, niet het hazepad mocht
kiezen, en beduidde dus aan mijne dapperen, dat zij moesten
doen, als of ik niet aan boord was. Wij bleven dus dien
nacht liggen, hoewel ik een flauw besef heb, dat, ware ik
niet aan boord geweest, zij juist het tegendeel gedaan zouden
hebben. De kanonnen werden geladen, want er zijn er drie

aan boord, die wel ruim zoo groot zijn als een sigarenkoker, ik zelf laadde een pistool, dat mij levendig herinnerde aan ~~de ruiters~~ van Wouwerman, en nam dit mede naar bed. Geloof maar niet, dat het uit heldemoed was, dat ik zoo kalm ging slapen, ik wilde een goed voorbeeld geven, door geen angst te toonen, en had er ook werkelijk geen, want ik was innig overtuigd, dat de zeeroovers een gouvernements-vaartuig met drie onbruikbare kanonnen en vijftien helden niet zouden durven aanvallen. Hadden ze het echter gedaan, dan ware de uitslag misschien minder vermakelijk geweest, daar zij het voor ankerliggende vaartuig van alle kanten te gelijk hadden kunnen aanvallen. Zooals het was, bemerkten wij gedurende den nacht niets, en des morgens was van zeeroovers niets meer te zien. Mijn dappere jongen leeft nog, tot zijne groote vreugde, maar of hij rustig sliep? Mijn kok en zijne familie waren ergens in de beneden-wereld verdwenen.

Heden morgen vond ik verstandig zoo spoedig mogelijk naar Kema te vertrekken om orders te vragen. Want misschien is het mogelijk, aan de zeeroovers den pas af te snijden, zoodat zij de bocht niet uit kunnen.

De wind is thans zeer goed, juist van achteren, zoodat ik hoop heb, morgen vroeg reeds Kema te bereiken, waar ik van de kruisboot afscheid zal nemen — zonder veel spijt. En toch is onder goede omstandigheden eene reis met die kleine vaartuigen een genot. Toen ik dezen zelfden weg in omgekeerde richting per stoomboot deed, zag ik van de kust zoo goed als niets, en deze is toch even grootsch als schoon, hoewel het karakter van het landschap langzamerhand weder verandert, nu ik de vulkanengroep van de Minehasa weder nader. De zeer ver in zee uit-stekende kapen geven, bij de door zon en nevel zoo eigen-aardig versterkte perspectief, zeer krachtige omtrekken aan de schoone schilderij. Juist op het oogenblik drijf ik voorbij eene heerlijke baai. Op den achtergrond eerst een dicht

bosch, daarachter de bergen, die meer en meer achteruit
wijken, en al hooger en hooger, en steeds nevelachtiger
worden, en zes of zeven verschillende ketenen schijnen te
vormen, die zich aan het oog voordoen, alsof zij zich
allen opzettelijk krommen, om een grootsch amphitheater
te vormen, juist voor mij alleen, die er op dit oogenblik het middelpunt van uitmaak. Rechts sluiten een
paar rotsige eilanden het panorama, en links verdwijnt
alles in een zee van licht, waarin men niets meer zien
kan, dan schittering en flikkering. De eilanden, met
eene kruin van donkergroen bosch, op eene onderlaag
van flink geteekende, naakte rotsen, te steil om, zelfs in
Indië, te begroeien zijn bijzonder schoon. Omlijst door
de witte kuiven der golfjes, die tegen de gele rotsen
komen breken, zijn zij met hunne schelle tegenstelling
van groen en geel, juist de voorgrond, dien men in dit
landschap verlangt, de scherpe toets in de mollig geschil-
derde natuur.

KEMA, 1 September.

Werkelijk kwam ik reeds den 29sten in den voormiddag
hier aan, en vond alles zoodanig in rep en roer, dat er
drie dagen lang geen sprake was van schrijven. Reeds terwijl wij het anker lieten vallen, zag ik op het strand eene
niet volkomen begrijpelijke beweging, waarbij ik eenigszins
militaire tinten meende op te merken, en in de sloep, die
mij straks van boord haalde, werd mij een lang Maleisch
verhaal gedaan, waarnaar ik niet luisterde, maar waarin
ik toch herhaaldelijk de woorden « oorlog » en « resident »
en « orang-goenong » (menschen uit de bergen) opving. Te
Menado, is namelijk juist een oproertje geweest, of zooals
men in Indië zegt: een opstootje. Het is zeer goed afgeloopen, maar de plaats, en zelfs het fort hebben groot
gevaar geloopen van overrompeld te worden, vooral de
familie van den resident is slechts ter nauwernood aan den

dood ontsnapt. Doch hierover wil ik u meer uitvoerig schrijven, zoodra ik op Menado geweest ben, waar ik van daag
of morgen over land denk heen te gaan.

Het zal u zeker weinig verwonderen, dat ik zonder tranen
te storten, van mijne kruisboot afscheid nam. Zij is dadelijk
weder vertrokken, maar hoelang het duren zal, eer zij in
dit jaargetijde Gorontalo weder bereikt, is onmogelijk te
zeggen. De kok en zijne familie, die aan boord bleven,
kunnen er misschien nog lang van genieten. Aan het kleine
jongentje met de kuiltjes in de wangen, gaf ik het overschot
van mijn beschuit mede, dat toch door de kakkerlakken
zoo welriekend geworden was, dat een gewoon mensch
het niet meer eten kon. Mijn naakte vriendje zal er waarschijnlijk nog wel met wellust op knabbelen. . . . . . .
. . . .
. . . .

Op de reede van Gorontalo a. b. van
het stoomschip Vice-President Prins,
2 Januari.

Het schijnt mijn lot te wezen, den nieuwjaarsdag op zee
te vieren. Daar ik alleen aan boord ben, was de oudejaars-
avond bijna even gezellig als in eene cellulaire gevangenis,
maar gelukkig bleef de gezagvoerder, die anders meestal
vroeg verdwijnt, ditmaal laat op, omdat wij juist de zoo
lastige baai in moesten. Even voor middernacht lieten wij
het anker vallen en kort daarop verschenen de stuurlieden
en machinisten op het dek, er vlogen champagne-kurken,
en bij slot van rekening was het toch nog heel wat vroolijker
dan op de kruisboot, aan welke ik natuurlijk hier nog eens
eene gedachte gewijd heb. En die gedachte was een memento
mori! Bewonder de Indische wijsheid, en luister, welk lot
aan dien zeilenden dierentuin is wedervaren.

Ruim zes weken is het vaartuig van Kema hier heen
onder weg geweest, en sedert heeft de kommandant ge-

vonden, dat er toch al te veel wilde dieren in waren. Hij vond zeker, dat het voor mij nog goed genoeg was, maar nu voor hem te erg, of zou ik ze met mijn beschuit zoo goed gevoederd hebben, dat zij sedert nog vermeerderd zijn? De man nu stelde voor, de schuit eens te laten zinken, om die van ongedierte te reinigen. Dit middel wordt meer toegepast en is radikaal; maar hier deed men het al te radikaal. Men had geen besef, om er eerst den ballast uit te halen, en het ding in ondiep water te brengen, maar haalde er liefst zoo maar, midden in de baai, den prop uit. En zoo ligt daar nu het arme scheepje, waarop ik zoo lang gedobberd heb, diep in de zee, zoodat zelfs de mast niet meer boven het water uitsteekt. De kakkerlakken zijn verdronken, maar de schuit ook.

Gij zoudt misschien geneigd zijn, dit een ezelstreek te noemen, maar het mooiste moet nog komen. Verbeeld u, dat de brave havenmeester nog steeds gelooft, dat hij de schuit weer vlot zal krijgen, en ons diezelfde overtuiging wil mededeelen, door er hoog van op te geven, dat hij er reeds eene ketting onder door gebracht heeft. En de arme inlanders zijn reeds uit de binnenlanden opgeroepen, om aan die ketting te trekken. Wel moge het hun bekomen, maar het rijk mag de kruisboot n°. 49 wel afschrijven. En de roeiboot, die ik dacht, dat aan de gevolgen van de koraalriffen bij Tandjong-Flesko zou overlijden, ligt nog goed en wel aan het hoofd. Na dien slimmen zet, moet ik waarlijk mijnen havenmeester wel vergeven, dat hij bij mijn vorige bezoek zoo slecht wist te rekenen, en mij voor eene maand te weinig rijst mede gaf. Hij is niet wijzer.

De baai van Gorontalo, waarin wij sedert gisteren liggen te lossen en te laden, valt mij nu eigenlijk niet mede, maar komt mij vrij mat voor. Het zal wel zijn, omdat ik, sedert mijn vorige bezoek, weer zoovéel schoons gezien heb, en ook wel een weinig, omdat ik mij in mijne eenzaamheid verveel. De assistent-resident Riedel toch is in dien tusschentijd overgeplaatst, en zoo heb ik geen lust gehad, om aan wal te gaan, anders dan om eene wandeling te doen. Daarbij ontmoette ik echter verschillende oude kennissen, namelijk afgedankte matroosjes van de kruisboot, die mij verhalen deden over het afsterven van het stomme ding, en die mij mededeelden, dat het knaapje van den kok met papa de bergen in is. Verder kwamen er enkele lui van de plaats praatjes maken, en praatjes hooren; en hadden wij gisteren namiddag eene badscène, die voor u de slotscène moge zijn van Gorontalo met zijn schoone golf. Het blauwe water zag er zoo verlokkend uit, dat wij des morgens de mogelijkheid besproken hadden, om een zeebad te nemen. Kaaimannen, zijn er natuurlijk bij dien rotsigen bodem niet, maar haaien kunnen er altijd zijn. En zoo stond ik, na mijn middagdutje, juist over de verschansing te turen, in badkostuum, toen ik op eens iets in het water hoorde vallen, dat weldra bleek, de kapitein te wezen in dezelfde tenue. Natuurlijk lag ik ook, in minder dan geen tijd, over boord, en bijna tegelijk met mij vloog de eerste machinist in het water; onmiddelijk daarop volgde de stuurman, en nog een, en nog een, en de hondjes vlogen in zee, kortom, in eens zag men eene groote verzameling lachende gezichten boven het water uitsteken. Ik geloof dat zelfs de hondjes medelachten. Mijn jongen lachte zeker en — sprong ook in zee. Morgen vroeg zullen wij het anker lichten, en dan zal ik aan Noord-Celebes ook wel ·weder voor het laatst den rug toegekeerd hebben.

VAN BATAVIA NAAR SEMARANG.

BATAVIA, 27 Januari.

Gisteren zijn wij ten twee ure hier op de reede aangekomen en spoedig genoeg had een der kleine stoombootjes, die tusschen de schepen en den wal heen en weer varen, passagiers en bagage naar den Boom gebracht. Zoo heet in Indië het kantoor van in- en uitgaande rechten, waar men zeer beleefd behandeld wordt. Wel is het vreemd, zoo kersversch uit Holland alleen te staan tusschen al die inlanders en enkele geheel onbekende Europeanen. Maar eenige van de andere passagiers werden opgewacht door oude bekenden, die zich ook over mij ontfermden, zoodat ik reeds na een klein uurtje mijnen intrek in het Marinehôtel genomen had, waar ik nu vrij goed gehuisvest ben. Hoe eer hoe beter heb ik het stoute stuk gewaagd mij in een door en door Indisch kostuum te steken, zoodat ik in mijn eigen oogen volkomen op Pierrot gelijk. Maar gelukkig ziet iedereen er even zoo uit, zoodat ik mijn best doe om mij zelven niet uit te lachen en er naar ik meen vrij wel in slaag om mijne rol van Indiaan met ernst en waardigheid te spelen. Ik heb een praatje gemaakt met geheel onbekende buren, die niet heel veel meer Maleisch spreken dan ik, maar die toch een behoorlijk kopje thee voor mij wisten te verkrijgen, waartoe ik zelf niet in staat was; ik heb een jongen besteld, wiens voornaamste bezigheid in het begin wel zijn zal, om mij Maleisch te leeren, en een gesprek gevoerd met een mannelijke waschvrouw, die mij wel voor elk woord Hollandsch, dat hij te pas kan brengen, een dubbeltje extra zal afnemen.

Het diner te zeven ure kwam mij vrij zonderling voor; het herinnert eenigszins aan een dierentuin, waar al de apen er op uit zijn om in den kortstmogelijken tijd, zooveel doenlijk van de beste stukken machtig te worden. Ieder heeft zijn eigen jongen, die de verschillende schotels in de meest onmogelijke volgorde zoekt te bemachtigen en die, als zijn meester het vorige gerecht nog niet verslonden heeft, alvast uit andere schotels eenige borden vult en die voor het slachtoffer neerzet. De ongelukkige bevindt zich op die wijze in een tooverkring van half onbekende schotels en wordt met hooge drukking binnen enkele minuten afgevoederd. Hij, die zijn baas het snelste vol gewerkt heeft, acht zich zelven het handigst. Ik, die nog geen eigen jongen had, kwam er natuurlijk het slechtst af. Na het eten heb ik een bezoek gebracht bij eene zeer aangename familie, waar ik naar landsgebruik den geheelen avond gezellig pratende doorbracht, wat mij belette om den eersten dag mijne eenzaamheid te gevoelen.

Het is mij overigens te moeielijk om nu reeds mijne eerste indrukken weder te geven van het vorstelijke Batavia. Dezen volgden zoo snel op elkander, dat zij nog geheel ongeordend in mijn geheugen liggen en eerst nog moeten bezinken, eer ik u die kan weergeven. De allereerste indruk is zeker hoogst ongunstig, want op de reede is alleen de menigte van schepen indrukwekkend, verder ziet men van de Parel van het Oosten zoo goed als niets. Eene lage, groene streep, dat is de kust; eene witte er onder, dat is de branding; dat is alles, wat men van Batavia ziet. Die slechte indruk wordt echter door de bovenstad spoedig genoeg uitgewischt en op dit oogenblik heb ik nog slechts het besef van warmte, van licht en van al de heerlijkheden van een tropisch klimaat.

Heden morgen werd ik gewekt door een saluut van een-entwintig schoten; de Kraton van Atjeh is ingenomen. Ik kon moeielijk voor mijne aankomst te Batavia een gunstiger oogenblik gekozen hebben; alles is in vreugde. Wel moet men de zaak niet overschatten, het is eerst een begin en men zal nu den vijand in zijne wildernissen moeten vervolgen, maar het is toch reeds een groot succes en ik win er bij, dat Batavia er nog veel vroolijker uitziet dan gisteren.

28 Januari.

Gisteren weder verschillende bezoeken afgelegd en des avonds in de sociëteit eene muziekuitvoering bijgewoond om den val van Atjeh te vieren. Met echt Indische vriendelijkheid introduceerde mij de eerste de beste ofschoon geheel onbekend. Ieder is natuurlijk vervuld van de behaalde overwinning, die toch zwaarder schijnt te wegen dan ik mij eerst had voorgesteld. De Kraton van Atjeh toch gold bij alle Mohammedanen als eene heilige plaats, die geen ongeloovige kon innemen. Als de sultan het wilde, zoude er het zand in rijst veranderen en de kanonnen van zelven schieten. Tot op Celebes toe volgde de bevolking met de grootste spanning de gebeurtenissen op Sumatra en ons prestige is dus evenveel gestegen, als dat van Atjeh gedaald is. Maar iedereen is hier van oordeel, dat met deze overwinning de oorlog eigenlijk eerst begint.

Daar deze morgen vertrekken moet, wil ik toch trachten u ten minste iets mede te deelen van den heerlijken indruk, dien ik van Batavia kreeg. Vroolijk en zonnig zou bijna genoeg gezegd zijn. Over de oude stad, waar de kantoren zijn en waar voornamelijk Chineezen wonen in dezelfde huizen, waar nog in de vorige eeuw Europeanen wegkwijnden, wil ik niet spreken. Deze is afschuwelijk, maar de vreemdeling ziet er weinig van; men vliegt er door, en weldra gevoelt men zich in eene geheel andere wereld.

De nieuwe stad, met hare geheel in tuinen verscholen huizen, is heerlijk en maakt, vooral nadat men eene maand op zee heeft doorgebracht, een paradijsachtigen indruk. De breede en goed onderhouden wegen zijn met groote boomen beplant en hebben veelal aan de eene zijde een breed kanaal. Aan de andere zijde staan de witte huizen, ver van elkander en de open voorgalerijen met hun witte kolommen zien er zoo vroolijk uit, dat men het betreurt, niet elk huis te kunnen binnentreden. Rondom iedere woning is een uitgestrekte tuin, waarvan elke bloem en elke boom mij vreemd en schoon voorkomt. Wat zijn onze nette tuintjes armoedig bij hetgeen men hier te zien krijgt! Men zou haast denken, dat elke boom een bosch is en elke bloemstruik een boom. En de kleuren zijn zoo schitterend en de geuren zoo bedwelmend. Het is alsof Batavia een groot woud is, met al de bloemen van eene eeuwige lente getooid, en waarin slechts toevallig enkele huizen staan.

Dat alles is steeds vol leven en bedrijvigheid, zoodat het er zoo vol op straat is als bij ons op een kermisdag. En welke verscheidenheid! Europeanen in lichte rijtuigjes, met twee van die kleine paardjes bespannen, die draven als bezetenen en die nooit vermoeid schijnen te zijn; Chineezen in kleine tentwagentjes; een tramway en een spoorweg, waarvan de overvolle wagens telkens eene menigte passagiers van allerlei gelaatskleur op straat uitstorten; maar bovenal de massa van veelkleurige inlanders, die steeds op straat dwarrelen, alsof zij hun levensonderhoud met wandelen verdienen. Hunne bonte kleederdracht in het schelle zonlicht zet aan alles eene vroolijkheid bij, waarvan het onmogelijk is u een flauw denkbeeld te geven. Elke dag schijnt hier een feestdag te zijn en men heeft moeite om zich voor te stellen, dat het morgen en overmorgen op straat even woelig zal zijn. Europeanen ziet men slechts des morgens vroeg of na zonsondergang te voet gaan, en des avonds altijd blootshoofds. Eene heerlijke methode om jeugdige bollen te laten uitdampen. De kalmte komt in Indië echter spoedig genoeg; men ziet hier vaak wandelaars, die er zoo kalm uitzien en zoo geel, dat men hen wel voor mummies zou houden, die zich door middel van een uurwerk voortbewegen.

Des avonds wordt Batavia eigenlijk nog vroolijker. Wel behooren de fakkeldragers, helaas! tot het verleden en is het gaslicht heel wat minder schilderachtig, maar elk huis is verlicht en in elk huis schijnt er eene partij te wezen. Hier wordt kaart gespeeld, ginds gedanst, en elders zitten de huisgenooten zoo recht gezellig rondom de theetafel, dat de neiging om overal binnen te gaan zeker niet minder groot is dan over dag. En de straat is even vol en even vroolijk in den maneschijn als bij zonlicht; de inlanders krioelen nog steeds en steken werkelijk gunstig af bij de enkele Europeanen, die met hun zwarte en witte kleederen als echte vreemdelingen ronddwalen in het midden der kleurige menigte.

In de inlandsche wijken is het des avonds nog woeliger dan over dag en zeker fantastischer, al zijn de geuren daar soms minder aangenaam. De straten zijn opgevuld met stalletjes en kraampjes, waar allerlei verkocht wordt, vooral levensmiddelen en het allermeeste snoeperij. De talrijke walmende oliepitjes verspreiden een rosachtig licht over de menigte, die op eene woelige zee gelijkt. En toch is alles betrekkelijk stil; de inlander is nooit luidruchtig. Eene zoo groote menigte menschen als men hier telkens bijeen ziet, zou in Europa genoeg leven maken om aan een oproer te doen denken, terwijl hier alles stil en ordelijk gaat en dat waarlijk niet wegens de politie, want die schittert door hare afwezigheid.

Eene plaats, waarvan men gewoonlijk hoog hoort opgeven, is mij geweldig tegengevallen. Ik bedoel het beroemde Koningsplein. Wel is de uitgestrektheid er van merkwaardig genoeg; de geheele stad Utrecht voor zoover die binnen de singels ligt, zou dit plein nog niet geheel opvullen, maar de ruimte is al te groot. Het is geen plein meer, maar een open vlakte, waarbij de lage huizen eenvoudig in het niet verdwijnen. Want de aardbevingen maken het op Java onraadzaam, om bovenverdiepingen te bouwen. Daarvoor zou alles zoo sterk en zwaar gebouwd moeten worden, dat de huizen even leelijk als kostbaar zouden zijn, zonder daarom nog geheel voor instorten beveiligd te wezen. Van de meeste huizen, die vroeger eene bovenverdieping gehad hebben, moest deze worden afgenomen, o. a. van het paleis, nadat het bijna was ingestort. Maar die huizen, waar alles gelijkvloers is, zijn dan ook wel zoo aangenaam als onze bovenwoningen. Alle Indische huizen zijn volgens hetzelfde plan gebouwd. Alleen is het eene grooter dan het andere. Voor en achter eene opene galerij, waarvan de eerste als zitkamer, de tweede als eetzaal is ingericht. Die twee zijn verbonden door de binnengalerij, die het minste gebruikt wordt, maar waarop al de slaapkamers uitkomen. Van de straat afgewend en meestal geheel in het groen verscholen liggen de bijgebouwen. Hierin zijn kamers voor gasten, keukens, badkamers, bediendekamers enz. Als het in huis goed verlicht is, is de blik door al die galerijen, voor iemand, die onze kleine Europeesche vertrekken nog niet vergeten heeft, eenvoudig tooverachtig, en er is hier menig partikulier huis, dat in Europa een paleis zou heeten. Een groot aantal van de schoonste huizen staan juist op het Koningsplein, zoodat ik het werkelijk te betreuren vind, dat dit zoo overdreven groot is, waardoor men bijna geen huizen ziet. Ik zou dit echter te Batavia niet gaarne hardop zeggen, uit vrees van gesteenigd te worden, want de twee eerste geloofsartikelen van den Bataviaan zijn, dat het Koningsplein het keurigste plein van de wereld is, en dat de stafmuziek minstens even goed speelt als de kapel van Dunkler. Wat het laatste aangaat ben ik geen bevoegd beoordeelaar, maar het komt mij voor, dat de stafmuziek wel eens valsch speelt, en wat het eerste aangaat, geheel Holland is vol van zulke pleinen; elk weiland met boomen omgeven is juist even mooi. Alleen groeit op de Hollandsche weilanden geen kruidje-roer-me-niet en daarmede is juist het geheele Koningsplein begroeid. In de onmiddelijke nabijheid van dit veld ligt het Waterlooplein, dat slechts ongeveer een derde van de oppervlakte van het eerste heeft. Bovendien wordt daarvan de eene zijde ingenomen door een gebouw van reusachtige afmetingen, waarin een groot gedeelte van de gouvernements-bureaux gevestigd zijn. Dit plein is dus eigenlijk veel mooier dan het andere. De andere drie zijden ervan zijn bezet met officierswoningen, maar het glanspunt is de leeuw van Waterloo, die in het midden staat. Stel u voor een loodkleurigen paal — men zegt hier uit beleefdheid kolom, daarboven op staat een klein gedrocht, dat een leeuw moet beteekenen, maar dat alleen gelijkt op de wanstaltige wezens, die de deksels versieren van sommige Chineesche pullen. Ik kon een schaterlach niet weerhouden op het eerste gezicht van dit leelijkste aller monumenten, dat wel eene beleediging mag heeten voor den Nederlandschen leeuw, maar het is zeker door een Chinees vervaardigd, die innig overtuigd was, dat zijn leeuw er goed uitzag. Intusschen heb ik door mijn lachen niet weinig de verontwaardiging opgewekt van het gezelschap, waarin ik mij bevond, maar ik kan het waarlijk niet helpen, dat de leeuw van Waterloo zulk een familiegelijkenis met Chineesche leeuwen heeft. Sedert heb ik echter het belachelijke leeuwtje naast het Koningsplein en de stafmuziek op de lijst gezet van de zaken, die men te Batavia moet respecteeren.

Ook wil ik mijn eersten brief uit Batavia niet laten vertrekken zonder den jongeling te gedenken, dien ik gisteren in dienst nam. Zijn naam is Siman, en een zeegroene broek, waarboven een rood baadje, is het eenige, wat hem in mijn oog van andere inlandsche jongelingen onderscheidt, want voor den nieuweling gelijken al die bruine gezichten

volmaakt op elkander. En gelukkig dragen de Maleiers nog een
broek en den sarong daar over heen kort opgeschort; wat
ten minste het onderscheid tusschen mannen en vrouwen
duidelijk maakt. Bij de Javanen, die op Batavia niet talrijk
zijn, dragen ook de mannen den sarong lang en zijn daardoor voor versche Hollanders van de vrouwen moeielijk te
onderscheiden. Dit ondervond gisteren iemand, die tegelijk
met mij aankwam. Deze dacht in de schemering eene inlandsche schoone voor zich uit te zien gaan en wilde de
opmerkzaamheid van deze tot zich trekken. De gewaande
dame wendde zich kalmpjes om met de opmerking, dat zij
een man was, wat wel de uitwerking van een emmer koud
water zal gehad hebben. Maar het aardigste was, dat de
inlander zoo dadelijk begreep, hoe de vork aan de steel zat;
het geval zal dus wel meer voorgekomen zijn.

Om op Siman terug te komen, het zou waarlijk te wenschen zijn, dat men in Europa zoo bediend werd. Een inlandschen bediende ziet of hoort men niet, maar elk stuk,
dat men noodig heeft, ligt altijd voor de hand, de kleederen
zijn altijd gereed in de volgorde, waarin men ze zal aantrekken
en een kop thee komt juist op het gewenschte oogenblik.
Alleen uw eigen jongen bedient u aan tafel en zorgt daar
voor u als een baker voor haar zuigeling; hij klimt op het
rijtuig, als ge uitgaat en is altijd bij de hand, zonder ooit
in den weg te staan. Bij iemand, die altijd in de buurt is,
is zooveel kalmte veel waard. Intusschen leer ik nu en dan
een enkel woord Maleisch, daar de jongeling geen woord
Hollandsch verstaat.

1 Februari.

Morgen denk ik naar Buitenzorg te gaan. Ik hoop, dat
het dan niet zoo regenen zal als heden. Gedurende bijna vijf
uren was het een ware zondvloed en voor het eerst heb ik
eens goed gezien, hoe de regentijd in de tropen er uitziet.
Hoewel de wegen goed afwateren, stond er voortdurend een

paar duim water op, en men zou er niet aan behoeven te denken, te voet ook maar tien stappen buiten de deur te doen. En toch maakt men zich thuis meestal van het natte jaargetijde een geheel verkeerd denkbeeeld. Men stelt zich eigenlijk voor, dat het dan maar steeds doorregent, wat volstrekt het geval niet is. Er zijn regenbuien van eene hevigheid, die men zich in Europa niet denken kan, zoodat er wel ontzaglijke hoeveelheden water vallen, maar het is toch meestal een groot gedeelte van den dag droog. En dan is de lucht ook dadelijk weer helder en ziet men de lieve zon weder, die zich nooit, zooals bij ons, dagen achtereen laat wegstoppen. Het regent vooral des nachts, maar dan ook vervaarlijk, zonder ophouden, en bovendien menigmaal in den namiddag, Des ochtends en des avonds is het echter meestal, ook in den regentijd, mooi weêr.

Terwijl ik zit te schrijven, is mijn koffer reeds gepakt; de jongeling met het roode baadje heeft dit heel handig gedaan. Hij is kinderlijk verheugd mede naar Buitenzorg te mogen gaan; er kwam een glans van genoegen op zijn gelaat bij het denkbeeld van per spoor te zullen reizen, wat hij zeker nog nooit gedaan heeft. Gij ziet, dat ik hem reeds een klein weinigje begin te verstaan.

Ik begin op Batavia al heel wat kennissen te krijgen en ontdek ook langzamerhand eenige oude bekenden; denk dus maar niet, dat ik van plan ben mij hier te vervelen.

BUITENZORG, 3 Februari.

Reeds heb ik hier twee aangename dagen doorgebracht en het noodzakelijke afgedaan. Te half acht zat ik gisteren in den trein. Dit is een allerliefst stuk kinderspeelgoed, zoo klein, zoo smal, zoo langzaam, de stations zijn zoo primitief, dat het mij werkelijk doet denken aan een spoortrein uit een Neurenberger doos. Op het ééne spoor loopen maar twee treinen per dag, alle stations worden aangedaan en er zijn er heel wat, terwijl men op de meesten tijd genoeg heeft, om eens uit te stappen en wat rond te kijken. Lang blijft men binnen Batavia en heeft dan eens gelegenheid om te zien, hoe verbazend groot die stad is. De eigenlijke stad bestaat alleen uit het oude gedeelte, dat niet meer door Europeanen bewoond wordt, maar eene lange reeks van voorsteden strekt zich in een rechte lijn diep in het binnenland uit. Heel breed is de plaats niet, maar daarvoor ongeveer twee en een half uur gaans lang. Er liggen dan ook in een rechte lijn zeven spoorwegstations binnen de stad, waarvan ik de uiterste grenzen nog nooit bereikt heb anders dan per spoortrein. En toch heeft Batavia niet meer inwoners dan Amsterdam op eene oppervlakte bijna als die van Parijs. Maar de Europeesche wijken zijn dan ook zoo wijd uit elkander gebouwd, dat er in de stad menig huis is op het erf waarvan een Europeesch dorp zou kunnen staan. Lang duurt het, eer men de laatste witte huizen van Meester-Cornelis achter zich gelaten heeft, maar langzamerhand komt men toch in het open veld. Hier ziet men onafzienbare rijstvelden, daar eene kleine kampong, ginds een bosch of een groep palmboomen van boven tot onder groen met hun eigen kronen en met de heerlijke parasieten, varens, orchideën en slingerplanten, die op de stammen voortwoekeren en dezen met een netwerk van groen overdekken. En toch zegt men mij, dat de bodem rondom Batavia niet zeer vruchtbaar is! De Indische natuur moge op den duur eentonig zijn, maar zij is heerlijk en voor mij heeft zij nog een rijkdom en eene afwisseling, die door het nieuwe nog alle eentonigheid buiten sluit.

Op Buitenzorg was ik weldra door de hulp van een mede-reiziger in een vrij goed hôtel met een heerlijk uitzicht. De achtergalerij, waarop de meeste kamers uitkomen, ligt op eene verhevenheid, boven eene kleine landtong, waarop eenige inlandsche huisjes tusschen het groen verscholen liggen, en die de twee armen van eene rivier van een scheidt, die zich aan het uiteinde van de landtong vereenigen. Het bruine water steekt niet kwaad af bij het groen, want alles is hier groen; rechts is een heuveltje met een palmgroep bekroond, en links sluit een rij hooge klappers de schilderij in, waarvan de achtergrond gevormd wordt door een schoon getanden en geheel groenen, hoogen berg. Het is maar jammer, dat deze berg zoo vaak in de wolken zit, want zoo dicht bij het gebergte gelegen, is Buitenzorg een echt regenland, en in den westmoesson natuurlijk meer dan ooit. Het regent dagelijks en langer dan op Batavia, zoodat de avondwandeling er meestal bij inschiet.

Ik bezocht onmiddelijk den algemeenen sekretaris en had daarop audiëntie bij den gouverneur-generaal. Beiden waren bijzonder minzaam en zeiden mij alle mogelijke hulp toe. Ik had nog een paar oude kennissen op te zoeken en verder werd de dag gevuld door een diner ten hove en een gezelligen avond in de sociëteit. Wil niet glimlachen bij het woord: ten hove; de etiquette is geheel die van een koninklijk hof, en waarlijk, er zijn in Europa genoeg hoven, die niet zoo belangrijk zijn als dat van den gouverneur-generaal van Neerlandsch-Indië, die over leven en dood van dertig millioen menschen beschikt. Hier kan men nog eens trotsch zijn op den naam van Hollander.

Het paleis is eene uitgestrekte aaneenschakeling van gebouwen, waarvan de groote lengte wel eenigen afbreuk doet aan den algemeenen indruk. Ook hier zijn de aardbevingen oorzaak geweest, dat het vroeger veel hoogere hoofdgebouw thans maar ééne verdieping meer heeft, maar toch maakt het met zijne Ionische zuilen boven een verbazend breeden trap van zeventien witmarmeren treden een grootschen indruk. In het gebouw zelf geven twee breede galerijen en daarachter de werkelijk schoone en reusachtig groote eetzaal eene perspectief, zooals weinige vorstelijke paleizen aanbieden.

De ligging van het paleis is boven alle beschrijving schoon. Midden in den Plantentuin op een verheven punt gelegen, heeft het aan de eene zijde een zeer ruim uitzicht over den grooten hertenkamp, waarin geheele kudden van witgevlektc herten loopen te grazen en in het midden waarvan een groote vijver ligt. Daar achter biedt de groote weg naar Batavia een eindeloos vergezicht aan. Aan de andere zijde van het paleis ligt een uitgestrekte bloementuin en weder een andere vijver vol met de schitterende bloemen van de Victoria Regia. Verder daalt het terrein af naar een groene vallei en daarachter stijgt de grond, eerst langzaam en daarna al hooger en hooger, om te eindigen in de trotsche vulkanengroep van den Gedeh. Eene schoonere ligging is moeilijk denkbaar en nog heb ik zeer weinig van den Plantentuin gezien, die nog vele andere schoone punten oplevert. Heden morgen heb ik echter eene vrij lange wandeling met den direkteur gedaan en een paar van de schoonste gedeelten gezien. De roem van een der schoonste botanische tuinen van de wereld te zijn is zeker niet overdreven. Hier kan men eerst recht den heerlijken plantendos der keerkringslanden waardeeren; uit alle tropische streken is hier het edelste bijeengebracht. Tevens maakt de schoone aanleg en het zeer gunstige terrein er een waar lustoord van. Heuvelen en valleien, groote vijvers, door eene natuurlijke rivier gevoed, die zelfs een kleinen, sierlijken waterval vormt, alles werkt mede, om van dit heiligdom der wetenschap tevens een der aangenaamste oorden te maken, die mij bekend zijn. Rechte lanen met prachtige boomen bezet, en allen op het paleis uitloopende, wisselen af met slingerpaden, die eindelooze wandelingen aanbieden. Het geheel heeft mijns inziens slechts ééne fout. Men heeft bij den aanleg niet genoeg rekenschap gehouden met den overweelderigen plantengroei; de meeste paden zijn te smal en hebben door de ontzettende massa's groen aan de beide zijden en boven uw hoofd iets kelderachtigs.

Een van de schoonste gedeelten van den tuin is het kerkhof, dat, zeer eigenaardig, uitsluitend met bamboe beplant is. Deze plant, eene der meest voorkomende in Indië, is voorzeker tevens een van de schoonste. Een enkele bamboestoel met zijn fijne, door het minste zuchtje steeds wiegelende en ritselende loof, en met zijn honderden forsche stengels, die soms tot zestig voet hoog worden, en waarvan de fijne uiteinden sierlijk omgebogen aan alle zijden afhangen, is vaak genoeg om aan een landschap het liefelijke bij te zetten, dat aan de trotsche Indische natuur wel eens ontbreekt. Vooral voor den nieuweling toch is de indruk, dien de plantegroei hier maakt, somtijds meer overweldigend dan streelend. Maar op het kerkhof te Buitenzorg maakt de bamboe een geheel onverwachten indruk. De naar elkander toegebogen stengels, waarvan de pluimen, hoog in de lucht, dooreengeweven zijn tot een netwerk, waar het zonlicht slechts spaarzaam doorheen dringt, vormen boven de witte graven statige gewelven, die iets zeer plechtigs hebben. Ik kan mij bijna niet voorstellen, dat men op deze stille plek hardop zou kunnen lachen, maar het denkbeeld moet iets aangenaams hebben, om later onder deze edele zuilengangen te rusten. Weinig kerkhoven hebben op mij zulk een diepen indruk gemaakt, als dit kleine hoekje, maar het is vooral een gevoel van kalmte en van vrede, dat weldadig werkt — vooral na een sociëteitsavond.

Over het algemeen is de tuin verbazend rijk aan bamboesoorten; men vindt er de meest uiteenloopende vormen van, smaakvol in groepen vereenigd aan den oever van een beekje, dat langs het kerkhof loopt. Maar ook aan palmen, aan orchideën, aan waterplanten is de tuin buitengewoon rijk; mijn brief zou een catalogus worden, wanneer ik trachtte een klein gedeelte op te sommen van de heerlijkheden, die hier bijeen zijn. Maar een plekje moet ik toch nog vermelden, waar ik mij voorstel weleens een morgen te zullen doorbrengen. Een klein koepeltje staat daar aan den oever van een ronden vijver, die geheel bedekt is met de groote bladeren en de schoone bloemen van den heiligen lotus, die hier alle kleurschakeeringen van wit tot donkerrood vertoont. Eene vrij hooge fontein midden in den vijver geeft eene aangename koelte, terwijl het geheel overschaduwd wordt door drie gutta-perchaboomen van waarlijk reusachtige afmetingen. Ik kan mij hier bijna niet voorstellen, dat die trotsche boom bij ons in bloempotten staat, wat eigenlijk heiligschennis is.

Deze plantentuin is tevens eene zeer nuttige inrichting, en niet alleen voor de wetenschap. Tal van kulturen in onze eigene bezittingen hebben hier hun oorsprong gehad, in de eerste plaats de vanille. Ook andere natiën, Franschen en Engelschen hebben groote weldaden aan Buitenzorg te danken, want men is zeer vrijgevig met het verstrekken van planten. Onder anderen op het Fransche eiland Réunion zijn de meeste vruchtboomen van hier afkomstig, zooals mij op de mailboot een Franschman verhaalde.

4 Februari.

Heden heb ik een bezoek gebracht aan eene vermaardheid van Buitenzorg, namelijk aan Raden Saleh. Zooals gij weet heeft deze in der tijd een der gouverneurs-generaal naar Europa vergezeld en werd daar opgevoed. Hij ontwikkelde zich tot een goed schilder; hij was zelfs een zeer goed schilder in den tijd, die nu ver. achter ons schijnt te liggen, toen men van gelikte, fijn gedetailleerde, mooi geverfde schilderijen hield. Hij had nu alleen eenige portretten onder handen, die uit dat oogpunt beschouwd zeer verdienstelijk zijn. Het meeste schittert hij echter in zijne forsche voorstellingen van de Indische natuur, in zijne jachten en tijgergevechten. Ware de man in Europa gebleven en met zijn tijd mede gegaan, dan zou er misschien een groot kunstenaar uit hem geworden zijn. Want genie en talent kan men hem niet ontzeggen, zoodat het zeer te betreuren is, dat hij buiten aanraking gebleven is met andere kunstenaars, waardoor zijne gaven eenzijdig ontwikkeld en niet vooruitgegaan zijn. Zijn artistieke zin blijkt niet het minst uit zijne verzamelingen van Javaansche en Europeesch-Javaansche oudheden. Meubels, beeldhouwwerk, wapens, allerlei vindt men hier bijeen. Het meeste belang boezemden mij verschillende meubels in, die in de 17ᵉ en 18ᵉ eeuw vervaardigd moeten zijn en waarin allerlei invloeden weder te vinden zijn. Zoo vertoonen een paar kasten en enkele stoelen een zuiver renaissance-karakter, doch in de bijzonderheden is het lofwerk geheel Oostersch, een mengsel van Indischen en van Chineeschen smaak. Het is toch even correct en stijlvol, maar veel levendiger dan de kunstwerken van Oud-Javaanschen oorsprong, waarin het Boeddhisme iets onbewegelijks gebracht heeft. Ik hoop dit bezoek later te herhalen, want er is hier meer te zien, dan men bij één bezoek genieten kan en de man vertoont gaarne, want indien er een inlandsche karaktertrek is, dien de Europeesche opvoeding niet heeft uitgewischt, dan is dit de ijdelheid. Hij verhaalt u dadelijk, hoe hij vier weken bij koningin Victoria gelogeerd heeft, hoe de hertog van Saksen-ik-weet-niet-wat zijn grootste vriend is en zoodra hij uw naam hoort, hoe hij driekwart geëngageerd is geweest met eene dame uit uwe familie. Hebt gij ooit bemerkt, dat eene van onze nichten haar hart om hem gebroken heeft? Hij zelf heeft zich in elk geval weten te troosten, want de zestigjarige man heeft een onbeschrijfelijk lief vrouwtje, met een paar heerlijke, zwarte oogen. Ik ben zeer benieuwd, welken indruk deze bruine schoone in Europa zal maken. Want Raden-Saleh is van plan nogmaals naar Europa te gaan. Helaas, zal het dan voor zijne ontwikkeling als kunstenaar wel reeds te laat zijn!

Morgen denk ik weder naar Batavia te vertrekken.

BATAVIA, 8 Februari.

De Zondag schijnt door de inlandsche bevolking voor den

geschiksten bedeldag gehouden te worden, ten minste allerlei blinden en gebrekkigen maken hunne opwachting om
op uw medelijden te werken; langs de kamers van het
hôtel gelijkt het wel eene processie, alsof ergens in de
buurt juist het spreekuur van een hospitaal geslagen was.
Eene andere methode van bedelen lokte de verschillende
bewoners van het huis naar de voorgalerij; het waren inlandsche dansers met muziek. Al wat men u ooit ver-
velends van zulke straatdansers kan verhaald hebben, is
beneden de waarheid. Afschuwelijke instrumenten, die meer
geraas dan toon voortbrengen en waarvan de volmaakste
slechts drie noten bezitten, worden eenvoudig, een-twee-
drie, een-twee-drie, aangeslagen. Op een paar anderen,
die slechts een enkelen toon afgeven, wordt ook onophoudelijk doorgewerkt. De potsierlijk gekleede dansers ontwikkelen al even veel gevoel. Zij maken eenige stijve bewegingen, die men nauwelijks beschrijven kan, enkele
langzame passen, die herinneren aan rekruten, die den pas
markeeren; daarbij eenige contorsiën met de handen en
armen, waaraan zoowat alle gewrichten schijnen te ontbreken; — dat is zoowat alles. Er wordt ook bij gezongen,
leelijk en eentonig. Als men nog geen Maleisch verstaat,
gaat het schoone daarvan geheel verloren, maar te oordeelen naar het weinige, wat men mij ervan vertaalde,
is het zeer te hopen, dat de dames nog minder Maleisch
verstonden dan ik, anders is het gelukkig, dat men in
Indië niet blozen kan uit bloedarmoede. Het beste effekt
maakte in dit tooneel een dominé, die juist met toga en
bef aan uit de kerk kwam. Eene boetpredikatie had hij
voor gretige ooren kunnen houden, want ook zonder zijne
aanmaning had ieder spoedig genoeg van het zondige
schouwspel, vooral zondig, omdat het zoo vervelend was.
De inlanders zien echter zulk een tafereel met wellust;
alles is hun trouwens welkom, waarbij zij zelven niets behoeven te doen. Als dit zoo niet was, zou mijn jongeling

met de zeegroene broek zich ook al te erg vervelen, want hij heeft natuurlijk slechts een weinig meer te doen dan in het geheel niets. Bij mijn toilet assisteeren, mij aan tafel bedienen, het bed opmaken, waaraan niets op te maken valt, en een lucifer aan te steken, als ik rooken wil — dit zijn alzoo zijn zwaarste bezigheden; het is natuurlijk al heel veel, dat men zelf rookt; zelf aansteken is ondenkbaar. Nu en dan spits ik mijn brein, om het jongmensch wat te doen te geven en meestal komt het er dan op neer, dat ik hem wat messen laat slijpen, daar die anders gevaar zouden loopen geheel in roest over te gaan. De vochtigheid is hier eene geweldige plaag, vooral in de kamers van het hôtel, die niet hoog genoeg boven den grond staan. In een paar dagen is al wat leder is, beschimmeld. Wat er zal worden van het goed, dat ik niet mede op reis neem, weet ik niet, vooral als het in de koffers een regenmoesson moet verduren. Ik zal daarvoor bepaald een raad van huismoeders moeten beleggen.

12 Februari.

Gisteren avond was hier weder muziek in de sociëteit. Dit is eigenlijk eene vrij saaie aardigheid, ten minste bij het twijfelachtige weder van den westmoesson. De dames schijnen hier erg bang van natte voeten; zij blijven toch liefst in hunne rijtuigen buiten het terrein. Dit is zeker allervoordeeligst voor hun teint, daar het buiten zoo donker is, dat men nauwelijks zien kan, of men eene blanke voor zich heeft of niet, wat voor menige schoone eene zeer gunstige omstandigheid is. Eveneens schijnt het de galanterie zeer te bevorderen, want voor ieder portier is een witte broek geplant, waarvan de eigenaar in een levendig gesprek is met de dame aan die zijde, terwijl hare buurvrouw het even druk heeft aan den anderen kant. Maar voor een vreemdeling met middelmatige oogen zou het wel zoo aangenaam zijn, als al die Bataviasche schoonen onder het gaslicht kwamen zitten, waar hij ze ook zou kunnen bewonderen. Dat de muziek even goed speelt als die van Dunkler, heb ik u reeds medegedeeld. Verder speelt zij de «schöne blaue Donau», even als elk ander muziekkorps en er wordt niet naar geluisterd, ook even als bij elk ander korps. De sociëteit zelve is een groot en schoon gebouw, dat uit Engelschen tijd dagteekent, doch de tuin is zeer klein, zoodat men, uit dat oogpunt beschouwd, de dames, die buiten blijven, misschien dankbaar moet wezen.

16 Februari

De Chineezen zijn bezig hun groote feest te vieren. Achterlijk als zij zijn, vieren zij het nieuwe jaar natuurlijk als wij het reeds lang achter den rug hebben. Voor den gewonen Chinees is dit eigenlijk de eenige rustdag van het jaar, maar die duurt dan ook veertien dagen, en het ge-heele jaar door, maar inzonderheid in de laatste maanden, wordt er gespaard, om dat eene feest luisterrijk te vieren. In de laatste dagen kan men dikwijls bij de Chineezen allerlei tot zelfs beneden de marktprijzen koopen; hun eenig doel is om aan kontanten te komen.

Met ons beiden reden wij uit, maar daar wij beiden echte baren waren, noodzaakten wij weldra een derden man, om ons gezelschap te deelen, een braaf Bataviaasch huisvader, die het echter zoo heel onaangenaam niet vond om de verplichting te gevoelen, ons terecht te wijzen. Het was in de Chineesche wijken verbazend vroolijk, een ware kermis; wij trokken langs lange, lange rijen van kraampjes en uitstallingen, waar allerlei te koop was, de prachtigste vruchten en andere eetwaren, en alle snuisterijen, welke China en Indië voortbrengen of heeten voort te brengen, al komen zij ook uit Parijs of Neurenberg, zooals bijv. een leelijke Empire-kandelaar, die ons als Japansch brons werd aangeprezen. Natuurlijk traden wij binnen bij een rijken Chinees. Hier waren wel schoone Chineesche zaken, maar

de Europeesche fauteuils, waarop wij rondom eene Euro-
pcesche tafel zaten, deden natuurlijk veel afbreuk aan de
lokale kleur. Wij werden onthaald op thee, zoo slap, dat
het warm water geleek en op zoetigheden, zoo zoet, dat
cen beer er een bijenkorf voor zou hebben laten staan.

Des avonds reden wij nogmaals naar de stad, ditmaal
met versterkt personeel. Het geheele tooneel op straat,
met vetpotjes, gaslantarens, petroleumlampen en Chineesche
lantarens fantastisch verlicht, was niet welriekend, maar
nog veel vermakelijker dan bij daglicht. Chineezen, Javanen,
Maleiers, Arabieren, geheele en halve Europeanen krioelden
door elkander, werkten zich door elkander heen, en vielen
haast over elkander, om op de uitgestalde heerlijkheden te
bieden en te dingen. Azië en Europa woelden hier door
elkander als in Berghaus, maar met meer leven, met zeer
veel leven zelfs, vooral daar, waar een Chineesch theater
opgeslagen was, tot groot genoegen van het talrijke publiek.
Dc Chineezen brulden van het lachen, maar voor ons gingen
die aardigheden natuurlijk verloren, en wij konden ons
alleen over het publiek zelf vroolijk maken. Op het tooneel
trof mij vooral het groote kontrast tusschen de ontzet-
tend rijke en dikwijls smaakvolle kleeding der spelers en
het volslagen gebrek aan tooneelmatigen toestel. Er moet
bepaald eene sterke verbeelding en veel oefening toe behooren om den gang der stukken te volgen. Er zijn toch
altijd allerlei lieden op het tooneel, die klaarblijkelijk niet
behooren bij het gedeelte, dat juist gespeeld wordt; ik geloof zelfs, dat al de medespelers voortdurend op het tooneel
blijven. Verder is er altijd muziek op het tooneel, waar
de acteurs tegen in moeten schreeuwen. De spelers, die
vrouwen voorstellen, doen dit met een zoo scherp mogelijk
fausset-geluid, dat hoogst onaangenaam klinkt. Daar het
publiek zijne opmerkingen niet spaart, kunt gij u voorstellen, hoe luidruchtig de vreugde is. Over het algemeen
is het meest opvallende onderscheid tusschen Chineezen en

inlanders wel dit, dat de laatsten tot zelfs in hunne vreugde kalm en stil zijn, en de Chineezen niets kunnen doen zonder er leven bij te maken. Het zijn vroolijke lui, dit moet men hun laten; zelven zeggen zij, dat het vele theedrinken daarvan de oorzaak is.

Niet ver van den schouwburg verwijderd was eene Chineesche speelbank, waarvan druk gebruik werd gemaakt, want de speelzucht is het grootste ongeluk der Chineezen. Met al hunne nijverheid en met hun genie om geld te maken, zijn er weinigen, die rijk worden, alleen door het rampzalige spel. Natuurlijk zijn er enkele gelukkigen; wij bezochten er een, die gezegd wordt, een inkomen van duizend gulden daags te hebben. Deze speelde zeker minder, of bij uitstek gelukkig. Ons vaderlijke bestuur verbiedt het spelen aan de inlanders, maar trekt van de Chineesche speelbanken een aanmerkelijken pachtschat.

20 Februari.

Nauwelijks is het Chineesche feest eene pauze ingetreden, of 's konings verjaardag brengt ons nieuwe vermakelijkheden. Z. M. is ook hier op 19 Februari jarig, hoewel hij zelf dan in de werkelijkheid nog aan den vooravond van dat feest is. De gouverneur-generaal is natuurlijk beneden, dat wil zeggen op Batavia, om p. o. de buigingen te aanvaarden. Reeds des morgens te negen ure was ik in mijn rok gehuld en reed naar het Groote huis om ter handkus te worden toegelaten, en om door den mond van een ander aan een ander dan Z. M. te zeggen, hoe blij ik was met dien negentienden, terwijl in Europa middernacht nauwelijks voorbij was. Alles was in groot kostuum. Oude en half oude heeren, zuchtende onder staatsierokken, waarvan sommigen wel metaal schenen te zijn, zoo waren die met goud en zilver geborduurd; ongelukkige zee- en landmachten in gala-uniform en andere ongelukkigen in zwarte rokken op een tijd van den dag, waarop men anders nog nauwelijks de kabaai met een wit jasje verwisseld heeft. Dan inlanders, vloekende tegen de schoenen, die zij voor de plechtigheid hadden aangetrokken, Chineezen in hunne beste plunje, namelijk geheel in zijde, met een geborduurden lap op de borst en een grooten glazen knikker op den hoed, ja, ik zou haast zeggen, met hun beste staarten. Een bont mengelmoes van allerlei gezichten en kleederdrachten, waarbij wij, arme, bleeke Westerlingen, zeker niet uitmunten door het schilderachtige of praktische van onze kleeding.

Telkens wordt een groepje binnengeloodst en schaart zich tegenover den troon, waarvoor Z. Exc. staat met de allerhoogste ambtenaren rechts en links, stralende van goud. Eene halve minuut eer alles gebogen heeft, drie kwart minuut voor den hoofdman over honderd, die uit naam van uwe groep zegt, hoe innig uwe vreugde is, eene halve minuut voor Z. Exc. om te zeggen, dat hij de boodschap zal overbrengen, dan nogmaals buigingen, en dan is het uit, en gij zoekt zoo spoedig mogelijk uw rijtuig op, om u van uw pontifikaal te ontdoen, en u weder als Pierrot te ontpoppen.

Den geheelen dag is het feest en met één dag is het zelfs niet afgeloopen. Feest voor de witte, gele en bruine bevolking, het minst misschien voor de hoog-officiëele witte bevolking, die officiëel eten op het paleis nuttigt en zich daar misschien officiëel verveelt. Op het Koningsplein is het* vroolijker. Vele dagen is men er bezig geweest om loodsen op te slaan, in een omheind gedeelte. Daar spelen inlanders «il Bacio» op Europeesche instrumenten of wel op hunne bamboekokers hun eentonig tik-tak-tik, tik-tak-tik, waarbij het onvermijdelijke dansende paar zijne langzame slangebewegingen maakt; in een anderen hoek doet de gamelam hare veel betere muziek hooren, die wel eenige gelijkenis heeft met de Aeolus-harp. Ten vier ure stijgt de feestvreugde, dan begint het mastklimmen om bonte hoofddoeken, het zakloopen en tonrijden en mastloopen, waarbij de inlanders voor het feestvieren een ijver betoonen, die hun in het dagelijksch leven volstrekt niet kwaad zou staan. Des avonds wordt het nog mooier, dan is er een vuurwerk, dat werkelijk uitstekend is en dat de anders zoo stille inlanders doet gillen van pret; mijn jongen soest er geloof ik nog over. Heden avond is er bal ten hove.

21 Februari.

Het bal is alweder afgeloopen en denkelijk Z. Exc. wel reeds naar Buitenzorg vertrokken, waar het dan ook heel wat aangenamer is. Het gebouw toch, dat op Batavia paleis genoemd wordt, is in waarheid een gewoon, niet al te groot huis, waarin het met veel gas en met een etend of dansend publiek verbazend warm is, zoodat ik mij best kan voorstellen, dat de familie van den gouverneur-generaal liever de ruime zalen van het koelere Buitenzorg bewoont. Hier ter stede zal een nieuw paleis achter het oude gebouw komen, zoodat er dan in plaats van een geheel, twee halve paleizen zullen zijn.

23 Februari.

Eergisteren avond was het bal in het gymnasium Willem III, nog steeds ter eere van den vorstelijken naamgever. Dat was eene andere drukte dan op het deftige bal in het paleis, waar bijna niemand danste. Ik geloof, dat in het gymnasium geheel Batavia vereenigd was, jong en oud, hoog en laag, wit en twijfelachtig. De uitnoodigingen schijnen bij geheele legerkorpsen gedaan te worden, de invitatie-kaarten verduisteren de zon, zoodat ik er zelfs een machtig werd, die nog pas op Batavia kom kijken. Iedereen heeft dan ook wel een zoon of een neef of een kennis onder de gymnasiasten. In alle lokalen zaten drie of vier rijen dames, die niet aan het dansen konden komen, of slechts nu en dan door een enkelen gelukkige ontdekt werden, en zelfs onder de dansenden had men moeite zijne eigene kennissen op te sporen. Wij genoten dan ook eene Roode-zee-temperatuur of misschien nog erger. Op het voorplein was een wildernis van rijtuigen, waarin het ons een half uur kostte, om het onze uit te vinden. Men moet wel op de gedachte komen, dat de Bataviasche kwakken het zoo kwaad niet hebben, indien hun treurig verblijf nu en dan door zulke grapjes wordt opgeluisterd. Want de heertjes zelver schijnen bij de dames nogal getapt te zijn met hun pakje met glimmende knoopen, want zij dragen een uniform even als Fransche Collégiens. Waarom dit hier noodig is en in Holland niet, begrijp ik minder.

26 Februari.

Heden middag werden eenige Atjehneesche kanonnen door de stad getransporteerd, na een paar dagen geleden ontscheept te zijn. Ik meen, dat het er zes waren, waarschijnlijk de fraaisten, want er zullen er wel meer veroverd zijn. Een paar van deze zes zijn vrij merkwaardig. Een bronzen stuk, sierlijk geciseleerd, was een geschenk aan den sultan van Atjeh van Jacobus II van Engeland, wiens naamcijfer er op staat. Een ander stuk, door een der sultans van Turkije geschonken, was nog mooier bewerkt met rijk en karaktervol ornement. Een stuk was zestien voet lang en werd dan ook door tien karbouwen getrokken, en een is zeer zonderling, daar het, op eene lengte van zes of zeven voet, eene opening van een paar voet middellijn heeft, terwijl het metaal slechts een paar duim dik is. Men zegt, dat daaruit indertijd groote steenen kogels geworpen zijn. Hier is echter reeds het denkbeeld aan de hand gedaan, om er voortaan het ochtend- en avondschot mede te doen met een hadji of Arabier tot lading. Het denkbeeld is niet kwaad, want van dat gespuis hebben wij hier te over.

Wij Europeanen werden door deze zegeteekenen, helaas! volstrekt niet geënthousiasmeerd, zooals onze plicht ge-

weest was, want wij veroveren niet dagelijks meer kanonnen. Maar er was voor niets gezorgd, wat eenigen indruk
kon maken; de dingen werden eenvoudig getransporteerd
en omdat zij zwaar waren, liepen er beesten voor. Een
soldaat of wat in hun werkpakje en een officier maakten
het geheele geleide uit. Mij dunkt men had er meer vertooning bij moeten maken, dit zou recht goed geweest zijn,
om den inlanders duidelijk te maken, dat wij den kraton
hebben en denken te houden. Want geloof niet, dat de
inlandsche bevolking nog van de inname overtuigd is.
Weet gij, wat eene dame van mijne kennis ten antwoord
kreeg, toen zij met een der bedienden over die kanonnen
sprak? «Och, mevrouw!» zei de man, «die kanonnen
«hebben de Hollanders niet veroverd, zij zijn zelven uit
«den kraton weggeloopen, omdat zij Batavia eens wilden
«zien.» De kanonnen hebben ook zeker den wensch om
Holland eens te zien, want, naar ik hoor, zullen zij daarheen gezonden worden. Maar hoe streelend voor ons gevoel
ook deze zegeteekenen mogen zijn, het weegt niet op tegen
het akelige van de telegrammen. Dezen maken steeds melding van zooveel overledenen aan cholera en zooveel aan
wonden, en elk nieuw telegram geeft dan ook aan menig
gezicht in uwe omgeving eene ernstige plooi. Ook veranderen de kanonnen niets aan het treurig tafereel van een
troep teruggezonden kettinggangers, zooals ik dat gisteren
zag. Al zijn het ook misdadigers, zulk eene ellende is eene
al te groote straf. Men zegt mij, dat er nauwelijks een
zonder ondersteuning ontscheept kon worden; gekleed waren
zij bijna niet meer en van driehonderd waren er gedurende
den overtocht zestig overleden. Op die wijze staat eene
veroordeeling tamelijk wel gelijk met een doodvonnis.
Krijgsroem wordt duur gekocht, en al was deze oorlog
noodzakelijk, zooals bepaald het geval was, een ramp is
het altijd, ook voor den overwinnaar. Er ligt dan ook
over de Europeesche bevolking van Batavia een zeker waas

van weemoedigen ernst, niettegenstaande de vele feesten.

28 Februari.

Heden waren het eenige zegevierende troepen, die wij uit Atjeh zagen terugkomen. Maar, kasian! onder eene zware regenbui geleek de in lompen gehulde troep weinig op een triomfeerend leger. Men kan het den soldaten duidelijk aanzien, hoeveel ellende en vermoeienis zij doorgestaan hebben, al zagen zij er ook niet zoo ellendig uit als de arme kettinggangers, die zelfs geen krijgsroem hebben om zich mede te troosten. Hoe meer wij er van te zien krijgen, hoe ondragelijker de overtuiging wordt, die iedereen hier heeft, dat de oorlog eigenlijk nu eerst begint.

Alsof er geen oorlog was, zal er heden avond bal in de sociëteit zijn en den 7den Maart in eene andere sociëteit, alles ter eere nog van 's konings verjaardag. Daar schijnt geen einde aan te komen.

3 Maart.

Het Chineesche feest is nog niet afgeloopen, want de nieuwjaarsdag duurt voor hen even lang als voor ons 's konings verjaardag, maar er is eb en vloed in, en de drie laatste dagen zijn niet de minsten. Zij konden het natuurlijk niet zonder mij af en ik had dan ook, door bemiddeling van een mijner kennissen, eene uitnoodiging van een rijken Chinees ontvangen. Daar zijn die lui altijd verbazend gul mêe, want hunne ijdelheid maakt, dat zij liefst zooveel mogelijk Europeanen bij zich zien. Op het bal van Zaterdagavond was partij gemaakt, zoodat wij een vroolijk troepje van ongeveer dertig personen uitmaakten, waarbij de dames de meerderheid hadden. In acht rijtuigen togen wij in optocht naar de stad. Op zich zelf was dit reeds een aardig gezicht en hoe meer wij de stad naderden, hoe meer de vroolijkheid toenam. Bij onzen Chinees aangekomen, werden wij eerst plechtstatig gepresenteerd, toewan A., njonja B., en zoo verder dertig man hoog, juist alsof onze gastheer een gewoon mensch was, zonder staart. Daarop werd het huis in bezit genomen en op den eigenaar niet veel meer gelet. De Chineesche huizen in de stad zijn meestal vroeger door Hollanders bewoond geweest. Onze voorvaderen hebben vroeger verstandig gevonden om hier, schouder aan schouder, huizen te bouwen zooals men thans nog in onze Hollandsche achterbuurten vindt. Ja, men vindt op Batavia nog huisjes met naast de smalle deur een raampje, met een luifel, en op de stoep een steenen bank. Bij ons te lande moet men tegenwoordig naar dat model zoeken, maar gij kunt begrijpen, hoe weinig geschikt die nauwe krotten waren bij het smoorheete klimaat en den moerassigen bodem van het oude Batavia. En toch zijn de overheerschers van den Archipel in die woningen groot en machtig geworden en niet in de ruime, luchtige paleizen, die het nieuwe Batavia zoo schoon maken. Maar de sterfte onder onze voorvaderen was dan ook heel wat grooter, in den tijd, toen Batavia het graf van den Europeaan genoemd werd. Tegenwoordig is het lang niet de ongezondste plaats van Indië.

Van de huizen in de oude stad zijn velen in kantoren herschapen; verder worden de kleinere door inlanders, de grootere door Chineezen bewoond. Deze laatsten zijn dan meestal van binnen uitgebroken en zooveel mogelijk in Chineeschen trant bijgewerkt met tusschenschotten, die vaak keurig van bewerking zijn. Bij onzen gastheer waren die van bruin hout met eenig snijwerk en gepolijst, de paneelen op zwarten grond geschilderd en in verguld lijstwerk gevat. Midden in huis is gewoonlijk een vak, dat van boven geheel open is. Dit geeft in vereeniging met de schotten, die gedeeltelijk onze wanden vervangen en die niet tot aan de zoldering reiken, in huis eene aangename koelte. Tegen den achterwand van een der groote vertrekken staat het huisaltaar, waarvan de Chineezen met hun vreemden, doch goeden smaak, een sierlijk meubel weten te maken, dat de gezelligheid van het geheel wel verhoogt. Verder natuurlijk Chineesch porcelein en lakwerk naast stoelen van Horrix en spiegels als bij een gewoon mensch, en op tafel Chineesche kwe-kwe naast Europeesche champagne. Eene zaak moet men den Chineezen toegeven: zij hebben een groot talent van meubileeren; het is vaak bij arme Chineezen, niettegenstaande de wanorde, binnenshuis gezelliger dan bij sommige rijke Europeanen. De zonderlinge vormen van al, wat de langstaarten vervaardigen, hunne rijke kleuren, die zij zoo zeer gepast met een weinig goud weten af te zetten, maken dat het geheel, hoewel het met onze Westersche begrippen van schoonheid weinig strookt, altijd een gloed en eene vroolijkheid heeft, die wij met onzen meer edelen smaak niet altijd bereiken. De Chinees weet van elk voorwerp, hoe eenvoudig ook, iets te maken, dat tot de versiering medewerkt; alles staat in de goede omgeving. Dit heeft de Chineesche smaak gemeen met den rococostijl; kunstwaarde is er eigenlijk niet aan, maar het geheel geeft een behagelijken indruk van sierlijkheid en bruikbaarheid tevens, zooals de meeste andere stijlen maar zelden doen. Buiten de oude stad staan ook enkele huizen, die geheel door Chineezen zijn opgetrokken, in hun eigenaardigen stijl, doch daarvan heb ik er nog geen te zien gekregen.

Thans wil ik tot het feest terugkeeren. De kwe-kwe bestond uit de bekende, walgelijk zoete konfituren, soort bij soort op zeer kleine schoteltjes smakelijk uitgespreid. In het midden stond een glaasje met water, waarin zeer kleine vorkjes staken, drie vingerbreedten lang. Daarmede pikt men uit de schoteltjes en als men genoeg heeft gaat het vorkje weder in het water. De groote pret was natuurlijk, om de dames te voeren, wat mij levendig herinnerde aan het «een cent een lik» van een straatjongen, die een pijp drop veroverd heeft.

De naam van dit feest is Tjapgomeh, wat gewoonlijk vertaald wordt als Bloemenfeest of Lantarenfeest. Er wordt rondgeloopen met alles, wat maar licht geeft of leven maakt, met fakkels en lantarens, met vuurwerk, dat meer knettert dan schittert, maar vooral met afschuwelijke muziek, die er het meeste van heeft, alsof men regelmatig op een ketel slaat, zoodat de geheele stad wel eene grofsmederij gelijkt. Ook worden enkele Europeesche instrumenten door inlanders bespeeld. Het glanspunt van den avond zijn de verschillende stellages, die tusschen overvloed van fakkels worden rondgedragen. Op een ijzeren stang, die aan het uiteinde van eene groote draagbaar omhoog steekt, zijn hoog in de lucht een of twee kinderen bevestigd, met de prachtigste kleederen aan van bont gekleurde, zwaar geborduurde zijde. De stellage en de stang zijn geheel verborgen tusschen kunstig gemaakte bloemen en gedrochtelijke dieren, zoodat het geheel een bonte massa van goud en van kleuren is. Elk van die pyramiden — want er gaan er heel wat rond — stelt, zooals men mij zegt, een der teekenen voor van den Chineeschen Dierenriem. Met die toestellen wordt uren lang rondgeloopen en uren lang zweven de arme kinderen in de lucht, bedwelmd door den walm der talrijke flambouwen en natuurlijk stevig vastgebonden. Het zal u dan ook niet verwonderen, dat zij het vaak met den dood bekoopen en ten minste meestal bewusteloos naar beneden gehaald worden, wanneer de langdradige plechtigheid afgeloopen is. Maar dàt is minder, want als het kind dood is, krijgen de ouders vijfentwintig gulden — vaste prijzen — en daar schijnt een Chinees meer aan te hechten, dan aan een een enkel kind meer of minder. Het verwondert mij, dat de regeering aan die gruwzame voorstellingen geen einde maakt. Eene pop zou toch even goed zijn, al is het misschien niet zoo orthodox.

Er gaat op dezen avond heel wat geld om. Het gansche jaar sparen de Chineezen om hunne vertooning luisterrijk te doen zijn. Het schijnt, dat verschillende vereenigingen elk hun eigen vertooning maken. Of dat vaste vereenigingen zijn, en hoe of die bij elkander komen, weet ik niet. Den avond van het feest nu trekken zij met hunne groote meubels op, en houden stil voor de huizen van hunne rijkere land-genooten, waar juist groot gezelschap is en waar zij dan fooien krijgen. En dan schijnt zoo'n rijke Chinees er zeer vereerd mede te zijn, wanneer gansche benden Europeanen bij hem de peentjes komen opscheppen en alles bekijken, zonder notitie van den heer des huizes te nemen. Gisteren avond was zelfs de familie van den gouverneur-generaal bij een Chinees op bezoek, wat de verbolgenheid opwekte van eenige Europeanen, die zulke bezoeken niet krijgen.

Natuurlijk deden wij ook eene wandeling op straat en bezochten nog andere zonen van het Hemelsche rijk. Zoo in een troepje te wandelen te midden van eene woelende menigte, twee aan twee, arm in arm, is even grappig op Batavia als op eene Hollandsche kermis, waaraan dan ook allen dachten. Zelfs stelde een ondeugd een hospartijtje voor, wat met afgrijzen werd afgeslagen. Ook hebben wij het theater nogmaals met een bezoek vereerd, maar heden zijn er allerlei troepen, die hunne stukken zoo maar op straat uitvoeren. Een troep komt voor uwe deur. Eerst wordt het orkest geplaatst; als stoel en als tafel tegelijk dient een bamboebank, waarop het geheele orkest plaats neemt. Het voornaamste instrument bestaat uit bamboezen of bronzen staven, die aangeslagen worden, wat dus niet veel anders is dan het hout-en-stroo-instrument of de glasharmonika. Het geluid is dan ook van dezelfde soort. Verder eene soort viool met eene snaar en eenige andere instrumenten, waar-van het vermogen om geluid te geven in kracht toeneemt, naarmate het in welluidendheid vermindert.

Daarna wordt het tooneel opgeslagen. Twee koelies hangen elk een touw om den hals, waarin eene lange bamboe hangt, een paar voet boven den grond, in horizontale richting. Dit scheidt de toeschouwers van de spelers en maakt het geheele tooneel uit. De acteurs zijn zelden meer dan twee in aantal, waarvan een, die de dame voorstelt, afschuwelijk uitgemonsterd is. Behalve de liefelijke faussetstem, die ik u reeds beschreven heb, versiert haar nog een geheel witgekalkt gelaat en eene groote pruik van kokosnootvezelen, waaronder de staart verborgen wordt. Die stem, als van eene deur, die in hare hengsels krast, wordt vooral zeer welluidend als de dame zingt, want opera wordt ook al vertoond. Maar dit moet ik zeggen, al versta ik er ook niets van, de Chineezen zijn klaarblijkelijk geboren tooneelspelers. Er is zulk een levendigheid en zooveel gang in hun spel, hunne bewegingen zijn vaak zoo natuurlijk komiek, zij spelen met zooveel vuur en eenheid, dat ik mij best kan voorstellen, dat de toeschouwers, die het stuk verstaan, er heel veel behagen in scheppen. Maar toch staat het groote theater, waarvan ik een paar malen sprak, heel wat hooger dan die ambulante troepen. Een familietrek hebben al de stukken, dat zij uren aanhouden en eigenlijk nooit schijnen te eindigen. Er zijn verschillende Chineesche stukken, die dagen lang duren, sommigen, naar ik hoor, een paar weken. Zoover heeft Wagner het nog niet gebracht. Verder schijnt alles conventioneel te zijn en ieder schijnt die conventiën te kennen, even als bij ons, wanneer het op het tooneel zoo stikdonker is, dat . . . . . men zien kan als op den middag, of wanneer de heldin hare intiemste gedachten zoo zacht fluistert, dat duizend toeschouwers die vernemen. De Chineezen vergen maar weinig meer van de verbeeldingskracht, wanneer een acteur, die van het tooneel moet aftreden, zich eenvoudig omdraait.

En dan de poppekast, en de gaarkeukens, en de speelbanken, en de menigte menschen op straat, en de flambouwen, en de oorverdoovende muziek, die op tien punten te gelijk speelt . . . . ik kan u verzekeren, dat men niets doet, en toch doodelijk vermoeid te huis komt. En toch zou ik den vroolijken avond niet gaarne gemist hebben, maar heden avond zal ik maar kalm te huis blijven. In de stad zijn het dezelfde vertooningen als gisteren, en morgen wordt het feest op Meester-Cornelis voortgezet. Overmorgen keeren de vlijtige Chineezen weer voor een geheel jaar tot hunnen arbeid terug en er blijft van het veertiendaagsche feest niets over dan ledige beurzen en gewasschen staarten, want alle staarten worden voor het nieuwe jaar, maar ook alleen daarvoor, nieuw opgemaakt. Eenige dagen van te voren kan men alle Chineezen des morgens met uitgekamde haren zien loopen en in den namiddag zien, hoe er overal een geduldig op een stoel zit, terwijl een ander een uurtje doorbrengt met zijn staart te vlechten. Want dat heeft natuurlijk alles op straat plaats. Het is jammer, dat de Chineezen niet even gaarne hunne vrouwen vertoonen als zichzelven. Bij al die feesten heb ik er geen enkele gezien.

BUITENZORG, 9 Maart.

Ik ben thans in het paleis gelogeerd. Twee groote vertrekken, keurig gemeubeld, steken niet weinig af bij de koude en kale hôtelkamers, die ik tot nogtoe in Indië heb leeren kennen. Toen na mijn middagdutje een livereibediende binnentrad met thee en toebehooren op een net zilveren blaadje, werd er een zeker gevoel van comfort bij mij levendig, dat na het roezige hôtelleven weldadig werkt. Het gevecht, dat daar achter tafel de verschillende jongens om de schotels leveren, heb ik u reeds beschreven. Maar ook verder laat de deftigheid te wenschen over. Drie borden, een glas, een kopje staan in een kastje op uwe kamer, want dat heeft de jongen te verantwoorden. Wilt ge theedrinken, dan verdwijnt uw kopje in de richting naar de keuken en komt gevuld terug; wilt ge aan een bezoeker een glas wijn aanbieden, dan leent ge eerst een tweede glas van uw kamerbuurman. In enkele hôtels gaat het iets deftiger toe, maar het blijft altijd eene soort van strijd om het leven. Alleen vecht men dien hier in Indië niet zelf uit, maar laat het door zijn jongen doen. Kunt gij u voorstellen, hoe aangenaam de gewaarwording is, weder eens in nette kamers net bediend te worden? Wel is het waar, dat men het gemis van eene zaak dikwijls eerst dan bemerkt, als men die weder geniet.

Een vreeselijke donderbui met zwaren regen heeft de lucht zoo afgekoeld, dat ik het, na de warme dagen te Batavia, op dit oogenblik werkelijk koud heb.

12 Maart.

Sedert gisteren zijn hier drie jeugdige Franschen gelogeerd, die het voor de gasten bestemde gebouw recht vroolijk maken. Twee daarvan zijn rijke jongelieden, die, naar het schijnt, door de papa's de wereld rondgestuurd worden, om wat gewicht in hunne jeugdige bollen te brengen. Voorloopig schijnt het doel nog niet geheel bereikt te zijn, want het zijn een paar echte jolige jongens, al is de een ook zes voet hoog. De derde man is een soort van gouverneur, die vergeefsche pogingen doet om een weinig ernstiger te zijn dan zijne leerlingen. De man noemt zich kapitein, maar het was een ongelukkig denkbeeld van een der adjudanten, om hem aan tafel naar zijn wapen te vragen, want toen moest het hooge woord er uit, dat hij niet anders dan bij de garde-mobile gediend had. Zoo iets van generaal bij de plattelands-schutterij. Als die luidjes in Frankrijk een licht moeten doen opgaan over onze koloniën, dan zal het wel een klein flikkerlichtje zijn. Maar licht is hunne reisbeschrijving nog even goed als die, welke de graaf de Beauvoir niet lang geleden uitgaf en die overvloeit van de meest vermakelijke onjustheden betreffende Java. Maar onze jongelui verschaffen mij een recht vroolijk gezelschap en de adjudanten dragen het hunne bij, om den tijd aangenaam te doen omgaan. Des ochtends wordt er gewandeld en te paard gereden in de nooit volprezen omstreken van Buitenzorg. Welk een plantengroei! Daarvan krijgt men op Batavia geen flauw begrip, doch hier heeft men een voorsmaak van wat het gebergte moet opleveren. Alles is begroeid, de grond, de steenen, de boomstammen, alles is groen. Voor mijn raam komen de damherten grazen in de schaduw van een waringinboom, die op een reusachtigen stam zijn berkachtig loof hoog in de lucht verheft, om het in sierlijke bundels weder te laten afhangen. Maar de stam zou een botanicus dagen lang kunnen bezig houden. Men ziet den bast slechts tot op een paar meters boven den grond, daar boven is alles geheel begroeid met mossen, varens, grassen en orchideeën. Er zijn varenplanten bij met ellenlange glinsterend groene bladeren, anderen met groote gevinde bladeren van een zilverachtig groen. Deze soort van waringins maakt geene luchtwortels, maar van de gewone soort is hier een geheele laan. De meeste boomen daarvan zijn zoo oud, dat de luchtwortels tot ware stammen verdikt zijn, zoodat elke boom op een woud van gekronkelde zuilen schijnt te rusten. Die laan is eenig in hare zonderling schoone uitwerking, vooral bij eene onzekere verlichting. Het maanlicht werkt hier echter eenvoudig tooverachtig, en men behoeft dan niet zeer bijgeloovig te zijn, om spoken te zien. Maar de schoonste plant van Indië is in mijne oogen nog steeds de bamboe met hare wuivende pluimen. Morgen denk ik weder naar Batavia te gaan.

BATAVIA, 16 Maart.

Langzamerhand beginnen de voorbereidingen voor de reis over Java. Met mijn reiscompagnon, den Heer Landry, een aangenaam jongmensch van mijnen leeftijd, trek ik nu en dan naar de stad om de noodige inkoopen te doen. Wij hebben een grooten en gemakkelijken reiswagen gekocht, waaruit de voorbank is weggebroken, om plaats voor mijne instrumenten te vinden; er zijn reeds trekpotten en koffiepotten ingeslagen en een kleine voorraad blikjes. Verder zijn wij beiden over nieuwe jongens in onderhandeling. Het spijt mij wel, dat Siman niet mede wil gaan, omdat hij pas getrouwd is, want hij was netjes en eerlijk. Ik zal nu waarschijnlijk een der jongens uit het hôtel medenemen, die mij zeer geroemd wordt.

Ik kan niet zeggen, dat het vooruitzicht mij onaangenaam is, Batavia eindelijk te verlaten en op reis te gaan. Want, ofschoon ik het hier te druk had, om mij te vervelen, en niettegenstaande de vele feesten, die ik bijwoonde, kan ik toch niet zeggen, dat ik het amusante van Batavia zoo recht inzie. Het is eene eindelooze plaats met al de pretentiën van een groote stad, doch met al de allures van eene zeer kleine. Het is moeilijk u een denkbeeld te geven van de kleingeestigheid, waarmede een aantal kleine kringetjes van elkander gescheiden zijn, waarbij geld en rang zoowat de eenige maatstaf zijn en beschaving het laatst in aanmerking komt. Bovendien is Batavia veel te Europeesch, of tracht dit te zijn, wat onder palmboomen een kluchtig effekt maakt. Zoo moet ik nog steeds glimlachen, wanneer ik op een bal de slachtoffers van fluweelen japonnen zie zwoegen onder hunne pracht. Daarbij komt dan de gedachte, dat mevrouw Deze en mevrouw Die niet op het bal komen, omdat zij geen fluweel en geen zijde kunnen betalen.

Maar ik wil mijne zwartgallige opmerkingen staken; Batavia heeft die niet aan mij verdiend. Daarvoor heb ik er veel te vroolijke dagen gehad, al is de herinnering aan het geheel eenigszins eentonig. Mijn wensch om eindelijk meer van de tropische natuur te zullen genieten, doet mij thans de grenzenlooze stad minder vriendelijk aanzien. Ons plan is dan ook, dadelijk dwars door Java te reizen, naar de Zuidkust, die nog vrij woest en onbezocht is.

22 Maart.

Den jongen, waarover ik reeds gesproken heb, heb ik

aangenomen. Wat mij het meeste deed aarzelen was zijn eisch van veertig gulden voorschot. Dat vragen van voorschot is een ware kanker, waaronder de bedienden zelven het meeste lijden. Alles wordt hier per maand betaald, (voor zoover er niet gebeerd wordt namelijk) en toch kan men geen enkelen inlander voor eenig vast werk krijgen zonder zware voorschotten. Is er een feest — nieuw voorschot, een sterfgeval of eene geboorte — altijd weer voorschot, en alles is onmiddelijk verteerd, zoodat de bedienden eigenlijk nooit buiten schuld zijn. Ik geloof niet, dat een gewone inlander ooit eenig geld vierentwintig uren in den zak heeft. Er zijn altijd oude schulden af te doen en als die er bij toeval eens niet zijn, dan is er altijd iets, waarvoor hij het geld onmiddelijk uitgeeft, zoodat men wel zou kunnen beweren, dat, op den tweeden dag van elke maand, geen enkele inlander met een duit op zak loopt. Sparen is hun volmaakt onbekend, en zij zien er niets in, om zich voor één feest voor jaren in schulden te steken. Feitelijk heeft deze gewoonte tamelijk wel dezelfde uitwerking als de slavernij. Een fatsoenlijk bediende verlaat zijn meester nooit, zoolang hij in voorschot is, en dat is hij eigenlijk altijd. Zoodra uw jongen begint zijn maandgeld te laten staan, om voorschot aan te zuiveren, kunt gij er zeker van zijn, dat hij u wenscht te verlaten. Als gij een jongen van een ander overneemt, begint gij met aan zijn vorigen meester de uitstaande schuld terug te betalen, waarvoor de jongen dan bij u in het krijt komt te staan.

Twee redenen verklaren voldoende dezen karaktertrek. Ten eerste de eeuwen van despotisme, waaronder Java gebukt heeft gegaan. Wanneer men niet zeker is, dat het geld morgen niet afgenomen zal worden, is het verstandig er van daag zooveel mogelijk van te genieten. Lange jaren van een beter bestuur zullen nog noodig zijn om den inlander de overtuiging te geven, dat hem zelf toebehoort, wat hij zelf verdiend heeft. Maar ten tweede leert de inlander niet sparen, omdat werkelijk nijpende armoede, behalve op een paar groote plaatsen, nog niet bekend is. De inlander heeft dan ook aan zoo weinig genoeg. Een of twee stuivers daags is voor het noodzakelijke levensonderhoud voldoende. Een handvol rijst om te eten, twee lappen om zich te kleeden en de rivier om in te baden, dat is het eenige noodige; zelfs een huis is weelde. Bij het zorgelooze en fatalistische karakter van de Oosterlingen zijn deze beide redenen voldoende verklaring voor alles, wat ik hierboven schreef. Maar of het mogelijk zal zijn, zoo lang deze omstandigheden duren, veel aan de beschaving der inlanders te veranderen, betwijfel ik zeer. Zoolang zij geene hoogere behoeften kennen, zullen zij ook niet verlangen daaraan te voldoen. Ondertusschen heb ik een goeden jongen, dat is het voornaamste van deze lange redeneering.

Voor het overige zijn wij thans in den kenteringtijd. Zoo noemt men den tijd van onzeker weder, van hevige stormen in allerlei onverwachte richtingen, die altijd tusschen het droge en het natte jaargetijde inligt. Daarop moet dan tegen het einde van Maart de oostmoesson volgen, die ons veroorloven zal op reis te gaan. Voorloopig echter regent het dagelijks, en veel heviger, dan toen het eigenlijk volgens den almanak westmoesson was. Hier schijnen de seizoenen ook al in de war te zijn. Dit vond ook de regent van . . . . ., die zich zelven voor conservatief houdt, of wiens resident conservatief is, wat wel op hetzelfde zal neerkomen. «Ja, «resident!» zei de man, «de liberalen zetten alles op losse «schroeven, dat ziet u aan de moessons, zelfs Toewan Allah «(Mijnheer God) weet niet meer, hoe hij het moet in- «richten, om het der regeering naar den zin te maken!»

BUITENZORG, 4 April.

Zulk een lange pauze heb ik nog zelden gemaakt, maar de laatste dagen te Batavia waren dan ook verbazend druk. Wij moesten den wagen volpakken en dat wel in twee verschillende hôtels, want Landry woonde niet in hetzelfde als ik; telkens moest ik naar de stad om nog. het eene of andere in te koopen, of om iemand te spreken en ik had eene geheele waschlijst van afscheidsbezoeken af te werken. Dan is iedereen natuurlijk verwonderd, dat gij nu al weg gaat, hoewel al sedert twee maanden uwe afreis bepaald was. De uitnoodigingen vallen dan als een hagelbui op uw onschuldig hoofd en zoo had ik het even druk met uit eten gaan als met inpakken, zoodat er van briefschrijven niets inkwam. Er zou dan ook niets bijzonders te melden geweest zijn, want na al die feesten is er op Batavia een geest van apathie nedergedaald, alsof iedereen in den pop-toestand verkeert. Zoo zal men den twaalfden Mei afwachten en dan zal Batavia weder als een schoone vlinder voor den dag komen. Komt het u bij het lezen mijner brieven ook niet voor, alsof Batavia over het algemeen vrij duf is en men elke gelegenheid tot feestvieren aangrijpt om eens voor een poos te ontwaken? Het schijnt mij, alsof mijne brieven geheel gevuld zijn met eenige feesten als zand-korrels aaneen geregen. Maar ik geloof niet, dat dit de normale toestand van Batavia is. De gruwelijke oorlog, dien wij met Atjeh voeren, brengt eene zekere treurigheid over de hoofdstad, die zelfs bij de feesten hare rechten doet gelden. In eene zoo beperkte maatschappij is er niemand, aan wien de telegraaf niet bijna periodiek de doodstijding van vrienden of bekenden meldt, zoodat ieder in eene eenigszins gedrukte stemming verkeert, niet wetende, wat de dag van morgen brengen zal. Het is dus alleen te verwonderen, dat men nog moed vindt voor zoovele feesten, als ik bijwoonde.

Thans is de reis feitelijk begonnen en zijn wij gisteren met pak en zak hier aangekomen. Boven op een spoorweg-wagon stond ons reisrijtuig, volgepakt en de beide jongens er in. Goed, dat er op deze lijn geene tunnels zijn, want het geheel bereikte eene aanmerkelijke hoogte. Hier vonden wij gelukkig een onderkomen, hoewel het overal zeer vol is, daar menigeen, door de Paaschdagen verlokt, de Bataviasche warmte eens met de Buitenzorgsche regens verwisseld heeft. Wij kunnen eerst Maandag van hier vertrekken, want zooals gij weet, houdt het spoorwegje hier op en voor morgen heeft iemand anders de postpaarden besproken. Wij beginnen 'dus dadelijk de kennismaking met de kleine bezwaren van het postreizen over Java; dat er nog heel wat meer komen zullen, heeft men ons van alle zijden verzekerd, heel wat moeielijkheden en heel wat van die kleine ellenden, die aan het reisvermaak eene eigenaardige kleur geven. Heden morgen heb ik nogmaals een bezoek aan Raden Saleh gebracht en een paar andere visites gedaan, en heden avond zijn wij op een groot diner ten hove genoodigd.

SINDANGLAJA, 6 April.

De tocht per reiswagen is heden onder schitterende voorteekenen begonnen. Prachtig weder, dat zich · eerst nu voorbereidt op eene regenbui in den avond, wat zeer gunstig is, want in de bergen regent het volgens de boekjes drie dagen van de vier. Ik zal maar eerst de schaduwzijden van de reis opsommen om u later eene flauwe afspiegeling te te geven van de heerlijkheden, die wij genoten. De ongeriefelijkheden bestaan uit een weg met onmogelijke hellingen, zoodat men den slakkegang gaat, uit een zeer slecht middagmaal, uit wolken, die u beletten het volle uitzicht te genieten, dat u toekomt, en uit wederspannige buffels. Zoodra de helling van den weg eenigszins belangrijk wordt, worden de paarden tegen karbouwen verwisseld en dezen toonen een onverzettelijken wil te hebben, dien zij soms gebruiken om niet vooruit te gaan. Zoo stonden wij eens, en dat nog wel slechts een half uur van hier verwijderd, bijna een uur stil, terwijl al ons timmeren op de halstarrige beesten te vergeefs was. Als gij trouwens de uitdrukking van kracht kondet zien van die logge lichamen en de uitdrukking van schranderheid van het fijne hoofd, dan zou het u even als mij verwonderen, dat die dieren soms nog zoo dom zijn, om wel te willen trekken. Maar alles komt terecht en wij zijn aangekomen, en met mooi weder en eene maag, die niet weigert het zonderlinge eten te genieten, dat uw jongen koopt bij inlanders, die het voor Soendaneesche magen hebben klaargemaakt, is alles te overkomen, en het landschap vergoedt alles.

Want wij zijn nu in de Preanger, wat als het schoonste gedeelte van Java bekend staat. Van Buitenzorg af stijgt de weg voortdurend, eerst langzaam tusschen groote particuliere bezittingen door, waar hier en daar een huis staat met eene Europeesche familie in de voorgalerij. Uit eene der woningen wordt ons nog een hartelijke groet toegewuifd. Dan volgt weder eene kampong, waar bruine gezichten u tegengrinniken, ginds is er aan den weg een gaarkeuken, waar wij even ophouden, om eene lading heerlijke vruchten in te nemen, ten einde ons tegen honger en dorst te vrijwaren. Dit eerste gedeelte van den weg gaat in gestrekten galop, terwijl elke vijftien of twintig minuten de paarden verwisseld worden. Maar na de vier eerste posten wordt de weg op eenmaal versperd door een vrij steilen berg, den Megamendoeng. Daar men het in den tijd van Daendels verstandig heeft gevonden, den weg hier over heen te leggen, in plaats van er omheen te gaan, begint hier de kennismaking met de karbouwen. Wij zelven huurden een paar paarden, met het plan, om van den weg af te wijken. Daarentegen namen in ons rijtuig een paar dames plaats, die wij in een herberg aan den voet van den berg hadden aangetroffen, en die veel lust hadden om een dutje te doen, waartoe hun karretje geen gelegenheid aanbood. Wij hadden waarlijk geen berouw over den ruil, want vooral toen wij ter halver hoogte den grooten weg verlaten hadden, kwamen wij tot het besluit, dat wij tot heden toe nog slechts een zeer zwak begrip van den Indischen plantengroei gekregen hadden. Hier was werkelijk een ondoordringbaar woud; hier trokken wij tusschen twee muren van groen door. Hoog boven onze hoofden de kruinen van onbegrijpelijk hooge boomen, daartusschen de slanke stammen en dichte kruinen van enkele palmen, daaronder de sierlijke schermen van groote boomvarens en daaronder weer varens en struiken vol bloemen, en dat alles met slingerplanten in elkander gewerkt, eene oneindigheid van verschillende bladeren met allerlei tinten van groen, eene dichte massa boven u, naast u en voor u uit, zoodat de weg slechts een tunnel schijnt te zijn, die in het groen is uitgehouwen. Na den westmoesson dragen de bosschen dan ook hunnen schoonsten tooi, maar tevens is de weg nog niet in orde gemaakt, zoodat die een paar malen versperd is door een omgevallen woudreus, die alweder tijd gehad heeft, om geheel begroeid en overgroeid te zijn. Dan moeten wij afstijgen en klauteren en vuil worden, terwijl de vlugge paardjes al lang met een paar sprongen over het beletsel zijn heengewipt. Na een uurtje is het doel van den tocht bereikt. Tusschen de laatste boomen met hunne begroeide stammen schemert eene watervlakte, nog een paar passen en Telaga-Warna, — het Gekleurde meer — ligt voor ons, een kalm, klein water, waar vroeger een vulkaan zijn krater had. Rustig en duister, door geen zuchtje bewogen, ligt daar de donkergroene waterspiegel, in de schaduw der eeuwenoude boomen. Aan de overzijde verheft zich de kraterwand nog hoog in de lucht, maar is zoodanig door hoog woud begroeid, dat het ook al een groene massa is. Geen windje beweegt de lucht, geen zonnestraal dringt door de dichte bladeren, geen vogel laat zich hooren, het is alsof wij de eerste levende wezens zijn, die tot deze schoone en vredige plek doordringen. En toch zijn wij zeer dicht bij den grooten weg, want nadat wij ons met moeite van het heerlijke meer hadden losgerukt, bracht ons een steile weg van enkele minuten naar den top van den Megamendoeng, waar wij ons rijtuig moesten opwachten. Het wachten duurde lang, maar verdroot ons niet, want ook hier is een prachtig uitzicht, al namen de wolken er een weinig van weg. Voor ons uit rijzen de trotsche kegels van den Gedeh, den Pangerango en den Salak omhoog, aan de overzijde van eene diepe vallei, waarin het frissche groen der pas uitgeplante rijst schoon afsteekt bij het donkergroen der wouden en achter ons de terugblik op de groene vlakte van Java, hier en daar afgebroken door de laatste uitloopers van het groote gebergte; overal groen en overal zon. Op den hoogsten top staat een hek, de grensscheiding tusschen de residentiën Batavia en Preanger. Deze laatste was vroeger een verboden paradijs voor de Chineezen, die deze grens niet mochten overschrijden. Ons vaderlijke bestuur wilde de Soendaneesjes van de Preanger tegen de afzettingen der Chineezen beveiligen. Thans heeft men de Soendaneezen mondig verklaard, en de Chineezen mogen ook de achterzijde van het hek bekijken.

De helling aan de zijde van de Preanger is niet minder steil dan die aan den Buitenzorgschen kant. Bovendien duurt de daling zeer lang, zonder een enkel rustpunt waar de helling voor een enkel oogenblik ophoudt. Er zijn bovendien vrij scherpe hoeken in den weg, die vaak langs diepe afgronden voert. Met een ijzingwekkende vaart vliegt het rijtuig naar beneden, terwijl de paarden steeds in vollen ren gehouden worden, om niet onder de wielen te land te komen. Wel zijn de twee achterwielen geheel vastgebonden, maar toch wordt de vaart steeds grooter, en is het alleen de kalme houding van den bruinen koetsier, die in staat is, eenige gerustheid in te boezemen. Ik heb nooit een tweede voorbeeld van zulk rijden gezien en zou niet gaarne op dezen weg achter een Europeeschen koetsier zitten. Maar de bruine man zit daar boven op den bok zoo deftig en bestuurt met zoo vaste hand zijn hollend vierspan, dat het niet recht mogelijk is om angstig te worden, hoewel men toch blijde is, als men na een goed half uur aan de verminderde snelheid begint te bemerken, dat men beneden is. De rit gelijkt op eene wilde jacht. Eerst geniet men nog van het heerlijke uitzicht en van het schoone woud, maar weldra danst alles in woeste vaart voorbij het oog, en ten slotte ziet men niets meer, maar is in eene soort van bedwelming. Als de geheele reis over Java zoo ging, zou ik er weinig meer van zien dan in een sneltrein. Tusschen den voet van den Megamendoeng en Sindanglaja moet men weder een steile helling op en hier was het juist, dat de onwilligheid der karbouwen ons een uur ophield. Men is aan eene verlegging van den weg bezig, die ten minste dit gedeelte voor de toekomst minder bezwaarlijk zal maken.

Ik vond hier in het hôtel, dat tevens een gezondheidsetablissement heet te zijn, een ouden kennis gevaarlijk ziek. Dit zal ons waarschijnlijk wel eenige dagen hier houden. Ons plan was trouwens, van hier uit eenige uitstapjes te maken en de plaats zelve ligt op een lang niet verwerpelijk punt. Van de hoogte achter het huis uit ziet men over de groene sawah's heen juist den berg, dien wij overgekomen zijn met zijn schoone bosschen.

7 April.

Heden een bezoek gebracht aan Tjibodas. Dit is een annex van den Plantentuin te Buitenzorg. Wegens het koelere bergklimaat kunnen hier planten gekweekt worden, die het beneden nog te warm hebben. Vroeger waren er op nog hoogere punten van dit bergmassief nog andere tuinen voor hetzelfde doel, doch dezen zijn in lateren tijd ontruimd. Het eerste gedeelte van den weg is niet zeer schoon, maar luchtig en door de vrij talrijke bevolking nog al vroolijk. Maar zoodra men den Gedeh nadert, aan den voet waarvan Tjibodas ligt, is het bosch even genotrijk als altijd. Wij werden vriendelijk ontvangen en rondgeleid door een Hollandschen tuinman, die het opzicht over den tuin heeft, en die beloofde, ons morgen naar den top van den Gedeh te vergezellen, wat ons zeer bevalt. Op de terugreis na den middag genoten wij wel wat al te veel van de Indische zonnestralen, maar daar wij een anderen weg kozen dan bij de heenreis, zagen wij te veel nieuws, om daarop te letten.

De schoonste punten op den weg zijn steeds daar, waar men een ravijn passeert, als een klein beekje zich diep in den bodem heeft ingegraven en de rijke natuur de daardoor ontstane steile hellingen weer geheel met groen bekleed heeft. Op zekere hoogte voert eene ranke brug over de vallei en dan is men door het bosch aan alle zijden omringd, tot onder de voeten, terwijl nauwelijks een stukje blauwe lucht zichtbaar is. Diep in de diepte klatert het heldere riviertje, waarin de afhangende bladeren der varens zich wiegelend baden, en is er op den bodem van het ravijn maar het kleinste stukje vlakke grond, dan is er ook een sawah, waarvan het frissche, sappige groen helder afsteekt bij het donkere geboomte. Van zulk een koel, beschaduwd plekje, met zijn beek en zijn bloemen, moet men zich telkens met eenige moeite verwijderen; men zou er willen blijven zitten.

9 April.

De Gedeh en de Pangerango zijn niet te versmaden tweelingen. Dat die beiden altijd zoo te zamen genoemd worden, is, omdat zij door een kam verbonden, als een paar tweelingreuzen hoog boven alles in den omtrek uitsteken, en in de verbeelding bijna onafscheidelijk zijn. Maar het is zwaar werk om de beiden te bestijgen, vooral als men met echt Indische langzaamheid te kampen heeft en dus, in plaats van ten vijf ure, eerst ten zeven ure

vertrekt, en dat op paarden, die nog alleen voor den vilder
eenige waarde hebben. Arme dieren, die ons een weg op
moesten brengen, die zeker slechts voor herten bestemd is.
Het is onbegrijpelijk, hoe zulk een Javaansch beestje kan
klimmen en klauteren, want zulk een bergweg is slechts
een streep, waar het hout weggekapt is; aan het tracé is
niets ten koste gelegd. Ik hoop toch, dat mijne beschrij-
vingen van de weelderige natuur u wel reeds hebben doen
begrijpen, dat men, zonder weg, in deze wildernissen geen
twee passen zou kunnen doen. En zooals het is, is de weg
nog genoeg door omgevallen boomen versperd om ver van
gemakkelijk te zijn. Dit ondervond Landry, die door een
boomstam, waar hij dacht juist onder door te kunnen gaan,
geheel van zijn paard getild werd en achter den staart gedeponeerd. Het beest draaide zich heel gemoedelijk om en
keek den zandruiter kalm aan, met eene uitdrukking van
« vindt jij dat beter dan op mijn rug te zitten, ik ook. »
De man had zich gelukkig niet bezeerd. Geloof maar niet,
dat voor zulk een val veel onhandigheid noodig is; wij
kregen weldra elk onze beurt. Van onzen tochtgenoot viel
het paard op de knieën en de ruiter vloog over den kop
heen, zoodat ik, die achteraan reed, hem een oogenblik
op zijn hoofd zag staan. Het zag er gevaarlijk genoeg uit,
maar ook dit slachtoffer van den Gedeh bleek onbeschadigd
te zijn. De een was er van achter afgegaan, de andere van
voor, wat schoot er nu voor mij over? Mijn paard vond
het verstandig om, bij wijze van variatie, geheel in elkander
te zakken. Ik kwam heel kalm met elken voet op een
boomstam te staan, zoodat ik het model had kunnen leveren voor den kolos van Rhodus, maar het arme paard bleef
liggen, en werd eerst een half uur daarna op de been gebracht. Ik moest dus te voet verder en had nog menig
uurtje te wandelen en dat juist op het steilste gedeelte,
want eer men den kam bestegen heeft, is de helling gedurende een half uur zeer sterk. Een lastig punt van den

weg is daar, waar onmiddelijk naast elkander twee beken het pad doorsnijden. Daarvan is de eene bijzonder koud, en de andere zoo warm, dat men er nauwelijks in staan kan. De snelle overgang van het eene water in het andere is zeer onaangenaam. Ook zijn de vele kleine bloedzuigers minder vermakelijk. Van de struiken af weten zij zich aan den voorbijganger vast te hechten, die dan op eens bemerkt, dat hij onder medische behandeling is. Vooral Landry werd zwaar geteisterd en onze paarden waren steeds aan het bloeden.

Al onze moeielijkheden wogen echter geenszins op tegen het schoone van den tocht. Reeds even boven Tjibodas is een overheerlijk punt, Tjiburrum geheeten, waar vroeger ook een tuin geweest is. Thans is het een klein groen plekje, aan de eene zijde door hooge boomen ingesloten, aan de andere zijde door een rotswand, waar langs drie kleine watervallen naar beneden storten. Zij zijn niet hoog en het zijn maar kleine beekjes, stel u dus niet iets voor, dat eenen overweldigend grootschen indruk maakt, maar het koele plekje is zoo liefelijk, dat men er met moeite van scheidt. In de onmiddelijke nabijheid is eene kleine grot, die men wegens den moerassigen bodem niet betreden kan. Het eenige merkwaardige er van was dan ook eene ontzaglijke menigte vleermuizen, waarmede zij bevolkt is. Een schot, dat wij in de grot losten, verstoorde aanmerkelijk de gemoedsrust, waarmede al die halfslachtige wezens aan een nagel hingen te zwabberen. Een geheele zwerm kwam naar buiten vliegen en fladderde daar een tijd lang, door het daglicht verblind, doelloos om onze hoofden rond, tot zij ten slotte den weg naar den spelonk terugvonden, waar zij weer stil gingen hangen om elkander, als zij bij het invallen van den nacht wakker worden, te vertellen, wat zij van daag een boozen droom gehad hebben. Of zouden zij aan eene uitbarsting van den Gedeh gedacht hebben?

Het meest treffende van zulk eene bergbestijging is echter de snelheid, waarmede men in weinige uren het karakter van de plantenwereld verschillende malen ziet veranderen. Wel is de rijkdom aan planten tot bijna op den top steeds even groot, maar telkens verlaten u bepaalde vormen en anderen treden op. Reeds even boven Tjibodas worden de palmen zeldzaam en er is maar eene lage soort, met waaiervormige bladeren en zonder stam, die nog eenige honderden voeten hooger voorkomt. Het is deze soort, die men in onze kamers zeer veel als sierplant ziet. Maar de palmen worden vervangen door heerlijke boomvarens, met hunne altijd cirkelronde kruinen van bladeren van tien of twaalf voet lang. Als op zulk een varenblad door het bijna ondoordringbare loofdak der hoogere boomen een zonnestraal valt, geeft dit alleen op de glimmende, zachtgroene oppervlakte een lichteffekt, zoo schoon als men maar verlangen kan. Op den kam tusschen de beide toppen houden ook de varens op, na vroeger reeds grootendeels plaats gemaakt te hebben voor andere soorten, waaronder vooral de begonia's en vele soorten rhododendrons het oog boeien. Vooral de laatsten zijn hier schoon vertegenwoordigd door bloemen van de meest verschillende kleuren en nog steeds zijn de boomen omstrengeld door schoone slingerplanten. Vooral eene soort is treffend, die dikke trossen van scharlakenroode bloemen heeft en eene andere met groote pluimen van kleine witte bloesems. Langzamerhand wordt het woud al iets minder dicht en nadat men den kam bereikt heeft, krijgt de plantengroei een bepaald Europeesch karakter. Men is daar dan ook reeds op eene hoogte, waarop in het grootste gedeelte van Europa de eeuwige sneeuw eene grens aan het plantenrijk zou stellen. Beide bergen toch zijn meer dan tienduizend voet hoog. Sommige planten zijn zelfs onmiskenbare bloedverwanten van onze Europeesche soorten. Zoo groeit hier weelderig de kamperfoelie en eene aardbezie met reusachtige bloemen en zeer flauwe vruchten. Ook enkele rhododendrons gaan nog iets hooger, maar de begonia's bedekken den bodem niet meer met hunne lange ranken en hunne schitterend gekleurde bloempjes. Maar het juweel van den Pangerango is eene primula, die hier in menigte voorkomt, maar die nog nooit ergens anders gevonden is. Verbeeld u een stengel twee of twee en een halve voet hoog, die naakt uit een krans van forsche bladeren omhoog schiet, doch bezet is met drie, vier, vijf kransen van gele bloemen. Dezen zijn juist als die van onze gewone primula veris, alleen iets kleiner. Het is eene vorstelijke plant en niet ten onrechte primula imperialis genoemd. Zij moet mij dan ook wel getroffen hebben, dat ik, na Wallace, nogmaals waag haar te beschrijven. Zou men nog nooit getracht hebben haar naar Europa over te brengen? Het merkwaardigste van deze plant is echter zeker, dat zij zelfs op de omliggende bergen nooit werd aangetroffen, zelfs niet op den Gedeh. Zouden wij hier ook misschien te doen hebben met de laatst overgebleven exemplaren van een uitstervend geslacht? Tot bijna op den top van den Pangerango staan nog hooge boomen, hoewel wijd uiteen; op het bovenste plateau groeit nog slechts kreupelhout. Het bosch maakt gedurende het laatste gedeelte van den tocht vrij wel denzelfden indruk als het plantenkleed in Midden-Europa, hoewel de planten natuurlijk niet juist dezelfden zijn.

Wij sliepen op den top in een armzalige hut, die snel door de koelies eenigszins werd opgelapt en waar wij eene hevige koude leden. Wel hadden wij vuur en verschillende jassen en dekens en waren er heel wat menschen in eene kleine ruimte bijeen, maar de temperatuur daalt des nachts tot aan het vriespunt en de jammerlijke wanden verleenden vrijen doortocht aan den scherpen wind. Het grootste gedeelte van den nacht heb ik doorgebracht neergehurkt voor het vuur, waarbij het nog steeds was, alsof de Noordpool zich met de zorg voor mijn rug belastte. Het lichaam is dan ook in Indië zoo weinig aan koude gewend, dat zulk eene temperatuur dubbel onaangenaam werkt. Hoe de arme paarden het buiten uithielden, is mij onbegrijpelijk.

Ik behoef u zeker niet te zeggen, dat wij heden morgen niet in de meest opgewekte stemming waren met onze verstijfde ledematen. Maar de koude zweepte ons voort, en zoo ging het in vollen ren den top af, en van den kam uit den Gedeh op, waarbij onze ijver spoedig genoeg bekoelde, want de weg is steil en niet gemakkelijk. Ik vrees, dat wij het uitzicht, dat men op den Pangerango genieten moet, niet genoeg waardeerden, maar ik zet iemand om bij zulk eene koude iets anders te waardeeren, dan het feit, dat men niet in ijskegels veranderd is. Is het voor een leek moeielijk om te zien, dat de top van den Pangerango niets is dan een groote, doch sinds lang uitgebrande krater, op den Gedeh wordt men reeds spoedig door de onaangename zwaveldampen gewaarschuwd, dat men een vulkaan onder de voeten heeft. Wel schijnt het een stervende te zijn, maar met lange tusschenpoozen doet hij toch nog zwakke pogingen, om zijn rang te handhaven. Al spoedig werden de zwaveldampen heviger en vrij hinderlijk bij het klimmen. Het houtgewas werd steeds armoediger en weldra hadden wij de laatste verschroeide struiken achter ons. Liefelijk is de wandeling niet, over een verbranden bodem van losliggende en rollende steenen met eene witte zwavellaag overtrokken. Het is moeielijk u een denkbeeld te geven van het diep ellendige van zulk een landschap, waar niets leeft en waar de natuur steeds bezig is zelfmoord te plegen. Om haar voorbeeld te volgen zou men hier niet lang alleen moeten vertoeven. Doch nadat men een kleinen heuvel beklommen heeft, is het tafereel, dat zich plotseling aan het oog voordoet, zoo grootsch in zijne droefgeestigheid, dat alle denken ophoudt en men niets meer doet dan zien. Stel u voor een grooten cirkel van kale, steile rotsen,

waarvan echter de helft verdwenen is, zoodat een amphitheater overblijft van treurig witachtige steenen, dat eene
woestenij omsluit van opgestapelde rotsblokken tot kalk
verbrand. En voor uwe voeten ligt de tegenwoordige krater,
een groote, gapende trechter, waaruit steeds een dikke
wolk van zwaveldamp omhoog stijgt. Het is een tooneel
van verwoesting, dat den toeschouwer vreeselijk aangrijpt.
Ik dacht hier dadelijk aan dien wijsgeer der oudheid, die
zich in den krater van den Etna stortte, en kon in deze
omgeving den moed niet vinden, om den man uit te lachen.
Het verschrikkelijke oefent zulk eene groote aantrekkings-
kracht uit, dat het mij niet verwondert, dat zelfs een wijsgeer met eene toga er voor bezweek. De inlanders schijnen
dezen weg niet gaarne te gaan; zij zeggen, dat het soesah
is, maar ik vermoed sterk, dat zij eenigszins bang zijn,
wat ik mij eigenlijk best begrijpen kan. Bovendien heeft
de weg voor naakte voeten weinig bekoorlijks. Slechts twee
van onze koelies vergezelden ons.

Lang hielden wij het in dien zwavel-atmospheer niet uit en
spoedig waren wij weder tot aan den kam afgedaald. Even
beneden den bergrug zijn bij eene heldere bron de sporen
van een huis zichtbaar. Deze plaats Gedong-Badak geheeten, was vroeger nu en dan voor enkele dagen het verblijf van de gouverneurs-generaal. Ik kan best begrijpen,
dat zij deze al te koude plek verlaten hebben. De naam
van de plaats beteekent: verzamelplaats van rhinocerossen;
wij hebben dan ook sporen van die lieve dieren gevonden.
De terugreis bood niet veel merkwaardigs aan; wel waren
wij zeer vermoeid, want na zulk een tocht is de Indische
middagwarmte wel wat drukkend, vooral wanneer men,
om de uitgeputte paarden niet geheel te vermoorden, den
weg te voet aflegt.

TJANDJOER, 10 April.

Wij zijn een kleine etappe verder, maar eigenlijk is deze

dag een rustdag, dien wij waarlijk wel verdiend hebben. De weg hierheen is zeer schoon; hij loopt over de uitloopers van het hooge gebergte, dat de ruggegraat van Java uitmaakt. Bij het opgaan van elke helling komen er weder karbouwen voor het rijtuig, maar daarvoor gaat het dan ook in vollen ren naar beneden. Het was weder eene afwisseling van golvende rijstvelden en diepe ravijnen en overal een horizont van trotsche kegels. Want alles is hier vulkaan. Dicht bij Sindanglaja ligt het buitenverblijf van den gouverneur-generaal, Tjipannas. Verwonder er u niet over, dat hier bijna alle namen met «tji» beginnen. Dit beteekent water, en water is hier overal. Het is de onnoemelijke watervoorraad, vooral de rijkdom aan kleine beken, die van Java zulk een gezegend land maakt. Daarom kunnen wij niet genoeg zorg dragen, om de bosschen op de bergen onaangetast te laten; werden die uitgeroeid, dan zou hetzelfde schoone eiland wel eens in eene woestijn kunnen veranderen. En indien het Hollandsche bestuur hier niet krachtig optreedt, zal de steeds toenemende bevolking dit doel spoedig bereikt hebben. De inlanders toch kappen meedoogenloos de schoone bosschen om, om rijstvelden aan te leggen. Dezen moeten in het hooge gebergte wegens het gebrek aan besproeiing na een paar jaren weder verlaten worden en dan treedt onmiddellijk eene wildernis in de plaats van alang-alang, eene hooge, nuttelooze grassoort, die allen verderen plantengroei weert. De regeering werkt werkelijk in deze richting, maar nog niet krachtig genoeg.

Tjandjoer was nog kort geleden de hoofdplaats van de residentie. Het maakt dan ook wel een weinig den indruk van eene gevallen grootheid: eene groote plaats doch met veel open vakken. Wij hebben er echter nog weinig van gezien, want wij zijn te vermoeid om rond te wandelen. Voor ons is dus het voornaamste, dat het hôtel werkelijk zeer goed is.

SOEKABOEMI, 12 April.

Van Tjandjoer af hebben wij den grooten weg verlaten en zijn thans op weg naar de Wijnkoopsbaai. Soekaboemi ligt zoowat halverwege. Onze gulle gastheer, de assistent-resident, heeft ons reeds dadelijk heden op een aangenaam toertje vergast. Het gold een bezoek aan Sinagar, eene theeplantage, die op de zuidelijke helling van het groote gebergte ligt. De theekultuur toch begint in de Preanger groote afmetingen aan te nemen. Dat men er in Holland zoo weinig van bemerkt, is, omdat een groot gedeelte van het produkt in den laatsten tijd zijn weg neemt naar Californië. En wie weet hoeveel wij er toch van in Europa drinken, in den vorm van echt Chineesche thee, want de Chineezen vervalschen hunne waren op eene gruwelijke wijze; ze zijn geheel op de hoogte van hunnen tijd. Ik heb eens aan een Chinees laten vragen, wat champagne was, en het antwoord was: klapperwater, brandy, Javaansche suiker en wat ananassap. De resident van Batavia had eens iets in eene Chineesche toko te doen. Toen de eigenaar langer op zich liet wachten, dan een resident gewend is, vroeg deze, wat de man dan toch eigenlijk uitvoerde? « Hij « maakt portwijn", was het lakonieke antwoord. Daar bij dit mengsel o. a. voor de kleur karbouwebloed gebruikt wordt, zou ik wel wenschen, dat ik zooveel wijsheid maar niet had opgedaan.

Ik heb dan nu de geheele theekultuur gezien, van de lage donkergroene boompjes af, die aan schaduw doen denken, maar in de werkelijkheid alleen aan de schoenen schaduw geven, tot aan het drogen en roosteren toe. Ik kan u verzekeren, dat al de verhaaltjes, die men in Europa weet te doen over het onderscheid tusschen groene en zwarte thee, bezijden de waarheid zijn; het verschil ligt alleen aan de wijze, waarop verschillende kunstgrepen bij het drogen op elkander volgen. De groene thee wordt sneller kunstmatig gedroogd, zoodat de groene kleur, en daarmede ook verschillende scherpe bestanddeelen, geen tijd hebben, om door natuurlijke omzetting te verdwijnen. Helaas, moet ik hier echter bijvoegen, dat de thee, zoowel groene als zwarte, later dikwijls gekleurd wordt, en onder de kleurstoffen mogen er zijn, die voor de gezondheid schadelijk zijn. Het was verder een hoogst aangenaam uitstapje door eene schoone bergstreek; alleen overviel ons op de terugreis na den middag eene hevige regenbui, die oorzaak was, dat wij eerst ten 9 ure doorweekt te huis kwamen.

Pelaboean-Ratoe, aan de Wijnkoopsbaai, 16 April.

Wij hadden hierheen eene zware reis van ruim negen uren. Het reisrijtuig hebben wij te Soekaboemi achtergelaten, en slechts de kleinste helft van den weg konden wij in kleine karretjes afleggen, het overige moest te paard gedaan worden. Ik weet niet, wat vermoeiender is, want de weg is zeer primitief en volgt al de glooiingen van het zeer bergachtig terrein. Het rijden bestaat dus voor de eene helft uit wandelen om de paarden te sparen, voor de andere helft uit geschud worden en ribbestooten krijgen. Voor de tweede helft van de reis hadden wij een paar dappere paardjes, die als katten de bergen opklommen. De landstreek, die wij per as doortrokken, is niet buitengewoon schoon, het tweede gedeelte des te schooner. Wij hadden een aantal heuvelrijen over te trekken — wel wat al te veel, — die nagenoeg parallel loopen met de Zuidkust, en telkens, als wij eene hoogte bestegen hadden, lag voor ons uit de Indische Oceaan, kalm en zonnig, achter den voorgrond van eindeloos groen. En als wij dan een heuvel afgedaald en in een terreinplooi aangeland waren, was het weder, alsof de aardbodem niets droeg dan hooge boomen en groene planten. Ook wordt uwe belangstelling in de reis wel geprikkeld door de wetenschap, dat het hier wemelt van tijgers. Wel zijn dezen zoo beleefd, zich over dag niet te vertoonen, maar een zeer goed middagmaal, dat wij ook al door de vriendelijke zorgen van den assistent-resident onder weg vonden, had ons eenigen tijd bezig gehouden, zoodat de nacht ons in het bosch verraste, terwijl de paarden door hunne zenuwachtigheid niet te miskennen bewijzen gaven van de nabijheid der tijgers. Heerlijke momenten voor een roman, maar daar ik geen roman schrijf, kan ik mijn verhaal niet eens kruiden met een paar glinsterende oogen. Toch heb ik gedurende eenige oogenblikken in den angst gezeten. Voor mij uit zag ik duidelijk een paar lichtpunten schitteren, die ik overtuigd was, dat aan een tijgerkop toebehoorden. Gelukkig stelde mijn paard mij gerust, door voort te stappen, en weldra zag ik, dat al mijn angst veroorzaakt was door een paar glimwormen. Ik moest om mijzelven lachen, maar het is niet bepaald noodig, dat gij dit ook doet, want dat mijn angst niet zonder oorzaak was, werd mij hier later bevestigd. Juist in die buurt is eene plaats, waar de tijgers hun geregelden loop naar de rivier hebben, en waar geen inlander zich zonder dwang na zonsondergang zal wagen. Onze geleiders hadden dan ook zooveel menschen mogelijk geprest om mede te gaan; allen droegen fakkels en maakten zooveel leven als zij maar konden. Onze gastheer was dan ook zeer verrast, dat hij ons nog zoo laat zag aankomen; hij was druk bezig het voor ons bestemde avondmaal zelf op te eten.

Wij zijn gelogeerd bij een inlandsch hoofd, met wien wij nauwelijks kunnen spreken. Twee bamboezen kamertjes zonder deur en de voorgalerij zijn ter onzer beschikking, terwijl ons tweemaal daags een vrij goed maal wordt opgedischt van rijst, peper, visch, kip en weer visch. Visch is hier schering en inslag; de geheele kampong hangt vol visch even als Scheveningen met scharretjes. En de haaien en kaaimannen bezoeken dit gedeelte van het strand niet, zoodat ik even als in Scheveningen zeebaden neem. De kampong zelf ligt niet aan zee, maar wel het punt, waar ik mijne waarnemingen doe, ongeveer tien minuten van hier. Het is daar lang niet koel; gisteren steeg mijn thermometer bijna tot 100° Fahrenheit. Eene zeer aardige temperatuur om op de jacht te gaan, zooals Landry heden deed. Ik hoop zeer, dat hij voor ons diner van morgen eens eenige variatie op het thema visch zal medebrengen.

Gisteren dineerden wij bij den pakhuismeester. Want die is er en de gouvernements pakhuizen zijn er ook, hoewel beiden afgeschaft zijn. Maar tusschen afgeschaft worden en eene andere bestemming krijgen, kan, bij de vlugge afdoening van zaken in Indië, nog al eenige tijd verloopen. Dit ondervond ook de onderofficier-instructeur van 29 afgeschafte pradjoerits (een zeer lachverwekkend korps van inlandsche gendarmen). De man is natuurlijk ook afgeschaft, maar, tot zoo lang er nader over hem beschikt wordt, krijgt de stumperd voor het gemak maar geen traktement. De vijfde man aan tafel was het inlandsch hoofd, dat ons zoo dapper met visch voedert. Spreken doet de man minder en onze pakhuismeester is ook een goed zwijger, zoodat het diner een tamelijk stil genot aanbood.

17 April.

Landry is nog niet terug en een van de bekende zondvloeden, die den drogen moesson schijnen te kenmerken, belet mij voor het oogenblik te werken, zoodat ik tijd genoeg heb om te schrijven, maar minder stof. Ik wenschte wel, dat ik meer Maleisch verstond om met de lieden te kunnen spreken, want de Soendaneezen, die ik hier onvervalscht zie, verschillen genoeg van de Batavianen, om mij te doen wenschen hen nader te leeren kennen. Het is een vroolijk volkje, klein doch vierkant gebouwd, nog wat luier dan andere inlanders, maar in den vorm heel wat onderdaniger dan de lui op Batavia, die er al volmaakt achter zijn, dat een Hollander ook een gewoon mensch is. In de Preanger gaat ieder inlander, dien gij tegenkomt, voor u op de hurken zitten, en dat wel liefst met den rug naar u toe, omdat hij niet waardig is uw aangezicht te zien, wat hem niet belet, om een goed kijkje te nemen, zoodra gij voorbij zijt. Men zegt mij, dat de Soendaneezen nog al eerlijk zijn. Ik geloof, dat mijn tegenwoordige jongen het ook is, al is hij geen Soendanees, tevens is hij gewillig en handig maar zwak. Den tocht hier heen deed hij met dezelfde transportmiddelen als wij zelven, en toch kon hij den volgenden dag nauwelijks op zijn beenen staan. Of de inlanders over het algemeen krachtig zijn of niet, weet ik waarlijk niet te zeggen. Met eene vrij zware vracht loopen zij tegen een paard op en toch hoort men telkens van betrekkelijk lichten arbeid, die hun te zwaar is. Voor zoover zij in krachten bij den Europeaan achterstaan, zijn zij dezen in vlugheid en lenigheid ver vooruit, zoodat het mij toeschijnt, dat de kwestie niet algemeen kan beantwoord worden, maar dat alles van de soort van werk afhangt.

De natuur biedt hier niets bijzonders aan; eene strandvlakte, waar de bosschen door eene magere kultuur verdrongen zijn. Jammer, dat wij geen tijd overhouden, om de Zandbaai te bezoeken. Deze ligt van hier een halve dagreis over zee, en moet eene prachtige natuur aanbieden. Landry komt daar juist te huis en heeft niets opgedaan dan een nat pak. Wel heeft hij een paar uren in een boom gezeten, maar niets gezien, dat het schieten waard was. Hij heeft een sterk vermoeden, dat onze dappere gastheer, die hem vergezelde, hem, uit vrees voor tijgers, op geene goede plek gebracht heeft.

TJISALAK, 22 April.

Na acht dagen aan de Wijnkoopsbaai gehuisd te hebben, zijn wij recht blijde, weder onder menschen van gelijke bewegingen als wij te zijn, en dat wel hoogst aangename menschen. Maar het kostte ons gisteren weder eene fiere dagreis om hier te komen. Negen uren te paard, berg op berg af, is op Java volkomen genoeg. De weg was niet bovenmate mooi, daar die zelden zoo recht door de wildernis voert, maar zooveel te meer door koffietuinen. Deze zijn lang niet leelijk, hoewel, even als bij iedere kultuur, de regelmatigheid afbreuk doet aan het schilderachtige. De koffie heeft, wanneer zij niet zeer hoog in de bergen staat, eenige schaduw noodig, zoodat er hooge boomen tusschen geplant worden. Hiertoe wordt veelal de dadap gebruikt, een sierlijke boom met gladden stam, met fijn, zachtgroen loof en met vuistgroote trossen van schitterend roode bloemen. De koffieboompjes, van tien tot twintig voet hoog, zijn daarentegen dicht bezet met groote, donkergroene bladeren, die het meest op die van den laurier gelijken, doch die aan de randen gegolfd zijn. Daartusschen kijken overal de roode kersjes door, die de boonen twee aan twee inhouden. De twee verdiepingen van zoozeer verschillend groen maken wel een schoon effekt, vooral wanneer de tuin op een golvend terrein is aangelegd.

Het onaangenaamste gedeelte van de reis was het laatste. Toen wij de eerste theeboompjes van Tjisalak in het vizier kregen, dachten wij vrij spoedig te zullen aankomen. Maar dit landgoed is eene smalle, doch zeer lange landstreek, zoodat wij nog een paar uur tusschen de thee te rijden hadden en die heeft, helaas! geen schaduwboomen noodig. Telkens dachten wij achter elken heuvel het huis te zullen vinden, en telkens als wij op den top stonden, zagen wij niets voor ons, dan een anderen heuvel, met thee beplant. Bovendien werden wij voortgedreven door den angst voor eene geweldige donderbui, die steeds in het gebergte bromde, want wij zijn weder dicht bij de groote vulkanengroep, die echter geheel in wolken gehuld was. Gelukkig kwamen wij echter ten drie ure droog aan. Het is recht opwekkend om hier van stap tot stap landgenooten te vinden,

die moed en volharding gehad hebben, om zich een bestaan
te scheppen in deze wildernissen. Tel de bezwaren toch
niet te licht, die overwonnen moeten worden, eer men
eene bloeiende onderneming gevestigd heeft op eene plaats,
die alleen door tijgers bevolkt is. Alles moet daar gedaan
worden, bosschen geveld, beken afgeleid, woningen gebouwd, en dat met eene bevolking, die er eerst heengelokt
moet worden. De vraag, of eene onderneming in Indië levens-
vatbaarheid heeft, lost zich voor tweederden op in de vraag,
of men er arbeidskrachten heen kan brengen. Vooral waar
het andere eilanden dan Java geldt, wordt hierop vaak niet
genoeg gelet. De eerste vraag is niet, of Borneo of Sumatra vruchtbaar is, maar de eerste vraag is: is er eene
talrijke bevolking? Menige onderneming is reeds te gronde
gegaan, omdat deze zaak te licht geteld werd. Zelfs wanneer, zooals op Java wel altijd het geval is, eene dichte
bevolking op niet al te grooten afstand te vinden is, hangt
alles er van af, of de landheer de eigenschappen heeft, om
de inlanders tot zich te trekken. Men begint natuurlijk met
een troepje vagebonden, die elders weggejaagd, of in het
geheel niet aan werken gewend zijn. Er is al heel wat toe
noodig, om orde onder die luidjes te houden en tevens aan
de wantrouwende inlanders zooveel vertrouwen en genegen-
heid in te boezemen, dat ook eene betere bevolking de
onderneming opzoekt. Maar is dat alles bereikt, dan vindt
men ook, zooals hier, welvarende kampongs, waar kort
geleden wildernissen waren. En in de Preanger is nog
plaats voor vele kampongs en voor vele energieke Hollanders. Want de Zuidkust is zeer dun bevolkt, ik geloof
niet, dat wij op de reis van Soekaboemi hierheen twintig
kampongs gezien hebben en behalve Pelaboean niet eene
groote.

TJANDJOER, 24 April.

Gisteren zijn wij niet al te vroeg weder te paard van
Tjisalak naar Soekaboemi vertrokken. Niet weder door de

theewoestijnen, maar door groote alang-alangvelden, door een paar koffietuinen en ten slotte toch even door de thee van een ander landgoed Parakan-Salak. De alang-alang is wel de grootste plaag voor reizigers over land. Het vormt de meest troostelooze wildernis, die men zich denken kan. Deze grassoort, die tot twintig voet hoog wordt, belet wel alle uitzicht maar geeft geen schaduw, het is er gruwelijk warm tusschen, daar geen wind de dichte massa doordringt en het verveelde oog wordt geteisterd door het schijnsel van de groote pluimen, die, op zich zelven sierlijk genoeg, door hunne zilvergrijze tint het licht met eene alleronaangenaamste flikkering weerkaatsen. Dan in vredesnaam nog liever eene theewoestijn.

Maar de weg was niet lang en een paar maal genoten wij een schoon uitzicht. De vriendelijke assistent-resident had ons voor het laatste gedeelte van den weg karretjes tegemoet gezonden. Hier konden wij toch gebruik maken van den nieuwen militairen weg, die ten zuiden van het Gedeh-massief van Buitenzorg naar Soekaboemi voert, terwijl men met de handen in het haar zit, om te weten, hoe men dien verder zal brengen. Sedert twaalf jaren is men bezig aan vier bruggen, waarvan er eene af is en twee nog niet begonnen zijn. Volgens Bartjes zullen dus voor de vier bruggen twee en dertig jaren gebruikt moeten worden. Zondag nacht is op dien weg een Chinees aangehouden, bestolen en zoo goed als vermoord. Vertel dit maar niet verder, want dan wordt er in de Tweede Kamer twee dagen over gepraat. En wat men er van zeggen moge', niettegenstaande eene enkele ketjoepartij, is de veiligheid op Java wél zoo groot als in Holland. Zoudt gij thuis vlak aan de straat des nachts al de meubels zoo kalm in de voorgalerij laten staan als men hier doet, zoowel op het land, als te Batavia?

Van Soekaboemi hierheen deden wij de reis weder gemakkelijk in onzen reiswagen.

BANDOENG, 26 April.

Wij moesten een dag te Tjandjoer wachten, daar eene chicane van den postkommies ons de paarden voor gisteren afhandig gemaakt had. Knorrig en vermoeid brachten wij den morgen door met kaartspelen en waren daarvoor in den namiddag des te vromer; wij bezochten de mesigit (moskee). Zulk een ding ziet er altijd uit als twee of drie huizen, die boven op elkander gezet zijn, en die naar boven toe steeds kleiner worden. De onderste verdieping heeft slechts enkele zeer kleine ramen, de hoogere zijn geheel open. Het ameublement bepaalt zich gewoonlijk tot het hoogst noodzakelijke, eene soort preekstoel, een kastje om de weinige boeken te bewaren, een paar lappen tapijt en voor de deur een waterbekken voor de wasschingen, waardoor de geloovigen even goed gereinigd worden, als bij ons een zuigeling door het doopen. De bovenste verdieping vervult de rol van de minarets in de Turksche moskeeën. Daar hangt de gong, die de vrome schare tot de gebeden oproept en van daar wordt het «Allah-il-Allah enz.» uitgebauwd, maar tevens geniet men er een zeer ruim uitzicht. Hier was het alweder eene groene vlakte door een grooten cirkel van bergen ingesloten. Die bergen hebben een zonderling profiel. Een bergrug van bijna overal gelijke hoogte, wel niet veel hooger dan ongeveer drieduizend voet. Maar daarboven stijgen telkens vrij regelmatige kegels omhoog, zoodat zelfs een leek geen oogenblik aan hunnen vulkanischen oorsprong zal behoeven te twijfelen. Maar verreweg de meeste vulkanen zijn uitgebrand, of doen niets meer dan liefhebberen zooals de Gedeh; van boven tot beneden is alles groen, maar, helaas! niet overal groen van groote bosschen, er zijn geheele vakken kaal gehakt.

De weg hierheen is zeer schoon, op een paar plaatsen zelfs buitengewoon. Eerst weder twee ravijnen met breede rivieren op den bodem. Over de eerste rivier ligt eene brug, maar geloof daarom niet, dat de overtocht gemakkelijk is, want die brug ligt zeer laag. Door een twaalftal koelies wordt de wagen aan de eene zijde langzaam naar beneden gelaten, en aan de overzijde staan de karbouwen klaar om u voetje voor voetje tegen eene onmogelijke helling op te trekken. Over het algemeen is de beroemde postweg van Daendels, welk reuzewerk het in dien tijd ook was, in onzen tijd lang niet volmaakt. De weg is breed en uitstekend onderhouden, maar hij volgt eenvoudig al de golvingen van den grond. Zoodoende zijn er hier en daar de meest ongeloofelijke hellingen, maar ook op vele plaatsen, waar de weg bijna vlak had kunnen zijn, is die zoo hobbelig, dat men telkens weder karbouwen noodig heeft en dikwerf maar voor zeer kleine gedeelten. Ik geloof, dat het geld, dat aan de verbetering ten koste zou moeten gelegd worden, zijne rente ruimschoots zou afwerpen. Want al die karbouwen kosten aan het rijk jaarlijks groote sommen. De hoeven van die dieren zijn niet gemaakt voor harde grintwegen, zoodat zij dit werk somtijds slechts weinige maanden uithouden en dan met veel verlies verkocht worden. Daarbij vereischt de dressuur een aanmerkelijken tijd, zoodat er altijd verschillende spannen in voorraad moeten zijn. Wat de rivierovergangen betreft, dit is heel wat anders. Een tropische bandjir is eene overstrooming, die zoo hevig is en met zulk eene snelheid en kracht komt aanzetten, dat men er in Europa geen flauw denkbeeld van heeft. Daartegen zijn geene bruggen bestand; binnen een paar uren is alles weggevaagd. Over rivieren, waar dit geregeld plaats heeft, moet dikwijls alle jaren eene nieuwe brug geslagen worden en er zijn genoeg plaatsen, waar men zich wel altijd met vlotten zal moeten behelpen.

Ook het tweede ravijn, de Tjitjaroemkloof, is diep en breed, met prachtig bosch op beide hellingen; daarover voert eene pont, die, zoo sterk als zij is, er gevaarlijk uitziet. Een viertal prauwen aan elkander gebonden, en daar-

overheen een vloer van bamboe. Alles buigt en kraakt,
als de zware wagen er op wordt gebracht, en eenige angst
bekruipt u op het gezicht van het dunne touw, dat de
rivier overspant en waar langs de pont wordt voortgedreven.
Maar dat touw is van rotan ineengevlochten en dat goed
is ongeloofelijk sterk. En dit is gelukkig, want men moet
maar niet bedenken, wat er gebeuren zou, als het touw
eens brak. Bij den razenden stroom zou er niet veel van
u terecht komen.

Het derde schoone punt is de overgang van den Goenoeng
Mesigit. Deze naam duidt volkomen den vorm aan: de berg
gelijkt sprekend op eene moskee, zooals ik die straks beschreven heb. Hoog opeengestapelde kalkrotsen leveren hier
een zonderling effekt in de vulkanische omgeving. Vaak
schieten zij loodrecht omhoog; op andere plaatsen zijn
zij op de meest wonderlijke wijze door elkander geworpen.
Met hun helder wit steken deze rotsen fraai af tegen het
groen en tegen de blauwe lucht. Java is zoo groen, dat
een kale rots werkelijk eene verademing is.

3 Mei.

De hôtelhoudster hier is eene tachtigjarige kat. Wie haar
niet bevalt, heeft in het eenige hôtel van de plaats een
hondeleven, of wordt er uitgezet. Zij is zevenmaal gehuwd
geweest en nog zegt men, dat haar zeven echtgenooten
geen last gehad hebben van kleingeestige huwelijkstrouw.
Overigens is zij zes voet lang, stokdoof, en geeft als
spraak eene soort tijgergebrom van zich, dat bepaald
op de zenuwen werkt. De oude dame heeft echter geen
onnut leven achter zich. Zij heeft reeds den slag bij Waterloo als marketentster bijgewoond, zoodat zij al lang genoeg
het ambt van tapster uitoefent, veel te lang voor de arme
slachtoffers van haar hôtel. In de geschiedenis van de
Preanger speelde deze vrouw werkelijk eene rol, hoewel
de geschiedboeken die niet zullen vermelden. Maar in hare

jonge jaren moet zij even gewillig en behulpzaam geweest zijn, als zij nu onhandelbaar is, en menig ambtenaar, die nu reeds oud is, weet zich te herinneren, hoe de eerste schreden in een moeielijke loopbaan door haar gemakkelijker gemaakt werden. Van al hare huwelijken bezit zij één zoon, maar men zegt, dat zij diens naam niet recht meer weet en hem op de gis met den naam van een der zeven echtgenooten aanspreekt. Wij hebben hier voorloopig nog niet te klagen, behalve over het verachtelijk slechte eten.

7 Mei.

De vierdaagsche pauze is aan een aangenaam uitstapje te wijten, dat geen tijd tot schrijven overliet; zóó was ik in handen van Javaansche en Europeesche gastvrijheid, want beiden hebben wij ruimschoots genoten. Maandag een bezoek aan een theeland, dat zeer armoedig is bij hetgeen wij vroeger reeds zagen en thee is dan ook al niets nieuws meer. Maar het doel van de reis was eigenlijk een waterval een uur gaans van de theekolonie verwijderd en waar wij door een bad van modder heengleden, zoodat wij er wanhopig vuil aankwamen. Maar de val loont de moeite. Een flinke waterstraal, die wel niet hoog valt, maar in een bijna gesloten rotsbassin met bijna loodrechte wanden, geheel begroeid met keur van varens en bloemen, waartusschen het parelende water eene schoone uitwerking maakt.

Dinsdag naar Garoet, dat ongeveer zuid-oost van hier ligt. De weg daarheen is nog verscheidene graden slechter dan de groote postweg, maar verrukkelijk mooi, eene afwisseling van schoone ravijnen en heerlijke vergezichten. De geheele bodem aldaar schijnt wel door vuur en water gemaakt te zijn, door opheffing en aanslibbing, zoodat men het zonderlinge verschijnsel ziet, van een bodem bijna zoo vlak als die van Holland, waaruit plotseling geheel ongemotiveerd de kegels oprijzen, die eens eilanden waren, soms alleen staande, soms in groepen, maar altijd vulkanen. Een daarvan is door eene uitbarsting, die in deze eeuw plaats had, nog geheel kaal. Zonder een schijn van groen staat hij daar als eene waarschuwing, dat nog lang niet alle vulkanen van Java hebben uitgespookt.

Het verblijf te Garoet begon als een Oostersch sprookje. Men had ons gezegd, dat er op die plaats eene vrij goede pasangrahan is, maar ziet, op eens bevonden wij ons voor den dalem (regentswoning), terwijl men ons zeide, dat er volstrekt geen pasangrahan bestaat. Nu brengt de hadat volstrekt niet mede, dat men bij zulk een heer zoo maar onaangemeld in huis valt, en de man was dus wel beleefd, dat hij zijne siësta voor ons afbrak en ons vriendelijk ontving. Dadelijk werd een vuil hok in orde gemaakt, dat kamer genoemd wordt, en eten, dat beter was dan de kamer. De regent is een zeer beschaafde inlander, die best Hollandsch verstaat en dit desnoods ook spreekt, maar liever niet, want die lui zijn altijd bang om aan de onvoordeelige zijde te staan, en een gek figuur te maken. Zijne kinderen spreken gaarne en goed Hollandsch. Natuurlijk overal verlepte en ontredderde Europeesche meubels en knielende Soendaneesjes tot bediening. Onze huisheer lacht en maakt pret en is volstrekt niet het onbeweeglijk Boeddhabeeld, dat voor ons de type van een inlandsch hoofd is. Maar wij zijn ook nog niet op Java en het onderscheid tusschen Javanen en Soendaneezen moet zeer groot zijn.

Weet gij van wien de jeugdige inlanders hier dat goede Hollandsch leeren? Van denzelfden man, daar ik het van geleerd heb! Ja, de heer H. heeft, na vele wederwaardigheden, voor kinderen van hoofden op Garoet eene school opgezet, die in zeer bloeienden toestand is. Hij is op de plaats zeer gezien en heeft uitnemend slag, om de wetenschap aan inlanders te verkondigen. Ik heb hem den eersten dag dadelijk een bezoek gebracht. De goede man ontving mij met groot genoegen en al de kleine geschenken, die

21

wij hem als schooljongens gegeven hebben, werden mij in de binnenlanden van Java weder vertoond. Daarna maakten wij even onze opwachting bij den assistent-resident en dineerde de heer H. met ons in den dalem. Na het eten werd eene partij biljart gespeeld, waarbij onze bruine gastheer het meeste uitblonk en zijn oudste zoontje de punten opteekende.

Den volgenden morgen vroeg opgestaan en met paarden van den regent in gestrekten galop zes paal over een gladden weg afgelegd. Te Warna-Radja ontving ons de wedono (distrikshoofd) terwijl het gamelam-orkest uit alle macht speelde. Een goede gamelam geeft een eentonigen maar helderen en zuiveren klank; alles is altijd uit denzelfden grondtoon, en het is juist of de verschillende noten niet scherp worden afgebroken, maar in elkander overgaan. Daardoor ontstaat iets, dat de nieuweling aarzelt melodie te noemen, maar dat toch zeer zangerig is en iets zwevends heeft, dat vooral in de vrije natuur en op eenigen afstand gehoord een zeer aangenamen indruk maakt. Juist die steeds voortloopende muziek, zonder rustpunten en zonder verrassende wendingen, past uitnemend bij de steeds groene natuur, waarin ook geene scherpe hoeken en stout gebroken lijnen voorkomen. Beiden, natuur en muziek zijn eentonig, maar beiden hebben hun eigenaardig schoon en passen bij het klimaat, dat niet naar schokken en verrassingen doet verlangen, maar waarin juist die grootsche doch kalme schoonheid aangenaam werkt. Ten minste in het begin, misschien komt er spoedig een tijd, waarin het voornamelijk de eentonigheid zal zijn, die mij treft. Maar voor het oogenblik is mij, na een langen rit door de statige wouden, niets aangenamer dan in de verte de zachte metalen tonen van den gamelam te vernemen; maar het moet vooral niet te lang duren en er moet niet aan mijne zijde doorgetrommeld worden, terwijl ik met een kopje thee bezig ben. Te Warna-Radja duurde het zeker

niet te lang, want weldra zaten wij te paard, met drie
politie-oppassers als geleiders. Een heerlijke weg bracht
ons steeds berg op; eerst langzaam door eindelooze sawah's
en welvarende kampongs, dan steiler door een paar koffietuinen en eindelijk door volslagen wildernis, alles door talrijke beken besproeid. Een laatste heuveltje en plotseling
staan we aan het doel der reis, dat ons echter reeds door
een vrij sterken zwavelgeur was aangekondigd. Telaga-
Bodas — het Witte meer — is alweder een uitgebrande
krater. Van onder tot boven begroeid, sluiten de steile
kraterwanden een cirkelrond meer in, waarvan het water
door vulkanische produkten geheel wit gekleurd is, en dat
overal bruist en kookt, om te toonen, dat het daar beneden
nog zoo heel rustig niet is. De witte oppervlakte koestert
zich kalm in de zonnestralen in eene omlijsting van donkergroen. Het rustige van dit tooneel zou u haast doen
vergeten, welke geweldige omwentelingen den oorsprong
èn van berg èn van meer waren, wanneer niet aan de
overzijde hoogst verdachte dampen omhoog stegen. Weldra
zaten wij dan ook op een vlot, waarmede onze geleiders
ons naar de overzijde brachten. Daar borrelt en blaast het
uit den vasten grond; uit het water en uit den wal stijgen
zwaveldampen op en alles is met gele zwavel overtrokken.
Telkens stapt men over gaten heen, waar uit de diepte
een onheilspellend gebrom omhoog stijgt, terwijl naast u
het water voortdurend bruist en sist. Op een ander punt
is eene grot, waaruit verstikkende dampen opstijgen, zoodat aan den ingang meestal eenige lijken van gestikte
dieren te vinden zijn. Zoo geheel heeft dus de vulkanische
werking hier nog niet opgehouden, al staan er ook zware
boomen tot aan den oever zelfs van het kratermeer, en al
zijn er ook maar weinigen zichtbaar van de half verbrande
rotsblokken, die hier vroeger omhoog geslingerd zijn.

Op de terugreis genoten wij eene zware onweersbui en
den avond sleten wij met den assistent-resident en met

onzen gastheer bij den heer H. Na het eten werd ik aan een whisttafeltje geschikt met den regent, die uitstekend speelt. Heden morgen zijn wij weder hierheen vertrokken.

10 Mei.

Gisteren en heden een nieuw uitstapje gedaan, ditmaal naar de noordzijde in het groote gebergte tot aan de grens van Krawang. Eerst een paar uren in een karretje naar Lembang, waar, dicht bij het oude huis van Junghuhn, tusschen kina- en koffietuinen, diens opvolger eene woning heeft. Dadelijk stegen wij te paard en trokken door een drietal diepe ravijnen naar het nog hooger gelegene Nagrak, waar de grootste kinatuin is. Hier werd ons de geheele kinakultuur haarfijn uitgelegd en zagen wij kinaboomen van elken ouderdom en van allerlei soort. De bladeren van de verschillende soorten zijn zoo verschillend van vorm, dat een oppervlakkig beschouwer nooit al die boomen tot één geslacht zou brengen. Er zijn er met zeer groote bladeren, en anderen met zeer kleine; eenige bladeren zijn rond en anderen lang en smal als die onzer wilgen. Het is een prachtige kultuur en tegelijk een weldaad voor de menschheid en een goudmijn voor de ondernemers. Maar het is jammer, dat juist deze kultuur voor partikuliere ondernemers minder geschikt is, daar zij pas na vele jaren rentegevend begint te worden. Wie dus geene andere bronnen van inkomsten heeft, zou gedurende al die jaren van de frissche berglucht moeten leven. Bovendien levert eene zoo langdradige kultuur eigenaardige bezwaren op in een land, waar iedereen er slechts op uit is, om in den kortst mogelijken tijd zooveel te verdienen, dat hij voor goed naar het moederland terug kan keeren. Zooveel te meer moest dus de regeering zich krachtig op de kinakultuur toeleggen, veel meer dan tot nu toe het geval is.

Eene andere opmerking verdient hier wel eene plaats.

Sedert tien jaren wordt hier de kinakultuur geheel door betaalden, vrijwilligen arbeid gedreven. Naast koffietuinen, waar de inlander tot arbeid gedwongen wordt, vindt men hier voor de kinatuinen voldoende werkkrachten voor geld zonder dwang. Het is niet moeielijk, hieruit gevolgtrekkingen te maken, maar tevens zeer gemakkelijk om in die gevolgtrekkingen te ver te gaan ¹). Wij staan hier toch voor de veelbesproken vraag, of de inlander werken wil. Die vraag is alweder verkeerd gesteld en, die haar met neen beantwoordt, is even dicht bij de waarheid, als hij, die er eenvoudig ja op zegt. Allereerst moet men in aanmerking nemen, wat ik reeds vroeger opmerkte, dat de inlanders eeuwen lang gezucht hebben onder een despotisme, dat hun niet toeliet, de vruchten van den arbeid in vrede te genieten. Dat onder zulke omstandigheden de inlander geleerd heeft, om bij den dag te leven en vooral niet meer te werken, dan voor zijn dagelijksch onderhoud noodig is, spreekt wel van zelf. Dat hij dus van nature lui en vadzig is geworden, zal wel niemand tegenspreken, maar tevens zijn er reeds genoeg bewijzen, om te durven beweren, dat die karaktertrek langzamerhand overwonnen kan worden, ten minste voor een groot gedeelte. Maar de inlander moet eerst duidelijk zien, dat zijn arbeid ook voor hem gunstige resultaten oplevert, en die resultaten hem niet door zijne meerderen weer ontfutseld worden. En zoo is ons bestuur nog bij lange na niet, dat dit, zelfs op Java, voor den inlander duidelijk bewezen is. Dan komt er echter nog een tweede punt. Is de inlander geschikt voor aanhoudenden en geregelden arbeid, en op die vraag moet men neen antwoorden. Wispelturigheid is een groote trek van zijn karakter en daarbij komt de zucht naar oogenblikkelijk genot. Het is zeer moeielijk om inlanders even

---

1) Deze opmerkingen zijn natuurlijk van veel later dagteekening en neergeschreven, toen ik veel meer van Indië gezien had.

als Europeanen gedurende alle dagen van het jaar een vast
aantal uren te laten werken. Uw beste arbeider zal plotseling, zonder eenige voor u begrijpelijke reden, verdwijnen
en soms dagen lang wegblijven. Maar, als zijn geld op is,
komt hij zeker weerom, als gij hem ten minste goed be-
taalt en goed behandelt. Want eene zachte behandeling is
bij inlanders een eerste vereischte. De inlander kan en
wil werken, maar men moet met zijn karakter rekenschap
houden en hem eenige speelruimte laten om volgens zijne
inzichten te werken, al is dit soms eenigszins lastig, vooral bijv. op fabrieken.

Wanneer ik hier van den inlander in het algemeen spreek,
ben ik mij natuurlijk wel bewust, dat karakter en omstandigheden in verschillende streken heel wat aan zulk
eene algemeene uitspraak wijzigen. Het zal zeker heel wat
meer moeite kosten om de luie Benkoeleezen tot werken
te krijgen dan de nijvere inwoners van Palembang of
Bawean. Maar als algemeene regel geloof ik niet, dat mijn
oordeel onjuist kan genoemd worden.

Het is niet moeielijk, hierna over gedwongen kultuur te
spreken. Een zachte en verstandige dwang, om den luien
en zorgeloozen inlander tot werken te brengen, is voor hem
zelf een bepaalde weldaad. Dit getuigt de welvaart, die men
bijna zonder uitzondering, onmiddelijk vindt, daar, waar
gedwongen koffiekultuur heerscht. Maar die welvaart is minder het gevolg van den dwang, dan van het werken, dat
de inlander daardoor heeft leeren doen. Het einddoel moet
dus steeds zijn de inlander zelf, maar niet onze eigen
beurs. Maar binnen die grenzen is een verstandige druk
van hooger hand in den aanvang bijna noodzakelijk. De
richting moet echter steeds zijn, allen dwang zoo spoedig
mogelijk, doch gaandeweg, te doen ophouden en in verstandige leiding te doen overgaan. En zouden wij zelven
daarvan niet de beste vruchten trekken, terwijl de inlander
tevens gebaat werd?

Ik hoop, dat niemand hieruit zal opmaken, dat ik het kultuurstelsel in zijn geheel verdedig. De vruchten, die het gedragen heeft voor de inlanders, door hen te leeren werken, waren er slechts in de tweede plaats mede bedoeld, en het hoofddoel, de stijving van onze eigen schatkist, kan men eigenlijk zeggen, dat door het kultuurstelsel niet bereikt is. Voor en na werden op eene na alle gedwongen gouvernementskulturen ingetrokken, omdat zij voor de schatkist niet genoeg opleverden of slechts zoo weinig winst, dat deze in geene verhouding stond tot den druk op de bevolking. En de koffiekultuur zelf heeft alleen daarom zulke schitterende winsten afgeworpen, omdat de prijzen in Europa sedert de invoering eene zoo onverwachte hoogte bereikt hebben. Waren de prijzen slechts gestegen in dezelfde mate als de prijzen van andere artikelen, dan zou de koffiekultuur ook wel reeds ten grave gedaald zijn. Dit brengt nog niet mede, dat ik zou willen stormloopen op de tegenwoordige regeling. Ten eerste moet zulk eene ingrijpende verandering, als de opheffing dezer dwangkultuur zou zijn, in Indië hoogst langzaam en met omzichtigheid geschieden. Werd de kultuur plotseling vrijgegeven, dan zou men haar geheel te gronde zien gaan, zooals gebeurd is met de meeste andere kulturen, die toch voor den inlander nog wel voordeel hadden kunnen afwerpen. Maar de dwang, alleen in ons voordeel en dikwerf vrij ruw toegepast, had die kulturen gehaat gemaakt, zoodat de inlander zich geheel overgaf aan de vreugde er van verlost te zijn. Ten tweede kan de dwang tot werken, zacht en verstandig toegepast, ook nu nog voor den inlander geen kwaad. De kwestie laat mij overigens vrij koel, want de gedwongen koffiekultuur zal mettertijd wel haar eigen dood sterven. Het is natuurlijk, dat zulke groote bezittingen als de gouvernements-koffietuinen niet met die zorg kunnen bewerkt worden als partikuliere eigendommen, door den eigenaar zelf ter plaatse beheerd. Er worden weinig ver-

beteringen aangebracht en doorgezet, hoeveel moeite ook
daartoe wordt aangewend; de arbeiders werken slechts uit
dwang, niet uit liefde tot de zaak of tot eigen voordeel,
en bij het heirleger van ambtenaren kan onmogelijk kennis
van de zaak algemeen zijn. Er moet dus vroeg of laat een
tijd komen, dat de verbeterde kultuur aan anderen evenveel voordeel afwerpt, als voor ons de gemakkelijke pro-
duktie. Zelfs in onze eigen bezittingen wordt de konkur-
rentie van partikulieren al grooter en grooter. Er zal dus
een tijd komen, dat onze winsten gaandeweg kleiner worden
en ten slotte zal ook de gedwongen koffiekultuur onbetreurd
te niet gaan. Inmiddels werpt zij voor den inlander millioenen af, al is de betaling niet groot, en kan men haar
gerust laten bestaan, mits men maar steeds in die richting
werke, dat zij, zoo weinig mogelijk drukkend, den inlander
zelf het voordeel er van leere inzien. Dan zal ten minste
deze gebaat zijn, en daardoor indirekt de schatkist, als de
direkte voordeelen hebben opgehouden.

Den middag en den nacht brachten wij te Lembang door
en bezagen ook daar de kinatuinen. Heden morgen vroeg
bestegen wij weder onze dappere rosjes, om den Tankoeban-
Prahoe te bestijgen. Die naam beteekent «omgekeerde prauw»,
en werkelijk heeft de top van dezen berg, van Bandoeng uit
gezien, daarmede wel eenige gelijkenis. Het laatste gedeelte
van den weg voert « en zigzag » een bergrug op, waarvan men
telkens den uitersten rand bereikt, waar de blik in een diep
ravijn, met zware boomen begroeid, afdaalt. Wij genoten
een grooten rijkdom van bloemen; eene welriekende orchis
met voetlange trossen van gele bloemen, eene klimplant met
nog veel grootere trossen van lichtroode bloesems en tal van
varens. Boven gekomen stonden wij plotseling op een
vooruitstekend punt, met onder ons een krater links en
een rechts. Eigenlijk is het slechts een enkele krater,
doch een dam scheidt dien in tweeën en elke helft is nog
ijzingwekkend genoeg. Reeds van boven af ziet men de

zwaveldampen opstijgen en het water opbruisen; in een der helften is zelfs een flinke Geyser. Er behoort eenige moed toe om het steile paadje af te dalen, dat in den eenen krater tot aan den waterrand leidt. Hier maakt elke stap een gat in de dunne korst, en uit elk gat stijgt een zwaveldampje op — zie Robert le Diable. Uit een grooter gat, dat ik met een stok maakte, kwam eene dikke wolk naar omhoog en toen werd het mij al te zwavelig en klom ik weer naar boven. Het is eigenlijk ook mooi gevaarlijk en ik ben er hier reeds voor beknord, niet geheel onverdiend; reeds twee reizigers hebben op die wijze het leven verloren. Ik was niet op de hoogte van het gevaar en de Soendanees, die ons als gids diende, bleef heel kalm op een steen zitten en zou waarschijnlijk even kalm zijn blijven zitten, als een van ons beiden in den grond verdwenen was. Wel was deze krater het geweldigste, wat wij van dien aard nog zagen, en ook moet die eigenaardige dubbelkrater eenig in zijne soort zijn. Toch is zelfs de wand tusschen de beide helften begroeid, maar het hoogere kreupelhout is geheel verbrand en spruit van onder weer uit; telkens groeit het weer, en telkens verbrandt het op nieuw. Eene natuur, die zich steeds verjongt om zich zelve steeds te vernielen.

Op de terugreis naar Bandoeng rolden wij met rijtuig en paard het onderste boven, maar daar wordt minder op gelet; een paar eindjes touw, om alles weer zoo wat vast te sjorren, en in vollen ren gaat het weder berg af.

11 Mei.

De dag van gisteren werd besloten door een groot diner bij den resident. Behalve de notabelen van de plaats waren er heel wat van andere plaatsen, die reeds voor het feest van morgen aangekomen zijn. Want Bandoeng vult zich op onrustbarende wijze; Bandoeng moet bersten. Het kroningsfeest van onzen Koning toch zal overal in Indië

luisterrijk gevierd worden. Alle ambtenaren zijn aange-
schreven, om morgen ter hoofdplaats aan te treden en
verheugd te zijn. Hoe de arme postpaarden het er af moeten
brengen, weet ik niet. Iedere ambtenaar heeft er vrij gebruik
van en mag bovendien partikulieren medebrengen, wat
anders streng verboden is. Even als allen zijn wij van plan,
morgen koninklijk feest te vieren.

13 Mei.

Indië heeft gejubeld en heeft haarpijn. Reeds vroeg in
den morgen waren wij gerokt en wit gedast in de voorgalerij
van het residentiehuis. Daar waren inlanders en blanken,
Chineezen en Arabieren, met ware Oostersche pracht gekleed.
De verschillende regenten kwamen aanrennen, wel is waar
in Europeesche rijtuigen, maar met het gouden zonnescherm
boven hun hoofd, en elk rijtuig omstuwd door een dertigtal
schilderachtig gekleede volgelingen op paarden met vergulde
dekken, veelal in den vorm van een paar groote vleugels,
of met fluweelen kleeden met goud geborduurd, en met
tuigen, die van goud en zilver schitterden. De regenten
zelven hebben sinds eenige jaren een vastgesteld kostuum,
dat werkelijk fraai is. Witte of zwarte broek met goud
galon, daarover de bonte sarong, een wit vest met gouden
knoopen en een zeer vlug open buisje, breed met goud
geborduurd Het is even rijk als sierlijk, maar de Oostersche
prachtliefde weet er nog heel wat bij te fantaseeren. Zoo
draagt bijv. de regent van Bandoeng een breeden gordel
van louter diamanten; schede en hecht van zijn kris zijn
met diamanten bezet even als de gekroonde W op zijn hoed.
Elk van zijn knoopen is een enkele groote steen en zijn
horloge-ketting bestaat geheel uit briljanten. Wat de man
voor afbraak waard is, zou alleen in Amsterdam uit te
maken zijn. Iedere regent wordt ook in huis steeds gevolgd
door een volgeling met zijn stok, een paar met krissen,
een voor zijn hoed, een voor zijn sigarenkoker, een voor den

gouden siridoos, een voor zeker meubel, dat bij de siri behoort, enz. Als gij dan rekent, dat er van die erg groote heeren vijf tegenwoordig waren, en talloos veel, die iets minder groot zijn, dan kunt gij u wel eenige pracht voorstellen.

In twee dichte drommen begaven wij ons naar de gelukkig zeer ruime achterzaal, waar de resident klaar stond om speechen aan te hooren en speechen af te steken. Ik denk wel, dat deze al gelijk waren aan de speechen bij andere gelegenheden, maar zij troffen ons weinig. daar twee van de vier in het Maleisch waren. Deze plechtigheid duurde zeer kort en allen klommen weer in de rijtuigen en in vluggen optocht ging het naar den aloen-aloen, het groote plein, dat voor geene regentswoning ontbreekt. Daar waren de gewone volksspelen, maar het bleek ons meer en meer, dat de Soendaneezen ware grappemakers zijn. Hier heerscht niet de plechtige stilte, die een inlandsch feest op Batavia kenmerkt, maar pret, luidruchtige pret. Wij vermaakten ons dan ook op den aloen-aloen tot aan het uur van de rijsttafel, en waren er ten vier ure al weder om het ringrijden der hoofden te zien. Alles, wat minder is dan een regent, zat te paard in de meest kleurige kleeding; korten satijnen broek, witte kousen en donkere baadjes, alles al weder met goud geborduurd. Van elk zat het gevolg ook te paard en reed het eerste; eerst later begonnen de hoofden zelven. Tot prijzen dienden katoenen lappen, zoowat een meter lang, de heerlijksten waren van die oranje zakdoeken met portretten van Hunne Majesteiten, nog van 1 April 72 afkomstig. Het steekspel der hoofden bestond uit twee aan twee op elkander inrijden en op elkanders lansen slaan, dus minder gevaarlijk dan wel vervelend, zoodat wij al spoedig het kleurige tafereel vaarwel zeiden om aan de snelvoedering in het hôtel deel te nemen, waar ieder bewoner zich in den rok te steken had, om het bal in het residentiehuis bij te wonen. Daar was ook weder

Europa en Azië vertegenwoordigd en ik was even wijs als
Azië en danste alleen de Polonaise. Ik vermaakte mij door
met niet minder dan drie regenten te whisten. Kunt gij
u mij voorstellen met drie van die diamantmijnen spelende
om dubbeltjes en sprekende met monosyllaben en dan nog
gruwelijk bang om een woord te gebruiken, dat niet in
dat hooge gezelschap te pas kwam, want zelfs in ons keuken-
maleisch zijn nog enkele woorden, die verschillen al naar
den rang van den aangesproken persoon? Daar verschillende
regenten ook hunne vrouwen medegebracht hadden, waren
er al weer meer diamanten dan in den morgen. Er werd
natuurlijk getoast, er werden eenige liederen gezongen en
alles werd met de noodige vaderlandslievende attentie aan-
gehoord. Het feest duurde tot laat in den nacht; men houdt
in Indië niet van korte feestvreugde.

Cheribon, 18 Mei.

Den 15den zijn wij van Bandoeng naar Soemedang vertrokken. De weg is schoon, doch biedt geene opmerkelijke
punten aan, Soemedang is echter een lief plaatsje maar
buitensporig lang; de plaatsen in het binnenland gelijken
meest op eene soort slang, waarvan de groote weg de
ruggegraat is. Met den assistent-resident hadden wij op
Bandoeng reeds kennis gemaakt; wij sleten dus den avond
ten zijnen huize, maar brachten ook een bezoek aan den
regent. Deze joviale oude heer is een groote drinker ten
spijt van Mohammed en ontvangt gaarne Europeanen, wat
zijn kollega van Bandoeng eene bezoeking des hemels vindt.
Wij vonden er ook den dikken regent van Soekapoera,
een mijner whistpartners van den 12den, die mij een lief
staaltje van zijne ijdelheid gaf. Bij het heengaan vroeg hij
fluisterénd aan den assistent-resident, of hij mij zijn portret
zou durven geven, en zoo bezit ik eene slechte photographie, waarop de dikkerd eigenhandig zijn naam geschreven
heeft, niet het minst zijne titels.

Den volgenden dag trokken wij hierheen. Het eerste derde gedeelte van den weg daalt zeer sterk, maar dan is men plotseling in de meest platte vlakte en rent tot Cheribon door. Maar de laatste blik van het gebergte naar beneden was wonderschoon. Voor ons lag de vlakte van Indramajoe, die wel geheel uit bosch schijnt te bestaan, ten minste van de hoogte uit ziet men niets dan eene golvende zee van donkergroene boomtoppen en daar achter ver aan den horizont de blauwe Java-zee, die haast met het blauw van den hemel ineensmelt. In de vlakte aangekomen viel het ons tegen, dat de weg de duistere wouden op zijde laat liggen; gelukkig zijn er toch boomen ter weerszijde, want het is hier onzinnig warm. Een onaangenaam grapje op den weg is het overtrekken van twee groote rivieren. Wadende koelies trokken onzen wagen door de eerste, met meer geschreeuw dan vlugheid. De tweede, die de beide residentiën vaneen scheidt, heeft op de plaats van overgang zulke ondiepten gekregen, dat de vlotten eerst een heel eind stroom afwaarts kunnen varen. Het veer is dus verlegd, maar de weg niet — echt Indisch — zoodat men, door koelies getrokken, een kwartier door den modder ploetert, dan het vlot opgetrokken wordt en eindelijk weer door koelies tegen den hoogen oever op. Ruim een uur tijdverlies, wat men op een weg van negen uur best zou kunnen missen. Daarna rolden wij op een effen weg voort, toen de koetsier met behulp van de koelies en eenige voorbijgangers van de paarden gedaan had gekregen, dat zij den stal verlieten. Ik gebruik hier voor mijne waarnemingen eene tent op den aloen-aloen, die voor de feesten van den 12den Mei gediend heeft en die op mijn verzoek is blijven staan.

21 Mei.

De warmte is hier werkelijk verbazend, Cheribon ligt dan ook onmiddelijk aan het zeestrand. De sociëteit wordt zelfs aan de achterzijde door de zee bespoeld, zoodat men wel verwacht, dat er eerstdaags eens een kaaiman zal komen biljarten. .De loods op den aloen-aloen doet mij dus goede diensten, maar er komen meer kijkers, dan mij lief is. Den allereersten dag kwam de djaksa (inlandsche officier van justitie) om een praatje te maken. Ik dacht den man af te schrikken door te zeggen, dat ik geen Maleisch versta, maar toen begon hij waarachtig in het Hollandsch, en in goed Hollandsch. Toen zat er niets anders op dan hem weg te sturen, en dat gebeurde ook. Het mooiste is, dat de resident, die hier al acht jaren is, niet wist, dat de djaksa Hollandsch verstaat; zoo gesloten zijn de inlanders. Later kwam de regent zelf. Ik had den gouden pajong niet opgemerkt en liet den man eenvoudig staan, eene behandeling, waaraan regenten niet gewend zijn. Mijn jongen was dan ook verstijfd van schrik en vertelde den regent, dat ik geen Maleisch ken, waarop deze mij met een genadig glimlachje vergiffenis schonk, en goddank! ook weer verdween. Geheel Cheribon verheugt zich in het voorval met den regent, want hij is wegens zijne trotschheid zeer gehaat. En den volgenden dag kwam zelfs de sultan, maar die was wijzer en bleef op een afstand. Let wel op de gradatie: hoe hooger rang, hoe meer terughoudendheid, want de regent had mij al niet aangesproken, wat de djaksa wel gedaan had. Maar het allerbeste was de wedono, die mij gisteren kwam vragen om zijn portret te maken: hij had mij voor photograaf aangezien. Het spijt mij zeer, dat ik den man niet een uur heb laten poseeren, op één been bijvoorbeeld en hem naderhand gezegd, dat ik hem de photographie wel sturen zoude.

Verwonder u niet over dien sultan; er zijn er hier zelfs twee, maar beiden afgeschaft. De eene is een dweepziek Mohammedaan, die bijna zijn kraton niet verlaat; de andere is zeer geëmancipeerd, hij heeft een Hollandsch gouverneur voor zijn kinderen en legt met zijne vier echtgenooten bezoeken af bij den resident. Er is een tijd geweest, dat hier vier regeerende sultans waren; ik verbeeld mij, dat twee afgeschafte wel zoo kalm is.

Een andermaal waren het de pradjoerits, die mij kwamen hinderen. Op elke hoofdplaats is een veertigtal van die bruine vaderlands-verdedigers — volkomen nuttelooze ornementen. Dezen moesten exerceeren en om zich goed te laten bewonderen, kwamen zij zoo dicht mogelijk in mijne buurt. Zulk een aantal geweren deed mijne magneetnaalden zulke aardige bokkesprongen maken, dat ik in wanhoop moest eindigen, terwijl ik een briefje aan den resident schreef om hem te verzoeken, aan de lui een ander tooneel voor hunne dapperheid aan te wijzen. ·

24 Mei.

Wij hebben een paar toertjes gedaan; een daarvan naar een vorstelijken grafheuvel. Eene kleine hoogte, die. plotseling uit de aangeslibde vlakte oprijst en die een schoon gezicht aanbiedt over rijstvelden, aan de eene zijde begrensd door de zee, aan de andere natuurlijk door kegelvormige bergen. De graven bieden niets bijzonders aan; ik betwijfel zelfs, of wij die der sultans wel gezien hebben. Het tweede toertje was naar een gewezen lustslot van een gewezen sultan. Midden in het water, dat niets meer is dan een modderpoel, bezaaid met prachtige lotusbloemen, ligt dit kleine staaltje van Indischen bouwtrant; allerlei kunstmatige eilandjes en rotsjes door tal van miniatuurbruggen verbonden en eigenlijk bestaande uit allerlei kamers en gangetjes, die voor zeer dunne sultans wel een koel verblijf moeten hebben aangeboden. Tusschen den kunstmatigen druipsteen kijken hier en daar de allerliefste produkten van Hindoe-architektuur in baksteen uit, maar het is minder karakteristiek, dat een paar kamertjes met Delftsche tegels bezet zijn. Dan weer een bamboezen bruggetje over en we zijn in eens op een klein plateau van-

waar wij weder den achtergrond van bergen te zien krijgen,
gloeiend verlicht door de avondzon en zich spiegelend in
het water tusschen de lotusbloemen. Het moet den sultan
wel aangenaam zijn, dat juist die heilige bloemen het vervallen tooneel zijner vroegere grootheid zoo kwistig versieren. Hoeveel grootheden heeft Java's bodem al niet zien
vervallen? Bij het heengaan heft een troep brutale jongens
eene belasting in centen van de kijkers. Deze wordt zelfs
vrij ruw ingevorderd, maar gelukkig waren wij gewaarschuwd en hadden een grooten zak met centen medegenomen.
Een heel eind liep de heele bende nog mede, toen de centen
al lang op waren. Niet lang geleden is hier een Engelschman stuk gescheurd. Deze was niet op de hoogte van het
feest en begon met dubbeltjes en kwartjes, maar hij was
bij den duivel te biecht, want op die wijze strekte zijn
portemonnaie niet lang; zelfs de rijksdaalders gingen er
aan, maar er waren nog honderd jongens onvoorzien en
die waren, door het zien van dat groote geld, zoo dronken,
dat zij den arme letterlijk vaneen scheurden, die als een
bedelaar gekleed, woedend thuis kwam. Slechts eene mouw
van zijn jas was nog voorhanden en de panden had hij op
het slagveld gelaten.

Wij hebben ook een apenkolonie bezocht, die echter niet
de beroemdste van Java is. In de bouwvallen van een
tempel huizen die dieren in menigte en worden in hooge
eere gehouden. Want de Javanen, ofschoon tot den Islam
bekeerd, zijn nog lang niet zeker, of de zielen van hun
afgestorven voorouders niet in die apen zitten — vorsten-
zielen niet, die kruipen in tijgers; van den tijger sprekende,
wordt dan ook altijd het woord toewan bij diens naam gevoegd, even als bij Allah. Reeds zoodra zij de bezoekers
bespeuren, geven de slimme apen luide hunne goedkeuring
te kennen, maar, als de pisang voor den dag komt, dalen
zij van alle zijden naar beneden en weldra zijn wij van
apen omringd. Klein en groot dartelt door elkander, moe-

ders met kinderen aan de borst springen zelfs lustig mee. Maar niemand eet nog, behalve een enkele oude heer, die een centraal punt uitgekozen heeft en gevoelige straffen uitdeelt, aan al wie zoo driest is, een stukje weg te kapen, eer hij zelf geheel en al verzadigd is. Dit duurt vrij lang, maar, als hij eindelijk dreigt te stikken en zijn wangzakken volgepropt zijn, neemt hij nog in elke hand een stuk en retireert langzaam, gelijk zijn rang en leeftijd medebrengen, naar een oud stuk muur. Van dit verheven standpunt uit ziet hij verder genadig toe, hoe de anderen om de grootste stukken kibbelen. Het is zulk een gewoel, dat het mij werkelijk niets verwonderen zou, als het waar was, dat in die apelichamen de zielen zitten van zulk eene bende jongens als bij het waterkasteel naar onze centen grabbelden.

TEGAL, 26 Mei.

Welkom op Java! Kort na Cheribon, dat zelf reeds half Javaansch, half Soendaneesch is, passeerden wij een riviertje, dat gewoonlijk als de grensscheiding tusschen de beide bevolkingen wordt aangenomen. Voor den nieuweling klinkt het vrij zonderling, als men hem op Batavia vraagt: « ga je ook naar Java? », terwijl hij er al meent te zijn. Terwijl wij toch het geheele eiland Java noemen, wordt hier slechts dat gedeelte zoo geheeten, dat werkelijk door Javanen bewoond wordt.

De reis hierheen deden wij in den nacht, denkende dat dit in den maneschijn en in de koelte niet onaangenaam zou zijn. Het viel niet mede, want aan elk station duurde het lang eer koetsier en paarden er in toestemden om wakker te worden, zoodat wij eerst ten half vier hier waren, wat minstens een paar uur te laat was. Niettegenstaande een telegram, moesten wij alles opkloppen in een infaam hôtel, vuil, vervallen, niet waterdicht, wat bij de zondvloeden, die wij hier dagelijks hebben, zijne schaduwzijde heeft. Het eten is nog slechter dan het huis. Tegal schijnt verder een zeer vervelend plaatsje te zijn.

PEKALONGAN, 28 Mei.

Werkelijk hebben wij onze vuile spelonken op Tegal ver-laten zonder in onze bedden verdronken te zijn; heden stapten wij juist in het rijtuig, terwijl drie misdadigers uit de gevangenis stapten om opgehangen te worden. De weg hierheen is niet treffend, maar het eerste gedeelte toch schil-derachtig. Daar loopt de weg zeer dicht langs het zeestrand en daar het Noorderstrand van Java steeds aan het aan-slibben is, (ik geloof eigenlijk dat het steeds rijst) zoo heeft men die eigenaardige soort van landschap, waar land en water bijna niet gescheiden zijn. Overal kleine eilandjes, dichte groepen van struiken, die in het water schijnen te staan, of kleine plekjes bebouwd land, en op den achtergrond de beweeglijke zee, door smalle strooken groen van kalme, effene plassen afgescheiden. De zon stond nog laag, het groen keerde ons de schaduwzijde toe, maar de watervlakte was geheel verzilverd en bevolkt met geheele zwermen van watervogels, van de meest alledaagsche eenden af, tot de meest uitheemsch gekleurde steltloopers toe. Aan de andere zijde van den weg glijdt de blik over eindelooze rijstvelden tot daar, waar in de verte de bergen flauw zichtbaar zijn. De rijst is juist rijp en dus ziet men de bevolking van mijlen in den omtrek, mannen, vrouwen en kinderen, ieder met hun eigenaardige mesje gewapend, vroolijk langs den weg stappen, terwijl andere groepen in de groene velden reeds aan het snijden zijn. Een van die landelijke tooneelen, volstrekt niet trotsch, maar waartoe slechts eene stemming zonder buikpijn behoort, om er volop van te genieten.

Het hôtel is niet kwaad, maar wordt onveilig gemaakt door een Engelschman. Men zegt, dat hij heel veel geld heeft, maar zeker is het, dat hij een rond gezicht bezit met gladde haren er dicht aan gedrukt en een paar varkensoogjes er in, en dat hij zich amuseert met reeds zes weken hier te zitten, nauwelijks een uitstapje te doen en den mond niet te openen, dan om te eten en te geeuwen. Men heeft ons reeds bang gemaakt, dat hij met ons naar het Diëng-plateau wil gaan en onze weigering was al klaargemaakt, maar gelukkig heeft hij ons die bespaard.

DIËNG, 2 Juni.

Buiten regent het op zijn Indisch en wij zitten bij den haard, waarin een groot vuur ligt, warmen grog te drinken. Als gij er soms aan twijfelen mocht, wij zijn nog op Java, maar zes duizend voet hoog. De weg van Pekalongan naar Semarang, dien wij gedurende eenige posten hielden, ging vroeger langs het zeestrand. Doch dit is zoo moerassig, dat paarden noch menschen het er konden uithouden, en de weg is thans een weinig landwaarts in over hooger terrein gebracht. Herhaaldelijk maakten wij gebruik van het langzame maar zekere vervoermiddel, dat karbouw heet. Dicht bij de grens van Semarang gaat een weg naar het Zuiden, die zoogenaamd berijdbaar is tot Limpoeng. Kort voor het doel bleven wij radikaal steken en eerst met behulp van al de voorbijgangers en met beuken op de arme paarden legden wij in drie kwartier de drie minuten af, die ons nog van een recht vriendelijken kontroleur scheidden, die hier eenzaam woont. Deze heeft de reis schitterend voor ons in orde gemaakt — ingepikt zegt men in Indië.

Omstreeks half drie stegen wij te paard met als eerewacht den assistent-wedono en dien van eene volgende plaats, die ons afgehaald heeft. Voeg daarbij, dat in iedere kampong, die wij doortrekken, de bruine burgemeester aan den weg op zijne hurken zit en zoodra wij voorbij zijn te paard stijgt, om gedurende een uurtje den stoet te volgen. Bij ieder paard is weder minstens een geleider te voet, zoodat het een geheele bende wordt. Heden telde ik eens achter mij dertig ruiters en nog veel meer voetgangers in eene niet onaardige karavaan; wij betreuren alleen, dat wij met de lui niet meer spreken kunnen. Zoo reizen op Java twee jongens als wij zijn, wanneer de resident slechts de goedheid gehad heeft, een enkel briefje te schrijven om u aan te bevelen. Het is natuurlijk volstrekt niet goed te keuren, dat al die landsambtenaren zoo uit hunne bezigheden loopen, en de regeering moedigt dan ook die overdreven eerbewijzingen volstrekt niet aan. Integendeel, voor ambtenaren van zeer hoogen rang is een geleide vastgesteld, dat geen vierde gedeelte bedraagt van wat ik hier altijd achter mij heb. Maar de hoofden zijn het van oudsher zoo gewend en zouden meenen, aan hun plicht te kort te doen, wanneer zij niet verder gingen dan de wensch der regeering. En ik zal de laatste zijn, om mij te beklagen, want zulk een groot gevolg is heel aardig en maakt den rit bijzonder vroolijk.

Wij overnachtten in de bamboezen woning van het hoofd dat ons te Limpoeng had afgehaald, en heden morgen zaten wij al vroeg te paard met onzen langen nasleep, om een weg af te leggen, zoo steil, als wij er nog geen gehad hebben. Daar deze bovendien uit harde, gladde klei bestaat, door den regen glibberig gemaakt, had ik werkelijk medelijden met onze paarden. Dieper en dieper drongen wij in het gebergte door, hooger en hooger stegen wij, totdat op eens eene groote vlakte voor ons lag, van alle zijden door bergwanden ingesloten. Want ook het Diëngplateau is een oude krater, maar met eene middellijn van bijna een uur gaans. Het is onmogelijk zich eene voorstelling te vormen van de vuurkolommen, die daaruit vroeger omhoog gestegen zijn. Thans is die krater opgevuld door eene moerassige vlakte. De gang is bij alle vulkanen nagenoeg dezelfde. Wanneer de werking begint te verminderen, wordt de krater meestal tot een meer, dat langzamerhand den trechter met detritus vult. Wanneer door de een of andere reden een gedeelte van den kratermuur verdwijnt, loopt het meer af en er ontstaat eene vlakte. Intusschen heeft de vulkanische werking niet opgehouden, maar kleinere kraters hebben zich gevormd, aanvankelijk in het centrum van den grooten, later op andere punten en dan eerst vormt zich het centrale meer. Zoo staan ook hier op den zeer hoogen kraterwand drie nog thans werkzame vulkanen en op het plateau zelf zijn zwavelmeren, Geysers en allerlei vulkanische aardigheden in overvloed; maar er is nog veel meer te bewonderen. Die koude, afgelegen plaats, die vijf eeuwen geleden al even moerassig schijnt geweest te zijn als nu — getuige een zeer merkwaardig draineer-kanaal, dat onder den kraterwand doorloopt — hebben, waarschijnlijk in de veertiende eeuw, de Siwa-priesters tot heiligdom uitgekozen, waarvan tallooze tempels overgebleven zijn. Ik vraag allen geologen en oudheidkundigen om vergiffenis, indien ik bokken maak; om het Diëng-plateau goed te waardeeren zouden jaren van studie noodig zijn. Weinige plekken van den aardbodem zijn zoo belangwekkend.

Eerst in onze eeuw is deze plaats weder ontdekt, want de wetenschap, dat hier iets anders te vinden was dan ondoordringbare bosschen, was bij de inlanders geheel verloren gegaan, Waarschijnlijk zullen zij, die den Islam invoerden, het bezoeken van die heilige plaats wel niet aangemoedigd hebben. Maar is de geheele bevolking van deze vlakte door het zwaard uitgeroeid, of misschien door uitbarstingen of ziekten te gronde gegaan, of werd de plaats later eerst verlaten? Deze raadselen zullen wel nooit worden opgelost, maar zeker is het, dat hier eene geheele beschaving verdwenen is, en van de dragers daarvan is geen spoor overgebleven. Zoo heeft de krachtige natuur weer alles met haar plantenkleed overwoekerd en had niemand eenig besef van de architektonische rijkdommen, die in en onder het woud verborgen waren. Junghuhn moet er de ontdekker van genoemd worden. Met een natuurwetenschappelijk doel hier zijnde, vond hij de eerste sporen van al die tempels en later heeft men het woud geveld en de heerlijkste overblijfselen der Indische bouwkunst aan den dag gebracht. Geheele groepen van tempels vindt men hier bijeen, waarvan een paar nog bijna onbeschadigd zijn. Ik wil trachten u alles te beschrijven in de volgorde, waarin wij het bezochten.

Dadelijk na onze aankomst, ongeveer op den middag, bezochten wij de grootste tempelgroep, die dicht bij de pasangrahan ligt. Het zijn zes steenen platformen, langwerpig vierkant en met muurtjes omringd. Op elk daarvan hebben twaalf kleine tempeltjes gestaan in drie rijen; de vier van de middelste rij zijn iets grooter dan de anderen. Slechts zeven van de twee en zeventig zijn nog in min of meer geschonden toestand voorhanden; van de overigen is niets meer te zien. Aardbevingen en de wortels van boomen, die er later in en op gegroeid zijn, kunnen deze vernieling voldoende verklaren, en menschenhanden hebben er ook het hunne toe bijgedragen. Men vindt hier bruggen, huizen en wegen van gebeeldhouwde steenen bijeengelapt. Bovendien is de vraag, of het geheel ooit afgebouwd is geworden, en, helaas! is voor alles eene broze steen van vulkanischen oorsprong gebruikt, die sterk aan verweren en afbrokkelen onderhevig is. Stel u overigens niets voor, dat ook maar eenigermate met het gangbare begrip van tempel overeenkomt. De gebouwtjes zijn zoo klein, dat er, vóór de nooit ontbrekende offertafel, slechts voor drie of vier menschen plaats is en de zeer kleine deur is de eenige opening. Wanneer er ook nog beelden in gestaan hebben, kan er dus hoogstens plaats geweest zijn voor een of twee dienstdoende priesters en de menigte moet, als die al toegelaten werd, buiten gestaan hebben [1]).

---

1) Slechts in een tempel op Java, den Mendoet, zijn beelden gevonden, drie prachtige, zittende figuren. Deze tempel lag geheel onder een heuvel bedolven, toen

Van de tempels van deze groep is er niet een geheel kompleet. Van de vele anderen, die hier verstrooid liggen, is er echter een bijna geheel ongeschonden, en daaraan konden wij zien, hoe wonderschoon deze gebouwtjes eens geweest zijn. Het grondvlak is steeds hetzelfde : een vierkant, doch op het midden van elke zijde daarvan springt de muur vooruit, zoodat groote muurvlakten met zeer veel smaak vermeden zijn. Aan de zijde, waar de ingang is, komt bovendien een portiek nogmaals verder vooruit. Het geheel is van steen, ook het dak. Nu was de eigenlijke gewelfbouw bij de Hindoes onbekend. Om het dak te vormen grijpt elke steen over dien van de vorige laag heen; zoodoende naderen, als het ware, de wanden van alle zijden langzaam tot elkander, zoodat het inwendige op een steenen domper gelijkt. Het dak wordt daardoor van buiten gezien eene verbazend groote pyramide, twee- of driemalen zoo hoog als het eigenlijke gebouw. Geloof daarom niet, dat het geheel gedrukt is : het dak is daarvoor veel te sierlijk ingedeeld en bewerkt. De vooruitspringende gedeelten van de muurvlakken teekenen zich ook op het dak tot aan de uiterste spits af en zijn even als de middelste pyramide met een sierlijk peervormig ornement bekroond. Het geheele dak krijgt daardoor het aanzien van vijf in elkander gebouwde pyramiden, waarvan de middelste de grootste is. De geheele bedekking is verder van zeer sierlijk snijwerk voorzien, waarvan de vertikale lijnen het meest spreken, zoodat het geheel, wel verre van zwaar te zijn een hoogst lossen en luchtigen indruk maakt.

Ook de ornementiek strijdt tegen onze aangenomen begrippen. Hier is aan de dragende deelen eene weelde van zeer fijn ornement aangebracht, terwijl de ondergeschikte

---

hij ontdekt werd. Het is dus zeer waarschijnlijk, dat het Mohammedanisme, dat geene beelden toelaat, dezen overal vernield heeft en dat die van den Mendoet slechts tot ons gekomen zijn door de gelukkige omstandigheid, dat zij zoo goed verstopt waren. Ik moet hier echter bijvoegen, dat men duizenden beelden buiten aan de tempels vindt, die niet vernield zijn, of slechts ten deele.

muurvlakten juist minder versierd zijn. En toch maakt het een wonderlijk bevredigenden indruk. Dit zal wel zijn, omdat met veel takt de hoofdlijnen altijd goed aangegeven zijn en onafgebroken doorloopen. Bovendien is het ornement, dat aan die deelen aangebracht is, altijd eenvormig en rustig, terwijl meer gekrulde versierselen slechts daar aangebracht zijn, waar niets te dragen valt, maar waar zij alleen de schoonheid dienen. Wat zwaar moet zijn, is zwaar, wat alleen tot versiering dient, is ook ongeloofelijk sierlijk; ook de wandvlakten zijn nog door fraai bewerkte nissen afgewisseld. Het is opvallend, dat het inwendige volstrekt niet versierd is, maar volmaakt kaal.

De techniek is niet minder te bewonderen dan het artistieke gevoel, dat uit deze tempels spreekt. Er moet reeds niet weinig ervaring toe behooren, om te weten hoe zwaar de muren moeten zijn om die vervaarlijke steenenbedekking te dragen, en uitgeweken muren zag ik nergens. Aan de onderzijde zijn zij dan ook versterkt door een basement van zeer goede werking, dat met de drie of vier treden, die het geheele gebouw omgeven, den obeliskachtigen indruk nog verhoogt. Maar ook de aaneenvoeging der steenen is merkwaardig, want cement is hier nergens gebruikt. De steenen toch zijn verbonden door zwaluwstaarten en tanden, zoo fijn bewerkt, dat geen timmerman ze verbeteren zou. Bij het lijstwerk heeft het mij getroffen, dat de meeste profielen onveranderd bij de Grieken voorkomen. Dezen hebben ook den gewelfbouw geen stap verder gebracht.

Na de rijsttafel weer op weg, eerst bezochten we een groot smaragdgroen meer en in de onmiddelijke nabijheid een wit, opbruisend zwavelmeer. Tusschen die beiden ligt een rots, misschien wel het alleropmerkelijkste van het geheele Diëng-plateau en misschien wel het eenige, dat over de geschiedenis er van eenig licht kan verspreiden. Eene loodrechte granietvlakte is glad behouwen en beschilderd met eenige letterteekens, die nog niemand heeft kunnen lezen; ja, het is nog onbekend tot welk alphabet zij behooren. Helaas! zijn het slechts enkele figuren, zoodat het niet te verwachten is, dat zij ons veel zullen leeren. Maar toch van welke raadsels staat hier niet misschien de oplossing, van welke geweldige omwenteling zijn deze weinige teekens misschien niet het eenige monument? Met welke stof deze zwarte letters geschreven zijn is op zich zelf reeds een raadsel. Welk praeparaat is in staat om, gelijk dit, in het graniet door te dringen, en vier of vijf eeuwen aan de invloeden van het Indische klimaat weerstand te bieden? Aan bedrog valt niet te denken; reeds bij zijn eerste bezoek ontdekte Junghuhn dezen steen.

Een kwartiertje van dit punt verwijderd staat de grootste en schoonste tempel, die hoofdzakelijk voor mijne bovenstaande beschrijving gediend heeft. De weelde van beeldhouwwerk is hier dan ook tot het uiterste gedreven. Beelden, dieren, bladeren, alles is hier onbegrijpelijk fijn in steen uitgehouwen. Weder eenige minuten verder is een poel, twintig of dertig stappen in omtrek. Ik kan deze schatting gerust geven, want niemand zal lust gevoelen om mij te kontroleeren. Het zwarte water toch kookt en bruist, zoodat het giftige vocht tot op meters afstand in het rond uitgeworpen wordt, en de verstikkende zwaveldampen doen u op nog veel grooteren afstand halt houden. Op een punt wordt de vuile massa tot op meer dan manshoogte in de lucht geslingerd, als een berg van kokenden modder. En niet ver daar van daan is een tweede Geyser, die tot afwisseling krijtwit is. Links en rechts van den weg zijn overal gaten, waaruit een onheilspellend gebrom omhoog stijgt, of waar kokende zwavelbronnen opborrelen. Welk een kontrast, die fijn bewerkte tempel en zulk een tooneel van dood en vernieling niet vijfhonderd meters van elkander verwijderd! Hoe is het toch ooit in het menschelijk brein opgekomen, om op zulk een punt zich te vestigen, laat staan zulke kunstgewrochten te scheppen? Of is misschien de vulkanische werking weder heviger geworden, nadat deze tempels gebouwd werden? Ik wenschte, dat gij de verbaasde gezichten onzer jongens gezien hadt, toen wij een kleine hoogte bestegen hadden, en die kolom van kokend slijk onzen blik trof. Schrik en verbazing, angst en bewondering, alles was op de bruine tronies te lezen, maar voornamelijk angst, en ik geloof, dat wij zelven ook ernstig waren. Ik stelde aan de heeren een bad voor, doch zij bedankten met een gebaar van afgrijzen.

Al die merkwaardigheden deden onze wandeling een paar uren duren en wij kwamen drijfnat thuis; maar voor zulk een genot is die prijs niet te hoog; de Diëng alleen is de reis naar Java waard. Want vergeet niet, dat dit alles op een plateau ligt, dat eenmaal een enkele krater geweest is en er is nog veel, dat wij niet gezien hebben. De tempels zijn hier bij het mud; wij hebben er nog een paar zeer groote links laten liggen. Maar ook zagen wij het groote gemetselde kanaal niet, dat voor de geheele vlakte tot afwatering dient, evenmin als een reusachtige trap, die over den kraterwand heen naar buiten voert. Wij zullen, helaas! geen tijd hebben om hier alles te zien en het klimaat lokt niet tot een lang verblijf uit; het is even koud als vochtig. Des nachts bereikt de temperatuur bijna het vriespunt en over dag heeft men slechts de keus tusschen mist en regen. Men zegt mij, dat dit alle dagen zoo is.

3 Juni.

Niettegenstaande de hevige koude was de nacht dragelijk, ten minste voor ons, maar onze arme jongens deden van morgen niets dan rillen en klappertanden. Reeds vroeg zaten wij weder te paard en bereikten omstreeks tien uur Batoer, eene kampong westwaarts van het Diëng-plateau en even als dit in de residentie Bagelen gelegen. Waarvoor men ons deze reis liet doen, begrepen wij volstrekt niet, want behalve schoone uitzichten, die wij wegens den mist op goed geloof moesten aannemen, bemerkten wij noch te Batoer, noch op den weg daarheen iets bijzonders. Toen wij echter, na in een half uurtje bij den wedono van Batoer heel wat thee verdelgd te hebben. langs denzelfden weg terugkeerden, bleek het, dat aan de noordzijde eene reeks merkwaardige kraters ligt, waarvan wij eerst bijna niets bemerkt hadden. Op den afstand van twee uren bezochten wij er niet minder dan vier, waaronder een zeer groote. En hoeveel liggen er nog niet in de onmiddellijke nabijheid, die wij niet bezochten, want het land gelijkt hier eene zeef, waarvan de kraters de gaten zijn. Zij liggen vaak zoo dicht bij elkander, dat twee er van een wand gemeen hebben.

Eerst bezochten wij een van die stille, groengekleurde vulkanische meren, die nauwelijks meer doen denken aan de beroeringen, die voorafgegaan zijn. Diep lag het beneden ons, maar met zulke steile wanden, dat het zelfs wel geen gems in zou vallen, om naar den oever af te dalen. Die wanden zijn geheel begroeid met reusachtige varens en met eene soort balsamine met groote violette bloemen, die op Java overal welig tiert, waar het maar niet al te warm is. In den tweeden krater konden wij tot aan den oever afdalen; hier is weder eene witte poel met in het midden een hoogen Geyser. De derde is zeer diep en geheel uitgeraasd. De modderpoel, die hier den bodem uitmaakt, stoot genoeg koolzuur uit, om dieren, die laag bij den grond zijn, te doen stikken. Eerst wilde men een hond aan onze weetgierigheid offeren, maar wij hadden kasian met het stomme dier, maar een kipje moest er toch aan gelooven. Het beestje bleek taai te zijn en ik geloof, dat wij door weg te gaan zijn jeugdig leven gespaard hebben. Dit is het beroemde Doodendal. Den laatsten krater hadden wij reeds gezien, want de weg gaat langs de helling van den wand, die deze met het Diëng-plateau gemeen heeft. Het is een groot moerassig dal, eigenlijk één enkel kokend zwavelmeer met groene eilandjes. Hoe taai is toch

het plantenleven! Wel zijn hier niet veel soorten vertegenwoordigd, een paar grove varens, enkele grassen en een
heester met violette bloemen, ziedaar het voornaamste.
Maar toch is midden in dat stinkende, dampende water
elke steen en elke aardkluit een groen bergje; vaak begint
de plantengroei reeds op een duim afstands van een gat,
waaruit gloeiende dampen opstijgen. Want op enkele plaatsen
is het water zoo warm, dat men er eieren en aardappelen
voor ons in kookte. En dezen smaakten goed, al is het
water lang niet gedistilleerd. Eigenlijk is het eene schande
Java's trotsche vulkanen zoo tot eierkookmachine te verlagen. Deze krater is bepaald de schoonste, welken wij gezien
hebben, want de witte aluin en de gele zwavel steken sierlijk
af tegen de lava, die alle schakeeringen van pannerood tot
violetbruin vertoont, en tegen het groen der planten.

Gevaarlijk schijnt het hier ook nog al te zijn; toen ik
zonder kwaad vermoeden vooruit wandelde, werd ik door den
wedono van Batoer op eens bij mijn kraag gepakt en achteruit gehaald. Wie den Javaan kent met zijne uitnemende
beleefdheid en zijne vormelijkheid, beseft, dat zulk eene
daad tegenover een Europeaan alleen in een moment van
groot en oogenblikkelijk gevaar denkbaar is. Er is hier ook
eene plaats, waar zuiver water van eene vrij hooge temperatuur opwelt. Men heeft hier eene soort badkamer ingericht; wij bedankten, maar een onzer jongens had de
dwaasheid een bad te nemen. Het regende en het was er
koud. Gij kunt dus begrijpen in welken toestand een inlander met zijne dunne kleeding na zulk een bad moet
geweest zijn. Een oogenblik waren wij bepaald bang, dat
hij het te kwaad zou krijgen en wij lieten hem voor ons
uit draven, om er het lieve leven in te houden.

Verbeeld u, dat midden in die kokende vuiligheid nog
het grondvlak staat van wat ook al een tempel moet geweest zijn. Hoe velen liggen er misschien nog ongezien of
zijn geheel vernield, want de werking van dezen vulkaan

moet wel in kracht zijn toegenomen nadat de tempel gebouwd is. Zooals de toestand thans is, zou zelfs geen Siwapriester het in zijne fanatieke hersens krijgen, daar iets te bouwen. Als de steenen er niet lagen, brengen zou ze er niemand, want thans borrelt en kookt het tusschen de steenen, waar de petroleum overheen drijft.

Onderweg. heeft men mij verschillende exemplaren gebracht van eene groote nepenthessoort (bekerplant, apekelk). Ik wist niet, dat die op Java voorkwam. De flora is hier bepaald zeer eigenaardig. Vooreerst komen er buitengewoon veel blauwe bloemen voor, en daaronder enkelen, die ik in lagere streken volmaakt eender vond, maar rood. Dan komen hier bijzonder veel Europeesche vormen voor, waarvan sommigen mij zelfs toeschijnen, in het geheel niet van onze planten te verschillen: een herfstaster, de wilg, de boterbloem en, eenigszins afwijkend, de vergeet-mij-niet. Ik spreek natuurlijk alleen van wilde planten, want rondom het huis staan b. v. welig bloeiende fuchsia's in gebeeldhouwde kapiteelen van oude tempels.

SEMARANG, 6 Juni.

Van den terugtocht zal ik maar niet veel zeggen, want wij zagen natuurlijk niets nieuws. Alleen was de rit van Diëng tot Limpoeng in eens door verbazend vermoeiend, hoewel wij een omweg afsneden, dien wij de vorige maal gemaakt hadden. In den namiddag deden wij met onzen vriendelijken gastheer nog eene kleine wandeling, waarop wij weder een keurig staaltje zagen van de stabiliteit van ons bestuur. Men heeft hier vroeger eens een weg willen maken, die over het Diëng-plateau naar de Bagelen zou voeren. In de Bagelen bestaat de weg en is zeer goed, maar voor deze zijde werd later al weer anders besloten. Omgekeerd als op den militairen weg had men hier de bruggen het eerste gemaakt en zoo staan er bij Limpoeng hier en daar stevige en groote bruggen of de pijlers er van doelloos midden in de sawah. Kon men die maar naar de Preanger transporteeren.

Gisteren hierheen. Van zeven tot half vier uur zaten wij in den reiswagen, wat op een leelijken weg veel te lang is. Het grootste gedeelte er van loopt door een djatti-bosch. Het djatti-hout speelt in Indië dezelfde rol als bij ons het eikehout en wordt dus zorgvuldig tegen uitroeien beveiligd. Zoo is hier dan ook een uitgestrekt woud, waarin de tijgers nog zoo talrijk zijn, dat na zonsondergang de groote postweg absoluut ledig is; zelfs de brievenpost mag hier des nachts niet passeeren. De djattiboomen hebben eene merkwaardigheid, dat zij gedurende een deel van het jaar al hunne bladeren verliezen en zoo kaal zijn als onze boomen in den winter. Verder is het ook volstrekt niet waar, dat alle boomen in de keerkringslanden het geheele jaar door eenvormig groen zijn. Er zijn nog enkele soorten, die gelijk de djattiboomen gedurende een tijd geheel kaal zijn, en vele anderen hebben een seizoen, waarin het groen veel minder weelderig is dan in andere tijden van het jaar.

Op het groote djattibosch volgen eindelooze sawah's . .

. . . .

. . . .

WESTKUST VAN CELEBES.

Ik zit bijna in eene al te moeielijke houding, om te kunnen schrijven, wat u al dadelijk mijn verblijf als vrij zonderling kan kenschetsen. Als een inlander op den grond gehurkt, gebruik ik als tafel eene kist, die lang niet vaststaat, zoodat gij u niet verwonderen moet, als mijn brief ook los in elkander zit.

Eergisterenavond ging ik op Makasser aan boord, daar wij in den vroegen morgen het anker zouden lichten. Het vaartuig was een zeer klein, buitensporig vuil Fransch stoomscheepje, dat op avontuur in den Archipel ronddoolt, en dat voor eene reis, deels door de regeering, deels door een handelshuis op Makasser bevracht is. Ik kwam met den gezagvoerder overeen, dat hij mij hier aan wal zou zetten, en op een ander punt van de kust weder afhalen, dat ik met inlandsche vaartuigen zal trachten te bereiken. De kapitein heeft ook zijne vrouw met een kindje aan boord, zoodat ik den dag doorbracht met complimentjes af te vuren «à brûle pourpoint», die met huid en haar werden ingezwolgen. Behalve natuurlijk mevrouw, is het beste aan boord de kok. Hoe ingenomen ik ook ben met de Indische tafel, is het geen onaardige afwisseling, eens eene goede Fransche keuken te genieten, voor zoover die in Indië mogelijk is, maar een Parijsche kunstenaar weet ook van Indische ingrediënten wel Fransche gerechten klaar te maken,

en natuurlijk is de «chef» van de «Avenir» daar hij de
eenige Fransche kok in deze streken is, ook de grootste
kunstenaar. Hij moet dan ook geheel Makasser door een
diner in geestvervoering gebracht hebben. Jammer, dat ik
toen juist op mijne kruisboot zat, waar ik minder goed
dineerde.

Den nacht moest ik boven doorbrengen, daar het scheepje
in het geheel niet op passagiers is ingericht. Ongelukkig
was het een koude stormnacht, zoodat, niettegenstaande de
waarlijk vriendelijke zorg, die men voor mij had, de koude
ver van aangenaam was. Ook schommelden wij zoodanig,
dat ik mij steeds moest vasthouden, waardoor slapen tot
de illusiën behoorde. Waar mijn vrij talrijk gevolg een
onderkomen vond, weet ik niet. Behalve mijn jongen heb
ik toch ook een kok medegenomen, en de gouverneur had
de goedheid, den tolk voor de Boegineesche taal, die brieven moest overbrengen, aan mij mede te geven. Deze vindt
natuurlijk weer, dat zijn rang hem niet veroorlooft, zonder
bediende te reizen, want zoodra een inlander maar eene
betrekking heeft, moet hij ook gevolg hebben. Zoo reisde
een zoontje van zijn broeder met den tolk mede, om den
stand van zijn oom op te houden. Deze zelf is iemand met
een fatsoenlijk en verstandig uiterlijk, en staat dan ook
werkelijk hooger dan het gros der inlanders. Hij heeft voor
schoolgebruik een Boegineesch boekje geschreven, dat zeer
geroemd wordt, en waarvoor de regeering hem eene belooning toekende. Hier is dus eens een inlander, van wien
men leeren kan. Maar in elk geval verzoek ik u, niet
schouderophalend van mijn gevolg te spreken; het is vrij
voornaam.

Heden morgen was ik reeds met het eerste daglicht hier
aan wal. De vrij sterke branding had gelukkig mijn goed
niet al te zeer nat gemaakt, dank zij de behendigheid der
dragers, en zeer spoedig zat ik in een huis, ten minste
in iets, dat den vorm van een huis heeft, maar dat eigenlijk

meer aanspraak op den naam van mand mag maken. Een echt model van Celebes, zooals ik u wel reeds beschreven heb, hoog op palen, en waarin de groote ruimte slechts door weinige bamboewanden in vertrekken gedeeld is, die verder, al naar behoefte, door groote katoenen lappen, weder gesplitst worden. Zoo is dan ook voor mij eene keuken en eene kamer afgescheiden, en eene kamer voor mijn gevolg. In de overige deelen van het huis wonen zeker nog wel eenige huishoudens, door doorluchtige wanden van mij gescheiden. Doorluchtig is ook de vloer van latten van gespleten bamboe vervaardigd, die telkens ongeveer even veel ruimte open laten, als eene lat breed is. Deze vloeren zijn niet onaangenaam, maar glad, zoodat het met schoenen moeielijk wordt, er op te loopen. Maar schoenen heb ik al lang als een artikel van weelde leeren beschouwen, alleen voor plaatsen bestemd met eene verfijnde beschaving gezegend, als bijv. Makasser. Toen ik daar dagelijks schoenen aanhad, had ik al spoedig eene voetwond, zoo was ik die plaag der beschaving ontwend. Vooral om op te zitten, of te slapen, zijn die zeer veerkrachtige bamboelatten lang niet verwerpelijk. De vuurhaard bestaat uit een aschlaag van een paar handbreedten dikte, door latten bijeengehouden.

Het huis, dat op een klein pleintje tegenover de woning van den radja ligt, is overigens in zijne soort weelderig. De buitenzijde is smaakvol met snijwerk voorzien. Het dak, vooral op de hoeken, is gebeeldhouwd, de raampjes hebben blinden van doorbroken ornement, dat zeer sierlijk bewerkt is. Ook boven de deur is eene soort van portiek van gesneden hout. Deur en ramen zijn klein, — het overige doen de tallooze reten, maar toch heerscht binnenshuis een half-duister, dat misschien niet ongunstig is, aangezien men dan twijfelen kan, of de eenvormig grijze tint aan de verlichting of aan het vuil te wijten is.

Na mijn namiddagbad in eene niet heldere rivier, vond ik op het pleintje voor mijne woning al de jongelieden aan het balspel. De bal was van gespleten rotan ineengevlochten en wel zoo sterk, licht en veerkrachtig als onze beste Europeesche ballen. De kunstenaars in het vak houden den bal eerst zelven eenige oogenblikken in beweging, nu op de hand, dan op de knie, meestal echter op de zijde van den voet, dien zij daartoe op onbegrijpelijke wijze krommen. De bal schijnt te dansen, en de slanke lichamen der spelers komen allervoordeeligst uit. Op eens drijft een flinke zet het projektiel hoog de lucht in, en een andere speler vangt het op om het op zijne beurt eerst wat te laten dansen, en dan weg te slingeren. Natuurlijk bij ongeluk kwam de bal een paar maal bij mij te land, en weldra deed ik mede. Nadat twee gelukte slagen mij eenige achting hadden bezorgd, sloeg ik weldra aan mijn aanzien radikaal den bodem in door een misgreep, die mij als een tol in het rond deed draaien en de jeugd luidkeels deed lachen. Gij behoeft niet te vreezen, dat ik het prestige te grabbelen gooide, ons dierbare prestige. Ik was reeds verwittigd, dat een der jeugdige spelers de radja was. Een schoon gebouwd ventje van misschien veertien jaar, met een dom uiterlijk, lang niet zoo vuil en zoo onbeschaafd als zijne collega's in de bocht van Tomini. Madjene, de voornaamste plaats van het rijk van Mandar is dan ook door den handel zeer welvarend; de plaats is ruim gebouwd, de landstreek vruchtbaar, de huizen zijn groot en allen vrij net. De bevolking, — de mannelijke namelijk, — is niet schuw, zelfs minder, dan mij wenschelijk voorkomt. Geen mooi volk, doch wel gevormd, en ik zag niets van afzichtelijke huidziekten, die vooral in de Molukken zoo welig tieren, en die wel grootendeels aan slechte voeding zullen te wijten zijn.

Nu ik juist over een inlandsch spel spreek, wil ik er nog een paar noemen, om u te doen zien, hoe kinderen overal dezelfden zijn. Over de menigte vliegers, die men op sommige tijden van het jaar ziet, heb ik zeker van Java uit reeds geschreven, want dat spel is voornamelijk daar in eere. Bij flinken wind wordt eene kampong reeds op grooten afstand aangekondigd door de tallooze vliegers, die boven de boomtoppen in de lucht zweven. De aardigheid daarbij is, om de touwen van twee vliegers over elkander te doen schuiven, tot er een breekt, waarvan de eigenaar dan verloren heeft. Daartoe worden soms de touwen met kleine glasscherven of zand bezet. Een ander groot vermaak zijn de tollen, die op onze priktollen gelijken, maar die geheel anders opgezet worden. Vervolgens het damspel. Het dambord, van anderen vorm dan het onze, wordt met krijt op den grond, of met den vinger in het zand geteekend, en dan met steentjes van twee kleuren bespeeld. Het spel houdt het midden tusschen ons gewone damspel en het molenspel, dat op de achterzijde van de ouderwetsche damborden voorkomt. Verder heb ik een spel zien spelen, dat veel op het «schaar» van onze jongens gelijkt, en meer anderen van dien aard.

Het paleis verschilt in geen enkel opzicht van verschillende andere huizen; het mijne is zelfs meer versierd. Zelf heeft Z. M. een broekje aan, dat zich door een weinig zilver van de overige broekjes onderscheidt. Het jonge mensch is nog wel iets vrijmoediger dan zijne onderdanen, die ook met hunnen vorst vrij huiselijk omspringen. De koningen op Celebes schijnen het onvervalschte type te zijn van den constitutioneelen vorst. Tot mijne schande moet ik bekennen, dat ik nog slecht op de hoogte ben van den regeeringsvorm, maar het schijnt, dat de radja niets mag uitvoeren zonder zijnen «hadat» of raad van rijksgrooten, die den vorst kiezen, en zelven door het volk gekozen worden. Alle ambten schijnen voor levenslang bezet te worden, en de keus is tot bepaalde familiën beperkt, zoodat, al wordt niet altijd de zoon gekozen in de plaats van den vader, feitelijk alles zoo goed als erfelijk is. Oorspronkelijk dus eene republiek met een vrij denkbeeldigen koning, maar in eene ergerlijke oligarchie ontaard. Onze regeering sluit dan ook hier alle kontrakten met den hadat. Deze regeeringsvorm is lang niet tot Celebes beperkt, maar komt min of meer gewijzigd veel in den Archipel voor. Maar zeker is het geene zeer primitieve staatsinrichting en als zoodanig komt zij mij nog al opmerkelijk voor. Mijn tegenwoordige vorst ziet er echter niet uit, alsof het hem ooit erg hinderen zal, dat hij het roer van staat niet zelf in handen mag houden.

Voor zoover ik weet, is er nooit een afzonderlijk werk geschreven over de verschillende regeeringsvormen in den Indischen Archipel, en er zijn er heel wat. Die arbeid zou waarschijnlijk van groot nut zijn,, en die moet gedaan worden, voor het te laat is, want door onze heerschappij zullen de oorspronkelijke instellingen hoe langer zoo meer onkenbaar worden. Vooral voor de ethnographie zou zulk eene verzameling van groot nut kunnen zijn, want, bij het eigenaardige conservatisme der inlanders, kan het niet anders, of de regeeringsvormen, onderling vergeleken, moeten verschillende vingerwijzingen voor de afstamming geven. Niet lang geleden maakte een vreemdeling in mijne tegenwoordigheid de opmerking, dat de Hollanders voor de ethnographie niet al te veel geleverd hebben. Ik schaamde mij een weinig, want ik vrees, dat het verwijt verdiend is. In andere richtingen hebben wij gedurende ons langdurig bezit de wetenschap, wat Indië aangaat, meer bevorderd, dan in deze richting, behalve op het gebied der taalkunde. Het verwondert mij echter, dat de taalstudie niet meer tot de eigenlijke ethnographie gebracht heeft.

22 September.

Niettegenstaande een hevigen wind, die in de woning giert even goed als daarbuiten, kon ik goede waarnemingen doen, en denk ook overmorgen te vertrekken. Zoo aangenaam is het verblijf ook niet, dat ik dit betreur. Voor het eerst ben ik in de gelegenheid, duidelijk te beseffen hoe verschrikkelijk het is, om in Indië de thee te moeten missen. Het water is daarvoor hier te brak, wat ook maakt, dat het op zich zelf onaangenaam is, om te drinken. En hoewel het geheele land vol klapperboomen is, — ik zie niets anders, — zegt mijn kok, dat hij geen jonge klappers kan krijgen. Ik denk, dat men de jonge vruchten niet wil verkoopen, daar hier een groote handel in olie is, en die wordt van de rijpe vrucht gemaakt. Gelukkig heb ik eenige kruikjes Apollinariswater. Het is verbazend, in welke hoeveelheden dit in Indië verbruikt wordt; het is bezig, alle minerale wateren te verdringen.

23 September.

Op audiëntie geweest. De tolk zeide mij namelijk, dat dit mijn plicht was. De etiquette schijnt hier dus anders te zijn, dan op Noord-Celebes, waar de majesteiten bij mij kwamen, en zelfs van een tegenbezoek niet gediend waren. Ik kwam een paar uur later, dan het bezoek aangezegd was, omdat de tolk niet te vinden bleek te zijn. Deze schijnt het dus zelf met de vormen niet zoo heel nauw te nemen. Alleen wilde ik niet gaan, omdat de radja geen Maleisch verstaat, of niet genoeg, om het te durven spreken. Dit had het nadeel, dat de nacht ingevallen was, en de plechtigheid bij het licht van een paar oliepitjes plaats had. In het paleis was waarlijk een stoel voorhanden, maar geen tweede, zoodat een der mijnen mij werd nagedragen, en zoo namen wij stom over elkander plaats. Hoe groot was niet mijne verbazing, dat de vorst, dien ik een uur te voren nog, als naar gewoonte, bijna naakt had zien balspelen, met een jasje met zilveren tressen prijkte! En het jasje was nog netjes, maar het manneke zit eerst een jaar op den troon — of stoel. Als hij zoo oud geworden is, als zijn collega van Tomini, zal het jasje ook wel vies geworden zijn, want hij draagt het natuurlijk over zijne naakte huid. Hier is alles werkelijk eenige graden beschaafder, dan aan de hoven, die ik in de laatstverloopen maanden bezocht. In huis is niet die smerige rommel, en er was voor het bezoek een en ander in gereedheid gebracht, gebak, dat eetbaar was, en klapperwater, dat waarlijk uit glazen werd gedronken. Een der ministers was een grappemaker, zoodat het gesprek, met horten en stooten, nog al goed vlotte, wat, met een ceremoniemeester als de tolk, ook beter gaat, dan met den stuurman eener kruisboot als tusschenpersoon. Wanneer de vorst ernstig tracht te zijn, zooals nu de gelegenheid medebracht, ziet hij er nog schaapachtiger uit dan anders. Het is grappig om te zien, hoe hij nu en dan op den weg op mij toeschiet, om dan in eens, een paar pas van mij verwijderd, te blijven staan, mij aanziende, alsof hij zoo gaarne een praatje zou maken. Die torenbouw te Babel is toch voor het menschdom eene slechte speculatie geweest, wel de oudste van de slecht geslaagde bouwondernemingen! Heden morgen had Z. M. verlof laten vragen, om mijne instrumenten te zien. Ik liet hem een en ander kijken, maar kon den vriend toen maar niet aan het verstand brengen, dat hij mij nu het grootste bewijs van zijne koninklijke genade kon geven, door weer weg te gaan. Wat ik of mijn jongen ook zeide, de vorst bleef roerloos en hulpeloos op een stoel zitten, de tolk was nergens te bespeuren, en ten einde raad nam ik ten slotte den radja bij een arm en voerde hem weg. Dit was eene taal, die de man begreep.

De toeschietelijkheid is hier over het algemeen wel wat groot. Ik had natuurlijk voor de plechtige audiëntie iets meer toilet dan gewoonlijk gemaakt, even als de vorst. Toen ik later nog eenige oogenblikken op den hoogen trap voor het huis zat, was ik weldra van inlanders omringd, die mijne geheele kleeding stuk voor stuk monsterden. Vooral mijne schoenen en kousen werden als echte pronkstukken van het menschelijk vernuft betast, bevoeld en bewonderd. Eenigen snoven de asch op van mijne sigaar,

en vonden, dat die lekker rook; de stap was natuurlijk niet
groot, om eene sigaar te vragen, waaraan ik lang niet be-
reidwillig gehoor gaf, want op Makasser was het moeielijk
aan sigaren te komen, zoodat ik er niet te veel heb. Maar
er kunnen meer dan een van ééne sigaar genieten. Zelfs
laat men mij niet alleen baden; de eerste maal was mij
eene bende jongens achterna geslopen, die zoodra ik uit-
gekleed was, uiteenstoof met den uitroep: «Ada poeti semoa
sekali» (hij is geheel en al wit). Gij kunt iets dergelijks
ook in vele reisbeschrijvingen vinden, maar het is lang niet
de eerste maal, dat ik zoo een bewijs krijg, dat de inlanders nooit gelooven willen, dat wij geheel blank zijn. Zij
zijn vast overtuigd, voor zoover zij weinig met Europeanen
verkeerd hebben, dat wij bruin als zij zelven zijn, en door
eene kunstgreep gezicht en handen wit maKen. Zij nemen
dan ook zeker aan, dat er ook zijn, die die kunst maar
half verstaan.

Ik heb bemerkt, dat alles hier ongeveer aan een hadji
toebehoort. De godsdienst schijnt ook hier zeer bevorderlijk
te zijn tot het verkrijgen van aardsche goederen. Intusschen
is dat heer mij niet ongenegen, daar ik hem zijn huis en
zijne prauw, die ik gebruiken zal, goed betaal. De man
schijnt heel veel invloed te hebben, het is dus goed, met
de kerk in vrede te leven, waartoe hier geld het beste
middel is.

MAMOEDJOE, 28 September.

Eene reis zoo vol ellende, als mij nog niet te beurt viel.
Eene veel te kleine prauw, hoewel de inlanders, die altijd
op alles «goed» en «ja» antwoorden, mij natuurlijk verzekerd hadden, dat die uitstekend was; en vier man van de
zes, die mij toegezegd waren, zoodat, bij den slechten wind,
van roeien ook al geen sprake was. Mijn domme kok had
zoo slecht gepakt, dat eten en wijn niet te bereiken waren,
en ik op randen en hoeken van kisten liggend, hoogst on-

genoegelijke nachten en dagen·doorbracht. Alles lag door elkander, zoowat in het water, helaas! voornamelijk de plunje van den jongen, die er dus nu vuiler dan ooit uitziet. De ruimte was zoo klein, dat ik nooit rechtuit kon liggen; toen ik de koorts kreeg, en bovendien het neefje van den tolk, dat ook al ziek was, nog binnen liet leggen, werd het al te erg, en ik liet mij voor eenige uren aan wal zetten, om in eene kampong te liggen, tot de koorts voorbij was. Toen kwam er natuurlijk juist een goede windvlaag, dien ik zoodoende weer misliep.

Heden morgen kwam ik hier, en vond tot mijn troost een goed huis, eene heerlijke rivier om te baden en een helder zonnetje om te observeeren. Wat ik niet verwacht had, de inwoners schijnen mij hier nog wat meer beschaafd dan op Madjene, dat zooveel dichter bij Makasser ligt, want Mamoedjoe ligt noordelijker, ongeveer onder denzelfden meridiaan als de vorige plaats. Er zijn er hier meer die Maleisch spreken, de lui zijn vrijer, ook de vrouwen, die zich allen vertoonen, en toch veel bescheidener. Het kost mij hier niet half zooveel moeite, de kijkers af te weren. Overigens hier, even als daar, een sterk gebouwd, doch niet schoon ras. Wat de schoonheid van de bevolking aangaat, verkies ik verre Noord-Celebes, met de fijn gesneden neuzen, die het uitsluitend eigendom der Alfoeren schijnen te zijn. Ook is de vlakke kuststreek, die alles uitmaakt, wat ik hier te zien krijg, heel wat minder schoon dan de granietreuzen, die de golf van Tomini omgeven. Maar toch zou ik wenschen u het riviertochtje te kunnen laten mededoen, dat ik dagelijks in een uitgeholden boomstam doe, om te gaan baden. Het is zeer karakteristiek. Eene groote rivier stort zich een eind van hier verwijderd in zee, maar een kleine arm loopt dicht bij mijn verblijf dood in een moeras. Even boven de scheiding der twee armen vind ik een helder water en een grintbodem om te baden. Daartoe moet ik onder een dichte massa van nipa doorvaren, waarvan de lange

vederen zich boven mijn hoofd welven en kruisen en door-
eenstrengelen, nu eens laag, zoodat de vaart door een
tunnel schijnt te gaan, dan hoog genoeg, om een koel gewelf als van een kloostergang voor te stellen. Daar dringt
het zonlicht slechts gezeefd doorheen, en werpt slechts hier
en daar een scherp lichtpuntje op het ongerimpelde water,
of op de onderste bladeren, levend en groen of verdord en
roodbruin. Daarvan laat het eene in sierlijke bocht gekromd
zijne vederen als een scherm nederhangen, een ander hangt
gekreukt in het water en spiegelt zich in de heldere oppervlakte. Hier en daar is eene opening, waardoor een edele
klapperboom zichtbaar is, of eene groep van groene pisang
met wijnroode vruchtknoppen, of de goed bebouwde velden
dalen van een heuveltop tot aan den oever af. Ik dacht
waarlijk tot nu toe niet, dat de afgrijselijke nipa ooit een
aangenamen indruk op mij zou maken!

Deze kust moet zwaar bevolkt zijn, want de kampongs
zijn ongeloofelijk groot. Reeds Madjene trof mij door de
uitgebreidheid, maar Mamoedjoe, dat eene groote baai
geheel omgeeft, schat ik op eene lengte van drie uur gaans
terwijl er, voor zoo ver ik zie, overal drie of vier rijen
huizen staan, zonder echter geregelde straten te vormen.
Daarvoor zijn er echter ook groote gedeelten van de kust
onbewoond. Verdediging en handelsbelangen mogen er hier
toe bijdragen om de inlanders groote, doch ver uiteenlig-
gende plaatsen te doen voortrekken boven kleinere doch in
grooter aantal. De wouden van klapperboomen getuigen
ook voor den nijveren zin der bevolking, maar helaas! ook
groote kale plekken op de heuvels, waar het bosch voor
eene kortstondige beplanting is weggehakt. Het groote
verschil tusschen deze streek en tusschen Noord-Celebes is
echter voor een klein gedeelte slechts schijn. Daar had
ik grootendeels met lieden van Alfoerschen afkomst te doen,
hier met Boegineezen. De laatsten wonen steeds, zeevaar-
ders als zij zijn, aan het strand, en in het binnenland

schijnen niet veel meer te zijn, dan eenige zeer gevreesde « orang-goenoeng», die, in naam aan de vorsten van het strand onderworpen, nu en dan slechts tot het doen van strooptochten, de onbewoonde landstrook overschrijden, die hen van de strandbevolking scheidt. Ik geloof, dat wij van die bevolking in de bergstreken weinig af weten, en dat zij ook zeer weinig belangrijk is. Alleen van het zuidelijkste gedeelte van Celebes zijn ook de binnenlanden goed bevolkt. De Alfoersche stammen echter in het noorden wonen bijna nooit aan de kusten, en er is meestal dwang toe noodig, om hen daar zich te doen vestigen. Gij zult u herinneren, dat ik in de golf van Tomini de majesteiten meestal ver van het strand moest gaan opzoeken. Door dat verschil in levenswijze, schijnt het onderscheid tusschen de sterkte en de welvaart der twee bevolkingen dus grooter, dan het in werkelijkheid is. Maar dat de bevolking hier heel wat wel- varender, en heel wat minder onbeschaafd is, dan daar ginds, is toch geen schijn. Daarentegen vertrouw ik de lieden heel wat minder; ik geloof, dat, ware de Grieksche mythologie hier uitgevonden, Merkurius weinig moeite zou gehad hebben, om de handelaars en de dieven tegelijk te beschermen.

29 September.

Heden avond een bezoek gebracht aan de koninklijke dames. Z. M. zelf is namelijk op reis, naar een oord waar oorlog is. Daar juist was het, dat ik mij onderweg aan land liet zetten, en ik bemerkte niets van oorlogen of ge- ruchten van oorlogen. In het paleis wachtten mij twee vrouwen af, de vorstin, jong, maar vervallen en tandeloos, en hare moeder. Deze, wier huis ik betrokken heb, is zelve van vorstelijken bloede, en al hare dochters schijnen vorstelijke huwelijken gedaan te hebben. De oude dame heeft hier klaarblijkelijk zeer veel te zeggen; het zal wel voornamelijk door haar grooten rijkdom zijn, dat zij veel invloed heeft. Maar toch kan ik uit de verhoudingen op de plaats volstrekt niet wijs worden. Drie of vier dames schijnen van haren man of van haar eigen geslacht koninklijken rang te ontleenen. Een van die titels is echter slechts een eeretitel, na een gelukkigen oorlog door onze regeering verleend. Zeker zijn hier, nog minder dan op Java, de wetten en gebruiken volkomen in overeenstemming met den koran. Mij treft ten minste op vele plaatsen de groote invloed, dien de vrouwen officiëel schijnen te hebben; er zijn zelfs in heel wat Indische rijkjes vrouwelijke regeerders. Boni, Tanette, Tello, vele rijkjes op Timor hebben vorstinnen. Ook elders is dit het geval; Atjeh bereikte zijn toppunt van bloei onder eene vrouw. De tolk spreekt dan ook niet van « ratoe », — koningin —, maar van « radja perampoean », wat men door vrouwelijken koning zou moeten vertalen. Dit zou wel aanduiden, dat die dames zelven zekere rechten hebben. Nu de vorst afwezig is, is het ook zijne vrouw, die de bevelen uitdeelt, niet de een of andere rijksgroote. Deze toestanden zijn zeker ouder dan de Islam, en ik hoop, dat men mij op Makasser daarvan eenigen uitleg zal kunnen geven [1]).

De vorstelijke mama is niet jong meer. Zij verhaalde mij dat zij naakt liep, toen het asch regende. Dit zal u vrij orakelspreukig klinken, mij ook, maar de tolk gaf de verklaring. Het was mij reeds bekend, dat de inlanders altijd hunnen ouderdom aangeven, door te zeggen, welke groote gebeurtenis plaats had omstreeks den tijd toen zij gekleed werden, d. w. z. geene kleine kinderen meer waren, dus van zeven tot negen jaar oud ongeveer. Zoo vertelde een Balinees, dat hij een broek aankreeg tijdens de groote expeditie naar Djagaraga. De tolk nu zeide mij, dat die aschregen afkomstig was van den vulkaan Tamboro op

---

1) De uitleg, dien ik kreeg, was weinig bevredigend, en bevestigde alleen het feit, dat eene vrouw op den troon niets buitengewoons is. Mij komt dit in Mohammedaansche landen wel buitengewoon voor.

Soembawa. Deze uitbarsting, die ongeveer de hevigste moet geweest zijn, waarvan de wereldgeschiedenis melding maakt, had in 1815 plaats, zoodat de dame ongeveer 70 jaar oud moet zijn. Zij ziet er nog veel ouder uit, en heeft eene krijschende stem als eene gescheurde klok, die het geheele huis vult, waarin wij te zamen wonen, zij achter, ik voor. Want weder zijn in de groote ruimte binnenshuis slechts houten zuilen, — hier versierd en geverfd —, en naar gelang het noodig is, worden de vertrekken door matten of gordijnen afgescheiden. De chique schijnt te zijn gebloemd katoen, met bovenaan een rand van donkerder goed, liefst vuurrood.

De jonge koningin heeft een paar kinderen van een jaar of tien, die heel trotsch zijn, als zij wat van mijne instrumenten mogen dragen, en die bij gelegenheid van het bezoek de ververschingen aanbrachten, die mij weder voorgezet werden. Het gesprek vlotte heel goed; het glanspunt was, toen H. M. mij door den tolk een weinig liet vragen van het goed, waarmede ik mij wit verf! Ik hield mij dom, en de man verklaarde mij ook al, dat zij mijne witte kleur voor kunst hield. Toen aan de vorstin werd uitgelegd, dat ik werkelijk van nature wit ben, zweeg zij uit beleefdheid, maar ik zag, dat zij er niets van geloofde.

30 September.

Heden een bezoek aan eene andere vorstin, waarbij de oude mama ook al weder tegenwoordig was. Bij dit tweede bezoek heerschte nog meer weelde, dan bij het eerste; de vrouw des huizes was sierlijk uitgedoscht, er waren borden, kopjes, stoelen. Er werd natuurlijk minder op gelet, dat de vorken van mij geleend waren, en dat de thee, dien ik dronk, den vorigen dag bij mij gevraagd was. Zoo liet mijne gastvrouw mij heden om wat beschuit vragen, maar daarvoor zond zij mij dan ook een sarong ten geschenke.

Morgen vertrek ik weder per prauw noordwaarts.

KROSA, 4 October.

Zoek dit oord maar niet op de kaart, het zou vergeefsche moeite zijn; het twijfelt aan zijn eigen bestaan, zoo armoedig is het, — maar een radja is voorhanden. Hoe ik er kwam, zal u wel blijken.

Een oogenblik voor mijn vertrek kwam de jeugdige kroonprins aanloopen, terwijl ik voor het huis wandelde, stak eene hand uit, en vroeg om zeep. Ik begreep er niets van, maar kon geene verklaring krijgen, want « minta sabon » waren klaarblijkelijk de eenige woorden Maleisch, die het kind kende. Gelukkig kwam juist de tolk aan, en schaterde van het lachen, toen hij de zaak begreep. De koningin had gehoord (of gezien?) dat ik mij in de rivier met zeep waschte. Dat was dus het middel, waarmede ik mij wit maak! Helaas, moest ik antwoorden, dat mijn eenige stuk zeep reeds in de prauw geladen was, wat natuurlijk de meening der dame tot eene vaste overtuiging doet overgaan: ik wil het geheim niet verraden. Ik wed, dat zij onmiddelijk op Makasser zeep laat koopen, en zich alle dagen poetst, om alle dagen te vinden, dat zij wat blanker wordt. Kwaad zal het haar niet doen, zich eens te wasschen.

Ditmaal kreeg ik een goede prauw; ik had ruimte in overvloed, en er kon gekookt worden. Toen ik echter gisteren morgen met den tolk eens goed de kaart bestudeerde, was de slotsom, dat er eene schromelijke verwarring heerscht, waarvan ik wel eens het slachtoffer kan worden. De kaarten deugen niet, en het oord, waar de stoomboot mij zou afhalen, bestaat eenvoudig niet, daar is slechts eene onbewoonde baai vol riffen. Bovendien is er noordelijker eene landstreek, die denzelfden naam heeft, als het niet bestaande plaatsje op de kaart, zoodat ik in de grootste onzekerheid verkeer, wat de stoomboot doen zal, en of die mij vinden zal. Tot mijne groote verbazing vernam ik, dat niet ver van het bedoelde punt, een Hollander woonde, zoodat het dus maar verstandig was, in elk geval even bij hem aan te loopen. Niemand meer verwonderd dan de man zelf, die hier vier jaar was, in de hoop een handel te vestigen, en in al dien tijd nooit een blank gezicht zag, en nu bezoek kreeg, nu hij juist van plan was, heden het onherbergzame oord voor goed te verlaten. Gelukkig stelt hij zijn vertrek een paar dagen uit. Ik ben geheel besluiteloos wat te doen in de onzekerheid, of de stoomboot mij hier zal ontdekken. Er is hier eene zeer kleine bevolking onder een radja, die door zijne vreesachtigheid volmaakt onbruikbaar is, en in den omtrek liggen eenige honderden van lieden uit het binnenland, die over vroegere zaken wraak willen nemen (d. w. z. brandstichten en koppesnellen) en die slechts wachten, tot de eenige blanke inwoner vertrokken is. Het prestige is hier dus nog niet verdwenen! Maar bleef ik hier alleen, onzeker van de stoomboot, dan zou de toestand lang niet geruststellend zijn. Bang ben ik eigenlijk niet, want die zaken worden altijd sterk overdreven, en ik ben overtuigd, dat de orang-goenoeng voor een blanke allen eerbied hebben, maar mijn gevolg is in een voortdurenden staat van siddering, mijn dappere jongen aan het hoofd. Komt de stoomboot dus niet spoedig, dan zal ik wel genoodzaakt zijn, te zamen met mijn lotgenoot te vertrekken, wat, in eene kleine prauw, met al zijn huisraad beladen, geen vermakelijk vooruitzicht is.

Ik verheug mij overigens in eene kleine wraakoefening tegen een inlander. Van Mamoedjoe vertrok ik juist op den laatsten dag der groote vasten, die altijd door een groot feest gevierd wordt. Men wilde dus eerst den 2den vertrekken, en ik den eersten, wat mij ten slotte ook beloofd werd. Alles was aan boord, maar de gezagvoerder verscheen eenvoudig niet. Deze kwam eerst den volgenden morgen, en verhaalde met een schijnheilig gezicht, dat hij had moeten slapen. Hoeveel ik er van geloofde, kunt gij 'denken. Hier nu wilde de man dadelijk na aankomst weer vertrekken, en ik kwam er achter, dat hij een snoepreisje naar Borneo in den zin had, waarvan de eigenaar der prauw niets weten mocht. De wind was hem gunstig, maar tot mijn spijt moest ik hem mededeelen, dat het geld sliep. Wel vier maal kwam de man terug, maar heden eerst liet ik het geld wakker worden. De wind is echter omgeslagen, en de man dus flink gestraft, waarin ik een boosaardig genot heb.

MAKASSER, 6 October.

Nauwelijks had ik het bovenstaande geschreven, of de boot kwam al aanzetten. Mijne waarnemingen te Krosa zullen door het kleine aantal wel niet veel waard zijn, maar ik was toch niet ondankbaar, een einde aan mijne twijfelingen te zien maken. De kapitein had op de aange-duide plaats gezocht en gezocht en mij niet gevonden, en geene kampong gevonden, niets gevonden dan een rif, dat een gat in zijn schip stootte. Onzeker wat te doen, stoomde hij langzaam voort, en kwam zoodoende in ons vizier, waarop wij wanhopige signalen maakten. Er staan een paar ellendige vlaggestokken op de plaats, en toen mijn lotge-noot met eene prauw in zee stak om het schip binnen te loodsen, stond ik reeds met diens huishoudster met woe-denden ijver eene vlag op en neer te halen, terwijl de tolk met zijn neefje aan de andere stonden te trekkebekken, en mijn jongen heen en weer liep zonder iets uit te voeren, als de vlieg uit de fabel. Ik behoef u niet te zeggen, met welk eene vreugde ik vernam, dat op de boot eene vlag werd gehescheu als antwoord.

Hoe vuil het aan boord was na eene reis, zal ik niet trachten te beschrijven. Niets kan u daarvan een denkbeeld geven. Bovendien was het schip vol inlanders, die voor de regeering uit Toli-Toli waren afgehaald. De reis was echter gunstig. . . . .

RESIDENTIE AMBOINA.

AMBON, 10 Maart.

Reeds drie dagen zijn wij te Ambon en eerst sedert gisteren ben ik aan wal; den tusschentijd heeft de resident gebruikt om te bedenken, of hij mij aan transportmiddelen kon helpen. Zijne slotsom was, dat het niet kon; de mijne was echter dat het wel kon, en tot deze overtuiging wist ik ook den resident te bekeeren, en zoo nam ik gisteren mijn intrek bij de familie v. G., die de Indische gastvrijheid schitterend handhaaft, door een geheel onbekende, met eene aanbeveling van een half onbekende, vriendelijk te huisvesten. Ketjil, die op reis steeds zieker werd, liet ik onmiddelijk naar het hospitaal brengen, waar hij sedert ligt te sterven. Daarbij moet ik u nog een klein voorval van de reis verhalen. De jongen lag gedurende het dekwasschen in het water en vroeg mij om een gemakkelijken stoel. Nu had een der passagiers, een zendeling uit de Minehasa, eenige meubels aan boord, en zoo ging ik hem om een stoel voor den zieke vragen. Wat denkt gij, dat het antwoord was? « En moet dat dan juist mijn stoel wezen? de mijnen « zijn zoo wrak.» Als die man een godsdienst van liefde aan de inlanders predikt, mag hij er wel bijvoegen, « let « op mijn woorden en niet op mijn daden.»

Ik heb reeds een anderen bediende, een Christusmensch, die er zonder sarong of hoofddoek vrij gemeen uitziet; deze beide stukken dragen deze afvalligen nooit, doch met een broek en eene soort kiel van lichtblauwe stof zien zij er uit als schooljongens in de vlegeljaren. Mijn exemplaar heeft nog nooit gediend, wat wel kans geeft op eenige onschuld, maar veel dressuur noodig maakt, wat vooral lastig is, omdat het Ambonsche Maleisch nog al verschilt van dat van Java, zoodat mijne weinige kundigheden op dat punt mij nog niet eens veel helpen. Het vooruitzicht is overigens niet rooskleurig; men heeft mij algemeen de Ambonsche Christenen nog al boefachtig afgeschilderd, lui, bijgeloovig, ongodsdienstig en oneerlijk — al wel voor eene keer.

Of het gouvernement wel doet, met hier uiterst liberale predikanten heen te zenden, weet ik niet; het zou hier misschien wel beter zijn zulke lui met eene portie hel en duivel te lijf te gaan.

A. b. v. h. ss. Anjer, 12 Maart.

Heden morgen vertrokken, maar eerst gisteren avond nog het bericht ontvangen, dat de brave Ketjil overleden is. Het is mij een zeer groot verlies en een onaangenaam denkbeeld, dat het mijne reizen in den regentijd zijn, die hem het leven gekost hebben. Zijn opvolger doet zijn best en is voorloopig nog bang voor mij, wat geen kwaad kan, maar ook voor de toekomst is deze verandering ongelukkig, want de Ambonsche Christenen aarden nooit op Java, zoodat ik wel niet voor 't laatst van bediende veranderd ben.

De Anjer is een gouvernements-stoomschip, op dit oogenblik belast met het overbrengen van troepen naar Wahaai, ongeveer op het midden van de Noordkust van Ceram gelegen. Daar is de eer van het gouvernement aangetast door de heeren Alfoeren, zoodat wij de krijgstrompet gaan steken. Wij moeten toch aan de Alfoeren bewijzen, dat het zeer natuurlijk is, dat wij, en niet zij, op hun eiland de baas zijn. Op dit oogenblik liggen wij stil in de baai van Saparoea, een eiland oostelijk van Ambon, waar boodschappen te doen zijn. Het weder is zonneloos, anders zou het uitzicht

werkelijk fraai zijn — eene ronde baai, waarvan de ingang
bijna gesloten is door eene heuvelachtige landtong in de
verte, en eene witte kontroleurswoning met eene benting
boven op eene klip, die heel aardig uit het groen komen
kijken. Ik kan daarentegen maar niet vinden, dat de baai
van Ambon, die ik nu tweemaal bevaren heb, den grooten
roep verdient, die er van uitgaat. Ambon zelf is bepaald
leelijk; een groot, dor plein, dat hoegenaamd geen uitzicht
heeft, omdat het fort tusschen het plein en de baai ligt.
Verder nauwe straten, waarop kleine huizen uitkomen, die
dicht naast elkander staan. Zelfs het residentshuis, hoewel
dit veel vertooning maakt, is niet veel bijzonders. De tuin
is mooi maar verwaarloosd.

Reede·van Bessi, 15 Maart.

Gisteren morgen bereikten wij Wahaai, maar, daar er hier
eenige onderhandelingen aangevangen zijn, liet de militaire
kommandant zich naar deze plaats brengen, die een weinig
westelijker ligt en waar wij tot morgen middag zullen blijven.
Gisteren hebben wij te Wahaai, een verloren post indien
er een bestaat, een gezelligen avond gesleten bij den kommandant, die met zijne familie en met nog een officier hier
het leven van een balling leidt. Voor het oogenblik zijn
er twee officieren meer en baadt zich Wahaai dus in vreugde.
Daar wij die twee officieren hierheen brachten, is het tot
nu toe aan boord zeer gezellig geweest.

De kust van Ceram is niet schoon, of was het misschien
te mistig, om alles te zien? De baai van Bessi ten minste
komt mij niet leelijk voor, zoodat ik benieuwd ben die morgen bij daglicht te zien. Maar verder was al, wat wij van de
kust zagen, een glooiende oever, onafgebroken met zwaar
bosch bezet. Het eiland Ceram brengt zeer woeste Alfoeren
voort, die groot en sterk zijn en nog koppesnellen, alsof zij
niet wisten, dat de negentiende eeuw die der beschaving
is; dan prachtige houtsoorten, waarvan die reusachtige tafels

gemaakt worden, die de lui naar Holland méenemen en
dan in onze kleine kamers niet kunnen plaatsen; bonte
schelpen, die gij in elk museum kunt bewonderen; en koningen zooveel als bij ons politieagenten; en sago, die het
eenige voedsel van die reuzen is, en . . . . . . zie verder
Valentijn of iemand anders.

Fraaier dan de Noordkust van Ceram zijn de straten ten
noorden en oosten van Ambon en aan den Westhoek van
Ceram. Altijd groene eilandjes, eene enkele maal door eene
kampong verlevendigd en andere eilandjes in het nevelachtige
verschiet. Wel doet menige plek het denkbeeld oprijzen:
« hier eene villa, daar een koepeltje met een gondel »; maar
toch vallen mij de Molukken tot nog toe bitter tegen. De
natuur heeft iets kleins, de vaart is zeer lief, maar vervelend
lief, lief uit een doosje; hier leert men eerst recht « leve
Java! » roepen. Hebt ge de Preanger, Diëng en Patjitan bezocht, dan zijn de kalme schoonheden van Ambon aan u
verloren. Toch heeft de natuur hetzelfde karakter, maar
op verkleinde schaal; als men Java liet zinken totdat alleen
de bergtoppen als eilanden boven de zee uitstaken, dan zou
men de Molukken hebben.

16 Maart.

Ik heb mij niet vergist; zooeven hebben wij een zonne-
nestraal gehad en toen was het landschap werkelijk schoon.
Eerst een lage bergrug, van zeer afwisselende hoogte,
waarvan het zware geboomte tot in het water afdaalt en in
het naauwelijks gerimpelde water van die lange beelden
geeft, die zich eerst onder uwe voeten schijnen te verliezen,
of die op eens door een schitterende zilveren streep worden
afgesneden. Boven dien rug rijst plotseling een steile
berg omhoog met hoekige en kantige uitloopers, terwijl hier
en daar een naakte rots uitsteekt tusschen de woudbeklee-
ding, die door de nevelachtige lucht blauw gekleurd is.
Maar geweldig eenzaam is het schoone tafereel; er staan

hutten, maar de bevolking is gevlucht en geen vogel fladdert boven de boomen, die daar slechts schijnen te staan om zich in hun eigen aanzijn te verheugen.

Gisteren avond moest ik zeer voorzichtig zijn om bij het naar bed gaan niet op een koning te trappen. Daarvan lag een partijtje onder de etenstafel in de kajuit, zoodat het nauwe gangpad met eenige handen en voeten bezaaid was. Ik heb mij er echter gelukkig doorhenen gekronkeld.

Voor het eiland GISSER, 18 Maart.

Officieren en koningen hebben wij weder te Wahaai afgezet en stoomden nog des avonds door. Gisteren morgen niets gezien dan de vervelende kust van Ceram, die er even dom uit bleef zien. Des middags kwamen wij hier voor anker en ik vond al dadelijk eene zeer geschikte observatieplaats. Heden hebben wij Gisser rondgewandeld, een allerkleinst koraaleiland, volkomen volgens model. Een ring van koraalzand, met laag, eentonig kreupelhout dicht begroeid en slechts op ééne plaats afgebroken, om aan de zee toegang te geven tot een zout binnenmeer. Dit meer was verrukkelijk, toen wij het zagen. Ter linkerzijde ging juist de zon onder en wierp hare gloeiende stralen over den vlakken waterspiegel, die ingesloten is door allerlei landtongen, waarop het lage geboomte zwartgroen en scherp afgeteekend het gouden water van den gouden hemel scheidde. Hier en daar steken er vroolijk de lang niet armoedige woningen uit, en den achtergrond vormen de hooge bergen van Ceram, dat er aan dit einde uitziet, alsof de rotsen zoo even uit den hemel zijn komen vallen, zoo scherp en hoekig en bochelig zijn er de bergen, die dof loodkleurig getint waren, om tot het kontrast mede te werken. Het was een genotvol gezicht van de liefelijke, droomerige soort, die men in Indië het meeste waardeert, omdat zij het zeldzaamste is.

Het is haast onbegrijpelijk, hoe de plaats er zoo welvarend

kan uitzien; het eiland brengt geene klappers voort, geen pisang, geen rijst, maïs of sago. En toch zijn de hoofden goed gekleed en de bewoners, waaronder men Maleische, Chineesche en Papoeasche typen op de vermakelijkste wijze dooreen gehaspeld ziet, zien er welvarend, jolig en niet al te smerig uit, en hunne huizen zijn zeker beter, dan wat ik daarvan op Ceram te zien kreeg. De lui zijn ook nog al tamelijk gekleed, terwij de Alfoeren van het groote eiland al met heel weinig tevreden zijn; — de heeren met eene streep van geklopten boombast, de dames met een touwtje en een stukje bamboe drie duim breed en een palm lang. Dit laatste smaakvolle kostuum heb ik tot mijn spijt niet zelf gezien. De oorzaak van de welvaart hier ter plaatse moet alleen in het handelsverkeer te zoeken zijn. De produkten van Nieuw-Guinea worden grootendeels hier aangebracht en door handelaars van Ambon en andere plaatsen weder afgehaald.

21 Maart.

Schrik maar niet als ik zeg, dat de Anjer weggestoomd is en ik alleen ben achtergebleven, want volgens belofte zal ik niet langer dan tot morgen voor Robinson Crusoë behoeven te spelen. Er moest nog op een punt van Ceram vrede gesticht en een boosdoener ingerekend worden. Daar mijn werk nog niet afgeloopen was, verzocht ik om te mogen achterblijven, en zoo ben ik thans de gast van den burgemeester, die mooi met mij geschoren zit, want hij vreest, geloof ik, dat ik gedurende een dag een geweldig gat in zijne winterprovisie zal slaan. De mogelijkheid hiertoe werd mij echter niet gelaten, want mijn maal bestond uit twee pooten van een mager kipje, rijst, die niet al te fraai was en gezouten eieren; ik verbeeld mij, dat Lucullus iets meer had. Ook schijnt het tot de eigenaardigheden van een eiland te behooren, dat er geen visch is, ten minste ook die kon men mij niet verschaffen. Gelukkig heeft de kommandant van de Anjer mij van thee en wijn voorzien. Ik schaam mij, dat ik van dezen nog geen melding maakte; hij is een zeer aangenaam mensch, met wien ik het aan boord recht gezellig heb.

Vrijdag is niet zoo zwart, maar ook niet zoo slim, als die uit mijn kinderboekjes. Hij leeft tot nog toe van knorren krijgen, want, als hij niet zondigt uit onhandigheid, dan doet hij het uit overgrooten ijver, en in beide gevallen sidder ik voor mijne instrumenten. Zijn groote deugd is, dat hij sterk is, wat de Maleiers van Java bijna nooit zijn. Onder de visschen, die hier niet voorkomen, behooren ook de haaien en dergelijke aanvallige wezens, zoodat ik een heerlijk zeebad nam, tot groot genoegen van het publiek, dat in groote menigte kwam kijken, vooral de hoop van het vaderland. Daarna bezocht ik de sociëteit, want aan de landingsplaats vond ik heel wat volk bijeen, klein en groot, ook eenige dames, doch daarvan juist niet de jongsten, hoewel mij toch een jeugdig lachje ten deel viel. Eenige inlanders waren aan het spelen, anderen hielden eene levendige, donkerbruine konversatie, want men bemerkt duidelijk de nabijheid van Nieuw-Guinea aan de vele zwart-bruine gestalten met hevig kroeshaar en dikke buikjes. Van deze laatste soort kan ik de dames waarlijk niet tot het schoonere geslacht rekenen. Gelukkig zijn er nog genoeg vrouwen, die niet tot dat afzichtelijke ras behooren, want anders zou mij niet verre van de sociëteit een tooneel bedorven geweest zijn, waarvan ik wenschte, dat een groot teekenaar het in mijne plaats gezien had. Over de opening, waardoor het binnenmeer met de zee gemeenschap heeft, ligt eene brug van misschien 100 meters lengte, die bijna voor koorddansers alleen begaanbaar is. Over zwiepende jukken ligt eene plank, geheel ongespijkerd, en van leuningen is geen spoor te vinden. Daarover heen trok heden avond eene lange reeks van vrouwen en kinderen, meest allen met eene groote waterkruik op het hoofd. Met

achterover gebogen bovenlijf, met een geheel naakten arm
omhoog om de kruik in evenwicht te houden en met den
anderen uitgestrekt om van elk steunsel gebruik te maken,
kunt gij u licht voorstellen; hoe schoon deze toch reeds
zoo slanke en sierlijke lichamen waren. Den achtergrond
verschafte de ondergaande zon, zoodat elke donkere figuur
zich scherp afteekende en ontsnappen konden mij ditmaal
de dames niet; daartoe biedt eene plank over het water
weinig gelegenheid aan.

Na het eten genoot ik eene tweede schilderij van groote
schoonheid. De volle maan scheen heerlijk aan den wolk-
loozen hemel. Enkele boomen en huizen zwart en kantig,
en daar tusschendoor de zee zichtbaar met de matte, kleurlooze verlichting, die zij des nachts hebben kan. Slechts
hier en daar, waar de opkomende vloed aan den oever een
rimpel veroorzaakte, was een schitterend witte streep, die,
dan hier, dan daar afgebroken, steeds veranderde en steeds
scheen te verdwijnen, om toch altijd voorhanden te zijn.
Een scherp kontrast met al dit wit en zwart vormden op
zee een dozijn roode lichtpuntjes. Het waren knapen, die
met fakkels op de vischvangst uit waren, wat, naar mijne
tafel te oordeelen, een hopeloos werk moet zijn.

Reede van BANDA, 22 Maart.

Ik werd in tijds te Gisser afgehaald, wat mij zoo erg
onaangenaam niet was, en wij stoomden hierheen, om
eenige koningen en boeven af te geven en heden avond
weder naar Ambon te vertrekken. Dit is reeds de tweede
maal, dat ik zulk een vluchtig bezoek aan Banda breng en
ditmaal komt het mij heel wat schooner voor, dan toen ik
het de eerste maal met gestadigen regen zag. Zooals wij
liggen, stijgt ter linkerhand de scherpe kegel van den Goenoeng-Api op, waaraan het liefelijke Banda-Neira vastge-
hecht schijnt te zijn, waarvan de witte huisjes vroolijk aan
den voet van een groenen heuvel liggen, waarop ter halver

hoogte het fort Belgica ligt. Dan komt weder een open vak, waar de zee den eenigen horizont vormt en dan de groene wal van Lonthoir, die zich rechts en achter ons uitstrekt. Daar zijn de meeste notenperken en daar komen de schatten van daan, die sommige Bandaneezen in den waan gebracht hebben, dat, als men plotseling zeer rijk wordt, men ook even plotseling beschaafd is. Op de plaats zelve heb ik reeds oude en nieuwe kennissen gevonden, zoodat ik niet geheel vreemdeling zal zijn, als ik met de volgende mail weder hierheen ga.

AMBON, 29 Maart.

Den 24sten des avonds hier gekomen, en nog bij mijn gastheer binnengestapt, waar men mij ten negen ure nog wel wilde ontvangen. Gisteren en heden was het Paschen. Een van de wegen, die op de kerk uitloopen, gaat toevallig langs de plaats, waar ik mijne tent heb opgeslagen, zoodat half Ambon voor mij defileerde. Gisteren waren het de half-blanken, (heel-blanken gaan bijna nooit); heden waren het de in het geheel niet-blanken, wat mij vermoeden doet, dat er van daag in het Maleisch gepreekt werd. Allen waren in het zwart, want het ideaal ook van de inlanders is hier iets, dat op een jas gelijkt, van eene of andere zwarte stof, en ook de Christinnen dragen sarong en kabaai zwart, wat gedrochtelijk staat. Enkele dandy's verstouten zich zelfs een rok aan te hebben en een zijden hoed op, model Louis Philippe of iets ouder; enkelen hebben daarbij bloote voeten, om het potsierlijke van hunne verschijning te verhoogen. De halfbruine dames hebben haar allerbeste tuig aan, altijd zwart, maar toch liefst hier en daar met een koket strikje, of kantje, of dasje, dat ver van zwart is. Elk heeft minstens één handschoen, doch niet aan, maar in de hand, zoodat het een van de altaargeheimenissen is, hoe lang zoo'n kerkhandschoen wel duurt, en elk een parasol. Zonderling genoeg ging de geheele sleep van dames tusschen mij en de zon door, en toch waren alle parasols naar mijne zijde gekeerd. Dit deed mij sterk vermoeden — en toen zij uit de kerk terugkwamen werd mij dit bevestigd — dat veel van de kerkblikken onder den parasol doorgleden, natuurlijk alleen om te weten, hoe zulk een sabbath-schender er wel uitziet. De geheel bruine dames maakten er geen eens kerkblikken van, maar zeer uitdagende door-de-week-blikken. Dezen dragen den sarong hooger of lager bij den grond, al naar zij witte kousen bezitten of niet. Deze eigenaardige Ambonsche liefhebberijen maken, dat oude kleederen en schoenen hier zeer in trek zijn, ten minste wat zwart is of geweest is. Op elke vendutie ziet men hier afgedragen kleederen en die halen goede prijzen. Zelfs heb ik gehoord van eene geheele familie op Semarang, die de afgedragen kleederen aan een broer op Ambon stuurde, om daar bij venduties ingelijfd te worden.

De plaats van mijn observatorium is ook in andere opzichten niet onaardig, want in de buurt ligt de soldatenkerk, de kantine, die natuurlijk ook dezer dagen druk bezocht was. Zoo hoorde ik van de dapperen allergrappigste vermoedens over mijnen arbeid, waarvan ik er u een paar niet onthouden wil.

N°. 1.   «Zeg, is dat nou natuuronderzoeken?»

«Ben je gek, der wordt niet met instrumenten «natuuronderzocht.»

«Ja, maar hij moet den wind en het mooie weer «en den bliksem nazien.» (die wist het).

«Nou goed, maar dat is geen natuuronderzoe-«ken.»

N°. 2.   «Zou dat nou al weer een kunstemaker zijn?» (Deze had zeker op Java een troep acrobaten gezien; er is er kort geleden een met een tent geweest, dit was zeker de analogie.)

N°. 3.   «Zou dat photographie zijn?»

«Neen, voor photographie is een donker hok
«noodig. Hij zit zeker te telegrapheeren.»

N°. 4.   «Wat doet die kerel toch?»

«'t Kan me niks .....» (die had wat heel druk
de kerk bezocht) «maar het is net of die het voor
«zijn pleizier doet, want van morgen vroeg zat hij
er ook al.»

Indien mij na Java, waar ik voor photograaf gehouden
werd, nog een greintje ijdelheid overgebleven is, dan is er
dunkt mij alle hoop, dat het er hier uit is gegaan. Voor
photograaf word ik overigens dikwijls aangezien; ergens op
Java liet de dominé aan den hôtelhouder vragen, «of die
«man goed photographeerde en of ze hem dan ook maar
«eens bij den dominé wilden sturen.»

2 April.

Ik ben verhuisd. De heer v. G. toch is naar Banda overgeplaatst en het huishouden wordt dus ingepakt. Een zijner
vrienden heeft mijn begrip van de Indische gastvrijheid zoo
mogelijk nog hooger doen klimmen, door met mijn gastheer en zijne familie ook mij te logeeren te vragen. Daar
in beide huishoudens kinderen zijn, is dit waarlijk niet
weinig verdienstelijk. Over enkele dagen wordt de mail
verwacht, waarmede ik naar Banda zal terugkeeren. Intusschen moet ik al weer een nieuwen jongen nemen. Mijn
eerste Christen heeft zoo spoedig aangeleerd, dat hij na
eene maand reeds al te handig is, vooral in geldzaken.
Toen hij daarover onderhouden werd, vroeg hij eenvoudig
zijn ontslag, verontwaardigd over een meester, die er tegen
protesteert om bestolen te worden.

Er is een stuk, dat de familie v. G. niet heeft kunnen
inpakken, namelijk een kasuaris. Hij werd ter dood veroordeeld en gisteren door ons opgegeten. Het zal u verwonderen, dat dit groote dier eetbaar is, en niet alleen dit,
maar het vleesch is zeer fijn en smakelijk, zoolang het dier

jong is. Het is hier zelfs eene zeldzame lekkernij; omdat
de kasuaris geen vruchten eet, is het een duur beestje
om op stal te hebben. Den laatsten dag, dat ik aan het
observeeren was, kwam er een inlander bij mij met een
volwassen kasuaris aan een touwtje. De man had zeker
ook gehoord, dat ik «natuuronderzocht», en begreep dus,
dat ik van alle vogels gediend moest zijn.

5 April.

Gisteren avond is de boot aangekomen met den nieuwen
resident aan boord, zoodat ik in het gezelschap van zijn
voorganger naar Banda zal reizen. Daar de boot morgen
vertrekt, zal ik hier weinig bijvoegen, maar ik moet u toch
melden, hoe mijne ervaring op het gebied van Ambonsche
bedienden al grooter en treuriger wordt. Na Mattheus
kreeg ik Jozef, dien ik echter maar eenige uren had. Toen
ik hem namelijk zeide, dat hij bij de politie een pas moest
gaan vragen (ik begrijp niet recht waarom, maar op Ambon
geschiedt dit nog), vroeg hij onmiddelijk zijn ontslag. Toen
ik daarna hoorde, dat hij juist zes maanden wegens diefstal
gezeten had, verwonderde het mij niets, dat het woord
politie hem eene rilling op het lijf joeg. Mijn tegenwoordige
exemplaar heet Johannes; gij ziet, dat ik geheel in het
Nieuwe Testament verzeild ben. De inlanders hebben bijna
uitsluitend bijbelsche namen en daarvan niet altijd de meest
alledaagsche; men zegt mij, dat er ook Zefanja's en Nico-
demussen voorkomen. Daarnaast maken familienamen als
Levakabesi of Latuperisa geen kwaad figuur. Want de
inlanders hebben namelijk stamboomen; er bestaat voor
inlandsche Christenen eene soort van burgerlijke stand,
die door de predikanten wordt bijgehouden. Een meisjes-
naam is evenmin bijbelsch als alledaagsch: Douairière.
Zeker heeft iemand het visitekaartje eener weduwe te pakken
gekregen en gedacht, dat douairière een Hollandsche voornaam was. Voor een jong meisje is deze naam al even lief

als voor eene getrouwde vrouw en die beide stadiën zal de bezitster toch dienen te doorloopen, eer zij haar doopnaam verdiend heeft.

Gij begrijpt wel, dat Jozef en Mattheus de ongunstige meening niet bij mij hebben uitgewischt, die men over het algemeen van de Ambonsche Christenen koestert. Gewoonlijk is zulk een individu gedoopt; op afgelegen plaatsen geschiedt dit, wanneer er eens in de zooveel jaar een predikant komt, zoodat het dan veel van eene Mennonieten-plechtigheid krijgt. Somtijds heeft een Christen ook belijdenis gedaan, hoe, dat weet Joost. Verder bestaat zijn Christendom hieruit, dat hij veelal niet naar de kerk gaat, dat hij geen hoofddoek en geen lijfdoek draagt, dat hij te trotsch is om iets uit te voeren en dus niet ongaarne door diefstal in zijn levensonderhoud voorziet, dat hij veel van sterken drank houdt en verbazend veel van psalmen zingen. Dit laatste kan men op Ambon den ganschen dag door hooren. De psalmen worden uitgebruld ongeveer zooals bij ons: « o, moeder! die zeeman »; alleen is het vervelender.

Ook hier zegt men mij overigens, dat het Christendom voor onze politiek zeer dienstig is. De Christusmenschen gevoelen zich minder onze onderdanen dan wel onze broeders; — zij kunnen zeker niet op onverdeelde wederkeerigheid rekenen. Wat er ook gebeuren moge, kunnen wij op de Amboneezen als bondgenooten staat maken, en dat zij goede soldaten zijn, bewijzen zij dagelijks op Atjeh. Een ding moet ook gezegd worden, de Ambonsche Christenen zijn vrij goed onderwezen; zij kunnen allen lezen en schrijven.

Het zou overigens ook hier oneerlijk zijn, de fouten van de Christenen geheel op rekening van het Christendom te schrijven. De inlanders werden in der tijd door de Portugeezen met geweld bekeerd; die methode van overtuiging is voldoende bekend. Later hebben wij hun eenvoudig gezegd, dat zij niet meer Roomsch waren, maar Protestantsch. Op zulk eene wijze mogen wij er ons niet over verwonderen, dat het niet juist de deugden der Christenen zijn, die door de inlanders worden overgenomen, maar wel die kleine erfzonden, die toch in hun karakter liggen. De waan van, door hunne bekeering alleen, beter te zijn dan hunne heidensche broeders, heeft gemaakt, dat zij over kleinigheden als diefstal en drank nog gemakkelijker heenstappen. En ons voorbeeld zal hen waarlijk niet verbeterd hebben. Het is overbekend, dat in de dagen der Compagnie in de Molukken meer geknoeid en gestolen werd dan ergens anders. Dat in Indië vroeger veel gedronken werd, is even bekend, en ook thans nog is het vooroordeel niet geweken, dat een Europeaan zich door arbeiden zou verlagen. Welnu, men heeft den inlanders gepredikt, dat alle menschen gelijk zijn, en het is op die drie punten, dat zij hunne blanke medechristenen hebben nagevolgd.

BANDA, 9 April.

Ik ben hoogst gezellig gelogeerd bij den assistent-resident in een keurig logeergebouw achter in den tuin, uit twee kamers en een voorgalerijtje bestaande. Ik zit daar te midden van allerlei pluimgedierte; gij weet, dat de Molukken het paradijs zijn voor alle vedervee. Voor mijne deur twee groote duiventillen, naast mijne slaapkamer een even vreemde als leelijke roofvogel met een snavel als een theelepel; papegaaien en kakatoea's in alle kleuren en op het plein onder de duiventillen eene gansche kudde van heerlijke kroonduiven. Maar meer bepaald de gast van mijne voorgalerij is eene zwarte kakatoea. Die afzichtelijke dieren zijn pas uitgevonden en dus nog zeldzaam en duur. Zij zijn dof blauwzwart, de kop is buiten eenige verhouding groot en ziet er onafgewerkt uit; hij is alleen een excuus voor het naar verhouding nog veel grootere mondstuk. Hiervan strijken de twee kaken zijdelings over elkander heen als de plaatsnijder in eene ijzergieterij en het heer ziet er wel uit, alsof hij er volstrekt niet verlegen voor zou staan om een niet al te dik stuk ijzer

door te bijten. De bovenkaak eindigt in eene scherpe punt
van vier of vijf duim lengte en ook wanneer de bek gesloten
is, kan men van ter zijde tusschen de twee kaken doorzien.
Achter den snavel zijn een paar roode wangen van een
kalkoen gekopieerd. Ook de kuif is veel te groot, zoodat
als die opstaat, een volslagen gebrek aan achterhoofd merkbaar wordt; waar het schepsel zijne groote en kleine her-
senen bergt is een raadsel. In het geheel maakt het dier
in den hoogsten graad den indruk van kracht en van dom-
heid; het gelijkt wel een niet geheel geboren vogel. Zegt
overigens «kakatoea» even als zijne witte neven.

Van Ambon moet ik u nog melden, dat ik den laatsten
dag de plechtige overgave van het bestuur bijwoonde. Dit
ging lang niet in alle vormen; er was zelfs een en ander,
dat volstrekt niet in de vormen was, maar voor mij was
het weder iets nieuws. Het grootste slachtoffer van de zaak
is de nieuwe resident. Dadelijk na aankomst van de boot
ging volgens voorschrift eene kommissie den nieuw aange-
komene verwelkomen en vragen, wanneer hij wenschte aan
wal te gaan. Maar tevens werd er officieus bij verzocht,
om dien dag nog aan boord te blijven, omdat de eerebogen
nog niet klaar waren. Zoo had de arme slaaf zijner grootheid scheepsarrest voor vierentwintig uren. Waarschijnlijk
was hem niets onaangenamer, na de lange zeereis van af
Batavia. Ik kon bij deze gelegenheid voor het eerst de
Moluksche dansers bewonderen, want zelfs uit het binnenland waren de lui opgekomen om den nieuwen bestuurder
van het havenhoofd tot aan het residentiehuis te omdansen.
Ik zal maar niet trachten de halsbrekende namen van de
verschillende dansen te noemen, want ik ben toch nog niet
achter het onderscheid. Er wordt gedanst met of zonder
wapenen, met of zonder zeer sierlijke pluimen van kleine
veertjes gemaakt en met of zonder allerlei andere grappen.
Maar hierop schijnt alles neer te komen, dat de lui zich aller-
potsierlijkst toetakelen, in zekere niet te begrijpen orde gaan

staan, en dan van het eene been op het andere langzaam
overwippen als een beleedigde papegaai aan eene ketting.
Niet eens de contorsiën van de Javaansche danseressen, niet
dien rythmus en die symmetrie — ik kan het alleen leelijk
noemen. Wat de pakjes aangaat, maken gebloemd katoen
en wit gordijngoed de hoofdzaak uit. Maar het fraaiste is
het hoofddeksel, eene onbegrijpelijke massa van kippe- en
paradijsvogelvederen, een woud van wuivende pluimen.

19 April.

Mijn lang stilzwijgen is aan een vroolijk tochtje naar
Lonthoir te wijten. Vrijdag des namiddags, bij eene felle
hitte, vertrokken wij per roeiboot. Drie man waren wij;
mijn gastheer van Ambon en de heer B., van wien ik hier
allerlei beleefdheden geniet. In drie kwartier waren wij
op Selamme, een plaatsje op den Noordspits van Lonthoir,
vanwaar wij onmiddelijk op zeer eigenaardige wijze vertrokken. Eene steile, afgebrokkelde steenen trap voert
namelijk rechttoe de hoogte op tot aan den kam, die hier
niet hoog is. Groot-Banda of Lonthoir toch bestaat uit een
enkelen bergrug; zooals u bekend zal zijn, is het volgens
de theorie het overblijfsel van den rand van wat eenmaal
een krater van onbegrijpelijke afmetingen moet geweest zijn.
De tegenwoordige Goenoeng-Api zou dan de treurige ver-
tegenwoordiger van zijn reusachtigen voorganger zijn. Als
een echte kraterrand stijgt Lonthoir overal steil, somtijds
loodrecht, uit zee op en is verdeeld in dwarsribben en
ravijnen, die klein zijn, maar kwaadaardig.

Boven aan de trap stonden drie paarden gereed om ons
berg op, berg af, naar ons doel te brengen. Dit was het
notenperk Laoetan, dat aan den achterwal ligt. De weg is
natuurlijk weder het voorbeeld van wat een weg niet moet
zijn. Een groot gedeelte bestaat uit trappen en om over
eene beek te komen, daalt men in in het ravijn af, door-
waadt de beek en klimt dan weer op, zoo steil als de

wanden maar believen te zijn. Heeft het geregend, dan heeft men de keus tusschen steken blijven of in den modder rollen. Bij de opheffing van het monopolie heeft de regeering wel bepaald, dat de wegen door de perkeniers zouden onderhouden worden, maar niet in het geval voorzien, dat aan deze bepaling niet voldaan zou worden. De perkeniers aan den voorwal, die den weg niet noodig hebben, doen er liefst niets aan en die op den achterwal, op loffelijke uitzonderingen na, weinig, terwijl de regeering hen niet kan dwingen. Maar die slechte weg slingert prachtig langs de zee, nu eens laag aan het strand, zoodat men de effene zee door een sluier van slingerplanten ziet glinsteren, dan weder hoog door de rotsen, zoodat men aan de eene zijde het dichte woud heeft en aan de andere zijde den zonnigen spiegel diep onder de voeten. Dit is geen beeldspraak, want op sommige plaatsen heeft het water de rotsen zoo uitgehold, dat de weg als het ware tusschen hemel en aarde zweeft.

Het geheele eiland is een enkel bosch. En waar staan dan de notenboomen, vraagt gij? Wel in het bosch. Even als meest alles in Indië, worden ook de kostbare noten maar aan de lieve natuur overgelaten, die hier stelselmatig een te goede moeder is. Men hakt wat boomen om, hier wat en daar wat, en volgens hetzelfde beginsel laat men er eenigen staan, die schaduw zullen geven en tegen stormen beschutten. Dan plant men notenboompjes zonder eenigen regel en zegt tot de boomen: «groeit» en tot de arbeiders: «plukt». En die plukken noten, gedurende een paar maanden meer dan anders, maar het geheele jaar door komt het goud binnen en de gelukkige eigenaar houdt zijn beurs open, en als hij nu en dan eens wakker wordt, ledigt hij de beurs in de geldkist.

Deze voorstelling zal wel niet van overdrijving zijn vrij te pleiten, maar het is waar, dat, al zijn enkele wakkere Bandaneezen op verbetering bedacht, de kultuur over het algemeen vrij gebrekkig is. In de meeste perken ziet men den grond overwoekerd door onkruid, dat zijn aandeel van den voedenden bodem verlangt. Bijna nergens worden de te oude boomen door jonge vervangen en op vele plaatsen ziet men ze veel te dicht opeen groeien. Of er ooit proeven genomen worden, om te zien in hoeverre snoeien of bemesten de vruchtbaarheid bevorderen, weet ik niet. Ook zijn de bezittingen veel te groot om veel verbetering te verwachten, en waartoe ook? Noten van uitstekende hoedanigheid brengt tot nog toe alleen Banda voort en de weinige eigenaars hebben de wereldmarkt in handen. Maar als de Bandaneezen zoo voortgaan, zal het einde den last dragen. Elders zal men de kultuur verbeteren, zoolang verbeteren, totdat men op Banda plotseling bemerkt, dat de noten van andere streken even hoog in prijs zijn als de Bandaneesche, en dan zal het te laat wezen. Maar ik moet herhalen, dat er op Banda enkelen zijn, die een beteren weg op willen.

De notenboomen krijgen, zoodra zij vrij staan, eene sierlijke, kegelvormige kruin en de stammen kunnen een voet middellijn of iets meer bereiken. Maar hier in het bosch zijn het meestal krachtige heesters van twintig tot dertig voet hoogte. De gladde, donkere bladeren, als die van den laurier doch kleiner, zijn dun gezaaid en vormen een schoon netwerk, waartusschen in rijken overvloed de noten prijken. In gesloten toestand is de vrucht niet bijzonder fraai, zij gelijkt dan op eene groote, grijsgele bergamotpeer. Zoodra als de noot echter rijp is en in twee helften openbreekt, is er geene schoonere vrucht denkbaar. Het vleesch is van binnen sneeuwwit, in de binnenste holte ligt eerst de foelie, die eene soort bloem vormt van een glinsterend amaranthe-rood en tusschen de mazen daarvan is de muskaatnoot te zien, even glinsterend als de foelie, doch donkerbruin. Eigenlijk is dit nog weder een bolster, die verwijderd moet worden eer de noot voor den dag komt, zooals wij die in Europa kennen. Natuurlijk hebben wij bij deze gelegen-

heid nog eens gelachen om de welbekende order, die in
de dagen der Compagnie uit Holland kwam, om op Banda
meer noten en minder foelie te laten planten.

Behalve de vele perken, die door den weg doorsneden
worden, hebben wij er twee meer bepaald bezichtigd. Beide
malen natuurlijk de hoogte op, en vooral van het hoogste
punt van Laoctan uit, genoten wij een prachtig uitzicht op
al de eilandjes van de Banda-groep. Het heeft iets van een
groot park, door een kolossalen Zocher aangelegd. Van waar
uit ook gezien, heeft Banda iets liefs en iets kleins, al
ziet de Goenoeng-Api er met zijne rookwolk ook nog zoo
dreigend uit. Natuurlijk hadden wij op dat schoone punt
niet lang vertoefd, eer ons een zware regenbui verrastte,
want op Banda en Ambon regent het bijna dagelijks. Goed
afgeteekende moessons heeft men er eigenlijk niet. Wij
vonden eene schuilplaats, maar de weg was glad geworden;
ik had schoenen zonder hakken aan, en ik werd zeer beslijkt, beslijkt zoo hoog, dat ik het aan uwe fantasie overlaat, om te raden hoe. Gisteren ging het mij nog beter.
Te paard gingen wij over een pas vernieuwden weg langs
eene steile helling. De regen had den verschen grond doorweekt en op eens voelde ik, hoe de bodem mij ontzonk
en ik bezig was met paard en al in de diepte te verdwijnen.
Gelukkig had een klein gedeelte van den weg stand gehouden en ik wist mij onder het vallen van mijn paard af
te werken. Dit laatste, van mij bevrijd, viel niet om, maar
gleed, op zijn aardkluit staande, langs de helling naar beneden, kwam ongedeerd op den bodem van het ravijn te
land en bereikte, de beek volgende, weder den weg. Op
zoo zonderlinge wijze zullen niet dikwijls paard en ruiter
gescheiden worden; ik had het zelf wel eens willen zien.
Zoo als het was, moest ik luidkeels lachen, toen ik mij om-
wendde en de bleeke gezichten zag van de ruiters achter
mij, die in minder dan geen tijd van hunne paarden afgestapt waren.

Den avond sleten wij recht gezellig bij den administrateur van Laoetan, die een zeer goed huis bewoont, dicht aan zee gelegen. Op sommige perken moet niet eens een bewoonbaar huis staan; want van bijna al de perken toch wonen de eigenaars op de hoofdplaats Neira.

23 April.

De tocht naar Lonthoir kwam mij op een weinig koorts te staan. Dit behoort bepaald tot de kleinere genoegens van Banda; ik geloof niet, dat ik hier nog in eenig talrijk gezelschap geweest ben, zonder dat een der aanwezigen ermede aangehaald was. Van de vier man, die den 18den op Laoetan bijeen waren, hadden er twee dagen later drie de koorts. Dat mijne ziekte niet gevaarlijk was, kunt gij hieruit opmaken, dat ik sedert al weer een toer gedaan heb, eene echte reis van Bontekoe. Het doel was Rosengain, een der kleinere en meer afgelegene eilanden van de Banda-groep. De dominé moest daar gaan preeken, want Rosengain ligt nog dicht genoeg bij de beschaving, om een paar malen in het jaar op een extra schotel getrakteerd te worden. Gewoonlijk preekt de inlandsche schoolmeester. Hoe dit gaat, kunt gij daaruit afleiden, dat men mij verhaald heeft, hoe de Christenen van Rosengain geregeld, als zij zieken hebben of behekst zijn, aan een steen in het bosch gaan offeren. Aan den tegenwoordigen predikant ligt het zeker niet, dat de lui zoo weinig ontwikkeld zijn, want hij is bijzonder ijverig in het bezoeken van afgelegen plaatsen. Verdienstelijk is dit zeker, want het eeuwige reizen met opene roeivaartuigen in de vaak onstuimige zee is ver van vermakelijk.

Onderweg deden wij nog even Lonthoir aan, en wel een klein verlaten fort, Waijer, dat, naar ik meen, nog van Portugeeschen tijd dagteekent. Men verhaalt er eene ongeloofelijke geschiedenis van. Tijdens de groote aardbeving, waardoor Banda geheel verwoest werd, was er juist een oorlogsschip naar die plaats onderweg. De beroering op zee was even hevig als aan wal; de baai van Banda moet gedurende eenige oogenblikken droog gelegen hebben. Eene goed bemande boot, door het oorlogsschip ter verkenning afgezonden, werd op eens door het terugtrekkende water midden in het fort Waijer op het droge gedeponeerd. De matrozen moeten raar opgekeken hebben. Het fortje is in gewone tijden zeker meer dan tien voet boven den waterspiegel. Het feit klinkt dus vrij onmogelijk, en toch is het zeer goed te gelooven, als men bedenkt dat op Neira zelf een schoener in de gracht van het fort Hollandia terecht kwam. Deze is door een glacis, door een breeden weg en door een zacht hellend strand van de zee gescheiden. Ook wijst men u nog het huis, waar levende visch in het buffet gevonden werd.

Van Rosengain kan ik u hoegenaamd niets mededeelen, want ik zag er niets van dan het huis van den administrateur. Zoo lang als wij er waren heeft de regen niet opgehouden. Het weder was zelfs zoo onstuimig, dat wij den tweeden dag niet konden vertrekken en eerst gisteren huiswaarts keerden.

25 April.

Gisteren een heerlijke wandeling gedaan en eindelijk ook met Banda-Neira kennis gemaakt. Ten zes ure kwam de kapitein-kommandant mij afhalen en stapten wij den Papenberg op. Dit is het hoogste punt van het kleine eiland, wat niet veel zegt, want het is maar een molshoop. Reeds dicht bij de hoofdplaats beginnen de notenboomen, want ook dit eiland is in drie perken verdeeld, die er, ten minste wat het eerste aangaat, nog woester uitzien dan de perken op Lonthoir. Geene beek krijgt men te zien, zelfs geene droge bedding, waarin men zich na eene regenbui eene beek zou kunnen denken. Welk een onderscheid met Ambon, waar het levende water zoo overvloedig is! Het

gebrek aan drinkwater is op de hoofdplaats een groote
plaag. Velen laten het water komen van een paar kleine
stroompjes op Lonthoir, anderen vergenoegen zich met putwater, dat niet altijd goed is. Schaduw biedt de weg genoeg, en vroolijk wandelden wij naar den top onder een
groen gewelf, dat nu en dan, als door een venster, een
kijkje vergunt, nu eens op de zee, dan op de witte huizen
der hoofdplaats of op de andere eilanden. Niet te lang is
de weg, niet te steil, juist afgepast voor het Indische wan-
delvermogen. Zoo bereikten wij den top van den Papenberg, waar de seinpaal staat om aankomende schepen te
signaleeren. In de schaduw van een afdak, dat voor den
seinwachter dient, zaten wij lang om van het heerlijke uitzicht te genieten. Aan de noordzijde een lange blauwe streep,
die Ceram voorstelt, recht over ons de rechtlijnige vulkaan,
waarvan de krater rookte en waarvan wij ons den stank
konden verbeelden door het zien van de zwavel, rondom
zijn grooten vuurmond opgehoopt, En aan de overzijde
van de gladde baai strekt zich de groene saucijs uit, die
Lonthoir heet.

Na een uurtje daalden wij aan de andere zijde naar beneden en gingen tot aan de uiterste punt van het eiland.
Daar is een kleine podding — natuurlijk een notenpodding —
door eene smalle landtong van het eiland gescheiden. Daar
staat het huis van den perkenier, dat een heerlijk uitzicht
zou hebben, wanneer het niet door een hoogen muur van
de wereld afgescheiden was. Alle perkhuizen toch staan
binnen muren. Dit herinnert mij het volgende gesprek,
dat ik vroeger eens met een inwoner van Banda had:

« Waarom staan rondom de perkgebouwen die hooge
« muren ? »

« Omdat de perkarbeiders des nachts niet zouden weg-
« loopen. »

« Een duidelijk bewijs, hoe goed zij het hebben. »

« Hm! dat is zeker, als ze kunnen, loopen ze weg. »

Het viel ons tegen, dat het huis ledig was. Wij zaten er een oogenblik uit te rusten en namen spoedig den terugweg aan. Ditmaal langs de oostkust om den voet van den Papenberg heen, een lommerrijke weg altijd door notenperken. Wij hadden op den ganschen tocht prachtig weder, terwijl in onze afwezigheid op de hoofdplaats eene ware zondvloed geweest was. Welk een verschil op zulk een miniatuur-eiland! Onze geheele wandeling toch duurde met de beide halten niet meer dan vijf uren en wij zijn het geheele eiland rond geweest.

28 April.

Ik heb pas met een enkel woord over de perkarbeiders gesproken, en toch geldt het eene levenskwestie voor Banda, waar de eigenlijk inheemsche bevolking lui en niet talrijk is. Vroeger waren de arbeiders eenvoudig slaven, die door de regeering verstrekt werden. Deze toestand heeft opgehouden en de vrijwillige arbeiders worden voor drie jaren, meestal op Java, aangeworven. Natuurlijk speelt hierbij een goed handgeld een groote rol, maar het schijnt, dat de inlandsche wervers hiervan op allerlei manieren nog al veel in hun eigen zak weten te bergen. Er zijn hier ten minste arbeiders geweest, die de verklaring afgelegd hebben, dat zij van het beroemde handgeld slechts vijf gulden ontvingen. Dit doet er trouwens weinig toe, want het geld is natuurlijk in weinige uren voor oude schulden of voor allerlei dwaasheden uitgegeven. De reis moet ook opverdiend worden, evenzoo de voorschotten, zoodat in den regel van de vrij goede betaling enkele guldens in de maand overblijven, waarvoor de Javaantjes hard moeten werken in een land, dat zij verfoeien en waar alles buitensporig duur is. Bovendien krijgt ieder twee pakjes kleeren in het jaar. Dat de lui zoo zorgeloos zijn en zich zoo licht laten vangen is hun eigene schuld, maar, dat de behandeling hier te wenschen overlaat, is de hunne niet en kon op den duur wel eens oorzaak worden, dat werkkrachten op Banda beginnen te ontbreken. Reeds nu hoort men geweldige klachten, dat de wervers te veel zieken en zwakken overzenden, die teruggestuurd moeten worden. Er zijn hier enkele perkeniers, die hun eigen voordeel beter inzien en hunne arbeiders zeer menschelijk behandelen, maar het schijnt dat men gerust beweren kan, dat dezen de meerderheid niet uitmaken. Een arbeider verklaarde op de politierol, dat hij net zoo lang zou wegloopen en zich zou laten straffen, tot men hem wegzond. Sedert eenige maanden hebben er zich reeds vier in de kazerne aangegeven als deserteurs, met de wetenschap, dat hun eene zware straf te wachten stond en daarna weder de kazerne, die zij vroeger ontvlucht waren. Maar alles scheen hun verkieslijker dan de behandeling op de perken. De gezamenlijke perkeniers onderhouden voor hunne arbeiders een hospitaal. Eenigen tijd geleden werd er van gesproken, om aan het gouvernement te verzoeken, dezelfde voeding, die er in het bannelingenkwartier verstrekt wordt, tegen betaling ook in het hospitaal te geven. Dit stuitte alleen daarop af, dat het den perkeniers te duur was. Een zieke perkarbeider is dus niet zoovcel waard als een veroordeelde. Nu mag het zijn, dat de bevolking der gevangenissen al te goed behandeld wordt, voor zoover men haar niet naar Atjeh stuurt. Ik heb al eens iemand zien veroordeelen, die op de vraag, waarom hij gestolen had, ten antwoord gaf, dat de maïs hem verveelde, en dat hij de rijst van het gouvernement wel eens wilde eten. Maar de voeding zal toch wel niet zoo zijn, dat zij voor zieken te goed is.

Voor gewone menschen is Banda ook geen volmaakt paradijs, vooral niet voor ambtenaren met kleine traktementen, want het is de duurste plaats van Indië. Sedert de noten zoozeer in prijs gestegen zijn, heeft elke andere kultuur moeten wijken, zoodat alle levensbenoodigdheden, tot de onbeduidendste toe, bijna uitsluitend van elders worden aangebracht. Voor een eiland, dat betrekkelijk zoo geïsoleerd ligt, is dit een groot bezwaar. Die toestand nu is heel aardig voor de perkeniers, aan wie hunne perken met woeker terugbetalen, wat de levensbehoeften meer kosten dan vroeger; maar wie niet met een perk gezegend is, is er slecht aan toe. Die moet zich getroosten zijne rijst zoo duur te betalen als in Holland en Europeesche groenten uit blik te eten, omdat dit nog het minst dure is. Ik heb hier voor eene flinke kip reeds een rijksdaalder zien geven en een gulden is al het minste, terwijl elders in Indië de prijzen gewoonlijk van tien tot dertig centen loopen. Hout en klappers zijn niet dan voor veel moeite en geld te verkrijgen en bedienden zijn zelfs daarmede moeielijk te vinden, daar Javanen slechts bezwaarlijk te overreden zijn, om, in welke betrekking ook, naar Banda te gaan. Huishoudens met niet genoeg bedienden vindt men hier in overvloed en er wordt gevochten om ontslagene gevangenen. De sommen, die hier voor bewassching betaald worden zijn werkelijk fabelachtig, en dan verlangen de waschmannen nog, dat hun houtskool, water en rijst (voor stijfsel) verstrekt worden. Mijne eigene kleine ondervinding op dit punt is, dat mijn jongen slechts voor een kwartje per stuk een waschman kon vinden, en dan wilde de man het goed nog niet eens komen halen. Ik gaf slechts een paar stukken, doch liet er bij zeggen, dat de man er voor vijftien cents een paar honderd kon krijgen. Hij kwam niet. Hoe de inlanders hier bij hunne luiheid leven, is een raadsel. Is het u ooit voorgekomen, dat een werkman eenvoudig uit luiheid weigerde eenigen arbeid te verrichten? Mij wel. Ik liet een timmerman komen om eene kist te maken. Het werk kwam hem zeker wat lastig voor; hij zeide niets dan: « ik wil niet », en wandelde weg; van betaling was nog niet eens gesproken. Geen wonder, dat de ambtenaren er gewoonlijk niet op gesteld zijn, naar Banda gezonden te worden . . . . . .

KAJELI op BOEROE, 6 Juni.

De korte reis van Ternate hierheen bood niet veel bijzonders; het gezelschap was niet talrijk. Alleen aan tafel amuseerde mij mijn overbuurman, een jeugdige, rijke Bandanees, die klaarblijkelijk niet begreep, hoe men saus met een vork eet. In zijne wanhoop at hij de visch maar droog. De aankomst hier was ver van aangenaam. Omstreeks middernacht viel het schot en kwam men mij waarschuwen, dat de sloep op zijde lag. Ik haastte mij niet, want dit is in Indië altijd weelde; terwijl ik mij aankleedde, werd bij het licht eener lantaarn mijne bagage in de sloep gebracht. Juist toen ik mij wilde laten afglijden, werd de boot door den stroom medegesleept, en daar hing ik in de lucht te zweven. Gelukkig pakte mijn jongen mij beet en na eenige oogenblikken kwam de sloep mij uit mijne vliegende houding verlossen. De eerste ramp liep dus goed af, maar de tweede volgde weldra. Ver waren wij nog niet van het schip verwijderd, toen mijn jongen bedacht, dat hij liefst de sleutels vergeten had. Hier was goede raad duur, want de stoomboot zou niet eens ankeren, om maar zoo spoedig mogelijk weer te vertrekken. De derde ramp was echter de grootste. Het bleek ons al spoedig dat de kapitein zich vergist had, en in plaats van in de baai, in de volle zee gestopt had. De lichten, die hij ons getoond had, waren niet van de hoofdplaats, maar op een eiland of op een vooruitstekend punt van de kust. Toen wij op deze lichten aanhielden, werden zij op eens uitgedoofd en zagen wij niets meer, want het was een donkere nacht. Lach er niet om, dat ik hier van wij spreek. De tweede stuurman, die met mij in de sloep zat, was nooit op Boeroe geweest, en ik had juist bij toeval, toen wij de vorige maand hier ophielden, goed op de kust gelet, die een berg van zeer kennelijken vorm draagt, en dit bleek ook van dienst te zijn. Vroolijk is zulk een nachtelijke tocht niet, vooral met een sterken stroom tegen, zoodat na eenige uren roeiens de manschap bijna uitgeput was, zonder dat wij nog iets zagen dan water en lucht. Het was bovendien zoo koud, dat wij beiden nu en dan mederoeiden, om ons een weinig te verwarmen. Gelukkig praaiden wij eindelijk eene prauw, die ons ongeveer de richting aanwees, en ik was er zeer trotsch op, dat het dezelfde was, die ik aangegeven had. Met diezelfde gelegenheid heb ik de jongen naar boord terug gestuurd om de sleutels te halen; tot zijne straf mocht hij een paar uren langer koude lijden. Dicht bij de hoofd-plaats ontmoetten wij eene tweede prauw en na vier uren roeiens stapten wij ten half vijf ure aan wal. Verkleumd en vermoeid sukkelde ik naar den kontroleur, en toen ik eindelijk mijn goed bij elkander had, kon ik tegen den ochtendstond in bed kruipen. De jongen kwam eerst tegen half acht terug. Is dit niet een waardige tegenhanger van de landing op Bawean? Wel werd ik ditmaal niet nat, maar het geval was veel ernstiger, want wij hadden best door den sterken stroom naar zee kunnen gedreven worden. Gewoonlijk wachten hier de stoombooten het eerste daglicht af om binnen te varen, en onze kapitein werd dan ook goed gestraft, dat hij dit niet deed. Het volk was zoo ver-moeid, dat het laden en lossen eerst te half acht afgeloopen was, terwijl de boot anders zeker vroeger had kunnen vertrekken.

Ik ben hier weder bij een kontroleur gelogeerd, die het hier met zijne zuster even eenzaam als armoedig heeft. Op het eiland zelf schijnt bijna niets verkocht te worden en de stoomboot brengt tweemaal van de drie het bestelde niet mede. De plaats is verder een ellendig moeras, zoodat men hier van de koorts leeft en ook de kinine ontbreekt geheel. De kontroleur is zelf een zware koortslijder.

9 Juni.

Heden middag heb ik een bad genomen in het heldere

water van eene snelstroomende rivier, recht huiselijk; Johan baadde een paar passen beneden mij. Een Javaan zou zeker gewacht hebben tot ik klaar was, maar zoo zijn de Christus-menschen nu eenmaal niet. Daarna deed ik eene flinke wandeling en vond in de kampong eenige kinderen voor de mesigit aan het spelen. Eigenlijk moest ik zeggen: eene mesigit, want er zijn er elf. Boeroe heeft elf hoofden, die den titel van regent voeren; alleen die van Kajeli heet radja. Al deze hoofden heeft men gedwongen, zich hier te vestigen en ieder heeft zijne eigene moskee. Als gij daar nu nog de kerk in de Christenkampong bijtelt, dan krijgt de hemel van de luttele bevolking wel zijn deel.

Naar het spelen stond ik even te kijken en daarmede was het jonge volkje zoo vereerd, dat het spel met ver-woeden ijver werd voortgezet. Het geleek eenigszins op ons «stuivertje wisselen» of «kerkhofje». Op eene rechte lijn staan eenige jongens, die niet van hunne plaats mogen gaan, doch moeten beletten, dat eene andere partij door de linie heenbreekt. Vlug als water is niet genoeg gezegd; vlug als kwikzilver is de eenige vergelijking, die ik maken kan. Was er een op het punt om gevangen te worden, in een oogwenk lag hij plat op den grond en een paar anderen struikelden over hem heen, om met de potsier-lijkste bewegingen een eindje verder neer te ploffen. Nauwe-lijks kon men zien, wat armen, wat beenen waren, zoo zwaaide alles door elkander. Waren de jongens bij het begin van het spel al tamelijk naakt, in het vuur van hunnen ijver verdwenen er meer kleedingstukken en eindelijk hadden de twintig te zamen maar een paar broekjes meer aan. Na-tuurlijk kwamen er een paar kampongs uitloopen, om mij op mijne beurt aan te gapen, zoodat het een levendig tafereel was, waarbij de vormen niet geheel uit het oog verloren werden. Eene dame toch zag ik aan haren gebieder zijn fraaiste hoofddeksel brengen, voor hij zich vertoonen mocht; het was eene roode Europeesche slaapmuts, wat in hun oog de laatste smaak is. Een ander huldde zich eerst in een vuil baadje, maar dat deftig was, een duim langer dan het daagsche.

Eindelijk had ik er genoeg van en stapte weg; de gansche bende mij achterna op eerbiedigen afstand tot aan de eerste brug. Ik was die nog niet half over, of de voorhoede lag al in het water — het uitkleeden nam niet veel tijd. In de rivier werd de pret voortgezet; het grootste genoegen was, dat de eene jongen den anderen beetpakte, om hem, over zijn eigen hoofd heen, kopje onder in het water te gooien. Of twee of drie kleine jongens vlogen op een van de sterksten aan om dien onder te dompelen, wat natuurlijk daarmede eindigde, dat allen verdwenen om als bliksemstraaltjes weder voor den dag te komen. Ik stond te schateren van het lachen en het publiek vond het noodzakelijk om te lachen, als ik lachte, zoodat het een algemeene jool was. Eene goede voorbereiding voor van avond, maar ik wil niet vooruit loopen.

10 Juni.

Gisteren na het eten kwam de klerk van den kontroleur mij afhalen. Er werd namelijk een mesigit afgebroken, wat niet zonder feest schijnt te kunnen gebeuren. Van deze verhevene aanleiding tot het feest bemerkte ik alleen, dat het in den gewijden omtrek plaats had in eene loods, waarvan enkele matten, twee lampen en een zestal fakkels het feestmeubilair uitmaakten. Een oorverdoovend geraas, dat voor muziek diende, klonk mij reeds van verre tegen en daarbij schreeuwden zich eenige zangers en zangeressen schor, voor zoover zij dit niet reeds van nature waren. Het dansen geschiedt zooals elders; hoogstens wat trippelen en schuifelen met de voeten en eenige bewegingen met de armen, gelijk de geest getuigt, leelijk, niet vlug, niet sierlijk, alleen zinnelijk, en zelfs dat voor een Europeaan al zeer weinig. Maar het mooiste van de grap is, dat men hier zelf mee moet doen. Eene der dames komt eenvoudig

voor u staan, steekt de hand uit, en dan zijt ge verplicht
om ook voor hansworst te spelen. Zoo heel moeielijk is
het niet, vooral als men het zoo leelijk doet, als ik het
wel gedaan zal hebben, maar vermoeiend is het wel. Vooral
indien eene der schoonen bemerkt heeft, dat men hare
zwarte tronie nog al schalksch en hare oogen niet onaardig
vindt. Dan haalt zij u en haalt u weder, en laat u uwe
bewondering in vermoeienis duchtig betalen, zoolang tot
gij den moed hebt aan die schoone oogen in 's hemelsnaam
eene weigering te geven. En als gij dat niet over u kunt
verkrijgen, dan gaat gij maar weer mee, maakt een wind-
molen van uwe armen, een tredmolen van uwe beenen,
gaat op uwe hurken zitten, als uwe dame gaat zitten, staat
op, als zij opstaat, net zoolang tot zij u genade geeft. En
dan staat uw eigen jongen met eene diep ironische uitdrukking om een hoekje te kijken.

In het begin was het bal niet erg levendig, het was te
deftig. Een regent, de klerk, een Chinees, die zijn staart
in zijn jaszak geborgen had, en ik zelf, wij waren de eenige
slachtoffers, maar later op den avond . . . . . ja, hoe zal
ik het doorluchtige tafereel beschrijven?

De koning kwam, de radja van Kajeli, vergeet het toch
nooit! Hij scheen te vinden, dat hij, daar waar ik kwam,
zijn vorstelijk wezen ook wel vertoonen kon, te meer, daar
zijne vrouw uit logeeren was. Zoo kwam hij aanzeilen,
een leelijke inlander, dien ik dagelijks alleen zie rond-
slenteren met de helft van wat vroeger een neus was, en
zelden geheel nuchter. Z. M. was dit ook nu niet, zoodat
hij in een hoogst vroolijke luim was. Eerst liet hij zijn
gamelam aanrukken en toen zijne viool, waarop hij met
zijne eigene vorstelijke vingeren tokkelde. Kunt gij u een
meer aartsvaderlijk tafereel voorstellen, dan een half dronken koning, die in eene slecht verlichte loods op een
kreupelen stoel zit te midden zijner hurkende onderdanen
en die een ouderwetsche wals speelt, terwijl gezegde onder-

danen iets anders spelen? Zijn spel scheen vooral hem zelven te inspireeren. In hoeverre drie glaasjes cognac, die hij nog dronk, hiertoe medewerkten, durf ik niet beslissen, maar weldra begon de man te dansen, solo, en onthaalde ons op bokkesprongen, alsof hij eene dronken kip of een poes van twee maanden oud geweest ware. Met zijn halven neus en zijn leelijke bakhuis had hij wel iets van een dui-veltje, dat uit een doosje springt. En er kwamen nog meer prinsen en nog meer regenten; bewonder toch met welk gemak ik mij in vorstelijke kringen beweeg. Tot slot van het bal werd eene Europeesche quadrille ten beste ge-geven, waarvan de wereld de wedergade nog niet gezien heeft. Vooral de Fransche kommando's klinken op zijn Maleisch uitgesproken of half vertaald al heel grappig, b. v. «toewan toewan balancez sama njonja njonja.» Het zal u verwonderen, dat ik na al die heerlijkheid kon slapen, maar ik sliep toch en had alleen hoofdpijn van de walmende toortsen.

WAHAAI, 13 Juni.

Den morgen nadat ik het laatste geschreven had, zat ik juist bij mijn instrument te wachten, of de zon ook wou doorkomen, toen op eens een geschreeuw opging van kapal-api, kapal-api! Ik had aan den resident geschreven en be-greep dus, dat het een stoomboot was om mij af te halen. Ik stoof dan ook op en gaf onmiddelijk order om in te pakken; te half acht was de stoomboot in de verte gezien en te half elf was ik reeds met pak en zak aan boord, niet ondankbaar om van Boeroe weg te komen, want het voor-uitzicht, om daar eene maand te blijven zitten, was lang niet opwekkend, al had men ook nog een half dozijn mos-keeën afgebroken. Ik kan echter niet van Boeroe afstappen zonder melding te maken van het hoofdprodukt van dit eiland: de kajoe-poeti. Het is zulk een standaardartikel, dat het als gereed geld in betaling wordt gegeven; een

gulden en eene flesch kajoe-poeti-olie zijn synoniem. De
bosschen, waarvan de boomen de olie leveren, zien er zeer
treurig uit. Onaanzienlijke boomen met weinig bladeren
en witte stammen (daarvan den naam kajoe = hout,
poeti = wit) staan op groote afstanden van elkander en de
grond er onder is volmaakt kaal. Of kunst dan wel natuur
de reden is, weet ik niet; deze bosschen maakten op mij
denzelfden droefgeestigen indruk als in Italië de olijf-
bosschen. De bereidingswijze van de olie is niet al te primitief; zij wordt uit de bladeren, naar ik hoor, in koperen
retorten gedistilleerd. De roode of bruine kleur, die de
olie soms heeft, komt alleen door de toevoeging van de
roode bloemen. Het is niet onvermakelijk, dat de kajoe-
poeti-olie, die uitsluitend op Boeroe vervaardigd wordt, en
daar zoo goedkoop is, voor de apotheken in Indië uit Holland gezonden wordt en dan peperduur te staan komt. De
inlanders hier schijnen het als eene panacee te beschouwen;
zij gebruiken het in- en uitwendig voor alle mogelijke
kwalen.

De boot, die mij kwam halen, was weder de Anjer met
zijn gezelligen kommandant. Deze reis naar Wahaai levert
een lief blijk van Indische voortvarendheid. Gij zult u herinneren, dat ik in Maart hierheen reisde in het gezelschap
van officieren en soldaten, die hier in het binnenland oorlog
zouden voeren. Welnu, eer men eindelijk, voldoende met
toestemming uit Buitenzorg toegerust, over eenige dagen
in vollen ernst denkt te beginnen, is het midden Juni geworden en is het jaargetijde ongunstiger dan toen. Natuurlijk zijn door al dat talmen en door de pogingen tot vrede-
lievende oplossing, waartoe wij ons in dien tusschentijd
vernederd hebben, de heeren Alfoeren zoo overmoedig geworden, dat wij nu misschien een harde noot te kraken
zullen hebben, en het muisje misschien nog wel een staartje
hebben zal. Eigenlijk is de geheele zaak (het onthoofden
van een van onze inlandsche soldaten, maar onder om-

standigheden vrij beleedigend voor het gouvernement) den
lieden maar half toe te rekenen. Zij hebben zoo weinig besef van den waren toestand. Eigenlijk zijn slechts drie
kleine stammen in het binnenland in verzet, en niet lang
geleden zeide een der oproerige radja's tegen den door ons
gezonden onderhandelaar: «maar als wij nu toch met ons
«drieën vereenigd zijn, zullen de Hollanders wel niet veel
«te vertellen hebben.» Het feit is welsprekend, het is
eigenlijk jammerlijk om zulke lui voor hunne onwetendheid
te straffen.

Omtrent dezen oorlog zijn zeer zonderlinge geruchten in
omloop, die ik niet herhalen wil. Misschien zal het u reeds
verwonderd hebben, dat ik reeds zoo lang in Indië ben en
nog bijna niets gezegd heb van knoeien en verduisteren.
Natuurlijk heb ik van dien aard wel eens iets bemerkt en
ik heb er nog meer van hooren spreken. Ik wil zelfs wel
gelooven, dat van zulke praatjes een gedeelte waar is,
hoewel ik ook reeds enkele malen het genoegen had om te
ontdekken, dat een gedeelte er van niet waar was. Er is
hier in vroegere tijden heel wat gestolen en heel wat geknoeid. Hoe het in de Molukken toeging kunt gij b. v.
daaruit afleiden, dat ik zelf op eene afgelegen plaats gezien
heb, hoe een hoofd trachtte aan een ambtenaar twee rijksdaalders in de hand te stoppen. Ook nu nog loopen er
verbazende verhalen over ambtenaren, die staven goud en
parelen van inlandsche hoofden aannemen (of laten aannemen door hunne vrouwen), over postkontrakten, waarbij
duizenden een ongeregelden loop nemen en over militaire
kommandanten, die de levensmiddelen der soldaten verkoopen. Zooals ik zeide, van die verhalen zal waarschijnlijk
wel iets waar zijn; toch moet ik zeggen, dat de Hollanders
nog een vrij eerlijk volk zijn. Zoolang wij van Batavia uit
een zoo afgelegen rijk als de Molukken met zoo weinig
communicatie-middelen regeeren, zoolang daar ver van elkander ambtenaren zitten, geïsoleerd te midden van eene

bevolking, die er geen hoogte van heeft, dat men niet knoeit en daarin maar al te gaarne behulpzaam is; zoolang die ambtenaren een uitgebreid gezag uitoefenen bijna zonder eenige kontrôle, want die van de regeering is illusoir, die van de publieke opinie bijna nul; zoolang zal de deur zoo wijd openstaan, dat men het menschdom volmaakt zou moeten wanen om te verlangen, dat niemand zich zelven een beetje bevoordeelen zou. Nu mag men betreuren, dat het menschdom niet volmaakt is, maar, zooals ik de zaken zie, moet men alleen dankbaar wezen, dat er niet meer geknoeid wordt, en erkennen, dat wij met reuzeschreden vooruit zijn gegaan sedert den tijd, toen een Hollandsch ambtenaar, als hij bij een inlander logeerde, een bord met geld in bed moest vinden.

Wij zullen hier een paar dagen blijven, wat mij voor mijne waarnemingen zeer te stade komt. De jongen heeft er ook vrede mee, nadat hij den moed gehad heeft mij de verzekering af te vragen, dat wij van hier naar Ternate gaan. Toen ik last gaf de instrumenten uit te pakken, kwam er een zware wolk op zijn gelaat; het denkbeeld om hier te blijven, nu het met het oorlogvoeren ernst schijnt te worden, lachte hem volstrekt niet toe.

Bessi, 19 Juni.

Ook ditmaal zijn wij weder van Wahaai naar Bessi gestoomd om een officier en een dertigtal soldaten over te brengen, benevens een troep kettinggangers, die de bedienden van de soldaten zijn. Om u een denkbeeld te geven van de eigenaardige bezwaren in deze streken zelfs aan eene kleine expeditie verbonden, moge dienen, dat hier voor 150 man troepen 600 koelies zullen mede gaan. Wij zullen hier blijven liggen tot de geheele krijgsmacht bijeen is, wat, de Indische vlugheid in aanmerking genomen, nog wel een paar dagen duren zal. Vervelend is het hier anders wel; wij liggen niet aan den wal en als wij ons aan land laten

roeien, dan vinden wij eene kampong uit een paar huizen
bestaande, doch waar de koning niet ontbreekt. Ik amuseer
mij dus met het uitrekenen van de observaties te Wahaai.
Weet gij, wat de inlanders daar van mij vertelden? Gij
moet weten, dat kort na den moord, die aanleiding gaf tot
deze beroering, een klein troepje soldaten naar het binnenland werd gezonden, dat onverrichter zake terugkeerde
zonder het brandpunt van den opstand, de kampong
Nisawela, te hebben kunnen vinden. Nu zeiden de inlanders: «die toewan is de vorige maal al hier geweest,
«maar nu heeft hij instrumenten medegebracht om te
«kijken, waar Nisawela ligt; nu zal het wel goed gaan.»
Gij ziet dat mij hier eene tamelijk groote macht wordt toegeschreven, want de bewuste kampong ligt achter de bergen.

Intusschen is het hier koud en guur. Weet gij, wat dat
in Indië zeggen wil? Dat beteekent zoowat 75° Fahrenheit;
zelfs bij 80° noemt men het hier koud.

21 Juni.

Nog liggen wij hier, maar heden wachten wij toch voor
de derde maal Z. M⁘. ss. Bali terug, dat dienst doet als
diligence om allerlei troepen wilden hier heen te brengen.
Daarna kunnen wij vertrekken. Die wilden zijn Alfoeren,
die met den naam van hulptroepen bestempeld worden,
dapperen, die ons moeten helpen om hunne stamgenooten
ten onder te brengen. Zij zien er zeker barbaarsch genoeg
uit, om ieder ander dan een mede-Alfoer van schrik op den
loop te doen gaan. Dat de eigenlijk gezegde kleeding bijna
nul is, heb ik vroeger reeds vermeld; er zijn er echter
enkelen, die een sarong of zelfs een Europeesch of Arabisch
vest zijn machtig geworden. Die weinigen achten zich dan
ook heerlijk schoon en vinden er niets belachelijks in, om
b. v. niets dan een vest aan te hebben. Maar het merkwaardigste is de opschik; al wat daartoe dienen kan is
welkom. Tatoeëeren is weinig in gebruik, maar wordt soms

toch op het voorhoofd of op de wangen gedaan. Verder hebben zij in de ooren schelpen, stukjes gekleurde bamboe, kralen, tanden van wilde zwijnen, groote kwasten van fijngesneden pisangblad of zelfs stukken koperdraad. Om den hals hangen talloos veel snoeren van gewone kraaltjes, die soms de geheele borst bedekken; aan den bovenarm zitten breede banden uit tien of twaalf ringen van schildpad of bamboe bestaande; aan den pols, onder de knie en vaak ook boven den enkel banden van eene of andere stof, somtijds maar van gewoon touw. Op eene zaak zou menige Europeesche dame jaloersch zijn, namelijk op een middel, dat tot verdwijnens toe ingesnoerd is, om zooals zij zeggen, het loopen gemakkelijk te maken. Het beminnelijkste zien deze heeren er uit, wanneer de een zich in sierlijke bochten kronkelt, om zijn hoofd op de knie van zijn besten vriend neer te vleien. Daar de meesten denzelfden weligen haardos hebben als de Timoreezen en Papoea's is eene periodieke inspektie van groot nut, vooral daar deze heeren zich uit beginsel nooit wasschen. Een Alfoer wordt slechts tweemalen met water gewasschen, na zijne geboorte en na zijnen dood. In den tusschentijd reinigt hij zich met haardasch of of op eene andere wijze, te smerig om beschreven te worden. Over het algemeen hebben de Alfoeren een bepaalden afkeer van zoet water; zoodra zij kunnen, drinken zij slechts zeewater. Verwonder u hierover niet al te zeer; zij voeden zich bijna uitsluitend met plantaardige stoffen en hebben groot gebrek aan zout; het zeewater moet dus in die behoefte voorzien. Deze onreinheid en deze slechte voeding zullen gezamenlijk wel de hoofdoorzaak zijn van de vele afzichtelijke huidziekten, waarvoor de Molukken zoo bekend staan. Men ziet hier nooit eenige inlanders bijeen, zonder dat een vierde of vijfde gedeelte met zulke kwalen behept is. Dat dezen erfelijk en overerfelijk zijn vermeerdert er de gezelligheid niet van. Ook onder onze hulptroepen zijn heel wat van die vieze lui; ook al onder de kinderen. Er is toch een gansche zwerm jongens bij. De reden, die men daarvoor opgeeft, is niet onaardig. Het zou zijn, omdat de volwassenen dan zeker zijn van hunne eigene dapperheid, daar zij zich voor hunne kinderen zouden schamen, als dezen hunne vaders op den loop zagen gaan . . . .

. . . .

. . . .

BANDA, 18 October.

De reis per Egeron gaat nog steeds niet vlug, maar bestaat uit stilliggen. Op Ambon zijn we een paar dagen geweest, zonder dat er iets merkwaardigs voorviel. Hier kan het nog langer duren, want de verschillende eigenaars van de Egeron zijn het onderling lang niet eens. Ik zal u al de kibbelpartijen maar niet verhalen, maar het is op zulk eene kleine plaats eene groote ressource en Banda is er werkelijk vroolijk door. Men heeft nu toch altijd stof tot konversatie, wat anders wel eens in mindere mate het geval is. Waar men komt, hoort men over niets anders spreken dan over de reis, waarvan ik het slachtoffer ben. Gelukkig ben ik niet het eenige; op Ambon haalden wij een kontroleur af, die de reis zou mededoen, en van hier uit vergezelt ons de heer B., agent van de Handelmaatschappij. In afwachting van de dingen, die komen zullen, ben ik aan wal gaan logeeren, en dat wel bij mijn ouden gastheer van Ambon, omdat de kontroleur bij den assistentresident gegaan is. Het is hier smoorheet, wat voor de reis op het niet al te ruime stoomschip geen aangenaam vooruitzicht is.

Op zee tusschen KEI en AROE, 1 November.

Reeds vier dagen op reis, nadat het harrewarren op Banda eindelijk afgeloopen was, en nog geen tijd gevonden om te schrijven. Gij ziet daaruit, dat de reis niet vervelend is; de kontroleur, de heer B. en ik, wij vormen een vroolijk klubje en bekommeren ons weinig om het overige menschdom.

Op de Kei-eilanden hebben wij twee punten aangedaan, weinig bezocht en ook niet waard om bezocht te worden. Wat landschap aangaat is de groep schoon, maar Molukken-schoon, klein en lief, alleen is hier en daar eene fraaie rotspartij. Het zuidelijke gedeelte van Groot-Kei heeft een ietwat grootscher karakter. Van de bevolking kan ik u weinig zeggen, hoewel ik er genoeg van te zien kreeg. Volstrekt niet vreesachtig, overstroomden de inlanders het schip. Vooral de arme kontroleur was bij elken stap door eene gansche bende omgeven en kon alleen door zich in zijne hut op te sluiten een oogenblik verademing vinden. Een Hollandsch ambtenaar is dan ook op deze Hollandsche bezitting een zeldzaam verschijnsel; in ruim drie jaren was er hier geen geweest. Ik moet echter zeggen, dat het volstrekt onnoodig is, dat een ambtenaar hier heen gaat; wij hebben de Kei-eilanden nu eenmaal, maar belang hebben zij voor ons niet.

Ook was mijne tent steeds omstuwd door dichte drommen van Keiers, (of Keičezen, hoe zou het zijn?) zonder dat ik zou kunnen zeggen, op welk ras zij het meeste gelijken, want men ziet er allerlei typen dooreengemengd. Op de voornaamste plaats, Doellah, moet volgens het beweren, ook van de inlanders zelven, de bevolking van Banda afkomstig zijn. Het is bekend, dat wij, geen kans ziende, om de oorspronkelijke Bandaneezen tot rustige onderdanen te maken, hen kalmweg uitgeroeid hebben op een klein gedeelte na, dat naar andere eilanden, hoofdzakelijk naar Kei, zou gevlucht zijn. Wie weet, of het dus niet de moeite waard zou zijn, om de bevolking van de Kei-eilanden beter te bestudeeren, om van die oorspronkelijke bewoners wat te weten te komen. Waarschijnlijk zullen zij echter hier wel zoo vermengd zijn, dat er niet veel meer te bestudeeren valt. Ik mag overigens niet nalaten te vermelden, dat wij hier de oostelijke grens van den Islam bereikt hebben. Te Doellah staat de laatste moskee. Aan levenskracht kan het toch een godsdienst niet ontbreken, die zich van het uiterste Westen van Afrika uitstrekt tot het uiterste Oosten van den Indischen Archipel, en die hier zeker zijn laatste woord nog niet gesproken heeft. Overal in de Molukken wint het Mohammedanisme nog steeds terrein.

In zee, 7 November.

Wij hebben vijf dagen op Dobbo gelegen, de handelsplaats der Aroe-eilanden. Ik deed er eene goede reeks van waarnemingen, trots de onbeschrijfelijke hitte. Dobbo is een der warmste plaatsen van den aardbol en wij hebben den warmsten tijd van het jaar uitgekozen om daar heen te gaan. Mijne tent was opgeslagen op een klein plekje koraalzand, geen drie voet boven de zee verheven. Daar bovendien het baden aan boord eene illusie is en aan wal niets anders te krijgen is dan lauw putwater, kunt gij begrijpen, hoe gretig ik mij de eerste dagen uitkleedde, om een zeebad te nemen. Reeds stond ik in het water, toen ik op korten afstand iets voorbij zag bewegen. Op mijne vraag, wat het was, antwoordde Johan zoo bedaard mogelijk: «een kaaiman, mijnheer!» Het dier moet wel dertig voet lang geweest zijn; gij kunt u dus licht de snelheid voorstellen, waarmede ik rechtsomkeert maakte. In den namiddag troostte ik mij met een bad bij een van de putten en ging daarna een Chinees om een kopje thee vragen. De weinige inwoners, die thans op de plaats zijn, zijn meest Chineezen. De plaats toch is slechts gedurende een paar maanden van het jaar vol bedrijvigheid, en anders slechts aan huisbewaarders overgegeven. Het is een rendezvous, waar de inlanders van de binnenlanden van de eene zijde, Boegineezen en Chineezen van de andere, gedurende eene korte poos komen handel drijven, om daarna weer te

vertrekken. Wijselijk heeft men voor deze reis, waarvan
het hoofddoel is, handelsbetrekkingen aan te knoopen, een
tijd uitgekozen, dat er geen handel is.

Wat wij van de inlanders te zien kregen, gelijkt volkomen op de vele Alfoeren, die ik reeds gezien heb, alleen
zijn de exemplaren hier nog wilder; het valt moeielijk deze
karikaturen van den mensch als broeders te begroeten. Toch
moesten wij aan sommigen als zoodanig de hand reiken,
want ook tot deze eilanden strekt zich eene soort van
Christendom uit. Ongedoopt, onbevestigd, ongehuwd, zijn
er hier toch Christenen, en dit moet erkend worden, zij
zien er netter uit dan hunne heidensche broeders. Het
gouvernement zendt hier een paar inlandsche schoolmeesters
van Ambon heen, die op drie of vier scholen aan een
tachtigtal leerlingen een en ander leeren, waaraan hier in
het geheel geen behoefte bestaat: lezen, waar geen boeken
zijn, en wat optellen en aftrekken, waar de allereenvoudigste
ruilhandel gemakkelijk genoeg gedreven wordt. Maar die
beschaving tot in de verste uithoeken van ons gebied staat
toch in de boekjes heel aardig. De kontroleur heeft al de
scholen, die allen in kampongs op eenigen afstand van
Dobbo gevestigd zijn, bezocht en een van die toertjes heb
ik mede gedaan. De bruine onderwijzer voelde zich natuurlijk zeer vereerd, maar het aangenaamste van het offi-
ciëele bezoek zal voor hem wel geweest zijn, dat hij zijn
traktement eens te zien kreeg, wat hem in drie jaren niet
gebeurd is. Het viel zelfs vrij moeielijk, hem de hooge
waarde te doen begrijpen van een reglement, volgens het-
welk hij slechts de twee laatste jaren ontvangen kon. Het
eerste jaar toch van de drie was reeds te lang verstreken,
om nog op die huiselijke wijze verantwoord te kunnen
worden. De arme man zal een rekest moeten indienen, om
alsnog te mogen ontvangen, wat men hem reeds twee jaren
geleden schuldig was en wat hij alleen niet ontving, omdat de regeering deze eilanden zoo zeldzaam laat bezoeken.

Op dezen tocht smaakten wij de voldoening eene ziel te winnen. Een Mohammedaan verklaarde namelijk Christen te willen worden, om eene afschuwelijke Christin te trouwen, die hij anders niet kon krijgen, of slechts voor te hoogen prijs, want het artikel is op de kustplaatsen zeer zeldzaam. Wij konden hem noch doopen, noch aannemen en hebben hem dus alleen met een plechtig gezicht verklaard, dat wij van zijne bekeering nota namen en hem verder verwezen naar den predikant, wanneer er misschien na vele jaren eens een hier heen komt. Het is voor hem te hopen, dat het lang niet jonge voorwerp zijner liefde met onze dilettant-bekeering genoegen nemen, en hem voorloopig maar als echtgenoot beschouwen zal. Intusschen zal van zijn Mohammedanisme wel genoeg blijven steken, dat hij, wanneer de schoone nog wat ouder wordt, zijn oude geloof weer op kan vatten, totdat eene andere Christendame hem nogmaals bekeert. Zulke gevallen zijn volstrekt niet zeldzaam; een Mohammedaan wordt in werkelijkheid nooit tot het Christendom bekeerd; gebeurt het in schijn, dan is het om redenen van zeer praktischen aard.

Behalve de schoolmeesters kwamen ons tallooze radja's op Dobbo bezoeken, ook in rokken gekleed, met schoenen en hooge hoeden, zelden ouder dan 1800 en nooit jonger dan 1840. Het kontrast tusschen hunne Europeesche kleeding en hunne onbeholpenheid daarin is nog lang zoo grappig niet als hunne enkele verschijning te midden der naakte wilden, met wie hunne verwantschap toch zoo onmiskenbaar is. Over het algemeen brengen de kleederdrachten hier een carnaval te weeg, zooals ik zelfs in Indië nog niet gezien heb. Een der vorsten had een rok aan met punten, zoo lang en spits, dat de Incroyables uit «la fille de Madame Angot» er zich niet voor zouden behoeven te schamen. Rok, vest en broek waren scharlakenrood; daar echter 's mans grootvader — getuige vroegere bezoeken — dat vorstelijke pak reeds droeg, was de kleur niet

meer zonder eenige afwisseling. Nog heerlijker zag er een
ander uit, die een geheelen Chinees schijnt gekocht te hebben; de gebloemde kamerjapon was er en de hoed, waarnaar de daken van vele onzer theekoepeltjes schijnen gekopieerd te zijn, en zelfs den staart had deze pseudo-Chinees
weten na te maken. Hij had namelijk van de geliefkoosde
glazen kraaltjes een halsband om, waarvan achter op zijn
rug een dubbele staart van hetzelfde materiaal van bijna
een meter lengte afhing. De eigenaar was klaarblijkelijk
niet weinig trotsch op dit fraaie ornement, dat nog ver-
zwaard werd door twee koperen ringen aan de uiteinden,
waaraan een aanmerkelijk gewicht aan oude koperen duiten
geregen was. Kralen zijn ook hier het meest beminde ver-
siersel. Stel u voor eene dame van omstreeks vijftien jaren
geleden, toen het mode was de japonnen met een overdreven
hoeveelheid gitten te garneeren. Denk u dan de japon weg,
zoodat alleen de gitten overblijven, dan hebt gij een goed
beeld van een Aroesch heer. Bij eenigen hangen de snoeren
van oor tot oor, als de linten van een dameshoed; bij
anderen zijn ze in de haren bevestigd en vormen een sierlijke guirlande op den rug. Maar het is vooral in oorbellen,
dat deze heeren alles dood slaan. Meestal is het eene staaf
van zilver, zelden van koper, een halve palm lang en aan
beide uiteinden van een rond knopje voorzien. Deze wordt
door een gat in het oor gestoken en toegebogen, zoodat
de uiteinden kruiselings over elkander komen te liggen.
Met een van die dingen per oor is men niet tevreden, zeer
dikwijls is ook een gat uitgescheurd, zoodat bij de meesten
de geheele rand van het oor met gaten voorzien is, tot
acht of negen toe. Bij een liefhebber zag ik links vier van
die zware staven, terwijl het rechteroor aan twee genoeg
scheen te hebben. Als gij daarbij het zware snoer kralen
voegt, dat ook deze vriend van oor tot oor droeg, dan hebt
gij het bewijs, dat, moge het misbruik van arak deze lieden
met ondergang bedreigen, zooals het geval wel eens zijn

kon, hunne ooren voorloopig nog niet bovenmate verzwakt zijn. Verder worden de kroeze haren volgens alle modes van Timor en Ceram gedragen, alleen steekt er hier geen kam in; dat instrument is dan ook niet in zwang, laten wij dus van de haren maar afstappen. En die lui zijn bijzonder vlug in het geven van handen; gelukkig zijn wij allen van handschoenen voorzien.

Sedert wij Dobbo verlaten hebben, zijn wij zoo wat bezig rondom de Aroe-eilanden te toeren, zonder die te zien. Het land toch is zeer laag en de vele koraalriffen zijn oorzaak, dat een diepgaand schip op grooten afstand van den wal moet blijven. Waar wij eigenlijk heengaan weet niemand; het is een reis zooals een zwermpot of een zevenklapper die maken zou, alleen, helaas! heel wat langzamer. Ons driemanschap gelooft, dat het einde van den zwerftocht eerst met het eindigen van den proviand zal samenvallen. Wat op tafel voor ons verschijnt, doet ons tegelijk vreezen en hopen, dat het niet lang meer duren zal.

10 November.

Wij hebben een dag stil gelegen bij Meiriri, een zonderling eiland in het noordoostelijke gedeelte van deze eilandengroep, zeer dicht bij Dobbo gelegen. De geheele vierdaagsche toer om de zuid was dus volkomen doelloos. Op Meiriri heb ik weder eenige waarnemingen gedaan en gelegenheid gehad eene van de wonderlijkste plaatsen te zien, die maar denkbaar zijn. Een tamelijk groot eiland bestaat geheel uit bosch, op een stevige grondlaag van witten klipsteen. Dicht daarbij ligt een kleiner eiland, dat de kampong draagt, en rondom eene menigte van nog kleinere eilandjes. Het is alsof de Aroe-eilanden één groot koraalrif uitmaken, dat op een goeden morgen tien à twintig voet opgeheven is en daarbij natuurlijk in stukken gebroken. Men kan zich de groepen het best voorstellen als eene eertijds vloeibare massa,

die op het oogenblik dat zij in den vasten toestand overging, uiteen gevallen is; een mislukte omelet. Zoo zijn de
zonderlinge zeearmen ontstaan, die de verschillende eilanden
vaneen scheiden, die eigenlijk slechts als een groot eiland
bedoeld waren. En nu nog passen de stukken volkomen
aan elkander, zoodat er slechts een lijmpot van ietwat groote
afmetingen toe noodig zou zijn om er weder één eiland van
te maken.

Meiriri dan is niets dan eene kleine klip, van boven vlak.
Maar die is dicht bevolkt, zoodat de huizen tegen elkander
aan staan, zonder eenig spoor van straten; men loopt
onder de huizen door, en zelfs de ladders, die van zee uit
naar boven brengen, eindigen daar onder de eene of andere
woning. Daar de huizen op palen staan, schijnt de geheele
plaats niets te zijn dan eene massa daken, waar men onder
door kan zien: een zwevend dorp. Daarin leven die arme
wilden zonder een sprietje groen en bijna zonder drinkwater, want dit laatste is zelfs op het groote eiland zeldzaam en slecht, zoodat wij in de hoop van te kunnen baden
eene lange en bezwaarlijke wandeling te vergeefs deden.
Schilderachtig is het vuile dorp echter zeker, scherp afgeteekend tegen de blauwe lucht en omgeven door de vele
kleine eilandjes, die allen boomen dragen, al is er ook maar
plaats voor een of twee. Klappers met hunne forsche kruinen of tjemara's, waarvan het fijne, beweeglijke loof als
een gaas over den lichten horizont gespannen is.

De heeren zijn hier gekleed als elders; de dames hebben
zoo weinig aan, dat ik het niet durf beschrijven, maar het
merkwaardigste van haar kostuum is, dat zij stoel en bed
steeds mededragen in den vorm van een klein matje, dat
aan een rond het lichaam geslagen touw bevestigd is en van
achteren afhangt, steeds tot gebruik gereed. Gemakkelijke
vorm van huisraad en hoe goedkoop voor jonggehuwden!
Verder schijnen arak en tabak tot de eerste levensbehoeften
te behooren; er wordt ten minste met vrij veel onbeschaamd-

heid om gevraagd. De Aroeërs schijnen in het totaal verkeerde denkbeeld te verkeeren, dat de ambtenaren er zijn
voor het publiek en niet het publiek voor het genoegen van
de ambtenaren. Onze kontroleur toch wordt hier eenvoudig
als een gever van geschenken beschouwd; het uitreiken
daarvan schijnt het eenige nut te zijn, dat hier het gouvernement in de oogen der inlanders heeft. Gisteren gaf de
kontroleur aan een der hoofden eene flesch arak. De gelukkige bleef nog een half uur aan boord slenteren, klaarblijkelijk onbevredigd, en zeide toen op eens tot den kontroleur:
« Geef' me nu ook maar gauw de tabak, dan kan ik weg-
« gaan. » Het geven van tabak stond echter volstrekt niet
op het programma, zoodat het hoofd in eene oproerige
stemming huiswaarts keerde. Wie weet, of die tabak aan
de regeering niet nog eens op een oorlog à la Ceram te
staan komt.

13 November.

Wij hebben water ingenomen te Watelei, een der noordelijkste plaatsjes van de Aroe-groep. Wegens het koraal
lagen wij zoover uit den wal, en mijn jongen bracht zulke
slechte berichten over de grondgesteldheid, dat ik geene
waarnemingen deed. Ik ging echter aan wal met den kontroleur, die wilde trachten een paar onbeduidende bestuurs-
zaken af te doen. Ik zeg trachten, want als de inlanders
zeiden: « waar bemoei je je mee? » dan zou hij, zonder
eenige bedekking, weinig te vertellen hebben. De lui schijnen
hier echter onder elkander zoo voortdurend aan het kibbelen
te zijn, dat zij het als een buitenkansje beschouwen, wanneer
er eens een vreemdeling komt, aan wien zij hunne twisten
kunnen onderwerpen en wiens uitspraak zij dan ook gaarne
aannemen. In vele gedeelten van Neerlandsch-Indië is zulk
eene vrijwillige rechtspraak eene welkome of onwelkome
aanleiding tot uitbreiding van ons gezag. Hier gold de strijd,
die reeds tot oorlog was overgeslagen, en die zelfs al éénen

gewonde gekost had, het voeren van eene pluim van paradijsvogelvederen, waartoe het recht aan zekeren heer betwist werd. De gewonde kwam aan boord en zag er volstrekt niet stervende uit. Daar de beide oorlogvoerende mogendheden in eene zelfde kampong wonen, en de oorlog reeds verscheidene dagen geduurd had, zult gij moeten toestemmen, dat de bloedbaden nog al niet verschrikkelijk zijn. Het eenige artikel van het vredestraktaat, dat de kontroleur met het ernstigste gezicht van de wereld sloot, houdt in, dat de twee aanvoerders voortaan beiden een pluim zullen voeren, en dat de gewonde een sigaar tot troost kreeg.

De beide kampongs, die wij bezochten, zijn van dezelfde soort als Meiriri, doch niet zoo merkwaardig. Beiden staan ook op naakte rotsen, waarvan de huizen den uitersten rand bereiken, en beiden betraden wij langs steile trappen. Er is echter meer ruimte dan op Meiriri, zoodat er eene soort van straat ontstaat. De huizen zijn zeer eigenaardig; zij rusten op niet meer dan vier zware boomstammen, maar de vierhoek, die het grondvlak van het huis uitmaakt is aanmerkelijk grooter, dan de vierhoek door de palen gevormd. Het huis steekt dus zoover uit buiten zijn basement, dat het geheel op een duiventil gelijkt. De ladder, waarlangs men het huis binnentreedt, voert dan ook niet naar eene deur in den buitenwand, doch naar een luik in den bodem. Waarschijnlijk zal de behoefte tot verdediging wel tot die zonderlinge bouworde geleid hebben, even als tot het uitkiezen van de kleinste en minst genaakbare eilanden voor het bouwen der kampongs.

Onder de huizen is het verblijf niet altijd smakelijk, want daar potten de inwoners hunne dooden op, tot dat zij die geschikt rekenen om begraven te worden. In de tweede kampong, waar wij kwamen, was ons bezoek niet verwacht en men verontschuldigde zich, dat de kisten niet verwijderd waren, wat men anders schijnt te doen. Voor de rust der

dooden is het dus maar goed, dat hier niet al te dikwijls
ambtenaren op bezoek komen. In een soort vat wordt het
lijk gedeponeerd en eerst na verloop van drie maanden of
meer, wordt het naar het bosch gebracht. Daar ziet men
op hooge staken kleine kastjes staan, zwaar en ruw gebeeldhouwd en veelal met een vaantje er op; of de botjes
er in of er onder liggen, weet ik niet. Het genoegen om
van hunne afgestorvenen zoo lang mogelijk in den fijnen
vorm van reukwerk, alles te genieten, wat hun bijzijn aangenaam kan maken, laten de inlanders zich niet ontnemen.

Vrouwen kregen wij niet te zien, zelfs niet voor de vorstelijke geschenken, die de kontroleur in den vorm van kraaltjes
en spiegeltjes voor de oogen der heeren deed schitteren.
Deze laatsten waren daarvoor zooveel te onbeschaamder en
vroegen om alles, wat hun in het hoofd kwam.

BANDA, 15 November.

Gisteren avond gingen wij nog naar Ambon, en te middernacht bevonden wij ons, tot onze groote verwondering,
op Banda; gij ziet, dat ik geen ongelijk had, de Egeron bij
een zevenklapper te vergelijken. Weder heb ik een anderen
gastheer en dat wel den heer B., die de zonderlinge reis
medemaakte. Ook heb ik weder eens een anderen jongen
aangenomen. Voor de eerste maal sedert ik Makasser verliet,
had ik hier weder eens gelegenheid om mijne kleederen uit
de koffers voor den dag te halen en bevond daarbij dat een
niet onaanzienlijk gedeelte verdwenen was. Mijn Christen
kreeg dus onmiddelijk zijn ontslag. Mijne persoonlijke ervaring is voorwaar zeer gering, maar het is toch wel zonderling, dat mijne drie Ambonsche Christenen dieven waren
en mijne drie Mohammedanen niet. Eenige oogenblikken
voor ik mijn exemplaar wegstuurde, had de jongen van
mijn gastheer om ontslag gevraagd, daar hij naar Batavia
terug verlangde. Daar ik dezen op reis als een zeer goeden

bediende had leeren kennen, heb ik hem onmiddelijk in
dienst genomen ¹).

Ik wacht hier de mailboot af om naar Ambon te vertrekken.

Reede van SAPAROEA, 3 December.

Eergisteren. morgen verliet ik het gastvrije residentiehuis
te Ambon om per kruisboot hier heen te reizen. Ik had
het gezelschap van den nieuw benoemden kontroleur van
Amahaai. Deze heeft eene groote neiging tot zeeziekte en
hoewel twee dagen van Ambon naar Saparoea lang niet
ongunstig is, had het hem reeds zoo verveeld, dat hij dankbaar was, het voorstel van den kontroleur van Saparoea
aan te nemen, om de reis verder deels over land, deels
per roeiboot te doen. Ik vertrek dus onmiddelijk weder,
neem zijne meubels en zijnen kok mede en stel mij voor
op Amahaai in zijn huis te trekken en hem daar te ontvangen. De reis hierheen bood niets bijzonders aan; de
warmte was niet buitensporig en een jong maantje belooft
veel voor de verdere reis.

AMAHAAI op CERAM, 5 December.

Reeds gisteren voor den middag lag ik hier voor anker,
maar ging eerst tegen den avond naar wal, omdat mij dit
rustig en koel voorkwam. Daar nam ik de kontroleurswoning
in bezit, die ruim is, maar fraaier zijn kon; vooral is het
er duister, wat echter in de warmte geen groot bezwaar
is. Mijn jongen bevalt mij goed. In de eerste dagen wist
ik waarlijk niet, hoe ik het had van gemak, dat ik weer
eens werkelijk goed bediend werd. Daardoor zag ik eerst,
hoe weinig beschaving en dressuur mijn vuile Christen in
al dien tijd opgedaan had. Wel kan zijn opvolger niet

---

1) Ik kan niet nalaten hier te vermelden, dat het deze jongen, Ali, was, die
mij verder twee jaren lang getrouw gevolgd heeft en mij al dien tijd onschatbare
diensten bewees.

schrijven, maar hij is zeer handig en verstaat, helaas! maar al te veel Hollandsch.

Een van de matroosjes van de kruisboot heeft reeds mede geholpen om mij indertijd van Bali naar Lombok en van daar naar Java te brengen. Zoo begin ik zelfs onder de inlanders reeds een oude kennis te worden, en waarlijk, wanneer ik jonge ambtenaren zie, aan wie ik nog in staat ben hulp te verleenen, dan gevoel ik mij een verbazenden oudgast en ken mijzelven dientengevolge het recht toe om casu quo geweldig te pruttelen, als b. v. eene kruisbootreis een paar dagen te lang duurt. Gij kunt u dus weer op een en ander van dien aard voorbereiden.

Amahaai schijnt eene zeer aardige negorij te zijn met fraaie, rechte wegen, met levende heggen, die de erven vaneen scheiden en met vrij nette huizen. Er is ook een fort met eenige soldaten en een kommandant, aan wien ik reeds dadelijk een bezoek gebracht heb. Aan gezelschap ontbreekt het hier dus niet, vooral als de kontroleur spoedig komt.

Op zee, 9 December.

Gisteren avond ben ik reeds aan boord gegaan en heden in alle vroegte vertrokken. Nadat ik eerst met al de kisten en stoelen en tafels van den kontroleur bijna geene ruimte had om mij te bewegen, ben ik nu in het andere uiterste vervallen en heb zelfs niets, wat op eene tafel gelijkt, zoo dat ik zal moeten eten, zooals ik dezen schrijf, op het dak van het kajuitje. Ik verwacht echter, dat de reis niet lang zal duren, want de wind is in den laatsten tijd werkelijk officiëel en dus gunstig voor het kleine eind dat ik te zeilen heb.

Twee dagen na mij kwam ook de kontroleur aanzetten en sedert voerden wij een echt jongelui's huishoudentje, ik als trekvogel, hij nieuw aangekomen met al de daaraan klevende wanorde en lasten en met een minimum van

huisraad. Het eten putten wij uit ons beider voorraad;
van het servies waren natuurlijk juist de noodzakelijkste
stukken onderweg gebroken; er ontbrak juist genoeg om
het leventje grappig te maken. Den avond van mijn vertrek
woonden wij nog even eerst een bal bij — zonder zwarten
rok. Het hoofd van de Christenen wilde heden kalk laten
branden en vond daartoe de beste voorbereiding, om de
werklieden eerst den geheelen nacht te laten dansen, een
publiek bal ongeveer, waar de entree in later te leveren
arbeid bestaat. Wij gingen gezamenlijk kijken, de kontroleur,
de luitenant en zijne vrouw en ik. Wij werden zeer deftig
binnen genoodigd door den gastheer en diens echtgenoot,
die er zeer fatsoenlijk uitzagen. De gasten zullen ons bezoek
wel niet zoo heel aangenaam gevonden hebben; in den
aanvang heerschte er ten minste eene duffe stemming, die
niet zonder eenige moeite overwonnen werd. De Christenen
schijnen hier overal veel van Europeesche dansen te houden,
ten minste ook hier zagen wij eene quadrille die zeer goed
van stapel liep. Hier was het een inlander, die komman-
deerde, wat op Boeroe de klerk deed. Maar de lui vatten
onze dansen al even ernstig op als de inlandsche, zij doen
het met een studeerkamergezicht, maar hebben toch klaarblijkelijk heel veel pret. Een viool maakte het orkest uit
met een trommel, die, om de maat goed duidelijk te maken,
telkens inviel, als de niet aanwezige dirigeerstok naar de
hoogte zou hebben moeten gaan. Het publiek stond altijd
volkomen in de maat te trippelen, wat bij een langzamen
takt wel eenigszins de uitwerking heeft, die het zien van
eene bewogen zee op eene zwakke maag teweegbrengt. Later
werd op ons verzoek ook nog op zijn inlandsch gedanst, maar
daarvoor waren de lui zeker te voornaam; het ging ten
minste met heel wat minder animo. Ook werd er gezongen
en dit ging heel wat vlotter. Het was alweder een mengsel
van Europa en Indië, een niet zeer verheven Maleische tekst
op eene Europeesche melodie, die echter eenigszins naar

Indischen smaak gewijzigd was. In plaats van de slotak-
koorden treedt namelijk altijd een eenvoudige overgang, die
weer tot de eerste noot terugbrengt, en dan begint het weer
van voor af aan, da capo ad infinitum. De lui zingen gewoonlijk goed, maar onze Europeesche ooren doet zulk een
zang, die steeds voortloopt zonder vooruit te komen als
een blind paard in een tredmolen, niet aangenaam aan.
Voor mij was het bovendien dubbel onaangenaam, dat een
van de deuntjes juist hetzelfde was, dat ik te Gorontalo
eenige uren lang had moeten slikken. Na het bal nog een
glas op den valreep bij den kommandant en toen scheidde
ik van Amahaai misschien nog niet voor goed.

10 December.

. De wind is niet gunstig gebleven, zoodat ik zekeren
hoek, dien wij moeten omzeilen, wel voor den boeg zie,
maar nog niet zie, hoe wij de andere zijde daarvan moeten
bereiken. Ook valt er veel meer regen dan op eene kruisboot behoorlijk is, want dan is het onmogelijk het kleine
hokje te verlaten. Dat ik het uitzicht niet kan genieten, betreur ik minder, want ook de Zuidkust van Ceram
wil mij maar niet bevallen. Enkele baaien zijn schoon,
vooral de Elpapoeti-baai, waaraan Amahaai ligt. Ook zijn
de bergen in het binnenland hoog en niet leelijk, maar zij
zijn bijna geheel verstopt achter een vervelenden heuvel-
rug, die overal even hoog is en zich bijna langs het gansche
strand uitstrekt. En wij gaan niet dicht genoeg langs de
kust, om de details te genieten, die mij in de Golf van
Tomini zulke aardige uren deden slijten.

HAJA, 11 December.

Wij zijn toch nog gisteren tegen vijf uur voor anker gekomen; ik vaardigde onmiddelijk den djoeragan met een
brief van den resident naar den radja af en kroop zelf in
een riviertje, dat wel niet veel, maar heerlijk helder water

heeft. Nauwelijks was ik aangekleed, of Z. M. verscheen op een sukkeldrafje boven den horizont. Ik heb al veel vorsten gezien, maar deze is eenig. Denk u een oud verschrompeld mannetje, verbazend vies en met de praatzucht van den ouderdom. Om zijn naakte lichaam fladderde eene veel te wijde hoofdofficiersjas, waaraan niets ontbrak dan twee knoopen en eene van de schouderbedekkingen. Daar boven eene witte, gebreide slaapmuts en daaronder een wit broekje, dat echter te kort was, zoodat de onderste rand uit blauw katoen bestond. Ik kon mij zelfs niet goed houden tegenover de matroosjes, die dan ook zelven niets anders doen, dan grappen maken over den ouden heer. Vooral strookte het niet met hunne Javaansche begrippen, dat hij onmiddelijk om een sigaar vroeg. Ik had er geen bij mij, maar van morgen vroeg kwam hij er dadelijk weer om en hij kreeg er dan ook een, die hij niet wist aan te steken; — zuivere vraaglust dus. Half gerookt gaf de vorst de sigaar aan een ander over en zeide, dat als hij er meer wil hebben, ik er maar meer moet geven, wat hem verbazend zal tegenvallen.

Intusschen heb ik de voorgalerij van het paleis — eene gewone inlandsche woning — in beslag genomen en er naast wordt eene keuken voor Ali opgeslagen. Dit gaat namelijk zoo vlug, dat men mij aanbood, een huis voor mij te bouwen, dat binnen vier of vijf dagen had klaar kunnen zijn. De keuken is dan ook, terwijl ik zit te schrijven, reeds bijna afgebouwd en de potjes staan al te vuur.

Haja ligt een weinig oostelijk van Amahaai, eveneens op de Zuidkust van Ceram.

12 December.

Een koning onder zijne huisdieren te tellen, is nog al aardig, maar voor dit exemplaar is huisdier te fraai en huisplaag de eenige geschikte term. Gisteren kon ik het vieze wezen nauwelijks weg krijgen, toen ik ging slapen;

terwijl ik bezig was met eten, wandelen, schrijven, steeds was hij als mijne schaduw; alleen maakt eene schaduw niet zulke onhebbelijke geluiden. Als een klein kind vraagt hij om alles, wat hij ziet, zoo vroeg hij ook om de arak, die ik onder de matrozen liet uitdeelen. Ali heeft hem zeker een stijven borrel ingeschonken, want er volgde eene dronkenschap op, die hem niet draaglijker maakte. Heden was ik aan het werk en liet hem wegjagen zonder meer; sedert heb ik hem niet weder gezien. Ik hoop, dat ik hem beleedigd heb, maar vrees, dat zijn doffe geest het niet gevoelen zal. Gisteren is hij ten minste weerom gekomen, niettegenstaande de onbeschaamdheid van Ali; deze antwoordde, toen de koning om ananas vroeg: «ja, de radja «zal er een hebben, maar dan moet hij ook dadelijk weg- «gaan, want mijnheer wil slapen.» De man bleef echter als een blok zitten; dat ik mij begon uit te kleeden hielp ook al niets, zoodat de jongen hem ten slotte bij een arm moest nemen. Het is anders vrij bar, om uit zijne eigene voorgalerij weggejaagd te worden.

Gisteren avond regende het, wat vervelend was, want ik heb geen lamp, slechts een scheepslantaarn, die slecht licht geeft. Ik ben dus 's avonds tot overpeinzingen gedoemd, veroordeeld om philosoof te worden. Over dag vermaak ik mij nog al eens met de kampong door te wandelen, die uit twee vrij regelmatige straten bestaat. Ook zijn de huizen nog al net; de inwoners zijn dan ook Mohammedanen en geene Alfoeren. Voor deze laatsten heeft men hier zelfs een heiligen schrik. Onaangenaam is het, dat de dooden zeer dicht bij de huizen begraven worden en als naar gewoonte niet al te diep onder den grond.

13 December.

De radja is eene onuitputtelijke bron van amusement. Gisteren avond speet het mij, dat ik geen beter licht had, om u heet van de naald een tafereel bij maanlicht te beschrijven. Over dag had de vorst mij niet lastig gevallen; men had hem waarschijnlijk de les gelezen, misschien was het alleen, omdat hij zich meer thuis gevoelt onder de matrozen, die den ganschen dag met hem sollen. Gisteren lieten zij hem o. a. jammeren op het bericht, dat de resident met de stoomboot zou komen, om zijne geheele kampong in te pakken en met erg sterke kettingen en ankers naar Java te slepen. Toen de regen, die mij zelfs het baden belet had, opgehouden had, kregen zij den ouden snaak zelfs zoo ver, dat hij op waggelende knieën een krijgsdans begon, waarvoor hij zich eerst allerzonderlingst was gaan toetakelen. Toch kwam er toen in het oude lichaam een klein beetje vuur, dat de man later onderhield door gestadig om arak te vragen. Toen was hij niet meer te houden, maar op het gezang der matrozen danste hij midden in den kring, totdat ik eindelijk, om den ouden man te sparen, zelf naar bed moest gaan en om stilte verzoeken. Spoedig hoorde ik dan ook overal snurken, ik geloof zelfs, dat de schildwachten meededen. Want wegens de gevreesde Alfoeren, die als altijd op die onbepaalde plaats «de bergen» verondersteld worden te zitten, heb ik des nachts twee schildwachten. Dit is natuurlijk hoogst onnoodig, maar het is toch zeer voornaam en verhoogt mijn prestige minstens evenzeer, als het uitzicht op de komst van de vreeselijke stoomboot. De bevolking is elders met den rijstoogst bezig, en het dorp ongeveer ledig. Men wilde de mannen terugroepen om mij te bewaken en ik dacht hun dus een dienst te doen, door te zeggen, dat de matroosjes wel konden schilderen, doch onmiddelijk zag ik de gezichten betrekken, «want», zeide een der aanwezige hoofden, «toewan is in onze negorij, dus moeten wij hem «bewaken.» Dit is wel Oostersche gastvrijheid.

Reede van Noesa-Laut, 20 December.

Den zestienden wilde ik juist mijn instrument nog eens

opstellen, toen in de verte de stoomboot zichtbaar werd, waarop ik onmiddellijk liet inpakken, hoewel het nog een paar uren duurde eer de Anjer voor anker lag. Ik haalde den resident van boord en wandelde met hem door de versierde kampong, altijd door mijn belachelijken radja gevolgd. Het slottafereel was, dat de man mij omhelsde, waarop met algemeene stemmen werd uitgemaakt, dat ik een schoone jas moest aantrekken; de resident gooide zelfs onmiddelijk zijne handschoenen weg. Men schijnt hier overigens even als op Aroe te begrijpen, dat de Hollanders geene andere reden van bestaan hebben, dan om geschenken uit te deelen. Het eerste, wat de radja, na goeden morgen, voor den dag bracht, toen de resident verscheen, was de vraag om een paar oude schoenen. Ik heb er overigens berouw van, dat ik de matrozen niet nog meer in toom heb gehouden, want de resident zeide mij, dat de radja van Haja volgens schatting ongeveer vijf en negentig jaar oud moet zijn. Toen wij in 1816 de Molukken weder van de Engelschen overnamen regeerde deze vorst reeds sinds eenige jaren; ik zal er dus waarschijnlijk wel op kunnen bluffen, dat ik van de thans levende vorsten, diengene ontmoet heb, die het langste geregeerd heeft. De man verschijnt mij sedert in een gansch ander licht, en ik misgun hem de borrels niet, die zijne laatste levensgeesten nog een weinig moesten onderhouden.

Niet zonder genoegen zag ik Amahaai terug, waar wij eenen morgen stil lagen om nog denzelfden avond voor Saparoea te ankeren. Ik hoop, dat ik Ceram nu voor het laatst gezien heb; drie reizen daarheen is volkomen genoeg. Te Saparoea bleef ik aan boord logeeren en bemerkte weinig van de inwoners, aangezien ik nog een paar dagen observeerde en verder de koorts had. Sedert zijn wij aan het rondtoeren met den resident, die zijne eerste inspektiereis doet. Daar de eilanden, die het geldt, zeer dicht bij elkander liggen, hebben wij slechts zeer kleine eindjes te stoomen en ik zal maar niet trachten, u den koers duidelijk te maken, daar het u weinig belang zou inboezemen. Deze eilanden, de Oeliassers, maakten vroeger· eigenlijk de kern van de residentie uit, want hier was de hoofdzetel van de kruidnagelkultuur, die thans van geen belang meer is. Saparoea, dat vroeger een assistent-resident had, moet zich dan nu ook met een kontroleur tevreden stellen. Het is echter bijna zeker, dat met een weinig meer energie de nagelkultuur met voordeel te vervangen zou zijn door de cacao, die hier willig groeit. Maar voor een zachten dwang in den aanvang zou men niet moeten terugdeinzen.

Noesa-Laut, waar wij thans liggen, is lief, vooral de baai; deze is zeer klein, zoodat het schip als het ware in eene bedding van groen fluweel schijnt te liggen. De oevers zijn zeer steil en waar de bewoners huizen, blijft ons een raadsel, want geen enkel huis ligt aan de baai. Als men mij zeide, dat ook deze een oude krater is zou ik mij daarover niet verwonderen. De resident is aan wal en wij wachten hem eerst morgen ochtend terug.

Reede van SAPAROEA, 22 December.

Dat wij heden nog hier liggen is de schuld van het onstuimige weder, dat den resident beletten zou, op het eiland Harockoe te ontschepen. Gisteren morgen kwam hij reeds vroeg weder aan boord en ongeveer ten half tien ure stapten wij op de Noordkust van Saparoea aan wal, waar vier draagstoelen reeds voor ons gereed stonden, want ditmaal zou ik den tocht over land medemaken. Draagstoelen is in deze residentie een zeer gewoon vervoermiddel. Denk u een platten bak met achterin een leunstoel, zoodat men het gemakkelijkste zit met de beenen recht voor zich uit. Op vier staven rust eene kleine zonnetent en het geheel rust op twee zware bamboes, door touwen hangende aan twee kleinere stukken, die door vier kereltjes op de schouders genomen worden. Vier plaatsvervangers loopen er naast, om tevens het geheel te steunen en een weinig recht te houden. De beweging is niet kwaad, maar men moet er aan gewend raken, want zij maakt zeeziek. Het gaat bijna altijd op een sukkeldrafje; zelfs draven de lui tegen hoogten op, en dat soms een goed uur lang. Daarbij schreeuwen en zingen en joelen zij gestadig door, zoodat de tocht op eene bende kermisvierders gelijkt, die uit de verte komt aanzeilen, wanneer niet boven de hoofden de dakjes uitstaken van de draagstoelen, waarin de eigenlijke hoofdpersonen weerloos en willoos getransporteerd worden. De wegen op Sarapoea zijn uitstekend, beter dan op Ambon zelf, waar zelfs van het kolenhoofd naar de stad geen behoorlijke weg meer is. Hier is er zelfs op eenige plaatsen wat kunst aan ten koste gelegd en overal moeite, vooral natuurlijk, wanneer de resident verwacht wordt.

De dragers zijn forsche bruintjes, die onder het draven ongeveer alles afleggen op een zonderling broekje na. Het is een zak met twee gaten, die echter ter meerdere versiering in het midden een wigvormig stuk heeft van andere kleur. Veel variatie is er in het zelf geweven goed niet, een klein, flets ruitje van wit en rood of wit en blauw. Het is zeker, dat de kleeding den lieden in het loopen niet al te lastig is; zij doen het dan ook, alsof het hun grootste genot is om een Hollander te piekelen, en als men door negorijen gaat, dan holt het geheele mannelijke publiek op den weg mede en het vrouwelijke naast den weg; dit kijkt en laat zich bekijken, wat soms wel de moeite waard is. Ons gezelschap bestond uit vier man: de resident, de kontroleur van Saparoea, een apotheker van Ambon en ik, de twee laatsten alleen uit genoegen. Zoo draafden wij het land door. De kampongs liggen allen aan het strand, zoodat wij er op het laatste gedeelte van den tocht geen enkele zagen, maar in den aanvang vonden wij ze zoo dicht bijeen, dat wij dikwijls niet uit de huizen kwamen, maar telkens weder werden neergezet, om een paar bruine personen in zwarte rokken te zien buigen als knipmessen. Dan bezochten wij de kerk en de school, wat meestal slechts één lokaal is, en genoten bij den burgemeester slappe thee en allerlei koekjes en taartjes, droog en flauw. Wij werden tot stikkens toe gelaafd; stel u de marteling voor om op een snikheeten morgen aan een dozijn gastmalen met slappe thee te moeten deelnemen, want men moet ten minste doen alsof men eet. De kerken zijn meestal fraai en netjes, van hout en in het inwendige een paar kolommetjes en een preekstoel van bruin ongeverfd hout, net bewerkt en somtijds eenigszins gebeeldhouwd. Van de scholen zagen wij weinig, want het is juist overal vakantie. Mijn indruk van de in-landsche Christenen is hier gunstiger dan op Ambon, maar dat kan wel alleen zijn, omdat ik de lui in hun zondagspak zie.

Omstreeks een uur kwamen wij op Saparoea terug, waar wij de brave Anjer reeds weder zagen liggen. Des avonds gingen wij er nogmaals op uit, om een paar schoone kampongs niet ver van de hoofdplaats te bezoeken. Vooral de laatste ligt zeer schilderachtig, want de huizen waren bijna als vogelnesten tegen den steilen oever aangeplakt. Hier moesten wij eene verbazende hoeveelheid koek verwerken. Daar de avond inmiddels ingevallen was, werden er fakkels aangestoken voor de terugreis. Eerst slechts het noodige aantal, maar toen wij de hoofdplaats naderden, stond in de deur van elke woning een naakte jongen met een fakkel en honderd anderen liepen naast ons en voor ons uit, uit louter pret en schreeuwden om hetzelfde motief als beze-tenen, en zoo slingerde onze stoet met licht en leven, gillend en rookend, als eene vurige slang de hoofdplaats weder binnen.

Er is zoo even besloten, dat om het slechte weder de reis naar Haroekoe geheel zal uitgesteld worden, zoodat wij nog heden avond naar Ambon zullen vertrekken, waarvoor ik lang niet ondankbaar ben.

AMBON, 24 December.

Gisteren in den morgen hier aangekomen, na een hoogst onaangenamen nacht, waarin zeeziekte heel wat offers eischte. . . . .
. . . .
. . . .

———————